d

Alison Lurie

Affären

Eine transatlantische Liebesgeschichte

Aus dem Amerikanischen von Otto Bayer

Diogenes

Titel der Originalausgabe:
›Foreign Affairs‹

Deutsche Erstausgabe

100/86/8/1
ISBN 3 257 01705 7

Für Diane Johnson

I

Ich ging vor mich hin
Und sprach vor mich hin
Und dachte im stillen bei mir:
Sei auf dich selbst bedacht,
Gib auf dich selbst nur acht,
Denn sonst fragt keiner nach dir.

Altes Lied

An einem kalten, windigen Februartag steigt eine Frau in die Zehnuhrmaschine nach London, auf den Fersen gefolgt von einem unsichtbaren Hund. Sie heißt Virginia Miner und ist vierundfünfzig Jahre alt, klein, unscheinbar und ledig – eine Frau, die man nicht weiter beachtet, obwohl sie Professor an einer Ivy-League-Universität ist und schon mehrere Bücher veröffentlicht und sich auf dem weiten Feld der Kinderliteratur einen soliden Ruf erworben hat.

Der Hund auf Vinnies Fersen ist sichtbar nur in ihrer Phantasie; er ist ihr höchstpersönlicher Dämon, hört nur für sie auf den Namen Fido und bedeutet Selbstmitleid. Sie sieht ihn als mittelgroßen, langhaarigen, grauweißen Welschterrierbastard; zeitweise läuft er ihr einfach nur nach, andere Male aber winselt und hechelt er und zwickt sie in die Beine, und wenn er besonders dreist ist, rennt er im Kreis herum und versucht sie zu Fall zu bringen oder wenigstens dafür zu sorgen, daß sie sich nach ihm bückt, damit er an ihr hochspringen, sie umwerfen und ihr Gesicht mit schlabbrigen Küssen bedecken kann. Vinnie weiß sehr wohl, daß Fido mit ihr ins Flugzeug steigen will, aber sie hofft ihn dalassen zu können, wie es ihr bei anderen Auslandsreisen auch schon gelungen ist. Doch jüngste Ereignisse und die geplante Dauer ihres Aufenthalts machen das unwahrscheinlich.

Vinnie fliegt nämlich mit einem Stipendium für sechs Monate nach England, wo sie unter ihrem Autorennamen V. A. Miner weiter für ihre Arbeit über Kinderreime recherchieren wird. Sie hat diese Reise schon etliche Male gemacht und mit der Zeit gelernt, Kosten und Unbequemlichkeiten so gering wie möglich zu halten. Zum Beispiel nimmt sie immer eine Chartermaschine, die tagsüber fliegt, am liebsten eine, in der keine Filme gezeigt werden. Wenn sie es sich leisten könnte, würde sie einen Linienflug buchen, um Wartezeiten zu vermeiden (sie hat manchmal schon stundenlang in der Schlange gestanden), aber das wäre dummer Luxus. Ihr Stipendium ist klein, und so muß sie Kosten sparen, wo sie nur kann.

Zwar gilt Geduld als Tugend der Frauen, vor allem älterer Frauen, aber Vinnie hat noch nie gern auf etwas warten müssen und tut es nie, wenn es sich eben vermeiden läßt. So drängelt sie sich auch jetzt wieder geschickt an ein paar weniger erfahrenen Passagieren, die ihre Platznummern suchen oder durch überflüssiges Gepäck oder Kinder behindert sind, vorbei und entschuldigt sich mit hoher, freundlicher Stimme. Einem Pulk unverkennbarer Provinzler mit SUN-TOURS-Plaketten auf den Bordtaschen gibt sie das Nachsehen, indem sie durch die Küche in den gegenüberliegenden Gang wechselt und dann zwischen zwei Sitzreihen wieder zurück. Schneller, als man diesen Absatz lesen könnte, hat sie sich in der Nichtraucherabteilung einen Fensterplatz in Türnähe gesichert und sich unterwegs nur noch schnell eine Londoner ›Times‹ und eine englische ›Vogue‹ vom Zeitungsständer geschnappt. (Wenn sie erst in der Luft sind, werden die Stewardessen herumgehen und Zeitungen an alle Passagiere ausgeben, doch bis die bei ihr sind, könnten die Blätter, die Vinnie bevorzugt, schon weg sein.)

Ganz nach gewohntem Ritus gleitet Vinnie auf ihren Platz und zieht die Stiefel aus, steigt dann in Strümpfen auf den Sitz und öffnet das Gepäckfach darüber; mit ihren kaum mehr als anderthalb Metern kommt sie nur so heran. Sie nimmt zwei Kissen und eine leichte blaue Decke heraus und läßt sie neben ihre Handtasche und die englischen Zeitungen auf den mittleren Sitz fallen, den sie so – falls er nicht jemandem zugeteilt ist, was an einem Wochentag mitten im Februar kaum der Fall sein dürfte – stillschweigend für sich beansprucht. Dann verstaut sie ihren guten alten wollgefütterten Regenmantel, den hellen Knautschhut und das bernsteingelb und beige gemusterte Liberty-Tuch so in dem Fach, daß nur ein ausgesprochener Flegel von einem Mitreisenden es wagen würde, ihnen zu nahe zu treten. Mühsam klappt sie das Fach wieder zu und setzt sich. Ihre Stiefel stopft sie mitsamt einem Karton zollfreiem Bristol Cream Sherry unter ihren eigenen Sitz und zieht ein Paar Reiseslipper an. Eines der Kissen schiebt sie sich unter den Kopf, das andere klemmt sie zwischen ihre Hüfte und die Sitzlehne. Zuletzt streicht sie sich über die kurze, schon angegraute Frisur, lehnt sich zurück und legt mit einem Seufzer den Sicherheitsgurt um ihre hellbraune Strickkombination.

Vinnie ist sich darüber klar, daß ein neutraler Beobachter diese Machenschaften rücksichtslos und sie selbst eigensüchtig finden könnte. In einer Gesellschaft, die

Energie und Egoismus bei den Jungen und Schönen belohnt, haben unscheinbare ältere Frauen sich unauffällig und klaglos im Hintergrund zu halten – so wenig Platz zu beanspruchen und so wenig Luft zu atmen wie möglich. Schön und gut, denkt Vinnie, wenn man mit jemandem reist, der einem lieb oder wenigstens vertraut ist, der einem beim Wegschließen des Mantels hilft, ein Kissen hinter den Kopf schiebt, eine Zeitung holt – oder wenn man will, sich mit einem unterhält.

Wer aber nun allein reist? Warum sollte Vinnie Miner, deren Wohlergehen die längste Zeit ihres Erwachsenendaseins von andern mißachtet wurde, ihr eigenes Wohlergehen selbst mißachten? Warum sollte sie zulassen, daß ihr Mantel und Hut von den Mänteln und Hüten Jüngerer, Größerer, Schönerer zerknautscht werden? Warum sollte sie sieben, acht Stunden allein und frierend und ohne Kissen hier sitzen und in einem alten ›Punch‹ lesen, während ihr die Füße schwellen und die hellen, bernsteingelben Augen vom Rauch der unablässig qualmenden Nachbarn tränen? Warum – so fragt sie sich oft, wenn auch nicht laut, weil es sich unschön anhören würde – soll sie nicht selbst zusehen, wo sie bleibt? Sonst tut's ja keiner.

Doch solch innerer Widerstreit, sosehr er sonst bei ihr die Regel ist, beschäftigt Vinnie zur Zeit nur am Rande. Der zittrige, untypisch laute Seufzer, mit dem sie sich vorhin in den abgewetzten blauen Plüsch sinken ließ, war kein Ausdruck der Zufriedenheit oder wenigstens Erleichterung, sondern des heulenden Elends. Bis hierher hat sie alles wie im Schlaf gemacht; wenn sie jetzt allein wäre, würde sie vor Wut und Elend aufschreien und die Londoner ›Times‹ naßweinen.

Es ist erst zwanzig Minuten her, daß Vinnie, während

sie gutgelaunt in der Abflughalle saß, in einer großen Zeitschrift plötzlich ihr Lebenswerk geschmäht und heruntergemacht sah. Forschungsprojekte wie das ihre, so der Artikel, seien ein Musterbeispiel für die Verschwendung öffentlicher Gelder, das Ausufern unnützer Wissenschaften und den allgemeinen Niedergang der Geisteswissenschaften im Amerika von heute. Müssen holprige Spielplatzverschen denn wirklich wissenschaftlich untersucht werden? fragte der Autor, ein gewisser L. D. Zimmern, Englischprofessor an der Columbia University. Zweifellos würde Mr. oder Ms. Miner diese Frage mit einer Versicherung des gesellschaftlichen, historischen und literarischen Ranges von »Ringel-Ringel-Rose« beantworten, fuhr er fort, um jeder denkbaren Erwiderung gleich den Boden zu entziehen; davon sei er seinerseits aber gar nicht überzeugt.

Besonders gemein wird diese unprovozierte Attacke dadurch, daß das ›Atlantic‹ seit über dreißig Jahren Vinnies Lieblingsmagazin ist. Aufgewachsen im Umkreis New Yorks, jetzt Lehrerin an einer Universität im Norden des Bundesstaates, fühlt sie sich geistig dennoch mit New England verbunden. Oft schon hat sie gedacht, daß es ein großer Abstieg für die amerikanische Kultur war, als ihre Hegemonie im ausgehenden neunzehnten Jahrhundert von Boston auf New York überging; und schon immer hat es sie getröstet, daß das ›Atlantic‹ trotzdem nach wie vor in Back Bay erschien. Immer wenn sie sich die allgemeine öffentliche Anerkennung ihrer Arbeit ausmalt, ist es das ›Atlantic‹, dem sie die Ehre ihrer Entdeckung zuteil werden läßt. Oft hat sie sich zusammengeträumt, wie das vor sich gehen wird: eine erste briefliche Anfrage, das Interview durch einen ehrerbietigen Journalisten, dann der Titel des fertigen

Essays; der Augenblick, da ihre Kollegen an der Corinth University und anderswo das Magazin aufschlagen und in seinen Hochglanzseiten mit dem charakteristischen vornehmen Satzspiegel ihren Namen lesen. (Bei aller Hartnäckigkeit und Inbrunst ist Vinnies Ehrgeiz doch noch vergleichsweise bescheiden; es ist ihr nie in den Sinn gekommen, daß ihr Name ja auch auf dem Titelblatt des ›Atlantic‹ stehen könnte.) Auch was darauf folgen wird, hat sie sich alles schon ausgemalt: das hocherfreute Lächeln ihrer Freunde; das mißgünstige Grinsen derer, die nicht ihre Freunde sind und sie und ihre Arbeit immer unterbewertet haben. Letztere dürften leider weit in der Überzahl sein.

Denn es ist traurig, aber wahr, daß Kinderliteratur in ihrem Institut – wie überhaupt in den meisten Englischinstituten – das Dasein einer verarmten Verwandten fristet: einer Stieftochter, zähneknirschend geduldet nur deshalb, weil ihre Worte, wie im alten Märchen, gleich blitzenden Juwelen sind, die eine große, wenn auch nicht ebenso blitzende Masse von Studenten anlocken. In der großen Familie ihres Instituts hockt sie neben dem Kamin, während ihre faulen und häßlichen Geschwister am Tisch des Präsidenten speisen – obwohl sie, gemessen an ihren Einschreibungszahlen, Kröten und Molche speien müßten.

Bitte sehr, denkt Vinnie verbittert, da hast du nun deinen Willen; deine Arbeit hat im ›Atlantic‹ Erwähnung gefunden. Sie hat eben immer so ein Glück – denn sicher hätte es noch andere gegeben, deren Projekte die gehässige Aufmerksamkeit dieses L. D. Zimmern hätten auf sich lenken können. Aber natürlich pickte er sie heraus; was hat sie auch anderes erwartet? Vinnie merkt, daß Fido ihr ins Flugzeug gefolgt ist und an ihren

Beinen schnuppert, aber sie bringt die Kraft nicht auf, ihn wegzustoßen.

Über ihrem Sitz ist das Warnsignal angegangen; die Triebwerke beginnen zu vibrieren wie von dem Beben in Vinnies Innerem. Sie blickt durch das streifige, verzerrende Glas auf ein Rechteck von grauem Beton mit halbgeschmolzenen schmutzigen Schneehaufen, zwischen denen andere Flugzeuge an den Start rollen; in Wirklichkeit aber sieht sie nur jede Menge ›Atlantic Magazines‹, einzeln oder in ganzen Geschwadern, an Flugsteigen Schlange stehen oder bereits in den Händen oder Aktentaschen der Reisenden in alle Winkel der USA fliegen, in Personenwagen mitgenommen, in Lastwagen und Eisenbahnzüge verladen, gestapelt und gebündelt zum Verkauf an den Kiosken abgeladen werden. Sie malt sich aus, was bei dieser Massenwanderung herauskommen wird oder schon herausgekommen ist: Im ganzen Land – in Wohnungen und Büros, Bibliotheken und zahnärztlichen Wartezimmern – sieht sie ihre Kollegen, Exkollegen, Studenten, Exstudenten, Nachbarn, Exnachbarn, Freunde und Exfreunde (ganz zu schweigen von den Juroren des Stipendienkomitees) in diesem oder einem späteren Augenblick das ›Atlantic‹ aufschlagen, seine Hochglanzseiten umblättern und auf diesen abscheulichen Artikel stoßen. Sie malt sich aus, wer von ihnen lauthals lachen, wer die Sätze hämisch grinsend vorlesen, wer mitfühlend seufzen und wer stöhnen und denken oder sagen wird, wie schädlich das für das Institut und die Stiftung sei. »Schlimm für Vinnie«, wird irgendwer sagen, »aber man muß schon zugeben, daß ihr vorgeschlagener Arbeitstitel in der Tat ein bißchen komisch klingt: ›Eine vergleichende Untersuchung der Spielplatzreime britischer und amerikanischer Kinder‹ – also wirklich!«

Vielleicht der Titel, aber nicht der Inhalt, das hat sie doch in jahrelanger Arbeit bewiesen! Bei aller scheinbaren Trivialität ist ihr Material höchst aufschlußreich. Man nehme nur – fast unwillkürlich verfaßt Vinnie im Geiste schon einen Leserbrief an das ›Atlantic‹ – man nehme zum Beispiel nur den Vers, an dem Professor Zimmern so besonderen Anstoß nimmt:

> Ringel-Ringel-Rose,
> Sträußchen in der Dose.
> Asche, Asche,
> Jetzt fallen alle um.

– nach inter- wie extratextualen Zeugnissen geht dieser Reim sehr wahrscheinlich auf die große Pest von 1665 zurück. Demnach könnten die »Sträußchen« jene Kräuterbüschel sein, die man in London sammelte, um sie sich gegen Ansteckung unter die Nase zu binden, und »Asche, Asche« könnte sich auf die Verbrennung der Toten beziehen, die zu Hunderten auf den Straßen lagen.

– Wenn Professor Zimmern sich die Mühe gemacht und recherchiert hätte... wenn er sich nur schon die Zeit genommen hätte, sich bei einer Autorität auf dem Gebiet zu erkundigen – fährt Vinnie in ihrem imaginären Brief fort –, dann... wäre er heute noch am Leben. Ungebeten kommen ihr diese Worte zur Vervollständigung des Satzes in den Sinn. Im Geiste sieht sie L. D. Zimmern, den sie nicht kennt, aber (irrigerweise) für dick und kahlköpfig hält, als Pestleiche, aufgedunsen und gräßlich verfärbt, in einer Londoner Gasse des siebzehnten Jahrhunderts auf dem blanken Kopfsteinpflaster liegen, die Kleider von Erbrochenem besudelt, das Gesicht verzerrt und schwarz, die Glieder im Todeskampf grauenhaft verrenkt, und neben sich ein verwelktes Kräuterbüschel.

– Noch viele dieser scheinbar »sinnlosen« Verse – nimmt sie, erschrocken über ihre eigene Phantasie, den Faden wieder auf – haben ähnliche verborgene historische und gesellschaftliche Bezüge und überliefern in mündlicher Form...

Während die Stewardess in angelerntem BBC-Englisch das Verhalten in Notfällen erklärt, formuliert Vinnie weiter an ihrem Leserbrief. Sätze, die sie schon viele Male in Vorlesungen und Aufsätzen verwendet hat, wiederholen sich in ihrem Kopf und vermischen sich mit denen aus dem Lautsprecher: »Kinderreime/ziehen Sie die Schwimmweste über den Kopf/älteste Weltliteratur/die Riemen vor den Körper und festziehen/bedeuten für Millionen von Menschen die früheste und oft einzige Begegnung mit/durch Ziehen an der Schnur wird die Schwimmweste mit Luft aufgeblasen.« Aufgeblasen, jawohl! Wie sie aus bitterer Erfahrung weiß, ist mit solchen Briefen nie etwas gewonnen. Entweder werden sie höflich abgelehnt (»Wir bedauern, daß wir aus Platzgründen leider...«) oder – schlimmer – angenommen und mit wochen- oder monatelanger Verspätung abgedruckt, so daß sie alle Welt noch einmal an dein Ungemach erinnern, nachdem sie es längst vergessen hat, und dich als schlechten Verlierer dastehen lassen.

Vinnie darf also nicht nur nicht an das ›Atlantic‹ schreiben, sie darf diesen Angriff auf ihre Person auch mit keiner Silbe vor Freund oder Feind erwähnen. Sich über Kritik zu beschweren, gilt in akademischen Kreisen als kleinkariert und würdelos. Nach Vinnies Erfahrung kann man unbedenklich überhaupt nur über solche

Unbilden sprechen, von denen alle Kollegen gleichermaßen betroffen sind: Wetter, Inflation, pflichtvergessene Studenten und so weiter. Mit einer schlechten Presse aber hat man so umzugehen, wie Vinnies Mutter es ihr in bezug auf ihre jugendlichen Schönheitsfehler beigebracht hat: schweigend hinnehmen. »Hast du einen Flecken im Gesicht oder am Kleid, Vinnie, dann darfst du es um Himmels willen nicht auch noch erwähnen. Im günstigsten Fall erinnerst du die Leute damit nur daran, daß du etwas Unschönes an dir hast; im ungünstigsten Fall machst du sie auf etwas aufmerksam, was sie von selbst gar nicht bemerkt hätten.« Zweifellos sehr vernünftig; nur hat es den Nachteil, daß Vinnie nie wissen wird, wer den neuen Schönheitsfehler nun bemerkt hat und wer nicht. Niemals, nie. Fido, der schon die Vorderpfoten auf ihre Knie gestellt hatte, versucht jetzt mit hoffnungsvollem Winseln auf ihren Schoß zu klettern.

Das Brüllen der Triebwerke wird lauter, das Flugzeug setzt sich auf der Startbahn in Bewegung und wird schneller. Scheinbar im allerletzten Moment erhebt es sich schaukelnd in die Luft und läßt Vinnie, wie üblich, bis in die Eingeweide erschauern und gibt ihr das Gefühl, mit dem Sitzkissen einen Schlag ins Genick zu bekommen. Mühsam schluckt sie und schaut zum Fenster, an dem ein frostgraues Stück Long Island in einem unnatürlichen Winkel vorbeizieht. Sie fühlt sich unwohl, unsicher, verletzt. Kein Wunder, jault Fido; das Feixen der Leute wird dich dein Leben lang verfolgen, wird in die armselige Geschichte deiner Schlappen und Niederlagen eingehen.

Vinnie weiß natürlich, daß sie es nicht so schwernehmen dürfte. Aber sie weiß auch, daß Leute, die keine außerberufliche Identität haben – keinen Ehepartner, keinen Liebhaber, keine Eltern, keine Kinder –, so etwas eben doch schwernehmen. In der kurzen, lange zurückliegenden Zeit ihrer Ehe konnten berufliche Rückschläge ihr im Kern nichts anhaben, ihr Behagen (und später Unbehagen) in den eigenen vier Wänden nicht beeinträchtigen. Sie befanden sich sozusagen außerhalb des Flugzeugs, durch soziale Isolierschichten gedämpft und vom Summen der ehelichen Triebwerke übertönt. Jetzt treffen solche Schläge sie ungeschützt, als ob die schwere Fensterscheibe entfernt worden wäre und der Atlantik ihr voll ins Gesicht schlüge – jetzt nicht die Zeitschrift, sondern die halbvereiste, patschnasse Hand des Weltmeers, das sie gerade überfliegen und nach dem die Zeitschrift benannt ist; Schlag um Schlag und –

»Entschuldigung.« Das ist jetzt eine richtige Stimme, die sie hört, die Stimme des Passagiers auf dem Gangplatz. Er ist ein bulliger Mann mit schütterem Haar, lohgelbem Westernanzug und Rohlederschlips.

»Ja bitte?«

»Ich hab nur gefragt, ob ich mal'n Blick in Ihre Zeitung werfen darf.«

Vinnie kann das zwar gar nicht leiden, aber so etwas zu sagen verbietet die Konvention. »Bitte, gern.«

»Danke.«

Sie beantwortet sein Grinsen mit einem kaum sichtbaren Nicken; um sich vor seiner Konversation und ihren eigenen Gedanken zu schützen, nimmt sie dann die ›Vogue‹ zur Hand. Lustlos blättert sie die Glanzseiten durch und verweilt nur bei einem Artikel über Wintersuppen und einem über Zimmerpflanzen. Da wird auf Markknochen, Pastinakwurzeln und Rebhühner bis hin zu Christrosen und Efeu so gründlich und doch in einem so familiären Ton eingegangen – ganz im Gegensatz zu den hysterischen Belehrungen in amerikanischen Frauenzeitschriften –, daß Vinnie gleich lächeln muß, als erkenne sie einen alten Freund wieder. Dagegen überblättert sie rasch die Artikel über Mode und Schönheitspflege. Für solche Ratschläge hat sie jetzt keine Verwendung – und sie haben ihr auch noch nie etwas genützt.

Seit fast vierzig Jahren leidet Vinnie unter den Nachteilen der ohne körperliche Reize geborenen Frau. Schon als Kind hatte sie ein Allerweltsgesicht, das irgendwie an ein kleines Nagetier erinnerte: schmale, spitze Nase, runde, ziemlich eng beieinanderstehende Augen, ein Knabberschlitz als Mund. In ihren ersten elf Lebensjahren machte sich allerdings noch niemand Gedanken über ihr Aussehen. Erst als sie langsam in die Pubertät kam, versuchten zuerst ihre plötzlich besorgte Mutter und dann sie selbst den mageren Gaben der Natur etwas nachzuhelfen. Getreulich befolgten sie die wechselnden Ratschläge von Bekannten und aus den Medien, doch ohne jeden Erfolg. Die in Vinnies später Kinderzeit so beliebten Löckchen und Rüschen standen ihr nicht; die strenge, eckige Mode des zweiten Weltkriegs betonte ihre pubertäre Schlaksigkeit; der New Look ertränkte sie in zuviel Textil – und so ging es im Wechsel der Mode immer weiter. Über Vinnies spätere Bemühungen um Schick und Charme sollte man besser überhaupt den Schleier der Nächstenliebe decken: die orangeroten ledernen Miniröcke über den knochigen Beinen der Vierzigjährigen, die toupierte Hochfrisur über dem kleinen Mausgesicht, das hinter einer überdimensionalen verspiegelten Fliegersonnenbrille hervorlugte.

Als sie fünfzig wurde, gab Vinnie diese Bemühungen dann schließlich auf. Sie tönte sich nicht mehr die Haare in unnatürlich jugendlichem Kastanienbraun und ließ sie in ihrem naturgegebenen, hellen Grau auswachsen; sie verschenkte ihre halbe Garderobe und warf die meisten Kosmetika fort. Man muß den Tatsachen ins Gesicht sehen, sagte sie sich; sie war eben von der Natur benachteiligt, als Frau jetzt doppelt benachteiligt durch Alter; einer Frau wie ihr liefen die Männer nun einmal nicht nach wie die Stiere, da konnte sie sich noch soviel bunten Firlefanz umhängen, um sie auf sich aufmerksam zu machen. Wenigstens konnte sie es so vermeiden, zum Gespött zu werden. Wenn sie schon keine schöne Frau sein durfte, dann wenigstens eine Lady.

Aber gerade als Vinnie sich in die totale Niederlage zu schicken begann, wendete das Blatt sich zu ihren Gunsten. In den letzten paar Jahren hat sie mit einigen ihrer besser bedienten Altersgenossinnen gewissermaßen gleichgezogen, sie sogar überholt. Vergleiche zwischen ihrem und dem Aussehen anderer Frauen ihres Alters sind keine unversiegbare Quelle der Demütigung mehr. Sie sieht zwar jetzt auch nicht besser aus als früher, aber die andern haben an Boden verloren. Ihre schlanke, bescheiden proportionierte Figur ist nicht unförmig und wabblig geworden vom Kinderkriegen und dauerndem Zu- und Abnehmen; ihre kleinen, aber recht hübschen Brüste (cremeweiß mit rosa Knospen) sind straff geblieben. Ihr Gesicht hat nicht den gekränkten, angestrengten Ausdruck der Exschönheit, und sie versucht nicht mit Schmuck und Schminke, mit Kichern und Gurren das ihr vermeintlich zustehende männliche Interesse verzweifelt zu erzwingen. Sie verzehrt sich nicht vor Wut und Gram über das Ausbleiben von Hofierungen, die ihr sowieso nur unregelmäßig und in bescheidenem Umfang zuteil wurden.

Die Folge ist, daß Männer – auch solche, mit denen sie intim war – sie jetzt nicht voll Bestürzung ansehen wie eine durch Feuer, Flut oder Überbauung verschandelte, ehemals geliebte Landschaft. Daß Vinnie Miner alt geworden ist, stört sie nicht, denn ein besonderer Anblick war sie ja noch nie. Sie haben auch nicht aus romantischer Leidenschaft mit ihr geschlafen, sondern aus einem Gefühl der Kameradschaft und zeitweiligem beidseitigem Bedürfnis – oft geradezu gedankenabwesend, um die Sehnsucht nach irgendeiner berauschenderen Schönheit zu lindern. Es war nicht ungewöhnlich, daß ein Mann, der gerade mit Vinnie geschlafen hatte, anschließend nackt im Bett saß, sich eine Zigarette anzündete und ihr von den Höhen und Tiefen seiner momentanen Romanze mit einer launischen Schönen erzählte – um ihr zwischendurch immer wieder einmal zu sagen, wie herrlich es sei, einen Kumpel wie sie zu haben.

Daß Professor Miners Leben auch diese Seite kennt, mag manche überraschen. Aber es ist eine irrige Annahme, daß unscheinbare Frauen mehr oder weniger zölibatär lebten. Der Irrtum ist verbreitet, weil im Bewußtsein der Allgemeinheit – vor allem in den Medien – Sex immer mit Schönheit verknüpft ist. Daher kommt es zum Teil wohl auch, daß Männer sich ihrer Affären mit weniger attraktiven Frauen nicht gern rühmen oder sich in der Öffentlichkeit dazu bekennen. Auf der andern Seite haben die Frauen oft aus schmerzlicher Erfahrung oder natürlichem Selbsterhaltungstrieb gelernt, solche Beziehungen, in denen sie selten den Status einer Geliebten, öfter den der guten Freundin haben, nicht an die große Glocke zu hängen.

Wie schon oft festgestellt wurde, kann nahezu jede Frau einen Mann fürs Bett finden, wenn sie ihre Ansprüche nur tief genug senkt. Was sie senken muß, sind aber nicht unbedingt ihre Ansprüche an Charakter, Intelligenz, Potenz, gutes Aussehen und Erfolg im Leben. Viel eher und öfter muß sie ihr Bedürfnis nach Bindung, Treue und Romantik zurückschrauben; die Hoffnung auf Liebeserklärungen, bewundernde Blicke, geistreiche Telegramme, blumige Briefe und Geburtstagskarten, Geschenke, Pralinen und Blumen sollte sie aufgeben. Nein, auch unscheinbare Frauen haben oft ein Sexualleben. Was sie nicht haben, ist ein Liebesleben.

Vinnie ist in der ›Vogue‹ jetzt auf einen Artikel über neue Ideen für Kindergeburtstage gestoßen, der ihren professionellen Unmut erregt, weil er zu sehr auf kommerzielle, von Erwachsenen gestaltete Unterhaltung abhebt: Zauberkünstler und Clowns, organisierte Ausflüge und so weiter – all das, was die traditionellen Bräuche und Spiele mehr und mehr verdrängt. Solche Artikel sind zum Teil schuld daran, daß die kostbaren alten Volksbräuche der Kindheit so rasch zerstört werden. Und wer sich bemüht, dieses aussterbende Erbe aufzuzeichnen und zu bewahren, wird derweil in auflagenstarken Zeitschriften verhöhnt, heruntergemacht und verunglimpft. Wuff, wuff.

»Hier, Ihre Zeitung.« Vinnies Platznachbar reicht ihr die linkisch zusammengefaltete ›Times‹.

»Ach so, danke.« Damit nicht noch andere Passagiere sie verlangen, legt sie sich die ›Times‹ unter die ›Vogue‹ auf den Schoß.

»Ich hab zu danken. Steht nicht viel drin.«

Da dies nicht als Frage formuliert ist, braucht Vinnie nicht darauf zu antworten und tut es auch nicht. Nicht viel drin – wovon? denkt sie. Nachrichten aus Amerika vielleicht, Sport, platte Kommentare oder gar Werbung, verglichen mit der Zeitung, die er sonst liest. Oder vielleicht ist er so an knallige Schlagzeilen und kurze, jeweils aus einem Satz mit Ausrufezeichen bestehende Absätze gewöhnt, daß die typographische und stilistische Zurückhaltung der ›Times‹ ihn zu der Fehlannahme verleitet, es sei wohl gestern in der Welt nichts weiter Wichtiges passiert. Vielleicht ist ja auch nichts passiert, obwohl man ihr, V. A. Miner, waff, waff, wauuuh! Schluß damit, Fido!

Sie legt die ›Vogue‹ fort und schlägt die ›Times‹ auf. Nach und nach beginnt der bedächtige Stil der Zeitung, ihr maßvoller Takt, ihr Unterton gebildeter Ironie sie zu besänftigen, wie die Stimme einer englischen Nanny ein quengelndes, überdrehtes Kind besänftigt.

»Nach London?«

»Wie? Ja.« Da sie auf frischer Tat ertappt ist, gibt sie ihr Reiseziel zu und widmet sich gleich wieder der Geschichte, die ihr Nanny über Prinz Charles erzählt.

»Da sind Sie sicher froh, aus diesem New Yorker Wetter rauszukommen.«

Wieder bejaht Vinnie, aber in einem Ton, der klarstellen soll, daß ihr der Sinn nicht nach Konversation steht. Sie dreht sich und die raschelnde Zeitung zum Fenster, obwohl es dort gar nichts zu sehen gibt. Das Flugzeug scheint stillzustehen, bebend mit monotoner Regelmäßigkeit, während ausgefranste graue Wolkenwogen vorüberjagen.

Auch auf dem längsten Flug geht Vinnie Reisebekanntschaften immer aus dem Weg, besonders auf Transatlantikflügen. Die Gefahr, siebeneinhalb Stunden lang irgendeinem Langweiler zuhören zu müssen, ist nach ihren Berechnungen ungleich größer als die Chance, jemand Interessanten kennenzulernen – und sie wüßte selbst unter ihren Freunden niemanden, mit dem sie sich so lange unterhalten möchte.

Außerdem hat Vinnie von diesem Mann den Eindruck, daß sie sich keine siebeneinhalb Minuten mit ihm unterhalten möchte. Nach Akzent und Kleidung dürfte er ein Geschäftsmann aus den Südstaaten sein, ein Mensch ohne besondere Bildung und Bedeutung; eben einer, der Pauschalreisen nach Europa bucht. Auf der Bordtasche, die er zwischen seinen übergroßen Westernstiefeln stehen hat, klebt ja denn auch dasselbe SUN-TOURS-Emblem, das sie vorhin schon gesehen hat: dicke Comic-Buchstaben um eine grinsende Disney-Sonne herum. Auch äußerlich ist er ein Typ, für den sie noch nie geschwärmt hat: groß und dick, plattes rötliches Gesicht, grobes, kurzes, angegrautes rotes Haar. Manche Frau würde ihn sicher als wetterharten Cowboytyp attraktiv finden; aber Vinnie hat bei Männern schon immer elegante Schlankheit, feine helle Haut und Haare sowie ein kleines, feingeschnittenes Gesicht bevorzugt – gewissermaßen eine idealisierte männliche Version ihres eigenen Aussehens.

Als sie eine halbe Stunde später die ›Times‹ wieder zusammenlegt und einen Roman aus der Tasche zieht, wirft sie noch einmal einen Blick auf ihren Mitreisenden. Er sitzt eingezwängt zwischen den Armlehnen, schläft nicht und liest nicht, obwohl er die illustrierte Broschüre der Fluggesellschaft auf dem Schoß liegen hat. Einen Augenblick überlegt sie, was das für ein Mensch sein kann, der sich ohne Reiselektüre auf einen Transatlantikflug begibt, und stuft ihn als gedankenlosen Spießer ein. Dumm von ihm, sich darauf zu verlassen, daß er die Zeit im Gespräch totschlagen könne: auch wenn er nicht ausgerechnet an eine Vinnie Miner als Nachbarin geraten wäre, hätten es ja auch Ausländer oder Kinder sein können. Was hat er jetzt vor, einfach herumsitzen?

Während das Flugzeug weiterdröhnt, bekommt Vinnie die Frage beantwortet. In regelmäßigen Abständen steht ihr Platznachbar auf und geht nach hinten, und immer wenn er wiederkommt, riecht er unangenehm nach verbranntem Tabak. Vinnie verabscheut Zigaretten und fragt sich ärgerlich, warum er sich denn keinen Platz in der Raucherabteilung hat geben lassen. Jetzt läßt er sich von der Stewardess ein Paar Kopfhörer bringen, steckt sich die Plastikenden in die großen roten Ohren und lauscht den minderwertigen Geräuschkonserven – offenbar ohne Genuß, da er dauernd die Kanäle wechselt. Schließlich steht er erneut auf, bleibt im Gang stehen und unterhält sich lange mit einem Mitreisenden aus seiner Gruppe, der auf dem Platz vor ihm sitzt, dann noch länger mit zwei anderen, die hinter ihm sitzen. Vinnie sieht sich eingekreist von SUN-TOURisten, Leuten, die all das repräsentieren, was sie an ihrer Heimat beklagt und verachtet, vor dem sie eigentlich nach London flieht.

Vinnie hat wahrhaftig keine Lust zu lauschen, aber sie kommt nicht umhin, ihre schlurrenden Südstaatlerstimmen laut über den verspäteten Abflug klagen zu hören, das Fehlen eines Bordkinos und den »lendenlahmen alten Ochsen«, den ihr Reisebüro ihnen da angedreht hat. Da dieser Ausdruck mehrmals fällt, sieht Vinnie den »lendenlahmen alten Ochsen« schon als Passagier im Flugzeug: mickrig, mißgestaltet und wahrscheinlich lahm, steht er auf drei Beinen im Gang, einen

SUN-TOURS-Kleber auf dem mageren braunen Hinterteil.

Vinnie kann sich bei diesem Gespräch nicht auf ihr Buch konzentrieren und steht auf, um zur Toilette zu gehen. Sie findet eine, die einigermaßen sauber aussieht, und wischt zuerst mit einem angefeuchteten, dann mit einem trockenen Papierhandtuch den Sitz ab. Bevor sie wieder hinausgeht, räumt sie die Plastikbehälter mit Blue Grass Cologne, Erfrischungstüchern und Feuchtigkeitscreme vom Regal und leert sie, ihrer Gewohnheit gemäß, in ihre Handtasche. Und ebenso gewohnheitsgemäß sagt sie sich dabei, daß die British Airways und Elizabeth Arden sicher damit rechnen, vielleicht sogar hoffen, daß irgendein Fluggast sich diese Produkte aneignet; daß sie dem Publikum gewissermaßen als Reklame offeriert werden.

Diese Art Beschlagnahme – man könnte sie auch Ausleihe nennen, obwohl natürlich nie etwas zurückgegeben wird –, ist bei Professor Miner Gewohnheit. Geschäfte sind für sie tabu – schließlich ist sie keine gemeine Ladendiebin – und das Eigentum ihrer Bekannten ist normalerweise auch vor ihr sicher, obschon man achtgeben sollte, wenn man ihr einen Füllfederhalter leiht, besonders wenn er eine extra feine Feder hat; es kann leicht passieren, daß sie ihn geistesabwesend in die eigene Handtasche tut. Aber Flugzeuge, Restaurants, Hotels und Büros sind Freiwild. Infolgedessen besitzt Vinnie eine ansehnliche Kollektion von Gästehandtüchern und einen sehr großen, stets erneuerten Vorrat an Untersetzern, Streichhölzern, Papierservietten, Kleiderbügeln, Bleistiften, Füllern, Kreide und teuren Zeitschriften, wie sie in den Wartezimmern teurer Ärzte und Zahnärzte ausliegen. Sie besitzt Unmengen Briefpapier der Corinth University und des London University College und einen zierlichen kleinen Sahnespender aus Zinn, der aus einem Hummerrestaurant in Maine stammt, und sie bereut nur, daß sie das dazugehörige Zuckerschälchen nicht auch gleich mitgenommen hat. Nun, eines Tages vielleicht...

Man sollte nun aber nicht denken, daß diese Beschlagnahmen an der Tagesordnung wären. Es können Wochen oder Monate vergehen, ohne daß Vinnie das Bedürfnis hat, ihren Vorrat an unbezahlten Schätzen aufzustocken. Aber wenn es für sie nicht zum besten läuft, beginnt sie Umschau zu halten, und dann wird etwas annektiert. Jedesmal bekommt ihr Gemüt dadurch ein wenig Auftrieb, wie wenn sie auf einer Waage säße, die so empfindlich eingestellt ist, daß schon das Gewicht einer kostenlosen Schachtel Büroklammern auf der andern Schale die ihre in die Höhe steigen lassen kann.

Mitunter versucht Vinnie ihre Welt auch dadurch zu verbessern, daß sie sich nicht etwas aneignet, was ihr gefällt, aber nicht gehört, sondern etwas verschwinden läßt, was ihr mißfällt. In ihrer kurzen Ehe hat sie mehrere Krawatten ihres Mannes und ein Wahlwerbegeschenk in Gestalt eines badewannenförmigen Aschenbechers spurlos beseitigt. Und zweimal hat sie in der Damentoilette ihres Institutsgebäudes in Corinth ein ärgerliches Schild mit der Aufschrift VOR VERLASSEN HÄNDE WASCHEN – DER GESUNDHEIT ZULIEBE abmontiert.

Von Vinnies Bekannten weiß keiner etwas von dieser ihrer Angewohnheit, die sich am besten wohl als Folge einer unbestimmten, aber öfter wiederkehrenden Überzeugung erklärt, daß ihr das Leben etwas schuldig sei. Es ist keine gewöhnliche Schnorrerei: Sie bezahlt ihre Rechnungen immer pünktlich, geht mit ihrem Besitz (dem bezahlten und geborgten) großzügig um und nimmt es mit der getrennten Kasse beim Ausgehen sehr genau. Bei solchen Gelegenheiten erklärt sie dann gern, daß ihr Gehalt für eine alleinstehende Person ohne Anhang durchaus reicht.

Manchmal beschwert ihr Über-Ich sich bei Vinnie über diese Art von Selbstbedienungsjustiz, am häufigsten dann, wenn ihre Moral so tief unten ist, daß nichts ihr aufhelfen kann. Zum Beispiel jetzt, da sie in dieser engen Toilettenwabe steht und ringsum die vielsprachigen Ermahnungen und Warnungen liest, tönt eine schrille, durchdringende Stimme durch das Gedröhn des Flugzeugs. »Langfinger!« heult die Stimme. »Neurotische Kleptomanin. Autorin wissenschaftlicher Abhandlungen, die niemand braucht.«

Vinnie gibt sich einen Ruck, rafft ihre Kleidung und kehrt an ihren Platz zurück. Der Pausbäckige, der ganz unglücklich und zerknittert aussieht, steht auf und läßt sie vorbei. In seiner Reiseunerfahrenheit hat er einen viel zu engen Anzug aus irgendeinem Synthetikmaterial angezogen, das unter Druck knittert.

»Gemeinheit«, knurrt er. »Die sollten die Sitze weiter auseinanderstellen.«

»Ja, das wäre gut«, bestätigt sie höflich.

»Die wollen doch nur Knete sparen.« Er setzt sich schwerfällig wieder hin. »Da pferchen sie ihre Passagiere zusammen wie das Rindvieh im Güterwaggon.«

»Mhm«, äußert Vinnie unverbindlich und nimmt ihren Roman zur Hand.

»Aber die sind wohl alle gleich, diese Fluggesellschaften. Ich reise ja selbst nicht soviel.«

Vinnie seufzt. Wenn sie jetzt keine energischen Maßnahmen ergreift, wird dieser Südstaatenrancher oder

Geschäftsmann oder was er sonst ist, dafür sorgen, daß sie nicht dazu kommt, ›The Singapore Grip‹ zu lesen, und sich auf dem restlichen Flug zu Tode langweilt.

»Nein, besonders bequem ist es nie«, sagt sie. »Ich glaube, es ist immer noch am besten, man nimmt sich etwas Interessantes zu lesen mit, dann merkt man es nicht so.«

»Richtig. Hätt' ich wohl auch dran denken können.« Er sieht Vinnie mit einem traurigen, hilflosen Blick an, der sie ebenso in Rage bringt wie bei ihren weniger begabten Studenten – die oft nur wegen ihrer sportlichen Leistungen Studenten sind und eigentlich nicht nach Corinth gehören.

»Ich habe noch ein paar Bücher bei mir, falls Sie da mal hineinschauen wollen.« Vinnie greift unter den Sitz und entnimmt ihrer Reisetasche ›The Oxford Book of Light Verse‹, ein Taschenbuch über die britische Blumenwelt, und ›Der kleine Lord‹, den sie für einen wissenschaftlichen Aufsatz noch einmal lesen muß. Sie legt die Bücher auf den Mittelplatz, wobei sie sich bewußt ist, wie unpassend sie sowohl einzeln wie im Kollektiv sind.

»Ha, danke!« ruft ihr Mitreisender bei jedem neuen Buch, das zum Vorschein kommt. »Also, wenn Sie die selbst jetzt wirklich nicht brauchen.«

Vinnie versichert ihm das gern. Mit einem mühsam unterdrückten Seufzer der Ungeduld weist sie darauf hin, daß sie ja schon in einem Buch liest. Mit einem Seufzer der Erleichterung wendet sie sich dann wieder ›The Singapore Grip‹ zu. Ein paar Minuten hört sie noch das Blättern rechts von ihr, aber schon bald ist sie zu sehr vertieft.

Während sich in Jim Farrells letztem vollendeten Roman die Schatten des Krieges über Singapur verfinstern, hellt sich vor den Kabinenfenstern die Atmosphäre auf. Das dampfige Grau wird von Gold überflutet; das Flugzeug durchbricht eine Wolkenbank und fliegt im strahlenden Sonnenschein über einer riesigen Schüssel Schlagsahne dahin. Vinnie sieht auf die Uhr; sie haben den halben Weg nach London geschafft. Aber nicht nur das Licht ist anders geworden; sie glaubt auch einen anderen Ton in den Triebwerken wahrzunehmen: ein tieferes, gleichmäßigeres Summen, nachdem das Flugzeug auf seinem Heimflug die Mitte passiert hat. Auch im Innern fühlt sie ein harmonischeres Vibrieren, ein Aufleuchten von Vorfreude.

England ist und war für Vinnie immer das Land ihrer Sehnsucht. Ein Vierteljahrhundert lang hat sie es immer nur in ihrer Phantasie besucht, wo sie es sich langsam und liebevoll aus ihren Lieblingsbüchern von Beatrix Potter bis Anthony Powell zusammengesetzt hatte. Als sie es dann zum erstenmal sah, fühlte sie sich wie die Kinder in John Masefields ›The Box of Delights‹, als sie entdeckten, daß sie in das Bild an ihrer Wohnzimmerwand hineinsteigen konnten. Das Land ihrer Phantasie war lebensgroß und dreidimensional geworden; sie konnte da buchstäblich hineingehen. Von der ersten Stunde an erschien ihr England lieb und vertraut. Vor allem London war schon fast ein *Déjà-vu*-Erlebnis. Sie hatte sogar das Gefühl, dort ein netterer Mensch mit einem interessanteren Leben zu sein. Diese Gefühle nahmen mit der Zeit eher zu als ab, und Vinnie gönnte sie sich immer wieder, sooft sie es sich leisten konnte. In den letzten zehn Jahren hat sie England fast jedes Jahr besucht – leider aber meist nur für ein paar Wochen.

Heute abend beginnt nun ihr bisher längster Aufenthalt: volle sechs Monate. Es ist ihr Traum, eines Tages für immer nach London zu ziehen, vielleicht sogar Engländerin zu werden. Zahllose Schwierigkeiten – rechtlicher, finanzieller und praktischer Art – stehen dem Traum im Weg, und Vinnie hat keine Ahnung, wie sie die je alle lösen könnte; aber der Wunsch ist so stark, daß es eines Tages vielleicht doch klappt.

Vielen Englischlehrern geht es wie Vinnie: sie verlieben sich in England wie in seine Literatur. Beim näheren Kennenlernen verkümmert ihre Liebe aber oft zu Gleichgültigkeit oder gar Verachtung. Wenn es sie jetzt noch nach England zieht, dann nach dem England der Vergangenheit – dem Teil der Vergangenheit meist, auf den sie sich spezialisiert haben: dem farbigen, lebensvollen England Shakespeares oder dem verschwenderischen Stil und Charme der Zeit Eduards VII. Mit der Verbitterung enttäuschter Liebhaber beklagen sie, wie naß und kalt und teuer das heutige England sei, wie unfreundlich seine Bewohner, wie verschandelt die Landschaft und selbst das Klima. England hat seinen Zenit überschritten, sagen sie; es ist verschlissen und alt und wie das meiste Alte langweilig.

Vinnie ist nicht nur anderer Meinung; insgeheim tun ihr sogar die unter ihren Freunden und Kollegen leid, die England entsagt haben wollen, denn für Vinnie liegt die Wahrheit auf der Hand, daß England ihrer entsagt hat. Die Kälte, die sie beklagen, ist nur eine Stilfrage. Engländer und Engländerinnen öffnen ihre Herzen und Arme nicht jedem zufälligen Passanten, wie ein englischer Rasen ja auch nicht in den Rasen des Nachbarn hinüberwächst. Sie verstecken sich lieber hinter hohen Ziegelmauern und dichten, stachligen Hecken und zeigen dem Fremden ihre kühlste und förmlichste Seite. Nur wer schon einmal im Innern war, weiß, wie warm und gemütlich es darin sein kann.

Die Klagen ihrer Kollegen über Wetter und Landschaft schreibt Vinnie blindem Neid zu, werden sie doch von Leuten vorgebracht, deren heimatliche Landschaft von Reklametafeln und Gebrauchtwagenhandlungen verschandelt und von Schneestürmen und Tornados verwüstet ist. Und daß hier nichts los sei, ist für Vinnie gerade eine der zauberhaftesten Seiten Englands, ist sie doch soeben einem Land entflohen, das von Sensations- und Horrormeldungen geradezu gejagt wird, und einer Universität, die in regelmäßigen Abständen von politischen Demonstrationen und Ausschreitungen betrunkener Studenten heimgesucht wird. Sie läßt sich in ihr englisches Leben sinken wie in ein großes, warmes Bad, wo nur die kleinen, sanften Wellen sich bewegen, die sie selbst macht, und dann und wann eine Seifenblase platzt, nachdem ein kleiner Skandal ans Licht gekommen ist, und die Luft mit dem köstlich prickelnden Duft von Klatsch erfüllt. In Vinnies England ist sogar sehr viel los; ihr zumindest genügt es völlig.

England ist zudem ein Land, in dem Volkskunde eine alte und ehrwürdige Wissenschaft ist. Die drei Märchensammlungen, die Vinnie herausgegeben hat, und ihr Buch über Kinderliteratur wurden in England viel besser aufgenommen als in Amerika, und sie ist dort auch als Rezensentin begehrter. Wie ihr soeben einfällt, ist auch der ›Atlantic‹ in Großbritannien nicht sehr verbreitet, und selbst wenn Freunde von ihr durch einen abwegigen Zufall Zimmerns Essay gelesen haben sollten, würde er sie nicht sehr beeindrucken. Englische Intellektuelle, das hat sie schon gemerkt, achten amerikanische Kritikermeinung nicht sehr hoch.

Während Vinnie sich lächelnd erinnert, was ihre Londoner Freunde schon alles über die amerikanische Presse gesagt haben, beginnt die Kabinencrew mit der Ausgabe des Mittagessens – beziehungsweise, da es jetzt in London schon sieben Uhr abends ist, sollte es für sie als Abendessen gelten. Vinnie kauft ein Minifläschchen Sherry und läßt sich eine Tasse Tee einschenken. Wie immer lehnt sie den Plastikteller ab, auf den man ein paar Kleckse von irgendeiner geschmacksneutralen Substanz geschmiert hat (angefeuchtetes Sägemehl? Kartoffelstärke?), die so gefärbt und geformt sind, daß man sie für Hackbraten, Rosenkohl, Kartoffelpüree und Zitronencreme halten soll. Vinnie täuscht man damit nicht mehr, auch wenn sie früher einmal angenommen hat, am Geschmack der Flugzeugmahlzeiten seien wohl die Höhe oder eine gewisse Angst beim Fliegen schuld. Jetzt aber nimmt sie sich immer von zu Hause ein eigenes Lunchpaket mit, und das schmeckt hier oben genau so gut wie auf Meereshöhe.

»Ha, das sieht aber gut aus«, entfährt es ihrem Platznachbarn, und er schaut Vinnies Hühnchensandwich mit einer Begehrlichkeit an, die sie schon öfter bei Mitreisenden beobachten konnte. »Das Zeug hier schmeckt wie Silofutter.«

»Ich weiß.« Sie gönnt ihm den Hauch eines Lächelns.

»Irgendwas Komisches müssen die damit anstellen. Vielleicht Bestrahlung oder so.«

»Mhm.« Vinnie verzehrt ihr Sandwich, faltet das Wachspapier säuberlich zusammen, packt einen großen glänzenden McIntosh-Apfel und einen Riegel Bitterschokolade aus und schlägt ihr Buch wieder auf. Ihr

Reisegefährte mampft sein Silofutter mit langsamen, mutlosen Kaubewegungen. Schließlich schiebt er den Teller von sich und greift zum ›Kleinen Lord‹.

»Sie sind sicher froh, wenn Sie wieder in England sind«, meint er nach einer Weile, als Vinnie sich vom Steward noch eine Tasse Tee einschenken läßt.

»Mhm, ja«, bestätigt sie, ohne aufzublicken. Sie liest ihren Satz noch zu Ende, dann stockt sie und runzelt die Stirn. Hat sie Selbstgespräche geführt, wie sie es ja manchmal tut? Nein; wahrscheinlich hält dieser Südstaatler, getäuscht von ihrem New-England-Akzent und dem akademischen Tonfall – und sicher auch von ihrer Vorliebe für Tee –, sie für eine Engländerin!

Vinnie lächelt. Der Mann mag dumm sein, aber irgendwie liegt er schon richtig, genau wie einige von ihren englischen Freunden, die manchmal meinen, sie sei eigentlich gar keine richtige Amerikanerin. Vinnie weiß, daß ihre Vorstellung von der »richtigen Amerikanerin« ein Klischee aus den Medien ist, aber auch sie hat schon oft gedacht, daß sie, geboren und aufgewachsen in »den Staaten«, wie die Engländer sagen, eigentlich eine Anomalie ist; ihre Mentalität und ihr Intellekt sind im Grunde britisch. Daß ihr Platznachbar das offenbar auch so sieht, ist recht erfreulich; da wird sie ihren Freunden etwas Nettes zu erzählen haben.

Aber ganz wohl ist ihr ob dieses Mißverständnisses auch wieder nicht. Als Akademikerin sträubt sie sich gegen Tatsachenverdrehungen; ihr Instinkt drängt sie zur umgehenden Berichtigung. Außerdem wird der rotgesichtige Dicke auf dem Gangplatz seinen Irrtum, wenn sie ihn nicht berichtigt, spätestens dann erkennen, wenn er sie bei der Paßkontrolle in der Schlange für »Einreisende aus Nicht-Commonwealth-Staaten« stehen sieht.

Oder er denkt, Vinnie habe sich in der Schlange geirrt, und wird ihr lauthals assistieren wollen. Nein, sie muß ihm noch vor der Landung erklären, daß sie keine Britin ist.

Eine bloße Korrektur wäre jedoch unhöflich; und nachdem sie die Versuche ihres Reisegefährten, sie beim Lesen zu stören, schon so oft unterbinden mußte, hat Vinnie nun ihrerseits Hemmungen, ihn bei seiner Lektüre zu unterbrechen – zumal er gerade so schön in den ›Kleinen Lord‹ vertieft ist und auch noch eine gewisse Ähnlichkeit mit einer Nebenfigur des Buchs hat, dem unerschütterlich demokratischen Mr. Hobbs. Seufzend schaut sie aus dem Fenster, wo der Himmel sich gerade über einem blutroten Horizont verdunkelt, und überlegt, wie sie ihre amerikanische Staatsbürgerschaft am beiläufigsten an den Mann bringen könnte. Als ich dieses Buch zum erstenmal las, war ich noch ein kleines Mädchen in Connecticut . . . Dann schaut sie zu Mr. Hobbs, will, daß er sich umdreht und etwas sagt; aber er tut es nicht. Er liest und liest, und er und Frances Hodgson Burnett, die Autorin, steigen in Vinnies Achtung.

Erst als sie ein paar Stunden später über Irland sind, hat Mr. Hobbs den ›Kleinen Lord‹ zu Ende gelesen und gibt das Buch mit Dank zurück, und endlich kann Vinnie das Mißverständnis aufklären.

»Heißt das, Sie sind Amerikanerin?« Er zwinkert langsam mit den Augen. »Da haben Sie mich aber echt aufs Kreuz gelegt. Woher sind Sie denn?«

Da sie nun bald am Ziel und Vinnies Augen müde vom Lesen sind, legt sie ihre Ungeselligkeit ab und antwortet freundlich. In den nächsten zwanzig Minuten erfährt sie, daß ihr Platznachbar Charles (Chuck) Mumpson heißt; daß er aus Tulsa und Ingenieur für Abfallbeseitigungssysteme ist; daß er an der University of Oklahoma studiert hat; daß er verheiratet ist und zwei erwachsene Kinder (Sohn und Tochter) und drei Enkel hat (Namen, Alter und Tätigkeit aller dieser Anverwandten werden mitgeliefert). Er ist auf einer zweiwöchigen SUN-TOURS-Reise nach England. Seine Frau »macht in Immobilien« und konnte nicht mitkommen (»In Tulsa platzt jetzt der Immobilienmarkt aus allen Nähten; sie steht bis zum Arsch im Geschäft«). Seine ältere Schwester und ihr Mann sind aber auch in der Reisegruppe, denn diese besteht vorwiegend aus Angestellten der Elektrofirma, bei der sein Schwager arbeitet, sowie deren Angehörigen. An dieser Stelle wuchtet Hobbs/Mumpson sich von seinem Platz und läßt es sich nicht nehmen, Vinnie mit seiner Schwester und ihrem Mann bekannt zu machen, von denen nur zu berichten ist, daß sie ein nettes Paar um die Sechzig sind, aus Fort Worth in Texas kommen und zum erstenmal nach Europa reisen.

Während Vinnie sich das alles anhört und auf freundliche Fragen auch ein paar Angaben über sich selbst macht, überlegt sie, warum Bürger der Vereinigten Staaten, die nichts miteinander gemeinsam haben und sich nie wiedersehen werden, es wohl für nötig halten, gegenseitig solche Informationen auszutauschen. Es verstopft nur die Gehirnzellen mit unnützen Daten, steckt ferner oft voll Angeberei und kann dazu dienen, die Reisebekanntschaft zu verderben. (Mumpsons Schwager hat soeben, wie schon mancher vor ihm, zu ihr gemeint: »Was, Sie geben Englisch? Da muß ich ja aufpassen, was ich sage, in Englisch war ich immer schlecht.«) Dagegen wahrt man auf den britischen Inseln die Anonymität des Reisenden. Wenn Fremde, die der Zufall ins selbe Abteil gesetzt hat, sich unterhalten, geht es stets um Themen von allgemeinem Interesse, und Herkunft, Reiseziel, Beruf und Name bleiben dabei unerwähnt.

Als die Maschine endlich über Heathrow kreist, hat Vinnie von Chuck Mumpson und seiner Verwandtschaft schon genug. Ausgerechnet da muß der Lautsprecher bekanntgeben, daß sie wegen starken Flugverkehrs noch in der Warteschleife bleiben. Und während sie in Schräglage durch die feuchte Finsternis kurven und Zusammenstößen mit anderen Flugzeugen zweifellos nur um Haaresbreite entgehen, erfährt Vinnie mehr als ihr lieb ist über Klima und Bevölkerungswachstum in Tulsa und Fort Worth, öffentliche Versorgungseinrichtungen und deren Energiequellen, Häkeln (Mumpsons Schwester häkelt gerade an einer Wolldecke für ein bald fälliges fünftes Enkelkind) und den Reiseplan der SUNTOURS-Gruppe. Als endlich das Heckrad der Maschine mit einem Plumps auf der Landebahn von Heathrow aufsetzt, ist sie nicht nur wie üblich froh, den Flug überlebt zu haben, sondern auch, sich von ihren neuen Bekannten verabschieden zu dürfen.

Dank ihrer weisen Platzwahl ist Vinnie unter den ersten, die von Bord und durch die Paßkontrolle gehen. Es kommt jetzt sehr auf Schnelligkeit an, denn das Flugzeug hatte über eine halbe Stunde Verspätung, und die Busse nach London werden bald den Verkehr einstellen.

Bei der Gepäckabholung ist ihre Erfahrung jedoch nur noch von begrenztem Nutzen. Sie versteht sich einen Kofferkuli und den besten Platz am Transportband zu sichern, wo sie ihre Koffer sehen und an sich reißen kann, sowie sie herauskommen. Der erste kommt auch fast sofort; aber der andere, größere, will und will sich einfach nicht blicken lassen.

Die langgestreckte, niedrige Halle füllt sich mit desorientierten Reisenden; der Minutenzeiger an Vinnies Armbanduhr rückt weiter; unbekannte Koffer, Taschen, Rucksäcke und Kartons schieben sich an ihr vorbei. Schon geht sie den Inhalt ihres (verlorengegangenen, gestohlenen?) Koffers durch, zu dem nicht nur fast alle ihre warmen Sachen gehören, sondern ferner – und schwerwiegender – auch alle Notizen für ihre Recherchen, wichtige Nachschlagewerke und Nachdrucke sowie sämtliche Reime, die sie in Amerika gesammelt hat und mit britischen Reimen vergleichen will – fast hundert Seiten unersetzlichen Materials. Während herrenlose Gepäckstücke stumpfsinnig ihre Kreise ziehen, darf sie sich ausmalen, was ihr alles bevorsteht, wenn sie den ganzen Inhalt dieses Koffers ersetzen will: Besuche in Kaufhäusern, Schreibwaren- und Buchläden; Fotokopien für fünfzehn Pence pro Blatt (in Corinth hat sie das umsonst); ein Brief an den ihr wildfremden Gastprofessor, der zur Zeit ihr Dienstzimmer benutzt und den sie bitten muß, die Kartons zu öffnen, in denen sich der Inhalt ihres Aktenschranks befindet, und darin nach einem Ordner zu suchen, auf dem – Himmel, was steht denn eigentlich darauf? Und ist er wirklich in einem dieser Kartons, oder befindet er sich bei ihr zu Hause in dem unbenutzten, verschlossenen Zimmer, zu dem ihre Untermieter keinen Schlüssel haben? Soll sie denen einen Zweitschlüssel schicken und somit zwei Architekturstudentinnen Zugang zu ihren sämtlichen Privatbriefen und Tagebüchern, ihren von Arthur Rackham und Edmund Dulac illustrierten Erstausgaben, ihrem Wein-

und Spirituosenvorrat gewähren? Immer noch kreist fremdes Gepäck an ihr vorbei, zusammen mit einem unsichtbaren, schmutzigweißen Hund, der Vinnie bei jeder Runde kläglich anwinselt. Arme Vinnie, was hast du denn erwartet? jault er; so geht's dir doch immer.

Zwanzig Minuten später, als es an der Gepäckabholung schon fast leer ist, kommt holpernd Vinnies Koffer zum Vorschein; er ist an einer Ecke eingedrückt, und auf dieser Seite ist das Schloß aufgesprungen. Vinnie ist aber schon zu erschöpft und entmutigt, um sich besonders erleichtert zu fühlen oder noch groß den Schaden zu melden. Lustlos wuchtet sie den Koffer vom Band und schleppt ihn zu ihrem Kuli. Der Zollbeamte winkt sie gähnend durch. In der Halle warten trotz der vorgerückten Stunde immer noch viele Menschen vieler Nationalitäten. Manche haben Kinder bei sich, andere halten Pappschilder mit Namen von Leuten in die Höhe, die sie hier abzuholen hoffen. Als Vinnie erscheint, richten alle Blicke sich für eine Sekunde auf sie, dann wieder an ihr vorbei. Man gafft, winkt, ruft, stürzt los, umarmt, schubst Vinnie aus dem Weg, um zu seinen Freunden und Verwandten zu kommen.

Vinnie wird von niemandem erwartet oder abgeholt; sie schaut mit einem besorgten Seufzer auf die Uhr und strebt mit ihrem Kofferkuli so schnell wie möglich dem anderen Ende der Halle zu, Fido auf den Fersen. Bald ist sie schon ganz außer Atem, ihr Herz klopft wie wild, sie muß langsamer gehen. Kein Zweifel, sie wird älter, schwächer an Körper und Geist. Ihr Gepäck fühlt sich schwerer an; in einem der nächsten Jahre, früher als sie denkt, wird sie zu alt und schwach und krank sein, um allein zu reisen, und sie reist doch immer nur allein – Fido streicht ihr kläglich hechelnd um die Beine. Hör auf!

Ihr Gepäck ist schwerer, weil sie diesmal länger bleibt und einfach mehr bei sich hat. Und da heute abend alle Flüge verspätet sind, wird wohl auch der Bus gewartet haben. Kein Grund, sich abzuhetzen, außer Atem und in Panik zu geraten.

Doch das erweist sich als Irrtum. Als Vinnie mit ihrem Gepäck und nunmehr sorgsam gemessenen Schrittes in die regnerische, künstlich erhellte Nacht hinaustritt, sieht sie etwas weiter vorn einen roten Doppeldeckerbus abfahren. Ihre Rufe: »Halt! Warten!« verhallen ungehört und unbeachtet. Zu allem Übel steht am Taxistand kein einziger Wagen, nur eine Schlange Menschen, denen die Erschöpfung in den Gesichtern steht. Während sie sich müde und frierend einreiht, holt die Zeitverschiebung sie ein wie eine Woge kalten Brackwassers. Was hat sie hier mitten in der Nacht, an diesem naßkalten, trostlosen, häßlichen Ort verloren? Wozu ist sie so weit gereist, für soviel Geld? Niemand hat sie eingeladen, niemand will sie hier oder sonstwo haben. Kein Mensch braucht ihre alberne Untersuchung über Kinderreime. Fido sitzt jetzt auf dem eingedrückten Koffer und heult wie ein Nebelhorn.

Und wenn Vinnie nicht auf der Stelle irgend etwas Vernünftiges unternimmt, wird auch sie jeden Moment losheulen, das merkt sie. Schon fühlt sie, wie ihr ein Schluchzen in die Kehle steigen will und hinter ihren Augäpfeln die Tränen zu stechen beginnen.

Irgend etwas. Aber was? Zum Beispiel könnte sie in die Halle zurückgehen und nach einem Funktaxi telefonieren, obwohl die dafür bekannt sind, daß sie nie kommen wie versprochen. Daß sie überhöhte Preise verlangen. Und wenn – hat sie überhaupt genug englisches Geld bei sich?

Sinnlos, sich darüber jetzt schon den Kopf zu zerbrechen. Vinnie atmet ein paarmal tief durch, um sich zu beruhigen, und schiebt ihren Kuli zum Eingang zurück, im stillen hoffend, es möge doch noch wie durch ein Wunder ein Taxi erscheinen. Natürlich kommt keins. Sie stößt nur auf eine Horde SUN-TOURisten mit ihrem Gepäck bei einem Charterbus. Vinnie will gerade den Rückzug antreten, als Mr. Hobbs/Mumpson nach ihr ruft. Er hat jetzt einen lohgelben, federgeschmückten Cowboyhut auf dem Kopf, einen lammfellgefütterten Ledermantel an und ein paar Kameras umhängen, und das macht ihn noch mehr zur Karikatur eines amerikanischen Touristen, Marke Wildwest.

»He, Sie! Gibt's Schwierigkeiten?«

»Nein«, sagt Vinnie abweisend, wobei sie weiß, daß ihre Gemütsverfassung ihr deutlich im Gesicht stehen muß. »Ich bin bloß auf der Suche nach einem Taxi.«

Mr. Mumpson blickt über den leeren, verregneten, blinkenden Platz. »Scheint aber keins da zu sein.«

»Nein.« Sie ringt sich ein mattes Lächeln ab. »Anscheinend verwandeln die sich um Mitternacht alle wieder in Kürbisse zurück.«

»Wie? Ah! Ha-ha! Sie, wissen Sie was? Fahren Sie doch bei uns im Bus mit. Der fährt direkt in die Stadt. Zentral gelegenes Hotel, steht im Prospekt. Da kriegen Sie dann bestimmt ein Taxi.«

Ungeachtet ihrer schwachen Proteste stürzt er sich in die Menge und kommt wenig später mit der Mitteilung zurück, daß alles geregelt sei. Zum Glück steigen Vinnie und Mr. Mumpson als letzte ein und müssen separate Plätze einnehmen, so daß ihr seine weitere Unterhaltung erspart bleibt.

Von der Fahrt nach London bekommt sie in ihrer

Müdigkeit kaum etwas mit. Vinnie ist schon oft im Ausland gewesen, aber das ist ihre erste (und hoffentlich letzte) Fahrt in einem Touristenbus. Natürlich hat sie solche Busse schon oft von außen gesehen und mit einer Mischung aus Mitleid und Verachtung die darin eingepferchten Touristen beobachtet, wie sie mit stumpfen Fischaugen durch das dicke grüne Glas ihres rollenden Aquariums auf die fremde, stumme Welt da draußen glotzten.

Der Bus hält vor einem großen, namenlosen Hotel in der Nähe der Victoria Station, und dort stehen tatsächlich mehrere Taxis. Mr. Mumpson hilft ihr das Gepäck umladen, und sie verabschiedet sich von ihm mit aufrichtigem Dank und der unaufrichtig geteilten Hoffnung, daß sie sich »mal wieder über den Weg laufen«.

Es ist schon fast ein Uhr morgens. Während das Taxi durch platschenden Regen nach Norden fährt, malt Vinnie sich müde aus, welche neuen Katastrophen sie in der Wohnung an der Regent's Park Road erwarten könnten, die sie nun schon zum drittenmal von einem Oxford-Professor gemietet hat. Bestimmt ist unten niemand im Haus, der dir die Schlüssel geben kann, jault Fido; oder die Wohnung ist völlig verdreckt; oder das Licht geht nicht. Wenn etwas schiefgehen kann, bei ihr wird es schiefgehen.

Aber die junge Frau in der Erdgeschoßwohnung ist da und noch wach; die Schlüssel passen auf Anhieb; der Lichtschalter ist noch da, wo Vinnie ihn in Erinnerung hat, nämlich gleich hinter der Tür. Da steht auch das weiße Telefon, dessen Nummer sie schon auswendig kennt, und da liegen die Telefonbücher in ihren vornehmen Pastellfarben: A-D cremeweiß, E-K geranienrot, L-R farngrün, S-Z vergißmeinnichtblau; und zwischen ihren geschlossenen Blütenblättern enthalten sie die Namen aller ihrer Londoner Freunde. Sofa und Sessel stehen an ihrem richtigen Platz; rechts und links vom Kamin schimmern beruhigend die goldgerahmten Stiche der Colleges von Oxford. Der saubere Kaminrost ist wie immer mit einem weißen Papierfächer dekoriert, einem Gegenpol zu den weißen Emailtöpfen mit englischem Efeu, die auf dem Ständer vor dem großen Erkerfenster stehen. Zum zweitenmal fühlt Vinnie an diesem Abend Tränen hinter ihren Augäpfeln brennen, aber jetzt sind es Tränen der Erleichterung, sogar Freude.

Da sie unbeobachtet ist, läßt sie ihnen freien Lauf. Still vor sich hin weinend schleppt sie ihr Gepäck in die Wohnung, verriegelt die Tür und ist endlich in Sicherheit, endlich daheim in London.

2

...jeder Mensch hat das Recht, sein Leben zu genießen...

John Gay, ›Die Bettleroper‹

In der U-Bahn-Station Notting Hill Gate steht ein gutaussehender Amerikaner, groß und dunkelhaarig, und wartet auf einen Zug stadteinwärts. Ungeduldig tritt er von einem Fuß auf den andern, während er über die schmutzigen Geleise hinweg auf die bunte Werbung für lauter Sachen starrt, die er sich nie kaufen wird: Black-Magic-Schokolade oder Craven-Zigaretten. Als Englischprofessor im genauen Lesen geübt, fragt er sich unwillkürlich, wie man es nur fertigbringt, das britische Publikum zum Kauf einer Schokolade zu animieren, deren Name – Schwarze Magie – schon einen bösen Zauber verheißt, oder Zigaretten, deren Name von Feigheit spricht. Vielleicht steckt hinter den grellbunten Party- und Liebesszenen auf den Plakaten irgendeine finstere Bedeutung. Will die Blondine mit den blutroten Lippen ihre Gäste mit der Schokolade, die sie da herumreicht, vergiften oder verhexen? Hat der lächelnde, rauchatmende junge Mann insgeheim Angst vor der Frau und umgekehrt? In seiner momentanen Stimmung findet Fred Turner beide Szenen so falsch und leer wie die Stadt über ihm, fast schon bedrohlich.

Obwohl Fred Turner schon drei Wochen in London ist, fährt er heute zum erstenmal mit der U-Bahn. Sonst geht er überallhin zu Fuß, egal wie weit und bei jedem Wetter, denn er will es John Gay gleichtun, jenem Schriftsteller des achtzehnten Jahrhunderts, über den er hier ein Buch schreiben soll. Gay zieht in seinem langen Gedicht ›Bagatellen oder Die Kunst, auf Londoner Straßen zu wandern‹ über mechanische Transportmittel mit Verachtung her:

> Soll nicht der Wandersmann entsagen
> Dem falschen Glanz von Pferd und Wagen?
> Da geh ich lieber doch in süßer Muße,
> Gehüllt in Tugend, Mantel, und zu Fuße!

Auf vergeblicher Suche nach dieser süßen Muße hat Fred schon halb London zu Fuß durchmessen. Wenn es nicht zu sehr regnet, joggt er auch noch jeden Morgen unter grauem oder meliertem Himmel zwei Meilen durch die Kensington Gardens, vorbei an leeren, tropfnassen Bänken und knorrigen, kahlen Bäumen. Und während seine Lungen die feuchte, kühle Luft einsaugen und dünne Dampfwölkchen ihm vom Mund wehen, fragt er sich, was er hier in drei Teufels Namen allein in dieser kalten, unfreundlichen Stadt zu suchen hat. An diesem Abend aber fällt ein eisiger Graupelregen, und Fred wird zum Abendessen in Hampstead erwartet; er findet, daß selbst Gay bei solchem Wetter nicht so weit zu Fuß gelaufen wäre.

Die meisten andern Leute in der U-Bahn-Station starren nicht die Reklame an, sondern – mehr oder weniger verstohlen – Fred Turner. Sie überlegen, ob sie ihn nicht schon einmal irgendwo gesehen haben, vielleicht im Kino oder Fernsehen. Eine miniberockte Kassiererin findet, daß er genau wie der Held auf dem Schutzumschlag von ›Rosewyns Geheimnis‹ aussieht, das ist ihr Lieblingsroman. Eine Gymnasiallehrerin, die sich mit einem übervollen Einkaufsnetz auf eine Bank fallen gelassen hat, glaubt ihn vorigen Sommer in Stratford in ›Liebes

Leid und Lust‹ gesehen zu haben, in einer wichtigen Nebenrolle. Der Geschäftsführer eines kleinen Herrenmodesalons erkennt mit geschultem Blick den transatlantischen Schnitt von Freds Dufflecoat und überlegt, ob er nicht in dieser amerikanischen Krimiserie mitspielt, die seine Kinder immer anschauen. Keiner von Freds Mitreisenden bringt ihn jedoch mit einer Komödie oder Show in Verbindung; die angespannte Haltung seiner breiten Schultern, das vorgeschobene Kinn, die bogenförmig zusammengezogenen, dunklen Augenbrauen verbieten diese Assoziation.

Fred ist dieses Angestarrtwerden nicht peinlich. Er ist es gewöhnt, findet es normal, weiß eigentlich gar nicht, daß andere Leute nicht so oft und neugierig angestarrt werden. Er ist von Kindesbeinen an ob seines Aussehens bewundert worden. Es war von vornherein klar, daß er die romantische Schönheit seiner Mutter geerbt hatte: das volle, wellige brünette Haar, die weit auseinanderstehenden braunen Augen mit den dunklen Wimpern (»viel zu schade für einen Jungen«, meinten viele). Fred merkt hier eher weniger als zu Hause, daß er beobachtet wird, denn die höflichen Briten bekommen schon als Kinder beigebracht, daß es ungezogen sei, Leute anzustarren, und verstehen ihre Neugier zu tarnen. Des weiteren haben sie gelernt, daß man Fremde nicht anspricht, und in seinem Fall hat bisher noch keiner diese Regel gebrochen – allerdings haben ihn vorige Woche zwei Kanadier auf der Straße angehalten und gefragt, ob er nicht der sei, der in ›Das Ding aus dem Jenseits‹ den menschenfressenden außerirdischen Riesenkohl besiegt habe.

Fred Turner weiß natürlich, daß er ein gutaussehender, athletisch gebauter junger Mann ist, genau der Typ, den ein Regisseur gegen fleischfressende Kohlköpfe ins Feld schicken würde. Es wäre auch zuviel behauptet, daß diese Tatsache ihn noch nie gefreut hätte, aber er hat sich doch schon oft gewünscht, nicht ganz so umwerfend auszusehen. Seine Züge und Figur sind die eines edwardianischen Helden: von klassischem Schnitt und übervollkommen, wie in Charles Dana Gibsons Zeichnungen. Hätte er vor dem zweiten Weltkrieg gelebt, sein Aussehen wäre ihm sicher willkommener gewesen; seitdem aber gilt Schönheit dieser Art für angelsächsische Männer als nicht mehr so erstrebenswert, sofern sie nicht homosexuell sind. Für den nüchternen Geschmack dieser Zeit ist sein Kinn zu eben und rund, seine Haltung zu aufrecht, sein Haar zu wellig, seine Wimpern viel zu lang.

Wenn Fred wirklich Schauspieler wäre, könnte er aus seinem Aussehen Nutzen ziehen. Aber er hat nun einmal keine schauspielerischen Fähigkeiten oder Ambitionen; daß Schönheit in seinem Beruf ein erhebliches Handicap ist, hat er in den letzten fünf Jahren deutlich zu spüren bekommen. Solange er noch zur Schule ging, gab es da keine Probleme. Ein Junge durfte hübsch sein, solange dies nicht sein einziger Vorzug war, und Fred war ein Erfolgsmensch: tatkräftig, aufgeschlossen, gut im Unterricht wie im Sport – der geborene Liebling aller Lehrer. Später wurde daraus ein Schüler von dem Holz, aus dem die Klassensprecher sind, und ein Student, in dessen Empfehlungsbriefen es unter anderem heißt, daß er »nebenbei auch ein sehr anziehender junger Mann« sei.

Daß Freds Aussehen wirklich auch von Nachteil sein konnte, zeigte sich erst, als er zu lehren anfing. Wie jeder, der studiert hat, weiß, fallen Professoren im allgemeinen nicht durch Kraft und Schönheit auf; und mögen sie solche Eigenschaften auch bei ihren Studenten noch billigen oder wenigstens verzeihen, so lieben sie das bei ihresgleichen gar nicht sehr. In den Disziplinen Theaterwissenschaft oder Kunst und Design hätte Fred sich vielleicht nicht allzusehr von seinen Kollegen abgehoben und soviel Ärger mit ihnen bekommen. Aber am Englischinstitut wurde sein Aussehen ihm angekreidet: da wurde er – völlig zu Unrecht – gleich verdächtigt, eitel, egozentrisch, unintellektuell und oberflächlich zu sein.

Es wirkte sich auch nachteilig auf seine Lehrtätigkeit aus. In seinem ersten Vorlesungssemester verliebte sich mindestens ein Drittel seiner Studentinnen und sogar der eine oder andere Student in ihn. Sie wurden rot und stotterten, wenn er sie ansprach, und konnten sich nicht mehr auf das anstehende Thema konzentrieren. Nach den Vorlesungen hingen sie wie die Kletten an ihm, folgten ihm in sein Zimmer, beugten sich in engen Pullovern oder fast bis zum Nabel offenen Hemden über seinen Schreibtisch, klammerten sich stumm flehend an seine Arme oder erklärten ihm in einigen Fällen sogar ganz offen ihre Gefühle, mündlich oder in Briefen (»Ich muß immerzu an Sie denken, in meinem Kopf dreht sich nur noch alles«). Aber Fred hatte kein Verlangen danach, mit zehn verdrehten Studentinnen zu schlafen – auch nicht mit einer einzigen, sorgsam ausgewählten, völlig unverdrehten. Er fühlte sich nicht zu Babyfett und unreifen Hirnen hingezogen; und mochte er in einigen wenigen Fällen auch versucht sein, so war doch sein Berufsethos zu stark ausgeprägt. Außerdem hatte er den vollkommen berechtigten Verdacht, daß er beruflich großen Ärger bekommen könnte, wenn er schwach würde und sich erwischen ließ.

In diesem ersten Jahr lernte Fred also Distanz zu seinen Studenten zu halten; zum Beispiel bot er ihnen, wenn auch zähneknirschend und bedauernd, nicht mehr an, ihn beim Vornamen zu nennen. Mit der Zeit ließ dann der sexuelle und emotionale Druck etwas nach – besonders nachdem er eine Frau kennengelernt hatte, die ihn mit ihrem Aussehen und Temperament voll in Atem hielt. Aber immer noch ist ihm bei seinen Vorlesungen unbehaglich. Es stört ihn, daß er »Professor Turner« heißt; daß er die ganze Zeit diese kühle Distanz halten und so eine trockene Art an den Tag legen muß; daß er nicht hoffen darf, je dieses herzliche, entspannte und doch in keiner Weise verfängliche pädagogische Klima zu schaffen, dessen sich seine weniger attraktiven Kollegen erfreuen. Die Zeit wird dieses Problem heilen, aber das kann noch ein Vierteljahrhundert dauern, und aus der Perspektive eines Achtundzwanzigjährigen kommt das einer Ewigkeit gleich. So lange muß er sich damit abfinden, daß seine Studenten ihn kalt und unpersönlich finden – eine Einschätzung, die in dem von Studenten alljährlich im Herbst herausgegebenen ›Vertraulichen Vorlesungsführer‹ öffentlichen Ausdruck findet.

Doch im Moment hat Fred nicht diese akademischen Sorgen im Kopf, denn seine Gedanken kreisen, wie immer wieder in den letzten beiden Monaten, um seine zerbrochene Ehe. Bis dahin war er immer davon ausgegangen, daß »Roo«, wie er seine Frau Ruth nannte, mit ihm nach England kommen würde. Sie hatten die Reise gemeinsam vorbereitet, Bücher gelesen, Landkarten studiert, alle ihre Freunde zu Rate gezogen – Roo sogar noch mit größerer Begeisterung als er selbst.

Dann aber hatte sich ein Ehegewitter entladen: mit Donner und Blitz und einem Wolkenbruch von Tränen.

Und kurz vor Weihnachten hatten sich Fred und Roo in einer bewölkten, elektrisch geladenen Atmosphäre »probehalber«, wie sie ihren Freunden und Angehörigen erklärten, getrennt. Aber Fred hat im stillen den Verdacht, daß für Roo die Probe schon vorbei, der Kandidat durchgefallen und seine Ehe für tot erklärt ist.

Sinnlos, jetzt darüber nachzudenken, sich mit den unguten Erinnerungen aus einer unguten Zeit zu befassen. Roo ist nicht hier und wird es nie sein. Sie hat auf keinen seiner kurzen, aber sorgfältig formulierten und neutral freundlichen Briefe geantwortet und wird es wohl auch nicht tun. Fred ist für fünf Monate allein in einem freudlosen, inhaltsleeren London, wo es offenbar immer und ewig kalt ist und regnet, drinnen wie draußen. So durchgehend elend hat er sich in seinem ganzen Leben noch nie gefühlt.

Er war mit der Absicht gekommen, auch ohne Roo die Stadt John Gays – und Johnsons, Fieldings, Hogarths und vieler anderer – intensiv und hautnah zu erleben. Getreulich und mechanisch hat er nun zu Fuß und allein die Orte aufgesucht, die sie gemeinsam hatten besuchen wollen: St. Paul's Cathedral, London Bridge, Dr. Johnsons Haus und alles übrige. Aber alles, was er sah, erschien ihm falsch und leer: Fassaden von Pappmaché, hohl, inhaltslos. Sein Körper ist in London, aber seine Seele ist in Corinth geblieben, in einem Teil seines Lebens, den es nicht mehr gibt. Er lebt in der historischen Vergangenheit, wie er es geplant und gehofft hatte – doch nicht im London des achtzehnten Jahrhunderts, sondern in einer jüngeren, privateren und trostloseren Periode seiner eigenen Geschichte.

Aber Fred glaubt nicht, daß es dieses wirkliche und liebenswerte London nicht geben soll. Es gibt diese

Stadt: Als Zehnjähriger hat er ein halbes Jahr darin gelebt, und letzte Woche hat er sie wieder aufgesucht. Zwar sind einige ihrer Wahrzeichen verschwunden, aber die noch da sind, leuchten bedeutungsvoll und gegenwärtig wie von einer sanften Radioaktivität. Das Haus, in dem seine Familie einst wohnte, ist nicht mehr da; auf dem verwilderten, unterhöhlten Trümmergrundstück, wo er und seine Schulkameraden Nazis und Alliierte oder Räuber und Gendarm spielten, stehen jetzt Gemeindewohnungen. Aber da ist noch der Süßwarenladen an der Ecke, wo es so betörend nach Anis- und Zimtbonbons und dicken Schokoladenriegeln duftet; da sind auch noch die breiten, flachen, ungleichmäßig abgetretenen Stufen in dem Durchgang neben der Kirche, wo Freddy (wie sie ihn damals nannten) auf dem Heimweg oft stehenblieb, um aus einer Papiertüte glänzende schwarze Lakritzzöpfe zu essen und seine *Beano*-Comics zu lesen, Genüsse, die er keinesfalls aufschieben konnte.

Auf der andern Straßenseite ist noch die Arztpraxis, in die sein Vater ihn trug, als er einmal vom Fahrrad gefallen war, und eine alte Ärztin mit kurzen weißen Haaren hatte ihm drei pricklige schwarze Nähte ins Kinn gesetzt und ihn einen »tapferen, hübschen kleinen Yankee« genannt – und jetzt begreift er, daß sie ihm damit nicht nur schmeichelte, sondern auch gleich eine Identität gab. Der Name auf dem Messingschild sagt ihm nichts, aber die schwere Tür mit ihrem Buntglasbild, Tomaten mit Heiligenschein, ist noch da und läßt das Haus noch immer wie eine Art Kirche erscheinen – obwohl Fred inzwischen natürlich weiß, daß es sich um Jugendstil handelt und die Tomaten mit Heiligenschein Granatäpfel sind. Auf einer einzigen Straße in Kensington, ein paar hundert Metern nur, reagieren Freds Empfindungen und Sinne übernormal; sonst bleibt London überall kalt, verschwommen, platt und fade.

Seine Unfähigkeit zu einem authentischen London-Erlebnis schiebt er nicht ausschließlich darauf, daß er Roo verloren hat. Zum Teil schreibt er sie auch der Touristenisolation zu; die gleiche Reaktion hat er auch bei andern Amerikanern festgestellt, die erst vor kurzem angekommen sind, und zu Hause bei Freunden und Verwandten, wenn sie von einer Auslandsreise zurückkehrten. Das Hauptproblem sieht er darin, daß Besuchern eines fremden Landes nur der Gebrauch von zweien ihrer fünf Sinne zugestanden wird. Sehen darf man – daher haben Besichtigungstouren ja ihren Namen. Auch der Geschmackssinn kommt auf seine Kosten, nimmt sogar eine fast schon sexuelle Bedeutung an: die Einnahme landesüblicher Speisen und Getränke wird zum hochbewerteten Ereignis, beweist, daß man »wirklich da« war.

Der volle Gebrauch des Gehörsinns bleibt dagegen verwehrt. Verständliche ausländische Laute bleiben auf die Stimmen von Kellnern, Verkäufern, Fremdenführern und Hotelpersonal sowie ein paar Fetzen fragwürdig »einheimischer« Musik beschränkt. Akzent, Tonfall und Wortschatz klingen sogar in England oft fremd; viele Geräusche, die er hört, vermag der Tourist nicht einzuordnen, und Gespräche führt er oft nur mit Funktionären. Der Geruchssinn funktioniert noch, wird aber von den vielen fremden Gerüchen leicht verwirrt oder angewidert. Viel zu kurz kommt vor allem der Tastsinn; an allen Ecken und Enden hängen sichtbare wie unsichtbare Schilder: BERÜHREN VERBOTEN.

Zwei Sinne allein genügen nicht, um mit der Welt in

Kontakt zu bleiben, und so kommt es, daß man Orte, die man als Tourist besucht hat, als verschwommene, stumme Flächen mit ein paar Lichttupfern in Erinnerung behält: ein Blumenkasten im Fenster, überquellend von violett geäderten weißen Krokussen; das wutrote, brüllend verzerrte Gesicht eines Taxifahrers; eine in die ›News of the World‹ eingewickelte Portion heiße *fish-and-chips* – solche seltenen Augenblicke heben sich in der Erinnerung, die Fred an den letzten Monat hat, wie bunte Schnappschüsse vor dem grauen Löschpapier eines alten Fotoalbums ab. Ein treffender Vergleich – denn was Touristen mit nach Hause nehmen, sind ja meist Schnappschüsse.

Was Touristen ferner mit nach Hause bringen, sind bestimmte kitschige Gegenstände, die sie »Souvenirs« nennen – und die, wie das Wort schon sagt, nicht so sehr Dinge im eigentlichen Sinne als vielmehr verkörperte Erinnerungen sind, und wie alle Erinnerungen leicht übertrieben und verzerrt. Souvenirs haben wenig gemein mit Dingen, die wirklich für die Einheimischen hergestellt und von ihnen benutzt werden – oder hat man je eine echte Griechin ein von vergoldeten Blechmünzen klimperndes Tuch um den Kopf tragen sehen oder einen französischen Fischer in einer dieser »echten Fischerschürzen«, die man in Souvenirläden bekommt? Aber alle diese falschen Symbole sollen den Touristen ja nur dafür entschädigen, daß er über Wochen oder Monate von jeder wirklichen Welterfahrung abgeschnitten war, von körperlichem Kontakt mit andern menschlichen Wesen –

Ja, darauf läuft es hinaus. Wenn Roo hier wäre, hätte er diese Theorien wahrscheinlich nicht entwickelt. Seine Gemütsverfassung ist unnatürlich, das Grau Londons nur Projektion. Am besten sollte er sich wahrscheinlich ein menschliches Wesen suchen, das ihm Roo zwar nicht ersetzen oder sie vergessen machen könnte – das ist unmöglich –, aber ihn ablenken und wärmen würde.

Ein kalter Luftzug, ein hohles Dröhnen, und der stadteinwärts fahrende Zug läuft ein. Er ist nicht einmal halb voll, denn es ist schon sechs Uhr vorbei, und die meisten Leute sind auf dem Heimweg in die Vorstädte. Mehrere Leute im Wagen sehen Fred interessiert an, als er Platz nimmt. Ihm gegenüber verzieht eine hübsche junge Frau im dunkelgrünen Wollcape den Mund zu einem leichten Lächeln, als ihre Blicke sich treffen, dann schaut sie wieder in ihr Buch. Ein gutes – und nicht das erste – Beispiel dafür, was Fred hier in London wahrscheinlich braucht, aber er fühlt sich außerstande, etwas dafür zu tun.

Zweierlei steht einem sinnvollen Tun von seiner Seite im Weg. Zum einen seine Unerfahrenheit. Anders als die meisten mäßig attraktiven oder rundheraus unattraktiven Männer hat Fred nie gelernt, wie man sich eine Frau anlacht. Er brauchte das nie zu lernen, denn von frühester Jugend an gab es in seinem Bekanntenkreis stets mehr als genug Frauen, die nicht nur bereit, sondern sogar versessen darauf waren, ihm näherzukommen. Nicht sein gutes Aussehen allein interessierte sie, sondern auch sein Optimismus, seine guten Manieren, seine selbstverständliche und bescheidene Sportlichkeit, seine scharfe, aber nie überhebliche Intelligenz. Eigentlich brauchte er immer nur noch seine Wahl zu treffen.

Selbst jetzt, selbst in seinem Stimmungstief, könnte Fred sich zweifellos eine Frau anlachen, wenn er nur wollte – die meisten, die er anspräche, würden ihm seine anfängliche Verlegenheit sicher nachsehen. Aber es gibt ein anderes, größeres Problem. Jedes Mädchen, jede Frau, die er in London sieht, hat einen Fehler: sie ist nicht Roo. Er weiß, daß es dumm und kontraproduktiv ist, weiter so für eine Frau zu empfinden, die ihn aus ihrem Leben gestrichen hat – weiter so in Erinnerungen und Phantasien zu leben. Wie sein Jugendfreund Roberto Frank einmal gesagt hat, verbrennt man sich an einer Fackel, die man immerzu mit sich herumträgt, nur die Finger.

Wenn Roberto jetzt hier wäre, statt in Wisconsin Französisch zu unterrichten, würde er Fred raten, sich an das Mädchen im grünen Cape heranzumachen und zu versuchen, noch heute nacht bei ihr zu landen. Schon als Gymnasiast hat Roberto unverbindlichen Sex als Allheilmittel empfohlen. »Du brauchst nur mal 'ne schnelle Nummer«, erklärte er jedem, der sich wegen einer Erkältung, eines verstauchten Knöchels, zuviel Hausaufgaben, verständnisloser Eltern, Fahrrad- oder Autopanne – oder auch Eifersucht, Untreue oder Zimperlichkeit seiner Derzeitigen – am Boden zerstört fühlte. Seitdem hat Roberto Frauen gesammelt wie früher Baseballbilder, und immer war Quantität ihm wichtiger als Qualität. Auf dem Gymnasium hat er sich einmal von Fred für einen Mickey Mantle drei unbekannte, unfähige Red Sox eingehandelt. Nach seiner Überzeugung ist die Welt voll von hübschen und willigen Frauen mit Interesse an einer Beziehung ohne Fesseln. »Ich sage nicht, du sollst ihr Honig ums Maul schmieren oder eine Schau abziehen. Wenn ich eine Tante treffe, die mich anmacht, sag ich's ihr klipp und klar. Will sie nach diesen Regeln nicht mitspielen, okay; tschau und nichts für ungut.« Fred sieht das anders. Nach seiner Erfahrung geht es nie ohne Fesseln ab, egal was in den Vorverhandlungen abgesprochen wurde. Schon nach den ersten Treffen ist er sich oft vorgekommen wie ein Kater, der sich in einem emotionalen Knäuel roter Wolle verheddert hat.

Ja, denkt Fred, Roberto mag auf seine Art schon recht haben; wenn er vielleicht eine kennenlernte –

Der Zug hält an der Tottenham Court Road. Fred steigt aus, um in die Northern Line umzusteigen, die junge Frau im grünen Cape ebenfalls; dabei sieht er, daß sie in Joseph Conrads ›Spiel des Zufalls‹ gelesen hat. Er beschleunigt seinen Schritt, denn er ist selbst ein Conrad-Verehrer; dann aber weiß er nicht, was er zu ihr sagen soll, und wird wieder langsamer. Die junge Frau wirft einen bedauernden Blick zu ihm zurück, während sie die Treppe zu den Zügen nach Süden nimmt.

Eben hat Fred sich zurechtgelegt, wie er sie ansprechen könnte, und will ihr schon folgen, da fällt ihm ein, daß er ja bei Joe und Debby Vogeler in Hampstead zum Abendessen eingeladen ist, die es ihm übelnehmen werden, wenn er nicht kommt. Die Vogelers, die mit ihm zusammen studiert haben, sind die einzigen Leute seines Alters, die er in London kennt, und darum ist es wichtig für Fred, sich ihr Wohlwollen zu erhalten. Seine sonstigen hiesigen Bekannten sind Freunde seiner Eltern, alles schon reifere Semester, und eine Kollegin aus seinem Institut, eine alte Jungfer namens Virginia Miner, die auch hier auf Studienurlaub ist und im Britischen Museum recherchiert. Ersteren fühlt er sich aus Höflichkeit verpflichtet, auch wenn er sich um ihre Gesellschaft nicht gerade reißt; Professor Miner geht er lieber aus dem Weg. Obwohl sie noch nie über irgendein Thema ein ernsthaftes Gespräch mit ihm geführt hat, wird sie demnächst mit darüber abstimmen, ob Fred an der Universität bleiben darf oder in die kalte Arbeitslosigkeit hinausgestoßen wird. Sie gilt als exzentrisch und empfindlich und unerschütterlich anglophil. Bei jedem irgendwie gearteten Zusammentreffen wäre für Fred die Gefahr, sie vor den Kopf zu stoßen, wahrscheinlich größer als die Chance, sie für ihn einzunehmen; und wenn er ihr gar seine Niedergeschlagenheit und seine Abneigung gegen London und das Britische Museum eingesteht, wird er in ihrer Achtung, egal wo er da jetzt steht, auf jeden Fall sinken. Zudem wüßte er nicht, wie er sie anreden sollte – Professor oder Miss oder Ms. Miner, Virginia oder Vinnie. Um sie nicht zu verärgern, hat er für Ende dieser Woche eine Einladung zu einer »kleinen Party« bei ihr angenommen, aber er will anrufen und sagen, er fühle sich unwohl – nein, krank, korrigiert er sich; »sich unwohl fühlen« heißt ja in England, daß man sich übergeben muß.

Ein weiterer Grund für ihn, die Vogelers nicht zu enttäuschen, ist das kostenlose Essen, das er da bekommen wird – und zwar ein gutes, denn Debby ist eine zwar phantasielose, aber gute Köchin. Zum erstenmal im Leben ist Fred nämlich pleite. Er wußte nicht, wie teuer London ist und wie lange es dauert, bis sein Gehaltsscheck hier eingelöst wird. Die Wohnung, die er und Roo zusammen per Post gemietet hatten, ist für einen allein zu teuer, und Kochen hat er nie gelernt. Anfangs ist er zum Essen ausgegangen, in immer billigere Restaurants und Kneipen zwar, aber doch sehr zum Schaden seines Budgets – und seines Magens; jetzt lebt er hauptsächlich von Brot und Käse, Bohnen aus der Dose, Suppe, gekochten Eiern und Orangensaft im Pappkarton. Ehe seine finanzielle Situation völlig hoffnungslos wird, kann er immer noch seine Eltern brieflich oder telegraphisch um Geld angehen, aber das sähe nach kindlichem Leichtsinn aus. Dabei ist er, um Himmels willen, schon fast neunundzwanzig und hat seinen Doktor.

»Noch etwas Schokoladenauflauf?« fragt Debby.

»Nein danke.«

»Er schmeckt nicht richtig, wie?« Eine steile Falte erscheint in Debbys rundem Gesicht zwischen den fast unsichtbaren Augenbrauen.

»Nein, er schmeckt prima. Nur –«

»Die Kruste ist anders, finde ich.« Joe steuert seine Meinung wie immer mit philosophischem Abstand bei.

»Ja, sie ist so matschig«, bestätigt Debby. »Und die Füllung viel zu süß. Das waren die falschen Kekse, und richtige Backschokolade war hier in keinem einzigen Laden zu kriegen. Aber so ist das hier mit allem, glaubst du?«

Fred antwortet nicht. Er müßte es inzwischen wohl glauben, denn Debby und Joe haben fast den ganzen Abend darauf verwandt, ihm mit heißer Entrüstung (Debby) oder ironischer Resignation (Joe) ihre Enttäuschung von England im allgemeinen und von London im besonderen zu beschreiben. Über einen Monat lang haben sie sich wirklich alle Mühe gegeben, aber nun haben sie auf ganzer Linie aufgegeben. Sie sind auch echt sauer auf sich selbst, weil sie so dumm waren, aus Südkalifornien, wo beide an benachbarten Colleges unterrichten, hierher in Urlaub zu kommen, und das auch noch mit einem einjährigen Baby. Man hat sie ja gewarnt, aber ihre Bewunderung für die britische Literatur (Debby) und britische Philosophie (Joe) muß sie verblendet haben. Warum haben wir nur nicht auf unsere Freunde gehört? fragen sie sich immer wieder. Warum sind sie nicht nach Italien oder Griechenland gefahren oder in Gottes Namen gleich zu Hause in Claremont geblieben? England mag ja früher wunderschön gewesen sein, gut, ja, aber das heutige London ist in ihren Augen ein glatter Reinfall.

»In den Geschäften zum Beispiel. Dieser Mann im Lebensmittelladen war richtig eklig, als wenn ich ihn beleidigt oder sonstwas hätte, als ich meinte, er solle sich mal ungesüßte Backschokolade zulegen; davon habe er zum Glück noch nie gehört, meinte er.«

»Die haben sich verschworen, das haben wir inzwischen rausgekriegt«, sagt Joe. »Sie treffen sich einmal im Monat in irgendeiner Kneipe. ›So, und jetzt zeigen wir's mal diesen dämlichen jungen amerikanischen Professoren, die sich so viel darauf einbilden, in London zu sein.‹« Er lacht und schneuzt sich die Nase.

»Darum ist auch der Klempner nicht gekommen, als in der Küche der Abfluß verstopft war. Der wollte uns nicht mal sagen, wann er denn kommen kann oder ob er überhaupt kommen wird.«

»Oder wie heute die Frau in der Reinigung. Die hat meine Hose angeguckt, als wenn sie stinkt. ›Nein, Sir, gegen die Ölflecken konnten wir nichts machen, ein Pfund zehn, bitte.‹« Joes Versuch, einen gestelzten britischen Akzent nachzuäffen, scheitert an seiner angeborenen Unmusikalität und auch an einer üblen Erkältung.

»Es ist so häßlich hier, ich glaube, das stört mich am meisten«, sagt Debby. »Alles so grau und feucht, und diese ganzen modernen Gebäude sind natürlich absolut scheußlich. Und dann stellen sie Kneipen und Schnellimbisse und Reklametafeln mitten in die schönsten alten

Straßen. Wo haben die nur ihr ästhetisches Empfinden gelassen?«

»Eingefroren«, sagt ihr Gatte. Joe ist gebürtiger Kalifornier und dünn, schmalbrüstig und rasch erkältet; seit seiner Ankunft in London ist er dauernd krank und oft genug auch »unwohl«. Zuerst hat er das Ganze zu ignorieren versucht, erzählt er Fred, während Debby unten in der dunklen, feuchten Küche Kaffee macht. Dann hat er sich ins Bett gelegt und vier Tage gewartet, ob es besser wird; nachdem er diese Hoffnung endlich aufgegeben hat, ist er wieder aufgestanden. Im Augenblick hat er Fieber, Kopfschmerzen, Halsschmerzen, Husten und verstopfte Nebenhöhlen. Am liebsten würde er nach oben gehen, sich hinlegen und einfach weg sein; aber er ist ein Gelehrter und Professor der Philosophie und Stoiker von Natur. Debby und Söhnchen Jakie sind auch erkältet.

»Was einen erst richtig umbringt, ist das Klima«, sagt Joe, während er auf Zuruf seiner Frau den Speiseaufzug hochzieht. »Das manipulieren sie wahrscheinlich auch.«

»Wenn ich daran denke, wie jetzt das Wetter in Claremont ist!« ruft Debby Sekunden später, während sie Kaffee eingießt. »Da komme ich mir richtig dumm und betrogen vor. Und verdammt noch mal, wir *wurden* auch betrogen. Weißt du, ich hab's dir ja vielleicht schon mal erzählt –« (sie hat) »– daß wir dieses Haus brieflich gemietet haben; der Makler hat uns ein Foto und eine Beschreibung geschickt. An dem Morgen, als wir hier ankamen, direkt vom Flugplatz, da war der Flask Walk ja so hübsch anzusehen; ausnahmsweise schien mal die Sonne, und als das Taxi hielt, sah alles genauso aus wie auf dem Bild, nur schöner, weil es ja in

Farbe war, ein georgianisches Landhaus wie aus dem Bilderbuch. Menschenskind, dachte ich, das ist wirklich die hohe Miete und den Flugpreis und diese fürchterlichen acht Stunden mit Jakie im Flugzeug wert. Und wie wir reinkommen, da hat das Haus überhaupt keine Rückseite, wie weggeschnitten. Davon hatte der Makler natürlich nichts erwähnt.« Das Haus, in dem die Vogelers wohnen, steht an einer spitzwinkligen Straßenecke; es besteht aus einer Küche im Souterrain, einem Wohnzimmer und zwei Schlafzimmern, alle übereinander. Jedes Zimmer hat die Form eines schmalen Dreiecks, etwa wie das Stück Torte, das Debby eben serviert hat, nur weniger großzügig bemessen.

»›Wohnzimmer fünfeinhalb mal dreieinhalb Meter *maximal*‹, stand in der Beschreibung«, fährt sie fort. »Ich dachte, das heißt, man muß die Fußleisten oder Wandschränke und so was abziehen. Und diese schrecklichen Plastikmöbel, die sie in die Ecken gequetscht haben. Und von Garten natürlich gar keine Rede. Ich wußte überhaupt nicht mehr, wie mir war. Ich hab nur noch losgeheult, und natürlich fing dann auch Jakie prompt zu brüllen an, wie das Babys so tun, wenn man selbst außer sich ist.«

»Wir waren völlig von der Rolle, das steht fest«, räumt Joe ein. »Lag zum Teil wohl an der Zeitverschiebung. Nur ist das jetzt schon fast sechs Wochen her, und wir haben uns noch immer nicht davon erholt.«

»Ich verstehe, was du meinst.« Fred hält seine Tasse hoch und läßt sich neuen Kaffee einschenken. »Ich habe manchmal das komische Gefühl, daß ich gar nicht in London bin; daß dies hier gar nicht London ist, sondern irgendwas Nachgemachtes.«

»Genauso haben wir's auch empfunden, als wir zuerst hier ankamen.« Debby beugt sich vor, ihr glatt geschnittenes braunes Haar schwingt über dem Tisch. »Besonders wenn wir uns irgend etwas ansehen gingen, etwa die Westminster Abbey oder die Parlamentsgebäude oder sonstwas. Die waren immer kleiner, als wir erwartet hatten, und von ganzen Busladungen amerikanischer und französischer und deutscher und japanischer Touristen überlaufen. Schließlich haben wir darauf gepfiffen.«

»Das ist natürlich überall so, da kann man gar nichts machen«, erklärt ihr Gatte. »Tourismus ist ein sich selbst zerstörender Prozeß, etwa wie wenn Eisen rostet.« Joe hat eine Vorliebe für naturwissenschaftliche Vergleiche, ein Überbleibsel seiner Biochemiestunden am College. »Da wird irgendwas zur Sehenswürdigkeit erklärt, weil es irgendwie typisch oder symbolisch ist – eben für das ideale Großbritannien steht. Schon rennen die Touristen zu Hunderten hin, und da sehen sie dann natürlich nichts als andere Touristen.«

»Und wenn man doch mal näher rankommt, sieht es sowieso immer anders aus«, ergänzt Debby, »weil man es schon auf einem geschönten Foto gesehen hat, aufgenommen an einem strahlenden Sommertag, nachdem Touristenbusse und Bonbonpapier und Zigarettenkippen erst mal weggekehrt wurden. Dagegen wirkt das Original dann immer irgendwie schmutzig und schäbig. Besichtigungen machen wir so gut wie gar keine mehr. Na ja, so vermeiden wir wenigstens Ablenkungen.«

»Richtig«, sagt Joe. »Wenn man keine Besichtigungen mehr macht, bleibt einem in so einem Klima nichts anderes mehr übrig, als viel zu schreiben. Sonst hat man ja nichts zu tun, außer mit dem Baby zu spielen und fernzusehen – he, wie spät ist es?«

»Gleich acht«, sagt Debby. Joe klappt seine Beine auseinander und geht den gemieteten Fernseher einschalten, der in die Schmalseite des tortenförmigen Wohnzimmers eingelassen ist.

Während sie ihre Sessel umdrehen, um bei abgeschaltetem Ton auf die heutige Fortsetzung einer BBC-Serie nach einem Roman von Henry James zu warten, überlegt Fred, ob er seine eigenen Gedanken zum Thema Tourismus zur Sprache bringen soll, kommt aber davon ab, als er sieht, daß sein wichtigster Gesichtspunkt auf die Vogelers nicht zutrifft, bei denen – wie ihr Zusammenhocken auf dem häßlichen Sofa demonstriert – der Tastsinn beiderseits nicht zu kurz kommt.

Joe schaltet den Ton ein, und ein paar Mollakkorde kündigen den Beginn der Sendung an. Fred, der die bisherigen Folgen nicht gesehen hat, sieht nicht mit ungeteilter Aufmerksamkeit zu. Mißmutig vergleicht er die Situation der Vogelers mit der eigenen. Sie haben sich und das Baby, und offenbar kommen sie auch zum Arbeiten, während seine Arbeit über John Gay im Britischen Museum (das Roo jetzt nur noch »BM« oder »Bildungs-Mausoleum« nennt) sehr schlecht vorangeht.

Fred ist ein aktiver, tatkräftiger Mensch und verträgt keine Beengtheit. Wenn er in einer Bibliothek ist, möchte er gern die Regale durchstöbern und sich die Bücher heraussuchen, die er braucht, und dabei auch auf andere stoßen, von denen er noch nichts wußte. Im BM darf er an die Regale nicht heran; er bekommt nicht immer, was er will, und Bücher, von denen er noch nicht weiß, daß er sie braucht, bekommt er erst gar nicht zu sehen. Oft muß er bis zu vier Stunden warten, bis das verstopfte Verdauungssystem der altehrwürdigen Bibliothek einen kläglichen Bruchteil der Bücher ausscheidet, deren Nummern er aus dem komplizierten, unhandlichen Katalog abgeschrieben hat. Und selbst wenn er sie bekommt, ist noch lange nicht alles gut. Fred ist es gewohnt, in einem eigenen Zimmer zu arbeiten, fern von Lärm und Ablenkung. Jetzt ist er umgeben von anderen Lesern, viele davon mit einer leichten bis schweren Macke, wenn man sie sich so ansieht – wenn sie staubige Bände mit bunten Papierstreifen füllen, mit Fingern oder Füßen trommeln, leise Selbstgespräche führen, nervös miteinander flüstern und auf ansteckende Weise husten oder sich die Nase putzen.

Er liebt es auch, sich bei der Arbeit auszubreiten und herumzulaufen; zu Hause pflegten seine Notizen zwei Tische und ein Bett im Gästezimmer zu belegen, und auf dem Teppich lagen aufgeschlagene Bücher. Im BM sitzt sein großer, kräftiger Körper verkrampft auf einem Stuhl vor einem schmalen Stückchen Tisch, eingezwängt zwischen zwei anderen Gelehrten oder Irren und ihren beengenden Bücherstapeln, in einem schlechtgelüfteten Saal voller identischer Sitzgruppen, konstruiert nach demselben Plan wie die von den viktorianischen Moralphilosophen entworfenen Modellgefängnisse.

Nach Freds Überzeugung hat das BM einen bösen Einfluß auf seine Arbeit. Um richtig über John Gay schreiben zu können, muß er (um den Gegenstand seiner Arbeit zu zitieren) »auf Wanderschaft gehen«. Er muß »wie eine Biene umherschwirren« können, um nicht nur Literaturkritik und Theatergeschichte unter einen Hut zu bringen, sondern auch Volkskunde, Musikgeschichte und die Kriminalstatistiken des 18. Jahrhunderts. Hier in diesem riesigen, beengten Gelehrtengefängnis, über die paar Bücher gebeugt, die er heute hat ergattern können, ist es kein Wunder, daß die Sätze, die er mühsam zu Papier bringt, gezwungen und unbeholfen klingen. Immer wieder steht er auf, um unnötigerweise etwas im Katalog nachzusehen oder einfach im Saal umherzugehen. Wenn er dabei einen der Stammleser zu Gesicht bekommt, die er mittlerweile schon vom Sehen oder manchmal sogar persönlich kennt, ist er nur noch bedrückter. Oft ist entweder Joe oder Debby Vogeler da und emsig bei der Arbeit; sie sind schon zusammen zur Schule gegangen und haben eine Partnerschaft auf der Grundlage strikter Gleichstellung, teilen also die Arbeit mit dem kleinen Jakie unter sich auf. Die Vogelers lassen sich von den Arbeitsbedingungen im Bildungs-Mausoleum nicht beeinträchtigen. Wer von ihnen gerade da ist, schaut dann meist, wenn er vorbeikommt, einmal kurz auf und lächelt gönnerhaft. ›Zu schade, daß Fred nie gelernt hat, sich zu konzentrieren‹, sieht er sie denken.

Die Schlußmusik der Sendung ertönt; die Gesichter von Held und Heldin stehen starr zwischen einer Kulisse verschwenderischer edwardianischer Architektur und dem vor ihnen ablaufenden Nachspann.

»Also«, sagt Fred im Aufstehen. »Dann sollte ich wohl lieber mal –«

»Du wirst doch nicht schon gehen!« schnieft Joe.

»Bleib noch und erzähl uns was. Äh – was – macht Ruth?« Debby oder ihr Mann stellen diese Frage in Wochenabständen, immer abwechselnd, wie nach Plan.

»Weiß ich nicht. Hab nichts von ihr gehört«, antwortet er zum viertenmal.

»Immer noch nichts gehört, so.« Hinter diesem scheinbar neutralen Kommentar und Debbys neutraler Frage spürt Fred Feindseligkeit. Seine Freunde kennen

Roo nicht sehr gut und mögen sie auch nicht besonders. Die beiden Male, da sie ihr begegneten, haben sie sich sichtlich bemüht, sie kennenzulernen und gernzuhaben, aber diesen Bemühungen war – genau wie mit London – kein Erfolg beschieden.

»Sie war nie ganz die richtige Frau für dich«, sagt Debby, ein dreijähriges Schweigen brechend. »Das haben wir von vornherein gesehen.«

»Stimmt«, pflichtet Joe ihr bei. »Ich meine, sie war auf jeden Fall ein netter Mensch. Aber dauernd überdreht.«

»Diese Fotos von ihr. Die waren immer so hektisch und unheimlich. Und neben dir wirkte sie schrecklich unreif.« Roo ist zugegebenermaßen vier Jahre jünger als Debby und drei Jahre jünger als Joe und Fred.

»Sie lag einfach nicht auf derselben Wellenlänge.«

»Offenbar nicht.« Fred nimmt den ›Guardian‹ von heute morgen von dem eichefurnierten Kaffeetischchen.

»Laß dich nicht unterkriegen, ja?« empfiehlt ihm Joe.

»Leicht gesagt«, antwortet er, indem er die Zeitung umblättert, ohne etwas darin zu sehen.

»Du hast eben einen Fehler gemacht«, sagt Debby. »Das kann jedem passieren, sogar dir.«

»Richtig«, bestätigt Joe.

»Weißt du, es tut mir immer noch richtig leid, daß es mit dir und Carissa nicht geklappt hat«, flüstert seine Frau. »Die mochte ich immer so gern. Und blitzgescheit ist sie ja auch.«

»Sie hat einen richtig klugen Kopf«, sagt Joe.

»Mhm«, macht Fred, und es entgeht ihm nicht, daß von Carissa in der Gegenwartsform gesprochen wird, während Roo im Umkehrschluß nicht nur mittelmäßig begabt ist, sondern überhaupt zu existieren aufgehört hat.

»Sie ist eine einmalige Persönlichkeit«, fährt Debby fort.

Eine einmalige Persönlichkeit ist Carissa nun gerade nicht, denkt Fred. Sie ist eine konventionelle, ängstliche Akademikerin; intelligent, ja; aber immer und ewig darauf bedacht, noch intelligenter zu scheinen. Während Roo –

»Reden wir von was anderem, ja?« sagt er plötzlich.

»Mein Gott. Entschuldige –«

»Du, wir wollten nicht –«

Fred braucht fast zehn Minuten, um seine Freunde zu beruhigen, daß er wirklich nicht gekränkt ist, daß er ihre Besorgnis versteht, daß ihm das Essen geschmeckt hat und daß er sich darauf freut, sie demnächst wieder zu besuchen.

Während Fred durch die kalte, diesige Nacht den Flask Walk zur U-Bahn hinaufgeht, ist er so recht von Herzen verstimmt. Wenn man Pech gehabt hat, ist es kein Trost, von seinen Freunden zu hören, daß sie die ganze Zeit damit gerechnet haben und es einem hätten sagen können, wenn sie nicht so taktvoll gewesen wären.

Er nimmt den Vogelers ihre Ansichten nicht übel, denn als er Roo zum erstenmal begegnete, hätte er selbst gesagt, daß sie nicht auf derselben Wellenlänge seien, obwohl in Wahrheit die Signale, die sie aussandte, ihn summen ließen wie einen Stereoverstärker. Alles an ihr schien einen elektrischen Impuls abzustrahlen, nicht nur die vollen runden Brüste unter dem orangefarbenen SONNENENERGIE-T-Shirt, sondern auch die großen, feuchten Augen, die frische braune Haut und der lange kupferrote Zopf, aus dem nach allen Richtungen spitze Stacheln abstanden.

Sie waren sich in Freds zweitem Monat an der Corinth University auf einem Empfang für einen Gastdozenten begegnet. Roo war da, weil sie von der Lokalzeitung zum Fotografieren geschickt worden war, Fred wegen seiner Bewunderung für die Ansichten des Redners – die sie entschieden ablehnte und das auch sagte. Beide hatten voneinander einen ungünstigen, ja vernichtenden ersten Eindruck. Eine völlige Polarisierung wurde nur dadurch vermieden, daß sie ein gemeinsames Interesse entdeckten: Roo war am frühen Nachmittag ausgeritten und hatte sich nicht die Mühe gemacht, sich umzuziehen, und als Fred erfuhr, daß ihre Reithosen und hohen glänzenden Stiefel einen praktischen Zweck erfüllten und nicht – oder nicht nur – Schau waren, legte sich seine Feindseligkeit ein wenig. Als Roo in ihrer typisch spontanen Art – die sie, wie er bald entdecken sollte, gern als Einfalt tarnte – zu ihm sagte, er könne am Wochenende gern mit ihr ausreiten, wenn er Lust habe, nahm er begeistert an.

Bei Roo ging alles etwas langsamer, wie sie ihm später sagte. »Ich war wie weggeweht, ich wollte unbedingt bei dir landen; aber die ganze Zeit sagte mein Über-Ich: He, halt, Moment mal, das ist so ein scheißliberaler Professorentyp, wahrscheinlich ein echtes Ferkel im Tarnanzug; von dem hast du nichts als Kummer zu erwarten, Baby.«

Fred biegt von der High Street ab, geht hinunter in die U-Bahn-Station Hampstead, löst eine Karte nach Notting Hill Gate und besteigt einen uralten eisernen Aufzug, der mit Postern von halbnackten Mädchen dekoriert ist. Während der Aufzug in den kalten, feuchten

Schacht hinuntersinkt, versinkt auch er, ganz gegen seinen Willen, in nackte Erinnerungen.

Oktober, vor mehr als drei Jahren. Er und Roo, die er seit drei Tagen kannte, lagen oberhalb der Farm, die ihrer Mutter und ihrem Stiefvater gehörte, in einem verwilderten Obstgarten, während ihre zwei Pferde auf einer nahen Wiese am hohen Herbstgras zupften.

»Weißt du was?« fragte Roo, indem sie sich auf die Seite drehte, so daß Sonne und Schatten über ihre warme, gebräunte Haut flossen wie über eine reife Heuwiese an einem locker bewölkten Tag. »Es ist gar nicht wahr, daß man immer enttäuscht ist, wenn einem ein Kindheitstraum in Erfüllung geht.«

»Hast du dir denn immer so eine Szene ausgemalt?« Fred bewegte sich nicht, sondern lag auf dem Rücken und schaute durch die verschränkten Äste der Bäume in einen Himmel vom brennenden Blau einer Gasflamme.

»Und ob. Eines Tages würde mein Prinz kommen und dieses ganze schmalzige Zeug. Seit ich sieben bin.«

»So jung schon?«

»Klar. Von der Latenzperiode habe ich zum erstenmal auf dem College gehört. Ich habe immerzu versucht, die kleinen Jungen, die ich kannte, zum Doktorspielen zu kriegen, aber meist waren die nicht so furchtbar daran interessiert. Natürlich hatte ich nur reichlich verschwommene Vorstellungen davon, was denn passieren würde, wenn der Prinz käme. Die Szenerie konnte ich mir zwar sehr gut ausmalen, auch wie der Kerl aussehen würde, wenn er aus dem Wald geritten käme, fast haargenau wie du, aber anfangs war er natürlich auch erst sieben Jahre alt.«

»Hast du da reiten gelernt, mit sieben?«

»Nein. Jedenfalls noch nicht richtig.« Roo setzte sich auf. Ihr dicker, dunkelroter Zopf (von derselben Farbe wie das Fell ihrer Stute Shara, wie ihm vorhin aufgefallen war) hatte sich bei ihren Balgereien aufgelöst. Jetzt breiteten die Haare sich über ihrem Rücken aus, glätteten sich wie aus eigener innerer Kraft. »Ich war ja ganz wild darauf, aber viel Gelegenheit hatte ich nicht, abgesehen von ein paar Wochen in einem Sommerferiencamp. Richtig gelernt hab ich es erst mit dreizehn, nachdem Mama Bernie kennengelernt hatte. Und du?«

»Ich weiß es nicht mehr so genau. Eine meiner frühesten Erinnerungen ist, daß man mich bei meinem Großvater auf ein Pony gesetzt hat. Es kam mir turmhoch und breit wie ein Sofa vor. Da war ich zwei oder drei, glaube ich.«

»Glückspilz.« Roo machte eine Faust und versetzte ihm einen spielerischen, aber keineswegs leichten Stoß. »Ich hätte alles gegeben – als Kind war ich ganz verrückt nach Pferden, wie fast alle meine Freundinnen. Ein bißchen waren wir regelrecht irre.«

»Ja, solche Mädchen kannte ich auch. Ein merkwürdiges gesellschaftliches Phänomen. Ich habe immer gedacht, das ist eine Reaktion gegen die technisierte Welt – vielleicht stören Frauen sich daran mehr als Männer, schon als Kinder.«

»Manche Frauen.« Roo hob die Schultern. »Dann gibt's ja auch noch die Freudsche Erklärung, aber die halte ich für Humbug. Ich hab mir noch nie vorgestellt, es mit einem Pferd zu treiben; ich hab mir vielmehr vorgestellt, ich *bin* ein Pferd. Das war bei den andern allen genauso, da bin ich ganz sicher. Weißt du, in meiner Grundschule gab es zwei Sorten von kleinen Mädchen:

die braven, wohlerzogenen, die gern hübsche Kleider trugen und Kuchen backten und mit Puppen spielten, und dann mich und meine Freundinnen, die lieber in alten Jeans und Tennisschuhen draußen herumliefen und sich schmutzig machten und verrückt auf Pferde waren. Ich würde es mehr als so eine Art Identifizierung mit Energie und Kraft und Freiheit deuten. Den Wunsch, als Mädchen anders zu sein, als alle Welt uns haben wollte.«

»An solche kleinen Mädchen kann ich mich erinnern. Die waren zu rein gar nichts zu gebrauchen.« Er zog Roo zu sich herunter. »Ah!«

»He!« sagte er etwas später. »Soll das wirklich heißen, du bist noch nie mit einem ausgeritten und so geendet wie jetzt?«

»Hm, na ja.« Roos Atem wärmte seine Wange. »Doch, ein paarmal.« Sie rollte sich zurück, um ihn ansehen zu können. »Aber das war nicht dasselbe. Ziemlich viele Männer, die ich kenne, können nicht reiten; jedenfalls kann man's nicht reiten nennen – noch schlimmer ist es, wenn sie sich einbilden, sie könnten. Und die paar, die reiten konnten, waren meist nette, geschlechtslose Trottel wie meine Stiefbrüder... Ich war noch nie mit einem hier, an dieser Stelle.« Ihre Stimme wurde undeutlicher, und sie sahen einander tief in die Augen.

»Danke.«

»Bilde dir ja nicht ein, du wärst so was verdammt Besonderes«, sagte Roo nach einer Weile. »Ich meine, man kann ja nicht ewig auf irgend so 'nen blöden Prinzen warten. Ich wurde langsam alt und fand es allmählich an der Zeit.«

»O ja! Schon zweiundzwanzig.« Fred strich ihr übers

Gesicht, aber sie drehte sich weg, stützte das Kinn auf die Hände und blickte durch die Bäume nach unten, wo die Pferde grasten.

»Außerdem war da noch Shara. Du weißt, ich hab's dir ja schon gesagt, daß ich letztes Frühjahr nichts wie weg aus der Bostoner Gegend wollte, weil mein Boss bei der Zeitung so ein richtiger Scheißchauvi war, und die Beziehungskiste, in der ich da war, wurde zu einem Flop erster Güte. Ich hätte aber nicht nach Hause kommen müssen. Ich hätte auch nach New York oder an die Westküste gekonnt – ich hatte ein paar brauchbare Jobs in Aussicht. Aber ich wollte bei Shara sein. Ich dachte mir, das ist vielleicht unser letztes schönes Jahr – sie ist schon fast so alt wie ich, und ab zwanzig weiß man bei Pferden ja nie. Sie kann zwar noch ein schönes Tempo vorlegen, aber dann geht ihr doch die Luft aus. Natürlich könnte ich eines der andern Pferde reiten, aber das wäre nicht mehr dasselbe. In meinen Tagträumen saß ich immer auf Shara, und so sollte es dann auch sein, verstehst du? Und wir haben schon Oktober. In ein paar Wochen, vielleicht schon früher, ist es zu kalt, um draußen zu bumsen. Also jetzt oder nie.« Roo lachte unsicher. »Also halte dich nicht für so was Besonderes«, wiederholte sie.

Aber Fred hielt sich dafür und frohlockte.

Auf anderen Gebieten bestand zum Frohlocken weniger Anlaß. Während er über den blanken, gefrierenden, fast leeren Londoner U-Bahnsteig schlendert, hört Fred im Geiste wieder Joes und Debbys letzte Bemerkungen sowie die Äußerungen anderer Freunde und Verwandter, die sich zum Teil nicht gescheut hatten, ihm zum Scheitern seiner Ehe zu gratulieren. Sie hatten sich meist von Anfang an nicht allzusehr für Roo begeistern können. Sie war nicht die Art Mädchen/Frau, die sie für Fred ernsthaft in Betracht gezogen hätten, und für ihre Glückwünsche hatten sie die höfliche Form des vernichtenden Lobs gewählt.

Zum Beispiel sein Vater: »Also, hübsch ist sie ja. Und scheint mir auch ein sehr warmherziges Mädchen zu sein. Diese Fotos, die sie da in den mexikanischen Slums gemacht hat, zeigen, daß sie sich für ihr Thema sehr engagiert; man merkt sehr genau, was sie dabei denkt.« Es waren Fotos von Mexikanern in einem US-amerikanischen Landarbeitercamp, aber Fred hatte es aufgegeben, solche für seinen Vater typischen Irrtümer korrigieren zu wollen; dieser zog es nun einmal vor, alle sozialen Mißstände in die größtmögliche geistige Ferne zu verbannen.

Oder wie Joe und Debby gesagt hatten: »Ziemlich gewagt, Ruths Disko-Aufnahmen. Man sieht, daß sie ihr Metier technisch beherrscht.« – »Sie ist offenbar eine sehr energische Person.« – »Das war ja wirklich ein ungewöhnliches Kleid, das sie da anhatte, mit den roten Stickereien und den vielen Spiegeln, albanisch oder so was.« – »Sie erinnert mich an einige meiner New Yorker Studentinnen. Man kann sich gar nicht vorstellen, daß sie in einem Nest wie Corinth aufgewachsen sein soll.«

Soll heißen: Roo ist zu emotional, zu politisch, zu bohemien, zu laut und zu jüdisch. Zufällig ist Joe selbst Jude, kommt aber aus einer ganz anderen Tradition: aus guter Schule, gelehrt, unauffällig.

Viele von Freds Schulfreunden und die meisten seiner Verwandten sind sichtlich erleichtert, daß Roo, wie einer von ihnen es ausdrückte, »von der Bildfläche weg ist«. Sie nehmen an oder hoffen zumindest, daß sie auch nie wieder darauf erscheinen, sondern in der fernen, verslumten Welt ihrer Fotos bleiben wird. Freds Mutter dagegen sähe sie sehr gern wieder zueinanderfinden. Vielleicht nur aus sentimentalen und konventionellen Gründen: Er erinnert sich, wie sie einmal in anderem Zusammenhang mit selbstzufriedenem Stolz sagte: »Weißt du, mein Lieber, in meiner Familie hat es noch nie eine Scheidung gegeben.« Aber es geht ihr wohl nicht nur darum, diesen Rekord zu halten; seine Mutter hatte Roo von Anfang an ins Herz geschlossen, obwohl sie kaum verschiedener hätten sein können: Roo ein Künstlertyp und laut und so weiter, Emily Turner eine Lady mit erlesenem Geschmack und stets zurückhaltend.

Auch Roo hatte ihrerseits seine Mutter ins Herz geschlossen, wenn auch mehr zähneknirschend. »Es ist mir egal, ob es regnet«, sagte sie, kaum daß sie am ersten Nachmittag ihres ersten Besuchs bei seiner Familie allein waren. »Mir schlägt das nach einer Weile ganz schön auf den Magen, dieser ganze spießige Krempel... Na ja, deine Mutter ist schon ganz okay. Natürlich mußte sie uns in getrennte Zimmer stecken, damit alles seine wohlanständige Ordnung hat, aber ich habe gesehen, daß sie durch ein gemeinsames Bad verbunden sind.« Roo drückte sich zärtlich an Fred. »Sie hat bestimmt schon jede Menge erlebt.«

»Was meinst du mit ›erlebt‹?« Fred ließ die Hand von Roos linker Brust sinken.

»Na, du weißt schon, Affären und so. Vielleicht nicht direkt jede Menge«, schwächte Roo ab, als sie sein Gesicht sah, »aber doch genug, um ihr Leben interessant zu machen. Ich meine, verdammt noch mal, man muß doch irgendwas tun, um in so einem Kaff nicht einzuschlafen.«

»Da schätzt du sie völlig falsch ein«, sagte Fred. Zum

erstenmal stellte er sich seine Mutter als potentielle Ehebrecherin vor und erkannte, daß sie die besten Voraussetzungen für diese Rolle mitgebracht hätte. Ungebeten wartete sein Gedächtnis sogar gleich mit möglichen Partnern auf. Da war dieser Gastprofessor für Geschichte, mit dem sie auf Partys immer tanzte; sein Vater pflegte bissige Witze über ihn zu machen. Und natürlich dieser alte Knacker mit dem Reitstall – es war ein stehender Witz in der Familie, wie verknallt er in sie sei. Und einmal, als Fred noch klein war (vier? fünf?) – er erinnert sich plötzlich, daß da einmal ein Mann im Eßzimmer saß und den Toaster reparierte, und Freddy haßte ihn, und seine Mutter stand in einem roten Pullover viel zu nah bei dem Mann, und Freddy haßte auch sie... Also, was sollte das alles? Das konnte gar nicht sein; seine Eltern waren sehr glücklich miteinander. »Das heißt nicht, daß sie nicht könnte, wenn sie wollte, aber –«

»Gut, gut; vergiß, was ich gesagt habe. Sie ist deine Mutter, und du sähst sie gern als Marienstatue, wie die in eurer Kirche. Vielleicht ist sie ja auch eine, wer weiß?«

»Und du hast lauter falsche Klischeevorstellungen«, sagte er, sie an sich drückend. »In unserer Kirche gibt es keine Marienstatuen; da ist alles ganz abstrakt und reformatorisch. Komm, zieh deinen Mantel an, dann zeig ich's dir.«

Da kannte er Roo schon drei Monate, aber noch immer war Fred ganz vernarrt in sie – und nicht nur sexuell. Sie wirkte auf ihn wie eine bewußtseinserweiternde Droge: Alles, was er sah, erschien ihm fremd und zugleich unheimlich vertraut. Angefangen hatte diese Verwandlung mit ihren Fotos, aber sie war davon unabhängig. Anfangs nur, wenn Roo bei ihm war, später aber auch allein, sah Fred auf einmal, daß Landarbeiter die Mienen und Gesten gotischer Schnitzereien hatten – langgezogen, voller Falten und Riefen; und Diskotänzer sahen aus wie auf Bildern von Francis Bacon – blaß, kreischend, mit verzerrten Mündern und Gliedmaßen. Er sah das Tor zum College als gefrorene Eisenblume, die Universitätsbeamtenschaft als Hühnerhof. Überdies wußte er, daß diese Visionen real waren – daß er die Welt jetzt sah, wie sie war und immer gewesen war: nackt, schön, gehaltvoll, wie Roo.

Bald machte es ihm nichts mehr aus, wenn Roos Bilder oder Ansichten in seinen Kreisen Bestürzung hervorriefen. Insgeheim genoß er es sogar, wie sie ihm später einmal vorhielt: »Weißt du was, du benutzt mich dazu, die Dinge auszusprechen, die du selbst aus Höflichkeit nicht aussprichst. Wie dieser Bauchredner, den ich als Kind immer im Fernsehen gesehen habe. Der hatte so eine große verrückte Puppe auf dem Arm, eine Art Bär, gelb und wollig, mit Froschaugen und einem großen dicken Maul, und der gab immerzu Frechheiten von sich und beleidigte alle, die in der Show saßen. Und dieser Bauchredner tat dann immer ganz erstaunt, als wenn er überhaupt nichts damit zu tun hätte: ›So etwas sagt man aber nicht! Ich weiß nicht, was ich mit ihm machen soll, er ist so ungezogen!‹... Menschenskind, nein, ich hab ja nichts dagegen. Ist doch eine prima Nummer.«

»Außerdem trifft das umgekehrt auch zu«, antwortete Fred. »Du läßt mich immer alles Konventionelle sagen, was du selbst nicht sagen willst. Zum Beispiel mußte ich vorige Woche deiner Mutter beibringen, daß wir heiraten wollen, und den Vorwurf der Spießigkeit auf mich nehmen.« Roos Mutter hatte gemeint: »Was, wirklich? Wie denn das? Ich dachte, in eurer Generation heiratet man nicht mehr, es sei denn – he, sagt mal! Kriegt ihr beiden etwa ein Baby?… Na, dann kapier' ich's nicht, aber wenn ihr wollt, mir soll's recht sein.« (Unnötig zu sagen, daß Roo und Fred das eine Mal, als sie nach einer Party wegen eines drohenden Blizzards über Nacht blieben, von Roos Mutter in *einem* Zimmer untergebracht worden waren.)

Tatsächlich war das Heiraten Freds Idee gewesen, vorgeblich um sein Verhältnis zu den Studenten und Roos Stellung in seinem Kollegenkreis zu vereinfachen (»Das ist Freds – äh – Freundin«). Aber er wollte damit auch aller Welt beweisen, daß er Roo ernst nahm – daß sie nicht, wie einer seiner Vettern einmal gemeint hatte, eben so ein Mädchen war, mit dem man sich eine Zeitlang prächtig amüsieren konnte. Und er glaubte, daß Roo ihn heiraten wollte, weil sie allem äußeren Anschein (ihren radikalen Ansichten und Aufmachungen und ihrer groben Art) zum Trotz im tiefsten Inneren sehr romantisch war.

Als ihre Pläne Gestalt annahmen, merkte er, daß er auch da für einen ihrer Jugendträume herhalten mußte: die perfekte Hochzeit. Sonnenschein auf dem Rasen, riesige Blumensträuße, Mozart und Bartók, Erdbeeren, selbstgebackener Hochzeitskuchen und Holunderwein. Romantisch und radikalfeministisch. Zum Beispiel hatte Roo nichts davon wissen wollen, seinen Namen anzunehmen; Ruth Zimmern wollte sie aber auch nicht länger heißen. Ihr Verhältnis zu ihrem Vater, L.D. Zimmern, Englischprofessor und Kritiker von einigem Ansehen in New York, war gut; aber warum sollte eine Feministin mit einem Patronym durchs Leben gehen, vor allem wenn der *pater* die *familia* verlassen hatte, als Roo noch ein kleines Kind war? So nahm sie ihre Heirat denn zum Anlaß, sich fortan offiziell Ruth March zu nennen. Der neue Nachname war ihr Geburtsmonat März und zudem eine Huldigung an das Lieblingsbuch ihrer Kindheit, ›Little Women‹, mit dessen Heldin, Jo March, sie sich durch und durch identifiziert hatte. (Wenn sie Kinder bekämen, so sollten nach ihrem Willen die Jungen seinen Nachnamen tragen, die Mädchen ihren neuen und somit eine mütterliche Abstammungslinie begründen.)

Gerade als Fred sich langsam fragt, ob die Northern Line – von den Londonern auch Elendslinie genannt – wohl schon den Verkehr eingestellt hat, kommt ein Zug. Fred steigt ein und gelangt etappenweise zur Tottenham Court Road, wo er sich seinen Weg durch ein Labyrinth von kalten, kanalartigen Tunneln suchen muß, an deren Kachelwänden die kulturellen Veranstaltungen angeschlagen sind, die man im Februar in London besuchen kann. Er achtet nicht darauf. Seine verzweifelte finanzielle Lage erlaubt ihm nicht, Konzerte, Theater, Filme, Ausstellungen oder Sportveranstaltungen zu besuchen; er kann es sich auch nicht leisten, einmal von London wegzufahren. Letzten Herbst, als er und Roo diese Reise gemeinsam planten, hatten sie mit seinem Stipendium, den gemeinsamen Ersparnissen und einer Untervermietung ihrer Wohnung kalkuliert, so daß nur die Zeit ihre Möglichkeiten begrenzte, London und darüber hinaus Oxford, Cambridge, Cornwall, Wales, Schottland, Irland, den Kontinent zu erforschen. Damals hatte er einfach alles sehen und ewig herumreisen wollen, wobei »ewig« für ihn und Roo kaum lang genug sein konnte. Doch selbst wenn er jetzt das Geld hätte, wäre es ihm schon zuviel, auch nur Notting Hill Gate zu erforschen.

Roo wollte zum Beispiel im Juni nach Lappland und die Mitternachtssonne fotografieren, die Gletscher, das Nordlicht, die Rentiere – die ganze Landschaft von Andersens ›Schneekönigin‹, wie sie ihm erklärte. Aber was hat es für einen Sinn, an Roo zu denken, sagt sich Fred, während er auf dem Bahnsteig steht und auf einen Zug stadtauswärts wartet. Ihr liegt nichts und lag nie etwas an ihm; sie hat ihn beleidigt und wahrscheinlich betrogen und gesagt, daß sie ihn nie mehr wiedersehen will. Und er will sie auch nie wiedersehen – wie könnte er denn, nach dem, was vorgefallen ist?

Trotzdem kann er sie jetzt vor sich sehen: die dunklen, weit geöffneten Augen, das widerspenstige, wie elektrisch aufgeladene Haar; hört sie vom grünen Eis der Gletscher reden, den Bergblumen – und schon da, sogar da, war sie dabei, ihn zu vernichten, fotografierte sie – und vögelte wahrscheinlich (ein anständigeres Wort verbot sich hier) – diese beiden... Und um das Ganze noch schlimmer zu machen, fotografierte und vögelte sie die ganze Zeit auch ihn. Sie war in diesen letzten, für die Jahreszeit ungewöhnlich warmen Novemberwochen noch aktiver, noch schöner, glühte vor Freude, weil sie demnächst eine Ausstellung haben sollte, die erste Ein-Frau-Ausstellung in Corinth, und weil sie (wie sie glaubte) mit ihm nach London reisen würde.

Ihre Ausstellung sollte »Naturformen« heißen und vor allem Bilder zeigen, die sie in Hopkins County aufgenommen hatte, zum Teil für ihre Zeitung. Hinterher behauptete sie, sie hätte ihm angeboten, die Abzüge vorher anzusehen, bevor sie gerahmt würden, und da habe er sie nur nicht beim Wort genommen. Fred erinnerte sich nur, daß Roo gemeint hatte, er sehe die Ausstellung besser als Ganzes.

Roo behauptete auch, sie habe ihn gewarnt, daß er mit Überraschungen rechnen müsse und sie nicht sicher sei, ob die ihm gefallen würden; aber daran kann Fred sich gar nicht erinnern. Er *konnte* sich erinnern, daß sie irgendwann einmal gesagt hatte: »Ich werde ein paar von den Aufnahmen verwenden, die ich letzten Sommer von dir gemacht habe, ist dir das recht? Von deinem Gesicht wird man nicht viel sehen.« Worauf er leider – wahrscheinlich war er da gerade in seine Arbeit vertieft – geantwortet haben mußte: »Meinetwegen.« Gewiß, sie hatte öfter als einmal gesagt, ihre Ausstellung werde einigen Leuten ein Ärgernis sein; aber man kann die Wahrheit auch auf eine Weise sagen, die schlimmer ist als eine glatte Lüge. Fred wußte, daß Roos Fotos schon immer ein paar Leute geärgert hatten, Leute, denen gestochen scharfe Bilder von Armut oder der hysterischen Kehrseite des amerikanischen Traums nicht so lieb waren.

An einem kalten, strahlenden Novembernachmittag ging dann Fred, eine Stunde vor Eröffnung der Ausstellung, in die Galerie. Wie er dort mit ihr in dem ersten und größeren der beiden Räume stand, neben einer Schale blutrotem Punsch und symmetrischen Käsetellern, jeder Würfel auf einen Zahnstocher gespießt, hatten sie sich zum letztenmal herzlich und unbekümmert umarmt. Ringsum hingen Roos Fotos in Zweiergruppen. Roo hatte jeweils natürliche und künstliche Objekte zu Paaren zusammengestellt, so daß ihre Ähnlichkeit erkennbar wurde. Einige dieser Kombinationen hatte er schon gesehen. Andere waren neu für ihn: Insekten mit wedelnden Fühlern neben Fernsehantennen auf Dächern; Sharas Rumpf und ein Pfirsich. Manche Zusammenstellungen waren persönlicher Art und humorvoll, andere arg politisch: zwei übergewichtige Politiker neben einem Paar Mastrindern. Aber der Grundton war, im Gegensatz zu früheren Ausstellungen, einfühlsam, sogar lyrisch. Drei Jahre Glück, dachte er in seiner Dummheit, wie er dort mit seiner begabten Frau im Arm stand: Drei Jahre Glück haben ihr die Augen für die Komik und Schönheit dieser Welt neben der Häßlichkeit und Tragik geöffnet.

»Roo, das ist so unwahrscheinlich gut«, sagte er. »Richtig schön.« Dann ließ er sie los und betrat den anderen Raum der Galerie.

Was er zuerst sah, waren Fotos von ihm, oder vielmehr Teile von ihm: sein linkes Auge mit stark vergrößerten Wimpern neben einer vergrößerten Spinne; sein Mund mit dem leichten Schmollen, den nach unten gebogenen Lippen, in Verbindung gebracht mit einem Zweig Bougainvillea; seine rotgeriebenen Knie einem Korb rotbackiger Äpfel gegenübergestellt. Er bewunderte den Witz, war aber doch leicht betreten. Wie Roo versprochen hatte, war sein Gesicht nirgends richtig zu erkennen; keiner konnte sicher sein, daß er es war, aber viele würden es sich denken können. Er sah zu Roo, deren eigenes Gesicht – ja, daran war nicht zu zweifeln – besorgt und gespannt wirkte, dann zu den nächsten beiden Bildern. Gepaart mit einer schönen Farbaufnahme von Waldchampignons, frisch aus Moos und Modder geschossen, stolz aufgerichtet und von Tau glitzernd, zeigte das andere Bild seinen erigierten Penis, ebenfalls mit einem Tautropfen an der Spitze. Fred erkannte das Bild – vielmehr das Foto, von dem diese Detailvergrößerung stammte –, aber er hätte sich nicht träumen lassen, es je in einer öffentlichen Ausstellung zu sehen.

»Roo. Um Gottes willen!«

»Ich hab's dir ja gesagt.« Ihr großer, weicher Mund zitterte. »Ich *mußte* es mit aufnehmen, es ist einfach zu schön. Und überhaupt –« Jetzt bekam ihre Stimme, wie manchmal, einen bemüht rauhen Klang – »wer soll denn schon wissen, daß es deiner ist?«

»Verdammt noch mal, wessen denn sonst?«

Roo antwortete nicht. Aber es war keine rhetorische Frage, wie er bald merkte. An den Wänden hingen außer seinen Einzelteilen noch andere, die nicht von ihm waren. Auch andere Penisse – zwei andere, genau gesagt. Keiner davon in voller Vergrößerung (im doppelten Sinn), aber beide auch nicht ganz uninteressiert. Der eine, lang auf Kosten der Dicke, sproß zwischen spärlichen blonden Schamhaaren hervor und war einem Spargel gegenübergestellt. Der andere, gedrungener und dunkelrot changierend, hing neben der Großaufnahme eines schweren, rostigen Bolzens an einer alten Scheunentür.

Der auf diese Privatbesichtigung folgende Krach war heftig, schmerzlich und lang. Roo weigerte sich, auch nur ein einziges Bild abzunehmen, bevor die Ausstellung eröffnet war, auch nicht später – und darin wurde sie von den Galeriebesitzerinnen, zwei kleinen, trügerisch stillen und hübschen Radikalfeministinnen, die Fred einmal ganz gern gemocht hatte, auch noch bestärkt. Sie weigerte sich ebenfalls, die Namen ihrer beiden Modelle preiszugeben, auf deren Gefühle sie offenbar mehr Rücksicht nahm als auf die ihres eigenen Mannes. (»Wirklich, ich kann nicht, ich habe praktisch *geschworen*, nichts zu sagen.«)

Als er aufbegehrte und dabei unter anderem von »gutem Geschmack« sprach, schrie Roo ihn an: »O ja, Baby, du weißt genau, was das ist. Chauvischeiße ist das.

Was ist denn mit all den Malern und Bildhauern, die jahrtausendelang den Körper der Frau ausgebeutet haben – und Fotografen, die Frauen so posieren lassen, daß sie wie Obst oder Teetassen aussehen? Eine Galerie voller Busen und Ärsche, o ja, das ist richtig schön, das ist *Kunst.* Aber sollen die Fotzen sich nur ja nicht einbilden, sie könnten mit uns dasselbe machen. Pech gehabt, Baby. Was dem Hahn recht ist, ist der Henne billig!«

Bitte sehr, ja, räumte Fred um des Friedens willen ein, wenn sie schöne Männer fotografieren wolle, gut, das könne er ja noch einsehen, auch ihre Körperteile, ihre Brustkästen, Schultern, Arme, Beine. Sogar ihre Ärsche – »Supersemmeln« hatte er dafür schon sagen hören. Aber Roo unterbrach ihn wutschäumend. »O nein, Freundchen, darum geht's nicht. Frauen interessieren sich nicht für Männerhintern, das sind Schwulenwitze.« Wofür Frauen sich interessierten, sagte sie nicht, brauchte sie nicht zu sagen: Pimmel.

Gleichzeitig behauptete Roo aber auch und blieb dabei, daß sie mit keinem ihrer unbenannten Modelle intim gewesen sei. »Ich weiß auch nicht, *was* sie erregt hat. Fotografiert zu werden ist für viele ja stimulierend. Glaubst du vielleicht wirklich, wenn ich mit einem andern gebumst hätte, würde ich anschließend ein Foto von seinem Schwanz in meine Ausstellung hängen, hältst du mich für so eine Nutte?«

»Ich weiß es nicht«, sagte Fred, wütend und müde. »Zum Teufel, ich weiß überhaupt nicht mehr, was du tun oder nicht tun würdest. Ich meine, wo ist denn da der Unterschied?«

Roo sah ihn zornfunkelnd an. »Kate und Harriet hatten schon recht«, sagte sie. »Du bist wirklich ein Chauvi.«

Tief unter der Tottenham Court Road läuft neben dem kalten, schmutzigen Bahnsteig, auf dem Fred steht, ein Zug ein, und Fred steigt ein. Er ist mürrisch und gereizt – wie immer, wenn er sich gegen sein besseres Wissen gestattet, an Roo zu denken. Er muß sie überwinden, vergessen, sich von ihr erholen. Die Ehe ist eine emotionale Katastrophe, ein fehlgeschlagenes Abenteuer, das unvermeidlich sein Bild von sich und der Welt verkleinert hat; es hat ihn vielleicht klüger gemacht, aber um den Preis, daß er um so verdrießlicher und trauriger geworden ist.

Seine Entscheidung für Roo war Fred als eine große, kühne Tat erschienen, ein Aufstand gegen Konventionen – auch gegen sein eigenes konventionelles Ich. Seit Jahren war ihm klar, daß bei all seinen Fähigkeiten und Vorzügen sein Leben ein wenig eintönig war. Von klein auf war er, wie er seinen Vater einmal sagen hörte, ein Kind gewesen, »an dem man sehr viel Freude haben kann« – gescheit, hübsch, in jeder Hinsicht erfolgreich, vor allem wohlerzogen. Seine Rebellionsphase war denkbar undramatisch verlaufen und hatte seinen Eltern keinen großen Kummer gemacht. Fred hätte ihnen ganz gern ein bißchen mehr Kummer gemacht – aber nicht um den Preis, in der Schule sitzenzubleiben, sein Gehirn mit LSD zu benebeln oder den verbeulten alten Buick mit Heckflossen, für den er fünf Jahre lang bei jedem Wetter Zeitungen ausgetragen und Rasen gemäht hatte, zu Schrott zu fahren.

Roo war seine rote Fahne, seine Unabhängigkeitserklärung – und anfangs war er um so zufriedener gewesen, je weniger sie seiner Familie und seinen konventionelleren Freunden gefiel. Jetzt erkennt er beschämt und voll Zorn, daß sie die besseren Menschenkenner gewesen waren. Sein Vater war zum Beispiel der unausgesprochenen, aber deutlich gezeigten Meinung, daß Roo keine Dame sei. Einst hätte Fred das empört zurückgewiesen oder überhaupt den ganzen Begriff als überholt und sinnlos verworfen. Jetzt muß er dessen Gültigkeit anerkennen. Selbst wenn man um des Friedens willen annähme, daß Roo mit keinem dieser beiden Kerle geschlafen hat, deren halbsteife Pimmel sie in ihrer Ausstellung zeigte, so waren doch diese Fotos an sich schon sehr vulgär. Und sie wußte es nicht einmal, das war noch schlimmer. Sie waren eben, wie Joe es ausgedrückt hatte, nicht auf derselben Wellenlänge; sie kamen, wie Debby gesagt hatte, »nicht aus demselben Stall« – obwohl sie in Wahrheit doch beide in Universitätsstädten großgeworden waren und Professoren zu Vätern hatten.

Vielleicht hatte gerade diese vergleichbare Herkunft dazu beigetragen, ihn zu der irrigen Annahme zu verleiten, daß Roo und er ungeachtet ihrer Ausdrucksweise und Manieren im Grunde vom selben Schlag waren. Das war nicht seine Schuld; Debby hatte ja auch gesagt: »Jeder kann mal einen Fehler machen – sogar du.«

Gerade als Fred diese Bemerkung im Geiste wieder hört, schlägt sie ins Negative um, wird herablassend, kalt und gehässig. Zum erstenmal kommt ihm der Gedanke, daß Debby ihn nicht leiden kann, vielleicht nie leiden konnte, und sich nun freut, ihn deprimiert und geschlagen zu sehen. Warum das so sein sollte, weiß er allerdings auch nicht. Er kennt Debby sogar schon länger als Joe, seit ihrem ersten Studienjahr, und hat sie immer als Freundin gesehen, wenn auch keine intime.

In Wahrheit konnte Debby ihn, was Fred aber nicht weiß, ursprünglich sehr gut leiden – viel zu gut für ihren Seelenfrieden. Wenn sie sich begegneten – fast täglich im

Hörsaal, bei einem Vortrag oder auf einer Party – oder zusammen zum Lunch gingen, meist in einer Gruppe, hin und wieder aber auch allein, bemerkte Fred nichts von ihren Gefühlen. Mit der gutmütigen Eitelkeit des außergewöhnlich Gutaussehenden kam er nicht auf die Idee, daß die pummelige Debby mit ihrem Mondgesicht vielleicht hoffte, er könne sich in sie verlieben, oder daß sie sich mit der Zeit als verschmähte Frau fühlte. Heute würde Debby jedem, der danach fragt, sagen, daß sie Fred »gern hat«, aber insgeheim findet sie ihn reichlich unreif und gründlich verzogen. Auch beruflich ist sie ihm nicht besonders grün, und zwar ihres Mannes wie auch ihrer selbst wegen. Warum muß Fred, der auf dem College nicht besser war und auch nicht mehr veröffentlicht hat als sie beide, eine Stelle an einer Ivy-League-Universität bekommen, während sie und Joe an kalifornischen Colleges lehren, von denen noch kein Mensch je gehört hat? Nur weil er sich gut kleidet und sich bei Einstellungsgesprächen sehr gut aus der Affäre zieht – und weil er Beziehungen hat, denn sein Vater ist Dekan an einer anderen Ivy-League-Universität. Fred ist, ganz wie Debby es einmal in einem Artikel gelesen hat, ein Musterbeispiel für die sogenannte Anspruchspsychologie: dazu erzogen, alle guten Dinge dieser Welt zu bekommen und sich einzubilden, sie stünden ihm zu. Warum soll es sie also stören, ihn straucheln oder gar fallen zu sehen? Es kann ihm nur guttun, sich mal ein paar blaue Flecken und eine blutige Nase zu holen. Daß es Joe nicht so geht wie ihr, daß er nichts gegen Fred hat, obwohl er in ihren Augen eigentlich der wesentlich intelligentere ist und die originelleren Ideen hat, beweist für sie nur weiter die innere Überlegenheit ihres Mannes.

Fred war jedoch mit dem Erkennen unerfreulicher Motive im Verhalten seiner Freunde noch nie sehr schnell bei der Hand. So denkt er auch jetzt nur, er habe Debby vielleicht irgendwie geärgert, vielleicht weil er zu oft bei ihnen zum Essen war. Vielleicht hat sie das Gefühl, daß er von ihnen schmarotzt; vielleicht *tut* er das ja auch. (In Wirklichkeit ist dieser Gedanke weder Joe noch Debby je gekommen.) Das muß ich abbauen, denkt Fred, während der Zug in Richtung Notting Hill Gate rattert; ich muß noch ein paar andere Leute in London kennenlernen.

Er wird also doch zu Professor Miners Party gehen. Wahrscheinlich trifft er da nur noch mehr ältere und empfindliche Akademiker, aber man kann nie wissen. Und wenigstens wird es etwas zu trinken und – noch wichtiger – vielleicht zu essen geben, reichlich Hors-d'œuvres, so daß er sich wenigstens einmal kein Abendessen kaufen muß.

3

Himbeer-, Erdbeer-, Brombeereis,
Sag mir wie dein Liebster heißt.

Abzählreim

Im ›Monsieur Thompson's‹, einem kleinen, aber feinen Restaurant in der Kensington Park Road, wartet Vinnie Miner auf ihren ältesten Londoner Freund, den Kinderbuchlektor, Autor und Kritiker Edwin Francis. Sie ist nicht beunruhigt, denn Edwin hat vorsorglich hier angerufen und gesagt, daß er sich vielleicht verspäten wird; und ungeduldig ist sie auch nicht. Sie sitzt hier ganz zufrieden und freut sich an dem Buch, das sie sich vorhin gekauft hat, am seidigen Gelb und Weiß der frischen Jonquillen auf dem Tisch, den Licht- und Schattenmustern an den gekälkten Häusern draußen und dem Gefühl, zum Frühlingsanfang in London zu sein.

Wer Vinnie nicht sehr gut kennt, würde in ihr kaum die triste kleine Professorin wiedererkennen, die im ersten Kapitel ins Flugzeug stieg. Wie sie da auf der Eichenbank sitzt, die Beine untergeschlagen, sieht sie richtig jungmädchenhaft, fast kindlich aus. Diese Illusion wird verstärkt durch ihre Körpermaße und den illustrierten Schutzumschlag ihres Buchs (über australische Kinderspiele). Auch ihre Kleidung ist für akademische Verhältnisse sehr jugendlich: weiße Rüschenbluse zum hellbraunen Wollträgerrock mit tief angesetztem Volant. Um die schmalen Schultern hat sie ihr Liberty-Tuch gelegt, in dem sie aussieht wie eine Gymnasiastin, die im Schultheater die Rolle der gütigen Großmutter spielt. Ihre Brille könnte Requisit sein, die Falten in ihrem Gesicht mit dem Augenbrauenstift gemalt und das Haar unvollkommen grau gepudert.

»Vinnie, mein Schatz, verzeih mir.« Edwin Francis beugt sich über den Tisch und streift ihre Wange mit der seinen. »Wie geht's?... Oh, vielen Dank.« Er zieht seinen Mantel aus und reicht ihn dem Ober. »Du wirst nicht glauben, was ich eben gehört habe.«

»Vielleicht doch, versuch's mal«, sagt Vinnie.

»Also.« Edwin beugt sich vor. Obwohl er ein paar Jahre jünger ist als Vinnie, läßt seine Erscheinung – wenn er in guter Verfassung ist wie jetzt – ebenfalls unwillkürlich an ein künstlich gealtertes Kind denken. Und auch in seinem Fall spielt die geringe Körpergröße dabei eine Rolle; kurze Arme und Beine, rundes Gesicht und runder Körper, frische Farbe und lockiges, jetzt etwas schütter werdendes blondes Haar unterstützen den Effekt. (In weniger guter Verfassung – wenn er Depressionen hat, zuviel trinkt, unglücklich verliebt ist – ähnelt er einem kranken Hobbit.)

Doch entgegen seinem harmlosen Aussehen und Auftreten – stets leicht belustigt, lässig und selbstironisch – ist Edwin ein großer Mann in der Welt der Kinderliteratur und ein gefürchteter Kritiker von Jugend- und Erwachsenenbüchern: belesen, geistreich und, wenn er will, spitzzüngig.

»Also«, spricht er weiter, »du kennst doch Posy Billings.«

»Natürlich.« Entgegen Fred Turners Annahme besteht Vinnies Londoner Bekanntenkreis nicht ausschließlich oder vorwiegend aus Akademikern. Über Edwin und andere Freunde kennt sie Verleger, Schriftsteller, Künstler, Journalisten, Theaterleute und sogar die eine oder andere große Dame der Gesellschaft, zum Beispiel Posy Billings.

»Ich habe heute morgen mit Posy gesprochen, und du hast dich gründlich geirrt. Rosemary *hat* etwas mit deinem Kollegen, diesem Mr. Turner, angefangen. Sie will ihn sogar am Wochenende zu Posy nach Oxfordshire mitnehmen.«

»Nein, wirklich!« Vinnie zieht die Stirn ein wenig kraus. Rosemary Radley, eine alte Freundin von Edwin, ist Fernseh- und Filmschauspielerin. Sie ist ungemein hübsch und charmant; außerdem hat sie schon eine ganze Reihe kurzer und ungestümer Affären hinter sich, die meist katastrophal endeten. Als Edwin zum erstenmal sagte, sie habe »etwas mit Fred Turner angefangen«, wollte Vinnie es einfach nicht glauben. Sie waren zusammen im Theater gesehen worden, bei einer Party. Na schön, aber das hieß doch nicht, daß sie auch zusammen hingekommen waren oder ein Verhältnis hatten. Oder vielleicht hatte Rosemary ihn auch wirklich eingeladen, denn immerhin ist Fred ein gutaussehender junger Mann und könnte mit seiner transatlantischen Herkunft einmal eine pikante Abwechslung in ihrer üblichen Verehrerschar sein. Oder vielleicht ist auch überhaupt nichts daran. Über Rosemary wird viel geklatscht, und oft zu Unrecht; sie war schon in zu vielen Liebesgeschichten die Heldin, im Fernsehen wie im Leben.

Und Edwins Phantasie beschäftigt sich besonders gern mit Freunden und Bekannten. Er hat seine Nase über ihren echten und vermeintlichen Abenteuern wie über Vinnies Kochtöpfen, wenn er bei ihr zum Essen eingeladen ist; da muß er immer mal wieder einen Topf umrühren oder selbst ein paar Gewürze dazugeben. »Wirklich«, hat Vinnie einmal zu ihm gesagt, »du solltest Romane schreiben.« – »Aber nein«, antwortete er, »es ist doch so viel lustiger.«

Selbst wenn es so weit geht, wie Edwin behauptet, kann es nichts Ernstes sein. Rosemary hat immerzu irgendwelche ungestümen Liebesabenteuer – von denen sie später lachend sagt: »Ich weiß nicht, was da über mich gekommen ist«, oder: »Das muß der Champagner gewesen sein« –, und Fred könnte für diese Gewohnheit ein relativ harmloses Beispiel sein. Aber sie kann es kaum ernst mit ihm meinen. Nicht nur, weil sie älter ist, sondern weil ihre Welt auch so viel komplizierter und bunter ist. Wenn längere Gespräche mit Fred selbst Vinnie, die immerhin denselben Beruf hat und im selben Institut arbeitet, nach einer Weile langweilen, was könnte er da schon für eine Rosemary Radley Interessantes zu erzählen wissen? Andererseits muß man sie aber vielleicht auch gar nicht interessieren, solange man sich nur genug für *sie* interessiert. Vielleicht will sie nur Verehrer und keine Konkurrenz um sich haben.

»Das ist natürlich nur deine Schuld«, unterbricht Edwin sein hingebungsvolles Studium der Speisekarte. »Wenn du diese Party nicht gegeben hättest –«

»Ich habe es nie darauf angelegt, daß Rosemary etwas mit Fred anfängt.« Vinnie lacht, denn Edwin zieht sie gewiß nur auf. »Ich habe nicht einmal daran gedacht –«

»Wie man sich irren kann.«

»Ich habe nicht im Traum an so etwas gedacht. Ich fand nur, Fred sollte ein paar junge Leute kennenlernen, darum habe ich doch Marianas älteste Tochter eingeladen. Wie konnte ich wissen, daß die unter die Punker gegangen ist? Als ich sie vorigen Monat bei ihrer Mutter sah, konnte man sie noch ohne weiteres vorzeigen.«

»Da hättest du mich fragen sollen«, sagt Edwin und opfert einem dieser Vollweizenbrötchen, für die *Monsieur Thompson's* berühmt ist, seine derzeitige Diät, nachdem er es großzügig mit Butter bestrichen hat. Vinnie geht auf seine Bemerkung nicht ein. Wenn es nach Edwin ginge, würde er die Gästelisten für ihre Partys aufstellen, das weiß sie schon. Er hat einen viel größeren und sehr viel bunteren Bekanntenkreis als sie, und sosehr es ihr recht ist, wenn er den einen oder andern von seinen prominenten Freunden zu ihr mitbringt – er hat ja auch Rosemary mitgebracht –, möchte sie das doch nicht ausufern lassen. Die eine oder andere Berühmtheit ist ein Gewinn für die Party; aber wenn es zu viele sind, unterhalten die sich ja doch nur untereinander, das weiß sie auch schon.

»Außerdem, wenn Marianas Tochter unter die Punker gegangen ist«, fragt sie, »wieso kommt sie dann überhaupt zu einer Party wie der meinen, auch noch mit diesem schrecklich pickligen jungen Mann in der schwarzen Ledermontur?«

»Natürlich um ihre Mutter zu ärgern.«

»Meine Güte! Und hat ihre Mutter sich geärgert?«

»Sehr, glaube ich«, sagt Edwin. »Aber das hätte sie sich natürlich nie anmerken lassen. *Noblesse oblige.*«

»Eben«, pflichtet Vinnie ihm seufzend bei. »Man kann heute nicht einmal mehr eine Party geben, weil man nie weiß, was für schlimme Ereignisse man damit in Gang setzt.«

»Die weltenlenkende Gastgeberin.« Er kichert, und Vinnie fällt beruhigt ein.

»Daß Fred auf dieser Party war«, kommt Vinnie etwas später wieder auf das Thema zurück, »war nicht meine Schuld. Es war eigentlich deine. Ich habe ihn nur eingeladen, weil du gesagt hast, du kenntest keine Amerikaner«, lügt sie.

»So was habe ich nie gesagt«, lügt Edwin, obwohl beide wissen, daß er es ganz vor kurzem erst gesagt hat, was Vinnie einerseits schmeichelte, andererseits einen schuldbewußten Patriotismus in ihr weckte.

»Überhaupt verstehe ich nicht, worüber du dich beklagst. Ich würde meinen, Fred gehört noch zu den harmlosesten Menschen, mit denen Rosemary sich einlassen könnte. Verglichen mit Lord George oder Ronnie, mußt du zugeben –«

»Oh, das gebe ich zu. Ich habe ja gar nichts gegen Fred *per se*... Danke, das sieht köstlich aus.« Edwin schenkt seiner *Sole véronique* einen begehrlichen Blick und nimmt sie behutsam in Angriff. »Hmmm. Perfekt... Und ich muß zugeben, daß er sehr schön ist.«

»Zu theatralisch schön für meinen Geschmack.« Vinnie geht weniger genießerisch an ihr Grillkotelett.

»Nun, für Rosemary dürfte das kaum gegen ihn sprechen.«

»Nein«, lacht Vinnie. »Es ist nur, er scheint mir für einen kurzen Flirt geradezu ideal.«

»Sehr wahrscheinlich.« Edwin vergreift sich gegen den Rat seines Arztes an den Schwenkkartoffeln. »Aber Rosemary ist nicht auf einen Flirt aus. Sie ist auf der Suche nach der unsterblichen Liebe, wie die meisten von uns.« Edwin ist für seine katastrophalen Liebesaffären ebenso bekannt wie Rosemary, obschon die seinen etwas weniger häufig sind und naturgemäß weniger an die Öffentlichkeit gelangen. Meist handelt es sich um labile junge Männer, größtenteils frisch aus südeuropäischen und nahöstlichen Ländern eingewandert, mit niederen Berufen (Kellner, Verkäufer, Wäschereigehilfen) und hohen Ambitionen (Theater, Hochfinanz, Kunst). Dann und wann verläßt einer von ihnen Edwins Wohnung unerwartet und unter Mitnahme seiner Getränke, der Stereoanlage, des Pelzkragenmantels und so weiter. Andere haben Nervenzusammenbrüche und weigern sich, seine Wohnung überhaupt jemals wieder zu verlassen.

Vinnie verzichtet auf den Einwand, daß zumindest sie nicht auf der Suche nach der unsterblichen Liebe sei; sicher weiß Edwin das inzwischen schon selbst.

»Vielleicht sollte man sich eher Sorgen um Fred machen«, fährt Edwin fort. »Ihr Freund Erin meint, sie wird ihn bei lebendigem Leib auffressen.«

»Oh, das bezweifle ich«, ruft Vinnie. Nach zwanzig Jahren empfindet sie eine gewisse Loyalität gegenüber ihrem Institut und identifiziert sich mit ihm, und die Vorstellung, daß ein Mitglied des Englischinstituts der Corinth University (und sei er noch soviel jünger als sie) von einer englischen Schauspielerin mit Haut und Haaren gefressen werden könnte, geht ihr gegen den Strich. »So gut verdaulich sieht er mir auch wieder nicht aus.«

»Vielleicht hast du recht... Ah! Hast du mal die Zucchini versucht?«

»Ja, sehr gut.«

»Offenbar Estragon. Und ist da vielleicht auch ein wenig Dill dran?« Edwin runzelt seine Feinschmeckerstirn.

»Schwer zu sagen.« Vinnies Interesse an Speisen ist vergleichsweise bescheiden.

»Nein, kein Dill. Ich muß den Ober fragen.« Edwin seufzt. »Wie beurteilst du dann also die Zukunft dieser Affäre?«

»Weiß ich nicht.« Vinnie legt die Gabel hin und denkt

nach. »Aber was auch immer daraus wird, lange kann sie nicht dauern. Fred muß im Juni wieder nach Amerika zurück.«

»Oh. Wer sagt das?«

»Fred. Er hat es mir selbst gesagt.«

»Gewiß; aber *wann* hat er dir das gesagt?«

»Wann? Ich weiß nicht. Das muß im Dezember gewesen sein, noch bevor er abreiste.«

»Genau.« Edwin setzt ein breites Lächeln auf, das seine Ähnlichkeit mit der Edamer Katze, die Vinnie schon früher aufgefallen ist, noch größer macht.

»Aber das hat nichts zu sagen. Fred muß Mitte Juni auf jeden Fall wieder in Corinth sein. Er hat im Sommerquartal zwei Kurse.«

»Es sei denn, er überlegt es sich anders.«

»O nein, das ist unmöglich«, erklärt Vinnie. »Das käme dem Institut sehr ungelegen. Dort sähe man das gar nicht gern.«

»Wahrhaftig!« Edwin zieht die Augenbrauen hoch, was irgendwie Zweifel ausdrückt, nicht Zweifel an der Reaktion des Englischinstituts, sondern schon an dessen Existenz, selbst an der Existenz einer Gegend namens Hopkins County im Staat New York. »Sag uns doch noch mal den herrlichen Namen dieser Gegend in den Staaten, wo du lebst«, sagt er manchmal. »Wie heißt sie noch? Simpkins County?«

»Außerdem könnte er sich das nicht leisten«, fährt Vinnie fort. »Unter uns, er ist ziemlich abgebrannt.«

»Rosemary hat Geld genug«, sagt Edwin.

Diesmal unterdrückt Vinnie ihre spontane Reaktion, obwohl die Vorstellung, daß einer ihrer Kollegen sich von einer englischen Schauspielerin aushalten lassen könnte, ihr nicht nur gegen den Strich geht, sondern geradezu widerlich ist. »Ich bin sicher, daß Fred es ohnehin nicht ernst mit ihr meint«, sagt sie. »Zum einen muß sie mindestens zehn Jahre älter sein als er, meinst du nicht?«

»Wer weiß?« Edwin, der es wahrscheinlich sehr wohl weiß, hebt die Schultern. Offiziell und für die Presse ist Rosemary Radley siebenunddreißig; ihr wahres Alter ist in ihrem Bekanntenkreis Gegenstand ständiger Spekulationen. »Ach ja, nun wollen wir mal sehen«, fährt er fort, und seine Augen fangen an zu funkeln, als die Dessertkarte gebracht wird. »Vielleicht ein Zitroneneis? Oder ein klitzekleines Stückchen Aprikosentorte, würde das zu dick machen? Was meinst du, Vinnie?«

»Wenn du wirklich auf Diät bist, solltest du die Honigmelone nehmen«, rät sie, um einmal keine stumme Komplizin zu sein; sie ärgert sich über Edwin, sowohl weil er ihr Rosemarys Alter so diskret verschweigt als auch wegen seiner Anspielungen auf Freds Motive.

»Nein, nicht die Honigmelone.« Edwin studiert weiter die Karte; seine Miene ist sowohl entschieden als auch ein bißchen gekränkt.

»Danke, für mich nur Kaffee«, sagt Vinnie zum Ober, um ein gutes Beispiel zu geben.

»Zwei Kaffee. Und für mich bitte noch die Aprikosentorte.«

Vinnie sagt nichts dazu, aber zum erstenmal denkt sie, daß Edwin für einen Mann seiner Intelligenz schändlich dick und unbeherrscht ist; daß seine vorgebliche Diät lächerlich ist und daß sein Ansinnen an Freunde, in dieser Scharade auch noch mitzuspielen, langsam ärgerlich wird.

»Aber wir sollten uns hier nicht amüsieren«, sagt er, als er sich ein paar Minuten später die Schlagsahne vom

Mundwinkel wischt. »Wir müssen uns über das Problem Rosemary Gedanken machen, bevor es noch so eine Katastrophe gibt wie mit Ronnie. Wenn sie weiter ihre Engagements platzen läßt, um mit irgendeinem Kerl abzuhauen... weißt du, so etwas spricht sich nämlich herum: Rosemary Radley engagiert man besser nicht, auf sie ist kein Verlaß.« Edwin bewegt seinen dicken Zeigefinger in einem horizontalen Kreis, um die weltweite Verbreitung dieser Warnung anschaulich zu machen. »Jonathan zum Beispiel, von dem weiß ich, daß er seit dem Greenwich-Debakel nichts mehr davon wissen will... Aber sie hat für diese TV-Serie sehr hart gearbeitet und muß im Juli zu den Außenaufnahmen, da darf einfach nichts dazwischenkommen. Ich glaube, es ist wirklich unsere Aufgabe, da etwas zu tun.«

»Was denn? Rosemary Radley vor Fred Turner warnen?« fragt Vinnie recht ungnädig. Während sie Edwin genüßlich seine Aprikosentorte verzehren sah, ist ihr klargeworden, daß sie sich mit dem Versuch, ihn zu beschämen, damit er sich an seine Diät hielt – welch alberne Vorstellung! – nur selbst um ihr Dessert gebracht hat. Und das völlig widersinnig, denn sie selbst ist kein bißchen übergewichtig; eher das Gegenteil.

»Himmel, nein«, antwortet Edwin begütigend und mit der selbstzufriedenen Nachsicht des Gesättigten. »Wir wissen doch alle, wie nutzlos Warnungen bei Rosemary sind; die stacheln sie nur noch an. Als sie mit diesem Maler, diesem David Dingsda, in die Toscana abdampfte, haben alle sie gewarnt, aber das hat ihren Entschluß nur noch bestärkt.«

»Na bitte. Was könnte ich also überhaupt tun?« Sie lacht.

»Ich meine, du könntest vielleicht mit Fred ein Wörtchen reden.« Obwohl Edwin weiterhin lächelt, sieht man an der Art, wie er die Kaffeetasse wegschiebt und sich über das blauweiß gewürfelte Tischtuch beugt, daß er nicht nur scherzt. »Er würde bestimmt auf dich hören. Bei deiner Stellung an seinem Institut. Du könntest ihn überreden – wie würde er selbst es ausdrücken? –, auf die Bremse zu treten, bevor es kracht.«

Die Vorstellung, sie könnte ihren höheren Rang dazu benutzen, Fred zum Abbruch einer Liebesaffäre zu bewegen – zu *erpressen* wäre der richtige Ausdruck –, ist unerquicklich. Vinnie bringt ihre hart erarbeitete berufliche Autorität gern ins Spiel, aber nur in beruflichen Angelegenheiten. Anders als Edwin hat sie eine große Abneigung, fast einen Widerwillen dagegen, sich in anderer Leute Privatleben zu mischen.

»Das könnte ich sicher«, sagt sie, indem sie sich zurücklehnt, weg von ihm. »Aber ich werde es ganz bestimmt nicht tun.«

Ein Märznachmittag am St. James' Square. Vinnie Miner sitzt im Lesesaal der London Library auf dem Platz, den sie experimentell als den bequemsten und bestbeleuchteten ausgemacht hat, und arbeitet. Sofern sie nicht ein bestimmtes Buch braucht, das sie nur im British Museum bekommen kann, arbeitet sie lieber hier in dieser stillen, geschmackvoll kargen Umgebung, die für sie angenehm belebt ist von den Schatten vergangener und den Gestalten lebender Schriftsteller. Es fällt ihr leicht, sich den stattlichen, gutgekleideten Geist eines Henry James vorzustellen, wie er würdevoll die Treppen steigt, oder einer Virginia Woolf, wie sie ihre knittrigen zwanziger Seidengewänder im Schatten zweier Bücherregale nachschleppt. Und nahezu täglich könnten Kingsley Amis, John Gross oder Margaret Drabble in ihrer noch irdischen Gestalt auftauchen. Auch viele von Vinnies Freunden benutzen die Bibliothek; es ist fast immer einer da, mit dem man hinterher zum Lunch gehen kann.

Vinnies theoretische Recherchen sind fast komplett. Sowie es zu regnen aufhört und etwas wärmer wird, kann sie den aufregenderen Teil ihrer Arbeit in Angriff nehmen: in städtischen und dörflichen Schulen Kinderreime sammeln. Sie hat schon mit etlichen Schulleitern und Lehrern gesprochen, und manche haben ihr nicht nur die Erlaubnis zu einem Besuch gegeben, sondern auch Hilfe bei der Aufzeichnung der Reime angeboten oder das Ganze sogar zum Unterrichtsthema gemacht. Hier in England braucht sie nicht erst die Erzieher zu erziehen; ihr Interesse an Überlieferung wird als natürlich und respektabel angesehen. Sie braucht nur noch auf besseres Wetter zu warten.

Mittlerweile hat Vinnie ihren unerfreulichen Flug hierher schon mehr oder weniger vergessen und denkt auch meist nicht mehr an diesen verhaßten Artikel im ›Atlantic‹. Bisher hat noch keiner ihrer Bekannten ihn erwähnt; wahrscheinlich hat ihn auch keiner gelesen. Damit das so bleibt, hat sie bei ihrem ersten Besuch in der London Library, die ja auch von vielen ihrer Freunde regelmäßig benutzt wird, vorsichtshalber die Märzausgabe des ›Atlantic‹ von dem Stapel, auf dem sie obenauf lag, heruntergenommen und unter den daneben befindlichen Stapel ›Archeology‹ geschoben. Von Zeit zu Zeit taucht das Magazin wieder auf; dann versteckt sie es von neuem. Ein Zeichen für das allmähliche Nachlassen ihres Kummers ist, daß sie die Märzausgabe heute morgen nur unter den ›Atlantic‹-Stapel geschoben hat; dabei hat sie sich L. D. Zimmern vorgestellt, auf eine Größe von etwa fünfzehn Zentimetern geschrumpft und plattgedrückt zwischen den Seiten seines eigenen Artikels, nur noch eine häßliche Papierpuppe, ein dünner, unansehnlicher Sepiaklecks auf dem Blatt. Wie schon früher, hat sie auch jetzt daran gedacht, die Zeitschrift einfach in ihre Einkaufstasche gleiten zu lassen und aus der Bibliothek zu schmuggeln, um sie dann genüßlich zu vernichten. Aber gegen diese Art Endlösung sperrt sich ihre ganze Erziehung. Zeitungen verbrennen ist in Vinnies Augen fast so schlimm wie Bücherverbrennen; außerdem befindet sich in derselben Ausgabe ein wirklich ausgezeichneter Artikel über aussterbende Tierarten, der noch vielen Leuten gefallen könnte.

Das einzige, was ihr im Moment noch Kummer macht, ist ihr gestriges Gespräch mit Edwin Francis beim Lunch. Während sie es im Geiste noch einmal führt, fühlt sie sich auf dem behaglichsten Stuhl des Lesesaals auf einmal gar nicht mehr behaglich. Sie ärgert sich über Fred Turner und findet – wider alle Logik, das ist ihr klar –, daß er an der leichten, aber deutlich spürbaren Abkühlung zwischen ihr und ihrem ältesten Londoner Freund irgendwie schuld sei, schuld auch daran, daß sie und Edwin gestern auseinandergegangen sind, ohne sich für ein neues Treffen zu verabreden. Und irgendwie hat Fred sie auch um eine Aprikosentorte mit Schlagsahne gebracht – einen Genuß, dem sie heute, nach dem waffeldünnen Lachspastensandwich und einem ledrigen Spiegelei im Pub, besonders nachtrauert. Wieso soll sie sich in die Angelegenheiten eines subalternen Kollegen hineinziehen lassen, den sie kaum kennt? Wenn es darum ginge, Fred für ein Stipendium vorzuschlagen, gut; aber wenn er ein Techtelmechtel mit einer gemeinsamen Bekannten anstrebt, geht sie das gar nichts an. Zugleich ist Vinnie sich unangenehm darüber klar, daß es sie einige Mühe kosten würde, mit unvoreingenommenem Wohlwollen zu reagieren, wenn Fred jetzt um ein Stipendium einkäme.

Ihr Fehler war es von vornherein gewesen, ihn zu ihrer Party einzuladen. Früher hat ihr der Instinkt stets geraten, ihre amerikanischen Kollegen und ihre englischen Freunde auseinanderzuhalten. Sie hatte immer den Verdacht, wenn sie sich träfen, würden sie einander wahrscheinlich nicht verstehen, vielleicht sogar nicht mögen, und diese Abneigung könnte auf sie abfärben und ihre Beziehungen nach beiden Seiten belasten (»Ich verstehe Vinnie einfach nicht. Was kann sie nur an so einem finden?«). Ein- oder zweimal hat sie sich über dieses Gefühl fast hinweggesetzt, ist dann aber nach weiterem Nachdenken das Risiko doch nicht eingegangen. Wie Edwin einmal gesagt hat, ist es in der Gesellschaft wie in der Alchimie: fremde Elemente zu mischen ist gefährlich. Vorigen Monat hat sie bloß einem subalternen Kollegen zuliebe diese Regel gebrochen; und statt sich nicht zu mögen, mochten Fred und Rosemary einander offenbar zu sehr. Eines so ärgerlich wie das andere.

Ursprünglich hatte Vinnie gar nicht vorgehabt, Fred zu irgend etwas einzuladen. Sie wußte natürlich, daß er in London war – sie war ihm ein paarmal im Britischen Museum begegnet. Sie wußte, daß er allein hier war, daß seine Frau ihm irgendwie abhanden gekommen war, aber sie hatte keine Ahnung, wie; über das Privatleben subalterner Mitglieder des eigenen Instituts weiß man selten Genaueres, nur über die Gleichgestellten wird in Vinnies Augen viel zuviel geklatscht. Es ist ihr nie in den Sinn gekommen, Fred zu bedauern, weil er seine Frau nicht bei sich hat; nach jahrelanger neutraler Beobachtung hält sie von der Ehe nicht allzuviel.

Eigentlich war das Ganze nur ein dummer Zufall. An einem windig-regnerischen Nachmittag war Vinnie auf dem Heimweg von einer Lunchparty noch rasch in ein Lebensmittelgeschäft in Notting Hill Gate gegangen, und da war sie Fred in die Arme gelaufen, der in der Nähe wohnte. Er war ganz zerzaust und naß und kaufte sich gerade zwei kränkliche grüne Orangen und eine Dose Gemüsesuppe fürs Abendessen, genau die falsche Sorte. Bei dem Anblick überkam Vinnie ein ärgerliches und ganz untypisches Mitgefühl. Zu Hause tut sie nie etwas für andere, wenn es sich eben vermeiden läßt, höchstens für ihre Studenten und sehr gute Freunde; sie bringt dafür einfach nicht die Energie auf. Aber hier stand nun ein junger Kollege aus dem Institut, verloren in einer fremden Stadt und hungrig. In Corinth wäre sie an ihm vorbeigegangen und hätte ihm höchstens zugenickt; hier in London aber, wo sie ein ganz anderer, netterer Mensch ist, überkam sie auf einmal die ganz uncharakteristische Anwandlung, etwas für ihn tun zu müssen. Eigentlich könnte ich ihn doch für nächste Woche zu meiner Party einladen, dachte sie. Vorzeigen kann man ihn ja.

Vorzeigen kann man ihn fast schon zu gut. Er hat etwas Übervollkommenes, was Vinnie an eine bestimmte Hemdenreklame ihrer Kindheit erinnert – aber das ist ja nun weiß Gott nicht seine Schuld. Er tut nichts dafür und bildet sich nichts darauf ein; er kleidet sich schlicht und unauffällig wie ein Grundschullehrer und hat unaufdringlich gute Manieren. Dennoch ist sein Aussehen manchen ein Ärgernis, vor allem Männern: Vinnie kann sich noch an die boshaften Witzeleien nach seinem Vorstellungsgespräch erinnern. Fred konnte von Glück reden, daß er schon zwei gewichtige Arbeiten veröffentlicht hatte und gute Kandidaten auf seinem Spezialgebiet, dem achtzehnten Jahrhundert, selten waren.

Aber seine Ehe konnte er mit diesem guten Aussehen auch nicht retten, denkt Vinnie. Das war vielleicht gar nicht so schwer zu verstehen. Die edle Schale weckt die falsche Erwartung, daß sich eine ebensolche Seele dahinter verbirgt – der platonische Trugschluß. Denn soweit Vinnie es beurteilen kann, ist Fred nur ein ganz gewöhnlicher, halbwegs intelligenter junger Mann, der zufällig etwas vom achtzehnten Jahrhundert versteht. Außerdem kann blendende Schönheit einem mit der Zeit auch auf die Nerven gehen; wer läßt sich schon gern immerzu blenden?

Schon als sie die Einladung aussprach, kamen Vinnie Bedenken. Aber auf der Party bereitete Fred ihr dann keinerlei Kopfzerbrechen mehr. Sie sah, daß er für Marianas Punker-Tochter und ihren zornigen jungen Mann nicht viel übrighatte – wer konnte ihm das verdenken? Er aß ziemlich viel, und auch das war verständlich, wenn seine finanziellen Nöte so groß waren, wie die Gemüsesuppe und seine verzweifelte Frage, wie man seinen Gehaltsscheck hier in London ohne vierwöchige Verzögerung eingelöst bekommen könne (Antwort: gar nicht), vermuten ließen.

Im weiteren Verlauf der Party hatte ihn Vinnie dann in dem Kreis stehen sehen, der sich um Rosemary Radley gebildet hatte; aber um Rosemary drängt sich immer ein Kreis. Sie hat die Gabe, sich in den Mittelpunkt zu spielen, auch ohne daß sie erkennbar das Wort führt – eine Gabe, die jeder erfolgreiche Schauspieler wohl haben muß, denkt Vinnie. Dabei ist ihre Einflußsphäre jedoch ziemlich klein – höchstens zwei Meter im Durchmesser –, wie wohl ebenfalls zu erwarten, wenn jemand vorwiegend für Film und Fernsehen arbeitet. Anders als manche Bühnenschauspieler, die Vinnie schon kennengelernt hat, versteht sie nicht mühelos einen ganzen Saal auf sich aufmerksam zu machen; aber innerhalb ihrer Einflußsphäre ist sie eben unschlagbar. Und irgendwie schafft sie das, ohne auf irgendeinem Thema herumzureiten, Klatschgeschichten zu verbreiten, mit Intimitäten zu hausieren oder sich besonders witzig oder auch nur schockierend zu geben – im Grunde muß sie gar nichts tun, was nicht typisch wäre für die Rollen, die sie vor der Kamera spielt.

Rosemarys Spezialrollen sind Ladys: hochwohlgeborene Damen aller historischen Epochen, vom klassischen Griechenland bis zum modernen Großbritannien. Sie spielt nie Königinnen oder Kaiserinnen, dafür ist sie nicht stattlich oder erhaben genug. Sie ist ungemein hübsch, aber keine Schönheit im eigentlichen Sinne: rot-weiß-gold, wie ein stilvoller Boucher; sie hat ein angenehmes Gesicht, aber ohne hervorstechende Züge. In erster Linie strahlt sie Eleganz und Vornehmheit aus – komisch, pathetisch oder tragisch, ganz wie das Drehbuch es verlangt – sowie eine liebenswürdige Anmut. Über Mangel an Engagements braucht sie nicht zu klagen, denn Ladys sind auf britischen Bildschirmen reichlich überrepräsentiert, und viele Kritiker feiern sie als eine der wenigen Schauspielerinnen, die eine Aristokratin völlig überzeugend darstellen können. Manchmal wird dabei erwähnt, daß dies kein Wunder sei, da sie eine geborene Lady Rosemary ist und ihr Vater ein Earl war.

Rosemarys Privatleben gilt allgemein als unbefriedigend. Sie war zweimal verheiratet, beide Male kurz und unglücklich und kinderlos; jetzt lebt sie allein in einem großen, schönen, stets unaufgeräumten Haus in Chelsea. Natürlich sagen manche, es sei ihre eigene Schuld, daß sie allein ist: sie sei unrettbar romantisch, verlange zuviel (oder zuwenig) von den Männern, sei übertrieben eifersüchtig, ein Egoist/Fußabstreifer, nymphomanisch/frigid – und so weiter. Was die Leute eben über unverheiratete Frauen alles reden, wie Vinnie nur zu gut weiß. In alledem hat Rosemary ihre Sympathie. Nicht aber ihr Vertrauen.

Vinnie traut Rosemarys Charme nicht: dem seidenweichen, süßen Getue, der scheinbar spontanen Herzlichkeit und Vertrautheit, die ihr Opfer in Wirklichkeit auf drei Meter Abstand hält. Gerät zum Beispiel ein neues Gesicht in Rosemarys Reichweite, kann sie sich in den höchsten Tönen über irgendwelche Vorzüge und Eigenheiten des Betreffenden auslassen, die sonst niemand einer Erwähnung wert gefunden oder überhaupt bemerkt hätte. Sie kann irgendeinen Bekannten oder Verwandten, ihren Lebensmittelhändler oder Zahnarzt anhimmeln, nur weil er/sie so wunderschön Rosen binden kann oder so langsam spricht oder so lockiges Haar hat. Dies erklärt sie dann allen Umstehenden in einem Ton, als habe sie eine wunderbare Entdeckung gemacht, und ohne Rücksicht darauf, ob der/die Betreffende neben ihr steht oder meilenweit weg ist. So sagte sie einmal während einer Lunchparty bei Edwin, als der allgemeine Lärm sich für eine Sekunde legte, sie finde es einfach hinreißend, wie Vinnies Freundin Jane ihren Salat esse. Wie Jane dann feststellen mußte, hatte es gar keinen Sinn, zu fragen, was sie damit meinte. Selbst wenn man ihre Aufmerksamkeit wiedergewinnen konnte, was immer ein Kunststück war, warf Rosemary nur ihre weißgoldenen Locken zurück, ließ ihr berühmtes Lachen ertönen – wie im Sonnenlicht funkelndes Kristall, hatte ein betörter Fernsehkritiker einmal geschrieben – und rief: »Ach, das kann ich nicht erklären! Es ist einfach – so – hinreißend.« Und wenn mitunter jemand anders mit einer Interpretation aufwartete, pflegte Rosemary diese zu ignorieren oder als *völlig* unzutreffend zurückzuweisen. Daß man ihre oberflächlichen Schwärmereien – oder auch Antipathien – analysierte und auf den Punkt brachte, konnte sie nicht leiden.

Die meisten, die Rosemarys Lobgesänge auf ihre einzigartigen Qualitäten – ob unmittelbar oder mittelbar – zu hören bekamen, waren geschmeichelt, denn es ist schön, geliebt und bewundert zu werden, und sei es nur flüchtig; und Rosemary war schön und prominent. Auch wenn keiner begriff, was sie eigentlich meinte, war es immer so wunderbar, wie sie es sagte. Und manche, denen noch nie solche Schmeicheleien zuteil geworden waren – wie Vinnie –, fühlten sich mit der Zeit sogar ein bißchen übergangen.

Anderen hingegen war es auch peinlich. Man könnte sich zum Beispiel vorstellen, wie Rosemarys Zahnarzt, nachdem seine berühmte Patientin wieder fort ist, allein in seinem Behandlungszimmer steht, den Vergrößerungsspiegel am Behandlungsstuhl zu sich herdreht und stirnrunzelnd hineinschaut. Was ist denn so besonders liebenswert daran, wie seine Haare sich hinter den Ohren kräuseln? Oder hat es vielmehr etwas Komisches, Häßliches, Bizarres? Hat Lady Rosemary sich über ihn lustig gemacht?

Jane sagte, ihr sei Rosemarys Eloge noch Tage nach Edwins Party immer wieder in den Sinn gekommen und habe sie verfolgt. Eines Tages habe sie dann eine Schüssel übriggebliebenen Salat aus dem Kühlschrank genommen, sich damit vor den Spiegel gestellt, die Folie abgenommen und sich selbst dabei beobachtet, wie sie die gewürzten, ölgetränkten Salatblätter und aufgeweichten Tomatenscheiben zum Mund führte, nur um zu sehen, was daran so ungemein liebreizend – oder anders als bei andern Leuten – war. Was konnte Rosemary um Himmels willen nur gemeint haben?

In Wirklichkeit hat Rosemary wahrscheinlich gar nichts gemeint, erklärte Vinnie ihr. Sie hat nur irgend etwas gesagt, was ihr gerade so in den Sinn kam, vielleicht um die Aufmerksamkeit auf sich zu ziehen oder einfach um das Thema zu wechseln – ein wohltönendes Geräusch, sonst nichts. Worte sind dem Schauspieler nicht so wichtig wie dem Literaten. Seine Ausdrucksmittel sind hauptsächlich Mimik und Gestik; der Text ist nur das Libretto, eine Reihe leerer Gläser, die der Mime mit dem Gold, Silber oder Bronze seiner Stimme füllt. Vinnie hat gehört, daß man auf Schauspielschulen lernt, auf zwanzig verschiedene Arten »Schließ bitte die Tür« zu sagen.

In jedem Kreis hat man auch ein paar »Freunde«, die dies nur zwangsläufig durch Zugehörigkeit zu der jeweiligen Gesellschaft sind und die man selten oder nie mehr wiedersähe, wenn dieses Netz einmal auseinanderfiele. So kennen Vinnie und Rosemary sich über Edwin, kommen dadurch ziemlich oft zusammen und tun dann jedesmal über die Maßen entzückt, obwohl sie sich in Wahrheit nicht besonders mögen. Jedenfalls mag Vinnie Rosemary nicht besonders und hat das Gefühl, daß dies auf Gegenseitigkeit beruht. Aber dagegen kann man nichts machen. Vinnie stellt sich dieses soziale Gefüge wie ein sehr fein gesponnenes und kunstvoll verknüpftes Spinnennetz vor, das sich über die Regenstadt von Fulham bis Islington spannt und mit ein paar einzelnen Fäden in Highgate und Wimbledon verankert ist. Sie und Rosemary sind Knotenpunkte in diesem Netz, durch vielfach verschlungene Seidenfäden miteinander verbunden. Wenn sie ihre freundschaftliche Beziehung abbrächen, würden klaffende, für alle unerfreuliche, klebrige Löcher zurückbleiben. Und wahrscheinlich sind sie nicht die einzigen unfreiwilligen Freundinnen, denkt Vinnie. Doch immerhin trägt dieses Netz und breitet sein elastisches, tauglitzerndes Muster über London aus, das ist das Entscheidende.

Das schwindende Licht auf ihren Buchseiten sagt Vinnie, daß es Zeit zum Gehen ist, wenn sie den Feierabendverkehr vermeiden will. Draußen vor der London Library ist die Luft kalt und feucht, voll Regen, der mehr schwebt als fällt. Da sie noch hungrig ist und weiß, daß sich daheim in ihrem Schrank keinerlei Köstlichkeiten mehr befinden, geht sie in die Duke Street und zu Fortnum & Mason. Ein korrekt gekleideter Verkäufer, der ein Bankier aus dem vorigen Jahrhundert sein könnte, nähert sich ihr und bietet diskret seine Hilfe an, doch sie lehnt höflich ab. Es wäre wirklich närrisch, hier etwas zu kaufen; die Preise sind verrückt. Während sie vor einem babylonischen Turm von Konfitüren aus aller Herren Ländern steht und innerlich mit sich ringt, hört sie sich von einer sehr viel lauteren, weniger vornehmen – überhaupt unverhohlen südstaatlerischen – Stimme angesprochen.

»Menschenskind! Ist das nicht – äh – Professor Miner?«

Vinnie dreht sich um. Ein sehr großer Mann steht

grinsend vor ihr; er trägt einen halbtransparenten grünlichen Plastikregenmantel von abstoßendster amerikanischer Machart, und an seiner breiten, nassen Stirn kleben angegraute rötlichbraune Locken.

»Hab Sie letzten Monat im Flugzeug getroffen. Chuck Mumpson.«

»Ach ja«, sagt sie, nicht eben beglückt.

»Wie geht's voran?« Er zwinkert langsam mit den Augen, wie es ihr schon im Flugzeug aufgefallen ist.

Wie soll was vorangehen? Ihre Arbeit vermutlich. Oder vielleicht das Leben im allgemeinen? »Danke, gut. Und bei Ihnen?«

»Ach, geht schon so.« Sein Ton klingt nicht sehr begeistert. »War einkaufen.« Er hebt eine nasse Papiertüte in die Höhe. »Für meine Leute. Würde mich nicht nach Hause trauen, ohne was mitzubringen.« Er lacht, doch Vinnie kommt sein Lachen nervös und unecht vor. Entweder würde Mr. Mumpson es wirklich nicht wagen, seinen »Leuten« ohne Geschenke unter die Augen zu treten, oder es sollte – wahrscheinlicher – nur einer dieser billigen, unter halbgebildeten Amerikanern üblichen Witze sein, über die man gar nicht lachen kann.

»Freut mich, daß ich Sie treffe«, fährt Mr. Mumpson fort. »Ich wollte Sie nämlich was fragen; Sie kennen das Land ja viel besser als ich. Wie wär's mit 'ner Tasse Kaffee?«

Vinnie freut sich zwar nicht besonders über diese Begegnung, ist aber gerührt von dem Appell an ihre Sachkunde und der Aussicht auf eine sofortige Erfrischung. »Gewiß, gern.«

»Prima. Ein Drink wäre zwar angebrachter, aber im Moment ist hier ja sicher alles zu; verrückte Vorschriften sind das.«

»Bis halb sechs«, bestätigt Vinnie, ausnahmsweise einmal sehr zufrieden mit den britischen Ausschankgesetzen. Die Pubs in der City gefallen ihr nicht, und mit einem Menschen, der so angezogen ist wie Chuck Mumpson, möchte sie sich schon gar nicht in einem davon sehen lassen. »Dieses Kaufhaus hat einen eigenen Teesalon, aber da ist es schrecklich teuer.«

»Macht nichts. Ich lade Sie ein.«

»Danke.« Vinnie führt ihn an kunstvoll aufgebauten Türmen von Keksen und kandierten Früchten vorbei zur Treppe ins Entresol.

»He, haben Sie die Kerle da gesehen?« flüstert Mumpson vernehmlich und deutet mit dem Kopf zurück zu einem Tischchen neben der Treppe, wo zwei Herren von Fortnum & Mason in Regency-Kostümen beim Tee sitzen und Schach spielen. »Komisch.«

»Was? Ach so, ja.« Sie sucht einen höflicheren Abstand von den beiden. »Die sitzen hier oft. Sie sollen Mr. Fortnum und Mr. Mason darstellen, die Gründer dieses Hauses.«

»Aha.« Mumpson dreht sich um und starrt die Männer mit der animalischen Ungeniertheit des Touristen an. »Kapiert. So 'ne Art Werbegag.«

Vinnie ist irritiert und geht nicht darauf ein. Natürlich ist es auf eine Art auch ein »Werbegag«, aber sie hat es immer als eine hübsche Tradition angesehen. Es tut ihr schon leid, daß sie Mr. Mumpsons Einladung angenommen hat; jetzt wird sie sich, wenn sie nicht aufpaßt, mindestens eine halbe Stunde lang anhören müssen, was er als Tourist schon alles erlebt, gesehen, gekauft und gegessen und was er an seinem Hotel auszusetzen hat.

»Ich wußte gar nicht, daß Sie so lange in England bleiben wollten«, sagt sie und läßt sich auf einem der hellgrünen, mit Schmetterlingsmustern verzierten Eisenstühle nieder, die den Teesalon bei Fortnum & Mason an einen edwardianischen Wintergarten erinnern lassen.

»Well, wollte ich auch nicht.« Chuck Mumpson pellt sich aus seinem Plastikmantel, unter dem eine braunlederne Westernjacke mit Besätzen, ein glänzendes gelbes Westernhemd mit falschen Perlmuttknebeln statt Knöpfen und eine lederne Riemenkrawatte zum Vorschein kommen. Er legt den Regenmantel über einen leeren Stuhl, von wo er lustig weiter auf den roten Teppich tropft, und läßt sich schwerfällig nieder. »Tja, die andern sind auch alle schon vorigen Monat wieder heim. Aber ich hab mir gedacht, wenn ich schon mal hier bin und es gibt noch so viel, was ich nicht gesehen habe, Himmel, da kann ich doch noch 'ne Weile bleiben. Ich hab mir schon mit einem Ehepaar aus Indiana, das ich im Hotel kennengelernt hatte, die Sehenswürdigkeiten angeguckt, aber die sind am Montag wieder abgeflogen.«

»Diese Vierzehntagereisen haben mir sowieso noch nie eingeleuchtet«, sagt Vinnie. »Wer England sehen will, sollte sich mindestens einen Monat Zeit nehmen. Sofern man das mit seiner Arbeit so einrichten kann, heißt das«, fügt sie rasch hinzu, als ihr einfällt, daß die meisten Menschen nicht in den Genuß akademischer Arbeitszeitregelungen kommen.

»Hm, na ja.« Er zwinkert. »Darüber brauche ich mir genaugenommen keine Gedanken zu machen. Ich bin im Ruhestand.«

»Ach ja?« Vinnie erinnert sich nicht, daß er das im Flugzeug schon erwähnt hätte, aber da hat sie wahrscheinlich nur nicht zugehört. »Da haben Sie sich aber früh zur Ruhe gesetzt«, fügt sie hinzu, denn dem Aussehen nach ist er noch nicht fünfundsechzig.

»Stimmt.« Mumpson rutscht ein bißchen auf dem hellgrünen Eisenstuhl herum, der für seine Körpermaße viel zu klein ist. »So nennt man das. Frühpensionierung. War aber nicht meine Idee. Bin zur Ruhe gesetzt *worden.*« Er lacht etwas zu laut, wie man über einen Witz lacht, bei dem man selbst der Dumme ist.

»Ach.« Vinnie erinnert sich, in den Zeitungen etwas von der zunehmenden Häufigkeit von Zwangspensionierungen bei leitenden Angestellten gelesen zu haben, und beglückwünscht sich zum Anstellungssystem ihrer Universität.

»Tja, mit siebenundfünfzig gegangen worden«, wiederholt er, damit sie es nur ja richtig mitbekommt. »Also, äh – Virginia, was darf's denn sein?«

»Vinnie«, korrigiert sie automatisch und merkt erst dann, daß sie Mumpson – Chuck – damit stillschweigend erlaubt hat, sie beim Vornamen zu nennen. Ihr wäre lieber, er würde weiter Professor Miner zu ihr sagen, oder Ms. Miner oder auch Miss, aber das nun wieder rückgängig zu machen, wäre nach den informellen Regeln der amerikanischen Mittelklasse äußerst ungezogen.

»Chuck« bestellt Kaffee, Vinnie Tee mit Aprikosentorte. Um ihn von seinen beruflichen Sorgen abzubringen – ihn vielleicht sogar zu trösten, empfiehlt sie ihm das Trifle.

»Es hat ja auch sicher Vorteile, nicht alle Tage zur Arbeit zu müssen«, meint sie strahlend, nachdem die Kellnerin fort ist. »Zum Beispiel haben Sie jetzt Zeit für so vieles, was Sie gern tun möchten.« Was denn? denkt sie gleich darauf, denn sie hat keine Ahnung, was einer wie Chuck gern tut. »Reisen, Freunde besuchen, lesen« – lesen? Wäre das denkbar? – »Golf spielen, angeln« – gibt es in Oklahoma überhaupt Fische? – »sich irgendein Hobby zulegen –«

»Ja, das sagt meine Frau auch. Es ist nur, wenn Sie alle Tage Golf spielen, das hängt Ihnen bald zum Hals raus. Und sonst mache ich mir aus Sport nicht viel. Hab früher mal mit Begeisterung Baseball gespielt; aber da bin ich ja nun raus aus dem Alter.«

Ein Mensch, der mit sich und der Sprache nicht viel anzufangen weiß, denkt Vinnie. »Zu schade, daß Ihre Frau nicht mit Ihnen hier sein kann«, meint sie.

»Well, ja. Myrna macht in Immobilien, sagte ich ja schon, und da ist in Tulsa im Moment Hochkonjunktur. Sie steckt bis zum A...«, mit Rücksicht auf Vinnies – oder des Hauses – altmodische Vornehmheit siedelt Chuck die Metapher ein wenig höher an – »bis zum Hals in Arbeit. Und scheffelt Kohle.« Er macht mit seiner großen, sommersprossigen Hand eine entsprechende Gebärde, dann läßt er sie schwer auf den Tisch fallen.

»Aha.«

»Ja, die ist das reinste Kraftwerk. Überhaupt ist sie wahrscheinlich sogar froh, mich mal für 'ne Weile aus den Füßen zu haben. Kann man ihr wirklich nicht verdenken.«

»Mhm«, sagt Vinnie und stellt sich vor, wie Chuck seiner Frau immerzu zwischen den Füßen herumläuft und sie sich in den herunterbaumelnden Enden seines Lederschlipses verfängt, der von einer ordinären Klammer aus Silber und Schildpatt, dem Lieblingsschmuck der echten und unechten Südstaatenrancher, zusammengehalten wird. Sie kann es Myrna nicht verdenken, daß sie ihn lieber aus dem Haus hat. Ihr ist auch klar, daß Chuck nach so vielen Tagen allein in einer für ihn fremden Stadt das Bedürfnis hat, jemandem sein Herz auszuschütten, doch hat sie nicht das Bedürfnis, dieser Jemand zu sein. Bewußt lenkt sie die Unterhaltung auf neutrale touristische Themen, eben die Themen, die sie zuerst zu vermeiden trachtete.

In Chucks Augen ist an London nicht viel dran. Das Wetter macht ihm nichts. »Nö. Ich liebe die Abwechslung. Daheim ist ja doch immer ein Tag wie der andere. Und wenn man nicht wässert, wird der Boden hart wie Stein. Wie ich hier ankam, hab ich gar nicht fassen können, wie grün dieses England ist, genau wie in den Reiseprospekten.«

Andererseits sei das Bett in seinem Hotel klumpig und der Warmwasservorrat begrenzt, klagt er. Englisches Essen schmecke wie abgekochtes Heu; wenn man mal etwas Anständiges essen wolle, müsse man in eins von diesen ausländischen Restaurants gehen. Der Verkehr sei irre, alle führen auf der verkehrten Straßenseite; und er habe seine liebe Not, die Einheimischen zu verstehen, weil ihr Englisch so komisch klinge. Vinnie will seinen linguistischen Irrtum schon unwirsch korrigieren und sagen, in Wirklichkeit seien wir Amerikaner diejenigen mit dem komischen Englisch, aber da kommt gerade der Tee und lenkt sie ab.

»He, was haben Sie noch gesagt, wie das Zeug hier heißt?« Chuck zeigt mit seinem Löffel auf den Berg aus Früchten, Pudding, Marmelade, rumgetränkten Keksen und Schlagsahne, der gerade vor ihm auf dem Marmortisch erschienen ist.

»Trifle.«

»Trifle! Klingt nach so was Winzigem, und dabei ist das so ein Riesenapparat.« Grinsend macht er sich darüber her. »Aber nicht übel. Und man kriegt ja auch einen entsprechend großen Löffel dazu.« Vinnie genießt ihre Aprikosentorte und unterläßt es höflich, darauf hinzuweisen, daß dies die normale Größe britischer Dessertlöffel sei.

Chuck ißt schnell und ohne Stil, ganz anders als Edwin. Er schaufelt das köstliche Dessert in sich hinein, als wär's Luzerne, und erzählt dabei weiter. Er hat die meisten der obligatorischen Sehenswürdigkeiten gesehen, berichtet er Vinnie, aber besonders beeindruckt hat ihn nichts davon. Einige Male scheint er sich sogar richtig geärgert zu haben – zum Beispiel im Tower.

»Menschenskind, wenn man genau hinguckt, ist das doch nichts weiter als ein ausgedientes Gefängnis. Und wenn ich bei der Führung richtig zugehört habe, hätten die meisten von den historischen Figuren, die da eingesperrt waren, gar nicht eingesperrt gehört. Waren meist gute Leute. Aber da haben sie die in diese kleinen steinernen Zellen gestopft, nicht größer als 'ne Pferdebox und so gut wie ohne Licht und Heizung. Die meisten sind da nie mehr rausgekommen, wie der Führer sagte. An irgendwelchen Krankheiten gestorben oder vergiftet oder erwürgt oder geköpft worden. Sogar Frauen und kleine Kinder. Ich kann überhaupt nicht verstehen, wieso die so stolz auf das Ding sind. Wenn man selber mal im Kittchen war, kann's einen da eiskalt überlaufen.«

»Ja, ich verstehe«, sagt Vinnie und fragt sich, ob Chuck wohl selber schon mal im Kittchen war.

»Und diese großen schwarzen Raben, die da draußen auf dem Hof rumlaufen wie die Gespenster.« Chuck formt seine dicken Hände zu Vogelklauen und läßt sie langsam über den grüngeäderten Marmor wandern. »Sollen wohl die Galgenvögel sein, was?«

»Ja.« Vinnie muß lächeln.

»Wo ich herkomme, da bedeuten solche Vögel Unglück. Ich hab mir gedacht, daß die Leute, die das Ding gebaut haben, sie vielleicht deswegen da gehalten haben. Da hab ich also den Führer gefragt, ob das stimmt.«

»Und was hat er gesagt?« Vinnie beginnt sich langsam über Chuck zu amüsieren.

»Ach, der hatte ja keine Ahnung. Der wußte überhaupt nichts, hatte nur seine Litanei drauf. Dann hat er uns die angeblichen Kronjuwelen gezeigt, für die wir noch extra zahlen mußten. Sie, das waren bloß Kopien, Fälschungen; die Juwelen waren nichts als buntes Glas. Die echten Klunker sind ganz woanders unter Verschluß. Menschenskind, das sah doch jeder; die Kronen und so weiter, das sah alles genauso aus wie die Sachen, die sich die Freimaurer und mystischen Ordensbrüder auf ihren Feten an den Leib hängen.«

Vinnie lacht. »Ja, ich weiß noch genau, daß ich das vor Jahren auch gedacht habe. Lauter Talmi, habe ich gedacht.«

»Jawohl, genau. Ich hab mich auch gleich bei dem Führer beschwert und gesagt, er hält uns wohl alle für blöd, daß er uns für so was auch noch extra zahlen läßt. Er wurde richtig kribblig und sauer; war sowieso ein rechter Trottel. Aber ich muß zugeben, er war die Ausnahme. Die meisten, die ich hier kennengelernt habe, nehmen es nicht krumm, wenn man so was sagt. Die erzählen einem auch nicht immerzu, wie großartig sie sind und daß sie von allem das Größte und Beste haben. Die machen sich sogar über sich selber lustig; das sieht man schon in den Zeitungen.«

»O ja.«

»Wissen Sie, in Tulsa, da hören wir solche Sprüche massenhaft. Immer lächeln, das Positive betonen, an die Knete denken und so. Kann einen ganz schön unterkriegen, so was; besonders wenn man schon unten ist. Haben Sie mal von der Oral Roberts University gehört?«

»Nein«, sagt Vinnie, die zwar schon davon gehört hat, aber nicht mehr weiß, in welchem Zusammenhang.

»Also, das ist dieses College, das wir da in Tulsa haben, gegründet von einem dieser Fernsehprediger. Nach denen ihren Vorstellungen muß man nur ein gottesfürchtiger Mensch sein und immer brav in die Kirche gehen, dann bringt man's im Leben zu was, kriegt Preise, hat Erfolg im Geschäft, alles was man sich wünscht. Das klang für mich immer ziemlich harmlos. Aber verlieren Sie mal Ihren Job, dann sehen Sie die Kehrseite der Medaille. Wer's zu nichts bringt, ist demnach ein gottloser Taugenichts. He, da fällt mir was ein. Was ich Sie ja eigentlich fragen wollte.« Chuck läßt den Löffel sinken. »Die Idee hab ich aus dem Buch, das Sie mir im Flugzeug geliehen haben, das von dem amerikanischen Jungen, der nach England zurückgeht, wo sein Großvater ein Herzog ist oder so was. Ich vergesse immer den Titel.«

»›Der kleine Lord‹.«

»Richtig, stimmt. Also, das erinnert mich an meinen Großvater, als ich noch ein Kind war und im Sommer bei ihm auf einer Ranch gearbeitet habe. Der hat immer davon gesprochen, daß wir auch von irgend'nem englischen Lord abstammen.«

»Wahrhaftig.«

»Das ist kein Witz. Die meisten von unsern Vorfahren hier in England waren ganz einfache Leute, hat er gesagt, aber da war ein gewisser Charles Mumpson, also mit demselben Namen wie er und ich, der soll hier um die Zeit der Revolution ein hoher Lord gewesen sein. Hat auf 'nem großen Gut irgendwo unten im Südwesten

Englands gelebt und war berühmt in der Gegend. So eine Art Weiser. Er schlief nicht in seinem Schloß, sagte mein Großvater; er lebte in einer Höhle draußen im Wald. Und er trug eine besondere Kleidung, so eine Art langen Mantel aus den Fellen von einem Dutzend verschiedener Tiere. Er hieß der Einsiedler von Southley, und die Leute kamen von weit und breit, um ihn zu sehen.«

»Wahrhaftig«, sagt Vinnie wieder, doch diesmal in einem anderen Ton. Zum erstenmal spürt sie ein professionelles Interesse an Chuck Mumpson.

»Also, ich hab mir jedenfalls gedacht, wenn ich schon hier bin, sollte ich vielleicht versuchen, mich mal um diesen Burschen zu kümmern und über ihn und unsere andern Vorfahren hier etwas rauszukriegen. Nur weiß ich nicht, wie ich das anstellen soll. Ich war schon in der öffentlichen Bibliothek, aber da war nichts zu erfahren; ich wußte ja nicht mal, wo ich anfangen sollte. Die Schwierigkeit ist, daß diese Herzöge und Ritter immer so viele verschiedene Namen haben, manchmal drei oder vier für eine einzige Familie. Und in dieser Gegend, da gibt es nicht mal einen Ort, der Southley heißt.« Er zuckt grinsend mit den Schultern. »Ich hab schon versucht, Sie anzurufen, damit Sie mir da helfen, aber ich muß wohl die falsche Nummer erwischt haben, denn da bin ich in einer Wäscherei gelandet.«

»Hm.« Vinnie erklärt ihm natürlich nicht, daß sie absichtlich eine Ziffer ihrer Nummer geändert hat. »Wissen Sie, da gibt es ein paar Stellen, bei denen man sich erkundigen könnte«, sagt sie. »Zum Beispiel bei der Gesellschaft für Genealogie.«

Während Chuck sich ihren Ratschlag notiert, denkt Vinnie, daß sein Anliegen ebenfalls typisch ist: typisch für den halbgebildeten, halbwegs wohlhabenden, nominell demokratischen Amerikaner, der nach Wurzeln in der britischen Aristokratie forscht – nach »Ahnen«, einer Familiengeschichte, einem Familienwappen, einem Abstammungsort, einem adligen Namen.

Typisch und lästig. Aber die speziellen Details in Chucks Familiensaga könnten interessant für den Volkskundler sein: der exzentrische Lord, der örtliche Weise, der sich in zusammengestückelte Felle hüllt und in einer Waldhöhle wohnt. Ein verrückter deistischer Philosoph? Rousseau-Anhänger? Kräuterdoktor? Zauberer? Oder in der Phantasie der Eingeborenen sogar die Inkarnation eines heidnischen Waldgottes, halb Tier, halb Mensch? Durch Vinnies Kopf zieht der noch verschwommene Entwurf eines kurzen, aber interessanten Aufsatzes. Es amüsiert sie auch, sich Chuck als die degenerierte, transatlantische Inkarnation dieser klassischen Legendengestalt vorzustellen – auch er stammt zufällig aus dem Südwesten seines Landes und ist in allerlei Tierhäute gekleidet.

Als die Rechnung kommt, will Vinnie, wie immer, ihren Anteil selbst bezahlen. Manche ihrer Freunde halten das für ein feministisches Prinzip, und Vinnie akzeptiert diese Interpretation, obwohl ihr Verhalten älter ist als die Frauenbewegung. Sie ist im Grunde Ausdruck ihrer tiefen Abneigung, sich jemandem zu verpflichten. Chuck hält dagegen, er sei ihr für ihren guten Rat ohnehin etwas schuldig, doch sie erinnert ihn daran, daß er ihr schon eine Mitfahrt im SUN-TOURS-Bus nach London vermittelt hat, womit sie nun also quitt seien.

»Well. Na dann.« Chuck knüllt Vinnies Pfundnoten in seiner großen roten Faust zusammen. »Wissen Sie was, Sie erinnern mich an eine Lehrerin, die ich in der vierten Klasse hatte. Die war richtig nett. Sie...«

Vinnie hört sich Chucks Erinnerungen kommentarlos an. Es ist ihr Schicksal, nahezu jeden Menschen, den sie kennenlernt, an irgendeine Lehrerin zu erinnern, die er einmal hatte.

»Tja, also. Ich wollte noch sagen, es sieht ja dann so aus, als wenn ich noch 'ne Weile in London bleiben würde. Vielleicht könnten wir uns irgendwann mal wieder treffen, zum Lunch?«

Vinnie lehnt dankend ab; sie habe diese Woche sehr viel zu tun, lügt sie. Aber Chuck könne sie ja über den Fortgang seiner Nachforschungen auf dem laufenden halten. Sie gibt ihm ihre – diesmal richtige – Telefonnummer und Adresse. Wenn er wirklich etwas herausbekommen wolle, sagt sie noch, müsse er wahrscheinlich in das Dorf fahren, in dem sein Vorfahr gelebt habe, sowie er erst einmal festgestellt habe, wo das sei.

»Na klar. Das könnte ich wirklich machen«, pflichtet Chuck ihr bei. »Ich könnte mir ein Auto mieten und hinfahren.«

»Oder Sie fahren mit dem Zug. Autos zu mieten ist hier nämlich furchtbar teuer.«

»Das geht schon klar. Geld ist kein Problem. Als die Amalgamated mich rausgeschmissen hat, das muß ich denen lassen, da haben sie mir 'ne Menge Zaster hinterhergeschmissen.«

Geld ist für Chuck Mumpson also kein Problem, denkt Vinnie, als sie in den Bus nach Camden Town steigt, nachdem sie zuerst noch sein Angebot, ihr ein Taxi zu besorgen, abgelehnt hat; und Zeit ist offenbar auch kein Problem für ihn, höchstens insofern, daß er zuviel davon hat. Seine Probleme sind Einsamkeit, Langeweile, Bindungslosigkeit und verlorene Selbstachtung, das alles halbwegs getarnt durch eine Herzlichkeit, die seinem wahren Befinden wahrscheinlich einmal besser entsprochen hat als jetzt.

Im ersten Moment will Vinnie noch ein fünftes Problem auf diese Liste setzen, nämlich sexuelle Frustration. Die selbstverständliche Herzlichkeit, mit dem Chuck ihren Arm – vielmehr den Ärmel ihres Regenmantels – knapp über dem Ellbogen ergriff, als er sie über den Piccadilly Circus zu ihrer Bushaltestelle geleitete, bringt sie darauf. Schließlich ist er ein großer, gesunder, kräftiger Mann; und ohne diese albernen oder schon vulgären Cowboysachen würde er sich in einem Schlafzimmer wahrscheinlich nicht einmal so schlecht machen. Vielleicht wollte er ihr das – auf seine verschwommene Art – klarmachen.

Aber bei näherem Hinsehen findet Vinnie das doch unwahrscheinlich. Chuck Mumpson ist zu offensichtlich der typische amerikanische Geschäftsmann, der, wenn er ein »Ventil« braucht, wie Kinsey und andere es unromantischerweise genannt haben – wenn Vinnie dieses Wort hört, denkt sie immer an eine Steckdose in der Wand –, der also einfach hingehen und sich eins kaufen wird. Und wahrscheinlich hat Chuck sich dieses Ventil schon öfter auf den einschlägigen Märkten Sohos gekauft und sich zur eigenen Entschuldigung jedesmal vorher betrunken. (»Ich war völlig hinüber – wußte gar nicht mehr, was ich tat.«) Männer dieser Art denken in Verbindung mit Sex nie an Frauen wie Vinnie; sie denken an eine »süße Puppe« oder eine »heiße Nummer« – vorzugsweise eine Nummer unter Dreißig. Worum Chuck bei ihr warb, war Anteilnahme, Kameradschaft, eine verständnisvolle Zuhörerin. Wahrscheinlich ist es nicht sehr befriedigend, sich mit Huren zu unterhalten, und sie sind außer ihr die einzigen Frauen, die er in England kennt.

Diese zwar unschmeichelhafte und auf sehr vertraute Weise sogar irritierende und deprimierende Schlußfolgerung ist für Vinnie jedoch zugleich ein Trost. Sie wird nicht in die Verlegenheit kommen, Chuck Mumpsons Avancen abwehren zu müssen; daß es so kommen könnte, hat sie sich nur eingebildet, weil sie es gewohnt ist, Freundschaft und Sex miteinander verbunden zu sehen.

Wie schon erwähnt, hat Vinnie im Lauf ihres Lebens vorwiegend mit Männern geschlafen, deren Interesse an ihr mehr oberflächlich und kameradschaftlich als romantisch war. Das Wort »Liebe« sprachen sie vor ihr selten aus, höchstens in Augenblicken, da ihre Sinne von Leidenschaft vernebelt waren; statt dessen sprachen sie von »gernhaben« und daß sie prima im Bett und ein richtiger Kumpel sei. (Vielleicht kann Vinnie daher den Ausdruck »gernhaben« nicht leiden und denkt immer an seine unerfreuliche Doppelbedeutung.)

In ihrer Jugend hat Vinnie den verhängnisvollen Fehler begangen, sich für einige dieser Leute ernsthafte Gefühle zu gestatten. Gegen ihren besseren Instinkt hat sie einen davon sogar geheiratet, der gerade unter Tränen von einer besonders unausstehlichen Schönen abgeprallt und wie ein durchnäßter Tennisball ins nächste Loch gerollt war. In den nächsten drei Jahren hatte Vinnie dann erleben dürfen, wie der Ball so nach und nach seine selbstbewußte Elastizität wiederbekam und auf Partys nur so herumhüpfte und mit schöneren Frauen flirtete und tanzte; einmal hüpfte er kurz in die Arme einer seiner Studentinnen; zuletzt machte er einen großen Satz, weit über die Ehegrenze hinaus, und wurde aufgefangen und weggetragen von einer, die Vinnie einmal für eine gute Freundin gehalten hatte.

Nach der Scheidung schützte Vinnie sich vor emotionalen Bindungen an ihre gelegentlichen Bettgenossen, indem sie eine eigene externe Bindung vorschob. Sie ließ durchblicken, daß auch sie in jemand andern verliebt sei, einen in einer andern Stadt – nur ging sie im Gegensatz zu ihnen nie ins Detail. Die Strategie hatte glänzenden Erfolg. Den großzügigeren und sensibleren unter ihren Liebhabern wurde so die Angst genommen, Vinnie könne sie zu ernst nehmen und hinterher dann leiden; den weniger großzügigen und sensiblen nahm es die Angst, sie könne »Scherereien machen«.

Außerdem war es – für das Gelingen der Taktik vielleicht Voraussetzung – nicht einmal ganz gelogen. Wie früher als junges Mädchen richtete Vinnie ihre romantischen Sehnsüchte auf Männer, die sie kaum kannte und selten sah. Anders als früher waren es aber nicht Filmstars, sondern Schriftsteller und Kritiker, deren Werke sie gelesen, die sie einmal reden gehört oder auf den Empfängen, die einer Lesung oder einem Vortrag an der Universität gewöhnlich folgten, sogar kurz kennengelernt hatte. So hat sie mit den Jahren imaginäre Verhältnisse mit Männern wie Daniel Aaron, M.H. Abrams, John Cheever, Robert Lowell, Arthur Mizener, Walker Percy, Mark Schorer, Wallace Stegner, Peter Taylor, Lionel Trilling, Robert Penn Warren und Richard Wilbur genossen. Wie die Liste zeigt, bevorzugte sie im allgemeinen ältere Männer; und Intellektuelle *mußten* es sein. Als die Mitglieder einer Frauengruppe, der sie Anfang der Siebziger angehörte, ihr anvertrauten, sie hätten leidenschaftliche Phantasieverhältnisse mit ihrem Schreiner, Gärtner oder Automechaniker an der Tankstelle, war Vinnie erstaunt und ein wenig abgestoßen. Was hatte man denn davon, mit so einem ins Bett zu gehen?

Vinnies Phantasieverhältnisse neigten zu kurzer Dauer, aber unter dem Einfluß eines großartigen neuen Buchs oder Vortrags konnte sie auch schon einmal auf ein früheres Verhältnis zurückkommen. Wenn einer dieser berühmten Männer per Zufall einmal für ein Semester als Gastdozent an ihre Universität kam und dabei gar ein herzliches Verhältnis zu Vinnie aufnahm, brach sie die heimliche Beziehung zu ihm augenblicklich ab. Das war nicht weiter schwierig; schließlich konnte er, aus der Nähe betrachtet, einem Daniel Aaron, M.H. Abrams, oder wer immer zur Zeit die Bühne beherrschte, sowieso nicht das Wasser reichen.

Seit der katastrophalen Erfahrung ihrer Ehe beendet Vinnie ihre wirklichen Affären immer, sobald sie merkt, daß ihr momentaner Liebhaber sich in ihr Kopfkissenkino drängt, oder sobald einer anfängt, hin und wieder das Wort »Liebe« fallenzulassen, oder andeutet, er könne sich vorstellen, sich ernsthaft in sie zu verlieben. Nein, danke, Freundchen; darauf bin ich schon einmal hereingefallen, denkt sie dann. Aber es ist sowieso nicht ständig ein echter Liebhaber vorhanden. Oft hat Vinnie über längere Zeiträume nur mit den Schatten Richard Wilburs, Robert Penn Warrens et cetera gelebt, die getreulich allabendlich erschienen, sie bewunderten und in die Arme nahmen, ihr sagten, wie witzig, charmant und intelligent sie sei, und ihr ob ihrer akademischen Erfolge und ihres sexuellen Einfallsreichtums schmeichelten.

In all den Jahren, die Vinnie nun schon nach England kommt, hatte sie hier noch nie einen Liebhaber. Und es kündigt sich auch diesmal keiner an. Vielleicht ist das ja auch besser so, denkt sie. Denn ist es nicht langsam an der Zeit? Nach landläufiger Vorstellung und (vor allem) in der englischen Literatur, in die Vinnie schon in früher Kindheit ihr tiefstes Vertrauen gesetzt hat – und die ihr ein halbes Jahrhundert lang eingegeben hat, was sie tun, denken, fühlen, wünschen und werden sollte –, haben Frauen ihres Alters selten noch ein Sexual- und Liebesleben. Und wenn sie eines haben, ist es entweder von mitleiderregender Peinlichkeit oder vulgärer Komik oder beides.

Etwa im Laufe des letzten Jahres hat Vinnie schon immer öfter gedacht, daß es ungehörig sein könne, was sie mit ihren Bettgenossen treibt – ihrer Stellung auf der ernsten Seite des Lebens unangemessen. Daß sie mit vierundfünfzig immer noch erotische Gefühle hatte und ihnen so rückhaltlos nachgab, kam ihr fast schändlich vor. Es war für sie auch schon eine Erleichterung, von zu Hause fort zu sein und keusch zu leben; Urlaub vom Sex gewissermaßen – ein Urlaub, aus dem ohne weiteres eine längere Ruhepause oder gar eine Frühpensionierung werden konnte. Es macht sie deshalb verlegen und wütend auf sich selbst, daß sie sich, und sei es auch nur kurz, Chuck Mumpson in ihrer Wohnung in der Regent's Park Road nackt neben ihrem Bett vorgestellt hat. Kannst du nicht endlich fühlen und dich benehmen, wie es deinem Alter entspricht? schilt sie sich. Einen wie Chuck wünschst du dir doch nun wirklich nicht; sie wünscht sich ja nicht einmal allzusehr ihre blitzgescheiten, schönen, charmanten Liebhaber der Phantasie.

Während der Bus sie durch die dunkler werdende

Stadt nach Norden bringt, fort von den sinnlichen Verlockungen bei Fortnum & Mason und den erotisch pulsierenden Geräuschen und blitzenden bunten Lichtern des Piccadilly Circus und hinein in die stillen, dezenten und vornehmen Straßen am Regent's Park, sagt Vinnie sich von neuem, daß es Zeit sei, allerhöchste Zeit sogar, »das alles«, wie ihre Mutter es nannte, hinter sich zu lassen. Zeit, zwischen Scylla und Charybdis, zwischen sexueller Farce und sexueller Tragödie hindurch auf das offene, stille Sonnenuntergangsmeer der Abstinenz hinauszusteuern, dessen laue Wasser nie mehr von der sengenden Hitze und Kälte, der schaumigen Gischt und den im Tang erstickenden Turbulenzen der Leidenschaft aufgewühlt werden.

4

Verzweiflung ist Torheit;
Fort mit dir, Traurigkeit!
Steht Jugend in Blüte, lacht dir das Glück.

John Gay, ›Polly‹

Im grell erleuchteten, fast leeren Foyer eines kleinen Theaters in Hammersmith wartet Fred Turner auf Rosemary Radley, die sich wie üblich verspätet. Immer wenn die Türen auffliegen, um irgendeine unbedeutende Person und einen feuchtkalten Stoß märzlicher Abendluft einzulassen, seufzt er wie der Gärtner, der seine Blumen im Sturm verwehen sieht, denn jede verstrichene Minute ist eine Minute weniger mit ihr allein.

Vielleicht kommt Rosemary auch gar nicht – das ist schon öfter als einmal passiert, wenn auch nicht mehr in letzter Zeit, und würde Fred noch immer nicht wundern. Ihn wundert höchstens, daß er hier im Theater steht und auf sie wartet, und zwar mit so einem Gefühl hochgespannter Erwartung. Vor einem Monat war London für ihn noch gewesen wie der leere Rummelplatz vor seiner Heimatstadt an einem kalten Abend – eine öde, düstere Weite von Stoppeln und Steinen. Jetzt ist es durch Rosemary Radley zu einem strahlenden Zirkus geworden, und Fred steht, als wäre er wieder Kind, mit großen Augen vor dem Eingang zum Hauptzelt und weiß nicht, wie er hierherkommt und was er mit der glitzernden rosa Zuckerwatte machen soll, die er in der Hand hält.

Rational läßt sein Hiersein sich natürlich als Folge

seines Interesses am Drama des achtzehnten Jahrhunderts erklären, denn das hat ihn ja zuerst nach London geführt und ihm später ein Thema geliefert, über das er sich mit Rosemary unterhalten konnte. (Es zeigte sich, daß sie sich in Theatergeschichte und Bühnentradition bemerkenswert gut auskennt und selbst schon in der ›Bettleroper‹ aufgetreten ist.) Romantischer erklärt sich sein Hiersein als Lohn der Tugend – namentlich der altmodischen Tugenden Höflichkeit und Kühnheit.

Höflichkeit war es zum Beispiel, die Fred letzten Monat auf Professor Virginia Miners Party ausharren ließ, nachdem er soviel gegessen und getrunken hatte, wie seine gute Erziehung gerade noch zuließ, obwohl er dort niemandem begegnet war, der ihn interessierte oder sich für ihn interessierte. Darum war er also noch da, als Rosemary Radley kam, mit vornehmer und typischer Verspätung.

Als er sie zum erstenmal sah, stand sie am Eingang neben einer Schale rosa Hyazinthen, wie diese in voller Blüte und von zarter Schönheit, die er als typisch englische Schönheit erkannte. Sie sah aus wie ein Lieblingsmodell der Maler des achtzehnten Jahrhunderts: rundes Gesicht, schelmische Augen, kleiner Schmollmund, Grübchen am Kinn, cremeweiße, rosig angehauchte Haut und üppige flachsblonde Locken. Sowie es ihm möglich war, ging Fred durchs Zimmer zu ihr hin, um sich diese Erscheinung aus der Nähe anzusehen, und indem er beharrlich in ihrem Umkreis blieb, glückte es ihm schließlich, »Lady Rosemary Radley« vorgestellt zu werden (allerdings nicht von Professor Miner, die schließlich weiß, was Fred inzwischen auch weiß, daß es sich nämlich nicht schickt, jemanden in Gesellschaft mit seinem Titel vorzustellen – wie man einen auch nicht als Mr. oder Miss Soundso vorstellt).

»Oh, guten Abend.« Fred, der noch nie einem Mitglied der englischen Aristokratie begegnet war, starrte Rosemary auf eine – wie er jetzt weiß – sehr ungehörige Weise an; doch wie Rosemary ihm später sagte, ist sie es gewohnt, angestarrt zu werden; schließlich ist sie Schauspielerin. Fred kam sich vor wie ein Reisender, der seit Jahren von Schneeleoparden oder Poltergeistern gehört, sich aber nie vorgestellt hat, je einem leibhaftigen Exemplar so nah zu kommen.

»Ein Amerikaner! Ich liebe Amerikaner!« rief Rosemary mit ihrem leicht amüsierten Lachen, das er bald so gut kennenlernen sollte.

»Freut mich zu hören«, antwortete Fred, eine Sekunde zu spät, denn sie hatte sich schon umgedreht, um jemand andern zu begrüßen. Bis zum Ende der Party hielt er sich in ihrer Nähe auf, versuchte ein paarmal, sie auf sich aufmerksam zu machen, starrte sie aber meist nur an und lauschte ihr mit derselben verwirrten Faszination, die er letzten Monat bei einer RSC-Produktion von ›Die beiden Veroneser‹ empfunden hatte.

Erst später, wieder allein in seiner kalten, leeren Wohnung, gestand Fred sich ein, daß er Rosemary Radley sehr gern wiedersehen würde, während ihm ganz und gar nicht danach war, noch einmal ›Die beiden Veroneser‹ zu sehen; und zugleich sah er ein, daß ihm dafür sowohl die Mittel und Wege als auch der Vorwand fehlten. Rosemary Radley war zwar für einen Augenblick ganz bezaubernd zu ihm gewesen, aber das war sie zu jedem. Sie hatte ihn gefragt, wo er wohne, was er für ein gutes Zeichen hielt, denn da wußte er noch nicht, daß diese Frage in England kein Vorspiel zu einer Einladung ist, sondern nur die gesellschaftliche Stellung eines Menschen eruieren soll, ungefähr wie in Amerika die Frage nach dem Beruf.

Doch wo wohnte Rosemary Radley? Ihr Name stand nicht im Telefonbuch, und Vinnie Miner anzurufen und sie rundheraus danach zu fragen, wäre peinlich und wahrscheinlich unergiebig gewesen; wenn jemand schon nicht im Telefonbuch steht, erwartet er gewiß von seinen Freunden, daß sie seine Nummer auch nicht weitergeben. Fred fühlte sich zur Untätigkeit verdammt und deprimiert. Dann fiel ihm ein, daß Rosemary gesagt hatte, sie wolle morgen zur Vorpremiere eines neuen Stücks gehen; und sie hatte sogar gemeint, er (und, zugegeben, ebenso jeder andere in Hörweite) solle sich das Stück doch auch ansehen.

Wegen seiner Finanzlage hatte Fred sich vorgenommen, in kein zeitgenössisches Theater zu gehen, solange er in London war. Jetzt brach er diesen Vorsatz und ersetzte sein Abendessen durch einen alten Kanten Brot zu einer Dose Hühnersuppe, um sein Budget nicht zu überschreiten; seine Gehaltsschecks aus Corinth wurden jetzt allmählich honoriert, aber die Summen machten sich in Pfund recht erbärmlich. Zu diesem Zeitpunkt sah er sich noch nicht in Rosemary Radley verliebt. Daß er ihre Bekanntschaft suchte, sah er selbst nur als Ablenkung von seiner Trübsal oder höchstens als Herausforderung, die er im selben Geist angenommen hatte, wie andere Amerikaner alle Tatkraft und Findigkeit daransetzen, eine Kunstsammlung zu sehen oder einer Zeremonie beizuwohnen, zu der Touristen sonst keinen Zugang haben.

Fred war sehr früh im Theater und wartete bis zum allerletzten Augenblick am Eingang, bevor er die Treppe zum Balkon hinaufhetzte und seinen Platz einnahm, aber Rosemary Radley ließ sich nicht blicken. Er sah sich das Stück – eine geistreiche Farce – halbherzig an und kam sich dumm vor, fühlte sich verlassen und hatte Hunger. Doch als er in der Pause, mehr von Rastlosigkeit getrieben als von Hoffnung, nach unten ging, sah er Rosemary im Foyer stehen. Sie war noch umwerfender als gestern: das weißgoldene Haar hochgesteckt, die cremeweißen runden Brüste halb entblößt und mit hellgrünen seidenen Rüschen drapiert, wie exotische Früchte bei einem Osthändler in Mayfair. Wie Fred so von oben auf sie hinunterblickte, erschien sie ihm auf einmal nicht mehr nur aristokratisch und echt englisch, sondern strahlend erotisch und begehrenswert.

Wie zu erwarten, war Rosemary nicht allein, sondern von Freunden umgeben – unter ihnen der Autor des Stücks persönlich: ein hochgewachsener, eleganter Mann in zerknittertem Trenchcoat. Zum ersten-, nicht aber zum letztenmal kam Fred der Gedanke, daß Lady Rosemary Radley wahrscheinlich viele berühmte und/oder hochstehende Verehrer hatte und seine Chancen darum hauchdünn waren. Ein anderer wäre vielleicht verzagt und hätte sich wieder auf seinen Balkon verzogen. Aber seine bisherigen Erfahrungen auf amourösem Gebiet hatten Fred zum Optimisten gemacht; Einsamkeit und Trübsal machten ihn dazu jetzt kühn. Zum Teufel, warum sollte er's nicht mal versuchen? Was hatte er schon zu verlieren?

Wie sich zeigte, erforderte sein Werben um Rosemary Radley nicht nur Kühnheit, sondern eine sture Hartnäckigkeit, wie Fred sie noch nie gekannt hatte. Früher waren ihm die Frauen und Mädchen mehr oder weniger in den Schoß gefallen, mitunter im wahrsten Sinne des

Wortes – hatten sich auf Partys oder in Autos kichernd und kreischend auf seinen Schoß fallen lassen. Das war angenehm und praktisch gewesen, wenn auch nicht sehr anregend. Jetzt lernte er zum erstenmal die Freuden der Jagd kennen; er roch den betörend animalischen Duft der hart verfolgten Beute. Rosemary, zwar stets charmant, war völlig unberechenbar. Mal kam sie eine halbe Stunde oder mehr zu spät, mal rief sie an und erklärte, sie müßten sich ein andermal treffen, meist zu einer ihm sehr ungelegenen Zeit; mal mußte sie eine Freundin mitbringen; mal schaffte sie es überhaupt nicht. Es klang immer echt, wenn sie sich wortreich und atemlos entschuldigte oder leise ihre Trauer und Bestürzung äußerte – aber sie war schließlich Schauspielerin. Hinzu kam das Geldproblem: Fred konnte es sich nicht leisten, Rosemary in teure Restaurants zu führen oder ihr die Blumen zu kaufen, die sie liebte. Er tut beides, sehr zu Lasten seines Kontos; aber wenn er nicht verhungern will, kann er das nicht mehr lange durchhalten.

Wochen vergingen auf diese Weise, ohne daß er spürbar vorankam. Rosemary wollte auf die altmodische Art umworben werden, und länger, als die meisten seiner Freunde zu Hause verstanden hätten. Roberto Frank hätte zum Beispiel ungläubig aufgeschrien, wenn er gewußt hätte, daß Fred bei Rosemary Radley zwei Wochen allein brauchte, um in Strafraumnähe zu kommen, und nach über einem Monat noch immer kein Tor geschossen hatte. Hör mal zu, sagt Fred zu dem nichtvorhandenen, grinsenden Roberto, wir sind hier nicht auf irgendeinem Bolzplatz. Wir sind in England, und da spielt man anders.

So frustriert er auch manchmal war, entmutigen ließ Fred sich jedoch nicht; statt dessen begann in ihm das

Prinzip der kognitiven Dissonanz zu wirken: die bloße Schwierigkeit des Unterfangens garantierte seinen Wert. Da er für Rosemary Radley schon soviel durchgemacht hatte, mußte sie es wert, mußten seine Gefühle ernsthaft sein. Und wirklich, je öfter er sie sah, desto berückender, desto anziehender erschien sie ihm.

Rosemarys Anziehungskraft besteht, wie Fred wohl weiß, zum Teil darin, daß sie in jeder Beziehung das genaue Gegenteil von seiner Frau ist. Sie ist klein, zierlich und blond; Roo ist groß, kräftig und dunkelhaarig. Sie hat Stil und Witz; Roo ist – vergleichsweise – naiv und ernst, nach Londoner Maßstäben sogar ein bißchen humorlos. Rosemarys Auftreten ist elegant, ihre Stimme melodisch; Roo ist neben ihr plump und laut – geradezu ungehobelt. Genau wie Amerika im Vergleich zu England groß, naiv, laut, ungehobelt und so weiter ist.

Während er also beharrlich auf der Fährte blieb und langsam seiner Beute näherkam, begannen sich andere nationale – und möglicherweise soziale – Unterschiede bemerkbar zu machen. Als er um Roo warb, hatte man das kaum eine Jagd nennen können, denn sie galoppierte im gleichen Tempo auf ihn zu. Sie umkreisten, beschnüffelten einander, dann flogen sie schon aufeinander, wie es die Pferde hätten tun können, die sie an diesem denkwürdigen ersten Nachmittag geritten hatten. Was sich dann in dem ausgedienten Obstgarten auf dem Hügel abspielte, war ebenfalls keine Verführung; es war der Zusammenprall zweier kräftiger, verschwitzter, gieriger junger Körper, die sich keuchend im hohen Gras wälzten.

Die Bilder, die Rosemary in ihm weckt, sind nicht animalischer, sondern blumiger Art. Wenn Fred an ihre erste Begegnung denkt, sieht er sie als eine Schale mit

Hyazinthen oder anderen, noch exotischeren Blütenpflanzen: zerbrechlich, feinblättrig, von einer Spezies, die bei jeder täppischen Berührung oder kalten Brise erzittert und sich zusammenfaltet, um sich aber, wenn man sie liebevoll und geduldig umhegt und pflegt, endlich zu prachtvoller Blüte zu entfalten. Und dann wurden Freds Bemühungen vor zwei Tagen, nach sechs Wochen Versuch und Irrtum, tatsächlich fast belohnt: die letzten weichen, samtenen, vielgeschichteten weißen und rosa Blütenblätter entfalteten sich und offenbarten den zarten Kelch. Wenn alles klappt, wird sein Wunsch heute abend in Erfüllung gehen.

Während er ungeduldig im Theaterfoyer umhergeht und über Rosemary und Roo nachdenkt, versteht Fred zum erstenmal, was man in Yale als die Macht der Retrospektive bezeichnet. Wie Wordsworth auf immer unsere Auffassung von Milton verändert hat, so hat Rosemary Radley seine Auffassung von Ruth March verändert. Im Geiste sieht er Rosemary auf einer Anhöhe stehen, die wahrscheinlich die Londoner City ist. In der einen Hand hält sie eine starke Bogenlampe, wie man sie im Theater verwendet, und von dieser leuchtet ein weißer Lichtkegel, über Zeit und Raum hinweg, mehr als drei Jahre weit nach Corinth im US-Staat New York zurück.

In diesem Licht erscheint Freds Erinnerung an Roo unter den Apfelbäumen, mit den Abdrücken von Zweigen auf dem verschwitzten braunen Rücken und Hinterteil und den Heufetzen im dichten, wirren rotbraunen Haar wie schlechtes Theater, grell und geradezu unkultiviert. Daß Roo sich ihm so schnell und enthusiastisch ergab – er hatte das einst als Wahrzeichen von Leidenschaft und Aufrichtigkeit gesehen –, erscheint ihm jetzt unweiblich, fast plump. Verglichen mit Rosemarys zarten, hinhaltenden Schmetterlingsküssen hatten Roos Umarmungen ein gieriges, animalisches Drängen und hätten Fred, wie er jetzt meint, schon damals vor ihrer Unbeherrschtheit, vor der bevorstehenden Schlammschlacht warnen müssen.

Fred kannte Roo noch keine vierzehn Tage, da hatte sie nicht nur schon viele Male mit ihm geschlafen, sondern auch bereits jedes Schamgefühl abgelegt – falls sie je welches gehabt hatte. Sie erzählte ihm alles, was sie dachte oder fühlte – einschließlich Intimitäten aus früheren Beziehungen, auf die er gut hätte verzichten können. Sie zeigte ihm alles, schlief von vornherein nackt neben ihm oder, wenn es sehr kalt war, in einem reizlosen Nachthemd aus rotem Flanell, das die Neigung hatte, sich bis unter ihre Arme hochzuschieben. In ihrer (und später in der gemeinsamen) Wohnung lief sie zu jeder Tageszeit nackt herum und dachte nicht einmal immer daran, die Jalousien herunterzulassen. In seinem Beisein putzte sie sich laut die Nase, stocherte in den Zähnen, schnitt ihre Zehennägel, wusch sich die Möse und setzte sich sogar mitten im interessantesten Gespräch (und für Roo waren die meisten Gespräche interessant) aufs Klo. Da Fred in sie verliebt war, verdrängte er seine Verlegenheit, mokierte sich sogar darüber. Er sah sich selbst als den verklemmten Pauker und Roos Benehmen als natürlich und frei.

Für Rosemary hingegen ist sexuelles Nachgeben noch lange nicht gleichbedeutend mit Aufgabe ihrer Intimsphäre. Da umgibt sie sich instinktiv mit einem Mysterium, das die Romantik lebendig hält. Sie bevorzugt gedämpftes Licht: zwei große weiße Kerzen auf dem Nachttisch oder eine Lampe mit Seidenschirm. Beim

Baden und Ankleiden will sie allein sein; Fred hat sie bisher noch nie völlig nackt gesehen. Auch psychisch entblößt sie sich nicht unnötig: Sie spricht nicht über ihre Vorgeschichte und verlangt das auch nicht von Fred. Er kann sich zum Beispiel nur aus vereinzelt fallengelassenen Sätzen zusammenreimen, daß Rosemarys Kindheit wegen der häufigen Partner- und Wohnungswechsel ihrer Eltern bei allem Luxus unglücklich und zerrissen war.

Ab und zu treibt Rosemary etwas Gutes allerdings auch zu weit, das ist wahr. Fred möchte sich ja gar nicht in ihre Intimsphäre oder ihre Vergangenheit drängen, aber er wünscht sich manchmal, er könne in ihren Kopf sehen. Sie ist sprunghaft, impulsiv, widersprüchlich: Wenn er über etwas Ernstes mit ihr sprechen möchte, hat er – oder gibt sie ihm – oft das Gefühl, ein lästiges Insekt zu sein, das sich in eine besonders prächtige Rose zu wühlen versucht und schließlich, betört von ihrem Duft und genarrt von dem endlosen Labyrinth zartester Blütenblätter, doch aufgibt.

Es ist gleich sieben. Das Foyer hat sich mit Menschen gefüllt, die sich jetzt schon wieder in Richtung Zuschauerraum begeben. Fred wartet bereits vierzig Minuten, und Rosemary ist noch immer nicht da. Er ist auch sehr hungrig; aber selbst wenn sie jetzt noch käme, bliebe keine Zeit mehr, vor Beginn der Vorstellung noch ein Sandwich zu essen, wie sie es vorhatten.

Er will beinahe aufgeben, als eine Taxitür aufspringt und Rosemary ins Theater gerannt, fast geflogen kommt, wobei ihr rosa Wollcape hinter ihr herweht wie die Flügel eines Rokoko-Engels.

»Darling!« Außer Atem – oder vielleicht spielt sie auch nur die Atemlose – legt sie ihm eine weiche weiße

Hand auf den Arm und schaut unter federigen Wimpern zu ihm auf. »Du mußt entschuldigen, aber das Taxi kam und kam einfach nicht.«

»Schon vergeben und vergessen.« Fred lächelt auf sie hinab, wenngleich nicht so ungezwungen wie sonst.

»Bist du schon verhungert?«

»Nicht ganz.«

»Sei nicht böse. Ich habe mit Erin ausgemacht, daß wir nach der Vorstellung mit ihm essen gehen. Er kennt ein sehr gutes Lokal hier in der Nähe, und dann lade ich dich als Entschädigung zu einem wunderbaren Essen ein . . . Oh, Nadia! Ich wußte ja gar nicht, daß du wieder zurück bist. Wie war's im irren Los Angeles?«

»Das sollst du nicht«, sagt Fred, aber seine Worte werden nicht gehört. Seine Entscheidung steht aber fest. Er will die Zeit, die er mit Rosemary allein sein könnte, nicht mit irgendeinem Schauspieler aus dem Stück, das sie gleich sehen werden, in einem Lokal versitzen. Außerdem hat sie ihn in letzter Zeit schon zu oft zu teuren Essen eingeladen. Wenn er protestiert, kommt sie mit allerlei Vorwänden: Verkauf eines Fernsehspiels, in dem sie mitgewirkt hat, nach Australien; ein gutes Interview mit ihr in irgendeiner Frauenzeitschrift, was auch immer.

»Rosemary, ich möchte dir etwas sagen«, beginnt er, kaum daß sie allein sind und sich auf den Weg zu ihren Plätzen machen.

»Ja, Darling...« Sie bleibt stehen, um mit strahlendem Lächeln irgend jemandem quer durchs ganze Theater zuzuwinken.

»Ich möchte nicht, daß du mich heute abend zum Essen einlädst.«

»Ach, Freddy!« Sie sieht zu ihm auf, die langbewimperten himmelblauen Augen weit aufgerissen. »Du bist böse, weil ich zu spät gekommen bin; aber ich konnte doch nun absolut nichts dafür – dieser blöde Taxidienst...«

»Nein, ich bin nicht böse, ich will nur –« Eine Platzanweiserin unterbricht ihn; Fred kauft zwei Programme für je zehn Pence. Wie großzügig! denkt er verdrießlich, weil ihm einfällt, daß Rosemary die Karten für sie beide geschenkt bekommen hat – oder gekauft?

»Es geht nur darum«, beginnt er wieder, kaum daß sie auf ihren Plätzen sitzen, »ich möchte nicht, daß du das Essen für mich bezahlst. Das ist nicht richtig.«

»Ach, sei doch nicht albern. Ich hab's schon versprochen.« Rosemarys Blick geht an ihm vorbei und streicht auf der Suche nach bekannten Gesichtern über die Reihen. »Oh, sieh mal, da ist Mimi, aber wer kann das nur sein, den sie da bei sich hat?«

»Nein, mich stört es.« Fred läßt sich nicht beirren. »Ich meine, was soll Erin denken? Er muß mich doch für so eine Art Gigolo halten.«

»Natürlich nicht, Darling.« Rosemary wendet sich wieder Fred zu. »So geht das nicht zu beim Theater. Wer in Brot und Arbeit steht, der spendiert. Das ist allen klar.«

»Schön, aber ich bin nicht beim Theater. Und darum möchte ich von jetzt an mein Essen selbst bezahlen.« Fred erinnert sich, daß er nur acht Pfund und etwas Kleingeld bei sich hat, und das muß nach seinem Haushaltsplan bis Ende der Woche reichen. Bald wird er also, wie schon so oft in letzter Zeit, vor einer Speisekarte sitzen, die so aufgeplustert ist wie die Preise darauf, sich das Billigste aussuchen (meist irgendeinen Salat) und wahrheitswidrig behaupten, er habe gut zu Mittag gegessen und sei überhaupt nicht hungrig. »Am liebsten wäre mir«, fährt er fort und lehnt sich zu Rosemary hinüber, um ihre Aufmerksamkeit, die schon wieder abschweift, zurückzugewinnen, »wir würden heute abend in ein Lokal gehen, das ich mir leisten kann, und dann könnte ich dich einladen. Es muß doch hier in der Gegend auch etwas Preiswertes geben.«

»O ja, hier in Hammersmith gibt's billige Kneipen die Menge«, sagt Rosemary. »Und in den meisten war ich schon. Als Mama sich den Knöchel gebrochen hatte und mein Vater mir das Taschengeld sperrte, um mich auszuhungern, weil ich das Theater verlassen und nach Hause kommen und das Haus führen sollte, wofür er selbst zu faul war, da habe ich alle diese Kneipen kennengelernt. Ich habe für mein Lebtag genug Fischstäbchen und Käsemakkaroni gegessen, Darling.«

»Trotzdem. Ich finde, es gehört sich einfach nicht, daß du für mich bezahlst.«

»Aber du findest, es gehört sich, wenn ich in irgendeiner widerlichen Freßbude –«

»Ich habe nicht gesagt, daß wir in eine widerliche Freßbude –«

»– sitze, wo sie uns wahrscheinlich beide vergiften.« Rosemarys wunderschöner Mund verzieht sich zu einem süßen Schmollen. Doch als die Lichter gedämpft werden, dämpft sich das Schmollen zu einem Lächeln. »Außerdem könnten wir das Erin nicht antun; er würde denken, wir sind verrückt geworden, oder sein Spiel hat uns so mißfallen, daß wir ihn dafür bestrafen wollen.« Sie kichert leise.

Fred widerspricht nicht weiter, aber den ganzen weiteren Abend bleibt ihm unbehaglich: während des Stücks wie auch anschließend beim Essen, wo er sich einen Chefsalat bestellt und dazu vier Brötchen, ein Drittel von Nadias *Bœuf bourguignon* und die Hälfte von Rosemarys Kirschkäsekuchen vertilgt (»Sei doch nicht so albern, Schatz, ich kriege ihn wirklich nicht auf«). Was denkt er sich eigentlich dabei, in diesem teuren Restaurant und in dieser teuren Gesellschaft von anderer Leute Tellern zu essen?

»Du bist immer noch böse«, beschwert Rosemary sich hinterher im Taxi. »Das sehe ich dir an. Du hast mir noch immer nicht verziehen, daß ich mich heute abend so schrecklich verspätet habe.«

»Nein, ich bin nicht böse, und doch, ich habe dir verziehen«, widerspricht er.

»Wirklich?« Sie schmiegt sich an ihn und legt den Goldlockenkopf an seine Schulter.

»Ich verzeihe dir immer.« Fred legt den Arm um Rosemary; wie weich und nachgiebig sie unter dem Wollcape ist! »Ich habe mich nämlich in dich verliebt«, sagt er und stellt sich vor, wie er ihr das schon bald beweisen wird.

»Ach – Schatz«, flüstert sie nachsichtig, aber eher wegwerfend, als habe man sie an irgendein Kinderspiel erinnert: Seilhüpfen oder Verstecken.

»Glaubst du mir nicht?«

»Doch.« Sie hebt den Kopf ein wenig. »Ich denke schon.«

»Und? Aber?«

»Und ich liebe dich auch... Aber so einfach ist das nicht.« Rosemary seufzt. »Wenn man in meinem Alter ist –«

Fred seufzt auch, aber unhörbar. Daß er gerade neunundzwanzig ist und Rosemary siebenunddreißig – obwohl sie kaum wie dreißig aussieht –, ist in seinen Augen unwichtig – im Hinblick auf ihre Beziehung sogar völlig bedeutungslos. Natürlich weiß er, daß Frauen – Schauspielerinnen vielleicht besonders – sich den Kopf über ihr Alter zerbrechen; aber in Rosemarys Fall ist das lächerlich. Sie ist schön, und er liebt sie; es ist ja nicht so, daß sie heiraten und eine Familie gründen wollen, um Himmels willen. »Was macht das denn schon?« fragt er laut.

Fred ist in einer Akademikerwelt aufgewachsen; er geht davon aus, daß auch schwierige Fragen einer Antwort bedürfen. Rosemary geht nach langjähriger Theaterarbeit und Erfahrung mit hartnäckig bohrenden Interviewern vom Gegenteil aus. Statt zu antworten, gähnt sie und hält dabei eine nervöse Hand vor die Rosenblüte ihres Mundes. »Mein Gott, bin ich müde! Das geht mir bei klassischem Theater manchmal so. Ist es schon furchtbar spät?«

»Nein, halb zwölf.« Eine mögliche Ursache oder Entschuldigung für Rosemarys ewige Unpünktlichkeit ist ihre strikte Weigerung, eine Uhr zu tragen (»Ich ertrage es nicht, die Zeit am Handgelenk mit mir herumzutragen, von ihr an der Hand geführt zu werden wie von einer griesgrämigen Gouvernante«).

»Ach wie schrecklich, Darling! Ich glaube, ich muß auf der Stelle ins Bett.«

»Bitte nicht«, sagt Fred, indem er den Arm fester um sie legt. »Oder wenigstens nicht allein.«

»Ich fürchte, ich muß.« Sie seufzt tief, wie unter einem schweren, unsichtbaren Zwang.

»Aber ich hatte gehofft –« Fred legt eine Hand auf das eine Ende des Capes, unter dem sich Rosemarys Brust befindet.

»Bitte, Darling, nicht zudringlich werden. Ich rufe dich morgen an.«

Quasi mit links hatte Rosemary den eigentlichen Höhepunkt ihres gemeinsamen Abends vom Plan abgesetzt. Fred war in den nächsten achtzehn Stunden übel dran. Er rief mehrmals an – oder »klingelte«, wie man in England sagt –, angefangen um zehn Uhr morgens, aber er kam nicht über den Auftragsdienst hinaus. Entweder war sie nicht zu Hause, oder sie war böse auf ihn. Er versuchte zu arbeiten, aber – wie so oft in letzter Zeit – ohne Erfolg; er brauchte ein Buch aus dem British Museum, mochte sich aber nicht vom Telefon entfernen.

Gegen sechs Uhr abends rief Rosemary endlich zurück. Sie war zärtlich wie immer – »mußte« ihn einfach wiedersehen. Sie bestritt, jemals böse gewesen zu sein, wollte darüber nicht einmal reden, bereitete ihm eine Stunde später an ihrer Haustür einen leidenschaftlichen Empfang.

Frühlingsdämmer in der Bibliothek eines englischen Landhauses, oft in Illustrierten und Farbbeilagen abgebildet und ebenso berühmt für seine architektonische und ornamentale Schönheit wie für die architektonische und ornamentale Schönheit seiner Herrin, Penelope (Posy) Billings, und das Finanzgenie ihres Gatten, Sir James (Jimbo). Die Wandbehänge aus rotem Samtbrokat, die messingbeschlagenen Sofas aus Leder und Mahagoni, die vergoldeten Einbände, die Vitrinen mit Raritäten und die schimmernden antiken Erd- und Himmelskugeln schaffen eine etwas strenge spätviktorianische Atmosphäre. Gelockert wird sie wieder ein wenig durch eine wohlgeordnete Überfülle an Frühlingsblumen und ein Tischchen mit den neuesten Tageszeitungen und Illustrierten, obenauf die mit konservativer Grundhaltung sowie die ›Harper's/Queen‹ vom letzten Monat, die in ihrer Serie über »Country-House Cuisine« diesmal Lady Billings in ihrer Küche und neben ihrem Originalrezept für Kressecremesuppe mit Avocados abbildet.

An den Wänden hängen viktorianische Gemälde in dick verschnörkelten Goldrahmen: zwei Porträts von Posys verdienstvollen militärischen Vorfahren und eines von einem traurig dreinblickenden Musterschaf, das große Ähnlichkeit mit George Eliot hat. Alle drei Bilder sind schon seit über einem Jahrhundert im Besitz ihrer Familie. Der Leighton über dem Kaminsims wurde dagegen – auf den Rat einer ihrer besten Freundinnen, der gefragten Innenarchitektin Nadia Phillips, und kurz bevor die Preise in die Höhe schossen – von Jimbo als Hochzeitsgeschenk für Posy angeschafft. Er zeigt eine geschmeidige statuarische Blondine, die Posy Billings sehr ähnlich sieht und die gleiche Fülle bronzener Haare hat. Diese viktorianische Figur ist in rosa und fliederfarbene Textilien von anachronistischer Spärlichkeit gehüllt und macht einem eingesperrten Vogel auf sonnengetränkter, blütenbestreuter Marmorterrasse schöne Augen.

Nach nunmehr sechs Jahren hat Posy den Leighton, das Schaf, die Raritäten und Ahnen langsam satt und würde sie am liebsten auf den Speicher verbannen und durch etwas Zeitgenössischeres ersetzen. In letzter Zeit überlegt sie sogar laut, ob es nicht angebracht wäre, die Bibliothek mit Nadias Hilfe im Stil der Dreißiger umzugestalten und mit weißen, kuschelig-verspielten Sofas, Stahl- und Lacktischchen, ziselierten Spiegeln und lustigen bunten Kissen und Lampen und Vasen auszustatten.

Im Augenblick ist Posy nicht in der Bibliothek, sondern sitzt mit ihren beiden Töchterchen und dem Au-pair-Mädchen im Kinderzimmer beim Tee. Als einziger befindet sich zur Zeit Fred Turner hier, und der wäre bestürzt, wenn er wüßte, daß dieses viktorianische Dekor zum Tode verurteilt ist. Wie er da zwischen den bodenlangen roten Plüschvorhängen steht und nach draußen blickt – wo es noch hell genug ist, um auf dem runden Beet jenseits des Kieswegs eine dichtgedrängte Heerschar ätherischer Osterglocken zu erkennen –, ist ihm euphorisch und ein bißchen unwirklich zumute. Was tut er hier in diesem vollkommenen viktorianischen Landhaus, in diesem nebligen englischen Frühling, und nicht ein Jahrhundert später im Norden des US-Staats New York, wo Anfang April noch frostklirrender Winter herrscht? Ihm ist, als wäre er durch einen übernatürlichen Ausrutscher zwischen Leben und Kunst mitten in einen Roman von Henry James geraten, etwa wie den, wovon er vor zwei Monaten bei Joe und Debby Vogeler die Fernsehfassung gesehen hat. Wie fern sie jetzt sind, die Vogelers mit ihren kritteligen Klagen über London! Wie verfälscht und verkürzt ihr Englandbild doch war – so verfälscht und verkürzt wie diese Fernsehfassung eines klassischen Romans.

In den letzten Wochen hat Fred eine Welt betreten, von der er bis dahin nur gelesen hatte: eine Welt überfüllter, spannungsgeladener Premieren, gepflegter sonntäglicher Lunchpartys in Hampstead und Holland Park, eleganter, international besetzter Diners an Connaught Square und Chester Row. Er war in Ealing hinter den Kulissen der BBC-Studios, in den Redaktionsstuben der ›Sunday Times‹ und hat Dutzende von Leuten kennengelernt, die früher nur Namen in Illustrierten oder Lehrplänen für ihn waren. Und noch erstaunlicher: Für manche dieser Leute scheint er jetzt ein Freund zu sein, zumindest ein guter Bekannter; sie erinnern sich, daß er eine Arbeit über John Gay schreibt, und erkundigen sich nach dem Fortgang seiner Recherchen; sie reden mit ihm im selbstverständlichsten Ton über ihren Ärger mit Kritikern und ihre Verdauungsbeschwerden. (Zugegeben, andere vergessen seinen Namen von einer Party bis zur nächsten – was ja eigentlich nur zu erwarten ist.)

Als Fred sich die ersten Male mit Rosemary traf, wunderte es ihn, daß sie so viele Prominente kannte. Des Rätsels Lösung war, daß sie ja selbst gewissermaßen zur Prominenz zählt, auch wenn er noch nie von ihr gehört hat. Als Star in ›Tallyho Castle‹, einer beliebten Fernsehserie über das Leben der gehobenen Kreise, ist sie Millionen britischer Fernsehzuschauer vom Sehen her bekannt, und manchmal wird sie sogar in Geschäften, Restaurants und Theatern angesprochen. (»Entschuldigung, sind Sie nicht Lady Emma Tally? Oh, ich liebe diese Serie so, und Sie sind eine meiner Lieblingsfiguren!«) Infolgedessen ist ihr Gesicht bekannter als das manch eines berühmteren unter ihren Freunden, der eben kein Schauspieler ist.

Fred weiß jetzt, daß Rosemary diese Popularität einerseits schön, andererseits aber auch lästig findet. Er hat sie schon, wenn ein Verehrer sie ansprach, funkeln und strahlen sehen wie von einer 200-Watt-Birne in ihrem Innern; er hat sie aber auch schon öfter als einmal sagen hören, daß Lady Emma und die vielen andern freundlichen Ladys, die sie im Fernsehen schon dargestellt hat, sie zu Tode langweilen. Ihr großer Wunsch ist es, wie sie Fred anvertraut hat, einmal »die großen klassischen Rollen« auf der Bühne zu spielen – Hedda Gabler, Blanche DuBois, Lady Macbeth –, bevor sie dafür zu alt ist. »Ich könnte es, Freddy, ich weiß, daß ich es könnte«, hat sie immer wieder gesagt. »Ich weiß, wie einem ist, wenn man vor Mordgedanken, Gemeinheit und Haß überquillt.« (Wenn sie es weiß, denkt Fred, kann man es nur als Wunder der Intuition erklären.) »Es ist alles in mir, Freddy, wirklich. Du glaubst mir nicht«, fügte sie hinzu, wobei sie sich voll zu ihm umdrehte.

Er zog sie fest an sich, dann schüttelte er lächelnd den Kopf.

»Du glaubst nicht, daß ich diese Rollen spielen könnte.« Ein Runzeln war zwischen ihren blonden, geschwungenen Brauen erschienen, als hätte ein unsichtbarer böser Geist sie brutal in die Stirn gekniffen.

»O doch. Natürlich glaube ich das«, versicherte Fred. »Ich weiß, daß du gut bist, das sagt ja auch jeder. Ich bin sicher, daß du alles spielen kannst, was du willst.«

Aber kein Regisseur war je bereit, ihr eine solche Rolle anzuvertrauen. Wenn ihr einmal – seltener als ihr lieb ist – eine Bühnenrolle angetragen wird, sind es immer leichte Komödien: Shaw oder Wilde oder Sheridan oder Ayckbourn.

Rosemarys Problem, wie ihr Freund Edwin Francis es Fred erklärt hat, ist einfach, daß sie nicht aussieht wie eine große Tragödin. Ihre Stimme ist zu hoch und süß, und sie hat nicht die finstere Ausstrahlung. »Können Sie sich Rosemary als Lady Macbeth vorstellen? Ich bitte Sie! ›O schwoche Wüllenskroft! Güb mür dü Dolche!‹ imitierte er Rosemarys Stimme und spitzte süß den Mund wie Lady Emma. »Kein Mensch würde ihr nur eine Sekunde glauben, daß sie einen Mord begehen will.

Alle würden denken, sie wolle ihren Geburtstagskuchen anschneiden.«

Fred gefällt es zwar nicht, wie Edwin sich manchmal über Rosemary lustig macht, aber er kann sie sich selbst nicht als Lady Macbeth vorstellen oder voll reinem, mörderischem Haß, nicht einmal im Spiel. Daß sie so gern gewalttätige und tragische Rollen spielen möchte, gehört für ihn zu den ewigen Rätseln an ihr.

Ein Rätsel, das er gern verstehen würde, ist für ihn auch, warum es in Rosemarys schönem Haus in Chelsea immer so unglaublich verlottert aussieht. Auf den ersten Blick wirkt ihr langes Doppelwohnzimmer sehr elegant, wenn auch ein wenig verschossen. Aber dann sieht man, vor allem bei Tageslicht, schon bald, daß die Erkerfenster verschmiert und voll Fliegendreck sind, die Fensterbänke dick verrußt und verstaubt, die vergoldeten Zierleisten der Bilder angeschlagen, die gestreiften grauen Satinpolster fleckig und verschlissen, die Mahagonitischplatten voller Nässeringe und Brandflecken. Wohin man blickt, zerknüllte Zeitungen, klebrige Gläser, benutzte Kaffeetassen, volle Aschenbecher, leere Zigarettenpäckchen und abgelegte Kleider. Unten in der Küche und oben im Schlafzimmer sieht es noch schlimmer aus: Die Kleiderschränke sind vollgestopft mit Schmutzwäsche und die Toiletten auch nicht immer sauber. Wie Rosemary selbst immer so frisch und schön dieser Unordnung entsteigen kann, ist ihm ein Rätsel – und wie sie es darin aushält, ebenfalls.

Natürlich versteht Rosemary wahrscheinlich nichts von Hausarbeit, denkt Fred, und er möchte auch gar nicht, daß sie es lernen soll. Aber sie sollte sich jemanden dafür nehmen. Ihre Freunde teilen seine Meinung. Wie Posy Billings ihm erst heute nachmittag erklärte, als sie ihn durch ihr perfekt gepflegtes Reich führte, braucht Rosemary eine Zugehfrau – eine kräftige, zuverlässige Person, die jeden Morgen zum Putzen, Einkaufen, Waschen und Kochen kommt, damit Rosemary zum Essen nicht immer ins Restaurant muß. Wenn Fred sie überreden könnte, sich so jemanden zu nehmen – und Posy kennt eine sehr zuverlässige Agentur in London –, wäre das eine sehr gute Tat.

»Gut«, sagte Fred, als sie vor einem langen, mit Immergrün umrandeten und einem Mulm aus zerhackter Rinde bedeckten Beet standen, auf dem in wohlgeordneten Grüppchen Krokusse und Traubenhyazinthen sprossen, »gut, ich will es mal versuchen.«

›Das wird allerdings nicht einfach sein‹, denkt er jetzt und sieht Rosemary wieder vor sich, wie er sie vor einer Viertelstunde oben im »Rosa Zimmer«, wie Posy es nennt, zurückgelassen hat. Sie liegt dort in einem übergroßen Bett mit gedrechseltem und vergoldetem Kopfteil, geblümten Satinkissen und passender Steppdecke, die Rosemary sich in losen Falten bis zu den Brüsten hochgezogen hat. Sie trägt ein Nachthemd aus zarter, elfenbeinfarbener Seide mit halbdurchsichtigen, schmetterlingsförmigen Spitzeneinsätzen; ihre Haare bilden feine weißgoldene Strahlen auf dem blaßrosa festonierten Laken. Durch den rosa Seidenschirm der Nachttischlampe fällt ein rötlicher Schimmer auf ihre cremeweiße Haut und die rosa und silbern gemalten Rokokomöbel, die französischen Modebilder an den Wänden und die Silbervase mit Narzissen auf dem Toilettentisch. Er fällt aber auch auf das Chaos von Pudern und Salben auf diesem Toilettentisch sowie den wüsten Haufen abgeworfener Kleider auf dem Aubussonteppich.

Nein, es wird nicht leicht sein, Rosemary von ihren Gewohnheiten abzubringen. Sie haßt es, über »langweilige praktische Dinge« zu reden, und kann sich auch nicht lange auf ein Thema konzentrieren. Sie ist – und das macht für Fred gerade einen Teil ihres Charmes aus – ein Geschöpf plötzlicher und willkürlicher Eingebungen. Sie ist für ihn ein seltener, schöner, zarter Schmetterling wie die an ihrem Nachthemd, der mal dahin, mal dorthin tanzt und schwebt und flattert und kaum einmal länger als für einen Augenblick zu fassen ist.

Daß sie sich im Moment zurückgezogen hat, ist jedoch keine exzentrische Anwandlung. Zu ungewöhnlichen Zeiten zu Bett zu gehen – oder wenigstens so zu tun als ob – ist, wie Fred festgestellt hat, in England ein verbreitetes und respektiertes, durchaus den Gesellschaftsregeln entsprechendes Verhalten. Ohne ersichtlichen Grund Müdigkeit vorzuschützen gilt, anders als in Amerika, nicht als Schwäche und/oder Labilität. »Ein bißchen ruhen« oder »sich ein Weilchen hinlegen« ist vielmehr die höfliche Form, sich von einer Gesellschaft zurückzuziehen – und effektiver auch als in Amerika, denn hier haben sogar Ehepaare meist getrennte Zimmer. Und anscheinend brauchen und wünschen Engländer – jedenfalls die aus Freds neuestem Bekanntenkreis – mehr Zeit für sich allein als Amerikaner. Zum Beispiel sind jetzt, um sechs Uhr abends, alle andern von Lady Billings' Gästen allein – seines Wissens allein – in ihren Zimmern. Nachdem er von Rosemary fortgegangen ist, hat auch Fred versucht, in seinem Zimmer zu bleiben, aber Unrast und Klaustrophobie führten ihn bald wieder nach unten. Wenn es draußen nicht so nieselte und schon fast dunkel wäre, würde er in den Garten gehen.

Außer Fred und Rosemary sind noch drei Wochenendgäste hier. Einer ist der Herausgeber und Kritiker Edwin Francis, der gegenüber Rosemary und Posy eine fast überschwengliche Liebenswürdigkeit an den Tag legt, mit Fred aber redet wie in einem Fernsehinterview – mit so einer scheinbar respektvollen Aufmerksamkeit, die oft nur darauf abzuzielen scheint, auf Freds Kosten die Lacher auf seine Seite zu bringen. (»Es war also allgemein bekannt, daß Reagan einmal in einem Film mit einem Schimpansen als Partner aufgetreten ist? Trotzdem haben viele Mitglieder Ihres Colleges, wie Sie sagen, ihn gewählt. Wie erklären Sie das?« – »Ihr momentanes Projekt ist wohl, wie ich annehme, sehr von der französischen destruktiven – Verzeihung: de*kon*struktiven – Schule beeinflußt?«)

Mit Edwin ist ein sehr junger Mann namens Nico gekommen, laut Rosemary sein derzeitiger »besonderer Freund«. Rosemary und Posy sind mit Nico einverstanden; sie betrachten ihn als enorme Verbesserung gegenüber Edwins vorherigen »besonderen Freunden«, die Posy zumeist »nicht in meinem Haus geduldet« hätte, wie sie sagt. Im Gegensatz zu diesen ist Nico wohlerzogen, des Englischen fließend mächtig und »wirklich durchaus präsentabel«. Er ist ein griechischer Zypriot: schlank, mit glatter Haut, dichten, glänzenden schwarzen Locken und festgefügten Ansichten über Kunst und Politik. Sein Ehrgeiz ist es, beim britischen – oder besser amerikanischen – Fernsehen oder Film zu arbeiten, zu guter Letzt als Regisseur. Heute beim Lunch hat er ein Interesse an Freds Ansichten gezeigt, das offenbar ernsthafter war als Edwins, allerdings auch weniger uneigennützig. (»Sie haben sehr originelle Ansichten über den Film, Fred, die finde ich sehr aufregend. Sie kennen sicher viele Leute in der amerikanischen Filmindustrie, oder vielleicht am amerikanischen Theater, mit denen Sie diese Theorien schon diskutiert haben?... Nein? Gar keine? Schade. Ich hätte so gern einmal die Chance, mit amerikanischen Filmemachern zu sprechen.«) Nico ist zwar nach wie vor höflich zu Fred, aber man merkt, daß er für seine Karriere nicht mehr interessant ist.

Der letzte Hausgast schließlich ist William Just, eine Art Vetter von Posy, den sie und Rosemary ihm als »William den Gerechten« vorgestellt haben. Er ist mittelalt und unscheinbar, sein Tweedanzug sieht zerknittert aus, und sein Verhalten hat etwas Unnahbares. William der Gerechte hat irgend etwas mit der BBC zu tun und ist über laufende Ereignisse gewöhnlich gut informiert; außerdem scheint er jeden zu kennen, den Posy, Rosemary, Edwin und sogar Nico in London kennen. Sein Auftreten ist still und unauffällig; Fred nimmt an, daß er aus einer Art familiärem Pflichtgefühl eingeladen wurde (er ist nicht mehr verheiratet und wahrscheinlich einsam), vielleicht aber auch ein bißchen in der Hoffnung, er könne Nico irgendwie bei der BBC unterbringen.

Fred findet Edwin und Nico als Typen interessant, William wegen seiner politischen Hintergrundkenntnisse. Er bedauert nur, daß er nicht auch Posys Mann, Jimbo Billings, kennenlernen wird. Wie die Zeitungen berichten, ist Billings ein schlauer und rühriger Zeitgenosse, der sich auf riskante Geldgeschäfte versteht und viele Staatsmänner auf der Welt kennt; ein großer Mann von imposantem Aussehen (sein Foto steht unübersehbar auf dem Kaminsims des Wohnzimmers). Im Augenblick ist er jedoch geschäftlich im Nahen Osten.

Noch enttäuschter ist Nico darüber, daß er Jimbo Billings nicht kennenlernen soll. »Ja, ich hätte gern die

Chance, ihm allerlei zu sagen, was ich von seiner Regierung und seiner Politik halte«, sagte er kampflustig zu Fred, als sie nach dem Lunch alle miteinander einen kleinen Spaziergang machten. »Es gibt so vieles, was er für mein Land, für meine Freunde dort tun könnte, wenn er wollte.« Aber Posys Mann habe doch keine Beziehungen zur britischen Regierung, widersprach Fred, er sei doch nur Geschäftsmann. »Von wegen nur Geschäftsmann«, sagte Nico, indem er mit einem neben dem Zierteich abgebrochenen Weidenzweig auf Posys frisch grünende Buchsbaumhecke einhieb. »Er hat großen Einfluß, größeren als manche Politiker hier, glauben Sie mir, aber in meiner Heimat nutzt er ihn nur zum Bösen.«

Draußen wird es dunkler über der Landschaft, und Fred wendet sich vom Fenster ab und nimmt eine der vier Tageszeitungen zur Hand, die seit dem Lunch von unsichtbarer Hand wieder zusammengefaltet und auf dem polierten Mahagonitisch neu ausgelegt worden sind. Wenig später kommen Edwin und Nico hinzu, dann Posy, William und Rosemary. Es werden Getränke serviert, darauf folgt ein fünfgängiges Abendessen (Sauerampfersuppe, Frühlingslamm, Kressesalat, Zitronencreme, Obst und Käse), dann Kaffee im langgestreckten Salon. Gesprächsthemen sind unter anderem der Gemeinsame Markt, das Züchten exotischer Zwiebelpflanzen im Haus, Werner Faßbinders Filmwerk und Liebesleben, Edna O'Briens Romanwerk und Liebesleben, die verschiedenen Möglichkeiten der Kalbfleischzubereitung, ein aktueller Massenmordprozeß, die finanziellen und personellen Sorgen des ›Times Literary Supplement‹ sowie Hotels auf Tortola und Kreta. Fred bemüht sich, an diesen Gesprächen beteiligt zu bleiben, doch ohne großen Erfolg; er hat noch nie Zwiebelpflanzen gezüchtet, Kalbfleisch zubereitet, einen Faßbinder-Film gesehen und so weiter und so fort. Er fühlt sich als provinzieller Außenseiter, obwohl Posy und William ihm zu helfen versuchen, indem sie ihm Fragen nach amerikanischen Gartenbau- und Koch- beziehungsweise Kinobesuchsgewohnheiten stellen. Er ist froh, als Posy vorschlägt, sie sollten mit den Klatschgeschichten aufhören und lieber Scharaden spielen.

Es zeigt sich, daß englische Scharaden etwas anderes sind als amerikanische – dabei jeweils charakteristisch für die Kultur des Landes, findet Fred. In der amerikanischen Version hat jeder Mitspieler für sein Team irgendein bekanntes Sprichwort oder den Titel eines Buchs, Theaterstücks, Films oder Lieds zu spielen, die ihm von der Gegenpartei vorgegeben werden; gewonnen hat die Partei, die kollektiv am schnellsten die Lösung findet. Das heißt, in Amerika werden Schnelligkeit und individuelle Leistung belohnt und der unbedingte Wille gefördert, sich mit Landsleuten, die (buchstäblich oder metaphorisch) nicht dieselbe Sprache sprechen, zu verständigen.

Bei der englischen Scharade – zumindest in Posys Version – gibt es weder einen Preis für Schnelligkeit noch überhaupt Gewinner. Jedes Team sucht sich ein bestimmtes Wort aus und spielt abwechselnd dessen einzelne Silben in Szenen mit gesprochenen Dialogen, in denen die jeweilige Silbe enthalten sein muß. Zwar gibt man sich viel Mühe, abzulenken und das Raten zu erschweren, aber in erster Linie scheint das Spiel doch nur ein Vorwand zu sein, sich zu verkleiden und Dinge zu tun, die sonst als kindisch oder gar schockierend angesehen würden. Somit kombiniert es verbale Gewandtheit mit Gruppenloyalität und Zusammenarbeit, einem Hang zur öffentlichen Darstellung und ganz privater Albernheit – lauter Merkmalen, die Fred den Briten inzwischen zuzuschreiben gelernt hat, zumindest Rosemary und ihren Freunden.

Bevor die Scharade beginnen kann, vergeht fast eine Stunde mit der Suche nach geeigneten Wörtern und dem Wühlen in Truhen und Schränken zwecks Ausstaffierung der Mitspieler. Rosemary, Edwin und William gehen zuerst hinaus. Sie scheinen ihr Wort (es heißt PROMILLE, wie sich zum Schluß herausstellt) teilweise unter dem Gesichtspunkt gewählt zu haben, daß Edwin Gelegenheit bekommt, Posys Kleider zu tragen – die ihm, da sie eine große Frau und er ein kleiner Mann ist, gut passen. In der ersten Szene (PRO-stitution) erscheinen er und Rosemary als Straßenmädchen und William mit Stöckchen und Bowler als ihr angetrunkener Freier. Edwin sieht in seiner roten Vogelscheuchenperücke, dem orange und gelb geblümten Sommerkleid, das er mit Papiertüchern ausgestopft hat, und goldenen Stöckelsandalen zum Schießen komisch aus. Fast ebenso überrascht ist Fred über Rosemary. Sie ist nicht nur ordinär zurechtgemacht und mit Modeschmuck behängt, sondern trägt dazu das Schmetterlingsnachthemd, in dem sie erst vor ein paar Stunden... Er möchte am liebsten protestieren, zwingt sich aber, mit den andern zu lachen; es ist ja schließlich nur ein Spiel.

In der zweiten Szene (MIL-ch) ist Edwin eine Melkerin (mit Sonnenhütchen und rosa gewürfelter Schürze), während Rosemary und William – mittels einer braunen Wolldecke, zweier Trinkhörner und eines wassergefüllten rosa Ballons – das Vorder- und Hinterende einer widerspenstigen Kuh darstellen. Für LE-hrerin trägt Edwin einen von Posys Tweedanzügen, einen flachen Hut, Hornbrille und eine Perlenkette. Mit seinem glatten, hübschen Gesicht und der gutgepolsterten Figur macht er sich als mütterliche Mittvierzigerin ganz gut und wirkt sogar natürlicher, findet Fred. Edwin genießt sichtlich seine Rolle, in der er sich bemühen muß, Rosemary und William, zwei verdrießlichen halbwüchsigen Punks, mit Hilfe vieler dicker Bücher etwas beizubringen.

Nach viel Gelächter und Applaus und einer weiteren Runde Getränke ziehen Posy, Nico und Fred sich in die Bibliothek zurück, um sich für die erste Silbe ihres Worts (PIROUETTE) zu kostümieren. Nico und Fred, jetzt in Hemdsärmeln, werden mit bunten Schärpen und schwarzen Gummistiefeln (die Posy »*Wellies*« nennt) und Brotmessern als Dolchen ausgestattet. Sie stellen PI-raten dar und sollen die als Schiffsjunge verkleidete Posy auf ihr Schiff entführen.

»Was ist denn das für ein Lärm da draußen? Hört sich wie ein Auto an.« Posy rennt in ihrem weißen Matrosenhemd, das sie sich gerade über das lange rotseidene Faltenkleid gezogen hat, zum Fenster und zieht den schweren Samtvorhang zurück. »O mein Gott! Das ist Jimbo! Schnell nach oben, alle – und vergeßt eure richtigen Kleider nicht.« Sie reißt die Bibliothekstür auf und läuft durch die Halle in den Salon.

»William! Es ist Jimbo. Mach daß du nach oben kommst, so schnell du kannst, er stellt gerade den Wagen weg. Ihr andern kommt alle mit.« Ohne Fragen und Zwischenrufe zu beachten, scheucht Posy ihre Gäste eine Treppe mit roten Läufern hinauf und über einen Flur, an dessen Wänden lauter schwere, goldgerahmte Porträts aus dem achtzehnten Jahrhundert hängen.

»So«, sagt sie, nachdem sie sich vergewissert hat, daß keiner von unten durchs Treppengeländer zu sehen ist. »William, Schatz, du gehst gleich über die Hintertreppe hinaus und zum Bootshaus hinunter. Der Schlüssel liegt in der steinernen Urne unter dem Efeu. Gib acht, wenn du an den Ställen vorbeikommst, falls Jimbo da noch in der Nähe ist. Rosemary, Edwin, ach du meine Güte –!« Sie mustert Rosemarys Schulmädchenausstattung und Edwins Lehrerinnenkostüm. »Na schön. Ihr beide zieht euch um, so schnell ihr könnt, und kommt wieder in den Salon. Ich verlasse mich darauf, daß ihr Jimbo mindestens fünf Minuten lang beschäftigt, solange ich das Bettzeug wechsle und aufräume. Fred und Nico, Sie beide müssen auch helfen; das ist ein Notstand. Sie gehen in Williams Zimmer und packen alles in seine Tasche, sämtliche Kleider und Bücher, alles was Sie finden. Wenn Sie nicht wissen, ob etwas ihm gehört, packen Sie es trotzdem ein. Sind alle im Bild? Dann los.«

Fred hört unten eine Tür aufgehen und Schritte in der Halle, dann eine müde, herrische Männerstimme. »Hallo? ist noch jemand auf?«

»Jimbo!« ruft Posy. Sie zerrt sich ihr Matrosenhemd über den Kopf, stopft es in eine antike Eichentruhe und läuft die Treppe hinunter. »Darling! Wie schön! Ich hatte dich erst am Montag erwartet.«

»Ich habe heute morgen aus Ankara telegraphiert.«

»Hier ist nichts angekommen. Macht nichts, Darling. Bist du den ganzen Weg von Gatwick gefahren? Du mußt ja hundemüde sein. Komm in den Salon, dann schenke ich dir einen schönen kräftigen Whisky ein. Ich habe ein paar Leute übers Wochenende hier, aber die meisten sind schon zu Bett gegangen. Rosemary ist aber noch auf, glaube ich, und Edwin Francis auch. Ich sage ihnen gleich, daß du da bist, aber zuerst möchte ich alles erfah-...«, ihre Worte verlieren sich.

»Alle Achtung«, flüstert Edwin *sotto voce* und schüttelt den Kopf unter dem Tweedhut. »Habt ihr schon mal so etwas von natürlicher Autorität erlebt, von militärischer Entschlußkraft, von Erfassung strategischer Erfordernisse? Natürlich Vererbung«, fährt er fort. »Soldatenblut... arme Posy, alle die vielen schönen Gene, die das Empire groß gemacht haben, sind doch in dieser traurigen Zeit für die Katz. Sie hätte hundert Jahre früher leben –«

»Beeil dich, Edwin, bevor Jimbo dich in diesem Aufzug sieht«, unterbricht Rosemary ihn kichernd.

»– und natürlich ein Mann sein sollen. Na schön. Aber das sage ich noch, ich hoffe, daß Jimbo soviel Verstand hat, sie als Partnerin ins Geschäft zu nehmen, wenn die Kinder erst in der Schule sind.«

»Also, fangen wir an«, sagt Fred ein paar Sekunden später zu Nico und legt Williams verschlissene Ledertasche aufs Bett. »Ich nehme mir den Schrank vor, und Sie können die Schubladen leeren.« Er öffnet den Kleiderschrank und beginnt die Sachen von der Stange zu räumen. »Zum Glück ist es nicht viel.«

Aber als er sich mit einem Armvoll Kleidungsstücken umdreht, steht Nico noch immer mitten auf dem türkischen Teppich. In seinem offenen weißen Hemd und den schwarzen Gummistiefeln, Posys rotes Fransentuch um die Taille geknotet, sieht er aus, als spielte er immer noch Pirat, und seine Miene ist theatralisch finster.

»He, los doch«, sagt Fred.

»Nein«, zischt Nico durch die Zähne, ganz Bösewicht.

»Wieso nicht?«

»Ich bin kein Lakai.« Nico hat seine Stimme kaum noch unter Kontrolle. »Ich packe nicht anderer Leute schmutzige Sachen ein.«

»Mein Gott aber auch!« Fred wickelt einen überraschend eleganten kastanienbraunen Seidenpyjama zusammen und stopft ihn in die Tasche. »Seien Sie doch nicht so zimperlich.«

Nico rührt sich nicht. Er sieht gekränkt aus, wahrscheinlich kennt er das Wort »zimperlich« nicht und hält es für etwas Unaussprechliches. »Entschuldigung«, sagt Fred. »Aber Sie könnten die Bücher und Zeitungen da zusammenpacken, ja?«

»Na schön«, sagt Nico mürrisch.

»Ich verstehe nur nicht«, fährt Fred fort, um die Atmosphäre im Zimmer etwas aufzulockern, »warum William so schnell aus dem Haus mußte. Ich kann noch verstehen, daß Sir James Billings nicht gern einen Haufen Fremde zu Hause antrifft, wenn er gerade spätabends aus der Türkei heimkommt. Aber an William müßte er doch gewöhnt sein; er ist letzten Endes Posys Vetter.«

Nico schnaubt verächtlich. »Sie sind im Irrtum; und außerdem dumm«, sagt er, indem er ein paar Bücher aufs Bett wirft.

Fred überhört das »dumm« geflissentlich. Nico wollte sich damit sicher nur für das »zimperlich« revanchieren. »Aber er *ist* doch ihr Vetter; Posy hat es selbst gesagt, als sie uns vor dem Lunch miteinander bekannt machte«, sagt er, während er Williams ledernes Toilettenetui zusammenzuräumen beginnt.

»Ja, ja, ihr Vetter.« Nicos Ton ist unverändert verächtlich. »Vettern sind die ja hier alle. Und ihr Liebhaber.«

»Na, hören Sie mal.« Fred sieht in Posy – so blond und königlich und hochgewachsen – auf ihre Art ebenso die wahre Frau wie in Rosemary. »Das kann ich nicht glauben.« Er versucht sich Posy nackt beim Liebesspiel vorzustellen – ein sinnlich-vollbusiger, spätviktorianischer Nackedei und der schlaksige, unscheinbare, etwa fünfzigjährige William, dessen relevanten Körperteil er sich irgendwie vorstellt wie den abgenutzten Rasierpinsel aus Biberhaar mit der eingetrockneten Seife daran, den er gerade eingepackt hat.

»Nein? Warum nicht?«

»Nun, ich meine, er ist doch zu alt. Und so besonders attraktiv ja nun auch nicht gerade. Ich meine – zum Teufel, Posy ist schließlich eine schöne Frau.«

»Wer will das schon sagen?« Nico wirft die ›Times‹ lässig zu den Büchern. »So was ist Ansichtssache. Ich selbst würde nicht mit Lady Posy bumsen wollen; und Sie würden nicht mit Vetter William bumsen wollen.«

»Nein«, pflichtet Fred ihm nachdrücklich bei, denn das erinnert ihn daran, daß Nico trotz (oder vielleicht wegen) seines Macho-Gehabes vermutlich regelmäßig mit Edwin Francis bumst.

»Außerdem hat Sex nicht immer was mit Lust zu tun, sollten Sie wissen.« Nico gestattet sich eine unangenehme kleine Pause. »Vetter William ist nicht reich oder berühmt, aber er hat viele Beziehungen. Mit seiner Hilfe kommt Posy dauernd in die Illustrierten und ins Fernsehen. Demnächst moderiert sie für ihn sechs Sendungen über englische Gärten, für ein hübsches Honorar. Er tut viel für sie.«

Und wenn Vetter William so viel für mich täte, scheint Nico sagen zu wollen, würde ich wohl auch mit ihm bumsen. Oder schlimmer noch: Rosemary ist reich und berühmt, sie tut viel für dich. Fred sieht Nico mehr und mehr als einen verschlagenen, miesen kleinen Opportunisten, einen Schandfleck auf der schönen Landhausszene. »Mag sein, aber das beweist nicht –«

»Außerdem hat er, wie Sie sehen, sein Zimmer neben Lady Posy, wo normalerweise das Zimmer des Ehemanns ist.« Mit höhnischem Triumph reißt Nico eine getäfelte Eichentür auf und gibt den Blick auf einen Ausschnitt von Posys blau-weißem, verspieltem Laura-Ashley-Schlafzimmer frei.

»Na und?« meint Fred, um nicht seine Angst zu zeigen, daß Nico recht haben könnte, wohl aber sein Mißfallen.

»So praktisch.« Nico lächelt.

Fred lächelt nicht. Er packt weiter Williams Sachen ein, schneller als zuvor. Die meisten davon sind zwar sauber, aber plötzlich fühlen sie sich unangenehm an: die fest zusammengerollten, dünnen, dunklen Florgarnsocken, die rutschigen, gestärkten Hemden mit den Namen einer Wäscherei am Belgrave Square auf der Banderole. Sie gefallen ihm nicht; ihm gefällt dieses getäfelte Zimmer mit seinen tiefen weichen Polstersesseln, der Erkerbank, den Butzenscheiben, der Verbindungstür nicht. Am liebsten möchte er einfach von hier weglaufen, doch Erziehung und Manieren sind stärker, und so arbeitet er weiter.

»Sie wollen sagen, daß William schnellstens aus dem Haus mußte, weil Posys Mann, wenn er ihn hier sähe, denken würde, die beiden hätten etwas miteinander?« fragt er, um das in seinem Kopf klarzustellen.

»Nicht ›denken würde‹.« Nicos Miene ist herablassend. »Er weiß, daß sie miteinander vögeln. Schon lange.«

»Wer sagt das?«

»Edwin hat es mir gesagt. Sie haben ein Arrangement, sagt er.«

»Sie meinen, so eine Art offene Ehe?« Fred beginnt die Schubladen unten am Kleiderschrank herauszuziehen. Sie sind leer und mit Wachspapier ausgelegt, das ein überkompliziertes, unschönes rotes Paisley-Muster zeigt.

»Ich weiß nicht, wie Sie das nennen«, sagt Nico. Er tut nicht einmal mehr so, als ob er helfen wollte, sondern lümmelt sich auf der Erkerbank. »Edwin sagt, sie verstehen sich gut, und solange Billings den guten Vetter William nicht sehen muß, ist er's zufrieden, warum auch nicht? So hat er immer noch die schöne aristokratische Frau, die hübschen Kinder, das reiche Landhaus –«

»Ja, aber –«

»Und er hat natürlich auch seine Freiheit, seine eigenen Zerstreuungen.«

»Aha! Was für Zerstreuungen?«

»Weiß ich nicht.« Nico zuckt mit den Schultern. »Aber Edwin sagt, sie sind teuer und nicht sehr nett.«

Ohne es eigentlich zu wollen, versucht Fred sich die Art von Zerstreuungen auszumalen, die Edwin Francis, ein Homosexueller, der es liebt, in den Kleidern seiner Gastgeberin herumzulaufen, als nicht sehr nett bezeichnen würde; aber er wird unterbrochen.

»Na, wie geht's voran?« Posy steht mit einem Armvoll gelber festonierter Laken in der Tür. Sie ist schön und elegant wie immer, aber für Fred sieht sie jetzt anders aus, irgendwie sinnlich und ohne Moral.

»Fast fertig.« Er stopft die ›Times‹ in Williams Tasche und klappt sie zu.

Posy inspiziert das Zimmer, einschließlich Nico, der

faul auf der Erkerbank liegt. »Sehr gut«, sagt sie zu Fred. »Könnten Sie jetzt noch ein ganz großer Schatz sein und die Tasche zum Bootshaus bringen?«

»Aber sicher.«

»Ich zeige Ihnen den Weg, und dann können Sie wiederkommen und etwas trinken und Jimbo kennenlernen. Aber Sie dürfen ihn bitte nicht lange vom Schlafengehen abhalten, er hat so eine weite Reise hinter sich. Ich weiß was. Sie könnten sagen, Sie müssen früh zu Bett, damit Sie früh aufstehen und vor dem Frühstück noch eine Runde joggen können. Das wird Jimbo gefallen, denn er tut das auch oft. Und es wäre vielleicht keine schlechte Idee, wenn Sie mit ihm verabreden könnten, daß Sie gemeinsam joggen. So könnten wir verhindern, daß er in die falsche Richtung läuft.« Posy lächelt ihn wieder an, dann knipst sie das Lächeln schlagartig aus. »Und Sie, Nico.« Sie mustert ihn eisig. »Ich wünsche, daß Sie unverzüglich zu Bett gehen. Und eine Dusche können Sie sich heute abend gleich aus dem Kopf schlagen, sonst ist nicht mehr genug warmes Wasser für Jimbo da. Heute nachmittag waren Sie nämlich schon eine Stunde unter der Dusche. Und kommen Sie bitte zum Frühstück nicht herunter. Mit Jimbo ist beim Frühstück nicht gut Kirschen essen. Ich lasse Ihnen ein Tablett hinaufbringen.«

Nico rührt sich eine ganze Weile nicht vom Fleck. Sein hübsches Gesicht hat sich verdüstert und verzerrt, während Posy sprach, und ist jetzt zornrot. Aber ihr starrer Aristokratenblick ist stärker als er; langsam steht er auf und begibt sich zur Tür.

»Danke«, sagt sie, nun wieder die Liebenswürdigkeit selbst. »Also, Freddy, hier geht's lang.«

Posy führt ihn über den Flur, zwischen zwei Reihen

Ahnen hindurch: selbstzufriedene, pummelige Gesichter unter schweren Lockenperücken. Die Bilder sind oben knapp unter der Decke so aufgehängt, daß sie sich leicht nach vorn neigen und etwas bedrückend auf einen wirken.

»Dieser Nico kann schon recht unangenehm sein«, sagt sie. »Er hat alle möglichen albernen politischen Vorstellungen, und ich lasse einfach nicht zu, daß er dem armen Jimbo damit auf die Nerven geht, schon gar nicht beim Frühstück. Sie wissen ja, wie erregbar diese mediterranen Typen sein können.« Sie öffnet die Tür zu einer Hintertreppe und lächelt Fred an, nimmt ihn in die Gesellschaft der nichtmediterranen Typen auf, die nicht erregbar sind und keine albernen Vorstellungen haben. »Wenn Sie ihn also morgen früh dabei erwischen, daß er sich nach unten zu schleichen versucht, sind Sie hoffentlich so lieb und fangen ihn ab.«

»Ich will's versuchen«, sagt Fred widerstrebend.

»Ich wußte, daß auf Sie Verlaß ist.« Sie bleibt am Fuß der Treppe stehen und lächelt ihn unter der goldenen Mähne an, die aus diesem Winkel fast zu dicht, zu perfekt gelockt aussieht – fast wie eine Perücke. Vielleicht ist es eine Perücke; vielleicht ist Posy Billings unter all den Haaren kahl oder stoppelköpfig, wie es ihre Vorfahren aus dem achtzehnten Jahrhundert, die auf dem Korridor, unter ihren gepuderten Haarteilen wahrscheinlich auch waren.

»Da sind wir.« Sie stößt eine Tür auf und läßt einen kalten, dunklen Luftzug herein. »Das da ist der Weg zum See, wo wir heute nachmittag waren, erinnern Sie sich?«

»Ich glaube, ja.«

»Sehr schön.« Wie Edwin vorhin schon meinte, hat

Posy etwas Autoritäres, sogar Militärisches in ihrem Auftreten. »Hier ist eine Taschenlampe, aber ich glaube kaum, daß Sie die brauchen, es ist ziemlich hell draußen. Sie können das Bootshaus von hier aus fast sehen, da drüben, an den großen Fichten vorbei. Und der Regen hat sich auch brav gelegt. Eine richtig schöne Nacht. So, ab durch die Mitte!«

Fred macht sich auf den Weg. Ihm kommt die Nacht gar nicht schön vor. In dem Lichtkegel zu seinen Füßen ist der Kies locker und naß, und wenn er die Taschenlampe nach oben richtet, sieht er über sich beiderseits die zweihundert Jahre alten Formbäume das Wasser von ihren Kronen schütteln. Die phantasievollen Tauben-, Pfauen-, Eulen- und Urnenformen wirken verzerrt, geradezu schaurig. Darüber hängt am Himmel ein gelblicher, schiefer Mond mit einem blassen, öligen Kranz, wie ein mißratenes Spiegelei. Er scheint jedoch hell genug, so daß Fred den Weg um die Fichten findet und das Bootshaus ausmachen kann, ein gedrungenes Bauwerk aus Rollstein mit tief herunterhängendem Dach und den Füßen im tintenschwarzen Wasser.

»Ja?« William öffnet die Tür einen vorsichtigen Spaltbreit. Er hat noch immer die weiten Knickerbocker und buntkarierten Kniestrümpfe an, in denen er den lernunwilligen Schuljungen dargestellt hatte, und um seine Schultern liegt eine grobe, haarige braune Decke, vielleicht die ehemalige Kuhhaut. Er sieht schuldbewußt und verkommen aus, wie ein irrer alter Tramp, der sich in der Scheune eines Guts versteckt hat und erwischt worden ist. »Was wollen Sie?«

»Ich bringe Ihre Sachen.« Wenn Fred jemals, Gott bewahre, eine Affäre mit einer verheirateten Frau haben sollte, das nimmt er sich jetzt schon vor, will er niemals einen Fuß in ihr Haus setzen, weniger aus pragmatischen oder moralischen als vielmehr aus ästhetischen Gründen.

»Oh, vielen Dank.« William macht die Tür gerade so weit auf, daß seine Tasche hindurchpaßt. Er bittet Fred nicht hinein, und Fred will auch nicht hinein.

»Also, bis demnächst«, sagt er und macht kehrt.

Vom See aus gesehen wirkt Posys Haus unnatürlich groß und irgendwie mißgestaltet; das kommt von seiner erhöhten Lage, den Schatten und dem Strauchwerk ringsum sowie von dem Spiegeleiermond. Während Fred langsam den Weg zurückgeht, vorbei an den großen, dunklen botanischen Vögeln und Urnen, wird das Gefühl in ihm immer stärker, daß er dieses Haus nicht mehr betreten möchte; er würde lieber ins nächste Dorf laufen, irgendwo ein Bett für die Nacht auftreiben (vielleicht in einem Pub?) und morgen mit einem frühen Zug oder Bus nach London zurückfahren.

Aber das kann er natürlich nicht machen; es wäre ungezogen und verrückt; und er muß auch an Rosemary denken. Er kann sie nicht bei zwei affigen Schwulen und einer herrischen Ehebrecherin zurücklassen, deren Haar aussieht wie eine Perücke – obwohl er es vor einer Stunde noch wunderschön fand, so ganz das Wahre.

Wieder James, denkt Fred: Jamessche Dialoge, Jamessche Situationen. Aber in diesen Romanen werden die Skandale und Geheimnisse der großen Gesellschaft dezenter geschildert; die Leute haben bessere Manieren. Vielleicht, weil es ein Jahrhundert früher war; oder vielleicht nur, weil die feine Eleganz der Jamesschen Prosa die rohe Handlung verschleiert. Vielleicht war es in Wirklichkeit genau wie jetzt...

Denn ist Rosemary nicht letzten Endes eine klassische Jamessche Heldin: schön, fein, zart, von fataler Impulsivität? Sie sieht in Posy und Edwin ihre besten Freunde; sie ist zu großherzig, um sie als das zu sehen, was sie sind, zu leichtgläubig und vertrauensselig. Sie braucht andere, bessere Freunde – besser in der doppelten Bedeutung –, Freunde, die sie vor solchen Szenen wie heute abend abschirmen –

Nun, genau dafür ist er schließlich da, er, der strahlende junge Held aus Amerika, wie James persönlich ihn geschaffen haben könnte. Zum zweitenmal hat Fred heute das mulmige Gefühl, mitten in einen Roman geraten zu sein, und wieder ist dieses Gefühl schwindelerregend und beglückend zugleich. Er lacht aus vollem Hals und stapft durch das schwarze Gesträuch aufs Haus zu.

5

Der Teufel flog nach Sansibar,
[Miss Miner] in den Krallen,
Und als er merkte, wie dumm sie war,
Ließ er sie auf die Schule von [Camden] fallen.

Alter Reim

Vinnie Miner sitzt auf dem Pausenhof einer Grundschule in Camden und schaut einer Gruppe Mädchen beim Seilhüpfen zu. Es ist ein windiger Nachmittag im April; graue und weiße Wolken tummeln sich am Himmel wie Waschpulverschaum und werfen abwechselnd Licht und Schatten auf ihr Notizheft. Sie hat schon einen dicken Ordner voller Kinderreime, die sie in dieser und mehreren anderen Schulen gesammelt hat; aber als zeitgenössische Volkskundlerin interessiert sie sich nicht nur für die Texte selbst, sondern auch, vor welchem kulturellen Hintergrund sie entstehen, wie und von wem sie weitergegeben, wie sie vorgetragen werden und welche soziale Funktion sie haben. Heute hat sie noch nichts umwerfend Neues gesehen oder gehört, aber enttäuscht ist sie darum nicht. Sie hat sich mit einer Schulklasse unterhalten und von ihr und noch zwei anderen auch Material bekommen. Dabei hat sie sich auf die Zehn- und Elfjährigen konzentriert, die gewöhnlich ihre besten Informanten sind; jüngere kennen weniger Reime, die älteren vergessen sie langsam schon wieder unter den verderblichen Einflüssen von Massenkultur und Pubertät.

Insgesamt hat sich Vinnies Arbeitshypothese von den Unterschieden zwischen britischen und amerikanischen

Spielplatzreimen bestätigt. Die britischen Texte sind im allgemeinen älter und lassen in manchen Fällen mittelalterliche oder gar angelsächsische Ursprünge vermuten; sie sind auch literarischer. Die amerikanischen sind neuer, ungeschliffener und weniger lyrisch und poetisch.

Eine genauere Analyse will sie später vornehmen; sie kann aber jetzt schon sagen, daß in den Kinderreimen beider Länder die Gewalt nicht zu kurz kommt, was einen geübten Beobachter nicht überraschen würde und auch Vinnie nicht überrascht, denn sie hat Kinder noch nie für besonders sanftmütig gehalten.

> Polly auf dem Bahndamm
> Sammelt Steine.
> Kommt eine Lok an,
> Bricht ihr die Beine.
> Oh, sagt Polly,
> Das war brutal.
> Oh, sagt der Lokführer,
> Ist mir doch egal.
>
> Wie viele Knochen
> hat Polly gebrochen?
> Eins, zwei, drei, vier...

Das Liedchen erklingt immer wieder von vorn; das Seil schwirrt durch die Luft, beschreibt ein verschwimmendes Ellipsoid, umgrenzt den verzauberten Raum, in dem ein Mädchen hüpft und hüpft, daß seine langen braunen Haare fliegen und der Faltenrock der grauen Schuluniform sich über den steckendürren Beinen in grauen Wollstrümpfen bläht. Ihr Ausdruck selbstvergessener Konzentration, Geschicklichkeit und Freude findet sich im Gesicht des nächsten Mädchens in der Reihe wieder, das zum Takt der Halbschuhe auf dem nassen Asphalt im Geiste schon mitspringt. Vinnies stärkstes Gefühl beim Zusehen – viel stärker als das berufliche Interesse oder ihr Frösteln bei jeder Wolke, die vor die Sonne zieht – ist Neid.

Da sie Expertin für Kinderliteratur ist, meinen die Leute, sie müsse Kinder lieben, und es sei eine Tragödie, daß sie selbst keine hat. Um ihres öffentlichen Ansehens willen widerspricht sie solchen Ansichten selten direkt, aber das Gegenteil ist wahr. Nach ihrer persönlichen Ansicht sind die Kinder von heute – vor allem die amerikanischen – mißgünstig, roh, laut und oberflächlich, übersättigt und gleichzeitig unwissend durch zuviel Fernsehen, Babysitter, Reklame und Videospiel. Vinnie möchte gern Kind sein, aber keins haben; sie hat kein Interesse an der Elternrolle, wohl aber an einer Verlängerung oder Wiederholung dessen, was in ihren Augen die schönste Zeit des Lebens ist.

Desinteresse an wirklichen Kindern ist unter den Experten auf Vinnies Gebiet ziemlich verbreitet und auch unter Jugendbuchautoren nicht unbekannt. Sie hat in ihren Vorlesungen schon oft darauf hingewiesen, daß viele der großen klassischen Schriftsteller eine idyllische Kindheit hatten, die allzu früh und oft tragisch zu Ende ging: Carroll, Macdonald, Kipling, Burnett, Nesbit, Grahame, Tolkien – die Liste ließe sich verlängern. Die Folge einer solchen Kindheitsgeschichte scheint oft eine leidenschaftliche Sehnsucht zu sein, nicht nach Kindern, sondern nach der eigenen verlorenen Kindheit.

Auch Vinnie war als kleines Mädchen außergewöhnlich glücklich. Ihre Eltern waren verträglich, hatten sie lieb und lebten in auskömmlichen Verhältnissen; ihre ersten elf Jahre verlebte sie in angenehmer und abwechslungsreicher, halbländlicher Umgebung. Da war es kein

Handicap, nicht schön zu sein, und klein sind schließlich alle Kinder. Vinnie war gescheit, lebhaft und beliebt. Sie konnte sich zwar infolge ihrer Kleinheit in keinem Sport hervortun, aber ihr Selbstbewußtsein und ein gutes Gedächtnis für Spiele, Reime und Rätsel, Geschichten und Witze verschafften ihr Autorität. Sie liebte in dieser Zeit alles: die Stunden im Klassenzimmer und auf dem Pausenhof; die aufregenden Streifzüge über verwilderte Grundstücke, durch Gassen, Wälder und Felder; die Besuche in Kaufhäusern und Museen; die Picknicks und die sommerlichen Urlaubsreisen mit den Eltern in die Berge oder an die See. Sie liebte Bücher – auch jetzt noch liebt sie Kinderbücher mehr als die meiste zeitgenössische Erwachsenenliteratur. Sie liebte ihr Spielzeug, Lieder und Spiele, die Samstagsmatineen im Kino um die Ecke und die Hörspiele im Radio (vor allem ›Annie, die kleine Waise‹ und ›Der Schatten‹). Sie liebte alle Feiertage des Jahres, vom ersten Januar – an dem sie mit alkoholfreiem Eierpunsch ihren Eltern bei der Begrüßung des neugeborenen Jahres helfen durfte – bis Weihnachten mit seinen herrlichen Familienfesten und den Besuchen von Tanten und Onkeln und Vettern und Kusinen.

Dann plötzlich, als Vinnie zwölf war, zogen ihre Eltern in die Stadt. In ihrer neuen Schule übersprang sie ein Jahr und mußte feststellen, daß sie alles, was ihr im Leben wichtig war, verloren hatte und aus ihr eine benachteiligte Jugendliche – eine zu klein geratene, picklige, flachbrüstige und peinlich häßliche Streberin – geworden war. Über den Schmerz dieser Verwandlung ist sie nie ganz hinweggekommen.

Doch es zeigte sich, daß Vinnie sich von der Kindheit nicht für immer zu verabschieden brauchte. Wie sie glaubt und auch oft sagt, muß niemand das wirklich. Ihr Credo, das sie in allen ihren Vorträgen, Büchern und Artikeln – manchmal unmittelbar, öfter nur mittelbar – verkündet, lautet mit ihren eigenen Worten, daß wir die Kindheit hochhalten und bewahren sollen: wir müßten »das Kind in uns hätscheln«. Gewiß nicht originell, aber eine der Grundlehren ihres Berufs.

Die Waschpulverwolken über ihr sind dicker geworden; die Schule mit ihren Türmchen und verrußten viktorianischen Ziegelmauern stellt sich der sinkenden Sonne in den Weg. Das Sprungseil umschließt keinen magischen Raum mehr; es erschlafft und verwandelt sich in ein Stück Wäscheleine zurück. Bevor die Mädchen gehen, spricht Vinnie noch mit ihnen, um ein paar Textvarianten zu überprüfen, die sie gehört hat; sie bedankt sich bei ihnen und schreibt ihre Namen und ihr Alter auf. Dann steckt sie ihr Notizbuch ein und folgt den Kindern über den kalten, dunkler werdenden Schulhof; sie zieht ihren Mantel fester um sich und freut sich auf ihren Tee.

»He! Hallo, Miss!« Das Mädchen, das sie so angesprochen hat, steht an die rußige und mit Sprüchen bekritzelte Mauer des schmalen Durchgangs zur Straße gelehnt. Sie ist älter als die Seilspringerinnen – vielleicht zwölf oder dreizehn –, mager und ärmlich gekleidet, halb Punk. Sicherheitsnadeln halten ihre ehemals rosa Strickjacke aus Orlon über dem Schulrock und einem rot-schwarzen T-shirt zusammen, auf dem der Name einer Rockband steht. Ihr Teint ist ungesund, ihr Haar magentarot getönt und erinnert an die billigen Stofftiere, die man auf Jahrmärkten gewinnt – oder öfter nicht gewinnt.

»Ja, bitte?« sagt Vinnie.

»Ich hab was für Sie.« Das Mädchen greift nach Vinnies Ärmel. »Meine Schwester sagt, Sie suchen Gedichte. So Dinger, die man der Lehrerin lieber nicht erzählt.« Sie grinst häßlich und zeigt ihre unregelmäßigen, kaputten Zähne.

»Ja, ich sammle Verse aller Art«, sagt Vinnie mit professionell freundlichem Lächeln. »Ich habe in der Klasse deiner Schwester gesagt, daß sie vielleicht welche kennen, die sie nicht öffentlich aufsagen würden, weil sie nicht nett sind.«

»Das mein ich ja. Davon kenn ich 'n Haufen.«

»Schön«, sagt Vinnie und verdrängt ihren Appetit auf Tee. »Ich würde sie gern hören.« Das Mädchen bleibt stumm. »Würdest du mir ein paar aufsagen?«

»Vielleicht.« Eine frühreife Schläue verzerrt die unfertigen sommersprossigen Züge. »Was zahl'n Sie?«

Vinnies erster Gedanke ist, das Gespräch sofort abzubrechen. Bisher hat noch kein Kind oder Erwachsener ihr sein Material zum Verkauf angeboten; die bloße Vorstellung ist ungehörig. Folklore ist ihrer Natur nach frei, kennt kein Copyright – ist, wie ein marxistischer Kollege sagt, nicht Gegenstand des kapitalistischen Wirtschaftssystems –, und das ist für Vinnie zum Teil das Wunderschöne daran. Aber möglicherweise kennt dieses widerliche Ding ein paar interessante, vielleicht einmalige Reime; und Vinnie hat in über dreißig Jahren gelernt, den Wert von Informationen und Texten nie allein nach dem Aussehen des Informanten zu beurteilen. Außerdem sieht die Kleine weiß Gott so aus, als könnte sie das Geld brauchen.

»Ich weiß nicht.« Sie lacht verlegen. »Wie wär's mit fünfzig Pence?«

»Okay.« Es klingt lebhaft, fast gierig. Vinnie hat offenbar viel mehr geboten, als erwartet wurde. Sie zückt Notizbuch und Kugelschreiber; dann sieht sie den argwöhnischen Blick des Mädchens und kramt in ihrer Geldbörse. Als sie zum erstenmal nach England kam, waren noch die alten Silbermünzen im Umlauf; das achteckige Fünfzigpencestück, das sie schließlich findet, kommt ihr mehr denn je wie eine billige Medaille vor. Britannia mit Löwe und Schild wirkt verkümmert und abwehrend.

Und wo soll Vinnie sitzen? Widerstrebend läßt sie sich auf der einzigen vorhandenen horizontalen Fläche nieder, einem Vorsprung aus schmutzig aussehendem Beton am Schulgebäude.

Das magentarote Mädchen schnappt sich die Münze und rennt die Gasse hinunter, um einen Blick auf den inzwischen leeren Schulhof zu werfen, dann in die andere Richtung zur Straße. Vielleicht war es nur ein Betteltrick, denkt Vinnie. Doch das Mädchen kommt zu ihr zurück, nachdem es sich umgeschaut hat. »Okay.«

»Bitte, einen Moment noch.« Vinnie klappt ihr Notizbuch auf. »Würdest du mir auch sagen, wie du heißt?«

»Wozu?« Das Mädchen weicht einen Schritt zurück.

»Nur für mein Protokoll«, sagt Vinnie begütigend. »Ich werde es niemandem weitersagen.« Das stimmt nicht ganz: In ihren veröffentlichten Arbeiten nennt sie immer ihre Informanten und bedankt sich bei ihnen, und mit den Jahren hat schon mehr als ein Kind, das hinterher auf ein Buch oder einen Aufsatz von ihr stieß, ihr geschrieben und sich dafür wiederum bedankt.

»Äh – Mary – äh – Maloney.«

Vinnie erkennt an der Art, wie sie den Namen nennt, daß es nicht ihr richtiger ist, schreibt ihn aber dennoch auf. »Gut. Dann schieß los.«

»Mary Maloney« beugt sich vor und beginnt mit heiserer Flüsterstimme zu deklamieren:

»Mutter, Mutter, steck mir schnell ein Röschen an,
Zwei Niggerjungen wollen an mein Döschen ran.
Der eine ist zu klein, der andre kommt nicht dran,
Drum, Mutter, Mutter, steck mir schnell ein Röschen an.«

Es wäre müßig, so zu tun, als ob Vinnie dieser Vers gefiele. Aber da sie ihn noch nie gehört hat, notiert sie ihn und liest ihn, wie immer, zur Kontrolle noch einmal vor.

»Stimmt. Kapiert.«

»Danke. Möchtest du mir noch einen aufsagen?«

Mary Maloney drückt sich an die rußigen Ziegel und bleibt stumm. Ihr Rocksaum hängt an einer Seite abgerissen herunter; an den Füßen trägt sie ausgeleierte rosa Söckchen und zerkratzte rote Plastik-Clogs, und ihre dürren weißen Beine haben eine rauhe Gänsehaut. »Wenn Sie mehr wollen, müssen Sie auch mehr bezahlen«, quengelt sie.

Nun ist das Schweigen an Vinnie; die Schmutzigkeit dieses Geschäfts kommt ihr zu Bewußtsein.

»Sie kriegen garantiert mehr dafür, wenn Sie meine Sachen verkaufen.«

»Ich verkaufe diese Verse nicht.« Vinnie bemüht sich, freundlich zu bleiben, ihrer Stimme keinerlei Ekel oder Tadel anhören zu lassen.

»Ach nee. Und was machen Sie damit?«

»Ich sammle sie für – äh« – wie kann sie einem Menschen dieser Denkart ihr Lebenswerk erklären? – »das College, an dem ich unterrichte.«

»Ach nee.« Mary Maloney sieht sie an, wie man einen ertappten Lügner ansieht, den man nur nicht bloßstellen will. Sie glaubt ganz offensichtlich, daß Vinnie schmutzige Reime für zweifelhafte, womöglich perverse Zwekke sammelt. Und es ist anzunehmen, daß sie Vinnie – oder jedem andern – für Geld alles verkaufen würde, was sie haben wollte – die schrecklichsten Dinge sagen oder tun. »Also.« Ein mürrischer Seufzer. »Zehn Pence.«

Nun ist Vinnie schon so weit gegangen, daß sie sich irgendwie genötigt fühlt, auch weiterzumachen. Sie öffnet von neuem ihre Geldbörse und holt noch so eine mickrige Blechmünze heraus. Mary Maloney beugt sich so weit vor, daß Vinnie die schuppenverklebten Wurzeln ihrer künstlichen lila Haare sehen und ihren schlechten Atem riechen kann.

»Wenn ich 'ne Möwe wär,
Vergäß ich glatt das Picken;
Ich flög am Strand umher
Und säh die Leute ficken.«

Vinnies Kugelschreiber stockt über dem Papier. Dieser Vers gefällt ihr noch weniger als der vorherige: er ist nicht nur vulgär, sondern widerspricht auch ihrer These. Noch ein paar von dieser Sorte, und ihre schöne Theorie von den Unterschieden zwischen britischen und amerikanischen Kinderreimen geht die Themse hinunter, wie man hier sagt.

»Danke, das genügt«, sagt sie und klappt im Aufstehen ihr Notizbuch über dem unvollständigen Vers zu. »Danke für deine Hilfe.« Sie lächelt gequält. Ein kalter Wind fegt inzwischen über den leeren Schulhof, pfeift durch die kleine Gasse und wirbelt Papierfetzen und allerlei Unrat umher.

»He, ich bin noch gar nicht fertig.« Mary Maloney folgt ihr auf die Straße.

»Schon gut, danke, ich habe jetzt genug.« Vinnie geht die Princess Road hinunter; doch das Mädchen klebt an ihren Fersen und grapscht nach ihrem Mantel.

»He, Moment! Ich kenn doch noch'n Haufen andere. So'n paar richtig dreckige.« Mary Maloney bedrängt sie; in ihren Clogs ist sie größer als Vinnie, die bei Feldstudien vernünftigerweise immer flache Absätze trägt.

»Würdest du mich bitte loslassen?« stößt Vinnie mit vor Ekel und – ja, auch Angst – gequetschter Stimme hervor. Es ist fast kein Mensch mehr auf der Straße, und die Wolken hängen unangenehm tief.

»Mary hat ein kleines Lamm –«

Die Angst, sich die Fortsetzung anhören zu müssen, gibt Vinnie die Kraft, sich loszureißen. Schwer atmend und ohne einen Blick zurück entfernt sie sich, so schnell sie gehen kann, ohne direkt in Laufschritt zu verfallen.

Wieder daheim in ihrer schützenden, gemütlich warmen Wohnung, vor sich auf dem Tischchen eine Kanne *Twining's Queen Mary Tea* neben der Schale mit weißen Hyazinthen, geht es Vinnie langsam etwas besser. Sie kann für Mary Maloney mit ihrer sicherlich verderbten und ärmlichen Kindheit, in der sie allzu früh mit all dem Schmutz und Schund der Massenkultur in Berührung kam, jetzt Mitleid empfinden.

Während sie die zweite Hälfte ihres Zimtbrötchens mit Butter bestreicht, überlegt sie, ob man diese beiden letzten Texte nicht in ihrer Studie weglassen könne. Es sind schließlich keine »Britischen Kinderreime«, wie es in ihrem Projekttitel heißt, sondern die Verse einer frühreifen, verdorbenen Jugendlichen. Außerdem hat sie Mary Maloneys Alter nicht erfahren; wahrscheinlich ist sie älter, als sie aussieht, nur kleinwüchsig, wie so viele Slumkinder – vielleicht vierzehn oder schon fünfzehn, also kein Kind mehr.

Doch zugleich ist ihr überaus unbehaglich. Mary Maloney will ihr nicht aus dem Kopf. Die dürren Beine mit der weißen Gänsehaut, das platte, schmutzige Gesicht, die kaputten Zähne, diese verfilzten Acrylhaare, das Drängen ihrer Gier und Not.

Auch hat das Mädchen in gewissem Sinne recht, denkt Vinnie: Sie *wird* für jeden der Reime in ihrem Notizbuch mehr als zehn Pence bekommen, wenn sie ihre Untersuchung veröffentlicht; und wenn Janet Elliot in London und Marilyn Krinney in New York, wie sie hofft, eine Auswahl davon als Kinderbuch herausbringen, wird es noch mehr sein; über dieses Projekt wird schon verhandelt. Und was würde ihr marxistischer Freund dazu sagen? Je nach Laune, die man bei ihm nie voraussagen kann, wird er sagen: »Na ja, wir müssen alle von was leben«, oder sie eine Ausbeuterin heißen.

Aber sie beutet Mary Maloney natürlich nicht aus, wenn sie ihre Beiträge nicht verwendet. Nein, dann beutet sie nur die Dutzende oder Hunderte von Schulkindern aus, die ihr seit dreißig Jahren kostenlos ihre Reime, Geschichten, Rätsel und Witze erzählen. Aber es ist absurd, das so zu sehen. Das würde ja auf alle Volkskundler zutreffen, die je gelebt haben, angefangen bei den Brüdern Grimm.

Ja, Vinnie will diese Verse vergessen, wie sie auch alle Erwachsenen-Volkskunst lieber vergißt. Gewiß können Wissenschaftler sich nicht erlauben, prüde zu sein, und sie hat im Laufe der Zeit ja auch schon so einiges an Schlüpfrigem zusammengetragen, ohne mit der Wimper zu zucken. Kinder neigen nun einmal zu einer Art Toilettenhumor:

Milch, Milch, Limonade,
Hintenrum gibt's Schokolade.

Diesen Vers hat sie sogar schon (natürlich ohne dabei auf die jeweiligen Körperteile zu zeigen) in ihren Vorlesungen als Beispiel für volkstümliche Metaphern zitiert, um die undifferenzierte, prämoralische Freude des Kleinkindes an Nahrungsmitteln wie auch an Körperausscheidungen zu demonstrieren.

Aber manche Witze, die ihr von Erwachsenen erzählt und von anderen Volkskundlern gesammelt werden, hauen Vinnie aus den Latschen, wie ihre Studenten sagen. Sie sind nicht nur dreckig, sie heben außerdem auf einen Aspekt der Beziehungen zwischen Mann und Frau ab, den Vinnie lieber nicht so genau untersuchen möchte. Mag Sex sie noch so fortreißen – und mitunter recht weit fort –, immer kommt Vinnie mit einem Gefühl leichter Verlegenheit von dort zurück. Mit dem Verstand betrachtet sie die körperliche Seite der Liebe bestenfalls als lächerlich, auf jeden Fall unästhetisch – nicht eben die beste Erfindung der Natur. Die weiblichen Organe findet sie schmuddelig, das männliche einfach albern – ein unnatürliches, pilzförmiges rosa Gewächs. Als einziges Kind züchtiger, geradezu prüder Eltern war Vinnie schon sechs Jahre alt, als sie zum erstenmal ein nacktes männliches Wesen zu sehen bekam – den kleinen Bruder einer Freundin. Wohlerzogen versagte sie sich einen Kommentar zu dem in ihren Augen krankhaften Gewächs unter dem Bauch des Kleinen, einer großen, fleischigen Warze. Beim Betrachten öffentlich aufgestellter Skulpturen und der Bilder in den Kunstbänden der Eltern bekam sie dann nach und nach den Verdacht, auch andere männliche Wesen außer

Klein-Bobby könnten mit diesem Makel behaftet sein, wenn er in der Kunst auch oft unter einem gemeißelten oder gemalten Blatt verborgen oder wenigstens zum Teil verborgen blieb. Wieder andere Männer waren, wie sie aus einem Besuch im Rockefeller Center und einem Foto der Oscar-Statuette in ›Life‹ schloß, nicht so deformiert. Und als Vinnie die Wahrheit entdeckte, hatte sie vor allem Mitleid. Zehn Jahre später sah sie zum erstenmal einen erigierten Penis; obwohl sie inzwischen schon allerlei wußte, hielt sie ihn zuerst für entzündet: wund, rot und geschwollen. Und so sehr sie diese Vorstellung auch zu verdrängen versucht hat, ist sie ihr immer noch nicht ganz fremd. An das Aussehen von Sex hat sie sich nie gewöhnt.

Aber bei allem komischen, ja ekligen Aussehen merkte Vinnie doch bald, daß Sex sich herrlich anfühlte. Das fand sie nicht merkwürdig, denn mit manchen Nahrungsmitteln ging es einem ja genauso: eine Auster oder ein Teller Spaghetti war an sich ja alles andere als schön. Das Problem löste man auf einfache Weise: Man liebte sich entweder im Dunkeln oder machte die Augen zu. Das war natürlich nicht immer möglich. Während des Studiums brach sie einmal eine Beziehung mit einem sehr attraktiven Mann ab, weil in seinem Schlafzimmer gegenüber dem Bett ein riesiger goldgerahmter Spiegel hing, den er aus einem abgerissenen Haus in der Nachbarschaft gerettet hatte. Die meiste Zeit hielt Vinnie die Augen geschlossen, aber hin und wieder konnte sie es doch nicht vermeiden, sie zu öffnen; und wenn sie dann ihre dünnen weißen Beine um Paul Cattlemans braunen, haarigen Rücken geschlungen sah, machte sie das so verlegen, daß ihr aller Spaß verging.

Als Heranwachsende hatte Vinnie in der Kirche ihrer

Eltern den Pfarrer oft sagen hören, daß Liebe (natürlich nur die eheliche) eine Gabe Gottes sei. Vinnie ist nicht religiös, obschon ein bißchen abergläubisch, und legt den menschlichen Fortpflanzungsvorgang niemandem zur Last. Aber wenn sie sich je den Gott ausmalen müßte, der das alles so eingerichtet haben soll, würde ihr das kaum Verehrung abnötigen. Da sähe sie so eine fette, würdelose nackte Bronzegottheit vor sich, wie sie in orientalischen Läden gelegentlich feilgeboten und von den weniger Gefestigten unter ihren Studenten in verschiedenen menschlichen Verkörperungen angebetet werden. So ein kleines dickes Göttlein mit begrenzter Phantasie und dem bei Kleinkindern manchmal anzutreffenden ordinären, gackernden Sinn für Humor.

Bevor Vinnie zu ihrer Reise aufbrach, hatte der Gedanke an sechs Monate ohne körperliche Liebe ihr ein wenig Angst gemacht und Vorahnungen von den Frustrationen und/oder Peinlichkeiten geweckt, die das mit sich bringen könne – daß sie allzusehr von ihren Phantasieaffären zehren müsse. Aber es hat sich gezeigt, daß sie seltener von Verlangen gepeinigt wird als früher, was vielleicht an ihrem Alter liegt.

Selbst in ihren Phantasien sieht sie in letzter Zeit die Romantik mehr und mehr durch berufliche Anerkennung verdrängt. Wenn sie über einem Buch döst oder auf dem Kopfkissen langsam ins Land der Träume gleitet, nähern sich ihr immer öfter Amtsorgane anstelle von privaten. Auch deren Huldigungen akzeptiert sie gnädig wie eh und je, jetzt aber eher stehend als liegend und nicht in ihrem schönsten schwarzen Negligé, sondern im schwarzen Talar mit buntem Seidenüberwurf, wie es der Empfängerin diverser Preise und Ehrentitel geziemt. Es ärgert Vinnie, so sehr Frau ihrer Generation zu sein, daß sie sich im hellwachen Zustand solcher Träume schämt. Ihre feministischen Studentinnen würden sie viel weniger beschämend finden als jene andern; bewundernswert sogar. Doch Vinnie ist in dem Glauben erzogen, daß wohl ein Mann um Reichtums oder Ruhmes willen arbeiten darf, eine Frau aber nur aus Liebe – und wenn es schon nicht Liebe zu Mann und Kindern ist, dann wenigstens zum Beruf.

Nein, Vinnie vermißt den Sex gar nicht so sehr, wie sie befürchtet hat. Was sie vermißt, ist die zärtliche und romantische Seite der Liebe, soweit sie diese kennt: die gemächlichen Waldspaziergänge, den Austausch von Briefchen, die raschen, heimlichen Liebkosungen auf überfüllten Partys, den verständnisinnigen Blick quer durch den ganzen Salon des Fakultätsklubs, das Gefühl, gemeinsam an einem komplizierten Leben im geheimen teilzuhaben. Doch dieses alles zu vermissen, ist sie gewohnt – darin kommt sie schon fast ihr ganzes Leben lang zu kurz.

Und hier in London denkt sie eben seltener daran, weil es so viel anderes zu ihrer Unterhaltung gibt. Zum Beispiel geht sie heute abend mit einer Freundin, die sie für eine der nettesten Personen und besten Kinderbuchautorinnen Englands hält, in die English National Opera, zu ›Così fan tutte‹.

Abends im Coliseum geht Vinnie in der Pause nach unten, um für sich und Jane, die den Knöchel verstaucht hat, Kaffee zu besorgen. Sie hofft, daß es an der unteren Bar nicht so voll ist, aber da ist es höchstens noch voller; sie sieht sich von lauter sehr großen, drängelnden Männern umgeben, von denen keiner die geringste Neigung zeigt, ihr Platz zu machen. Ihr ist schon öfter aufgefallen, daß die Briten, die sich anders als die Amerikaner bei allen Gelegenheiten so höflich in die Schlange stellen, sich in die rücksichtslosesten Egoisten verwandeln, sowie es irgendwo etwas zu trinken gibt, sei es im privaten Kreis oder in der Öffentlichkeit. Sie hält es wohl für eine Art nationaler Hysterie, wahrscheinlich eine Folge der Ausschankgesetze.

Als Vinnie alle Hoffnung auf Kaffee aufgibt und zur Treppe zurückgeht, sieht sie auf einer Bank Rosemary Radley und Fred Turner sitzen. Daß die beiden zusammen hier sind, überrascht sie nicht. Alle Welt weiß inzwischen über sie Bescheid; in ›Private Eye‹ wurde bereits erwähnt, Rosemary verhandle zur Zeit »mit einem hinreißenden jungen amerikanischen Professor über ugandische Angelegenheiten«. Außerdem ist sie – wahrscheinlich wegen Fred – aus einem Film ausgestiegen, der gerade in Italien gedreht wird. Es war zugegebenermaßen keine große Rolle; aber ein hübsches Sümmchen war doch im Spiel – und wie alle sagen, sollte Rosemary allmählich auch einmal an ihren Ruf denken. Sie wird ja nicht jünger.

Den beiden Liebenden scheint dieser Klatsch nichts anzuhaben. Sie gehen überallhin zusammen, und Vinnie muß gestehen, daß sie ein hübsches Paar sind. Rosemary ist ja nun für ihre Schönheit berühmt, und mehr als eine von Vinnies Freundinnen hat Freds Profil schon mit dem von Rupert Brooke verglichen – das wirklich sehr schön ist, wenn man für so auffallende Erscheinungen etwas übrig hat, denkt Vinnie. Auch scheint der Altersunterschied nicht viel auszumachen: Freds Ernst und Rosemarys nette Verspieltheit helfen ihn zu überwinden. Und offensichtlich tun sie einander sehr gut. Fred ist erstaunlich lebhafter geworden, und Rosemarys verrückte Allüren haben sich ein bißchen gelegt. Sie springt zwar immer noch von einem Thema zum andern, aber nicht mehr so hektisch.

Was Vinnie jetzt so an ihnen auffällt, ist nicht so sehr die Art, wie Fred Rosemary anschaut – sie hat schon viele Leute Rosemary so anstarren sehen, auch solche, die sie nicht einmal besonders gut leiden können –, sondern wie Rosemarys ungeteilte Aufmerksamkeit Fred gilt.

Rosemary ist, wie viele Schauspieler, stets mehr auf Sendung als auf Empfang. In aller Regel scheint sie auch nicht in der Lage zu sein, sich länger als ein paar Sekunden auf irgend etwas oder jemanden zu konzentrieren; vielleicht ist das mit ein Grund dafür, daß sie auf der Bühne nie so rechten Erfolg hatte. Fernsehfilme werden dagegen immer in kurzen Szenen aufgenommen; sie erfordern also kein ausgefeiltes Spiel über eine längere Dauer, sondern nur eine kurze, konzentrierte Intensität des Ausdrucks, die Rosemary auf jeden Fall zustande bringt – wofür sie sogar im Privatleben berühmt ist.

Normalerweise hält sie es so, daß sie charmant und aufreizend von Thema zu Thema hüpft, von Laune zu Laune, von Mensch zu Mensch, und oft so schnell, daß nicht nur ihr jeweiliges Gesprächsthema, sondern sie selbst einem vor den Augen verschwimmt; man erinnert sich nur noch an ein Flimmern und Flattern. Den gleichen Effekt ruft sie mit ihrer Kleidung hervor. Rosemary kümmert sich nie um die gängige Mode; sie hat ihren eigenen Stil entwickelt. An ihr schillert und schlenkert und bauscht sich alles; sie erscheint einem weniger angezogen als vielmehr lose mit hauchdünnen, blumigen und spitzengesäumten Stoffen drapiert: Schleiern und Tüchern, dünnen bauschigen Blusen, auf dem Boden nachschleifenden Röcken und Seidenschals mit langen

Fransen. Ihr Haar, in wechselnden Schattierungen von Weißgold bis Toastbraun getönt und gesträhnt, ist in unablässig fließender Bewegung: rollt sich abwechselnd in sanften Spiralen zusammen, fällt ihr in seidenweichen Wolken über die Schultern und streckt widerborstige Strähnchen und Löckchen in alle Richtungen aus.

Heute abend jedoch wirkt Rosemary ungewöhnlich friedvoll. Über ihrer Stirn liegen leichte, aber sanfte blonde Locken; ganz ruhig hängen ihre blauen und silbernen Perlenschnüre und das lange Kleid aus bedrucktem Chiffon mit azurblauen Blüten an ihr herunter; ihr Blick ruht fest auf Fred. Vinnie muß die beiden zweimal ansprechen, bis sie überhaupt bemerkt wird.

»Oh, äh – Vinnie, guten Abend.« Fred erhebt sich galant, stolpert aber über ihren Vornamen, den sie ihm neulich angeboten hat. »Gut, daß Sie kommen. Ich brauche nämlich Unterstützung; Rosemary ist richtig eigensinnig. Sie müssen ihr sagen, daß ich recht habe.«

»Sei nicht albern, Schatz. Vinnie wird natürlich mir recht geben. Aber setz dich doch.« Unter Ärmelgeflatter und Armreifengeklimper streicht Rosemary den Bankbezug neben sich glatt.

Gegenstand – oder Vorwand – ihres Disputs ist die Frage, ob Rosemary sich eine Putzfrau nehmen soll. Vinnie hat die Argumente beider noch nicht gehört, da ist sie schon auf Freds Seite. Rosemarys Haus in Chelsea ist berühmt für seine Unordnung, seine elegante Schlampigkeit; jedesmal, wenn Vinnie dort war, stolperte man förmlich über lauter Dinge, die geflickt, geputzt, gestaubt, poliert, geleert oder weggeworfen gehörten. Aber Rosemary erklärt sich vollkommen zufrieden mit ihrem derzeitigen System der Haushaltsführung, das darin besteht, daß sie alles liegenläßt, bis sie es nicht mehr sehen kann, und dann bei der Agentur ›Selbsthilfe‹ anruft, daß sie jemanden für einen Tag schicken soll.

»Ich kann Hausputz nicht ausstehen«, sagt sie zu Vinnie. »Der erinnert mich immer an die beiden alten Jungfern in Bath, zwei Schwestern meiner Mutter, zu denen sie mich als Kind während des Krieges geschickt haben – zwei bösartige, besessene alte Weiber. Ihr ganzes Personal hatte sich schon abgesetzt, bis auf Mrs. McGowan, diese alte Streitaxt, aber sie wollten diese riesige, häßliche Scheune von Haus unbedingt beibehalten. Sie waren immerzu mit Putzen beschäftigt und scheuerten sich die Finger bis auf die Knochen durch.« Rosemary öffnet und schließt die beringten weichen Finger. »Auf mich waren sie schrecklich böse, weil ich so nachlässig und unordentlich war. ›Du bist ein sehr rücksichtsloses Kind‹, sagte Tante Isabel immer zu mir –« Rosemary nimmt eine fremde Stimme an, dünn und näselnd – »›Du kannst von Mrs. McGowan nicht verlangen, daß sie immerzu hinter dir aufräumt, sie hat ja noch anderes zu tun. Wenn du dich nicht änderst, bis du erwachsen bist, wird kein Dienstbote, der etwas auf sich hält, bei dir arbeiten wollen.‹

Und da habe ich mich ein für allemal entschieden und zu ihnen gesagt: ›Ich will mein Zimmer nicht aufgeräumt bekommen. Mir gefällt es so, wie es ist.‹ Mein Gott, war das ein Schock für sie! Tante Etty sagte« – wieder eine andere Stimme, diesmal tiefer und müder – »›Kein Mann wird in einem Haus bleiben wollen, in dem es so aussieht wie jetzt in deinem Zimmer.‹ Da hat sie sich geirrt.« Rosemary kichert herausfordernd.

Außerdem, fährt sie fort, würden Putzfrauen immer gleich so furchtbar vertraulich und versuchten einen an ihrem jämmerlichen Leben teilhaben zu lassen. »Ihr Amerikaner –« sie schneidet Vinnie und Fred eine Grimasse – »habt ja keine Ahnung, wie es heutzutage hier mit Haushaltshilfen ist. Ihr denkt, wenn ich eine Agentur anrufe, schickt die mir so ein liebes altes Hausmütterchen wie frisch aus ›Upstairs, Downstairs‹.«

»Nein –«, beginnt Vinnie, die noch nie versucht hat, in London eine Haushaltshilfe zu bekommen, weil sie sich keine leisten kann.

»Was ich statt dessen bekomme«, sprudelt Rosemary weiter, »ist irgend so eine armselige Immigrantin, die nur Pakistanisch oder Portugiesisch spricht und Angst vor elektrischem Strom hat. Oder irgendeine fürchterliche Schlampe, die keine anständige Arbeit in einem Laden oder einer Fabrik findet, weil sie dafür zu dumm und griesgrämig ist. Und dann muß ich mir zweimal die Woche alles über ihre Rückenschmerzen und Verdauungsbeschwerden, ihren betrunkenen Mann und die mißratenen Kinder und den Streit mit der Stadtverwaltung wegen ihrer Gemeindewohnung anhören.« Rosemary verfällt in bühnenreifes Cockney: » – un' die Würmer von ihr'm Hund un' die Flöh' von der Katz' un' die Mauser von ihr'm Sittich und mein Gott das arme Vieh verliert die Federn wie sonstwas und rührt ums Verrekken kein Futter nich' mehr an.«

Fred quittiert den Auftritt mit beifälligem Grinsen, kritisiert dann aber gleich das Drehbuch. »So muß es ja nicht kommen«, sagt er zu Vinnie. »Man findet immer noch gute Reinemachefrauen, wenn man sich an die richtige Agentur wendet. Posy Billings hat mir eine genannt, als wir neulich übers Wochenende da waren. Wenn die Frau wirklich zuviel redet, kann Rosemary ja einfach aus dem Haus gehen. Das kann sie bei den Leuten von ›Selbsthilfe‹ aber nicht, weil sie jedesmal andere schicken, stimmt's?«

»Mhm«, bestätigt Vinnie; aber denken kann sie nur, daß Fred Turner nach wenigen Wochen Bekanntschaft schon bekommen hat, was sie nie bekommen wird: eine Einladung in Posy Billings' Haus in Oxfordshire.

»Diese Leute von der ›Selbsthilfe‹, das sind nämlich arbeitslose Schauspieler und Sänger und Tänzer, die meisten jedenfalls«, erklärt er. »Die verstehen überhaupt nichts von Hausarbeit. Wenn ich hinkomme, stehen sie meist nur herum und halten ein Staubtuch in der Hand wie ein Requisit in einem Stück, das sie nicht verstehen, oder sie schieben den Staubsauger immerzu auf demselben Stück Teppich hin und her und liegen Rosemary in den Ohren, sie soll ihnen eine Rolle in ›Tallyho Castle‹ verschaffen.«

»Nicht immer«, protestiert Rosemary kichernd.

»Und wenn sie ausgeht«, fährt er fort, »wenn sie ihnen nicht jede Sekunde auf die Finger guckt, schon vergreifen diese ›Selbsthelfer‹ sich an ihrem Whisky, ihrer Pastete, ihren Opernplatten, manchmal sogar an ihren Kleidern. Sie verschmieren die Fenster mit Putzmitteln und ruinieren das Parkett mit Seife und heißem Wasser und zerreißen ihre Seidenschals, um Staubtücher daraus zu machen.«

Während Fred diese Katastrophen aufzählt, wundert Vinnie sich nicht nur über seine haushälterischen Detailkenntnisse, sondern auch über seine Vertrautheit mit Rosemarys häuslichen Umständen. Offenbar lebt er zwar zur Zeit noch nicht bei ihr, aber Vinnie fragt sich, ob er womöglich mit dem Gedanken spielt, bei ihr einzuziehen, vor allem wenn die Zustände sich bessern sollten. Sie muß an die Bemerkung von Rosemarys Tante denken, daß wegen der Unordnung kein Mann im Haus ihrer Nichte werde wohnen wollen. Wie Rosemary selbst andeutete, hat ihre Tante sich da geirrt: Es haben schon viele Männer bei ihr gewohnt. Allerdings noch keiner sehr lange.

Ehe Vinnie ihr Urteil in diesem Streitfall verkünden kann, läutet es zum zweiten Akt. Auch gut, denkt sie, während sie die Treppe zum Balkon hinaufgeht und von größeren und schwereren Leuten angerempelt wird. Es ist immer ein Fehler, als Außenstehender in so einem Disput Partei zu ergreifen, der oft eigentlich nur ein verliebtes Geplänkel ist. Für Rosemary zumindest schien der Streit nichts weiter als ein Vorwand für dramatische Monologe und liebevolle Neckereien zu sein. Zwischendurch hatte sie sogar ein paarmal die Seiten gewechselt und Freds Argumente unterstützt, indem sie zum Beispiel erzählte, wie sie einmal nach Hause gekommen sei und einen jungen Mann von ›Selbsthilfe‹ in ihrer Badewanne angetroffen habe, ganz in rosa Schaum gehüllt. »Und er war nicht mal schön! Nur klein und dick und voll Seife und hat sich noch und noch entschuldigt. Und hinterher habe ich gemerkt, daß er mein ganzes Vitabath aufgebraucht hatte.«

Doch bei aller Heiterkeit singt Fred die Baßpartie. Daß er von Natur ein ordnungsliebender Mensch ist, hat er Vinnie schon bei den Besprechungen des Bibliotheksausschusses in Corinth demonstriert. Sicherlich wäre das verstaubte Chaos in Rosemarys Haus in seinen Augen eine schlechte Kulisse für ihr Liebesduett. Und sicher liebt er es auch nicht besonders, wenn ehrgeizige junge Schauspieler mit Rosemary auf allzu vertrautem Fuß stehen und (mögen sie auch klein und dick sein) sich in ihrer Badewanne suhlen.

Nach Vinnies Einschätzung wird Rosemary in diesem Streit siegen. Sie ist gewohnt, ihren Kopf durchzusetzen, und außerdem ist es ihr Haus, von ihrem Land ganz zu schweigen. Aber Freds ganze Art läßt erwarten, daß er nicht allzubald aufgeben wird. Vorigen Herbst war er in einer Sitzung des Bibliotheksausschusses – bei aller Verbindlichkeit – regelrecht stur; um seinen Standpunkt durchzusetzen, hätte er in Kauf genommen, daß die Sitzung bis lange nach fünf Uhr dauerte. Vinnie hatte da gedacht, es ziehe ihn nur nicht in seine leere Wohnung. Aber die Sturheit konnte auch ein Charakterzug von ihm sein – und somit vielleicht doch eher Ursache als Folge seines derzeitigen Junggesellendaseins.

Als Vinnie später im Bett liegt und zu Mozarts Melodien, die ihr noch undeutlich in den Ohren klingen, gerade in einen angenehmen Dämmer gleitet, hört sie plötzlich unverkennbar ihre Wohnungsklingel läuten. Erschrocken hebt sie den Kopf vom Kissen. Ihr erster Gedanke gilt den Stammgästen des nahen städtischen Männerwohnheims – verwahrlosten Subjekten mit roten Gesichtern und schmutzigen Klamotten, die bei gutem Wetter auf den Bänken bei der Eisenbahnunterführung herumlungern und in einer zerknüllten Papiertüte die Flasche kreisen lassen oder um die U-Bahn-Station Camden Town streichen und Selbstgespräche führen oder Fremde ansprechen. Ihr nächster, noch verrückterer Gedanke gilt dem Mädchen vom Schulhof, das irgendwie an ihre Adresse gekommen sein könnte und jetzt vor ihrer Tür steht, um auch noch den Rest ihrer obszönen Verse loszuwerden, sobald Vinnie aufmacht.

Wieder klingelt es, länger. Vorsichtig schlüpft sie unter ihrer Daunendecke hervor und schleicht barfuß in

Nachthemd und Bademantel zur Wohnungstür. Die Lampe im Hauseingang scheint durch das Oberlicht auf die kalten schwarzweißen Fliesen, und Vinnie fühlt, wie ein Kälteschauer ihr die Beine heraufkriecht. Ihr unbekannter nächtlicher Besucher vervielfacht sich, und sie sieht zunächst schon eine ganze Horde betrunkener Penner vor ihrer Tür stehen, danach eine Gang von lilahaarigen Punks, die ihr zotige Verse aufsagen.

Es klingelt zum drittenmal, noch länger und irgendwie klagend. Wie feige von mir, mich so hinter zwei verschlossenen Türen zu verstecken, denkt Vinnie. London ist ja keine Stadt der anonymen Gleichgültigkeit wie New York. Sie kennt die andern Hausbewohner. Wenn sie schreien sollte, würden sie sofort angerannt kommen und sehen, was los ist, wie vorigen Monat, als sich in der Wohnung über ihr der Babysitter verbrüht hatte; da waren auch alle (einschließlich Vinnie) gleich zur Stelle gewesen. Sie zieht den Bademantel fester um sich und öffnet die Wohnungstür.

»Ja?« ruft sie schrill. »Wer ist da?«

»Professor Miner?« Eine amerikanische Männerstimme, gedämpft durch das massive Eichenholz der Haustür.

»Ja?« Ihr Ton ist jetzt weniger ängstlich, eher ungeduldig.

»Ich bin's, Chuck. Chuck Mumpson aus dem Flugzeug. Ich muß Ihnen was erzählen.«

»Einen Augenblick.« Vinnie steht da und überlegt. Es muß schon längst elf Uhr vorbei sein, eine unmögliche Zeit, um Leute zu besuchen, und sie kennt Chuck Mumpson kaum. Sie hat ihn nicht mehr gesehen, seit sie bei Fortnum & Mason zusammen Tee getrunken haben, obschon er einmal angerufen hat, um über seine genealogischen Forschungen zu berichten. (Getreu Vinnies Rat hatte er in Wiltshire ein Dorf namens South Leigh ausfindig gemacht – »Die schreiben das anders, wie Sie ja auch schon gedacht haben« – und wollte hinfahren.) Wenn sie ihn wegschickt, kann sie wieder zu Bett gehen und sich ausschlafen, um morgen bei ihrem Termin in einer Grundschule im Londoner Süden in anständiger Verfassung zu sein. Andererseits kommt er vielleicht nie wieder, wenn er jetzt geht, und dann wird sie nie erfahren, was er über seinen legendenumwobenen Ahnen herausbekommen hat.

»Ich bin gleich da«, ruft sie.

»Okay«, dröhnt Chuck zurück.

Vinnie geht ins Schlafzimmer zurück und zieht das Kleid wieder an, das sie in der Oper getragen hatte. Sie zieht einmal kurz eine Bürste durchs Haar und wirft einen mutlosen Blick in den Spiegel, aber weder ihr Gesicht noch ihr Gast lohnen die Mühe, sich zurechtzumachen.

Als Chuck ins Licht tritt, ist ihr erster Eindruck von ihm besorgniserregend: er wirkt krank, schlapp, zerzaust. Seine ledrigbraune Haut hat eine graue Blässe bekommen; sein rötlich-graues Haar – oder was davon noch übrig ist – sieht ungekämmt aus; der entsetzliche Plastikregenmantel ist zerknittert und stockfleckig. Als sie die Wohnungstür schließt, stolpert er und taumelt zur Seite, dann fängt er sich, bleibt kurz vor dem Dielenspiegel stehen und schaut mit stierem, stumpfem Blick hinein.

»Fehlt Ihnen etwas?« fragt sie.

»Ich glaube, ja.«

Vinnie weicht instinktiv einen Schritt zurück.

»Keine Bange. Betrunken oder so was bin ich nicht. Ich möchte mich nur ganz gern setzen. Darf ich?«

»Ja, natürlich. Kommen Sie.« Sie geht ins Wohnzimmer und knipst eine Lampe an.

»Bin weit gelaufen.« Chuck läßt sich schwer aufs Sofa sinken, das unter seinem Gewicht knarrt; sein Atem geht immer noch schwer. »Ich hab Licht bei Ihnen gesehen und gedacht, Sie sind noch auf.«

»Hm.« Vinnie erklärt ihm nicht, daß sie die Schreibtischlampe in ihrem zur Straße gelegenen Arbeitszimmer immer anläßt, um Einbrecher zu täuschen. »Hätten Sie gern eine Tasse Kaffee? Oder einen Whisky?«

»Egal. 'n Whisky, wenn Sie einen haben.«

»Ich glaube, es ist noch welcher da.« Vinnie schenkt in der Küche einen ziemlich schwachen Scotch mit Wasser ein und setzt den Kessel auf, um für sich Tee zu machen, während sie sich fragt, was für ein Unglück Chuck Mumpson ereilt haben könnte.

Als sie zurückkommt, sitzt er noch immer so da und starrt mit leerem Blick ins Zimmer. »Möchten Sie nicht Ihren Mantel ausziehen?«

»Wie?« Chuck sieht zwinkernd zu ihr auf. »Ach ja.« Er grinst schwach. »Vergessen.« Er wuchtet sich hoch, schält sich aus der fleckigen Plastikhaut und läßt sich wieder fallen; er sieht noch immer nicht besser aus. Die Jacke seines Westernanzugs ist verkehrt zugeknöpft, so daß die linke Seite höher steht als die rechte und die eine Kragenecke schräg nach oben zeigt. Vinnie sagt nichts dazu; es geht sie ja nichts an, wie Chuck Mumpson aussieht.

»Hier, bitte.«

Chuck nimmt das Glas und hält es in der Hand, wie im Schlaf.

»Was ist los?« fragt Vinnie, furchtsam und ungeduldig zugleich. »Etwas – mit Ihrer Familie?«

»Nee. Der geht's gut. Denke ich. Hab in letzter Zeit nichts mehr gehört.« Chuck sieht das Glas Whisky an, hebt es hoch, trinkt, läßt es sinken, alles in Zeitlupe.

»Haben Sie in Wiltshire irgendwelche Vorfahren gefunden?«

»Ja.«

»Na, das ist doch schön.« Sie tut noch etwas Milch in ihren Tee, um kein Sodbrennen zu bekommen. »Und haben Sie den Weisen gefunden, den Einsiedler?«

»Ja, hab ich.«

»Das nenne ich Glück«, meint Vinnie und wünscht, er würde in drei Teufels Namen weiterreden. »Es kommen nämlich viele Amerikaner auf der Suche nach ihren Vorfahren hierher, und die meisten finden überhaupt nichts.«

»Scheißdreck.« Zum erstenmal spricht Chuck an diesem Abend wieder so laut wie sonst, wenn nicht lauter.

»Wie bitte?« Vinnie ist erschrocken; ihre Porzellantasse klappert auf der Untertasse.

»'n Scheißdreck war das Ganze, 'tschuldigung. Der Earl, das Schloß – mein Großvater hat mir da 'n Bären aufgebunden. Oder jemand anders vielleicht ihm.«

»Na so was.« Vinnie gibt sich überrascht, obwohl es bei Licht betrachtet so merkwürdig auch wieder nicht ist, daß Chuck Mumpson nicht aus der englischen Aristokratie stammt. Andererseits spielt es für ihre eigenen Zwecke keine Rolle, ob der einsiedlerische Vorfahr ein Earl war oder nicht. »Also, und weiter?«

»Well. Ich hab mir also von der Garage, die Sie mir empfohlen hatten, ein Auto gemietet und bin losgefahren, in dieses South Leigh. Ist nichts Besonderes, dieses Dorf. Alte Kirche, 'n paar Häuser. Bin dann in einer Kleinstadt in der Nähe ins Hotel gezogen. Dann bin ich in die Bibliothek gegangen und hab gefragt, wie ich an die Kirchenregister von South Leigh rankomme, wie Sie mir ja gesagt haben, und an die Steuerlisten. Hab auch jede Menge Mumpsons gefunden, aber die waren alle nichts Besonderes. Bauern, die meisten, und keiner davon hieß Charles. Hat 'ne Menge Zeit gekostet. Alles war immerzu aus irgend 'nem Grund nicht in Betrieb, zum Beispiel weil gerade Donnerstagnachmittag war. Da macht der ganze Laden einfach mitten in der Woche dicht. Die Geschäfte auch. Menschenskind, ist doch kein Wunder, daß wir denen so weit voraus sind, nicht?«

»Hm.« Das Letzte, was Vinnie sich heute abend noch wünscht, ist eine Diskussion über die jeweiligen wirtschaftlichen Errungenschaften Englands und Amerikas.

»Na ja, aber diese antiquarische Gesellschaft, die hatte dann jedenfalls offen. Ich hab mich mit der Sekretärin unterhalten, und die hat dann die Stelle gefunden, die so aussah, als wenn's vielleicht die richtige wäre, 'n Stückchen weiter draußen. Nach ihrem Buch hat da mal 'n Eremit gelebt, irgendwann gegen Ende des achtzehnten Jahrhunderts. Das war auf dem Anwesen von irgendwelchen Leuten, die sie mal kennengelernt hatte, Colonel und Lady Jenkins, so heißen sie. Die hab ich dann also angerufen, und sie haben mich eingeladen, mal rüberzukommen. Stört es Sie, wenn ich rauche?«

»Nein, rauchen Sie nur.« Vinnie seufzt. Normalerweise gestattet sie keine Zigaretten, weder im Hörsaal noch im Büro noch in ihrer Wohnung; wenn sie eine Party gibt, bittet sie ihre nikotinabhängigen Gäste, nach draußen oder in ein anderes Zimmer zu gehen.

»Ich will's mir immer wieder abgewöhnen.« Chuck zieht ein Päckchen aus der Tasche. »Der Doktor sagt, ich muß. Aber ohne Zigaretten werd ich ganz verrückt.

Kann nicht schlafen, mich nicht konzentrieren, überhaupt nichts.« Er gibt ein unecht amüsiertes Lachen von sich, reißt ein Zündholz an und inhaliert.

»Schlimm«, sagt Vinnie, die sich schon oft im stillen (und bei gewissen Gelegenheiten auch laut) damit gebrüstet hat, noch nie geraucht zu haben.

»Ahhh.« Eine übelriechende graue Schwade kommt aus Chucks Mund. »Well, an irgendwas müssen wir ja alle sterben.«

Nur mit Mühe kann Vinnie sich die Bemerkung verkneifen, daß Lungenkrebs und Emphyseme nach allem, was man so liest, zu den unangenehmsten Todesarten gehören.

»Na ja, ich hatte jedenfalls fast noch den ganzen Tag totzuschlagen, bevor ich zu Colonel Jenkins konnte. Da bin ich in dieser antiquarischen Gesellschaft geblieben und hab über die örtliche Aristokratie nachgelesen, und dann bin ich mit diesem Archäologen ins Gespräch gekommen. Er macht da Ausgrabungen vor der Stadt, wo früher mal 'n altes Dorf war, ich meine richtig alt, irgendwann im Mittelalter. Für den sind 'n paar hundert Jahre wie gestern. Er fand da irgendwelches Zeug, aber das beste Ausgrabungsloch, das sie hatten, lief ihnen immer wieder voll Wasser. Keiner in dem Team konnte sich vorstellen, wo das Wasser herkam und was sie damit anfangen sollten. Well, das ist schließlich mein Beruf. Oder war's jedenfalls mal.«

Ein schmerzlicher, wehklagender Ton hat sich in Chucks Stimme geschlichen. Vinnie erkennt ihn wieder; es ist der Pfiff des Selbstmitleids, der in der Vergangenheit so oft schon Fido an ihre Seite gerufen hat. Vielleicht, weil sie noch ein bißchen schlaftrunken ist, bildet sie sich jetzt ein, Fido habe den Pfiff unter dem Sofa gehört, wo er seit zwei Monaten im Winterschlaf liegt; sie sieht ihn aufwachen und blinzelnd die großen, kummervollen braunen Augen öffnen.

»Well«, fährt Chuck fort. »Ich hab gesagt, ich komm mal raus und seh mir die Geschichte an. Stellte sich dann raus, daß sie nur eine von ihren Pumpen verkehrt angeschlossen hatten, und da lief ihnen dann fast das ganze Wasser, das sie rausgepumpt hatten, gleich wieder ins Loch zurück.

Tja, und da hat dieser Professor Gibson, wie er heißt, dann seine Leute zusammengetrommelt, und wir haben die Rohre verlegt, und da fing das Wasser an zu sinken. Ich war so richtig stolz auf mich und hab meine Kamera genommen und 'n paar Fotos von ihnen und der Ausgrabung und den Sachen gemacht, die sie schon gefunden hatten. Dann sind wir alle ein Bier trinken gegangen, um zu feiern, und danach haben wir noch im Pub gegessen. Das Essen war 'n ganzes Ende besser als das, was ich bisher in meinem Londoner Hotel gekriegt habe, und auch noch viel billiger. Ich hab allen erzählt, was ich in Wiltshire mache und daß ich heute nachmittag meinen Onkel, den Earl finden will. Ich Arschloch! Bei meinem sprichwörtlichen Glück hätte ich wissen müssen, was dann kam.«

»Hm«, macht Vinnie. Der Pfiff ist jetzt unüberhörbar; Fido kommt unter dem Sofa hervorgekrochen und legt sich Chuck zu Füßen.

»Statt dessen bin ich also in mein Hotel gegangen und hab mich feingemacht; ich war ja schmutzig von der Ausgrabungsstelle und wollte doch so aussehen wie einer, der mit 'nem Lord verwandt ist. Zuerst war ich schon mal enttäuscht, wie ich das Haus von diesen Jenkins' sah; ein Schloß hatte ich mir anders vorgestellt.

Keine Türme, kein Wall und Graben, nichts. Aber es war 'n schönes großes altes Steinhaus, über zweihundert Jahre alt, hab ich später erfahren, mit Ziergiebeln und Säulen und Statuen von römischen Kaisern auf dem Rasen, auf denen zweihundert Jahre altes Moos wuchs. Und das Gras war wie Astroturf, mit kleinen Blumen gesprenkelt. Ich dachte, na ja, ist ja auch schon was. Mein Kopf war voll von aufgeblasenen Ideen. Ich wußte, daß Colonel und Lady Jenkins das Haus erst dreißig Jahre hatten, darum dachte ich, meine Vorfahren haben es wohl mal irgendwann verkauft. Vielleicht leben sie jetzt woanders, in was Prächtigerem, oder vielleicht sind sie inzwischen auch schon alle gestorben. Das wär auf eine Art schon schade gewesen, denn dann hätte ich sie ja nicht mehr kennenlernen können; aber andererseits war ich dann womöglich der langgesuchte Erbe, warum nicht? Ich meine, so hätte es doch sein können, oder?«

»Schon möglich«, sagt Vinnie, abgelenkt von Fido, der jetzt mit dem schmutzigweißen Schwanz wedelt und sehnsüchtig zu Chuck aufblickt.

»War bloß nichts damit. Colonel und Lady Jenkins wußten genau Bescheid. Sie haben mich zur Eremitage geführt, im Wald hinterm Haus. Es war eine Grotte, wie sie das nannten – so 'ne Art natürliche Höhle im Fels, gleich neben einem Bach, mit Zement und Steinen und Muscheln zu so 'ner Art kleinem Zimmer ausgebaut. Es hatte eine Bogentür und ein Fenster, und die Rückwand war tropfnaß. Alles voll von Moos und totem Laub und Spinnweben und 'n paar alten Resten von Möbeln aus ungeschälten Baumstämmen, wie man so was heute in Nationalparks sieht, nicht?«

»Mhm.«

»Natürlich wohnt da jetzt keiner drin, aber sie sagen, daß da früher mal 'n Eremit drin war. Nur daß der kein Lord war, sondern nur irgend'n alter Knabe, den sie dafür bezahlt haben, daß er in der Grotte wohnt. Reiche Leute haben so was früher gemacht, sagt Colonel Jenkins, genau wie sich heute in Tulsa alle Geschäftsleute mit 'ner Vier-Hektar-Ranch 'n paar Pferde und Rinder zulegen, nicht um Geld damit zu verdienen, sondern weil 's gut aussieht, sozusagen zur Dekoration. Die haben sich also diesen Burschen gehalten. Die Jenkins' haben mir ein Bild von der Grotte gezeigt, wie sie neu war, in 'nem alten Buch. Der Eremit stand davor, mit zottigem Bart und langen Haaren und so 'nem ausgefransten Strohhut wie 'ne Pennerin bei uns.«

»Aber es gibt ja keinen Beweis, daß er Ihr Vorfahr war«, sagt Vinnie.

»Und ob der's war. Old Mumpson haben sie ihn genannt, und zwanzig Pfund im Jahr und sein Essen hat er gekriegt, steht alles in dem Buch. Konnte nicht mal schreiben und hat mit 'nem Kreuzchen unterschrieben; war eben nur 'n verdreckter alter Landstreicher.«

Vor Vinnies innerem Auge erhebt sich Fido und legt den Kopf auf Chucks Knie. »Aber was ist mit der Geschichte, die Ihnen Ihr Großvater erzählt hat?« fragt sie. »Daß Ihr Vorfahr so eine Art Weiser gewesen sei und sein Mantel aus einem Dutzend verschiedener Felle gemacht war?«

»Wer weiß? Das auf dem Bild, das hätten schon Felle sein können, das konnte man nicht so genau sagen. Colonel und Lady Jenkins hatten von solchen Sachen nie gehört, aber es interessierte sie, und sie haben gesagt, sie wollen das alles aufschreiben. Waren richtig nett zu mir. Haben mich zu Tee und Kuchen und Teebrötchen und selbstgemachter Marmelade eingeladen. Die Marmelade hatte so 'ne komische grüne Farbe, schmeckte aber gut. War aus Stachelbeeren – hab ich noch nie gehört. Und dann haben sie mich überall rumgeführt und mir alle Fragen beantwortet. Aber ich konnte ihnen ansehen, daß sie mich für 'nen armen Irren hielten, der in alten Höhlen im Wald nach Earls sucht. Sie selber haben natürlich jede Menge Ahnen, echte. Das Haus hing voll von ihren Bildern.«

»Schlimm«, sagt Vinnie, und es bezieht sich auf ihre eigene Enttäuschung ebenso wie auf Chucks.

»Mich hat's fast umgehauen. Mein erster Gedanke war, nichts wie raus hier. Ich bin nach London zurückgefahren, hab den Wagen abgegeben und bin wieder in das Hotel gezogen, wo ich vorher gewohnt hatte, das bei der Victoria Station, und die ganze Zeit wurde mir immer elender und elender. Ich war todmüde, aber schlafen konnte ich nicht, oder essen, nicht mal im Zimmer stillsitzen. Schließlich bin ich spazierengegangen. Hatte keine Ahnung, wohin ich ging, und muß durch halb London gelaufen sein. Dann sind Sie mir eingefallen.« Er läßt sich aufs Sofa zurücksinken und verstummt.

Forschung hat ihre Gefahren, denkt Vinnie, indem sie ihn ansieht. Zum Beispiel hat das Studium von Kinderliteratur ihr die Augen für einige Dinge geöffnet, die sie als Kind zu ihrem Glück nicht wußte und auch jetzt noch nicht besonders gern weiß: zum Beispiel, daß Christopher Robin Milne in der Schule wegen ›Pu der Bär‹ die Hölle hatte; oder daß ›The Wind in the Willows‹ von vorn bis hinten die paranoide Angst der Torys vor der Arbeiterklasse widerspiegelt. Auch von manchen Erwachsenenträumen, wie Chuck Mumpsons

Glauben an aristokratische Vorfahren, sollte man vielleicht lieber die Finger lassen.

»Ja, das ist natürlich eine Enttäuschung.« Vinnie spricht in munterem Tonfall, um Fido nicht zu ermutigen. »Aber daß Sie sich darüber so erregen, verstehe ich wirklich nicht. Schließlich haben die meisten Leute überhaupt keine Vorfahren. Manche haben nicht einmal Nachkommen.« Fido wendet den Kopf und wirft Vinnie einen hoffnungsvollen Blick zu. »Ich meine, Sie sind doch jetzt nicht schlechter dran als vorher.«

»Das denken Sie.« Chuck entringt sich ein unterdrücktes Ächzen, das Fidos Aufmerksamkeit wieder ganz in Beschlag nimmt. »Sie wissen ja nicht, was das für mich heißt, wenn ich wieder nach Tulsa komme. Myrnas Verwandtschaft, das sind Leute aus den besten Kreisen, deren Familienstammbäume reichen zurück bis vor die Revolution. Auf mich haben die immer herabgeguckt. Meine Herkunft war ihnen nicht recht, und meine Aussprache und die Arbeit, die ich machte. Sanitäringenieur, das war für Myrnas Mutter geradezu ein Schimpfwort. Einmal hat sie zu Myrna gesagt, daß sie dabei immer an die Klospülung denken muß.«

»Na so was«, sagt Vinnie und beginnt sich ein negatives Bild von Myrnas Verwandtschaft und ihrer vermeintlichen Vornehmheit zu machen.

»Und ihre Schwester, die ist Psychologin, hat ein Diplom von der Stanford University. Sie hat zu Myrna gesagt, daß ich meine Arbeit nur so vermisse, weil ich geistig auf dem Stand eines Dreijährigen stehengeblieben bin und insgeheim nur einen Vorwand suche, an meinem Popo herumzuspielen.«

»Na so was«, sagt Vinnie wieder, doch diesmal schwingt schon etwas Entrüstung mit.

»Nachdem Amalgamated mich dann abserviert hatte, war's noch schlimmer. Da hieß es: ›Na bitte, Myrna, ich hab's dir ja immer gesagt.‹«

»Ich nehme an, solche Verwandten hat jeder«, sagt Vinnie, dabei nimmt sie das in Wirklichkeit gar nicht an. Bei ihr waren es vielmehr die sogenannten Freunde gewesen, die sie gewarnt hatten, daß ihr Mann noch immer an seiner ehemaligen Freundin hänge und ihre Ehe nicht von Dauer sein werde – und sie später daran erinnert hatten, wie vorausblickend weise sie doch gewesen waren. »So etwas müssen Sie einfach ignorieren.«

»Versuch ich ja. Aber Myrna tut's nicht. Als ich keine andere Stelle kriegte, fand sie, ihre Schwester hätte schon ganz recht gehabt. Sie dachte, ich bemühe mich gar nicht. Mein Gott, dabei muß ich an die hundert Bewerbungen und Lebensläufe losgeschickt haben. Die Sache ist nur, daß einen keiner mehr haben will, wenn man schon sechs- oder siebenundfünfzig ist. Da kommen die Sozialleistungen zu teuer, und man denkt natürlich auch, daß er seine besten Jahre hinter sich hat. Zum Teufel, so hab ich doch selber gedacht.«

»Mhm«, macht Vinnie und denkt an gewisse Personalratssitzungen in ihrem eigenen Institut. »Wahrscheinlich denken viele so.«

»Nach 'ner Weile hab ich dann so ziemlich aufgegeben. Hab zu trinken angefangen, zuerst meist abends, wenn ich nicht einschlafen konnte. Dann war's besser. Da war's still im Haus, und ich brauchte nicht mit Myrna zu reden und dem Mädchen nicht zuzugucken, wie sie rumwerkelte und mir überallhin mit ihrem verdammten Staubsauger nachlief. Wenn es mir richtig elend ging, hab ich mich an der Flasche festgehalten, bis ich hinüber war. Manchmal bin ich dann erst am nächsten Nachmittag aus dem Bett gekommen. Oder ich hab mich ins Auto gesetzt und bin rumgefahren, manchmal fast die ganze Nacht, einfach ziellos drauflos wie 'ne Flederratte aus der Hölle. Fledermaus, meine ich.« Chuck lacht verlegen. »Und dann hat's gekracht.«

»Ja?« hilft Vinnie nach einer Weile nach, aber er erzählt nicht weiter. »Ein Unfall? Wurden Sie verletzt?«

»Nee. Nicht schlimm. Ich – egal. Es war doch schlimm. Wagen total im Eimer, und die Bullen haben mich wegen Alkohol am Steuer mitgenommen. Das war für Myrna der letzte Tropfen. Früher hat sie mich ja mal ganz gern gehabt, aber danach war ihr schon mein Anblick zuwider. Sie konnte mich gar nicht schnell genug in dieses Flugzeug setzen. Schämt sich meiner jetzt, wie alle. Auch Greg und Barbie.« Fido stellt triumphierend die Vorderpfoten auf Chucks Schultern und leckt ihm begeistert das breite, wettergegerbte Gesicht.

»Ach, ich glaube aber nicht –«, sagt Vinnie, dann bricht sie ab. Vielleicht schämen Chucks Frau und Kinder sich wirklich seiner; woher soll sie das wissen?

»Darum bin ich auch nicht mit der Reisegesellschaft wieder zurückgeflogen. London hing mir zum Hals raus, aber ich konnte nicht wieder nach Tulsa. Die ganze Zeit hab ich gedacht, es wär für alle am besten, wenn ich überhaupt nicht wiederkäme. Myrna würde zwar Theater machen, aber in Wirklichkeit wäre sie erleichtert. Sie wäre frei. Und angesehen. Da ist doch dieser Erschließungsmensch, so 'n fetter Kerl, dem sie ein großes Grundstück für 'n Einkaufszentrum verkauft hat, der hat ein Auge auf sie und jede Menge Zaster und große politische Ambitionen. Auf den würde Myrna fliegen; sie hat schon immer gewollt, daß ich mich für irgendein Amt bewerben soll. Ihre Familie hätte die Moneten dafür gestellt, nur ich sah da keinen Sinn drin; hab Politiker noch nie leiden können. Aber dieser Kerl hat auch so wiedererweckte christliche Grundsätze und 'n echt konservativ-fundamentalistischen Hintergrund. Eine Witwe könnte er heiraten, aber keine Geschiedene.

Jedenfalls hab ich immer gedacht, wenn ich aus dem Weg bin, kann Myrna reinen Tisch machen. Well, und wissen Sie, ich hab doch hier den Straßenverkehr nicht richtig kapiert, und das mit den vielen kleinen Blechkisten, die man kaum auf sich zukommen sieht, und diese verrückten zweistöckigen Busse. Ich hab versucht, dran zu denken, daß ich immer in die falsche Richtung gukken und alles umgekehrt machen muß, aber ich konnte mich nie darauf konzentrieren. Ein paarmal wär's um Haaresbreite schiefgegangen. War mir egal; ich hab gedacht: Okay, was soll's – ich hab ein halbwegs schönes Leben hinter mir.«

Ein merkwürdiges Gefühl überkommt Vinnie, ein Drang, es Fido gleichzutun und diesen großen, dummen, halbgebildeten Mann in die Arme zu nehmen und zu trösten. Zuerst ärgert sie sich über sich selbst, dann über ihn.

»Na, nun wollen wir mal nicht so dramatisieren«, sagt sie, halb zu ihm, halb zu sich selbst.

»Nee. Aber ich hab das wirklich dauernd gedacht, ehrlich. Nur, nachdem ich in diesem Restaurant da mit Ihnen gesprochen hatte und besonders nachdem ich dieses South Leigh gefunden hatte, da hab ich mich langsam wieder etwas besser gefühlt. Ich hab gedacht, okay, vielleicht zeig ich's denen noch. Ich komme mit 'ner erstklassigen englischen Verwandtschaft nach Hause, mit 'nem Schloß, vielleicht mit einem Satz von diesen Tellern, die sie hier verkaufen, mit Goldrand und Wappen drauf. Da, sieh mal, würde ich zu Myrna sagen, ich bin gar nicht dieser nichtsnutzige Penner, für den du mich immer gehalten hast. Los, erzählen wir mal deiner Mutter und deiner rotznäsigen Schwester von *meinen* Ahnen, Süße. Und die Kinder, die würden das auch schick finden. Das wäre was, das könnte ich ihnen mitgeben, sozusagen zum Ausgleich. Heute nachmittag, da unten in South Leigh, da hab ich 'ne Karte an Myrna geschickt: ›Auf heißer Fährte von Lord Charles Mumpson dem Ersten, Großvater hatte anscheinend doch recht.‹ Wenn die jetzt erst mal Bescheid weiß! Das krieg ich bis an mein Lebensende zu hören. Myrna hat was für Witze übrig, besonders auf meine Kosten.«

»So, so«, sagt Vinnie und bildet sich von Chucks Frau eine noch negativere Meinung.

»Liegt in der Familie. Ihr Onkel Mervin, der kann auch 'nen Gag zu Tode reiten. Er braucht nur 'n Watschenmann.«

»Na so was.« Vinnie hat dieses Wort schon lange nicht mehr gehört. Sie stellt sich Chuck als Watschenmann vor, der zum Amüsement von Frau und Familie immer wieder die Wange hinhalten muß. »Nun, wenn das so ist, dann sagen Sie denen doch einfach nichts davon.«

»Ja-haaa!« Er beugt den Oberkörper nach vorn. »Und die verdammte Postkarte?«

»Sagen Sie, es war ein Irrtum, eine falsche Fährte. Um Himmels willen, Chuck, zeigen Sie doch mal ein bißchen Initiative!«

»Ja, ja, das sagt Myrna auch immer.« Er läßt sich wieder ins Kissen zurücksinken und drückt Fido ans Herz.

»Bitte, dann zeigen Sie eben keine Initiative«, sagt Vinnie, der die Geduld ausgeht. »Legen Sie sich auf die

Straße, lassen Sie sich von einem Bus überfahren, wenn Sie wollen. Nur hören Sie endlich auf, sich selbst so leid zu tun.«

Chuck läßt das kräftige Kinn herunterklappen und sieht sie fassungslos an.

»Mein Gott, ich finde –« Sie muß schwer atmen, so wütend ist sie auf einmal – »Ein amerikanischer Mann, weiß, angelsächsischer Abstammung, bei guter Gesundheit, ohne Verpflichtungen und mit so viel Geld und freier Zeit, daß er gar nicht weiß, was er damit machen soll... die meisten Menschen würden einen Mord begehen, um mit Ihnen tauschen zu dürfen. Aber Sie sind so dumm, daß Sie nicht mal zu genießen wissen, was London Ihnen zu bieten hat.«

»So? Zum Beispiel?« Chucks Stimme klingt ebenso zornig wie verletzt, aber Vinnie kann nicht mehr an sich halten.

»Zum Beispiel wohnen Sie da in diesem abscheulichen Touristenhotel, essen den Fraß, den Sie da bekommen, und gehen in pseudoamerikanische Musicals, während die Stadt voller guter Restaurants ist und Sie jeden Abend in der Covent Garden Opera sitzen könnten.«

Chuck antwortet nicht, er sitzt nur mit aufgerissenem Mund da.

»Aber das geht mich natürlich alles nichts an«, fährt sie leiser fort, verwundert über sich selbst. »Ich wollte Sie gar nicht anbrüllen, aber es ist schon sehr spät, und ich muß morgen früh aufstehen und eine Schule in Kennington besuchen.«

»Ja, schon gut.« Chuck schaut auf die Uhr und erhebt sich langsam; er ist gekränkt und wird förmlich: »Okay, Professor, ich gehe schon. Danke für den Whisky.«

»Keine Ursache.« Vinnie bringt es nicht fertig, sich noch weitergehend bei Chuck Mumpson zu entschuldigen. Sie bringt ihn zur Tür, spült sein Glas und ihre Teetasse und stellt sie zum Trocknen hin, zieht wieder ihr Flanellnachthemd an und geht zu Bett, wobei sie mißbilligend feststellt, daß es schon zehn nach zwölf ist.

Aber statt nun endlich einzuschlafen, drehen sich ihre Gedanken knirschend und knarrend im Kreis. Sie ist wütend auf sich, weil sie die Geduld verloren und Chuck Mumpson gesagt hat, was sie von ihm hält – als ob das etwas nützen könnte. Es ist schon Jahre her, daß sie zuletzt jemanden so angefahren hat; normalerweise drückt Zorn sich bei ihr in zusammengekniffenen Lippen und eisiger Zurückhaltung aus.

Sie ist auch wütend auf Chuck: weil er einfach so hier hereingeschneit ist und sie um den notwendigen Schlaf gebracht hat; weil er so groß und unglücklich und so ein hoffnungsloser Einfaltspinsel ist. Er und seine Geschichte erinnern sie an alles, was sie an Amerika nicht leiden kann, und ebenso an alles, was sie an England nicht leiden kann: die Touristenhotels, Touristenläden, diese billige und übertriebene Selbsterniedrigung für den Fremdenverkehr, die Korrumpierung vieler Engländer durch amerikanische Kommerzkultur, so daß sie schon fast auf amerikanisches Gossenniveau gesunken sind (»Wenn ich 'ne Möwe wär'...«).

Warum folgt ihr diese schreckliche transatlantische Vulgarität auf Schritt und Tritt? Das ist unfair, denkt Vinnie, während sie sich ruhelos herumwälzt. Und als sie das stumme Winseln in dieser Frage vernimmt, sieht sie sich im Geiste gleich nach Fido um. Doch ihre sonst so lebhafte Phantasie vermag ihn diesmal nicht zu beschwören. Statt dessen sieht sie einen schmutzigweißen

Hund mit langem Schwanz im Nebel hinter Chuck Mumpson her die Regent's Park Road hinuntertrotten, von Laterne zu Laterne, und jedesmal hechelnd im dunstigen gelben Schein neben ihm stehenbleiben, wenn Chuck erfolglos ein Taxi heranzuwinken versucht.

Fidos Treulosigkeit erstaunt Vinnie. In den ganzen zwölf Jahren, die er nun schon in ihrer Phantasie lebt, hat er noch nie das mindeste Interesse an irgend jemandem außer ihr gezeigt, andere Leute nicht einmal wahrgenommen. Was hat das zu bedeuten, daß sie ihn sich jetzt so lebhaft vorstellen kann, wie er Chuck Mumpson durch London nachläuft oder ihm seine nassen hündischen Liebesbezeigungen erweist? Heißt das vielleicht, daß Chuck Mumpson ihr wirklich leid tut, mehr noch als sie sich selbst? Oder sind er und sie sich so gleich? Besteht vielleicht eine peinliche Parallele zwischen Chucks Traum, ein englischer Lord zu sein, und dem ihren – natürlich auf einer subtileren, metaphysischeren Ebene –, eine englische Lady zu sein? Könnte irgendwo einer sitzen, der über ihre Einbildungen ebenso verächtlich die Nase rümpft wie sie die ihre über Chucks?

Fast ebenso unerfreulich ist der Gedanke, daß sie für Chucks Illusionen zum Teil mitverantwortlich ist – in logischer Konsequenz also auch für seine Enttäuschung. Als ob sie ihm je versprochen hätte, daß er sich als Sproß einer noblen Familie entpuppen werde! Schon wieder beginnt sie die Geduld mit ihm zu verlieren.

Aber immerhin, wie er selbst sagte, es hätte ja sein können: Einfaltspinsel gibt es in der britischen Aristokratie wahrlich mehr als genug. Augenblicklich fallen ihr Beispiele dafür ein, unter anderem Posy Billings, die keineswegs dem entspricht, was Vinnie unter einer »echten englischen Lady« versteht. Auf der anderen Seite muß man Rosemary Radley diesen Titel tatsächlich zugestehen, mag man sich auch manchmal noch so sehr über sie ärgern. Rosemary wäre nie so wütend geworden wie Vinnie heute abend; sie hätte Chuck Mumpsons Elend nicht noch schlimmer gemacht, als es bei seiner Ankunft schon war. Wenn sie hiergewesen und Zeugin dieser Szene geworden wäre, hätte sie sich abgewandt, wie von allem Unfreundlichen, allem Unschönen.

Und Chuck? Obwohl er wahrscheinlich nur eine Klischeevorstellung von einer Lady hat, wird er Vinnie kaum noch für eine halten. Vielmehr wird er sie als unbeherrscht und gefühllos ansehen – mit andern Worten: ungezogen und kalt.

Natürlich ist das auf eine Art egal, denkt Vinnie, während sie sich wieder umdreht, denn sie wird Chuck Mumpson jetzt bestimmt nie wiedersehen. Sie hat ihn gründlich gedemütigt und beleidigt, und demnächst wird er hingehen und sich umbringen – oder, wahrscheinlicher, nach Oklahoma zurückkehren – und sich dabei unangenehm, aber immer verschwommener, an England und Professor Miner erinnern.

Die giftgrünen Leuchtziffern ihrer Digitaluhr zeigen 12.39 Uhr. Vinnie seufzt und dreht sich von neuem um, wobei ihr Nachthemd sich fest um sie windet wie eine runzlige Schote, die ihren Gedanken ähnelt. Sie muß sich zwingen, sich in die entgegengesetzte Richtung zu drehen, um sich wenigstens körperlich wieder entspannen zu können; dann beginnt sie langsam und rhythmisch zu atmen, um sich auch innerlich zu entspannen. Eins – aus. Zwei – aus. Drei – aus. Vier –

Das Telefon klingelt. Erschrocken hebt Vinnie den Kopf, robbt übers Bett und tastet im Dunkeln nach dem Apparat, der auf dem Teppich steht, weil ihr Gastgeber sich das Nachttischchen gespart hat. Wer kann das um Himmels willen sein?

»Hallo?« krächzt sie endlich, mit dem Kopf nach unten halb aus dem Bett hängend.

»Vinnie? Hier ist Chuck. Ich hab Sie wohl aufgeweckt?«

»Doch, ja, das haben Sie«, lügt sie; und erschrocken über ihren eigenen Ton fügt sie hinzu: »Ist was mit Ihnen?«

»Ach was.«

»Sie nehmen mir hoffentlich nicht mehr übel, was ich zu Ihnen gesagt habe. Ich weiß selbst nicht, warum ich so in die Luft gegangen bin; das war sehr ungehörig von mir.«

»Ach was, überhaupt nicht«, sagt Chuck. »Ich meine, darum rufe ich ja an. Ich hab mir gedacht, Sie haben vielleicht recht: Vielleicht sollte ich London noch 'ne Chance geben, bevor ich mich vor 'nen Bus schmeiße... Well, also wenn Sie diese Woche irgendwann mal Zeit haben, möchte ich Sie zu irgendwas einladen, was Sie wollen. Sie können sich ein Restaurant aussuchen. Ich würd' sogar in die Oper gehen, wenn ich anständige Plätze für uns kriege.«

»Also...« Unter erheblicher Mühe rappelt Vinnie sich hoch und kriecht rückwärts ins Bett zurück, wobei sie Telefon und Decke nach sich zieht. »Ich weiß nicht.« Wenn sie jetzt ablehnt, wird Chuck nach Oklahoma zurückfliegen und unverändert gering über London und Vinnie Miner denken; und sie wird ihn nie wiedersehen. Außerdem entgeht ihr ein Opernabend in der Covent Garden Hall, wo man für »anständige Plätze« dreißig Pfund hinblättern muß.

»Ja, warum nicht?« hört sie sich antworten. »Das wäre nett.«

Um Himmels willen, warum tue ich so was? denkt Vinnie, nachdem sie aufgelegt hat. Ich weiß ja nicht einmal, was diese Woche im Covent Garden gegeben wird. Wahrscheinlich bin ich noch halb im Schlaf, oder halb von Sinnen. Aber desungeachtet muß sie lächeln.

6

Mädchen gleicht den wilden Meeren;
Wer will sagen, was sie tut?
Keinem Windhauch kann sie wehren;
Heute zornig, morgen gut.

John Gay, ›Polly‹

Mai in den Kensington Gardens. Die weiten Rasen sind so samtglatt wie der Kunstrasen auf einem Fußballplatz, und aufgereihte Tulpen schwanken auf ihren Stengeln wie Schwärme bunter Vögel. Über ihnen jagen muntere Böen Kinderdrachen über einen lichtdurchfluteten Himmel. Während Fred Turner durch den Park spaziert, breiten sich immer neue Landschaften vor ihm aus, jede mit den passenden Figuren belebt: schlendernden Paaren, Kindern unter roten und blauen Ballons, Rassehunden an Leinen und Joggern in Shorts und Jerseys.

Fred ist auf dem Weg zu einer Party (er hat noch nicht gelernt, daß man »zum Cocktail« geht) bei Rosemary Radley. Am Round Pond schaut er wieder auf die Uhr, dann setzt er sich auf eine Bank, um noch ein paar Minuten totzuschlagen, damit er nicht zu früh kommt. Er hat zwar angeboten, früher zu kommen und zu helfen, aber davon wollte Rosemary nichts wissen. »Nein, Freddy, Darling. Du sollst dich nur amüsieren. Komm nur ja keine Minute vor sechs. Der Partydienst macht das alles – und natürlich Mrs. Harris.«

Denn Fred hat in ihrem Streit gesiegt, und Rosemary hat sich eine Putzfrau genommen. Er hat sie noch nicht kennengelernt, aber nur das Beste von ihr gehört. Laut Rosemary ist sie fleißig und überaus gründlich: Sie geht sogar auf die Knie, um den Fußboden zu bohnern. Vor allem aber liegt sie Rosemary nicht mit Mann und Kindern und Haustieren in den Ohren: Sie hat weder Kinder noch Tiere, und von ihrem trinkfreudigen Mann ist sie längst geschieden.

Damit, daß Fred nicht lockergelassen hat, bis sie Mrs. Harris nahm, hat er ihr wenigstens auch einmal etwas Gutes getan. Rosemary hat für ihn schon so viel getan: Sie hat ihn vom deprimierten und verlorenen Gelehrten im fremden Land wieder in den selbstbewußten Mann von früher zurückverwandelt. Fred erkennt jetzt, daß seine vorherige Orientierungslosigkeit beschäftigungsabhängig war. Psychologisch gesehen sind Touristen verirrte, gespensterhafte Wesen; sie wandeln auf Londons Straßen und betreten seine Gebäude in einer dünnen ektoplasmischen Gestalt, gleich einem doppelt belichteten Foto. London ist für sie nicht Wirklichkeit, und für die Londoner sind sie ebenso unwirklich – blasse, gesichtslose, zweidimensionale Gestalten, die den Verkehr aufhalten und einem die Sicht versperren.

Bevor er Rosemary kennenlernte, existierte auch Fred hier für niemanden wirklich, abgesehen von ein paar anderen akademischen Gespenstern. Und für ihn existierte London nicht wirklich. Er wohnte nicht wirklich in Notting Hill Gate, sondern kampierte dort nur, um täglich ins Britische Museum gehen und sich dort vor einen Stapel feuchtigkeitsfleckiger, auseinanderfallender Lederbände und stockfleckiger Pamphlete setzen zu können. Jetzt ist die Stadt für ihn lebendig, und er ist lebendig in ihr. Alles ist jetzt erfüllt von Bedeutung, von Geschichte und Lebendigkeit, vor allem Rosemary. Wenn er mit ihr zusammen ist, hat er das Gefühl, ganz England, das Beste an England, in den Armen zu halten.

Von der Panik, die ihn vorigen Monat in Oxfordshire erfaßte, als ein paar vogelförmige Zierbäume und eine allzu lebhafte Erinnerung an Henry James' Romane ihn so erschreckten, daß er eine ganze Gesellschaft verdammte, ist er völlig genesen. Sein Mißtrauen gegenüber Edwin und Nico ist geblieben – bei Homosexuellen hatte Fred schon immer ein ungutes Gefühl, vielleicht weil er schon so viele Anträge von ihnen bekommen hat. Aber gegen Posy Billings und William Just hat er keine Vorbehalte mehr; seine moralische Entrüstung an jenem Abend betrachtet er jetzt selbst als spießig und provinziell.

Er hat erfahren, daß unter Rosemarys Freunden, die schon lange verheiratet sind, solche Arrangements wie zwischen den Billings' an der Tagesordnung sind. In der Mehrzahl der Fälle haben Mann und Frau sich darauf geeinigt, einander eine diskrete sexuelle Freiheit zu gestatten, und diese wird dann von ihren Freunden als gegeben hingenommen. Jeder weiß, mit wem Jack oder Jill sich derzeit »trifft«, aber niemand redet davon – höchstens ob man Jill nun mit ihrem Gatten oder ihrem Freund zu einer Party einladen soll. Die Gatten bleiben einander in Freundschaft zugetan, bewohnen ein gemeinsames Haus (oder Häuser), sorgen sich einer um des andern Wohl und das ihrer Kinder, geben Diners und feiern gemeinsam Feste. Nach Rosemarys Worten ist das ein viel kultivierterer Umgang mit menschlichen Leidenschaften als die amerikanische Methode. Man vermeidet den offenen Skandal und die selbstgerechten Ausbrüche besitzwahrender Eifersucht – die meist nur in unappetitlichsten Szenen, ruinösen Scheidungen und der Vernichtung von Familie, Kindern, Reputation und Karriere enden, sagt sie. Auch kommt es nicht zu dieser

Rechtfertigungssucht und öffentlichen Zurschaustellung sogenannter offener Ehen, wie sie es unter amerikanischen Schauspielern (Fred selbst auch hin und wieder unter amerikanischen Studenten) beobachtet hat – und die funktionieren sowieso nie, meint Rosemary. »Das ist, als wenn man in einem Haus sämtliche Türen und Fenster offenließe. Es zieht fürchterlich, und auf kurz oder lang kommen die Einbrecher.«

Auch Freds finanzielle Lage hat sich durch einen Kredit aus der Vorschußkasse der Corinth University, den er mit einigen Schwierigkeiten per Post arrangieren konnte, ein wenig entspannt – zumindest vorübergehend. Wenn er Glück hat, reicht ihm das Geld ungefähr bis zu seiner Abreise. Er kann jetzt mit Rosemary ins Restaurant gehen, ohne immer nur einen Salatteller bestellen zu müssen; er kann ihr die Blumen kaufen, die sie so liebt. Wenn er dafür die nächsten Jahre knausern muß, zum Teufel damit, es war's doch wert.

Nur zweierlei bereitet Fred im Augenblick Kummer. Zum einen kommt seine Arbeit über John Gay nicht allzu schnell voran. In seiner ersten Zeit in London hemmten ihn seine Depressionen; jetzt tut das die Euphorie. Das Britische Museum wirkt jetzt, wenn er es mit der Welt außerhalb seiner Mauern vergleicht, noch bedrükkender auf ihn. Es ärgert ihn, daß er dem mißtrauischen Wächter, der ihn doch mittlerweile kennen müßte, beim Hineingehen jedesmal seinen Ausweis zeigen muß; und es ist ihm ein Greuel, beim Hinausgehen immer seine Aktentasche kontrollieren zu lassen. Noch mehr verdrießt es ihn, wenn die Bücher, die er braucht, im Außenmagazin Woolwich liegen (zwei Tage Wartezeit) oder gerade an andere Benutzer ausgeliehen sind (ein bis vier Tage Wartezeit). Und je seltener er ins Bildungs-

Mausoleum geht, desto schlimmer wird es, denn Bücher, die für Fred oder einen andern Leser zeitweilig reserviert wurden, tauchen am dritten Tag nicht wieder in der Ausleihe auf und verschwinden mit unendlicher Langsamkeit wieder in ihren dunklen Grabgewölben.

Obwohl er diese Regel kennt, vergehen zwischen Freds Bibliotheksbesuchen immer öfter mehrere Tage, und immer mehr der von ihm benutzten Bücher sind irgendwo im System verschwunden; die Leihzettel kommen mit Vermerken wie NICHT VORRÄTIG oder BEI BOMBENANGRIFF VERNICHTET oder – am ärgerlichsten – AUSGELIEHEN AN F. TURNER zurück. Inzwischen gibt es in London so viel zu tun, mit Rosemary so viele Theaterstücke und Filme, Ausstellungen und Partys zu besuchen. Pfeif drauf, sagt Fred sich fast täglich. Er kann sehr viel mehr über britische Theatergeschichte und -tradition erfahren, wenn er Rosemary und ihren Freunden zuhört, als wenn er in einer Bibliothek herumsitzt – dafür hat er weiß Gott noch Zeit genug, wenn er erst wieder in Corinth ist.

Die andere Last auf Freds Seele wiegt schwerer, obwohl sie nicht aus Bücherstapeln besteht, sondern aus einem Luftpostbrief, fast leichter als Luft. Er ist von Roo, seiner Getrennten, und es ist ihr erster in vier Monaten – obwohl Fred ihr mehrmals geschrieben hat: sie gebeten, ihm die Post nachzuschicken, ihr die Krankenversicherungskarte zurückgeschickt und sie nach der Adresse eines Freundes gefragt hat, der an der University of Sussex sein soll. Roo hat erwartungsgemäß weder die Post nachgeschickt noch den Empfang der Versicherungskarte bestätigt, noch die Adresse geliefert.

Und jetzt ist dieser blaue Brief wie eine verspätete Friedenstaube, die nach dreimal vierzig Tagen und

Nächten zu einer verlassenen Arche zurückkehrt, den weiten Weg über den Atlantik zu ihm geflattert. Und im Schnabel hält sie ohne Zweifel einen frischen Olivenzweig.

... Die Sache ist (schreibt Roo), ich hätte Dir wohl sagen sollen, daß ich Deinen Gockel und diese andern Bilder in meine Ausstellung aufnehmen wollte. Ich weiß zwar nicht, ob ich sie wieder herausgenommen hätte, auch wenn Du Zeter und Mordio geschrien hättest – aber ich hätte Dir das nicht auch noch so aus heiterem Himmel zumuten dürfen. Wenn *ich* das gewesen wäre, also meine Muschi, wäre ich wahrscheinlich auch ausgeflippt. Kate meint, ich muß wegen irgendwas stinksauer auf Dich gewesen sein, vielleicht weil Du derart mit der Uni beschäftigt warst. Oder vielleicht hatte ich Angst, ich würde mich nicht mehr trauen, die Fotos zu zeigen, wenn Du dagegen wärst. Das wollte ich Dir jedenfalls sagen. Okay?
Hier tut sich nicht viel, das Wetter ist immer noch scheußlich. Ich habe im Gannett-Wettbewerb den zweiten Preis für diese 4-H-Bilder gewonnen, $ 250 kassiert, aber die nächste Runde nicht erreicht. Die von der Unfallstation waren besser, gingen aber nicht so ans Herz. Alle vermissen Dich. Ich hoffe, London ist fabelhaft und Du kriegst Deinen Scheiß im BM zusammen. Alles Liebe, Roo.

Da ist nun mit vier Monaten Verspätung der Brief, den Fred sich in der düsteren Leere des Januars und Februars so erträumt und ersehnt hat – wie oft hat er sich ausgemalt, ihn auf dem zerkratzten Mahagonitisch in der Eingangsdiele seiner Wohnung zu finden, ihn aufzureißen, lachend und schreiend, und sofort anzurufen oder zu telegraphieren. Er hatte sich vorgestellt, das Bett frisch zu beziehen und Roo am Flugplatz abzuholen –

Angesichts dieses Beweises für Roos Zerknirschung und Ehrlichkeit – er hat noch nie erlebt, daß sie gelogen hat, selbst wenn es praktischer gewesen wäre – muß Fred zugeben, daß er sie zu Unrecht beschuldigt hat. Wenn Roo ein Verhältnis gehabt hätte, wäre er der erste gewesen, es zu erfahren, und zwar von ihr. Sie hatte die Wahrheit gesagt, als sie versicherte, mit diesen beiden andern Schwänzen in der Ausstellung nichts weiter zu tun gehabt zu haben, als sie zu fotografieren. Höchstwahrscheinlich gehörten sie einem ihrer früheren Kommilitonen von der Kunstakademie, der jetzt in New York arbeitete, und seinem homosexuellen Freund. Ihre einzige Sünde war also nur schlechter Geschmack.

Aber schlechter Geschmack ist in Rosemarys Welt keine Nebensächlichkeit: Er ist das äußerliche und sichtbare Zeichen für einen innerlichen, charakterlichen Makel. Fred erinnert sich, wie sie erst neulich in einem Gespräch mit Posy über eine gemeinsame Bekannte sagte: »Ich kann ja verstehen, daß man sich vorübergehend von Howies Aussehen und Talent blenden lassen kann, aber ich begreife einfach nicht, wie Mimi es über sich bringen konnte, in seine scheußliche Stadtwohnung mit diesen Plastikfarnen und Stierkampfpostern zu ziehen.« – »Ja, und diese entsetzlichen goldgeflockten Vorhänge, wie billiges Lametta«, pflichtete Posy ihr bei. »Sie muß von Sinnen sein.« Ihre unausgesprochene Folgerung war, daß jemand, der so etwas Pseudonatürliches (die Farne), Pseudomännliches (die Poster), Pseudoelegantes liebe, auch in anderer Hinsicht nicht echt sein könne. Und Fred ruft sich jetzt seine eigenen Eindrücke von Howie, einem Fernsehmanager bei ITV, ins Gedächtnis und findet, daß Rosemary und Posy recht haben.

Roos schlechter Geschmack ist natürlich von anderer Art, mehr plump als falsch – nicht ganz so schlimm, aber schlimm genug. Fred hatte sich, wie Mimi, von Aussehen und Talent blenden lassen; das würde Rosemary sagen. Mag ja sein. Aber bei allem schlechten Geschmack ist Roo ein Mensch, für den er einmal sehr viel übrighatte, und seine Frau. Jetzt kann sie von ihm zumindest die Wahrheit erwarten. Aber wie soll er sie ihr beibringen? »Vielen Dank für Deinen Brief, es war schön, von Dir zu hören, aber ich bin in eine schöne englische Schauspielerin verliebt, und alles Gute.« Da er so etwas nicht schreiben will, auch nichts Heuchlerisches gleichen Inhalts, schiebt Fred die Antwort auf Roos Brief nun schon fast zwei Wochen vor sich her. Er möchte jetzt nicht an sie und auch nicht an seine bevorstehende Rückkehr nach Corinth denken müssen. Wenn sie sich wiedersehen, wird er sich entschuldigen und es ihr erklären; sie wird verstehen. Oder auch nicht. Es ist auch fast nicht wichtig; nichts ist im Moment wichtig außer seiner Liebe zu Rosemary Radley.

Die Erfüllung hat Freds Verlangen nicht geschmälert. Der Kitzel der Jagd ist zwar vorüber, doch an seine Stelle trat das Wissen um die kurze Dauer des Triumphs. Joe und Debby Vogeler sehen natürlich wieder einmal schwarz. War es nicht doch ein Fehler, sich emotional so zu engagieren, wenn er weiß, daß er England nächsten Monat wieder verlassen muß? hat Debby laut nachgedacht. Da sie die Frage nicht direkt stellte, brauchte Fred auch nicht zu antworten; aber im Innern war seine Antwort ein entschiedenes NEIN. Nicht zum erstenmal fand er die Weltsicht der Vogelers so eng und begrenzt wie das dreieckige Haus, das ihnen hier angewiesen wurde, als habe ein überirdischer Makler ausgleichende Gerechtigkeit geübt.

Aber schließlich kennen Joe und Debby weder Rosemary noch Rosemarys London. Er hat ihnen zwar von Vinnie Miners Party und den andern danach erzählt – wie wundervoll Rosemary sei, was für interessante Leute sie kenne und wie nett die meisten davon seien. Doch die Vogelers blieben skeptisch.

»Na schön, sie waren vielleicht ein paar Minuten nett zu dir«, sagte Debby, als sie eines nassen, düsteren Nachmittags zu dritt in ihrem dreieckigen Haus saßen, inmitten von Sonntagszeitungen und Plastikspielzeug. »Sie lernen gute Manieren ja schon in der Schule. Aber wirst du einen von ihnen je wiedersehen? Das ist nämlich der Haken dabei. Als wir anfangs hier waren, sind Joe und ich zu diesem älteren Schriftsteller, den seine Tante kennt, zum Lunch gegangen, und alle waren sehr nett und meinten, sie würden uns hoffentlich bald wiedersehen, aber daraus ist nie etwas geworden.«

»Das war wegen Jakie.« Joe zeigte auf seinen Sohn, der in einem zottigen weißen Strampelhöschen, von oben bis unten mit Babynahrung bekleckert, auf dem Boden saß und das ›Observer Magazine‹ zerrupfte. »Wir hätten ihn nicht mitnehmen dürfen.«

»Jakie war ganz brav«, protestierte Debby. »Er hat weder gebrüllt noch sonstwas. Und der alten Katze hat er gar nicht richtig weh getan, er hat nur mit ihr gespielt. Ich weiß gar nicht, worüber die sich alle so aufgeregt haben.«

»Sie fanden es auch nicht so gut, daß du ihn beim Lunch auf dem Schoß sitzen hattest«, meinte Joe.

»Hm, Pech. Was hätte ich denn mit ihm machen sollen? Es wäre ihnen bestimmt auch nicht lieber gewesen, wenn Jakie auf dem Boden herumgekrabbelt wäre. Außerdem hätte er sich an diesen verschnörkelten antiken Möbeln weh tun können.«

Sie verstehen nicht, dachte Fred und nahm sich vor, dafür zu sorgen, daß Joe und Debby bald einmal (und ohne Jakie) Rosemary kennenlernen würden. Sie müssen sie nur einmal sehen, denkt er jetzt auf seiner Bank in den Kensington Gardens, sie sehen oder gar sie und ihre Freunde kennenlernen, dann werden sie begreifen, wie großartig die meisten von ihnen sind.

Schließlich hat auch er dafür Zeit gebraucht. Jetzt aber findet er die Zweifel, die er selbst früher hatte – und in einem schwachen Augenblick auch gegenüber Joe und Debby erwähnt hat –, beschämend und kleinmütig. Es wäre feige von ihm gewesen, sich von Rosemary nur deshalb fernzuhalten, weil er sie später um so mehr vermissen wird, je mehr er sie jetzt liebt. Es könnte nichts Schlimmeres geben, als sich für den Rest seines Lebens sagen zu müssen: »Rosemary Radley hat mich geliebt, aber ich konnte mich nicht darauf einlassen, weil mir ein paar von ihren Freunden nicht gefielen – weil sie zu kostspielig lebte – weil ich wußte, daß ich London im Juni wieder verlassen mußte und sie vielleicht ein Jahr lang nicht wiedersehen würde.«

Wenn Joe und Debby das noch nicht verstehen konnten, Rosemary und ihre Welt verstanden es sicher. Fred erinnert sich an ein ›Times‹-Interview von voriger Woche, in dem ein Freund von Rosemary namens Lou gesagt hat, er habe seinen Agenten angewiesen, alle Fernseh- und Filmangebote abzulehnen, weil er die Chance habe, in Nottingham zwei Wochen lang König Lear zu spielen. »Wo das Theater steht, ist unwichtig; wie lange das Stück läuft, ist unwichtig«, wurde er zitiert. »Wenn man eine solche Chance bekommt, zählt sonst nichts mehr.«

»Lou ist doch ein richtiger Schatz«, hat Rosemary hinzugefügt, nachdem sie Fred den Absatz vorgelesen hatte. »Ich habe ihn natürlich sofort angerufen und ihm gratuliert. Ich habe ihm gesagt, daß er die Rolle wirklich schon vor langer Zeit hätte bekommen müssen; er ist ja so ein großartiger Schauspieler, ein wahres Genie. Und abnehmen muß er gar nicht, habe ich noch gesagt; warum soll denn ein Lear bloß nicht dick sein? Wahrscheinlich war er dick, genau wie seine rüden Ritter, weil sie so viel gegessen und getrunken und Gonerils ganze Vorräte aufgezehrt haben. Oder weiß man etwas davon, daß sie gearbeitet oder Sport getrieben hätten? Ich habe ihm gesagt: ›Lou, da liegst du völlig schief, du darfst kein einziges Gramm abzunehmen versuchen, Darling; du weißt doch, daß du nach einem guten Essen immer viel besser bei Stimme bist.‹ Könnte ich dasselbe doch nur von mir sagen! Aber bei mir ist es gerade umgekehrt. Sobald ich wieder zu arbeiten anfange, werde ich mich zu Tode hungern müssen; sieh dir doch mal diesen Speck an.« Rosemary hob den Saum ihres mit blauen und grauen Chrysanthemen bestickten Kimonos an und präsentierte ihm köstlich gerundete Hüften und Schenkel. »Nein, Freddy, Darling, ich wollte nicht ... Oh, Liebster ... Ahhh ...«

Bei der Erinnerung an diesen Augenblick – und die Augenblicke danach – erhebt Fred sich von der Bank und schreitet, wie von einem Magneten gezogen, in Richtung Chelsea davon.

Bevor die Gäste überhaupt alle da sind, ist Rosemarys Party schon ein klarer Erfolg. Das Wetter ist schön, das Haus sieht großartig aus: die Fensterkästen und die steinernen Vasen bei der Treppe sind blitzsauber und quellen über von Geranien und seidigem Efeu; durch die offenen Türen zum Garten blickt man in ein Meer von Grün. Auch drinnen blitzt es – wenigstens überall da, wo Gäste hinkommen. Als Fred einmal auf der Suche nach Ablagemöglichkeiten für ein paar Mäntel die Tür zu Rosemarys Schlafzimmer öffnet, schlägt er sie vor dem Chaos rasch wieder zu. Offenbar hatte Mrs. Harris unten so viel zu tun, daß sie für anderes noch keine Zeit hatte.

Als Fred wieder die Treppe herunterkommt, blickt er auf eine Szene wie aus einem Werbespot für irgendeinen Luxusartikel: den Inbegriff der eleganten Party. Der lange Salon ist ein wogendes Meer von Blumen, Licht und modisch gekleideten Leuten. Viele von Rosemarys Freunden haben schöne Gesichter, viele haben bekannte Gesichter, manche beides. Nur ein paar wenige stören das Gesamtbild, und die hätte man, wenn dies wirklich ein Werbespot wäre, nicht dazugeholt. Zum Beispiel die kleine Vinnie Miner in so einem »Frau-Igelischen-Kostüm«, wie Rosemary das nennt – lauter gestärkte weiße Baumwolle und fusselige hellbraune Wolle, wie das Fell eines kleinen Tiers. Fred kann sich nur noch wundern, wie furchtgebietend sie ihm vor ein paar Monaten noch erschienen ist. Er hat sich schon ganz die Ansicht Rosemarys und ihrer Freunde zu eigen gemacht, daß Vinnie, so gescheit und liebenswert sie ist, mit ihrem Faible für Moriskentanz und Kinderbücher und alles Britische, sofern es nur seltsam oder überholt ist, schon etwas Komisches an sich hat.

»Hallo, Vinnie, wie geht's?«

»Danke, gut.« Vinnie legt den Kopf zurück, um zu Fred aufzuschauen. »Was für eine große Party! Das wußte ich gar nicht. Und wie geht's Ihnen? Wie kommen Sie mit Ihrem Buch über John Gay voran?«

»Oh, danke, sehr gut«, lügt Fred.

»Das ist schön. Wie hübsch das Haus aussieht! Ein wahres Wunder. Wohl alles Mrs. Harris' Verdienst, ja?«

»Mehr oder weniger.«

»'tschuldigung, Ma'am, 'tschuldigung.« Hinter sich vernimmt Fred zum erstenmal in seinem Leben einen richtigen amerikanischen Akzent: laut, platt, näselnd. Klingt etwa seine eigene Stimme für andere auch so, jedes verdammte Mal, wenn er den Mund aufmacht? »Da sind Sie ja, Vinnie.« Ein großer, kahl werdender Endfünfziger, aufgemacht wie ein amerikanischer Country- und Westernsänger, mit Cowboystiefeln und befranster Wildlederjacke, reicht Vinnie ein Glas. »Trockener Sherry, wie Gnädigste befohlen haben.«

»Danke, Chuck«, sagt Vinnie. »Das ist Fred Turner aus meinem Institut in Corinth. Chuck Mumpson.«

»Hallo, 'n Abend.« Chuck streckt ihm eine breite, fleischige rote Hand hin.

»Guten Abend«, antwortet Fred vorsichtig. Sein erster Gedanke ist, Chucks Akzent und Aufmachung, so übertrieben und der Party unangemessen, könnten eine Kostümierung sein – vielleicht auch der Name. Das ist gar kein Amerikaner, sondern einer von Rosemarys Theaterkollegen, der zum eigenen Amüsement die Rolle spielt – er hat schon gehört, daß Schauspieler so etwas gelegentlich tun, wenn sie zu lange kein Engagement mehr hatten.

»Hab schon viel von Ihnen gehört.« Chuck grinst.

Fred fragt sich, was dieser Mann, wer es auch ist, da wohl gehört hat. Wahrscheinlich, daß er Rosemarys Liebhaber ist. »Ich aber nicht von Ihnen«, sagt er, wobei er zum erstenmal seit der Pubertät auf seine eigene Stimme achtet. Seine Aussprache ist ähnlich, findet er, doch der Tonfall anders. Fred hat sich überhaupt in den letzten Monaten wenn schon keinen britischen Akzent, so doch einen britischen Tonfall und Wortschatz angeeignet. Fast unbewußt hat er angefangen, die charakteristische Melodie des Englischen mit seinen betonten Endsilben nachzuahmen; bewußt nennt er einen Aufzug jetzt *lift* statt *elevator,* einen Lastwagen nicht mehr *truck*, sondern *lorry,* die Toilette *loo* und nicht *bathroom,* um überhaupt verstanden zu werden.

»Chuck ist aus Oklahoma«, sagt Vinnie.

»Aha.« Freds Ton klingt immer noch zweifelnd – obwohl er es für unwahrscheinlich hält, daß Vinnie den Mummenschanz eines Mimen mitmachen würde. »Da war ich noch nie, aber den Film habe ich gesehen.«

»Hoah-hoah!« Chucks Western-Gewieher klingt echt, zumindest glaubhaft. »Well, viel Ähnlichkeit hat's nicht mit dem Film. Nicht mehr.«

»Kann ich mir denken.« Die gequälte Unterhaltung endet durch die Ankunft weiterer Gäste und noch weiterer danach. Bald ist das Zimmer gepfropft voll. Die beiden Kronleuchter streuen das Licht mit ihren frisch polierten Prismen; die hohe Decke wirft das Klimpern von Kristallgläsern, das Plätschern von Getränken, das Rufen und Lachen heller Stimmen zurück.

Das Wunder, das Rosemarys neue Putzfrau vollbracht hat, bleibt nicht unbeachtet. Alle ihre Freunde gratulieren ihr dazu, auch ein paar, die vorher geargwöhnt hatten, daß Mrs. Harris wohl doch nicht so großartig sei, wie Rosemary und Fred sie hinstellten. Vielleicht wüßten beide nur nicht, was ein ordentlich geputztes Haus sei, meinten einige; andere sagten, Mrs. Harris klinge viel zu gut, um wahr zu sein. Jetzt, da sie den Beweis vor Augen haben, schlagen sie andere Töne an.

»Vielleicht ein bißchen *zu* perfekt«, hört Fred eine Partybesucherin von sich geben. »Man hat ja fast Angst, das Haus steht unter Denkmalschutz.«

»Ja, genau«, findet auch ihre Gesprächspartnerin. »Ich fürchte, diese Mrs. Harris gehört zu den Typen, die einen absoluten Reinlichkeitswahn haben. Solche Leute sind natürlich immer ein bißchen verrückt«, ergänzt die Freundin, deren eigene Wohnung einen Besuch von Mrs. Harris vertragen könnte. »Rosemary soll sich nur in acht nehmen, daß sie nicht eines Tages im Bett ermordet wird.«

Solche Gehässigkeiten von Rosemarys Freundinnen sind etwas Neues. Früher wurde der Neid auf ihre Schönheit, Berühmtheit, Fröhlichkeit, ihren Charme und ihr Einkommen – das Fernsehen zahlt gut, selbst das britische – stets durch Mitleid ob ihrer schlampigen Lebensverhältnisse und unglücklichen Lieben abgeschwächt. Obwohl sie so umworben war, schien sie immer auf die labilsten und unattraktivsten ihrer zahlreichen Verehrer hereinzufallen. Außerdem waren die Männer ihrer Wahl meist verheiratet, und entweder kehrten sie bald zu ihren Frauen zurück oder verließen sie *und* Rosemary wegen einer Dritten. Folglich konnten ihre Freundinnen sie trotz ihrer Schönheit und Erfolge von Herzen lieben und sich Sorgen um sie machen, ihre Bekannten sie gernhaben und bedauern. Aber daß sie nun ein tadelloses Haus in Chelsea führt und einen gutaussehenden und offenbar ungebundenen jungen Geliebten hat, können viele ihr nicht verzeihen.

Über ihre düsteren Prophezeiungen hinaus versuchen manche der heute Anwesenden, von Fred etwas über Mrs. Harris zu erfahren. Wie Rosemary schon sagte, ist es nicht leicht, in London eine gute, englischsprechende Zugehfrau zu finden. »Warte nur ab«, sagte sie zu Fred; »mehr als eine wird versuchen, mir meine Mrs. Harris auszuspannen, auch die sich meine Freundinnen nennen. Versprich mir, daß du keiner etwas über sie erzählst, Darling.« Fred hielt das zwar für überflüssig, versprach es aber. Nun sieht er, daß Rosemary recht hatte. Mehr als eine stellt ihm, kaum daß Rosemary außer Hörweite ist, hinterhältige Fragen: Wieviel bekommt Mrs. Harris? Hat sie einen freien Tag? Fred antwortet auf beide Fragen wahrheitsgemäß, daß er es nicht weiß. Eine ältere Schauspielerin namens Daphne Vane, die in der letzten Saison noch mit Rosemary in ›Tallyhoe Castle‹ gespielt hat, bis eine Lungenentzündung sie einen rührenden Fernsehtod sterben ließ, ist besonders hartnäckig.

»Ich würde Mrs. Harris ja so gern einmal kennenlernen«, haucht Daphne mit jener schmachtenden Stimme, die sie vor einem halben Jahrhundert zu einer romantischen Heldin auf Bühne und Leinwand machte. »Sie muß ja eine wahre Perle sein, und so etwas läuft einem heutzutage selten über den Weg. Ich hatte so gehofft, sie wäre hier auf der Party – um mit anzufassen, versteht sich.« Sie sieht sich um und bringt ihre berühmten langen Wimpern gekonnt zur Geltung.

»Sie ist aber nicht hier«, antwortet Fred. »Rosemary wollte sie nicht zum Bedienen herkommen lassen, weil sie Mrs. Harris nicht besonders präsentabel findet.«

»Nein? Nun, man kann eben nicht alles haben, oder? Aber vielleicht ist sie unten in der Küche?« Fred schüttelt den Kopf; wenn er genickt hätte, wäre die weltentrückte, ätherische Daphne wahrscheinlich durch nichts davon abzuhalten gewesen, über die Hintertreppe sofort in den Keller zu flitzen. »Kennen Sie ihre Arbeitstage?«

»Nein, nicht genau.«

»Wie schade.« Daphne lächelt ihm süßlich und herablassend zu wie einem Dorftrottel und wendet sich, ohne sich sichtbar zu bewegen, anderen Gesprächspartnern zu.

Dabei weiß Fred ganz genau, daß Mrs. Harris jeden Dienstag und Freitag kommt, denn das sind die Tage, an denen er Rosemary nicht besuchen kann – und in seine Wohnung kommt sie nach einem ersten Versuch nicht mehr. Obwohl er getan hatte, was er konnte, um die Wohnung für seine Liebste schön zu machen, war sie keine fünf Minuten darin. Sie zog ihren hellen Pelzmantel ganz fest um sich, erklärte die Wohnung für »absolut eisig« und »schrecklich unromantisch« und mochte sich nicht einmal auf die Bettcouch setzen, auf der Fred sie schon halbnackt hatte liegen sehen.

Bei aller Tüchtigkeit hat Mrs. Harris auch ihre Mukken. Sie kann es nicht vertragen, beim Saubermachen jemanden »zwischen den Füßen« zu haben. Sie geht nicht ans Telefon, um Anrufe für Rosemary entgegenzunehmen, weil sie das angeblich von der Arbeit abhält. Gelegentlich schnappt sie nach dem Hörer, brüllt »Keiner da!« hinein und knallt ihn wieder auf die Gabel. Aber meist läßt sie es einfach klingeln. Manche von Rosemarys Freundinnen sehen darin ein weiteres Symptom für gefährliche Verrücktheit; Fred selbst vermutet eher, daß Mrs. Harris kaum lesen und schreiben kann. Das würde auch erklären, warum eine so fleißige und zuverlässige Frau keine besser bezahlte Arbeit findet.

Für die Irrsinnstheorie spricht allerdings, daß Mrs. Harris sich auch weigert, an die Haustür zu gehen. Letzten Freitag, als Fred nachmittags erfuhr, daß er am Abend doch frei war, da Vogeler junior eine Erkältung hatte, konnte er Rosemary diese Nachricht weder auf ihrem Privatanschluß noch über den Auftragsdienst zukommen lassen, worauf er kurz entschlossen hinging. Er klopfte, klingelte, rief, doch obwohl er von drinnen gedämpfte Geräusche vernahm, machte niemand auf. Da kritzelte er seine Nachricht schließlich auf die Rückseite eines Briefumschlags.

Als er die Briefklappe aufdrückte, nahm er im Haus eine Bewegung wahr. Er bückte sich hinunter, und so bekam er zum erstenmal Mrs. Harris zu Gesicht, die am andern Ende des abgedunkelten Flurs auf allen vieren den Fußboden schrubbte: eine unförmige Frau mittleren Alters in Baumwollrock und Strickjacke, die Haare unter einem roten Kopftuch. Als sie den Umschlag durch den Schlitz fallen und über die Marmorfliesen gleiten hörte, warf sie den Kopf herum und machte ein finsteres Gesicht – vielleicht war dieser Ausdruck griesgrämigen Mißtrauens aber auch schon in ihrem Gesicht festgewachsen.

»Hallo!« rief Fred. »Ich habe hier etwas für Lady Rosemary eingeworfen – könnten Sie es ihr bitte geben?« Mrs. Harris antwortete nicht, sondern drehte ihm den Rücken zu und schrubbte weiter.

Mrs. Harris spricht also nicht mit Anrufern und Besuchern, dafür um so freimütiger und ausgiebiger mit ihrer Arbeitgeberin. Und was sie ihr alles erzählt, geht Rosemary nicht auf die Nerven, wie sie gefürchtet hatte, sondern ist ihr eine Quelle der Unterhaltung. Alles was Mrs. Harris tut und sagt, berichtet Rosemary – vielleicht in etwas bearbeiteter Fassung – jetzt regelmäßig ihren Freunden. Mrs. Harris glaubt, daß man mondsüchtig wird, wenn man den Mond durch Glas ansieht, es sei denn über die linke Schulter. Sie schluckt Bierhefe und Sirup, um ihr Blut »aufzubauen«. Sie geht zu Hunderennen und setzt auf Hunde, deren Namen mit T für Tempo oder S für Sieg beginnen. »Weiß doch jeder, daß die Rennen alle getürkt sind«, hat sie Rosemary anvertraut. »Aber so 'n paar Anhaltspunkte, die gibt's schon.«

Mrs. Harris' Spezialität sind jedoch aphoristische, meist abfällige Kommentare zu aktuellen Ereignissen und bekannten Persönlichkeiten. Alle Politiker und die meisten Angehörigen des Königshauses sind ihr ein Greuel, aber sie steht treu zu »Prinzessin Margaret Rose«, trotz der Skandalgeschichten über ihr Liebesleben. »Irregeleitet war sie, sonst gar nix, irregeleitet und reingelegt von dem komischen Knirps da.« Soeben hört Fred, wie Rosemary dieses neueste Harris-*mot* genau im Tonfall ihrer Putzfrau zum besten gibt – rauh, ordinär, mit einem Anflug alkoholisierter Rührseligkeit – und mit ausholender Geste Lord Snowdons angebliche Körpergröße anzeigt.

Fred hat sich schon selbst dabei ertappt, daß er Freunden wie den Vogelers solche Mrs.-Harris-Geschichten erzählte. Ungeachtet ihrer Griesgrämigkeit ist auch sie nach und nach in sein Englandbild eingegangen. Die meisten amerikanischen Besucher – wie zum Beispiel eine Vinnie Miner – fühlen sich in erster Linie von den antiken, malerischen, noblen Aspekten Englands angesprochen. Freds Liebe hat ein größeres Spektrum: im Grunde schließt sie alles ein, was je im Lied besungen oder im Epos erzählt wurde. In seiner momentanen Hochstimmung umarmt er sogar, was er in Amerika beklagen würde. Schlackenhalden erinnern ihn an Lawrence, Pfandleihen an Gissing; bei den Hochspannungsmasten, die in Sussex die Hügel verschandeln, denkt er an Auden, bei den rußigen Slums von Südlondon an Doris Lessing. Plumpudding aus der Dose schmeckt für ihn nach Dickens, jeder übergewichtige Literat klingt für ihn ein wenig nach Dr. Johnson. Durch diese Rosemary-rote Brille betrachtet, ist Mrs. Harris eine Gestalt aus der Literatur des achtzehnten Jahrhunderts: aus der Nebenhandlung einer derben Komödie, illustriert von Hogarth oder Rowlandson. Fred schätzt ihre Verschrobenheiten nicht nur, er betrachtet sie sogar mit Besitzerstolz. Ohne sein Zutun wäre sie schließlich nie in dieses Haus gekommen.

Es klingelt wieder. Fred geht öffnen und sieht, daß es Joe und Debby Vogeler sind, und sie haben – gegen seine ausdrücklichen Anweisungen – ihr Baby mitgebracht.

»Der Babysitter ist nicht gekommen«, sagt Debby vorwurfsvoll zu Fred, kaum daß er die Tür öffnet, als ob er schuld daran sei. »Da mußten wir Jakie eben mitbringen.«

»Er war aber auf dem ganzen Weg hierher sehr brav«, sagt Joe in versöhnlicherem Ton. »Die meiste Zeit hat er geschlafen.« Das Baby hängt in einer Art Hängematte aus blauem Segeltuch vor Debbys Brust; daraus stehen zu beiden Seiten seine dicken Beinchen heraus, während der haarlose Kopf an ihrem Hals liegt. Debby ist entsprechend angezogen: ausgewaschene Drillichjacke, langer, faltenziehender Drillichrock und Clogs, als wollte sie im Landfunk auftreten. Joe trägt seinen üblichen »armen Akademiker«: dicke Brille, abgetragene Cordjacke, fusselnder, ausgeleierter grauer Rollkragenpulli, zerkratzte Tennisschuhe. Fred ist es gewohnt, seine Freunde so herumlaufen zu sehen, aber heute scheinen sie sich eigens für diesen Anlaß besonders provozierend angezogen zu haben. Wenigstens einen Fortschritt gibt es jedoch zu verzeichnen: Das schöne Wetter hat ihre Gesundheit wiederhergestellt, und ausnahmsweise sind einmal beide nicht erkältet.

»Kommt rein; schön, daß ihr da seid«, sagt er in einem Ton, der begeistert klingen soll. »Ihr könnt das Baby oben in einem der Zimmer lassen. Ich zeige euch –«

»Auf keinen Fall!« Debby schlingt schützend die Arme um Jakie.

»Das wäre nicht recht«, erklärt Joe und sieht Fred an, als ob dessen Ansinnen nur aus fast schon krimineller Dummheit erwachsen sein könnte. »Stell dir doch nur mal vor, er wacht allein in einem fremden Zimmer auf. Was das für ein Trauma geben könnte!«

»Also gut.« Seit Tagen freut sich Fred auf die Begegnung seiner alten Freunde mit seiner neuen Liebe. Jetzt führt er die Vogelers mit dunklen Vorahnungen durch den Salon zu Rosemary, die in einem der Erker neben einem blühenden Orangenbäumchen steht – wie dieses ein duftender Frühlingstraum in blaßgrüner, vielblättriger, schimmernder Seide.

»Ach, wie nett!« ruft sie und streckt ihre weiße, beringte Hand aus. »Und Sie sind den ganzen Weg aus dem Norden Londons bis hierher zu Fuß gekommen, ist das zu fassen?« Fred hört daraus eine spitze Anspielung auf ihr Schuhwerk, aber Joe und Debby lächeln, grinsen bis zu den Ohren, schon ganz hingerissen.

»Ja, und unser Baby haben wir mitgebracht«, sagt Debby halb herausfordernd, halb entschuldigend.

»Ja, ja, das sehe ich.« Rosemary lacht hell und bringt es irgendwie fertig, damit zu sagen, daß es höflicher gewesen wäre, es nicht weiter zu erwähnen. »Aber Fred, Darling, du hast ja deinen Freunden noch gar nichts zu trinken besorgt.«

»Pardon.« Fred geht für Debby einen Gin-Tonic und – da es hier kein Bier gibt – für Joe einen Whisky-Soda holen. Die andern Gäste trinken, wie es bei warmem Wetter auf Londoner Partys üblich ist, meist Weißwein.

Auf dem Rückweg durch den Salon wird er von Edwin Francis angesprochen. »Wenn Sie einen Augenblick Zeit haben, Fred«, sagt Edwin, mit einem Käsekräcker winkend, der mit Pastete überladen ist, »würde ich gern mal mit Ihnen reden.«

»Gern, Moment.« Teils weil er Edwin nicht besonders leiden kann, versucht Fred immer besonders freundlich zu ihm zu sein. Nachdem er den Vogelers ihre Gläser gebracht und sie mit andern Gästen (Rosemary ist entschwebt) bekannt gemacht hat, folgt er Edwin in die Diele.

»Es ist wegen Mrs. Harris.« Wie zufällig stellt Edwin sich auf die unterste Stufe der elegant geschwungenen Treppe. Er ist auch jetzt noch kleiner als Fred, aber der Unterschied ist nicht mehr so augenfällig.

»Ja?« Fred glaubt, daß auch Edwin – den Rosemary so sehr liebt, dem sie vertraut – ihr die Putzfrau ausspannen möchte.

»Ich sorge mich ihretwegen ein wenig. Sie kommt einem so – wie soll ich sagen? – dominierend vor. So mißtrauisch gegen alles und jeden. Vielleicht sogar ein wenig gestört. Ihre Wirkung auf Rosemary macht mir wirklich Sorgen; Rosemary scheint mir mehr und mehr unter Mrs. Harris' Einfluß zu geraten, wenn Sie verstehen, was ich meine.« Edwin runzelt die Stirn, was ihn einem dicken, ernsten Kind noch ähnlicher sehen läßt. »Daß sie immerzu ihre ignoranten, reaktionären Ansichten nachplappert und so – Sie wissen schon.«

»Hm.« Die Klage ist für Fred nicht mehr neu. Ein paar von Rosemarys Freunden haben das schon deutlicher ausgedrückt. »Rosemary ist von dieser Frau viel zu sehr beeindruckt«, klagen sie. »Glaubt ihr alles, was sie sagt.«

»Sehen Sie, für manche Schauspieler ist es von Vorteil, kein besonders ausgeprägtes Ichbewußtsein zu haben. Dadurch können sie viel leichter in verschiedene Rollen schlüpfen. Aber es kann auch zum Problem werden.«

»Oho?« macht Fred, um Zweifel anzumelden. Er hat keine Ahnung, wovon Edwin da schwafelt; Rosemarys Ichbewußtsein ist doch nun besonders schön und festgefügt. Daß sie Mrs. Harris so gut imitieren kann, schließt das doch nicht aus.

»Ich meine, ein Witz ist ein Witz, ja?«

Fred bestätigt ohne Enthusiasmus, daß ein Witz ein Witz sei.

»Aber er kann eben auch zu weit gehen. Ich mache mir Sorgen, weil ich nächste Woche zu einer Vortragsreise nach Japan fliege und über einen Monat fort sein werde, und wenn etwas passiert – ich meine, Nadia ist in Italien, ich bin in Japan, Erin muß für diesen Film nach Amerika, und die arme Posy hockt mit diesen langweiligen kleinen Mädchen in Oxfordshire fest – mir wird jedenfalls erst wohl sein, wenn ich weiß, daß jemand auf unsere Rosemary achtgibt. Also noch am ehesten Sie.«

»Hm«, sagt Fred, dem die Formulierung »unsere Rosemary« sehr mißfällt – wie die ganze Vorstellung, seine Liebe mit Edwin oder überhaupt jemandem zu teilen.

»Versprechen Sie mir das. Sie hat ein recht empfindliches Gleichgewicht und kann manchmal – ein bißchen hektisch werden – recht häßliche Zustände bekommen.«

Fred unterdrückt seinen Ärger und nickt. Er hat Rosemary noch nie »hektisch« oder »in Zuständen« erlebt; und er teilt Edwins Meinung nicht, daß sie sich Mrs. Harris' Ansichten aufdrücken läßt. Im Gegenteil, er argwöhnt in letzter Zeit, daß Rosemary *ihre* Meinungen Mrs. Harris aufdrückt – oder ihr zuschreibt. Nicht nur, weil ihre Sentenzen einfach zu gut sind; sie geben auch immer so schön Rosemarys weniger freundliche Ansichten wieder. Rosemary findet zum Beispiel Ballett langweilig; für Mrs. Harris – laut Rosemary – »hopsen da nur lauter Schlampen rum«. Rosemary hält nichts von der augenblicklichen Regierung; Mrs. Harris bezeichnet sie als »'ne Lumpenbande«.

Und Mrs. Harris liefert Rosemary immer öfter die Gründe, etwas zu tun, was sie ohnehin tun möchte – oder nicht zu tun, was sie nicht tun möchte. Vor kurzem wurde ein spätabendliches Varieté zugunsten eines berühmten alten Theaters im Londoner Osten veranstaltet. Rosemary lehnte ihre Teilnahme ab, nicht weil es ihr ungelegen kam, sich für sie nicht lohnte oder zu anstrengend war, sondern weil Mrs. Harris angeblich gesagt hatte, daß »die Leute da in Hackney mit so'n spinnertes Theaterzeug nix anfangen könn' un' lieber Fernsehn gucken«. Was sie wirklich brauchten, sei ein Kinderspielplatz – ihre Nichte, die in dieser Gegend wohne, wisse da genau Bescheid. Überhaupt war das ganze für Mrs. Harris – laut Rosemary – nur Beutelschneiderei. »Den meisten Zaster, den die da kriegen, tunse sowieso in die eigene Tasche – is' doch immer so bei Wohltätigkeit.« Vorige Woche hat Rosemarys Freund Erin bei einem Lunch gegen diese Behauptungen protestiert und mit größter Geduld und Liebenswürdigkeit versucht, sie umzustimmen. Sie mochte ihm gar nicht zuhören. »Bitte, Darling, erzähl mir nicht noch mehr solchen Unfug«, rief sie mit silberhellem Lachen, während sie mit den silbernen Zinken ihrer Gabel einen Mohrenkopf aufspießte (sie liebt »unartige« Desserts, wie sie es ausdrückt). »Du weißt nicht das allermindeste über Hackney, und ich auch nicht. Aber ich weiß, daß Mrs. Harris recht hat; sie hat ja immer recht.«

Fred läßt Edwin, über den er sich ärgert, stehen und geht in den Salon zurück. Als erstes sieht er dort, daß die Vogelers sich nicht unter die Leute mischen, sondern abgesondert in einer Ecke stehen und Jakie zu beruhigen versuchen, der jetzt leise kreischende Töne von sich gibt, ungefähr wie eine klemmende Schublade.

»Gib ihn jetzt mal mir, ich bin dran«, sagt Joe nach einem Blick auf die Uhr. Mit Freds Hilfe wird das überraschend schwere Baby mitsamt Trageschlinge auf den Rücken des Vaters umgesetzt, wo das Kreischen von vorn beginnt. »Wenn er vielleicht einen Kräcker oder so etwas haben könnte.«

»Klar.« Fred organisiert ein Tablett mit Appetithäppchen und kratzt von einem den Kaviar ab.

»Prima. So, da haben wir was für dich, mein Kleiner.« Jakie greift nach dem Kräcker und stopft ihn sich unbeholfen in den Mund, wobei er Joes Jackett vollkrümelt.

Solange er an Debbys Busen lag und schlief, war Jakie nicht weiter aufgefallen. Aber sein Vater ist größer, und Jakie ist wach, und nun ist er unübersehbar – und ein ziemlich grotesker Anblick, findet Fred; von vorn sieht Joe aus wie ein Wesen mit zwei Köpfen und vier Armen. Irgend etwas muß mit den Vogelers geschehen. Ihm fällt eine alte Regel seiner Mutter ein, wonach man nicht zulassen soll, daß sich auf einer Party jemand nur mit denen unterhält, mit denen er gekommen ist; man muß versuchen, sie zu trennen.

Fred nimmt sich zuerst den leichteren Teil vor und entführt Debby, um sie einer Schriftstellerin als »amerikanische Feministin« unterzuschieben. (Es ist nicht so wichtig, was du bei der Vorstellung sagst, hat seine Mutter ihm auch geraten, aber irgend etwas mußt du sagen, damit ein Gespräch in Gang kommt.) Um dann den zweiköpfigen, vierarmigen und vollgekrümelten Joe nicht durch den ganzen Salon führen zu müssen, überantwortet er ihn einem Theaterkritiker, Fernsehmenschen und berüchtigten Langweiler, der in der Nähe am Kamin lehnt, und erklärt ihm, Joe sei ein Amerikaner auf Besuch in England und möchte gern wissen, was es zur Zeit in London zu sehen gebe. So, das müßte reichen, denkt er und macht sich auf die Suche nach Rosemary und einem Drink.

Aber die Vogelers drücken ihm weiter aufs Gewissen, und er kontrolliert immer wieder, was sie so treiben. Zwanzig Minuten später scheint Debby die Runde zu machen, aber Joe steht immer noch am selben Fleck und redet mit demselben Mann – oder eher: hört ihm zu. Aber er ist eindeutig nicht an dem Gespräch interessiert;

aus Studientagen kennt Fred diese Gebärde noch sehr gut, mit der er sich die Brille auf den Kopf zu schieben pflegte. Oben auf dem wirren, mausgrauen Haar thronten die Brillengläser gleich einem zweiten Paar Augen, die auf ein philosophischeres Thema gerichtet waren.

Alles in allem paßt Joe in seiner schäbigen Kleidung und mit dem strampelnden Jakie auf dem Rücken nicht so recht auf Rosemarys Party. Besonders deplaziert wirkt er vor dem weißen Marmorkamin mit dem gebogenen Sims, auf dem sich gerahmte Fotos, gravierte Einladungskarten, Zierat und große, durch einen goldgerahmten Rokokospiegel dahinter zu einem Blütenmeer verdoppelte Blumensträuße drängen. Das Baby ist wach und zappelig; es fuchtelt mit den dicken Ärmchen und greift in die Luft oder in die Haare seines Vaters.

Fred will seinem Freund gerade zu Hilfe eilen, da kommt es zu einer Bewegung in der Menge. Joe macht einen Schritt zurück, um einen der Männer vom Partydienst vorbeizulassen, und dabei bekommt Jakies fuchtelnde Babyhand eine Silbervase voll großer weißer Iris und schokoladenbrauner Fresien zu fassen. Fred gestikuliert und stößt einen Warnruf aus, erreicht damit aber nur, daß Joe erschrickt und die andern Gäste gerade im richtigen Moment aufmerksam werden, um die Vase wackeln, kippen, fallen und einen mit Pflanzenteilen angereicherten Wasserfall über den berühmten Theaterkritiker ergießen zu sehen. Wie bei einem Gewitter folgen die Begleitgeräusche mit sekundenlanger Verzögerung: Flüche, Schreckensrufe und Babygebrüll.

»Es tut mir aufrichtig leid, das mit den Vogelers und ihrem Baby«, sagt Fred zu Rosemary, als sie hinter den letzten Gästen die Tür schließt.

»Leid? Darling, das war doch herrlich! Es hat meine Party gerettet.« Rosemarys sorgsam hochgestecktes Haar hat sich aus den Verankerungen gelöst, den Lippenstift haben scheidende Freunde weggeküßt, und unter dem linken Auge hat sie einen Klecks verschmierte Wimperntusche, den Fred irgendwie rührend findet, wie die stilisierte Träne auf der Wange eines Harlekins.

»Dieses Gesicht, das Oswald gemacht hat!« Sie schüttelt sich vor Lachen. »Und wie dann seine häßlichen roten Haare den Halt verloren und in langen Fäden runterhingen; man hatte ja schon immer den Verdacht, daß er sie nur zu diesem albernen Pony nach vorn kämmt, um eine kahle Stelle zu verbergen. Und schließlich ist doch gar kein Schaden entstanden.« Rosemary sieht sich im Salon um. Der Partydienst hat alles Glas und Porzellan mitgenommen und die Möbel wieder an ihre Plätze gerückt; von der ganzen Party sind nur noch ein unregelmäßig geformter nasser Fleck auf dem hellbeigen Teppich und ein paar verstreute Blütenblätter zu sehen. »Perfekt.« Sie sinkt auf ein niedriges, cremeweißes Sofa, auf dem sich Kissen aus bestickter Seide türmen.

»Und ich dachte schon, du wärst wütend.« Fred muß jetzt auch lachen, wenn er an Rosemarys erschrockenen Aufschrei denkt, ihre aufgeregten Entschuldigungen und lauten Äußerungen der Besorgnis, ihre Rufe nach immer mehr Handtüchern, um Oswald abzutrocknen – aber sie ist ja nicht umsonst Schauspielerin.

»Nicht eine Sekunde, Darling.« Sie läßt den weißgoldenen Flaum ihrer Haare gegen die Rückenlehne des Sofas sinken und streckt die Arme nach ihm aus. »Ah! Das ist herrlich.«

»Herrlich«, wiederholt Fred. Er fühlt sich von einer

Welle der Euphorie getragen und glaubt noch nie im Leben glücklicher gewesen zu sein als in dieser Minute.

»Wirklich, Darling.« Rosemary löst sich aus einem zweiten langen Kuß. »Das war einer der schönsten Augenblicke meines Lebens. Wenn ich nur noch daran denke, was Oswald gesagt hat, als ich damals in ›Wie es euch gefällt‹ gespielt habe – das ist natürlich Jahre her, aber mich kann es immer noch richtig überlaufen, wenn ich daran denke. Und was er im Laufe der Jahre alles für schreckliche Sachen über den armen Lou geschrieben hat. Sogar über Daphne, kannst du dir das vorstellen? Einmal hat er sich derart boshaft mokiert, sie sei zu alt für romantische Rollen, daß sie fast von der Bühne abgetreten wäre. Es war uns allen ein Fest, ihn so herrlich lächerlich gemacht zu sehen.« Sie muß wieder lachen. »Und wie ordinär er sich aufgeführt hat, viel schlimmer als das Baby.« Ein neuer Kicheranfall. »Und am schönsten war, daß es so gut wie alle gesehen haben.«

»Das haben sie gewiß.« Das Aufsehen, das Rosemary mit ihrer angstvollen Besorgtheit erregt hat, erscheint plötzlich in anderem Licht. »Dafür hast du ja bestens gesorgt.« Fred läßt die Hand an ihrem Rücken hinuntergleiten, fühlt den tief angesetzten Spitzensaum ihrer Chemise unter dem hauchdünnen Kleid, die runden Wölbungen darunter, und kann es wieder einmal nicht fassen, daß so ein zartes, sanftes, seidiges Geschöpf über so viel Raffinesse und Zielstrebigkeit verfügen soll. Noch ein paar Sekunden, dann wird er aufstehen und das Licht dämpfen.

»Ja, natürlich«, bestätigt Rosemary mit bezaubernd durchtriebenem Lächeln. »Ich hatte ja auch Hilfe. Was für ein prachtvolles Baby. Aber du darfst es nicht noch mal einladen, Darling. Einmal genügt.«

»Ich hatte das Baby nicht eingeladen. Ich habe Joe und Debby noch extra gebeten, es nicht mitzubringen. Ehrlich.«

»Ich glaub's dir ja. Ehrlich«, äfft sie Freds Tonfall nach, dann gibt sie ihm einen schmetterlingsleichten Kuß. »Man kann diesen Hippies einfach nicht trauen. Die machen, was sie wollen.«

Um die Stimmung nicht zu verderben, verzichtet Fred darauf, ihr zu erklären, daß die Vogelers keine Hippies sind. Er küßt Rosemary; sie lacht leise und zieht ihn fester an sich. »Und sagen alles mögliche«, fügt sie hinzu, und eine Schmollfalte erscheint zwischen ihren flauschigen goldenen Augenbrauen. »Dein Freund Joe zum Beispiel –«, ihr Ton drückt sanft, aber bestimmt aus, daß Joe nie und nimmer auch ihr Freund sein wird – »dein Freund Joe sagt, du fliegst nächsten Monat in die Staaten zurück. Ich habe ihm gesagt, da sei er gründlich im Irrtum, du würdest mindestens noch bis zum Herbst hierbleiben.«

»Er hat aber leider recht«, sagt Fred widerstrebend. »Am vierundzwanzigsten Juni fangen in Corinth meine Sommervorlesungen an. Davon habe ich doch auch schon gesprochen«, fügt er etwas unsicher hinzu, denn er ist sich bewußt, daß er in der letzten Zeit nicht mehr davon gesprochen hat, nicht einmal selbst daran denken mochte.

»Ach was, Unsinn«, schnurrt Rosemary. »Kein Wort hast du davon gesagt. Und überhaupt kannst du da noch gar nicht fort, wir haben noch viel zu viele herrliche Dinge vor. Zum Beispiel die Premiere von Michaels Stück, und ich bekomme Karten fürs Glyndebourne-Festival. Dann beginnen im Juli in Irland die Außenaufnahmen für die nächsten Folgen von ›Tallyho Castle‹ –

das wird dir so richtig gefallen. Es ist immer eine wunderschöne Zeit – wir wohnen da in diesem entzückenden Gasthaus, das von den beiden ulkigsten Typen der Welt geleitet wird. Was die für köstliche Sachen kochen! Manchmal gibt's frischen Lachs und echtes irisches Buttermilchbrot und -gebäck. Natürlich regnet es die halbe Zeit, und dann haben wir immer den ganzen Tag frei.«

»Hört sich wunderbar an«, sagt Fred. »Ich würde ja auch liebend gern mitkommen. Aber wenn ich die Sommervorlesungen ausfallen ließe, wären die ganz schön sauer.«

»Na und?« Rosemary rubbelt ihm übers Haar. »Laß sie doch toben.«

»Das geht nicht. Ich würde im ganzen Institut als verantwortungslos dastehen. Und bei der Entscheidung über meine Anstellung würde das gegen mich zählen, das steht fest.«

»Ach, Darling.« Rosemarys Stimme wird sanfter. »Du machst dir Sorgen um nichts und wieder nichts. So geht das in der Welt nicht zu. Wenn du gut bist, werden sie dich immer haben wollen. Schau dir Daphne an. In mancher Hinsicht ist sie einfach unmöglich, aber die Regisseure reißen sich noch immer die Beine aus, um sie für eine Rolle zu bekommen.«

»So ist es aber in akademischen Kreisen nicht«, sagt Fred. »Jedenfalls nicht in Amerika. Und außerdem bin ich kein Star.«

Rosemary widerspricht ihm nicht. Statt dessen rückt sie ein Stück von ihm ab und läßt das feine blonde Haar über ihr Gesicht fallen. »Du gehst doch nicht wirklich nächsten Monat nach Amerika zurück«, sagt sie mit einem halb gelangweilten, halb drohenden Unterton, der klingt wie früher das Rasiermesser, wenn sein Großvater es über den Riemen zog.

»Ich muß. Es ist nicht etwa so, daß ich möchte –«

»Du hast genug von mir.«

»Nein, niemals –«

»Du hattest also die ganze Zeit vor, mich zu verlassen.«

Das Rasiermesser ist bald scharf.

»Nein! Also gut, ja, aber ich hab dir doch gesagt –«

»Es war also nur eine Episode für dich, die ganze Zeit.« Ihre Stimme säbelt auf ihn ein.

»Nein –«

»Alles was du zu mir gesagt hast, alle diese schönen Worte –« Ein halbes Schluchzen.

»Nein! Ich liebe dich doch. Herrgott noch mal, Rosemary!« Fred reißt sie mit Gewalt wieder an sich. »Rede doch nicht in diesem Ton.« Er wiegt sie in den Armen, fühlt wieder, wie weich sie ist, wie federleicht und zerbrechlich.

»Dann darfst du mir nicht solche Angst machen.«

»Nein, nein«, sagt er und küßt sie durch die flauschigen Locken hindurch auf Gesicht und Hals.

»Und du reist nicht wirklich nächsten Monat ab, nein?« flüstert sie wenig später. »Oder?«

»Ich weiß nicht«, flüstert Fred zurück und überlegt krampfhaft, was er dem Institut nur sagen könnte, wenn er nicht kommt. Rosemarys gerüschtes hellgrünes Seidenkleid ist ihr über die cremeweiße Schulter hinabgerutscht; seine Hände liegen auf ihren nackten Brüsten. »Darling –«

Aber sie dreht sich weg, reißt sich los. »Du hältst mich wohl für eine dumme Pute, wie?« ruft sie, und noch nie hat Fred ihre Stimme so beben hören. »Du hast gedacht, ich bin – wie hast du noch von deiner Kusine gesagt? – leicht im Vorbeigehen mitzunehmen.«

»Nein –«

»Und wenn du mich nächsten Monat sitzenläßt und nach Amerika zurückfliegst, denkst du, das geht auch ganz leicht.«

»Du lieber Gott! Ich *möchte* ja nicht nach Amerika zurück. Und es ist doch auch nicht für immer. Nächsten Sommer –« Fred streckt wieder die Arme nach ihr aus, doch da steht sie ganz abrupt auf, so daß er das Übergewicht bekommt und auf die weißseidenen Sofakissen plumpst.

»Na gut«, sagt sie mit einem Tremolo, das Edwin Francis ihre »Lady-Emma-Stimme« nennt. Fred hat diesen Ton schon gehört, aber noch nicht oft, und immer nur gegenüber unbotmäßigen Taxifahrern oder Kellnern. »In diesem Falle muß ich dich leider bitten, mein Haus jetzt zu verlassen.« Sie geht mit graziösen Schritten zur Tür und öffnet sie.

»Rosemary, warte doch!« Fred eilt ihr nach.

»Hinaus.« Sie spricht durch einen wirren blonden Haarschleier, und eine ihrer herrlichen Brüste ist immer noch halb entblößt, aber ihr Ton ist kalt und förmlich. »Hinaus, bitte.« Sie zeigt mit dem Finger schräg nach unten, als spräche sie mit Hund oder Katze.

Jahrelanges Benimmtraining wirkt sich nun zu Freds Nachteil aus. Ohne es bewußt zu wollen, tritt er über die Schwelle und ist draußen.

»Nun hör mir doch mal einen Augenblick zu, verdammt –«, will er anfangen, aber sie schlägt ihm die Tür vor der Nase zu.

»Warte! Das ist doch verrückt, Rosemary!« schreit er die schimmernde fliederfarbene Tür und den bronzenen

Delphinklopfer an. »Ich liebe dich, das weißt du doch. Ich war in meinem Leben noch nie so glücklich ... He, Rosemary. Rosemary!« Er bekommt keine Antwort.

7

[Vinnie Miner] ist beknackt,
Wird zu Brennholz kleingehackt.
Ist sie darauf nicht versessen,
Kriegt der Kater sie zu fressen.

Alter Reim

Zum erstenmal in diesem Frühjahr ist Vinnie krank, hat eine schwere Erkältung, die in eine Bronchitis auszuarten droht. So liegt sie an diesem milden, regnerischen Morgen zusammengekuschelt unter der daunengefüllten Steppdecke, eine in Flanell eingeschlagene Wärmflasche an den Füßen und eine Rolle Klosettpapier neben dem Kopf, weil sie alle Papiertaschentücher, die sich in der Wohnung befanden, schon verbraucht hat. Die Wärmflasche ist nur noch lau, und der Bettvorleger ist übersät mit feuchten Papierklumpen, was ihren natürlichen Ordnungssinn beleidigt; aber sie ist zu müde und deprimiert, um etwas gegen ihr Ungemach zu tun.

Die Erkältung ist für Vinnie ärgerlich und unangenehm. Stets hat sie behauptet und auch geglaubt, sie werde in England nie krank – die Viren und Kopfschmerzen, die sie in Corinth heimsuchten, könnten ihr nicht über den Atlantik folgen, nicht hierher, wo sie ihre eigentliche natürliche Heimat sieht. Was soll sie jetzt sagen?

Noch schlimmer ist, daß sie hinter ihrer Erkrankung einen psychischen Grund vermutet, obwohl sie an derlei Dinge doch gar nicht glaubt. Sie war völlig wohlauf, bis sie vorige Woche erfuhr, daß ihr Stipendium nicht um sechs Monate verlängert werde. Aber nicht diese Nachricht selbst hat sie krank gemacht – sie hatte eigentlich nicht mit weiterer finanzieller Unterstützung gerechnet –, sondern ein mit derselben Post eingetroffener Brief von einer Bekannten in New York: einer bekannten Wissenschaftlerin und Mitglied der Jury, die Vinnie das ursprüngliche Stipendium gewährt hatte. Diese Dame wollte sich nun von der jüngsten Entscheidung distanzieren. »Ich habe es *wirklich* versucht«, schrieb sie, mit dicken schwarzen Strichen unter den wichtigsten Wörtern. »Aber ich *konnte* sie einfach nicht überzeugen. Ich fürchte, es wirkt sich nicht sehr günstig aus, daß Lennie Zimmern dieses Jahr in der Jury sitzt – und bei der Gelegenheit sollte ich Ihnen noch sagen, daß eine *Menge* Leute seine Bemerkungen über Sie im ›Atlantic‹ ausgesprochen unfair finden.«

Das heißt mit andern Worten – denkt Vinnie, während sie wieder ein Stück kratziges Papier von der Rolle reißt und ihre entzündete kleine Nase hineinschneuzt –, wenn L. D. Zimmern nicht wäre, hätte ich weitere sechs Monate in London bleiben können. Paranoide Gedanken, unsichtbaren kleinen Fledermäusen gleich, lösen sich von den oberen Leisten der geschlossenen Jalousien, huschen in dem abgedunkelten Zimmer umher und landen dann und wann mit einem dumpfen Platschen auf irgend etwas. Warum wird sie von Professor Zimmern, der sie nicht einmal kennt, derart verfolgt? Was hat er gegen sie?

Chuck Mumpson meint, es sei sinnlos, nach persönlichen Motiven zu suchen. Vinnie kennt Chucks Ansicht deshalb, weil sie in ihrem Bedürfnis, mit jemandem zu reden, ihn als denjenigen unter ihren Bekannten auserwählt hat, der wohl am wenigsten dazu neigen würde, zu tratschen, zu richten oder sie zu bemitleiden. Vor zwei Tagen hat sie ihm in einem Telefongespräch nach Wiltshire in etwas gemilderter Form von den fortgesetzten Verfolgungen durch Professor Zimmern berichtet und sich selbst dabei nur als »sehr ärgerlich« und Zimmern als »boshaft« bezeichnet.

»Ach, wissen Sie«, meinte Chuck, »das muß nicht mal Bosheit sein. So was passiert manchmal, gewissermaßen aus Versehen. Sie wissen, wie das ist: Da will einer unbedingt eine Pointe loswerden, also muß er ein Beispiel bringen. Daß hinter dem, was er da attackiert, ein Mensch mit einer Karriere steckt, daran denkt er nicht immer. So was hab ich doch selbst gemacht, als ich noch jünger war. Da war einmal dieser Aufseher in einer Müllaufbereitungsanlage in Osttexas, die keine richtigen Testwerte lieferte; sein Gesicht werde ich nie vergessen. Ich hatte nichts gegen ihn, überhaupt nichts. Ich wußte sozusagen nicht mal, daß es ihn gab, aber ich hab ihm praktisch sein Leben ruiniert. So könnte es mit Ihrem Professor auch sein.«

»Vielleicht haben Sie recht«, sagte Vinnie ins Telefon – ihre übliche Antwort auf Aussagen, die sie lieber nicht in Frage stellt. Und es ist natürlich möglich, daß Zimmern gar nichts gegen sie persönlich hat. Sein Vorurteil, das zweifellos in einer unglücklichen und entbehrungsreichen Kindheit wurzelt, könnte sich gegen Kindheit an sich richten, oder gegen Frauen an der Universität oder gegen Volkskunde oder gegen alles zusammen. Aber das entschuldigt ihn nicht. Wie jeder Missetäter gehört er an seinen Taten gemessen. Und verurteilt. Und bestraft.

Wenn es in dieser Welt gerecht zuginge, müßte Professor Zimmern, nicht Professor Miner, jetzt diese Erkältung haben, diese Kopfschmerzen, diese verstopfte Nase, den rauhen Hals, den bellenden Husten und dieses ganz allgemein kranke Gefühl. Vinnie sieht ihn im Geiste mit allen ihren Symptomen geschlagen, nur möglichst noch schlimmer; wie er in diesem Augenblick im Bett liegt, unter einem schweren Berg von Decken (ihre Daunendecke gönnt sie ihm nicht; die sind in den Staaten ohnehin nicht so verbreitet). Er befindet sich in seiner New Yorker Wohnung, die sie in einem dieser rußigen, zerlöcherten Steinhaufen ansiedelt, nahe der Columbia University und in deren Besitz. (In Wirklichkeit lebt L.D. Zimmern im ersten Stock eines Braunsteinhauses im West Village.) Er ist seit Wochen immer wieder krank, malt Vinnie sich aus – seit Monaten – seit dem Tag, an dem er diesen abstoßenden Artikel schrieb. Und da er gegen eine Verlängerung ihres Stipendiums gesprochen und gestimmt hat, wird er seine Symptome einfach nicht mehr los.

Zimmern weiß es noch nicht, aber es wird schlimmer mit ihm werden. Seine Erkältung artet zur Bronchitis aus, die Bronchitis zur Viruspneumonie. Bald wird er sich in einem dieser riesigen, kalten, unpersönlichen New Yorker Krankenhäuser wiederfinden, auf Gedeih und Verderb den ungeduldigen anonymen Ärzten, überarbeiteten Schwestern und mürrischen, unterbezahlten Pflegern ausgeliefert, die kein Englisch sprechen und großenteils rauschgiftsüchtig sind. Zimmern wird in einem Zweibettzimmer liegen, es geht und geht nicht aufwärts mit ihm, und seine Freunde, wenn er überhaupt welche hat, werden es müde, ihn zu besuchen. Vinnie sieht sein Zimmer deutlich vor sich: trübe Fenster mit Blick auf schmutzige Mauern; zwei hohe weiße Betten darin, und in dem andern liegt ein alter Mann, der hustet und schnarcht und das Wasser nicht halten kann und stinkt; der Fernseher ist ewig auf irgendwelche Quizsendungen geschaltet. Sie sieht Zimmern in seinem ausgewaschenen gestreiften Krankenhausnachthemd mit schwacher Hand ein zerfleddertes, Monate altes ›Time Magazine‹ wegschieben, nach dem Plastikbecher auf seinem Nachttisch greifen und durch einen gebogenen Plastikhalm das abgestandene, lauwarme New Yorker Wasser trinken.

Auch Vinnie wurde während ihrer Krankheit noch von niemandem besucht, hauptsächlich weil sie niemanden dazu ermuntert hat. Immer wenn sie bedrückt ist oder sonstwie im Regen steht, rät ein Instinkt ihr, sich zu verstecken, bis der Himmel wieder klar ist. Selbst die jüngste und hübscheste Frau ist mit einem bösen Schnupfen nicht mehr ganz so berückend, und Vinnie hat sich von ihrem Badezimmerspiegel sagen lassen, daß sie zur Zeit noch unansehnlicher ist als gewöhnlich; auch sonst ist sie in schlimmster Verfassung. Und wenn ihr Bekanntenkreis in London auch sehr groß ist, besteht er in ihren Augen doch vorwiegend aus Schönwetterfreunden (ausgenommen vielleicht Edwin Francis, aber Edwin ist zur Zeit in Japan). Sie hat zwar ihre Freunde alle miteinander sehr gern, glaubt aber – oder bildet sich ein –, daß umgekehrt deren Freundschaft zu ihr mehr auf angeborener Freundlichkeit und Güte als auf echter und tiefer Zuneigung beruht; sie möchte sie lieber nicht unter ungünstigen Bedingungen auf die Probe stellen.

Wenn ihre Freunde sich von dem Anblick, den sie heute morgen bietet, nicht gerade abgestoßen fühlen, werden sie wahrscheinlich doch Mitleid mit ihr haben; und wenn Vinnie auch manchmal Mitleid mit sich selbst hat, kann sie es nicht leiden, von andern bemitleidet zu werden, nicht einmal in der Phantasie.

Wenn sie diese Gefahr heraufziehen sieht, hilft es ihr meist, sich mit dem Unglück anderer zu befassen und diese aktiv zu bemitleiden. Hätte sie sich diese Erkältung Anfang vorigen Monats geholt, als entsprechendes Wetter herrschte, so hätte sie Nutzen aus Chuck Mumpsons Heimsuchungen ziehen können: seiner Arbeitslosigkeit, seinem Mangel an inneren Antrieben, seiner drittklassigen Bildung, seiner Niedergeschlagenheit und Einsamkeit, seiner Abneigung gegen London und der Entdeckung, daß sein weiser, adliger Vorfahr in Wirklichkeit ein ungebildeter Bettler war. Ein paar Wochen später, und sie hätte noch seine vernachlässigte Kindheit und verwahrloste Jugend auf die Liste setzen können.

Chucks »Leute« waren, wie er Vinnie bei ihrem ersten gemeinsamen Abendessen anvertraute, ungebildet, »arm wie Dreck« und nicht besonders gesetzestreu. »Mein Dad – ein Taugenichts. Seit er erwachsen war, hat er die meiste Zeit im Knast gesessen, wenn Sie's genau wissen wollen. Und um uns alle miteinander hat er sich 'n Dreck gekümmert.«

Wenn Vinnie richtig verstanden hat, sind Chuck und seine allzu zahlreichen Geschwister in einer Art ländlichem Slum bei einer ständig überarbeiteten und oft betrunkenen Mutter aufgewachsen. »Sie war keine schlechte Frau«, erklärte Chuck, indem er eine zu große Portion *Sole Véronique* mit Petersiliekartoffeln in den Mund schaufelte (seine Tischmanieren lassen einiges zu wünschen übrig). »Bloß nicht oft genug zu Hause, um ein Auge auf uns zu haben. Und wenn's nicht gut für sie lief, besoff sie sich und prügelte uns grün und blau.«

Unbeaufsichtigt und halb verwahrlost, gerieten Chuck und seine Geschwister, kaum daß sie in die Pubertät kamen, schon in Schwierigkeiten. »Ich war 'ne Weile in 'ner ziemlich rauhen Bande. Im neunten Schuljahr haben wir ziemlich regelmäßig die Schule geschwänzt und sind statt dessen in Spielsalons oder auf Juxtour gegangen.«

»Was ist denn das?« fragte Vinnie und konnte nur noch denken, wie unvereinbar Chuck und seine Vorgeschichte mit der altmodischen britischen Eleganz des Wheeler's war.

»Na, ist doch klar. Man sieht ein Auto, das den Schlüssel noch stecken hat, oder schließt eins kurz, und dann hüpft die ganze Bande rein und braust los. Man lenkt den Schrotthaufen auf die Schnellstraße und guckt mal, was drinsteckt; vielleicht gabelt man sich noch'n paar Mädchen auf und zischt ab in die nächste Stadt. Und wenn man denkt, die Bullen sind einem hintendran, oder der Sprit geht aus, läßt man die Karre einfach stehen. Manchmal haben wir uns auch ein paar Pferde ausgeliehen.

Als uns dieses Spielchen dann zu langweilig wurde, sind wir in leere Häuser eingebrochen. Meist nur zum Nervenkitzel; aber wenn man was sah, was man brauchen konnte, nahm man's mit. Ich war immer auf Kameras aus. Und einmal, da war das Haus gar nicht leer, und wir mußten die Beine in die Hand nehmen. Hinterher wollte dann keiner zugeben, daß er Schiß gehabt hatte, und wir haben große Reden geschwungen und gesagt, nächstesmal nehmen wir 'ne Kanone mit, und wer uns Ärger macht, wird über den Haufen geknallt. Einer von den Jungs, der wußte, wo sein Vater 'ne Pistole hatte. Na ja, wir hatten Glück. Bevor wir selber abgeknallt wurden oder jemanden umlegen konnten, hat uns die Polente geschnappt. Die meisten haben Bewährung gekriegt, aber bei mir, da haben sie nur 'nen Blick auf die Familie geworfen, und schon war ich im Erziehungsheim.«

»Von wegen gebessert!« fuhr Chuck später mit seiner Geschichte fort, als er und Vinnie im Parkett der Covent Garden Opera saßen und auf den Beginn von ›Fidelio‹ warteten. »Das soll wohl 'n Witz sein. Haben Sie so ein Heim mal von innen gesehen? ... Nein, was mich schließlich auf die gerade Bahn gebracht hat, das war der Krieg. Ich wurde eingezogen und kam mit 'ner Pioniereinheit in den Pazifik. Ohne das wär's wahrscheinlich weiter mit mir abwärtsgegangen; vielleicht wär ich so geendet wie mein Dad. Aber nach diesem Krieg war's gar nicht mehr so witzig, einen umzubringen. Es war schon schlimm genug, wenn es irgend so'n Japs war, der einen selber umgelegt hätte, wenn er gekonnt hätte. Und dann kommt man nach Hause und hört einen alten Kumpel erzählen, wie er, sagen wir mal, in 'ne Tankstelle gegangen ist, mit 'ner Kanone, und da war dann dieser Kerl. Er hatte ihm ja nichts tun wollen, aber dann meinte er auf einmal, er hat was im hinteren Zimmer gehört, und ist durchgedreht. Und danach ist der Tankwart tot, und dein Kumpel hat sich sein Leben versaut. Und wofür? Für 'n paar hundert Dollar vielleicht. Das war nichts für mich, verstehn Sie?«

»Ich verstehe, was Sie meinen.«

Vinnie sah sich in der prächtigen Oper mit ihren unzähligen gedämpften Lichtern, dem roten Samt, den vergoldeten Rängen um – und dann wieder, mit einem Gefühl, als ob zwei Welten aufeinanderprallten, sah sie zurück zu Chuck mit seinem Plastikmantel und

Lederschlips. »Da sind Sie also ehrlich geworden«, meinte sie.

»Na ja, so kann man's wohl ausdrücken.« Chuck lachte verlegen. »Jedenfalls bin ich, nachdem ich entlassen war, nicht mehr lange zu Hause geblieben. Ich hatte mein Dienstzeugnis, und darin stand, daß ich schlau genug für die Ingenieurschule wäre, und da hab ich mir gedacht, zum Teufel, warum nicht?«

»Ja, warum nicht?« plapperte Vinnie nach und staunte nur über die lange Kette von Zufällen, die diesen unglücklichen, arbeitslosen Exganoven aus dem ländlichen Oklahoma auf den Platz neben ihr in der Covent Garden Opera befördert hatte. Eine Woge herablassenden Mitleids überkam sie, und sie gratulierte sich zu ihrem Glück, daß sie von gebildeten, liebevollen, abstinenten und zahlungsfähigen Eltern abstammte.

Doch in den nächsten Tagen nach dem Opernabend wurde Chuck immer weniger bedauernswert. Da er sich langweilte und unglücklich war, ging er bereitwillig überallhin, aß alles, sah sich alles an, was Vinnie ihm vorschlug. Manchmal schien es ihm zu gefallen oder ihn wenigstens zu interessieren. Nach ›Fidelio‹ meinte er zum Beispiel, das sei ja nun wirklich nicht wie im richtigen Leben, aber es wäre vielleicht besser, wir würden jedesmal, wenn uns etwas danebengegangen sei, einfach eine Weile herumstehen und brüllen. Sein Großvater habe das so gehalten, erzählte er. »Wenn der so richtig die Nase voll hatte, ließ er alles stehen und liegen und schimpfte eine Viertelstunde lang auf alles und jeden, bis er außer Atem war.«

Es machte Vinnie etwas verlegen, daß Chuck darauf bestand, für alles, was sie zusammen taten, zu bezahlen und ihr obendrein noch dafür zu danken. Er hat sie von Anfang an völlig falsch gesehen, als freundlich und hilfsbereit – ein Mißverständnis, das schon auf dem Flug nach London entstand, obwohl sie sich da doch nur nicht mit ihm hatte unterhalten wollen; und diese Fehleinschätzung verfestigte sich dann noch, als sie ihm lediglich ein paar simple Tips für seine Ahnenforschung gab. »Sie halten mich für einen netten Menschen, aber das bin ich gar nicht«, möchte sie manchmal sagen, sagt es dann aber doch nicht.

Abgesehen von der Mißdeutung ihres Charakters und ihrer Motive war Chuck, wie Vinnie bald fand, eigentlich weniger dumm als ungebildet – nach ihren Begriffen kaum erzogen. Aber er war wenigstens lernwillig. Da er im Leben so gut wie nichts gelesen hatte, wollte sie ihn nun zunächst mit den Klassikern der Kinderliteratur bekannt machen: Stevenson, Grahame, Barrie, Tolkien, White. Sie kaufte ihm die Bücher, damit er auf jeden Fall ordentliche Ausgaben bekam, gewissermaßen aber auch als Ausgleich für die Essenseinladungen und Theaterkarten, für die ja stets er bezahlte.

Wenn Vinnie mit Chuck immer in die besten Theaterstücke, Filme, Konzerte und Ausstellungen ging, die gerade auf dem Plan standen, riskierte sie natürlich, jemandem aus ihrem Londoner Bekanntenkreis zu begegnen. Und wirklich liefen sie bereits bei ihrer dritten Exkursion – ins National Theatre – Rosemary Radley in die Arme. Vinnie zitterte innerlich, als sie ihn vorstellte, und sowie es die Höflichkeit zuließ, führte sie ihn wieder fort. Sein anschließender Kommentar war typisch: »Eine Lady? Well, dann hab ich ja hier drüben wenigstens mal 'ne richtige Aristokratin kennengelernt. Und 'n hübsches Ding dazu.«

Aber Vinnie wunderte sich sehr, als Rosemary ein paar Tage später bei einem Lunch ohne jede erkennbare Ironie bedauerte, daß sie ihren »amüsanten Cowboy« so rasch entführt habe, und meinte, sie müsse ihn nächste Woche unbedingt zu ihrer Party mitbringen. Vinnie versprach, es zu versuchen, nahm sich aber zuerst vor, es nicht zu tun. Sie mochte ja selbst nicht allzuviel von Chuck halten, aber sie würde ihn nicht zu einer Party in Chelsea mitnehmen, damit dort über ihn gelacht wurde. Aber Chuck würde es auf der andern Seite vielleicht gar nicht merken, wenn jemand wie Rosemary sich über ihn lustig machte; und wenn sie ihm schon London zeigte, sollte er dann nicht mehr zu sehen bekommen als die üblichen Touristenattraktionen?

So brach Vinnie also erneut ihre Regel, amerikanische und englische Freunde nicht zu mischen: Sie nahm Chuck mit zu Rosemarys Party und hoffte, diese werde groß und buntgewürfelt genug sein, um die Wirkung seines Auftritts ein wenig zu dämpfen. Doch zu ihrer Überraschung waren sein Westernkostüm und Westernslang auf Anhieb ein Volltreffer. Obwohl er gleich erklärte, daß er seit seiner Kindheit nicht mehr auf einer Ranch gearbeitet habe, drängten die Briten sich um ihn und quetschten ihn mit Sätzen, die vor unsichtbaren Fragezeichen strotzten, darüber aus, wie man es denn nun genau anstelle, ein Kalb zu fesseln und zu brandmarken, und ob es in der Gegend noch immer viele Indianer gebe. »Ich bete Ihren Mr. Mumpson an«, sagte Daphne Vane, die Schauspielerin, zu Vinnie. »Er ist so absolut echt.« Und Posy Billings, die ihn »furchtbar amüsant« fand, proklamierte, er und Vinnie müßten demnächst unbedingt für ein paar Tage zu ihr nach Oxfordshire kommen. Vinnie erkannte, daß Chuck hier drüben kein Hinterwäldler war, sondern ein Original, fast ein Exote – etwa wie ein schottischer Sanitäringenieur im Kilt es in New York wäre.

Chucks Londoner Saison war jedoch nur kurz. Zehn Tage nach Rosemarys Party zog es ihn wieder nach Wiltshire, hauptsächlich wohl, weil Edwin Francis ihm da einen Floh ins Ohr gesetzt hat. Edwin hat Chuck nicht wegen seiner Enttäuschung über Old Mumpson bedauert, sondern ihm gratuliert. »Faszinierend! Könnte geradewegs von Hardy sein. Sie können von Glück reden; meine Vorfahren waren größtenteils unaussprechlich fade, nichts als Juristen und Pfaffen. Sie *müssen* mehr über ihn in Erfahrung bringen.«

»Ich hab mal nachgedacht«, sagte Chuck später zu Vinnie. »Ich finde, Mr. Francis hat da nicht ganz unrecht. Ich sollte über den alten Knaben soviel wie möglich in Erfahrung bringen. Schließlich gehört er zur Familie, egal was er war.«

Und so reiste Chuck ab und ließ einen Großteil seiner Habe bei Vinnie. Sie gab ihm für die Eisenbahnfahrt ein Buch mit und packte ihm ein Lunchpaket – warum denn auch nicht? Er hatte sie in den letzten Wochen weiß der Himmel oft genug zum Essen eingeladen, und das Essen in britischen Speisewagen ist berühmt für seine Ungenießbarkeit. Außerdem sind sie ja jetzt – wenigstens in Chucks Augen – Freunde. Viele von Vinnies Bekannten argwöhnen zu ihrem Verdruß, daß sie auch ein Liebespaar sind, trotz oder vielleicht wegen ihrer völlig wahrheitsgemäßen Beteuerungen des Gegenteils.

In all den Jahren, die sie nun schon nach England kommt, hatte Vinnie noch nie ein Verhältnis mit einem Engländer. Gewiß waren ihre bisherigen Besuche auch immer nur kurz gewesen, höchstens ein paar Wochen.

Diesmal aber hatte sie eigentlich auf ein Abenteuer gehofft; und sie hatte, wie immer bei solchen Reisen, ihre Tagträume mit britischen statt amerikanischen Intellektuellen besetzt. Natürlich hoffte sie nicht wirklich auf ein romantisches Zwischenspiel mit einem dieser prominenten Gelehrten, Kritiker, Volkskundler oder Schriftsteller. Aber bestimmt war sie auch nicht den weiten Weg nach London gekommen, um sich hier mit einem hinterwäldlerischen Plastikamerikaner einzulassen, den eine Zweiwochentour hier zurückgelassen hat, einem arbeitslosen Sanitäringenieur, der einen durchsichtigen Plastikregenmantel und Cowboystiefel trägt und noch nie etwas von Harold Pinter, Henry Purcell oder William Blake gehört hat, bevor er sechsundfünfzig Jahre alt war und sie ihm von ihnen erzählte. Nein, zu Unrecht einer solchen Beziehung verdächtigt zu werden, bereitet Vinnie großen sozialen Verdruß und – das sei zugegeben – auch eine völlig irrationale private Verstimmung. Natürlich würde sie Chuck abweisen, wenn er Anstalten machen sollte, aber warum hat er noch keine gemacht? Entweder, weil er ihre Reaktion vorausahnt – unwahrscheinlich, denn so ein intuitiver Typ ist er nicht – oder weil er sie, so gern er sie auch hat, eben nicht attraktiv findet.

Die ganze Situation wurde für Vinnie allmählich ärgerlich und ungemütlich, und darum war sie richtig froh, Chuck aus London abreisen zu sehen. Regelrecht genossen hat sie es, ihn sich im Zug nach Bristol vorzustellen, wo er seinen Mietwagen abholen will: ein großer, rotgesichtiger Amerikaner mit Cowboyhut und befranster Lederjacke, wie er ihre ausgezeichneten Schinkensandwichs ißt und sehr zur Verwunderung der andern Erste-Klasse-Reisenden in Jacobs ›Englischen

Märchen‹ liest. Aber da er nun fort ist, muß Vinnie sich unwillig eingestehen, daß er ihr fehlt. Sie freut sich schon richtig auf seine regelmäßigen Anrufe, in denen er ihr über seine Nachforschungen berichten und sich für die nachgeschickte Post bedanken wird. Es scheint vorwiegend Geschäftspost zu sein; von Frau oder Kindern war, soweit sie es feststellen kann, noch nie etwas dabei. Trotzdem klingt Chuck am Telefon recht gutgelaunt, manchmal schon fast fröhlich.

Da Chuck also für Mitleid kein taugliches Objekt mehr ist, findet Vinnie, wie sie so mit ihrer Erkältung im Bett liegt, sie könne vielleicht Fred Turner bemitleiden. Elend genug sah er ja aus, als sie ihn das letztemal sah.

In letzter Zeit ist Fred auf keiner Party mehr gewesen, die Vinnie besuchte. Dafür ist sie ihm im British Museum begegnet, kurz bevor diese Erkältung sie erwischte. Sie war seit Wochen zum erstenmal wieder dort, denn ihre Recherchen sind so gut wie abgeschlossen, und sie kann den Lesesaal nicht ausstehen – besonders im Frühling und Sommer, wenn die ganzen Touristen und sonstigen Irren angerannt kommen und es unerträglich stickig darin wird und das Personal (was man vielleicht verstehen kann) so abgehetzt und schlecht gelaunt ist.

Sie ging gerade nach einem plötzlichen Regenschauer über den nassen Pflasterhof, da sah sie Fred unter dem Portikus sitzen und ein Sandwich verzehren. Ihr erster Gedanke war, als alleinstehender Mann mit einem recht großzügigen Reisestipendium dürfe er solche Sparsamkeit doch wohl nicht nötig haben. Entweder wollte er sich nicht länger als unbedingt nötig von seinen Recherchen losreißen, oder – und das war eher anzunehmen –

die Theaterkarten, Blumen und teuren Essen für Rosemary Radley hatten sein Konto kräftig zur Ader gelassen.

Freds hübsches Gesicht wirkte melancholisch und unterernährt und hellte sich nur ganz kurz auf, als er Vinnie sah. Er bat sie, neben ihm auf der Bank Platz zu nehmen, aber ihrer Begeisterung über den schönen Tag schloß er sich nur sehr mißmutig an, und dabei war die Szene, die sich ihnen bot, geradewegs wie aus einem Reiseprospekt der British Air: Schlagsahnewolken segelten über sie hinweg, die Bäume waren mit einem Konfetti glitzernder, frischer grüner Blätter übersät, und der Hof dampfte und schillerte im Sonnenlicht von lauter Regenbogenfetzen.

»Ach ja, mir geht's ganz gut«, beantwortete er ihre Frage in einem Ton, der das Gegenteil bedeutete. »Sie werden ja wohl schon wissen, daß Rosemary und ich uns nicht mehr sehen.«

»Ja, davon habe ich gehört.« Vinnie unterließ es, anzufügen, daß alle ihre Londoner Freunde es auch schon gehört hatten, ganz zu schweigen von ›Private Eye‹. »Wie ich höre, hat sie sich darüber geärgert, daß Sie so bald schon wieder zurückmüssen für Ihre Vorlesungen.«

»So ungefähr. Aber sie meint – sie tut so, als ob ich sie hintergangen hätte oder so was.« Fred zerknüllte seine feuchte Papiertüte, strich sie wieder glatt und hieb zornig die Faust hinein. »Sie denkt, es wäre ein leichtes für mich, hierzubleiben, wenn ich nur wollte. Menschenskind, Sie wissen doch, daß es nicht so ist.«

Vinnie bejahte nachdrücklich. Für den Fall, daß er solches dennoch in Erwägung ziehen sollte, machte sie ihn darauf aufmerksam, daß sein plötzliches und unentschuldigtes Fernbleiben von den Sommervorlesungen etliche Leute an der Corinth University sehr verärgern würde; und sie zählte diese Leute mit ihren Namen und Titeln auf.

»Das brauchen Sie mir nicht zu sagen«, unterbrach Fred sie. »Das habe ich ihr alles schon selbst erklärt. Rosemary ist eine wunderbare Frau, aber sie hört einem einfach nicht zu. Wenn ihr nicht paßt, was man ihr sagt, hört sie ums Verrecken nicht – Entschuldigung.«

»Schon gut.«

»Mein Gott, ich würde doch bleiben, wenn ich könnte. Ich liebe sie; ich liebe London«, rief er und streute die Krümel seines Erdnußbuttersandwichs auf den Hof. »Was kann ich ihr denn sonst noch sagen?«

»Ganz recht«, bestätigte Vinnie, die nur eine dieser Lieben mit ihm teilte. »Abreisen ist immer schwer, das weiß ich.«

»Aber warum ist sie so verdammt uneinsichtig? Wir wollten diesen Monat so viel Schönes zusammen erleben, wir hatten Karten fürs Glyndebourne Festival... Ich habe nie gesagt, daß ich für immer in England bleiben würde, auch nichts so Ähnliches. Ich habe sie nicht angelogen. Ich habe ihr schon vor langer Zeit gesagt, daß ich im Juni wieder zurück muß – Himmel noch mal, das weiß ich genau.« Fred schüttelte den Kopf, während er sich mit der einen Hand über das wellige dunkle Haar strich, eine Geste, die gleichzeitig Verständnislosigkeit und Selbstvergewisserung ausdrückte. Zum erstenmal erkannte Vinnie in ihm, was sie schon oft in Rosemary Radley erkannt hatte: die Anmaßung der Schönen, sich auf ihrem Weg durchs Leben alles nehmen – und wieder weglegen – zu dürfen, was ihnen beliebte und wann es ihnen beliebte. Bei beiden war das um so ausgeprägter, als es ihnen kaum – Fred wahrscheinlich gar nicht – bewußt war.

»Vielleicht nimmt sie noch Vernunft an.«

»Ja, vielleicht«, antwortete er mit toter, nicht überzeugter Stimme, während er stirnrunzelnd die Tauben betrachtete, von denen sich immer mehr einfanden. »Zur Zeit will sie mich weder sehen noch am Telefon mit mir sprechen noch sonst etwas. Ja, schon gut!« Er nahm eine Brotkruste aus der Tüte und warf sie auf die Steine; die dicken grauen Vögel drängten sich pickend danach. »Und sie sollte lieber bald Vernunft annehmen, denn ich bin nur noch drei Wochen hier.«

»Ich hoffe es jedenfalls«, sagte Vinnie, dabei war es ihr in Wirklichkeit doch herzlich egal.

»Ich auch.« So etwas wie ein Erdstoß pflanzte sich über Freds düstere, hübsche Gesichtslandschaft fort. »Hören Sie, Vinnie«, fuhr er fort, indem er den drohenden Vulkanausbruch noch einmal unterdrückte. »Sie kennen Rosemary doch ziemlich gut.«

»Das will ich nicht behaupten.«

»Trotzdem. Sie sehen sie aber immer wieder mal. Ich habe schon überlegt ... wenn Sie vielleicht mal mit ihr reden könnten.«

»Also, ich glaube nicht –«

»Sie könnten ihr das mit den Sommervorlesungen erklären; daß ich mich darum nicht einfach drücken kann.« Fred zerkrümelte den Rest seines Sandwichs, was eine neue Taubeninvasion anlockte; sie kamen zu Dutzenden aus allen Richtungen angeflattert.

»Ich glaube wirklich nicht, daß ich das kann.« Zum Schutz ihrer Strümpfe stieß Vinnie einen besonders zudringlichen lavendelgrauen Vogel mit dem Fuß weg.

»Ihnen würde sie bestimmt wenigstens zuhören. Himmel noch mal, haut doch ab! Nichts mehr da, verdammt.« Er stand auf und hob eine schwer beladene Aktentasche auf. »Bitte, Vinnie.«

Auch Vinnie stand auf und trat ein paar Schritte von der Taubenschar zurück. Sie sah Fred an, wie er, ihrer Antwort harrend, vor dem Eingang zum British Museum stand, groß und athletisch, inmitten eines Gewühls schillernder Vögel und ebenso fordernd und unvernünftig wie sie, aus dem Gleichgewicht gebracht von überladenen Gefühlen und einer überladenen Aktentasche. In diesem Moment reihte Fred sich für Vinnie in die Sorte Menschen (meist waren es ehemalige Studenten von ihr, aber nicht immer) ein, die es als gegeben voraussetzten, daß Vinnie ihnen Empfehlungen schrieb, Einführungsschreiben an ausländische Hochschulen mitgab, ihre Bücher und Artikel las und überhaupt an ihrem persönlichen und beruflichen Glück Anteil nahm. Üblicherweise wird durch die Erfüllung solcher Bitten die Verpflichtung nicht etwa getilgt, sondern eher erneuert, wiederaufgeladen, wie sich beim Autofahren die Batterie wiederauflädt. Das akademische Verhältnis zwischen Gönner und Günstling ist ein geschlossener Stromkreis, der nicht dem Entropiesatz folgt und seine Funken oft bis zum Tod aussendet.

In England zu sein hat für Vinnie unter anderem den Vorteil, daß sie den meisten dieser Parasiten so entkommt (obschon ein paar sie natürlich auch schon per Post verfolgt haben). Und da stand nun Fred und hatte sich selbst zu ihrem Schützling ernannt, nur weil sie im selben Institut arbeiteten, in derselben fremden Stadt waren und sie ein Vierteljahrhundert älter war als er. Und außerdem wohl auch, weil sie in gewissem Sinne, wenn auch völlig ungewollt, an seiner momentanen Lage schuld war. Sie saß in dem Ausschuß, der ihm das Stipendium bewilligte, und sie hat ihn zu der Party eingeladen, auf der er Rosemary Radley kennenlernte.

Seufzend versprach sie Fred, wenn die Gelegenheit sich ergebe, werde sie versuchen, mit Rosemary zu reden. Sie rechnete aber kaum damit, diesem Auftrag gerecht werden zu können, und insgeheim wünschte sie sich, sie werde gar nicht dazu kommen, ihn auszuführen. Da sie tags darauf krank wurde, ging dieser Wunsch in Erfüllung, wenn auch nicht auf besonders angenehme Weise. Aber im Märchen wie im Leben hat Vinnie schon oft erfahren müssen, daß es mit den meisten Wünschen so geht.

Vielleicht ist Fred also im Moment ein bißchen zu bedauern, denkt Vinnie, wie sie hier mit ihrer lauen Wärmeflasche im Bett liegt, aber so ganz der richtige Kandidat ist er doch auch wieder nicht dafür. Auf lange Sicht gibt es überhaupt keinen Grund, ihn zu bedauern. Er ist jung, gesund, schön, klug, gebildet und gilt – was Vinnie ihm aber niemals sagen wird – im Englischinstitut als große Hoffnung. Im Augenblick ist er ein bißchen bedrückt und von der Rolle, weil Rosemary Radley ihm den Laufpaß gegeben hat, aber davon wird er sich schon erholen. Viele andere Frauen werden ihn lieben; mit seiner Karriere wird es stetig aufwärtsgehen; und wenn er nicht von einem Auto überfahren oder von einer tödlichen Krankheit heimgesucht oder von irgendeinem andern Blitz erschlagen wird, dürfte sein Leben einen geradezu unverschämt glücklichen Verlauf nehmen.

Dagegen ist Vinnie allein und wird es wohl immer bleiben. Wenn sie krank ist, wie jetzt, wird nie einer da sein und sich mitfühlend ihre Wehwehchen anhören und ihr frisch gepreßten Orangensaft bringen, ohne sich von ihrem Anblick abgestoßen zu fühlen oder sie mit herablassendem Mitleid zu bekleistern wie mit bläulichgrüner Stachelbeermarmelade. Sie ist vierundfünfzig Jahre alt; sie wird noch älter werden. Und je älter, desto öfter und länger wird sie krank sein, und es wird niemandem besonders nahegehen.

Fido, sonst Selbstmitleid genannt, der seit fast drei Tagen halb dösend neben Vinnie liegt, trommelt mit dem buschigen Schwanz auf die Daunendecke, aber sie stößt ihn fort. Obwohl sie allen Grund der Welt hat, sich selbst leid zu tun, weiß sie doch, wie gefährlich es ist, damit zu übertreiben. Wenn Fido zuviel gefüttert und gestreichelt wird, schon wenn man ihn nur zu oft zur Kenntnis nimmt, wird ihn das verhängnisvoll ermutigen. Dann wird er zu wachsen anfangen, von der Größe eines Beagles auf die eines Retrievers – Schäferhundes – Bernhardiners – anschwellen. Wenn Vinnie nicht aufpaßt, wird ihr eines Tages ein unsichtbarer schmutzigweißer Hund von der Größe einer Kuh auf Schritt und Tritt nachlaufen. Zwar werden andere ihn nicht sehen können wie sie, aber sie werden seine Gegenwart unterschwellig spüren. Neben ihm wird sie verschrumpelt und jämmerlich wirken, eben wie jemand, der für alle Zeiten die Rolle des Bedauernswerten übernommen hat.

»Geh weg«, sagt Vinnie ganz leise zu Fido. »Das ist nur eine böse Erkältung, die ist bald wieder vorbei. Verschwinde von meinem Bett. Mach daß du aus meiner Wohnung kommst. Warum gehst du nicht Mr. Mumpson suchen?« fügt sie plötzlich laut hinzu und sieht auf einmal Chuck so ganz allein da draußen in der finstersten

Provinz, ohne Freunde, wie er in vergilbten, verstaubten Kirchenregistern nach seinen schreibunkundigen Ahnen forscht.

Sie sieht Fido über ihren Vorschlag nachdenken. Zuerst hebt er den Kopf und dann die Brust von der Decke und schnuppert. Dann gleitet er vom Bett und läuft zur Tür, ohne sich noch einmal umzusehen.

Ermutigt stößt Vinnie die Decken weg und steht benommen auf. Sie taumelt in die Küche, schenkt sich ein Glas Orangensaft ein und tut eine Redoxontablette mit Schwarzkirschgeschmack hinein. Sie ist zwar Agnostikerin, aber an die Macht von Vitamin C glaubt sie fest und verehrt ihren Gott, wie alle Gläubigen, um so inbrünstiger, je schlechter die Dinge stehen. Jetzt trinkt sie die rot sprudelnde, bittere Lösung und geht wieder zu Bett, schneuzt sich noch einmal die Nase, zieht die Schlafmaske hinunter und die Daunendecke herauf und sinkt in einen nasenverstopften, schädelbrummenden Schlummer.

Nach ungefähr einer Stunde weckt sie das Telefon.

»Vinnie? Hier ist Chuck, in Wiltshire. Wie geht's?«

»Mmm, ganz gut.«

»Hört sich nach Schnupfen an.«

»Stimmt, den habe ich auch.«

»Puh, das ist schlecht. Wie schlimm denn? Ich komme heute nachmittag nach London, und da hatte ich eigentlich gehofft, wir könnten zusammen zu Abend essen.«

»Ich weiß nicht. Ich liege seit vorgestern im Bett, fühle mich ziemlich elend und sehe aus wie ein Wrack.« Vinnie zögert keine Sekunde, Chuck dies zu sagen. Er spielt weder in London noch in ihrem Leben eine Rolle, also ist es auch egal, was er denkt. »Weiß der Himmel, wie's mir heute abend geht.«

»Tut mir also echt leid. Ich will Ihnen mal was sagen. Sie bleiben jetzt schön im Bett und halten sich gut warm, ja?«

»Gut.« Es ist Jahre her, daß jemand zu Vinnie gesagt hat, sie soll im Bett bleiben und sich gut warm halten.

»Ich rufe an, wenn ich da bin, so gegen halb acht. Wenn Ihnen dann danach ist, komm ich und bring uns was zu essen mit.«

»Das ist sehr lieb von Ihnen.« Vinnie geht im Geiste rasch den Inhalt ihres Vorrats- und Kühlschranks durch, aber bis auf drei Liter kalte Suppe sieht es darin ziemlich leer aus. »Aber das brauchen Sie wirklich nicht zu tun. In meiner Wohnung wimmelt es wahrscheinlich nur so von Bazillen.«

»Pah, vor denen hab ich keine Angst. Ich bin abgehärtet«, wiehert Chuck.

»Hm ... also gut.«

Vinnie legt auf, läßt sich ins Bett zurückfallen und ist bald wieder hinüber.

Als Chuck abends gegen acht Uhr mit Bier und einem kompletten indischen Menü ankommt, das mindestens für vier reicht, geht es ihr schon wesentlich besser. Er ist erst zum zweitenmal in ihrer Wohnung, und wieder sieht sie vor allem, wie fehl am Platz er hier wirkt, wie groß und plump und provinziell.

Chuck selbst ist sich solcher Ungereimtheiten natürlich nicht bewußt. »Hübsch haben Sie's hier«, sagt er mit einem Blick zum Erkerfenster, das ein Stück Londoner Hausgarten einrahmt, grün und golden leuchtend in der untergehenden Sonne. »Netter Ausblick. Richtig schön, die Blumen da.« Er zeigt auf eine Teekanne, die als Vase für einen großen Strauß voll aufgeblühter gelber Rosen dient.

»Danke.« Vinnie lächelt verlegen, denn sie muß daran denken, daß sie die Blumen nicht im Laden gekauft, sondern vor zwei Tagen in der Abenddämmerung aus den umliegenden Vorgärten zusammengeklaut hat. Dieser kleine Diebstahl, der erste nach fast drei Monaten, fand an dem Tag statt, an dem sie die Sache mit L. D. Zimmern und der abgelehnten Verlängerung ihres Stipendiums erfahren hatte, und kann – wie die Erkältung – wohl im Zusammenhang damit gesehen werden. »Geben Sie mir mal diese Einkaufstüte«, sagt sie, um das Thema zu wechseln.

»Nee! Sie bleiben da sitzen und ruhen sich aus. Das kriege ich schon hin.«

Entgegen ihren Zweifeln kriegt Chuck es sogar schnell und geschickt hin, das Essen zu wärmen und auf den Tisch zu bringen. In ihrem momentanen Tief empfindet Vinnie seine tolpatschige Fürsorglichkeit als wohltuend, seine schwerfällige Konversation fast als gemütlich. Diesmal hat seine Reise nach South Leigh sich wirklich gelohnt, erzählt Chuck, während er beim Reden zwei Drittel des Essens und fast das ganze Bier verdrückt.

»Wissen Sie, dieses Recherchieren ist schon was anderes als das Arbeiten im Geschäft. Manchmal kommt man da besser voran, wenn man sich mal nicht in ein bestimmtes Problem verbeißt. Man fängt an, nach irgendwas zu suchen, und stößt dann zufällig auf ganz was anderes, was man brauchen kann.«

»Wie in Serendip«, sagt Vinnie.

»Wie bitte?«

Sie erzählt ihm rasch das Märchen der drei Prinzen von Serendip.

»Ja, genau so war's. Hab nur nicht gewußt, daß so was im Märchenbuch steht.« Chuck hat offenkundig nicht das Gefühl, daß durch dieses Wissen nun viel gewonnen wäre. »Na ja, ich hab also da in dieser Bibliothek rumgestöbert und mal da, mal da 'n bißchen geschnuppert – Sie verstehen?«

»Mhm.« Vinnie stellt sich Chuck als großen Hund vor, der in einer Provinzbibliothek zwischen den Regalen herumläuft und an alles mögliche seine Nase drückt.

»Und die haben doch da diese Kirchenregister, wo drinsteht, wer da gewohnt hat und getauft wurde und geheiratet hat und begraben wurde. Wenn man auf den Friedhof geht, findet man ein paar von den Namen auf den Grabsteinen wieder. So viele Namen, und jeder von denen war mal ein Mensch. Sie kamen auf die Welt, waren erst mal Säuglinge; dann waren sie Kinder und haben gespielt und gelernt. Dann wurden sie erwachsen und mußten melken und Heu machen und haben zu Abend gegessen und sind auf ein Bier in die Kneipe gegangen, und dann haben sie sich verliebt und geheiratet und Kinder gekriegt und wurden krank und wieder gesund und haben gelebt und sind gestorben. Und das hat sich alles abgespielt, als Tulsa noch 'n Stück Prairie war, wo die Bisons drauf rumzogen und vielleicht 'n paar Indianer. Was haben da unten in diesem South Leigh nicht schon für viele Leute gelebt, und überall hier in diesem Land, Jahrhunderte und Jahrhunderte, zurück bis in die Vorgeschichte, und jetzt erinnert sich keiner mehr an sie. Einfach ausgelöscht, wie die Bisons. Das haut mich irgendwie um.«

»Ja«, sagt Vinnie. Auch in ihrem Geist ziehen Schattengenerationen vorüber; dieses Gefühl hat sie oft hier in England: daß sich auf jedem Fleckchen, auf jeder Straße, in jedem Haus die Geister der Vergangenheit drängen.

»Well, und da hab ich dann angefangen, mir Gedanken über meinen Vorfahren zu machen, für den ich mich so schämte. Ich hab ein bißchen mehr über ihn in Erfahrung gebracht, aber nicht viel. Er stand im Kirchenregister von South Leigh, geboren 1731, gestorben 1801, mit siebzig Jahren: ›Charles Mumpson, genannt Old Mumpson.‹ Gewissermaßen ein Ehrentitel. Siebzig Jahre, das kommt uns heute ja nicht mehr richtig alt vor, aber damals haben die Leute nicht so lange gelebt. Die Ärzte hatten ja auch noch nicht viel Ahnung – na ja, so viel mehr haben die heute auch nicht, wenn Sie mich fragen.«

Vinnie gibt ihm recht.

»Auf siebzig Jahre zu kommen, das war damals schon so was wie 'ne Leistung, besonders in der Arbeiterschicht.« Chuck nimmt noch einen kräftigen Schluck Bier. »Der muß aber 'ne gesunde Konstitution gehabt haben.«

»Stimmt.« Wenn Vinnie die muskelbepackte Höhe und Breite von Old Mumpsons Nachfahren betrachtet, muß sie ihm recht geben.

»Jedenfalls stell ich mir das so vor: Wie Old Mumpson so ungefähr in mein Alter kam, war die Landarbeit nichts mehr für ihn, da wollte ihn auch keiner mehr haben. Seine Frau war schon vor Jahren gestorben, seine Söhne waren weggezogen, vielleicht nach Amerika – jedenfalls steht im Register nichts davon, daß sie in der Grafschaft geheiratet hätten oder gestorben wären. Well, und außer der Landwirtschaft gab's wahrscheinlich nicht viel, wovon Old Mumpson was verstand. Und da hat er eben, statt der Allgemeinheit auf der Tasche zu liegen, diesen Eremitenjob angenommen. Wenn ich mir das so vorstelle, müßte ich eigentlich stolz auf ihn sein, statt mich seiner zu schämen, verstehen Sie?«

»Ich verstehe, was Sie meinen«, sagt Vinnie, nicht sehr überzeugt, aber sie möchte Chuck's Rekonstruktion nicht gern zerpflücken.

»Und dann dieser Professor aus Oxford, von dem ich Ihnen erzählt habe – der da die Ausgrabung leitet –, Mike Gilson heißt er. Mike hat zu mir gesagt: ›Sehen Sie mal, daß Old Mumpson nicht lesen und schreiben konnte, daraus muß man nicht schließen, daß er dumm war. Vielleicht ist er nur nie in eine Schule gegangen; damals waren auf dem Land sehr viele Leute Analphabeten.‹ Vielleicht war er für die Gegend wirklich so 'ne Art Weiser, sagt Mike, und darum haben sie ihn engagiert. Vielleicht sind wirklich die Leute aus der ganzen Umgebung gekommen, um sich seinen Rat zu holen.«

»Ja, das ist durchaus möglich«, sagt Vinnie und wünscht sich, dieses tröstliche Argument wäre ihr selbst vor Wochen eingefallen.

»Es gibt so verdammt vieles zu lernen, was nicht in Büchern steht.«

»Vielleicht haben Sie recht.« Nach Vinnies Ansicht ist der Umfang solch unveröffentlichten Wissens weit geringer als allgemein angenommen.

»Na ja, aber was ich Ihnen eigentlich erzählen wollte, hat mehr mit Mike zu tun. Ich habe ziemlich viel Zeit auf der Ausgrabung zugebracht und für die Leute Bilder gemacht, wie schon gesagt. Und Mike hat doch diese Luftaufnahmen von der Gegend, die ihm die Regierung gegeben hat. Da kann man eine Menge herauslesen, wenn man weiß, wonach man sucht: Grundwasser und Entwässerungskanäle, alte Fundamente und Grenzen und Straßen – manches davon hatte er noch gar nicht bemerkt. Ist doch ganz gut, wenn man ein bißchen Ahnung von Geologie hat. Also, vor 'n paar Tagen hat Mike gemeint, ich könnte doch den Sommer über dableiben und in seinem Team mitmachen. Zahlen kann er mir nichts, weil ich kein britischer Staatsbürger bin, aber er hat nicht weit von der Ausgrabung dieses große Haus für den Sommer gemietet, und in einem der früheren Pächterhäuschen steht 'ne hübsche möblierte Wohnung leer. Mike sagt, da könnte ich umsonst drin wohnen, und essen kann ich mit ihnen zusammen im Haupthaus, sooft ich will.«

»Wirklich?« Vinnie spitzt die Ohren. »Und, werden Sie annehmen?«

»Ich glaube ja.« Chuck grinst. »Menschenskind, ich hab doch nichts Besseres zu tun. Und zur Zeit ist es richtig schön da unten auf dem Land. Die bunten Wiesen, und alles so grün. Außerdem hab ich mich an dieser Buddelei schon richtig festgebuddelt.« Er lacht über seinen Kalauer. »Und Mike und sein Team, also, das gefällt mir, wie die da rangehen. Die arbeiten ganz schön hart, aber verrückt machen lassen sie sich nicht. Mike nimmt sich manchmal einfach den ganzen Nachmittag zum Nachdenken frei und geht spazieren. Die Studenten auch. Sicher, die brauchen sich auch nicht um Produktionsquoten zu kümmern und müssen keinen Gewinn ausweisen. In der Wirtschaft kann man sich so was nicht erlauben. Wenn man da nicht jede gottverdammte Minute vorankommt, hat man das Gefühl, man läuft rückwärts.«

»Wie bei der Schwarzen Königin.«

»Hä?« Chuck blinzelt sie fragend an. »Was für 'ne Königin ist denn das?«

»In ›Alice hinter den Spiegeln‹.«

»Ach ja? Nie gehört. Muß man das kennen?«

»Hm.« Vinnie hat ›Alice im Wunderland‹ und seine Fortsetzung bisher aus Chucks Pflichtlektüre ausgeklammert, weil sie fürchtete, das Buch werde ihn irritieren und ärgern, wie so viele von ihren Studenten. Aber wenn er den Sommer mit einem Oxford-Professor verbringen will, sollte er vielleicht vorbereitet sein. »Doch, das sollten Sie wohl.« Sie seufzt, wenn sie sich vorstellt, was alles an Erklärungen nötig sein wird, wenn Chuck Mumpson ›Alice‹ richtig lesen soll: viktorianische Erziehung, viktorianische Sozialgeschichte, viktorianische Poesie und Parodie, Schach, Entwicklungspsychologie, Darwinismus–«

»Gut, wenn Sie meinen. Aber sagen Sie mal, Vinnie, wie geht's Ihnen eigentlich?«

»Schon besser, danke.«

»Prima. Wissen Sie was, ich wäre jetzt für 'ne Tasse Kaffee, wenn Sie eine haben.«

»Nein, aber ich kann welchen machen«, sagt Vinnie und hält es für typisch Mann, immer davon auszugehen, daß man als Frau jederzeit irgendwo eine Tasse Kaffee versteckt habe.

»Fein.« Chuck folgt ihr in die kleine Küche und steht ihr im Weg, während sie den elektrischen Kessel füllt und Kaffee für ihn und Hagebuttentee (reich an Vitamin C) für sich selbst aufsetzt.

»Danke, der ist prima. Haben Sie auch Milch?«

»Ich weiß nicht genau – könnte sein.« Vinnie öffnet ihren winzigen Kühlschrank, der auf der Anrichte steht und von einer Größe ist, die man in Amerika gerade für eine Studentenbude als ausreichend betrachten würde. Im Moment füllen drei Liter Kressecremesuppe mit Avocado ihn fast vollständig aus, hergestellt nach Posy Billings' Rezept im ›Harper's/Queen Magazine‹ und für eine Lunchparty gedacht, zu der sie für morgen Freunde eingeladen hat, die sie aber absagen muß, wenn es ihr bis dahin nicht besser geht.

Um nach Milch suchen zu können, muß Vinnie die Suppe herausnehmen und will sich gerade umdrehen und sie auf die Anrichte stellen. Im selben Moment dreht Chuck sich nach Vinnie um. Es kommt zum Zusammenstoß: Die Edelstahlterrine fliegt ihr aus der Hand und fällt zu Boden; sie und Chuck sind von oben bis unten voll kalter grüner Suppe und heißem schwarzen Kaffee.

»O Scheiße! 'tschuldigung.«

»Verdammt!«

»Ich hab gar nicht gesehen – Himmel noch mal! Hier, lassen Sie mich –« Chuck schnappt sich ein Küchentuch und beginnt Kaffee und Suppe von Vinnie abzutupfen.

»Nicht so schlimm«, sagt sie und verschluckt mit Mühe ihren Ärger und die Worte *Sie Trottel.* »War ja auch meine Schuld.« Sie ergreift einen feuchten Schwamm und beginnt Chuck damit abzutupfen. Zum Glück ist sie einigermaßen suppenfest angezogen mit ihrem olivgrünen, geblümten Laura-Ashley-Kattunkleid; Chucks synthetisches gelbes Cowboyhemd und die gelbbraune Westernhose sind da viel empfindlicher. Da er so groß ist, hat er die Suppe hauptsächlich auf die Hose bekommen. Während Vinnie mit dem Schwamm darüberfährt, bemerkt sie auf einmal, daß diese Hose eine unübersehbare, sogar recht eindrucksvolle Ausbeulung hat – und gleichzeitig gewahrt sie auch, daß Chuck ihr mit einem rotkarierten leinenen Küchentuch ganz zielstrebig die Brüste streichelt.

»Danke, das reicht«, sagt sie, indem sie von ihm zurückweicht, so weit es in der kleinen Küche möglich ist.

»Vinnie –«

»Ich finde wirklich, wir sollten jetzt lieber versuchen, die Flecken wegzubekommen, je eher, desto besser. Sie könnten schon mal ins Bad gehen und sich ausziehen. Sie können Ihre Sachen einfach in die Badewanne werfen und warmes Wasser darüberlaufen lassen, aber nicht zu heiß.«

»Na schön, wenn Sie meinen.«

Vinnie liest die Scherben der Kaffeetasse auf und beginnt den Küchenboden aufzuwischen, dann hält sie inne, geht ins Schlafzimmer, zieht ihr klebriges Kleid aus und schlüpft in Rock und Bluse. In ihrem Kopf schwirrt alles durcheinander. Drei Liter Suppe futsch; was soll sie nun morgen auf den Tisch bringen? Es ist wohl unmißverständlich, was in Chucks Kopf und Körper vorging – oder? Oder hat sie sich geirrt? Soll sie morgen früh fortgehen und eine Pastete besorgen? Jedenfalls hat sie schnell reagiert – schnell genug? Fürs erste hat sie ihn wenigstens aus den Füßen. Oder vielleicht ein Pfund Krabben vom Markt in Camden Lock? – Ja, aber nicht weit genug aus den Füßen. Er ist jetzt in ihrem Bad, mit fast nichts an, seine Sachen schwimmen in der Badewanne (sie hört das Wasser laufen). Vielleicht gehen die Suppenflecken raus, nur der Kaffee nicht, aber Menschenskind, was soll Chuck jetzt anziehen? Sie hätte ihn in sein Hotel zurückschicken sollen, aber dafür ist es jetzt zu spät, er kann in diesen klatschnassen Sachen nicht aus dem Haus. Ihr Kopf ist von zu vielen Kopfwehtabletten ganz benommen, und sie hat nicht vorausgedacht.

Wenn er wenigstens einen anständigen Regenmantel hätte, nicht diese entsetzliche durchsichtige Plastikhaut – sie wirft dem Mantel, der in der Diele hängt, einen haßerfüllten Blick zu –, dann könnte er wenigstens den so lange anziehen, bis seine Sachen trocken sind, vielleicht sogar darin nach Hause gehen.

»Vinnie! Haben Sie mal 'n Bademantel oder so was?«

Aha, Chuck hat über dieses Problem also auch nachgedacht. Sie wird ihm etwas zum Anziehen geben müssen, er kann ja nicht die ganze Nacht in ihrem Bad bleiben; und sowie er da herauskommt, wird er Annäherungsversuche machen. Oder vielleicht auch nicht? Vielleicht war das Ganze eine reine Nervenreaktion. Vielleicht hat sie es sich auch nur eingebildet. Vinnie beginnt Schränke und Schubladen zu öffnen, doch überall findet sie nur Damensachen in den Größen 38 bis 40.

»Vinnie?«

»Komme gleich.« In ihrer Verzweiflung geht sie ins Arbeitszimmer und reißt dort die Tagesdecke von der Liege. »Hier, darin können Sie sich fürs erste schon mal einwickeln, was anderes habe ich nicht.« Sie reicht das Bündel rauhe Wolle mit den geometrischen Mustern und den Fransen durch die Badezimmertür. Dann wendet sie sich, ohne eventuelle Einwände abzuwarten, wieder dem Küchenboden zu, der noch immer von grüner Suppe bekleckert und verschmiert ist.

»Na, das ist ja 'ne schöne Bescherung. Lassen Sie mich mal mit anfassen.«

»Nein, danke.« Vinnie, die mit einem Eimer Seifenlauge und demselben Schwamm, mit dem sie Chuck bearbeitet hat, auf den Knien liegt und schrubbt, sieht auf: knittrige Lederstiefel, dicke muskulöse nackte Beine mit rötlichem Pelz, darüber die gefranste Wolldecke, die an ihm jetzt viel kleiner wirkt als vorher. Sie steht auf.

»Sie haben da so'n grünes Zeug im Haar.« Chuck pflückt es heraus und zeigt es ihr.

»Brunnenkresse.« Vinnie wirft sie weg. »Es war eben eine Kressecremesuppe mit Avocado. Jetzt sollte ich auch mal mein Kleid einweichen, entschuldigen Sie mich.«

»Klar.«

Im Bad schüttelt sie das verklebte Laura-Ashley-Kleid erst mal aus und legt es in die Wanne, dann wirft sie einen Blick in den Spiegel, um sich zu vergewissern, daß sie nicht noch mehr Suppe im Haar hat. Wie schrecklich ich aussehe, wie alt, wie grau, wie unattraktiv, denkt sie. Natürlich wird er keinen Annäherungsversuch machen. Im Hinausgehen wirft sie noch einen Blick in die Badewanne, wo ihr Kleid und Chucks Hemd und Hose naß in anzüglicher Nähe beieinanderliegen. Sie läßt noch etwas warmes Wasser nachlaufen, damit sie mehr Platz haben, und dabei schwimmen die Sachen in promiskuitiver Verschlingung durcheinander. Nun komm, reiß dich zusammen, denkt sie und geht in die Küche zurück, wo Chuck zu ihrer Überraschung gerade mit Aufwischen fertig ist.

»Ich hatte nicht erwartet – danke«, sagt sie und muß dabei denken, daß Chuck sich dank der Decke von einem imitierten Cowboy nun in einen imitierten Indianer verwandelt hat. »Möchten Sie eine neue Tasse Kaffee?«

»Danke, nein.« Er wirft ihr ein kurzes Lächeln zu, dann einen längeren Blick. Vinnie fühlt sich unbehaglich und erwidert beides nicht.

»Also«, beginnt sie, »dann möchten Sie vielleicht –«

»Weißt du, was ich möchte?« Ehe sie antworten kann, hat der imitierte Indianer sie an beiden Schultern gepackt und küßt sie voll auf den Mund.

»Mmmm! Nein!« protestiert sie, aber erst hinterher.

»Ach komm, Vinnie. Wenn du wüßtest, wie lange ich mir das schon wünsche! Seit dem Tag, als wir zusammen Tee getrunken haben. Aber ich hatte – ich weiß nicht – wohl nicht den Nerv dazu. Ich war so verdammt tief unten.« Er zieht sie wieder an sich, mehr liebevoll als leidenschaftlich – vielleicht sind seine Gefühle nur besonders freundschaftlich?

»Bitte, wir wollen einen klaren Kopf behalten«, sagt sie. »Und aus der Küche gehen, bevor noch etwas umkippt.«

»Gut.« Chuck läßt sie vorbei, dann folgt er ihr ins Wohnzimmer. Aber sie sind kaum dort, als er sich wieder nähert, sie unter einem Aquarell vom New College an die Wand drängt. Diesmal sind seine Absichten eindeutig mehr als freundschaftlich. Vinnie fühlt jene zittrige Genugtuung, die sie immer empfindet, wenn jemand sexuelles Interesse an ihr zeigt: Ich mag ja häßlich sein, aber immerhin nicht hoffnungslos häßlich, sagt dieses Gefühl. Dann holt sie Luft und versucht sich zusammenzureißen. Aber es ist, seit sie von Amerika fort ist, das erstemal, daß jemand mehr als ihr nur die Hand drückt oder einen Kuß auf die Wange gibt, und Chucks Umarmung ist eng, fest, und tut durch und durch und beängstigend wohl. Eine große Wärme durchströmt sie, der Wunsch, sich fallenzulassen, zu vergessen wer sie ist, wo sie ist –

»Nein, nein«, will sie sagen. »Sie sind im Irrtum, ich will das wirklich nicht – « aber ihre Worte sind kaum mehr als ein Gemurmel. Stoß ihn weg, befiehlt sie sich;

aber ihr Körper verweigert den Gehorsam – sie schafft es nur, seinen Unterleib mit der einen Hand mühsam ein paar entscheidende Zentimeter von ihrem fernzuhalten.

Chuck ist derjenige, der zuerst losläßt. »Warte mal, Vinnie.« Er zieht schwer atmend seine warme Hand unter ihrer Bluse hervor. »Mein Gott, ist das wunderschön. Aber ich muß dir zuerst etwas sagen.« Er zieht sich die Decke wieder um die Schultern. »Setzen wir uns einen Moment, ja?«

»Ja«, sagt sie zittrig.

»Es ist nämlich so –« Chuck, der sich aufs Sofa hat sinken lassen, hält inne. »Ach, zum Teufel.«

»Nur zu«, sagt sie und setzt sich ihm gegenüber in einen Sessel. Sie gewinnt wieder die Kontrolle über sich. »Ich weiß schon, was Sie sagen wollen.«

»Ach was, woher denn?« Es klingt böse, vielleicht auch ängstlich.

»Weil ich das alles schon gehört habe.« Vinnie hat ihre Stimme fast wieder ganz in der Gewalt. Sie sieht Chuck an und findet seinen Anblick lächerlich: ein komischer, zu groß geratener, rotgesichtiger Indianer, der zwischen den englischen Möbeln und geblümten Chintz-Stoffen einfach fehl am Platz ist. »Sie wollen mir sagen, daß Sie mich zwar schrecklich gern haben, aber Sie wollen ehrlich sein, und ich muß mir darüber klar sein, daß Ihre Ehe Ihnen sehr viel bedeutet und Sie nur Ihre Frau wirklich lieben.«

»Ach, Quatsch! Ich liebe Myrna nicht – ich hasse sie, es fehlt zumindest nicht viel daran. Meine Ehe ist so tot, daß sie schon stinkt.« Chuck macht ein finsteres Gesicht. »Was ich sagen will, ist viel schlimmer.« Er krallt die Finger in die Decke und räuspert sich.

»Ich hab Ihnen doch mal erzählt, daß ich in Tulsa

einen Unfall hatte und meinen Wagen zu Schrott gefahren habe.«

»Ja«, sagt Vinnie. Wird Chuck ihr jetzt ein schimpfliches, sexuell verstümmelndes Gebrechen beichten?

»Well, aber ich hab da nicht nur den Wagen zu Schrott gefahren. Da war auch noch dieser Junge im VW. Es war auf der Muskogee-Schnellstraße, gegen zwei Uhr morgens. Ich raste einfach durch die Gegend, mit schätzungsweise hundertdreißig Sachen, war so in meinem gewöhnlichen Mitternachtstran, und da taucht plötzlich dieser alte VW auf, schert direkt vor mir von der Auffahrt ein, im Zickzack, wie ein besoffenes Huhn. Ich seh ihn noch immer. War ein sechzehnjähriges Bürschchen, halb hinüber von Amphetaminen. Ich hab noch zu bremsen versucht, aber meine Reaktion war nicht schnell genug; ich war einfach zu besoffen.«

»Und was ist passiert?« fragt sie endlich.

»Ich hab ihn umgebracht, das ist passiert.« Chuck wirft einen verzweifelten, suchenden Blick zu Vinnie; dann senkt er ihn zu Boden, als fürchte er sich davor, ihren Gesichtsausdruck zu verstehen.

»Sie kennen doch diese kleinen ausländischen Wagen, die haben bei einem Zusammenstoß ja gar keine Chance«, erklärt er dem Teppich. »Diesen Käfer hat's zerknautscht wie 'ne Eierschale. Mein Pontiac sah auch nicht mehr besonders schön aus, aber irgendwie bin ich rausgekommen. Ich hatte ein Knie kaputt und blutete am Kopf, aber das hab ich da gar nicht gemerkt. Aber der Junge – der klemmte in seinem VW, von der Lenksäule aufgespießt, und brüllte. Ich konnte nichts für ihn tun – kriegte nicht mal seine Tür auf.« Chuck hebt den Blick und schaut wieder Vinnie an.

»So war das also«, fährt er fort. »Es war pechfinster

ringsum, schwarz wie die Hölle. Einer meiner Scheinwerfer tat's noch, so daß ich ein Stück Straße sehen konnte – voll abgerissener Blechteile und mit Glassplittern übersät, die aussahen wie zerstampftes Eis.

Bis die Polizei kam, konnte ich schon gar nicht mehr richtig denken. Ich hatte 1,2 Promille und hab mich gewehrt, als sie mich in den Streifenwagen verfrachten wollten; irgendwie hatte ich mir in den Kopf gesetzt, ich müßte bei dem Jungen bleiben. Die haben mich natürlich eingebuchtet. Widerstand, Angriff auf einen Polizeibeamten, Fahren unter Alkohol, dazu Überschreitung der Höchstgeschwindigkeit und allgemeine Verkehrsfährdung ... und dann kamen noch die Eltern des Jungen und haben mich wegen fahrlässiger Tötung verklagt. Ich wollte mich schuldig bekennen; in meinem Zustand war's mir doch ziemlich egal, was mit mir passierte. Myrna meinte, ich sei wohl nicht bei Trost. Wenn ich schon keine Selbstachtung mehr hätte, sollte ich wenigstens so viel Anstand besitzen und an sie und die Kinder und ihre Stellung in der Gemeinde denken.«

»Haben Sie das getan?«

»Am Ende ja. Ich hab mir von ihr einen teuren Anwalt besorgen lassen, und der hat den Prozeß für uns gewonnen. Ich hatte ja Vorfahrt gehabt, und der Junge stand unter Drogen, was in Tulsa viel schlimmer ist als Alkohol. Aber wenn ich nicht so verdammt blau gewesen wäre, hätte ich ihn ohne weiteres noch rechtzeitig gesehen.«

»Das tut mir leid«, sagt Vinnie. »Es muß schrecklich sein, wenn einem so etwas passiert.«

»Mir geht es einfach nicht aus dem Kopf. Oder ging mir nicht aus dem Kopf. Erst in letzter Zeit ist es besser. Lange hab ich gedacht, ich müßte eigentlich auch sterben, um das an dem Jungen und seinen Eltern wiedergutzumachen. Das war es hauptsächlich. Nicht so sehr, daß ich meine Stelle verloren hatte, wie ich Ihnen erzählt habe. Immer wenn ich in ein Auto steige, oder manchmal schon, wenn ich nur über die Straße gehe, muß ich daran denken. Ich begebe mich immerzu in Gefahr, will einfach sehen, ob's gutgeht. Und wenn ich davonkomme, denke ich, mir ist vielleicht vergeben worden. Irgendwie verrückt, das weiß ich.«

»Natürlich ist es verrückt«, sagt Vinnie entschieden. »Es würde dem Jungen und seinen Eltern nicht das allermindeste nützen, wenn Sie bei einem Unfall umkämen.«

»Auge um Auge –«

»– macht die ganze Welt blind«, beendet sie den Satz.

»Ja – verstehe schon.« Chuck muß plötzlich grinsen. »Ein guter Spruch. Hab ich noch nie gehört.«

»Ghandi.«

»Wie, wer? Ach so, dieser Inder.« Chuck hört auf zu lächeln. »Na ja.« Er bewegt sich unruhig auf dem Sofa, das quietschend protestiert. »Ich dachte nur, Sie sollten das lieber wissen. Ich meine, für den Fall, daß Sie dann vielleicht nichts mehr mit mir zu tun haben wollen.«

Vinnie bekommt den Grund zum Rückzieher auf dem Tablett serviert, doch sie zögert. Es wäre gemein und verletzend für Chuck, ihn wegen des Vorfalls auf der Muskogee-Schnellstraße zurückzuweisen. Überhaupt, wenn sie sich dieses Tablett jetzt näher ansieht, liegt darauf ein wasserdichtes Alibi fürs Weitermachen.

»Das ist doch Unsinn«, sagt sie nervös. »Es war ein entsetzlicher Unfall, aber mehr nicht.«

»Ach, Vinnie.« Chuck macht einen Satz, stürzt sich so ungestüm auf sie, daß er die Tagesdecke halb hinter sich läßt, und umschlingt sie in einer warmen, halbnackten Umarmung. »Ich hätte ja wissen müssen, daß du das sagst. Du bist so eine gute Frau.«

Vinnie lächelt nicht. Das hat man noch nie zu ihr gesagt, und sie weiß, daß es nicht stimmt: weder im eigentlichen Sinne des Wortes, wie Chuck es begreift, noch in irgendeinem andern Sinne ist sie eine gute Frau. Sie ist weder sehr großzügig noch tapfer, noch zärtlich; sie stiehlt Rosen aus anderer Leute Vorgärten und malt sich genüßlich die häßlichsten Tode für ihre Widersacher aus. Natürlich hat sie in ihren eigenen Augen jedes Recht, so zu sein, wenn sie bedenkt, wie die Welt und ihre Bewohner sie behandelt haben; und sie hat ja auch gute Seiten: Intelligenz, Takt, Geschmack …

»Du warst die ganze Zeit so prima zu mir«, redet Chuck immer weiter. »Menschenskind, du hast mir doch praktisch das Leben gerettet.« Er beginnt ihr Gesicht zu küssen und läßt nur zwischendurch kurz von ihr ab, um wieder etwas zu sagen. »Weißt du, wenn ich dich nicht getroffen hätte, wäre ich doch wahrscheinlich nie auf die Idee gekommen, nach meinen Vorfahren zu suchen … oder hätte dieses South Leigh nie gefunden. Damals, als wir Tee getrunken haben, war ich drauf und dran, aufzugeben. Wenn du nicht gewesen wärst, hätte ich weder Old Mumpson gefunden noch Mike kennengelernt oder sonstwas. Wahrscheinlich wär's mir inzwischen schon geglückt, irgendwie umzukommen. Oder schlimmer, ich wäre wieder in Tulsa.«

»Halt!« versucht Vinnie zwischen den Küssen zu sagen, an denen sie inzwischen irgendwie auch selbst beteiligt ist. »Ich weiß nicht, ob ich das will…« Aber ihre

Stimme verweigert endgültig den Gehorsam, und ihr Körper – aufsässig und gierig – preßt sich an Chuck. Jetzt, jetzt, ruft er; mehr, mehr. Na gut, antwortet sie. Na gut, wenn du unbedingt willst. Nur dieses eine Mal. Es muß ja schließlich nie ein Mensch erfahren.

8

Das halbverwundet' Herz sich wandelt,
hüpft da und dorthin wie ein Frosch.

John Gay, ›Molly Mog‹

Am ersten und noch am zweiten Tag nach Rosemarys Party nimmt Fred ihren Streit nicht weiter ernst. Rosemarys Launen sind immer flüchtig; sie hatte schon öfter so unvernünftige Anwandlungen. Einmal hat sie zum Beispiel eine Verabredung nicht eingehalten, weil ihre neue Frisur ihr nicht gefiel. Wie das Nest einer verrücktgewordenen Maus sehe die aus, meinte sie, und es sei ihr unerträglich, daß er sie so sehe. Als sie sich dann das nächstemal trafen, machte sie seine Enttäuschung aber wieder gut, und mehr als das. Fred muß in der Erinnerung lächeln.

Als Rosemary nach achtundvierzig Stunden noch immer nicht ans Telefon geht oder auf die Nachrichten reagiert, die er beim Auftragsdienst für sie hinterläßt, wird Fred langsam unruhig. Dann fällt ihm ein, daß sie ja arbeitet: Sie hat eine Gastrolle in einer historischen Fernsehserie, die in dieser Woche gedreht wird. Er zieht telefonisch ein paar Erkundigungen ein, zuerst bei Rosemarys Agenten, der von einem Streit nichts zu wissen scheint (ein gutes Zeichen, denkt Fred), und erfährt, daß morgen eine Außenaufnahme gedreht werden soll, und zwar nur einen Steinwurf von seiner Wohnung entfernt.

Voll Hoffnung steht er um acht Uhr auf, nimmt rasch eine Tasse Kaffee und einen halbverbrannten Toast zu sich (er hat noch immer nicht gelernt, mit den englischen Toastern umzugehen) und hastet nach Holland Park. Obwohl es noch so früh ist, sind der Platz, auf dem gedreht wird, und die dorthin führenden Straßen verstopft von Fahrzeugen aller Art. Ein Teil der Straße ist abgesperrt; an der Sperre steht ein Polizist in der entspannten Haltung dessen, der heute eine leichte Aufgabe gezogen hat; inzwischen kommt es zu einem Auflauf.

Obwohl am Himmel dicke graue Wolken hängen, sind die Fassade eines vornehmen hohen Ziegelhauses und der Hof und Gehsteig davor von goldgleißendem Licht übergossen. Der künstliche Sonnenschein entstammt zwei Leuchtröhrenleisten an hohen Pfosten – Miniaturausgaben der Flutlichtanlagen, die er bei nächtlichen Baseballspielen schon gesehen hat. Das Haus strahlt aber nicht nur vom Licht, sondern auch von frischer Farbe: glänzendem Weiß an den Säulen und sattem, glänzendem Schwarz auf dem schmiedeeisernen Geländer. Auch an den beiden Nachbarhäusern sind Geländer und Holzteile frisch gestrichen – aber nur auf der für die Kamera sichtbaren Seite; hinten sind die Säulen zum Beispiel stumpf und rissig. Auf der andern Seite des Platzes montieren zwei Männer mit Leiter gerade ein Blechschild mit der Aufschrift COOMARASWAMY FOODS ab und ersetzen es durch ein hölzernes mit den dezenten Zierbuchstaben APOTHEKE.

Freds gutes Aussehen, sein amerikanischer Akzent und bescheiden selbstsicheres Auftreten machen es ihm leicht, sich durch die Polizeisperre zu reden. Er windet sich durch ein Gedränge von Leuten und Gerätschaften und ein Gewirr elektrischer Schlangen – gelb, schwarz und giftgrün – und spricht eine ängstlich dreinblickende junge Frau mit Notizblock an.

»Ja, ja, Rosemary Radley ist hier«, sagt sie ihm. »Da drüben in dem Haus, aber Sie können sie jetzt nicht sprechen –« sie greift nach Freds Arm, um ihn am Weitergehen zu hindern – »wir drehen in ein paar Minuten.«

Wie gewöhnlich in der Filmwelt, erweist sich das als allzu optimistisch. Es vergeht noch über eine Viertelstunde, derweil Fred an einen Kastenwagen mit der Aufschrift LEE ELECTRICS gelehnt steht und die Szene beobachtet. Ein Mann in blauem Kittel heftet Plastikblüten an die obligatorischen Rosensträucher beiderseits des Zugangs zu dem goldenen Haus; zwei andere fummeln etwas an der Beleuchtung. Eine Gruppe Schauspieler in altmodischen Kostümen steht plaudernd auf dem Gehsteig: eine alte Frau in Schwarz mit Korb am Arm, eine jüngere Frau, die einen gerüschten weißen Sonnenschirm herumwirbelt, ein Mann in Tweedanzug und Hut, ein Kindermädchen mit leerem Korbwagen. Auch scheinen viele von dem Filmteam nur herumzustehen, obwohl immer wieder einmal ein großes Gerufe und Gerenne einsetzt. Ein kleiner dicker Mann, der mit seinem in Auflösung begriffenen braunen Pullover und wirren grauen Haar eine gewisse Ähnlichkeit mit einem zerzausten Biber hat – er ist in der ganzen Gesellschaft mit Abstand der schäbigste und unansehnlichste –, scheint sich immer da aufzuhalten, wo das Durcheinander am größten ist. Fred hält ihn für einen besonders unfähigen Techniker – einen von seiner Gewerkschaft geschützten Trottel – und gibt ihm die Schuld an der anhaltenden Verzögerung, bis ihm aufgeht, daß er der Regisseur ist.

Irgendwann erreicht der Tumult dann seinen Höhepunkt und endet. Die Tür des goldenen Hauses geht auf; ein würdevoller älterer Herr im edwardianischen Straßenanzug tritt heraus, gefolgt von einer schönen Frau in Grau und Rosa, das flachsblonde Haar hochgesteckt, obendrauf ein riesiger Hut aus rosa Federn und Schleiern, wie ein Flamingo auf seinem Nest: Rosemary. Der Mann sagt etwas zu ihr; sie gibt ihm eine lange Antwort und lächelt süß zu ihm auf. Fred hört nichts von dem, was sie sagen, weil der Verkehr auf der andern Seite des Platzes so laut ist und der Regisseur dauernd dazwischenbrüllt. Das findet er merkwürdig; dann fällt ihm auf, daß weit und breit kein Mikrophon zu sehen ist. Die Szene wird nur gefilmt; der Ton kommt wahrscheinlich später im Studio hinzu.

Jetzt kommen Rosemary und ihr Begleiter die marmorne Treppe herunter, lachend und in angeregter Unterhaltung, so scheint es zumindest. Die Kamera wird zurückgerollt; auf dem Gehsteig setzt sich das Kindermädchen mit dem Wagen in Bewegung, das junge Paar spaziert in die andere Richtung davon. Der Biber reißt beide Hände über den Kopf und schreit: »Halt! Schnitt!« Zwei Frauen und ein Mann im Overall rennen zu Rosemary und dem älteren Schauspieler und machen sich an ihren Kleidern, Haaren und Gesichtern zu schaffen. Seine Liebste und ihr Begleiter stehen ganz passiv da und lassen sich das alles so teilnahmslos gefallen wie zwei Schaufensterpuppen. Der Biber berät sich mit dem Mann hinter der Kamera, dann noch mit ein paar andern. Schließlich gibt er ein Zeichen. Rosemary, die noch nicht einmal in Freds Richtung gesehen hat, geht zum Haus zurück.

In den nächsten vierzig Minuten wiederholt dieser

Ablauf des Geschehens sich noch viele Male, immer nur mit ein paar kleinen Varianten. Rosemary und der ältere Herr tauschen die Seiten, wenn sie die Treppe herunterkommen; einmal gehen sie schneller, dann langsamer; ein herunterhängender Ast über dem Geländer wird von einem Mann mit Säge und Leiter abgesägt; das Kindermädchen bekommt die Anweisung, sich schneller zu entfernen; die Ausleuchtung wird verändert. Dann wieder kann Fred, der den Jargon einer Fernsehproduktion nicht versteht, überhaupt keine Veränderung feststellen. Zweimal kommen die Akteure bis zum Gartentörchen und werden dort von der ärmlichen Frau in Schwarz angesprochen, woraufhin Rosemary ein sorgenvolles Gesicht macht, freundlich lächelt und sich mit einer unhörbaren, aber ernsten Bitte an ihren Begleiter wendet.

Wieder einmal wird Fred beim Zusehen von dem im übernatürlichen Licht geradezu überirdisch scheinenden Charme und Liebreiz seiner Angebeteten überwältigt, dann ebenso von ihrer heiteren Geduld. Jedesmal, wenn sie aus dem Haus kommt, hat sie dasselbe sanft strahlende Lächeln auf den Lippen, trippelt mit derselben leichten Eleganz die Treppe herunter, lacht über den unhörbaren Scherz ihres Partners mit derselben perfekten Spontaneität. Er begreift zum erstenmal, daß Rosemary mehr ist als eine schöne Schöpfung der Natur, eine Lilie auf dem Felde; er sieht, daß das Spiel vor der Fernsehkamera eine harte, eintönige, gekonnte Arbeit ist, und bewundert sie mehr denn je.

Zugleich findet er manche Einzelaspekte an Rosemarys Auftritten beunruhigend. Wie sie zum Beispiel den Kopf schieflegt und ihrem Partner in halb ernster, halb kindlicher Bitte drei Finger auf den Ärmel legt. Bis jetzt hat er diese Geste für etwas Natürliches, Impulsives, Eigenes gehalten – nicht für einen einstudierten Bühneneffekt. Hat Rosemary aus diesem Grund noch immer nicht dafür gesorgt, daß Fred ›Tallyho Castle‹ auf Video sehen kann, obwohl sie darüber schon oft gesprochen haben?

Endlich wird zur Pause gerufen. Der Kinderwagen bleibt mitten auf der Straße stehen. Elektriker und Zimmerleute (Rosemary würde sie *sparks* und *chippies* nennen) lehnen sich an ihre Apparaturen und reißen Selterswasserdosen auf; Kaffee in Plastikbechern wird herumgereicht.

Schließlich kommt sie wieder aus dem Haus, ohne Hut. Fred eilt auf sie zu, und obwohl er den Kabelsalat so gut wie möglich meidet, wäre er doch einmal fast gestürzt.

»Freddy!« Ihr Gesicht hellt sich vor Freude auf, genau wie vorhin immer wieder vor der Kamera. »Wo hast du gesteckt? Warum hast du mich nicht angerufen? Nein – nicht anrühren – ich bin ganz dick mit Make-up beschmiert.« Sie schmiegt sich kurz an ihn, wendet aber dabei das Gesicht ab, das aus der Nähe einen unnatürlich makellosen, käsigen Teint hat wie das frisch gestrichene Haus.

»Hab ich doch, aber ich bekam immer nur den Auftragsdienst. Und du hast nie zurückgerufen.«

»Ach, Unsinn, Darling. Ich habe nichts bekommen.«

»Ich habe dich mindestens vier- oder fünfmal angerufen, und jedesmal habe ich meinen Namen hinterlassen«, beharrt Fred.

»Wirklich? Diese dummen Mädchen; sind wahrscheinlich eifersüchtig und wollen mir mein Liebesleben ruinieren.« Rosemary kichert.

»Das kann ich nicht glauben – ich meine, warum sollten sie das wollen?«

»Wer weiß?« Rosemary zuckt mit den Schultern. »Menschen sind manchmal komisch.« Sie reckt sich und rubbelt ihm durchs Haar. »Nicht wie du. Das bewundere ich doch so an dir, Freddy Darling – du bist so vernünftig. Komm mit in die Garderobe, ich muß mich ein bißchen setzen. Dieses Korsett bringt mich um.«

Sie führt ihn zu einem Bus, der mit offenen Türen etwas weiter oben an der Straße steht. Die meisten Sitze sind herausgenommen; der Innenraum ist voller Spiegel, Kleiderständer und metallener Klapptische und -stühle.

»O Darling!« Sie umarmt ihn wieder, diesmal enger, dann setzt sie sich, wirft einen kurzen, forschenden Blick in den Spiegel und wirbelt herum. »Ich bin ja so glücklich, dich wiederzusehen; ich habe wunderbare Neuigkeiten. Pandora Box hat uns für die letzte Juniwoche auf ihren Schloßturm in Wales eingeladen; das ist so ein herrliches Fleckchen, und George hat jetzt die Angelrechte am Fluß – angelst du überhaupt gern?«

»Ja – aber Ende Juni bin ich doch nicht mehr hier, wie du weißt.«

»O Freddy, bitte, fang nicht schon wieder damit an.« Sie wendet sich wieder dem Spiegel zu und beginnt ein paar verirrte seidige Haarsträhnen in die weißgoldene Wolkenfrisur zurückzustecken.

»Himmel, ich kann's doch nicht ändern. Ich muß zurück und meine Vorlesungen halten. Außerdem bin ich pleite. Ich könnte es mir gar nicht leisten, hierzubleiben, selbst wenn es sonst ginge.«

»O Freddy«, wiederholt Rosemary, aber in einem ganz anderen Ton, sanft und erstaunt, wobei sie sich über die Stuhllehne zu ihm zurücklehnt und die runden, in zarten grauen Spitzen steckenden weißen Arme nach ihm ausstreckt. »Deswegen brauchst du dir doch keine Gedanken zu machen, Schatz. Wenn das alles ist, da kann ich dir leicht aushelfen. Ich bin im Moment durch Tantiemen ganz gut bei Kasse, und das Ding, das wir hier drehen – es ist zum Gähnen, aber die Gage ist nicht schlecht.«

»Ich kann nicht von dir leben«, sagt Fred mit gepreßter Stimme.

»Dummerchen, ich biete dir doch nicht an, dich auszuhalten. So tief bin ich hoffentlich noch nicht gesunken.« Rosemary gibt ein leichtes Lachen von sich, aber ein Unterton von Ungeduld schwingt schon darin mit. »Ich will dir nur etwas leihen.«

»Ich kann kein Geld von dir nehmen. Das würde alles kaputtmachen.«

»Um Gottes willen, sei doch nicht so zimperlich. Es wäre sowieso nicht sehr viel. Und wenn du willst, kannst du auch was sparen, indem du aus dieser scheußlichen und überteuerten Wohnung ausziehst und eine Zeitlang bei mir wohnst. Und wenn wir erst in Irland sind, haben wir sowieso alles praktisch gratis. Außerdem könnte ich Al bitten, dich als Komparsen anzuheuern. Das wäre doch ein netter Jux, findest du nicht?«

»Hm«, macht Fred; Rosemary scheint mit der viktorianischen Mode auch den Wortschatz übernommen zu haben.

»Du würdest nichts sagen müssen«, versichert sie ihm. »Mit deinem Yankee-Akzent könntest du das sowieso nicht.«

Fred lächelt. Es ist zwar aus praktischen Gründen nicht möglich, aber der Gedanke, zusammen mit Rosemary in einem englischen Fernsehspiel aufzutreten, hat seinen Reiz.

»Du könntest aber einen mürrischen Untergärtner spielen oder einen umherziehenden Zigeuner oder so was. Und ein bißchen Gage bekämst du dafür natürlich auch, darauf würde ich bestehen.«

»Nein«, sagt Fred mit Nachdruck und zieht ein finsteres Gesicht, spielt unbewußt schon die schimpfliche Rolle, die ihm die Phantasie seiner Liebsten zugedacht hat. »Das wäre genauso schlimm, wie Geld von dir zu nehmen. Noch schlimmer.«

Rosemarys blonde, fein gestrichelte Augenbrauen rücken zu einem winzigen, aber drohenden Stirnrunzeln enger zusammen. Sie erhebt sich graziös und glättet die Spitzenvolants ihres Rocks. »Du bist wirklich furchtbar dumm«, sagt sie und starrt auf ihn hinunter. »Du lebst anscheinend in irgendeinem historischen Drama; eigentlich gehörst *du* in ein Kostüm gesteckt. Du willst uns beiden unbedingt das Leben schwermachen, nur weil du in irgendwelchen viktorianischen Moralbegriffen lebst, nach denen ein Mann sich von einer Frau kein Geld leihen darf.«

»Jedenfalls nicht von der Frau, die er liebt«, sagt Fred bockig.

»Ich verstehe überhaupt nichts mehr.« Ihre melodische Stimme bebt, das kleine runde Kinn über dem hohen Spitzenkragen zittert. »Was willst du eigentlich von mir? O verdammt.« Sie reißt ein Papiertuch aus einer Schachtel und tupft sich die Augen ab, in denen es feucht schimmert. »Jetzt machst du auch noch mein Make-up kaputt.«

Fred steht auf und nimmt sie in die Arme. Er meidet das verkleisterte Gesicht und die rußbekleckten Augen und küßt nur den weichen Flaum ihrer Haare hinter dem Ohr, den weißen, spitzenverhüllten Hals, die weiße, beringte Hand, die das nasse Papiertuch hält. »Nichts. Alles. Ich möchte nur, daß wir uns weiter lieben. Sonst gar nichts.«

»Ganze vier Wochen lang.«

»Ja«, sagt er, irritiert von den Widersprüchen, die er an Rosemarys Körper fühlt: der Steifheit der glatten, schweren moirierten Seide, der zarten Spitzen des darunter befindlichen Korsetts und der Weichheit und Nachgiebigkeit ihres wiederum darunter befindlichen Körpers; er zieht sie fester an sich.

»Du kleiner Scheißer«, sagt Rosemary mit heiserer, fremder Stimme; und nie hätte er ein solches Wort von ihr zu hören erwartet. »Nimm deine Dreckspfoten von mir.« Erschüttert tritt er einen Schritt zurück.

»Ich hätte auf Mrs. Harris hören sollen«, fährt sie nun mit einer Stimme fort, die zwar ihre eigene ist, aber wutgeladen. »Sie hat mich gleich davor gewarnt, dir zu trauen.« Sie sieht ihn an, die herrlich bewimperten Augen zusammengekniffen. »›Das is' so 'n windiger Yankee‹, hat sie schon vor langer Zeit zu mir gesagt. ›Der legt die Frauen bloß aufs Kreuz.‹«

»Rosemary, Darling –«

»Entschuldige mich bitte, ich muß mein Make-up in Ordnung bringen lassen.« Schon ist sie mit wehender Seidenschleppe zur Tür hinaus und trippelt die Straße hinunter.

Fred steht im ersten Moment ganz benommen da; dann rennt er ihr nach. »Rosemary, bitte –«

Rosemary bleibt stehen, sieht ihn kalt an; dann ruft sie einen der hier diensttuenden Polizisten zu sich.

»Ja, Miss?« Lächelnd kommt er näher.

»Könnten Sie bitte diesen Herrn von hier entfernen?« Mit einer Kopfbewegung deutet sie zu Fred. »Er belästigt mich.«

»Wird gemacht, Miss.«

»Danke.« Sie schenkt ihm ein Lächeln, das noch strahlender wirkt durch die rußige Nässe um ihre großen, blaugrauen Augen herum, und trippelt davon.

»Schon gut, Sie brauchen mich nicht anzufassen; ich gehe von selbst.« Fred schüttelt die Hand des Polizisten von seinem Arm. Er windet sich zwischen den elektrischen Schlangen hindurch bis zur Absperrung und dort an einer großen Ansammlung Schaulustiger vorbei. Dann blickt er über ihre Köpfe hinweg noch einmal nach dem Haus zurück, das in unnatürlichem bronzenem Licht strahlt. Im Vorgarten versieht ein Mann mit Eimer und Pinsel soeben die Plastikrosen mit einem leuchtenden roten Anstrich.

Selbst nach dieser Szene ist Fred noch nicht ganz entmutigt. Er ist sein Leben lang noch nicht von einer Frau abgewiesen worden, die ihm wirklich etwas bedeutete, und er ist sich der Gefühle Rosemarys fast so sicher wie der eigenen. Hatte sie denn nicht geweint bei der Vorstellung, sich von ihm zu trennen?

Dabei nimmt er ihre Tränen aber auch wieder nicht so ernst. Er hat sie ja schon öfter weinen sehen: bei einem traurigen Film oder um den Tod irgendeines Schauspielers, den sie kaum kannte; und dann hat sie sich, kaum eine halbe Stunde später, über irgendeine Skandalgeschichte, die ihr jemand über denselben Schauspieler erzählte, vor Lachen geschüttelt. Er argwöhnt, daß ihr Theatertemperament emotionsgeladene Szenen und wirre Mißverständnisse ebenso wie deren spätere Entwirrung genießt. In ihrer Beziehung war das Klima stets sehr wechselhaft, wenn nicht stürmisch – so veränderlich wie das englische Frühlingswetter: Sonne und Regenschauer in atemberaubend willkürlicher Folge.

Doch als ein Tag um den andern vergeht und er Rosemary noch immer nicht erreichen kann, wird Fred immer nervöser und verzweifelter. Seine Stimmung schlägt von einer Stunde zur nächsten um. Er ist wütend auf Rosemary und will sie nie mehr wiedersehen; dann will er sie wiedersehen, aber nur, um ihr die Meinung zu sagen, ihr zu zeigen, wie wütend er ist; er will in ihr Haus einbrechen und ihr seine Liebe aufzwingen; er will sie um gut Wetter anflehen: Hat sie ihn nicht lange genug ausgesperrt? Es bleiben nur noch so wenige Wochen; es ist doch idiotisch von ihr, sie auf diese Weise zu vertun.

Und zum erstenmal überlegt er auch im Ernst, ob er nicht tun soll, was Rosemary von ihm verlangt. Soll er in Corinth anrufen oder ein Telegramm schicken, daß er diesen Sommer keine Vorlesungen halten kann – vielleicht sagen, er sei krank? Sind zwei Monate mit Rosemary in England es nicht wert, seine Vorgesetzten und Kollegen zu verärgern und seine Anstellung zu riskieren? Aber wenn er diesen Sommer keine Vorlesungen hält, wovon soll er leben? Er ist mittlerweile so gut wie bankrott, und wenn er hierbleibt, wird er – daran gibt's kein Deuteln – von Rosemary leben müssen, in ihrem Haus; er wird sich von ihr das Essen bezahlen lassen und, wenn sie nach Wales oder Irland fahren, auch die Fahrkarten und Flugtickets.

Dann wird er ein ausgehaltener Mann sein, versorgt und im Käfig gehalten wie ein kostbares Haustier. Hatte Rosemary ihn nicht auch schon ihr »Katerchen« genannt, als sie sich zum letztenmal sahen? Nein, nie und nimmer!

Wenn er doch nur den Hausschlüssel fände, den Rosemary ihm einmal gegeben hat, dann könnte er hingehen und dort auf sie warten. Aber das blöde Ding ist weg; er muß ihn am Tag der Party bei ihr gelassen haben. So tut er, was ihm als einziges übrigbleibt: wieder und wieder anrufen; er geht sogar zu ihrem Haus in Chelsea, aber es ist nie jemand da, nur einmal Mrs. Harris, die ihn nicht einläßt und keine Nachricht annimmt und ihm nur durch die verschlossene Tür zuschreit, er soll »gefälligst abdampfen« oder so ähnlich. Hält Rosemary sich zur Zeit woanders auf? Hat sie die Stadt verlassen? Er versucht es auch bei ihrem Agenten, aber jetzt ist der Mann kühl und höflich verschwiegen. Es tue ihm furchtbar leid, sagt er, aber er habe keine Ahnung, wo Rosemary sein könne – zwei ganz klare Lügen.

Rosemarys Freunde sind netter, aber auch nicht hilfsbereiter. Und Fred merkt jetzt, daß ihre Nettigkeit mehr allgemein als spezifisch ist und immer war. Nur weil er Rosemarys derzeitiger Galan war, hatten sie sich früher für seine Arbeit interessiert und seine Meinung zu kulturellen, politischen und allgemeinen Fragen hören wollen. Jetzt haben sie ihn fallengelassen – in allen Fällen aber so lautlos und unauffällig, wie man einen Krümel wegschnippen würde. Ihre Manieren sind bewundernswert; wenn er anruft, sind sie gleichbleibend freundlich, aber stets ausweichend und immer »furchtbar beschäftigt«. Manche scheinen sich auch nur schwer zu erinnern, wer er ist (»Ach ja, Fred Turner. Wie schön, von Ihnen zu hören«). Obwohl er erst in ein paar Wochen abreist, wünschen sie ihm eine gute Reise zurück in »die Staaten«, als ob er gleich ins Flugzeug stiege. Seine Fragen nach Rosemary werden überhört oder in der typisch quasseligen Art beantwortet, die er inzwischen als die Methode erkennt, mit der die britischen oberen Zehntausend alles Unwichtige und Unerfreuliche abwimmeln. (»Meine Güte, ich habe nicht die leiseste Ahnung – wollte sie nicht in die Auvergne oder so?«) Rosemarys engste Freunde, die eher helfen und auch offener mit ihm reden könnten, sind nicht zu erreichen. Posy hält sich außerhalb der Stadt auf, und er kennt ihre (unregistrierte) Telefonnummer nicht; Erin, Nadia und Edwin sind im Ausland.

Seine Kollegin und Landsmännin Vinnie Miner ist auch zu nichts nütze. Als er sie letzte Woche im British Museum sah, hat sie ihm versprochen, bei Rosemary ein gutes Wort für ihn einzulegen, ihr zu erklären, daß Fred nicht aus eigenem Wunsch London verläßt, daß er sie liebt – aber nichts ist dabei herausgekommen, falls sie es überhaupt versucht hat, was er bezweifelt. Und wenn sie es doch versucht hat, wird sie sich wohl nicht viel Mühe gegeben haben, denkt Fred. Sollte Vinnie jemals in ihrem Leben wahre romantische Liebe, geschweige sexuelle Leidenschaft gekannt haben, hat sie das sicher längst vergessen.

Während er, Fred – Scheiße, er kann's doch ruhig zugeben –, emotional und physisch regelrecht besessen ist. Bei Tag und Nacht kann er an nichts anderes denken als an Rosemary. Er versucht zu Hause zu arbeiten, geht ins BM, aber er kann sich nicht konzentrieren, nicht lesen, nichts notieren, nichts schreiben. Und dabei hat er zum erstenmal seit Monaten soviel Zeit, wie er nur will: lange, unausgefüllte Tage und Nächte.

Wieder wandert er, wie schon im letzten Winter, in London umher. Nur weiß er jetzt, daß diese Stadt existiert; daß sich in ihren Mauern, hinter ihren Fensterläden und Gardinen ein reiches, vielschichtiges, bewegtes Leben abspielt. Überall kommt er an Häusern, Restaurants, Bürogebäuden, Geschäften und Wohnblocks vorbei, wo er schon mit Rosemary war; die schon fast sichtbaren Gespenster seiner Liebesaffäre flimmern auf allen Straßen. In diesem überdrehten Zustand glaubt er oft Rosemary selbst von weitem zu sehen: im Eingang zu Selfridge's oder in der Theaterpause zwischen anderen Besuchern; in der Holland Park Road sieht er drei Häuserblocks weiter ihre weißgoldenen Haare schimmern wie einen Heiligenschein, erkennt ihren leichten, trippelnden Gang, oder er sieht sie in Mayfair in ein Taxi steigen. Sein Herz klopft wie wild, er rennt los, schlängelt sich durch den Verkehr, stößt Fußgänger beiseite und sieht sich immer, wenn er ankommt, einer Fremden gegenüber.

Heute ist Fred in einer Gegend Londons, wo er kaum hoffen kann, Rosemary zu begegnen. Es ist ein strahlender Junitag, und er geht mit Debby und Joe Vogeler am Regent's Canal oberhalb von Camden Lock spazieren. Sie kommen nur langsam voran, da Joe den Kleinen im Wagen schiebt und der alte Treidelpfad voller Sonntagsspaziergänger ist. Der ganze Arbeitstag wird futsch sein, bis Fred wieder in seine Wohnung und an seine Schreibmaschine kommt. Aber wenn er zu Hause geblieben wäre, hätte er wahrscheinlich auch nichts zuwege gebracht. Seine Gedanken können sich nicht aufs achtzehnte Jahrhundert konzentrieren; sie sind zu sehr mit dem späten zwanzigsten Jahrhundert beschäftigt, und darin vor allem wieder mit morgen, dem Augenblick in weniger als vierundzwanzig Stunden, da er

Rosemary zum erstenmal seit vierzehn Tagen wieder von Angesicht zu Angesicht gegenüberstehen wird und sie ihm zuhören muß.

Auch Joe und Debby machen sich Gedanken, aber laut. Ihre Sorge gilt der intellektuellen Entwicklung ihres Sprößlings beziehungsweise deren Ausbleiben. Jakie ist doch nun schon sechzehn Monate alt, mein Gott, und hat noch immer nicht zu sprechen angefangen – noch kein einziges verdammtes Wort hat er gesagt, und dabei sind so viele Kinder in seinem Alter, jüngere sogar (hier werden Beispiele zitiert), schon ganz unheimlich wortgewandt. Fred findet, daß ihre Ängste ein klares Beispiel für die von manchen modernen Kritikern beklagte Überbewertung der Sprache sind; daß Jakie, wie er ihnen jetzt wieder sagt, ein gesundes, kräftiges und lebhaftes Kind ist, scheint ihnen kaum etwas zu bedeuten.

»Wenn er nur endlich zu sprechen anfinge, wäre er soviel menschenähnlicher«, erklärt Debbie. »Ich meine, ja, gewiß, er ist gesund und manchmal auch richtig süß, aber so gar kein Mensch, wenn du verstehst, was ich meine.«

»Es ist so elend frustrierend, sich überhaupt nicht mit ihm verständigen zu können«, sagt Joe. »Nicht zu wissen, was in ihm vorgeht, was er denkt und fühlt. Das eigene Kind! Man fragt sich doch unwillkürlich, was er einem wohl sagen wird, wenn er erst zu reden anfängt.«

»Da könntest du enttäuscht sein«, meint Fred. »Als ich ein Baby war, hat mein Vater, wie er mir mal erzählt hat, mich immer angesehen und tiefschürfende Wordsworthsche Gedanken über die Kindheit gewälzt und sich gefragt, was für eine Botschaft aus dem Reich der Herrlichkeit ich ihm wohl überbringen würde. Und als ich endlich sprechen lernte, war mein erster Satz: ›Freddy will Schoko‹.«

»Und wie alt warst du da?« will Debbie wissen, der die Pointe wohl entgangen ist.

»Keine Ahnung«, seufzt Fred.

»Die meisten Kinder fangen erst mit etwa zwei Jahren an, Sätze zu bilden«, sagt Joe. »Aber einzelne Wörter beherrschen sie meist schon sehr viel früher. Normalerweise. Jakie brabbelt jede Menge, aber es kommt nichts dabei heraus. Ich meine, was denkst du?«

»Auf mich macht er einen völlig normalen Eindruck«, meint Fred, der von Kleinkindern nun wahrhaftig nichts versteht. Vielleicht stimmt mit Jakie wirklich etwas nicht; Himmel, woher soll er das wissen? Es fällt ihm ausgesprochen schwer, sich mit dem Thema zu befassen, mit irgendeinem Thema überhaupt; er nimmt kaum die malerische Gegend wahr, durch die er geht: auf der einen Seite ein Hang mit hohem Gras und Wiesenblumen, auf der andern die leuchtend bemalten Kähne und die hohen Kastanienbäume in den Gärten am andern Ufer, die angefangen haben, ihre Blütenblätter in den Kanal zu streuen, was ihn zu einem schwebenden Teppich aus cremegelben und rosa Sternen macht. London kann er jetzt nur in schmerzlich aufblitzenden Erinnerungen sehen; meist geht er durch eine Stadt von wolkigen, düsteren Formen und Geräuschen.

Seit Rosemarys Party hat Fred so gut wie keinen Menschen außer den Vogelers gesehen, von diesen allerdings mehr, als ihm lieb ist, und eigentlich nur, weil er nicht die Kraft aufbringt, sich herauszureden. Joes und Debbys Meinung über London hat sich mit dem schönen Wetter etwas gebessert, aber auch wieder nicht sehr. Gewiß, es sieht jetzt besser aus, räumt Joe ein, aber du lieber Himmel, im Juni müßte es doch wärmer sein! Zu Hause könnten sie jetzt schon seit Monaten baden gehen, findet Debby. Und hier mal richtig braun zu werden, das könne man sowieso vergessen.

Diese Ansichten der Vogelers werden von ein paar Freunden geteilt, die sie hier kennengelernt haben – zwei kanadischen Historikern, denen sie in der Cafeteria des British Museum begegnet sind, sowie einem australischen Ehepaar, das mit ersteren verwandt ist. Alle vier sind sich mit Joe und Debby über die Unzulänglichkeit der englischen Küche, das lauwarme englische Bier, die Kühle der Eingeborenen und die enttäuschende Winzigkeit aller Nationaldenkmäler und sonstigen Touristenattraktionen einig.

Sie haben auch eine Erklärung dafür. Andy (der Australier) hat sie Fred letzte Woche in einem Pub in Hampstead dargelegt. Das Problem mit dem heutigen England sei, daß dreihundert Jahre lang immer die kühnsten und tatkräftigsten, unabhängigsten und verwegensten seiner Bürger die gottverdammte Heimat verlassen hätten und in die Kolonien gegangen seien – in die er die USA einbeziehe, klar? Die Daheimgebliebenen wurden auf dem Wege natürlicher Auslese immer ängstlicher, träger, sklavischer und kränklicher. Himmel, man brauche sich doch nur mal umzusehen, sagte Andy. Die heutigen Briten seien armselige, bläßliche Kreaturen, die Fußkranken eines ehedem stolzen Stammes.

Gewiß, räumte Andy ein, Australien sei mit Sträflingen besiedelt worden – aber immer langsam, Freundchen; man müsse sich ja mal fragen, wodurch sie überhaupt zu Sträflingen geworden seien. In Wahrheit waren das doch Leute aus der Arbeiterschicht, die das beschissene Klassensystem nicht mehr hinnehmen wollten, die keine Lust mehr hatten, sich für Pfennige die Finger wund zu arbeiten und später von der Armenküche zu leben, wenn sie zum Arbeiten zu alt waren. Sie hatten Phantasie und Mumm; sie haben was riskiert, sie wollten ihren gerechten Anteil haben. Moll Flanders, nicht Oliver Twist.

Im wesentlichen ist die Einstellung aller dieser Kolonisten – jetzt einschließlich der Vogelers – gegenüber England die Einstellung erfolgreicher Leute gegenüber den Eltern, denen sie entwachsen sind. Sie bewundern Englands Geschichte und Traditionen; sie hängen mit sentimentaler Liebe an der englischen Landschaft und Architektur; aber sie würden weiß Gott nie zurückkommen und hier leben wollen!

Daß Joe und Debby auf Rosemarys Party dem wahren, inneren London begegnet sind, wie Fred das nennt, hat ihre Ansichten nicht beeinflußt. Die meisten, die sie da kennenlernten, erschienen ihnen »irgendwie nicht ganz echt«, und noch immer leiden sie an der Reaktion gewisser Leute auf die Anwesenheit und das Benehmen ihres Babys. Debby vor allem scheint nach Freds Eindruck ihren Groll zu hätscheln wie ein häßliches, übellauniges Kind – vielleicht Jakie selbst an einem schlechten Nachmittag. Als Fred gesteht, daß er und Rosemary sich gestritten haben, und seine letzte Begegnung mit ihr schildert, sehen sie ihr Vorurteil nur bestätigt.

»So sind die Engländer eben, vor allem diese Mittelstandstypen«, belehrt ihn Joe, als sie auf dem Treidelpfad kehrtmachen und wieder in Richtung Camden Lock gehen. »Bei denen weiß man nie, woran man ist.«

»Perfides Albion«, souffliert Fred, der halb mit Joe einer Meinung ist, halb seine Ignoranz bemitleidet.

»Ja, meinetwegen.« Joe will die Ironie nicht wahrhaben. »Ich will ja nicht leugnen, daß sie furchtbar nett sein können, wenn sie wollen. Ich kann verstehen, was du für Rosemary Radley empfunden hast; zuerst hat sie mich ja auch gründlich eingewickelt. Aber deine Gedankenwelt und ihre, die sind Lichtjahre auseinander.«

»Hm«, brummt Fred unwillig. Er fragt sich nicht zum erstenmal, woher verheiratete Leute eigentlich das Recht nehmen, so ungehemmt die Angelegenheiten ihrer unverheirateten Freunde auseinanderzunehmen; wenn er es sich herausnähme, etwas über Joes und Debbys Beziehung zueinander zu sagen, würden sie das unverschämt von ihm finden.

»Ganz meine Meinung«, sagt Debby. »Ach Gott, was ist denn nun schon wieder?« Sie beugt sich über Jakie, der in seinem Kinderwagen zu zappeln und strampeln angefangen hat; es ist einer seiner schlechten Nachmittage.

»Mir scheint, er will raus«, sagt Fred.

»Das will er immerzu. Na gut, Dummerchen.« Debby befreit Jakie und stellt ihn auf die unsicheren Beinchen – er kann erst seit ein paar Monaten laufen. »Ja, Moment – Herrgott!« Sie zupft seinen gestreiften Overall und die Schirmmütze gerade, in denen Jakie aussieht wie ein zwergwüchsiger Lokomotivführer, und nimmt seine Patschhand fest in den Griff.

»Du mußt deine Prioritäten neu ordnen«, belehrt Joe seinen Freund, als sie im Piepmatztempo den Treidelpfad zurückgehen und den leeren Wagen schieben.

Fred weigert sich stumm, dies zu tun.

»Stimmt«, sagt Debby. »Ich meine, eine Zukunft hatte die Sache ja sowieso nicht. Zum einen ist Rosemary Radley viel zu alt für dich.«

»Das sehe ich nicht so«, sagt Fred mit boshaftem Unterton. »Du bist auch älter als Joe, oder?«

»Ganze fünfzehn Monate; die dürften wohl keine Rolle spielen«, versetzt Debby ungnädig.

»Na schön, Rosemary ist siebenunddreißig. Aber was tut das zur Sache, wenn wir uns lieben?« fragt Fred, wobei er sich wünscht, er hätte die Vogelers nie ins Vertrauen gezogen, sie überhaupt nie kennengelernt.

»Rosemary ist nicht siebenunddreißig«, sagt Debby. »Auf keinen Fall. Sie ist etwa vier- oder fünfundvierzig.«

»Ach was. Nie!« Er lacht zornig.

»Ich hab's in der ›Sunday Times‹ gelesen.«

»Na und? Das macht es noch nicht wahr«, sagt Fred und erinnert sich, wie oft seine Liebste sich schon über die widerlichen Lügen beklagt hat, die über sie und andere Schauspieler gedruckt würden. »Darauf pfeife ich.«

»Bitte, dann glaubst du's eben nicht.« Debbys Ton ist eine Mischung aus Zorn und Herablassung. »Nein, Jakie, nicht! Den willst du doch gar nicht haben.« Sie bückt sich und entwindet den Fingern ihres Babys einen zerquetschten Gummiball mit einem rissigen, ausgebleichten Union Jack darauf. »So ein häßliches, schmutziges Ding! Joe, kannst du ihn mal einen Moment halten?« Debby reicht den zappelnden Sprößling an den Vater weiter und schleudert den Ball die Böschung hinauf. Jakie starrt ihm nach, dann folgt empörtes Gebrüll.

»Schau mal, Jakie, schau!« ruft sein Vater, um ihn abzulenken. »Sieh mal, das – äh – Boot da!« Er zeigt auf ein buntes Dinghy, das am andern Ufer vertäut ist. »O verdammt!«

Der zerquetschte Ball ist wieder aus dem Gras der Böschung hervorgekommen, hüpft ein Stück vor ihnen über den Pfad und plumpst in das träge dahinfließende, froschgrüne Wasser des Kanals, wo er sich einer Flottille von Plastikflaschen, einer halben Orange, aufgeweichten Holz- und Strohfetzen und allerlei sonstigem Unrat anschließt. »Nein, Jakie!« Er hält die zappelnde Heulboje zurück. »Pfui, Bazillen! Jetzt sind sie alle weg.«

»Diesen dreckigen alten Ball willst du doch gar nicht haben«, versichert Debby noch einmal – wider besseres Wissen, denkt Fred. »Jetzt hör aber sofort auf!« Der Kleine hat sich in einen Anfall frustrierter Sehnsucht gesteigert und zappelt und brüllt, was das Zeug hält, das Gesicht zu einer roten Gnomenmaske verzerrt.

»Scheiße«, seufzt Joe. »Na, nun komm schon, Jakie. Hopp!« Er wuchtet sich den strampelnden, heulenden Gnom auf die Schultern. »Eins – hopp! Zwei – hopp!« Bei jedem zweiten Schritt stemmt er den brüllenden Gnom in die Höhe – das soll wohl beruhigen, denkt Fred – und schreitet dabei schnell weiter den Pfad hinunter, gefolgt von Debby mit dem Kinderwagen. »Eins – hopp! Zwei – hopp! Hoch das Baby!«

»Du, ich wollte dich mit dem, was ich vorhin gesagt habe, nicht ärgern«, meint Debby, dieweil der im Wasser treibende Ball zurückbleibt und Jakies Brüllen in ein unmutiges Gurgeln übergeht.

»Schon gut«, sagt Fred. Das Mitleid mit den Vogelers, Eltern eines zurückgebliebenen kleinen Trolls, stimmt ihn großmütig.

»Es ist – ich will dich wegen so etwas doch nur nicht so niedergeschlagen sehen.«

»Gut. Das geht schon vorbei«, sagt Fred. Und morgen um diese Zeit, denkt er, werde er mit etwas Glück schon wieder mit seiner Liebsten vereint sein.

»Klar«, sagt Joe. »Eine Rosemary Radley ist sowieso nicht das, was du eigentlich suchst.«

»Wenn du erst wieder in Amerika bist«, sagt seine Frau, »siehst du die ganze Sache bestimmt in einem andern Licht.«

»Hm«, macht Fred. Ihm ist gerade aufgegangen, daß die Vogelers seine Sehnsucht nach Rosemary nicht viel anders sehen als Jakies Sehnsucht nach einem alten Gummiball.

»Ganz sicher«, bekräftigt Debby. »Du brauchst eine Frau mit echter intellektueller Substanz. Das habe ich ja schon immer gedacht«, fährt sie fort, Freds Schweigen als Empfänglichkeit verkennend. »Eine Frau, mit der du dich wirklich auf deinem Niveau unterhalten und Gedanken austauschen kannst.«

»Richtig«, sagt Joe. »Eine wie Carissa zum Beispiel.«

»Carissa hätte sich nie so launisch und unvernünftig verhalten. Bei Carissa weiß man immer, woran man ist. An der ist nichts falsch. Ich weiß noch, wie sie einmal –«

»Hör mal, Debby«, unterbricht Fred sie, indem er stehenbleibt und sie ansieht. »Tu mir einen Gefallen und hör auf, immerzu von Carissa zu reden. Um Carissa geht es hier nicht.«

»Aber es geht um sie«, sagt Joe. »Bitte, gut«, räumt er ein, als er Freds Gesicht sieht. »Wenn du es so betrachtest.«

»Ja, verdammt noch mal, ich betrachte es so«, sagt Fred. Er sieht sich und die Vogelers am Rande eines richtigen Krachs stehen – vielleicht vor dem Bruch ihrer siebenjährigen Freundschaft. Aber in seiner momentanen Stimmung ist ihm das egal.

Sie sind jetzt alle stehengeblieben und sehen einander an. Aber immer noch zieht das schleimige grüne Wasser vorbei, mitsamt dem ganzen Treibgut. Jakie, der seinem Vater über die Schultern guckt, sieht seinen heißbegehrten Ball nahen und beginnt aufgeregt zu brabbeln. »Ooooh! Uuuuuh! B-ba-Ball!«

»Ball!« schreit Joe. »Debby, er hat ›Ball‹ gesagt!«

»Ich hab's gehört.« Auf Debbys grimmiger Miene breitet sich ein beglücktes Lächeln aus. »Jakie, mein Schatz! Sag's noch einmal. Sag ›Ball‹!«

»Buuuh! Bah! Ball.« Das Baby zerrt nach dem Ziel seiner Sehnsucht, das zwischen faulendem Unrat vorüberzieht.

»Er hat ›Ball‹ gesagt«, erklärt die Mutter triumphierend.

»Sein erstes Wort.« Die Stimme des Vaters zittert.

»Ball«, haucht Debby. »Hast du's gehört, Fred? Er hat ›Ball‹ gesagt.« Aber sie und Joe warten nicht auf eine Antwort von ihm. Sie haben Fred vergessen und staunen nur noch in ehrfürchtiger Erleichterung ihren Sohn an, dann umschlingen sie ihn beide und bedecken ihn mit glückseligen Küssen.

Freds Begegnung mit Rosemary am nächsten Tag wurde ohne ihre Kenntnis und Zustimmung geplant. Einer Vorankündigung in den Sonntagszeitungen hatte er entnommen, daß sie im Radio über die soeben erschienenen Memoiren ihrer Freundin Daphne Vane sprechen werde, und da hatte er beschlossen, zur Stelle zu sein. Nachdem er einen Vormittag lang (erfolglos) an seinem Buch zu arbeiten versucht hat, prüft er noch einmal Uhrzeit und Adresse nach und macht sich auf den Weg.

Das Studio, das er schließlich findet, ist nicht eben ermutigend – niemand würde sich diesen Ort für ein Treffen mit seiner Liebsten aussuchen. Fred hätte das BBC-

Gebäude am Portland Place vorgezogen, wo er schon einmal mit Rosemary war: ein drolliger Kunstgewerbetempel mit flammender Sonne über dem Eingang und einer Gruppe vergoldeter Aufzüge. Dahinter wartete ein Labyrinth von Korridoren, auf denen exzentrisch aussehende Leute mit besorgten Gesichtern umherhuschten und an das Weiße Kaninchen erinnerten. Die Tonstudios waren gemütliche Höhlen mit strapazierten weichen Ledersesseln und historisch anmutenden Mikrophonen und Schalttafeln; in der rauchigen Atmosphäre schien noch die Luftschlacht um England nachzuwirken.

Das Studio dieses Privatsenders ist kalt, unpersönlich und ultramodern; die Eingangshalle hinter der Glasfassade ist im Minimalstil der Madison Avenue dekoriert. Auf den Kunstledersofas lümmelt sich ein rundes Dutzend Teenager, Kaugummi kauend und zu Rockrhythmen mit den Knien wackelnd.

»Ich möchte mich hier mit Rosemary Radley treffen«, brüllt Fred gegen den Lärm an und einer verführerischen jungen Rezeptionistin mit magentaroten Lippen und grünschillernden Lidern zu. »Sie tritt um vier in ›Lebendige Kunst‹ auf.«

»Name, bitte?«

Fred nennt ihr seinen Namen und denkt gleich darauf, er hätte vielleicht besser einen anderen genannt.

»Sekunde, Baby. Will mal sehen, was sich machen läßt.« Sie schenkt ihm einen unverhüllt bewundernden Blick und ein Lächeln, das einer reifen Pflaume gleicht, und nimmt den Hörer von einem roten Telefon. »Man sucht sie gerade.« Wieder lächelt sie Fred an. »Aus Amerika?«

»Ja.«

»Hab ich mir gedacht. Wäre mein Traum, nach Amerika zu gehen.« Sie lauscht wieder ins Telefon, und das Lächeln wird zur Dörrpflaume; schließlich schüttelt sie den Kopf.

»Sagen Sie ihr, es ist wichtig. Sehr wichtig.«

Die Rezeptionistin sieht ihn jetzt mit einem andern Blick an, zwar immer noch bewundernd, aber schon weniger respektvoll; Fred versteht, daß er vom VIP zum Fan degradiert wurde. Sie spricht wieder in das blitzende rote Telefon.

»Tut mir leid, nichts zu machen«, sagt sie endlich. »Ich würde Sie ja reinlassen, aber dann machen die mir die Hölle heiß.«

»Dann warte ich eben hier, bis die Sendung vorbei ist.« Fred begibt sich zu einem kunstlederbezogenen Würfel, setzt sich auf die Kante und wartet. Währenddessen kommen andere Besucher, gehen an den Empfang, und jedesmal drückt die Rezeptionistin nach telefonischer Rückfrage auf einen Knopf und läßt sie durch die kunstledergepolsterte, ziernägelgespickte Tür hinter dem Empfangstisch ein. Die Rockmusik steigert sich zu einem brüllenden Crescendo, das ein paar von den herumlungernden Teenagern von den Sitzen reißt und zu hysterischen Zuckungen veranlaßt.

Die Musik endet mit einem Donnerknall, dem eine Serie ohrenbetäubender Werbespots folgt. Die Teenager schwärmen zur Rückseite der Eingangshalle; manche haben so etwas Ähnliches wie Autogrammhefte in der Hand.

»Lassen Sie sich diese einmalige Gelegenheit nicht entgehen! Kommen Sie JETZT! ... Bitte bleiben Sie auf Empfang für unsere Sendung ›Lebendige Kunst‹.« Stimmungsmusik erklingt.

»Ich heiße Sie wieder herzlich willkommen zu unserer Sendung ›Lebendige Kunst‹.« Eine andere Stimme, sanft und vertraulich. »Hier ist Dennis Wither. Heute nachmittag bieten wir Ihnen einen besonderen Leckerbissen: Zu Gast bei uns im Studio ist Dame Daphne Vane, deren Autobiographie soeben unter dem Titel ›Vanitäten: Ein Leben fürs Theater‹ bei Heinemann erschienen ist. Dame Daphne sitzt nun hier neben mir, und neben ihr sitzt Lady Rosemary Radley, Star der preisgekrönten Fernsehserie ›Tallyho Castle‹ …«

Die Punker verziehen bei dieser Ansage angewidert die Gesichter; einige stöhnen; einer tut, als müsse er sich übergeben. Fred wirft ihm einen haßerfüllten Blick zu. Er weiß, daß Rosemarys Serie bei aller Beliebtheit auch ihre Kritiker hat. Ein paar Linksintellektuelle zum Beispiel nennen die Darstellung des dörflichen Lebens rührselig und snobistisch. Aber diese arbeitsscheuen, großmäuligen Halbwüchsigen hier, die schon bei Rosemarys Namen so tun, als ob ihnen schlecht würde … Er möchte sie am liebsten umbringen.

»Wir melden uns in ein paar Sekunden wieder.« Während eine dümmliche Werbemelodie für irgendein Shampoo (»romantischer – lieblicher!«) durch die Halle wimmert, kommt aus der Tür hinter dem Empfangstisch ein spindeldürrer Mann im weißledernen, nietengespickten Overall, gefolgt von zwei dickeren Männern in billigen Anzügen. Die Teenager stürzen unter schrillen Schreien von allen Seiten auf ihn ein.

Der so Gefeierte, wer immer er sein mag, geht mit gequältem Lächeln durch die Halle, bleibt einmal kurz stehen, um ein paar Autogramme zu geben, und schafft schließlich den Durchbruch zur Tür und einer wartenden Limousine, wobei die beiden Dicken ihm Flankenschutz geben. Fred beobachtet angewidert die Szene und findet, er könne ebensogut schon wieder in New York sein.

Plötzlich füllt Rosemarys herrliches, trällerndes Lachen in dreifacher elektronischer Verstärkung die Halle. Freds Herz macht einen Luftsprung wie ein Fisch.

»Danke, Dennis, und ich finde es herrlich hier bei euch.« Ihre süße, klare, perfekt modulierte Oberklassenstimme hallt zwischen den Wänden hin und her, als schwebte eine fünf Meter große Rosemary unsichtbar über ihm durch die Luft.

Fred sitzt da und lauscht und wird immer zorniger. Er weiß, daß Rosemarys überschwengliches Lob für Daphnes Autobiographie verlogen ist – vor ihm hat sie von einem »albernen Bilderbüchlein« gesprochen und sich darüber mokiert, daß Daphne zu geizig sei, einen guten Ghostwriter zu engagieren. Und nun erzählt sie hier allen Hörern dieses Senders in London – in ganz England womöglich –, daß sie »von Daphnes herrlichem Charme und Witz ganz hingerissen« sei. Wie kann sie nur so lügen? Wie kann sie so daherreden, so daherlachen und mit Daphne und diesen andern Idioten triviale Theateranekdötchen austauschen? Es ist ganz klar, daß sie nicht so leidet wie er. Ihr ist das alles scheißegal. Sie hat überhaupt schon vergessen, daß es ihn gibt. Aber daran wird er sie schon wieder erinnern, wenn diese Sendung erst vorbei ist.

Das Schlußthema setzt ein; Fred nähert sich der Polstertür. Fünf Minuten vergehen, aber Rosemary kommt nicht; auch keiner von den andern, die mit ihr in der Sendung waren.

»He, Sie!« ruft die Rezeptionistin mitten in einen neuen Schwall von Popmusik hinein. »Sie da!«

»Ja?« Fred dreht sich um.

»Warten Sie noch immer auf Rosemary Radley?«

»Ja.«

»Da vertun Sie Ihre Zeit. Die Künstler benutzen diesen Ausgang nie, höchstens wenn sie sich ihren Fans zeigen wollen oder so.«

»Danke.« Fred geht zu ihr an den Tisch, stützt sich mit beiden Ellbogen darauf und fragt mit allem männlichen Charme, den er in seiner momentanen Stimmung aufbringen kann: »Welchen Ausgang benutzen sie denn?«

»Hintenrum, beim Parkplatz. Aber wahrscheinlich sind sie inzwischen längst weg.« Sie senkt die fettiggrünen, dichtbewimperten Lider und beugt sich vor. »Was will so 'n Wonneproppen wie Sie denn überhaupt von so 'ner alten Schachtel?«

»Ich –« Fred bekämpft den Drang, seine Liebste zu verteidigen; er hat keine Zeit zu verlieren. »Entschuldigen Sie mich.« Er rennt durch die Halle, stößt die dicke Glastür auf und läuft um den Block. Hinter dem Studiogebäude findet er einen zweiten Eingang, aber hier läßt die Glastür sich nicht öffnen.

Das Herz schlägt ihm bis zum Hals, während er dort neben einem Stapel leerer Pappkartons steht und die Tür beobachtet, ob Rosemary herauskommt – wahrscheinlich mit Daphne und den andern Idioten, das ist ihm klar. Aber um die wird er sich nicht kümmern; er wird Rosemary fortreißen, wird sagen ... Und während Fred seinen vorbereiteten Text noch einmal durchgeht, verrinnt langsam, tröpfchenweise die Zeit. Nach einer Weile begreift er endlich, daß Rosemary gegangen ist, ohne auf ihn zu warten.

Fred flucht in ohnmächtiger Wut. »Verdammtes Luder!« schreit er über den leeren Parkplatz – und noch einiges mehr. Er sagt sich, daß Rosemary kaltherzig und grausam ist; daß alle ihre Worte und Gesten – ein paar wollen ihm ins Bewußtsein steigen, doch er stößt sie wieder hinunter – falsch waren, nur Theater. »Lebendige Kunst«, denkt er ... o ja, so lebendig, so künstlich ... Ach was, scheiß drauf! Er tritt einen der durchweichten Pappkartons zusammen.

Vielleicht hätte er selbst mehr Gebrauch von der »lebendigen Kunst« machen und Rosemary anlügen sollen, ihr sagen, er habe die Sommervorlesungen abgesagt, sich die nächsten Wochen noch vergnügt, und dann ab ins Flugzeug – ganz der windige Yankee, als den Mrs. Harris ihn ja eingestuft hat.

Aber er hätte das Spiel nicht durchgehalten, er ist kein Thespisjünger. Überhaupt wird ihm bei der bloßen Vorstellung schon schlecht. Es wäre keine Liebe mehr gewesen, sondern Berechnung, Ausbeutung. Rosemary hätte das vielleicht gekonnt, wenn sie gewollt hätte ...

Und ein schmutziger Nebel aus Argwohn und Eifersucht legt sich über Fred, wie wenn die dicken, rauchblauen Wolken über dem Parkplatz herabgesunken wären, um ganz London zu verdunkeln. Vielleicht *hat* Rosemary die ganze Zeit nur ein falsches Spiel getrieben. Vielleicht hat sie diesen Streit nach ihrer Party bewußt inszeniert; vielleicht hatte sie gerade einen kennengelernt oder eine Beziehung mit jemandem erneuert, der ihr besser gefällt. Vielleicht liegt sie jetzt in den Armen dieses Mannes, flüstert ihm mit ihrer sanften Stimme ins Ohr, verzaubert ihn mit ihrem trällernden Lachen.

Wieder hat Fred das Gefühl, in einen Henry-James-Roman gefallen zu sein; aber jetzt weist er Rosemary eine andere Rolle darin zu, die Rolle einer der schönen, verderbten schurkischen Europäerinnen.

Wenn nun alles falsch war, alles, was sie je zu ihm gesagt, was er je von ihr geglaubt hat? Wenn Debby womöglich sogar recht hat und Rosemary Jahre älter ist, als sie ihm gesagt hat? Sie sieht nicht einmal wie siebenunddreißig aus, aber Nico hat behauptet, sie habe sich schon öfter als einmal liften lassen, was natürlich alle Schauspielerinnen täten. Das hatte Fred für blanke Mißgunst und Gehässigkeit gehalten. Aber wenn es stimmt, was ändert das? Ist sie nicht mit jedem Alter die Rosemary, die er liebt? Die ihn wahrscheinlich nicht liebt, vielleicht nie geliebt hat; die jetzt nicht einmal mit ihm reden will, ihn womöglich angelogen hat, die ganze verdammte Zeit?

Was ist er doch für ein Arschloch, daß er hier zwischen dem Müll herumsteht wie ein verliebter Pennäler, der am Bühneneingang auf den Star wartet, der nicht mal da ist. Fred betrachtet finster den zertretenen Pappkarton, den an der Wand zusammengewehten Unrat: verdrecktes Papier und Plastik, eine leere Bierdose, ein Stück rote Schnur, wie Roo sie sich immer ins Haar band.

Und plötzlich sieht er deutlich Roo vor sich, zum erstenmal seit Wochen. Sie sitzt in ihrer Wohnung in Corinth nackt auf der Kante ihres ungemachten Betts, die runden braunen Arme in die Höhe gereckt, um das dichte, kastanienbraune Haar zu erfassen, zu dreiteilen und mit einem versonnenen Lächeln der Konzentration zu einem Tau zu flechten, dick und glänzend wie die Ankertrosse eines Ozeandampfers. Das schimmernde Seil wird immer länger; sie zieht es nach vorn und flicht weiter daran, bis nur noch eine Handlänge loses Haar übrig ist, um das sie zuerst ein dreifaches Gummiband schlingt, dann die rote Wolle darum bindet. Schließlich wirft sie mit einer ruckartigen Kopfbewegung den fertigen Zopf, der in einem Büschel feinster Kupferdrähtchen endet, nach hinten über die nackte braune Schulter.

Eine große Sehnsucht überkommt Fred; Roo mag ja ihre Fehler haben, denkt er, aber so einer berechnenden theatralischen Falschheit wäre sie nicht fähig. Das Meer wird trocknen, der Felsen schmelzen – um einen ihrer Lieblingssongs zu zitieren –, ehe er aus ihrem Mund hören wird, sie finde es in irgendeinem dämlichen Funkhaus einfach herrlich.

Als nächstes kommen die Schuldgefühle, als Roos Brief ihm wieder einfällt, der noch immer vergessen und unbeantwortet auf einem Stapel ungelesener gelehrter Bücher in seiner Wohnung in Notting Hill Gate liegt. Ich schreibe ihr sofort, denkt Fred, indem er dem Studio den Rücken kehrt und sich heimwärts wendet. Noch heute nachmittag.

Aber die Post ist langsam. Es wird zehn Tage dauern, bis der Brief bei Roo ist. Vielleicht sollte er anrufen; hol der Teufel die Kosten. Aber nach so langem Schweigen – ihr Brief ist über vier Wochen alt, wie er sich seufzend erinnert – könnte Roo von neuem auf ihn wütend sein; sie hätte alles Recht dazu. Sie könnte auflegen oder ihm eine Szene machen. Oder es könnte jemand bei ihr sein, wenn er anruft, irgendein anderer Kerl. Auch dazu hätte sie alles Recht, verdammt noch mal! Nein. Er wird ihr ein Telegramm schicken.

9

Ich sag dir die Wahrheit,
Will gar nicht lügen.
Ich muß rückwärts laufen,
Um nicht zu fliegen.

Alter Reim

Vinnie Miner sitzt im Londoner Zoo auf einer Bank und schaut den Eisbären zu. Es sind mehrere zu sehen: einer planscht träge in dem künstlichen Felsensee; einer liegt schlafend vor dem Eingang einer Felsenhöhle und sieht aus wie ein Stapel gelblich-weißer, nasser Bettvorleger; ein dritter tappt in der Nähe hin und her, wendet Vinnie hin und wieder sein dickes Maul zu, über dem sich die groben Haare zu stachligen Büscheln aufgestellt haben, und sieht sie aus kleinen, glitzernden schwarzen Augen fragend an.

Vinnie wohnt nur ein paar Straßen weit vom Zoo entfernt, aber es ist ihr erster Zoobesuch in diesem Jahr, und auch jetzt ist sie nur gekommen, weil ein paar amerikanische Verwandte von ihr unbedingt hierher wollten. Diese Verwandten sind wild entschlossen, »London in drei Tagen« zu machen, und haben sich inzwischen schon weiter zur National Gallery begeben. Vinnie ist hiergeblieben, teils weil sie findet, daß sie für das Eintrittsgeld von mehreren Pfund auch etwas haben soll, teils weil der Tag so schön und sie mit ihrer Arbeit dem Zeitplan voraus ist.

Alles Material, das sie in London sammeln wollte, hat sie schon; sie hat das meiste relevante Hintergrundmaterial studiert und war in Oxford, Kent, Hampshire und Norfolk, um Gespräche mit Experten für Kinderliteratur und Folklore zu führen.

Es ist eigentlich nicht Vinnies Art, in ungezügelte Euphorie zu geraten, aber heute schlägt der Zeiger ihrer Emotionen nicht nur voll aus, sondern sogar über die Skala hinaus. Sie ist so glücklich wie schon seit Monaten nicht mehr, vielleicht seit Jahren. Heute findet sie einfach alles und jeden schön: die Tiere, die andern Besucher, die eleganten Bäume im frischen Grün und die feuchten, glitzernden Rasenflächen von Regent's Park. Selbst ihre Verwandten, die sie sonst langweilig findet, sind für sie heute nur verzeihlich naiv. Sie hatte seit Tagen keinen Besuch mehr von Fido – hat nicht einmal an ihn gedacht. Soviel sie weiß, ist er Chuck nach Wiltshire nachgerannt.

Wie sie hier so allein auf ihrer Bank sitzt, ist Vinnie nicht nur glücklich, sie fühlt sich auch sonderbar frei. Sie ist weit, weit weg von der Corinth University und den Pflichten und Zwängen ihrer Rolle als professorale alte Jungfer. Die fordernden, gebietenden Stimmen ihrer Kollegen, Studenten und Freunde sind verstummt. Und sogar die englische Literatur, der sie von frühester Kindheit an ihr tiefstes Vertrauen geschenkt und die ihr ein halbes Jahrhundert lang gesagt hat, was sie zu tun, zu denken, zu fühlen, zu wünschen und zu werden habe, schweigt ganz plötzlich. Endlich enthalten alle diese Bücher keine Instruktionen mehr für sie, keine Forderungen – weil sie dafür einfach zu alt ist.

In der Welt der klassischen britischen Literatur, der Welt, die Vinnie am besten kennt, ist die gesamte Bevölkerung unter fünfzig, ja unter vierzig Jahre alt – was ja auch mit den wahren Gegebenheiten übereinstimmte, als der jeweilige Roman erdacht wurde. Die wenigen älteren Leute, die in einer Geschichte vorkommen dürfen – vorwiegend Frauen –, treten meist nur als Verwandte in Erscheinung; und Vinnie ist niemandes Mutter, Tochter oder Schwester. Leute über fünfzig, die keine Verwandten sind, werden in Neben- oder Charakterrollen gedrängt und meist als komisch, mitleiderregend oder widerlich dargestellt. Dann und wann tritt einer auch einmal als Beschützer oder Mentor einer jungen Hauptfigur auf, aber meist sind dann sein Rat und Beispiel schlecht, seine Lebensgeschichte eher Warnung als Vorbild.

In den meisten Romanen wird einfach davon ausgegangen, daß Menschen über fünfzig so fest in ihren Gewohnheiten verwurzelt sind wie alte Apfelbäume und ebenso dauerhaft von den Jahren geformt und geprägt, die sie überstanden haben. Nach literarischer Konvention kann ihnen nichts von Bedeutung mehr zustoßen, oder wenn, dann Negatives. Sie können vom Blitz getroffen oder von Menschenhand gefällt werden; sie werden morsch und hohl, ihre spärlichen Früchte unförmig, fleckig oder ungenießbar; sie tragen diese Veränderungen mit Würde oder Unwürde. Nie aber, auch unter günstigsten Bedingungen nicht, können sie neue Triebe sprießen lassen oder zu reicher, unerwarteter Blüte gelangen.

Selbst heute treten in der Literatur unverhältnismäßig wenig ältere Figuren auf. Die Konvention behauptet sich, und der zeitgenössische Schriftsteller gestaltet wie der moderne Obstpflanzer die natürliche Landschaft um, entfernt die meisten älteren Bäume, um Platz zu schaffen für die jungen Triebe, die noch ungepfropft und ohne tiefe Wurzeln sind. Vinnie hat diese Konvention akzeptiert, sich seit Jahren mit dem Gedanken vertraut zu machen versucht, daß der Rest ihres Lebens nur noch der Epilog zu einem Roman sein kann, der – zugegeben – nie sehr spannend war.

Aber das Ich ist ungeachtet seines Alters den normalen Gesetzen der Optik unterworfen. Mögen wir noch so nebensächlich für das Leben anderer sein, für sich selbst ist jeder stets der Mittelpunkt, um den die ganze Welt sich in zentraler Perspektive dreht. Und diese Welt, denkt Vinnie jetzt, ist nicht die englische Literatur. Sie ist voll von Menschen über Fünfzig, die noch ein Vierteljahrhundert in halbwegs guter Verfassung vor sich haben: viel Zeit für Abenteuer und Abwechslung, sogar für Heldentum und Bekehrung.

Warum sollte Vinnie denn in ihrem eigenen Leben eine Nebenrolle spielen? Warum soll sie sich nicht als Forschungsreisende an der Grenze eines von der Literatur noch nicht vermessenen Landes sehen: interessiert, fasziniert und für Überraschungen aufgeschlossen?

Heute im Zoo zeigt das zu ihren Füßen liegende Land sich von der besten Seite. Ein frühnachmittäglicher Regenschauer hat den Staub von den noch leuchtenden Blättern und den Glimmersteinchen auf den Wegen gespült und der Luft eine duftende Frische gegeben. Er hat auch Vinnie die Chance geboten, ihren neuen Regenmantel anzuziehen: einfach umwerfend, von tadellosem Schnitt, aus silbrig-blau schimmernder, wasserfester Seide – ein Mantel, wie sie ihn sich selbst nie hätte leisten können, und sie hat ihn ja auch nicht selbst gekauft. Sie fühlt sich darin größer, schöner und ist beinahe stolz auf sich.

Auch auf London ist sie heute stolz. Sie schwelgt in seiner natürlichen und architektonischen Schönheit, der Sicherheit und Sauberkeit seiner Straßen, der Anmut und Vielfalt seiner Geschäfte; der kulturellen Aufgeklärtheit – dem gebildet-ironischen Stil der Presse, der Wertschätzung historischer Tradition, der Ehrfurcht vor Reife, der Nachsicht – ja Vorliebe – für Verschrobenheit.

Heute sind sogar Dinge, die sie sonst erzürnen oder niederdrücken würden, nur kleine Ärgernisse. Als heute früh mit der Post die neueste Ausgabe des ›Atlantic‹ kam und einen zustimmenden Leserbrief zu L. D. Zimmerns Artikel enthielt, vermochte das ihrer Stimmung kaum etwas anzuhaben. Der arme, dumme Zimmern, eingekerkert im häßlichen, verdreckten New York wie in seiner eigenen Gehässigkeit. Vinnie stellt sich diese Gehässigkeit als tiefen, kalten, verschlammten Felsenteich wie den im Eisbärengehege vor. Sie sieht Zimmern darin eingesunken bis zum Doppelkinn (das er in ihrer Vorstellung hat) und unfähig, da herauszukommen. Jedesmal, wenn er die glitschigen Wände hinaufzuklettern versucht, setzt der größte Eisbär – der sich jetzt aus dem Wasser gewuchtet hat und tropfend auf den Felsen neben dem Teich liegt – ihm seine schwere Tatze wie einen pitschnassen Mop auf den Kopf und drückt ihn wieder hinunter.

Da ihr so wohl zumute und der Tag so schön und warm ist, verzichtet Vinnie darauf, Professor Zimmern wirklich ertrinken zu lassen. So etwas wäre schlechte Reklame für den Londoner Zoo. Außerdem könnte es den Bären aufregen – vielleicht sogar gefährlich für ihn sein, wenn der Wärter entdeckte, daß ausgerechnet sein prächtigster Thalarctos maritimus ein Menschenmörder war. Vinnie hat den Bären nämlich ins Herz geschlossen. Ja, seine Bewegungen sind langsam und täppisch, sein gelblich-weißes Fell ist nicht besonders sauber, und allzu intelligent sieht er auch nicht aus. Aber er ist so schön groß und hat einen humorvollen, schlauen und netten Gesichtsausdruck. Genauer gesagt, er gleicht ein bißchen Chuck Mumpson. Genau so ein Gesicht hat Chuck gemacht, als sie vorige Woche, kurz vor seiner Abreise nach Wiltshire, bei Harrods einkauften.

Diese Einkaufsexpedition war Vinnies vorerst letzte Maßnahme zur Verbesserung von Chucks Aussehen gewesen – zu seinem wie zu ihrem Wohl. Wenn sie sich mit ihm in London zeigen sollte – und das war offensichtlich der Fall –, durfte er einfach nicht mehr aussehen wie die Karikatur eines amerikanischen Gruppenreisenden, Marke Mittelwest, denn er war ja vor allem auch keiner mehr. An seiner Cowboykostümierung hat sie nichts zu ändern versucht. Sie hat die Unmöglichkeit eingesehen, und allenfalls ist sie hier drüben gesellschaftlich eher von Vorteil. Aber nach und nach konnte sie Chuck überreden, nicht mehr so viele Stadtpläne und -führer mit sich herumzuschleppen und seine Kameras und Belichtungsmesser im Hotel zu lassen – führen könne sie ihn schließlich, und die ewige Knipserei störe doch nur bei der Unterhaltung.

Schwieriger war es, seinen entsetzlichen Regenmantel loszuwerden. Es war, wie sie endlich begriff, sinnlos, Chuck zu sagen, wie häßlich das Ding war. Sein ästhetisches Empfinden war schwach entwickelt; er beurteilte sogar Kunstwerke fast mehr nach ihrem Inhalt als nach der Form. (Für sie selbst war das wohl ganz gut so, dachte Vinnie, denn so war auch ihr Aussehen ihm nicht besonders wichtig; er schätzte sie mehr mit der Haut als mit den Augen.)

Vinnie versuchte es deshalb mit Zermürbung und Anspielungen: Sie sprach abfällig von dem Regenmantel, brachte ihn mit ignoranten Touristen, Handelsvertretern und den Duschvorhängen in billigen Hotels in Verbindung. Aber selbst als sie das Kleidungsstück – in schierer Verzweiflung – mit einem Präservativ verglich, ließ Chuck sich nicht erschüttern.

»Na hör mal, Vinnie«, meinte er grinsend. »Ich kann gar nichts Verkehrtes daran finden. Er ist vielleicht nicht schön; aber das Wasser hält er prima ab. Außerdem ist er fast nagelneu.«

»Aha«, antwortete sie mit zweifelndem Unterton.

»Ja; ich hab ihn mir doch extra für diese Reise gekauft. Man kriegt ihn in so einer kleinen Plastiktasche, sieh mal. Die ist aus demselben Stoff wie der Mantel selbst. Man kann das Ganze zusammenfalten und in die Tasche stecken. Prima zum Verreisen. So was solltest du dir auch zulegen.«

Sein selbstzufriedenes Gesicht ließ Vinnie resignieren. Ihre einzige – in Anbetracht des britischen Klimas aber nur schwache – Hoffnung war, daß es nie regnen würde, wenn sie mit Chuck irgendwo hinging.

Aber zwei Tage später kam Chuck zu ihr zum Lunch; und als er sehr viel später mit noch zufriedenerem Gesicht wieder ging, ließ er den Mantel da. Vinnie fand ihn in einer Wohnzimmerecke auf dem Teppich liegen wie ein großer, sehr toter Fisch. Sie hob ihn mit spitzen Fingern auf und stellte fest, wie dieses Plastikzeug es fertigbrachte, sich steif und glitschig zugleich anzufühlen. Wie konnte Chuck, der doch eigentlich ein recht attraktiver Mann war, nur so etwas tragen? Und wo konnte sie das Ding deponieren, bis sie ihn wiedersah? Auf keinen Fall in der Diele – die Garderobe war nur eine türlose Nische –, wo ihn jeder sah, der in ihre Wohnung kam.

Sie schleifte den toten Fisch ins Schlafzimmer, öffnete

ihren zu kleinen Kleiderschrank und schob ihre Sachen zur Seite. Die hübschen, dezenten Kleider und Röcke und Blusen, alle aus weichen, natürlichen Fasern, zuckten vor dem vulgären Plastikgesellen, den sie ihnen da anbot, förmlich zurück. Sie wollte sie schon wieder vorziehen, aber plötzlich riß sie impulsiv den Mantel wieder vom Bügel, schleifte ihn am Kragen in die Diele hinunter, öffnete die Wohnungstür, die Haustür und ging die Treppe hinunter in den Vorgarten. Dort nahm sie den Blechdeckel vom Mülleimer und stopfte den Regenmantel unter einen grünen Plastikbeutel mit Abfall und einen Packen nasser Zeitungen.

Da gehörst du hin, sagte sie zu dem toten Fisch. Und wenn Chuck fragt, werde ich sagen, ich hätte dich nie gesehen, und er wird denken, er hätte dich woanders vergessen.

Aber Chuck dachte das gar nicht, wie sich zeigte. Und er ließ sich auch nicht von Vinnies Beteuerungen ihrer Ahnungslosigkeit überzeugen.

»Nee, ich weiß, daß ich ihn am Donnerstag hier bei dir gelassen habe. Ich wette, du hast ihn versteckt.«

»Natürlich nicht«, sagte sie mit Unschuldslächeln. »Wie käme ich denn dazu?«

»Weil du das Ding nicht ausstehen kannst.« Chuck grinste.

»Nun sei nicht albern. Wahrscheinlich ist er irgendwo in deinem Hotel.«

»Komm, Vinnie. Ich hab ihn hiergelassen, vorgestern.« Sein Grinsen wurde breiter. »Du hast mir meinen Regenmantel versteckt; das sehe ich deinen Augen an. ’nen alten Gauner wie mich legt man nicht mehr rein.«

»Wirklich nicht.« Doch vor Chucks unbeirrbarem,

grinsendem Blick wurde Vinnies Stimme unsicher. »Ich hätte es aber bestimmt nicht ungern getan.«

»Mhm.« Er sah in der Dielengarderobe nach, dann ging er ins Schlafzimmer und riß Vinnies Kleiderschrank auf.

»Wirklich, Chuck«, rief sie, als sie ihm nachkam. »Du siehst doch, daß er nicht da ist.«

»Mag sein.« Er sah hinter der Schlafzimmertür nach; dann zog er die Schubladen ihrer Kommode auf, sah hinein und stieß sie laut wieder zu. »Also, Schätzchen. Witz ist Witz. Aber jetzt rück ihn raus, dann verspreche ich dir auch, daß ich ihn heute abend ins Theater nicht anziehe.«

»Er ist nicht mehr ... ich meine, er war nie hier.«

Chuck wieherte laut los. »Du hast mir meinen Regenmantel geklaut!« rief er. »Das ist doch wirklich der Gipfel. So 'n nettes kleines Professorchen wie du. Und wo ist er jetzt?«

»Ehrlich, ich –« Aber Vinnie hielt die Posse nicht mehr durch. »Die Müllabfuhr hat ihn gestern mitgenommen«, sagte sie schwach. »Und da ist er gut aufgehoben.«

»Prima. Und was mach ich nun, wenn's das nächstemal regnet?«

»Hm, ja.« Vinnie merkte, daß sie rot geworden war. »Ich kaufe dir einen neuen.«

»Gut, okay.« Chuck lachte wieder. »Mach das nur.«

»Aber nicht so einen«, sagte sie mit Nachdruck.

»Welchen du willst.« Chuck wieherte noch ein letztes Mal, dann schloß er Vinnie großmütig in die Arme.

Vinnie ließ sich die Umarmung gefallen, erwiderte sie und entspannte sich. Das hat er natürlich nicht ernst gemeint, sagte sie sich. Sie hoffte, daß er beim Kauf eines neuen Mantels nur ihren Rat annehmen, aber nicht von ihr erwarten würde, daß sie ihn bezahlte – oder fairerweise wenigstens nicht mehr, als der tote Fisch gekostet hatte.

Das glaubte sie auch noch anderntags bei Harrods, als er den sehr teuren Mantel, von dem sie gesagt hatte, er gefalle ihr am besten, auszog und zum Verkäufer sagte, den nehme er.

»Soll ich ihn einpacken, Sir?«

»Nein, danke, Sir«, antwortete Chuck. »Ich ziehe ihn gleich an. Und die Dame bezahlt«, fügte er hinzu. Und dann stand er seelenruhig grinsend da, während Vinnie hilflos zusehen mußte, wie ihre Kreditkarte mit fast hundert Pfund belastet wurde. Und was denkt sich um Himmels willen der Verkäufer? dachte sie, während sie ihre Unterschrift unter die Rechnung setzte wie unter einen Teufelspakt. Vielleicht, daß ich Chuck aushalte? Oder vielleicht auch, daß ich seine Frau bin und die Hosen an und den Daumen auf dem Geld habe? Sie hätte im Moment nicht sagen können, was schlimmer war.

Aber zum Protestieren brachte sie den Mut nicht auf; immerhin hatte sie sich das selbst eingebrockt. Außerdem war Chuck ihr wahrscheinlich immer noch voraus, wenn man alle die Essen und Theaterbesuche zusammenrechnete, zu denen er sie schon eingeladen hatte. Trotzdem fühlte sie sich hereingelegt, betrogen; sie erinnerte sich, daß Chuck schon als Jugendlicher mit dem Gesetz in Konflikt geraten war – ein alter Gauner, als den er sich selbst bezeichnet hatte.

»Also, heißen Dank«, sagte er – zu ihr oder zum Verkäufer? Es war nicht genau festzustellen – und bot Vinnie den Arm, den sie aber geflissentlich übersah. Sie zerbrach sich den Kopf, wie sie auf elegante Weise wenigstens eine teilweise Rückzahlung verlangen könne, wie sie taktvoll sagen könne, es sei natürlich ein guter Witz gewesen, versteht sich, aber nun... Doch ihr fiel nichts ein.

»Ich bin richtig froh, daß wir hierhergekommen sind«, sagte Chuck, als sie auf den Aufzug warteten. »Dieser Mantel sieht schon prima aus, wie?«

»O ja«, bestätigte Vinnie hilflos.

»Und du bist 'n richtig feiner Kerl.« Chuck grinste, und das war der Augenblick, da er in seinem neuen gelbbraunen Burberry am meisten dem Eisbär ähnelte. »Wie du diese Rechnung abgezeichnet hast. Ohne mit der Wimper zu zucken.«

»Mmm«, knurrte Vinnie und lächelte betreten.

»Okay, wir sind also quitt. Und jetzt kaufe ich dir einen.«

»Mir? Aber ich brauche keinen Regenmantel.«

»Klar brauchst du einen.«

Sie protestierte, aber Chuck hatte es sich in den Kopf gesetzt. »Willst du, daß ich mich klein und schmutzig fühle, ein Tagedieb, ein Handelsvertreter, ja?«

»Natürlich nicht«, sagte Vinnie; und nun hat sie also diesen Mantel an, mit romantisch geraffter Kapuze und teurem Firmenetikett – das schönste Kleidungsstück, das sie in Jahren besessen hat.

Der Mantel ist nicht das einzige, womit Chuck sie überrascht hat. Er ist zum Beispiel wunderbar im Bett; so wunderbar, daß Vinnie das Versprechen, das sie sich selbst gegeben hatte, brach und ihm erlaubte – mit Freuden erlaubte – wiederzukommen, zweimal, dreimal – fast jeden Tag bis zu seiner Abreise nach Wiltshire. Und wenn Posy Billings' Kressecremesuppe mit Avocado nicht gewesen wäre, hätte sie womöglich nie erfahren...

Manchmal fragt sich Vinnie, warum eine Frau überhaupt mit einem Mann ins Bett geht. Sich völlig nackt ausgezogen neben einen unbekleideten Menschen zu legen, der größer ist als man selbst, kann ungeheuer riskant sein. Die Chancen stehen da fast so schlecht wie in der New Yorker Staatslotterie. Er könnte ihr weh tun; er könnte sie auslachen; er könnte einen Blick auf ihren nackten, alternden Körper werfen und sich mit schlecht verhohlenem Widerwillen verlegen abwenden. Er könnte sich als schwierig entpuppen, selbstsüchtig, ungeschickt – als völlig unfähig sogar. Er könnte irgendeine sexuelle Macke haben: zum Beispiel mehr auf ihre Unterwäsche als auf sie selbst fixiert sein, oder nur eine bestimmte sexuelle Variante bevorzugen. Die Risiken sind so hoch, daß eigentlich keine Frau sie bei vollem Verstand eingehen würde – nur ist man in dieser Situation eben meist nicht bei vollem Verstand. Und wenn man gewinnt, ist der Gewinn, genau wie bei der Lotterie (in der Vinnie auch hin und wieder spielt), so ungeheuer groß.

In mehr als vierzig Jahren hat Vinnie schon so manche Niete gezogen. Aber wenn sie mit Chuck zusammen ist, fühlt sie sich wie einer dieser Lotteriegewinner, die man gelegentlich mit benommenem Grinsen in Zeitungen abgebildet sieht, fassungslos vor dem eigenen Dusel. Sie hat so etwas durchaus schon erlebt, aber nie damit gerechnet, es noch einmal zu erleben. Und obwohl sie es nun schon viermal erlebt hat, kann sie es immer noch kaum glauben.

Ihre Ungläubigkeit begreift Vinnie jetzt nicht mehr nur als Konsequenz aus der klassischen englischen Literatur, sondern auch aus der zeitgenössischen Kultur. Nach Übereinkunft aller Medien haben Leute wie

Chuck und Vinnie – vor allem wie Vinnie – keinen großen Spaß mehr am Sex und erleben ihn auch nicht oft. Diese Vorstellung mag einer früheren Zeit entstammen, als Frauen mit fünfzig Jahren meist körperlich ausgezehrt, wenn nicht überhaupt schon tot waren. Sie könnte aber auch die Abneigung widerspiegeln, die viele Leute offenbar empfinden, wenn sie sich ihre Eltern als Liebespaar vorstellen. Über-Ich-Figuren haben würdig und körperlos zu sein; letzteres vor allem.

Natürlich sieht man heutzutage auch manchmal ältere Paare sich freundschaftlich umarmen und küssen. Das betrachtet die Öffentlichkeit mit Nachsicht, wie jetzt die Zoobesucher es mit Nachsicht betrachten, daß da drüben, Vinnie genau gegenüber, zwei nasse Eisbären in liebevoller, täppischer Verspieltheit die Nasen aneinanderreiben. Sollten die beiden aber etwas Ernsteres anfangen, würden die meisten Zuschauer sich verlegen davonmachen und ihre Kinder mitzerren, vielleicht noch mit einem lüsternen Blick über die Schulter. Die Vorstellung, diese Bären – oder Chuck und Vinnie – würden es wirklich miteinander treiben, bereitet der Seele Unbehagen. In Büchern, Dramen, Filmen und Werbespots werden nur Junge und Schöne beim Liebesspiel porträtiert. Daß Ältere und weniger Schöne so etwas auch – und oft mit Begeisterung – tun, ist ein wohlgehütetes Geheimnis.

Und nun ist Chuck schon fast eine Woche fort und fehlt ihr sehr. Ihr fehlt, wie er ihr über Rücken und Po streichelt und alle richtigen Stellen bedenkt; wie er ihr langsam und genußvoll die Brüste leckt, erst die eine, dann die andere; die Größe, Form und Farbe seines intimsten Körperteils, der so erstaunlich beweglich ist, der von allein – und das ist einmalig in Vinnies Erfahrung – Fragen nickend bejahen oder schüttelnd verneinen kann. Während Vinnie hier auf der Bank sitzt und sich das alles – und mehr – vorstellt, wünscht sie ihn sich so sehr zurück, daß es fast körperlich weh tut. Andererseits würde seine Anwesenheit ein schwieriges gesellschaftliches Dilemma aufwerfen.

Ihrem Londoner Ruf zuliebe hält Vinnie es für besser, wenigstens scheinbar ohne romantische Bindungen zu sein. In Edwins Kreisen – bei Leuten wie Rosemary Radley und Posy Billings – werden gelegentliche Affären verziehen. Aber Edwins Welt und die ihre überschneiden sich nur wenig. Die meisten ihrer englischen Freunde haben recht altmodische Ansichten: Selbst wenn sie gegen Chuck nichts hätten, auf Ehebruch würden sie scheel blicken. Flüchtige Affären mögen in ihren Augen für Schauspieler, Studenten, Sekretärinnen und ähnliches angehen; aber eine Frau in Vinnies Alter und Stellung sollte, wenn sie schon nicht enthaltsam lebt, verheiratet sein – oder wenigstens eine feste Beziehung zu einem anderen geachteten und gebildeten Menschen haben.

Vinnie bedauert in keiner Weise, daß sie Chuck in ihr Bett gelassen hat – im Gegenteil –, aber am besten sollte niemand erfahren, daß er darin war. Nun hat sich aber dummerweise, seit sie ein Liebespaar sind, Chucks Verhalten zu ihr in der Öffentlichkeit geändert. Die Art, wie er sie jetzt ansieht, ihren Arm nimmt – so angenehm auch sonst –, ist höchst verräterisch oder wäre es bestimmt gewesen, wenn er noch viel länger in London geblieben wäre. Und wenn er nächste Woche wiederkommt, ist neben dem privaten Vergnügen auch die öffentliche Gefahr wieder da. Vinnie kann ihn ja nicht gut bitten, in Gegenwart anderer eine gewisse Förmlichkeit zu wahren; das würde eine peinliche Erklärung ihrer Motive erfordern oder noch peinlichere Lügen. Und zu verhindern, daß er mit Leuten zusammenkommt, die sie kennen, wäre schwierig – wenn nicht unmöglich. Sie kann aber andererseits auch nicht herumlaufen und allen Bekannten versichern, daß sie entgegen dem Anschein nicht mit Chuck Mumpson schläft, zumal wenn es gar nicht mehr stimmt.

Vinnie verläßt die Bank und geht weiter, als könnte es sie in den Augen zufällig des Weges kommender Bekannter schon belasten, wenn sie hier diesen Bären beobachtet, der Chuck Mumpson so ähnelt. Es wäre schon schlimm genug, denkt sie, überhaupt einer Affäre verdächtigt zu werden; aber einer Affäre mit einem Mann verdächtigt zu werden, der mit britischen Augen betrachtet eigentlich nur ein Eisbär ist, wäre noch schlimmer. Dabei haben ihre englischen Freunde ja nichts gegen Chuck. Sie mögen ihn. Sie finden ihn amüsant und originell; seine amerikanische Schlichtheit und Gewöhnlichkeit sind für sie ausgesprochen unterhaltsam.

Das Problem ist nur, wenn ihre Freunde je erfahren, daß sie etwas mit Chuck hat, werden sie Vinnie mit ihm in einen Topf werfen und sie mit andern Augen sehen. Solche Denkmechanismen sind natürlich nicht typisch britisch, sondern universell. Manchmal fällt sogar das Paar selbst auf solche Identitätsverwechslung herein: Von Leidenschaft fortgerissen, glauben sie, ihre Seelen seien eins geworden, eigentlich schon immer eins gewesen. Ein amerikanischer Freund von ihr hat einmal auf dem Höhepunkt ihrer kurzen Beziehung bei einem Spaziergang durch den Stadtpark von Saratoga Springs gesagt: »Manchmal denk ich, wir sind ein und derselbe

Mensch.« Und Vinnie hat, ebenso verblendet, darauf geantwortet: »Ja, ich weiß es.« (Im jetzigen Fall bleiben ihr solche Halluzinationen erspart – da ist es eher umgekehrt: Mehr denn je fühlt sie sich, wenn sie mit Chuck zusammen ist, klein und intellektuell und furchtsam.)

Öfter noch rühren Außenstehende das Paar einfach zusammen und dichten beiden die Eigenschaften des andern an. Wenn ein Radikaler sich mit einer Konservativen zusammentut, gelten beide von da an als politisch gemäßigt, ob sie nun wirklich ihre Ansichten geändert haben oder nicht. Männer wie Frauen werden durch Verhältnisse mit wesentlich jüngeren Partnern selbst jünger, letztere reifer.

Vinnie möchte nicht, daß ihre Londoner Freunde sie mit Chuck verwechseln und sagen, sie sei am Ende eben doch nur eine schlichte, gewöhnliche, amüsante – eben typische – Amerikanerin. Sie möchte von ihnen so gesehen werden, wie sie ist. Sie möchte als eine der ihren gelten, wie sie es bisher geglaubt hat. Subjekt, nicht Objekt; Beobachterin, nicht Beobachtete, denkt sie, als sie vor einem Wildvogelgehege stehenbleibt, das ihr vorkommt wie ein riesiger, von ein paar Aluminiumstangen hochgehaltener Fliegendraht. Sie ist es zufrieden, mehr als zufrieden, einer dieser kleineren, unauffälligeren bräunlichen Vögel zu sein, die da hinter dem Maschendraht im Schilf herumschwimmen, mit sich selbst beschäftigt, selbstgenügsam und in ihrem Element. Sie hat nicht den Ehrgeiz – es wäre ihr sogar schrecklich –, so zu sein wie diese übergroßen, auffällig gefärbten und gefiederten exotischen Wasservögel, über die sich gerade eine Gruppe echter Londoner kichernd amüsiert.

Die bunten Vögel – und ihr Publikum – erinnern Vinnie an Daphne Vane und die Verlegerparty, die in knapp einer Stunde zu Ehren ihrer größtenteils von fremder Hand geschriebenen Memoiren gegeben wird. Wenn Vinnie ordentlich angezogen und mit gewaschenen Haaren hingehen will, muß sie sich beeilen. Zum Glück ist die Party in Mayfair und mit dem 74er oder Zoobus, der genau vor ihrer Haustür hält, leicht zu erreichen.

Daphnes Party, die in einem vornehmen umgebauten georgianischen Haus stattfindet, ist schon voll im Gang, als Vinnie eintrifft. In der ersten halben Stunde kommt sie ihr munter und gut besucht vor, dann zunehmend laut und überlaufen. Solche Stehpartys sind für sie immer eine Strapaze, weil sie so klein ist. Die Gespräche finden meist einen halben Meter über ihrem Kopf statt, und wenn sie sich bewegt, fühlt sie sich immer wie ein Kind, das sich auf der Suche nach einem vertrauten Gesicht durch eine Ansammlung blinder Erwachsener mit massigen Körpern und spitzen Ellbogen drängt. Und heute gehören viele der auf den ersten Blick vertrauten Gesichter gar nicht irgendwelchen Bekannten, sondern Schauspielern, die sie irgendwann einmal auf Bühne oder Bildschirm gesehen hat – und die, wie die meisten Schauspieler, kein Interesse daran haben, Leute von außerhalb ihres Berufs kennenzulernen.

»Na, amüsierst du dich?« erkundigt sich von hoch oben ein wirklicher Bekannter: William Just.

»Na, ja. Das heißt, nicht besonders. Verlegerpartys gehören nicht zu meinen liebsten Geselligkeiten.«

»Eine Geselligkeit ist das hier auch nicht«, sagt William, indem er nach einem Teller mit heißen Hors-d'œuvres greift und auch Vinnie davon anbietet. »Hier wurden fast alle mit einem Hintergedanken eingeladen, wie gewöhnlich. Alle haben irgendwie mit dem Verlag oder einer Zeitung oder dem Theater zu tun – allerdings habe ich gehört, Nigel sei sehr enttäuscht, daß so wenige unserer führenden *dramatis personae* erschienen sind. Mir ist zum Beispiel die Aufgabe zugedacht, Daphnes Buch in der BBC besprechen zu lassen, und du sollst allen Leuten in Amerika erzählen, wie spannend es ist.«

»Da könntest du recht haben.« Vinnie fällt nichts Gescheites zu sagen ein. Sie bekommt allmählich Kopfweh, und ihr Magen beschwert sich über den starken Punsch und die scharf gewürzten Häppchen. Sie verabschiedet sich von William und macht sich auf den Weg zur Tür, wobei sie immer wieder stehenbleiben muß, um Leuten, die sie kennt, guten Tag zu sagen. Wie nicht anders zu erwarten, ist darunter auch Rosemary Radley.

»Ist das nicht alles herrlich?« Rosemary, obwohl elegant gekleidet und perfekt – vielleicht etwas zu perfekt – zurechtgemacht, kommt Vinnie irgendwie verdreht und abwesend vor, vielleicht ein bißchen angeheitert.

»O ja.« Vinnie erinnert sich, daß sie Rosemary irgend etwas ausrichten soll – was war das noch? Ach ja, sie hat versprochen, Rosemary zu erklären, daß Fred Turner sie wirklich liebt und gegen seinen eigentlichen Wunsch nach Amerika zurückkehrt. Es ist ein unangenehmer Auftrag und der überfüllte Raum auch kaum der Ort, ihn auszuführen. Und wozu soll es außerdem gut sein? Für Vinnie kam der Bruch dieser Beziehung nicht überraschend; sie war von vornherein ein Fehlgriff gewesen. Gewiß, Rosemary ist schön und ihr Leben zweifellos märchenhaft für den, der an so etwas Geschmack hat. Aber für einen wie Fred ist sie viel zu kompliziert und wahrscheinlich alles andere als gut: frivol, egoistisch, launisch und voller kostspieliger falscher Wertbegriffe.

Diese beiden zu versöhnen – selbst wenn das ginge, was sehr unwahrscheinlich ist – erscheint ihr kaum wünschenswert.

Aber eine Ironie des Schicksals verschafft Vinnie die Gelegenheit, ihr Versprechen wahrzumachen. Als sie ihren Mantel holt, taucht Rosemary neben ihr auf und fragt, ob sie ein Stück mitfahren möchte; sie müsse zu einer Dinnerparty am Gloucester Crescent und könne Vinnie gern unterwegs absetzen. Vinnie zögert, weil sie sich ihrer jüngsten Gedanken schämt; aber die schlimmer werdenden Kopfschmerzen und das Wissen, daß die 74er Busse immer seltener werden und schließlich ganz aussterben, wenn der Zoo schließt, lassen sie ihre Meinung ändern.

Um diese Stunde ist es in Mayfair immer schwierig, ein Taxi zu finden, aber Rosemary erspäht eines. Ein bißchen wacklig in ihren silbernen Stöckelsandalen spurtet sie mit wehendem rosa Cape die Upper Grosvenor Street hinunter und gibt zwei Herren mit Melone, die das Taxi bereits herbeigewunken haben, das Nachsehen. Sie wollen aufbegehren, aber Rosemary blendet sie mit einem strahlenden Lächeln, öffnet die Wagentür und winkt Vinnie hinein.

Doch einmal drinnen, läßt sie sich in eine Ecke fallen und sinkt mit einem Seufzer wie ein angepiekster Ballon in sich zusammen.

»Blöde Party«, erklärt sie mit ihrer süßen, wohlmodulierten Stimme. »Alle diese schwachsinnigen Professoren, die sich einbilden, etwas vom Theater zu verstehen, weil sie zufällig mal ein Stück gelesen haben.«

Vinnie, die außer ihr selbst keine Professoren auf der Party ausmachen konnte, fragt sich kurz, ob dies ein Seitenhieb sein soll, und geht nicht darauf ein.

»Scheußliches Gesöff«, fährt Rosemary fort. »Und nicht mal was zu essen.«

»Aber nein«, berichtigt Vinnie. »Zu essen war nun wirklich genug da.«

»So? Mir hat keiner was angeboten.« Sie lacht melodisch. »Haben wahrscheinlich alles selbst gefressen.«

Vinnie weiß wieder nicht, ob das persönlich gemeint ist, und sagt nichts. Auch Rosemary schweigt jetzt, sitzt in ihren Seidenkokon gehüllt und schmollt.

In der South Audley Street herrscht starker Verkehr. Das Taxi ruckt an und hält, ruckt an und hält. In diesem Tempo werden sie bis zur Regent's Park Road Stunden brauchen; wenn Vinnie dagegen jetzt aussteigt und zur U-Bahn-Station Bond Street geht – doch ehe sie den Beschluß noch richtig fassen kann, wendet Rosemary sich wieder an sie und fängt an, sich über »deinen Freund Fred« zu beklagen – eine Formulierung, die jede eigene Freundschaft mit Fred leugnet und zugleich Vinnie die Verantwortung für ihn zuschiebt.

»Ich bin ja nicht völlig dämlich«, erklärt sie. »Ich weiß doch, daß dein Freund Fred diesen Sommer gar nicht wirklich an dieses blöde College zurückgehen muß.«

Verstimmt, aber in ihr Schicksal ergeben, versichert Vinnie ihr, daß dem doch so sei; sie will ihr auch erklären, warum. Rosemary hört ungnädig zu, trommelt mit dem silberbeschuhten Fuß auf den Wagenboden und schaut zum Fenster hinaus.

»Hör doch auf, Vinnie«, unterbricht Rosemary sie. »Den ganzen Quatsch brauche ich mir nicht noch mal anzuhören. Ich weiß, daß mehr dahintersteckt. Er will doch nur zu seiner Frau zurück, diesem dummen Stück, oder?«

Vinnie versichert ihr, daß Fred ihres Wissens nicht zu seiner Frau zurück will, denn das sei längst aus. »Nur du bedeutest ihm etwas«, fährt sie fort und merkt dabei, wie ihr Kopfweh immer stärker wird; sie möchte am liebsten aussteigen. »Er findet dich wunderbar.«

»Ach nee, findet er?« Rosemary hat plötzlich eine ganz belegte, merkwürdig rauhe Stimme; wenn sie nicht allein im Taxi säßen, hätte Vinnie sich umgeschaut, wer da gesprochen hat.

»Ja, das hat er zu mir gesagt, und ich glaub's ihm«, sagt sie.

»Kann ich mir denken«, sagt Rosemary, jetzt wieder in ihrem typischen Oberschichtston. »Aber du verstehst eben nicht viel von Männern, Vinnie. Lügner sind sie, alle miteinander.«

Vinnie blickt nervös auf den Hinterkopf des Fahrers; dann beugt sie sich vor und schiebt die Trennscheibe zu.

»Paß mal auf, Schätzchen, wenn 'n Mann 'nen Vorwand sucht, dich zu verlassen, sagt er dir als erstes immer, du bist 'ne wunderbare Frau.« Rosemarys Ton wechselt beängstigend von vornehm nach ordinär, als übte sie für eine ihr nicht auf den Leib geschriebene Komödie und könnte die Verstellung nicht lange durchhalten. »Das sagen sie immer, die Dreckskerle. Ist schon 'n böses Vorzeichen.«

»Es ist bei ihm aber wirklich keine Ausrede. Du mußt verstehen ...« Mit wachsender Müdigkeit versucht Vinnie ihr das Anstellungssystem an amerikanischen Universitäten zu erklären.

»Du verschwendest deinen Atem, Kindchen«, unterbricht Rosemary sie. »Das interessiert mich alles 'nen Furz. Ich weiß nur, daß er mich sitzenlassen will«, sagt sie mit ihrer Komödienstimme – und Vinnie meint die Stimme schon einmal gehört zu haben, aber wo?

»Fred will dich nicht sitzenlassen –« beginnt sie.

»Ich brauche ihn, Vinnie«, schluchzt Rosemary, nun wieder ganz die bemitleidenswerte Lady. »Sag ihm, er soll doch seine dumme Arbeit vergessen. Wenn er nicht zurückkommt und bei mir bleibt, bin ich wieder allein. Du weißt ja nicht, wie das für mich ist.« Sie lehnt sich bei diesen Worten an Vinnie, atmet ihr ins Gesicht, und Vinnie merkt, was sie längst hätte merken müssen: daß Rosemary nicht nur angeheitert ist, sondern völlig betrunken. Ärgerlich versucht sie ihr beruhigend zuzureden, indem sie langsam und mit fester Stimme spricht wie vor einer nervösen Schulklasse. »Natürlich bist du nicht allein. Du hast so viele Freunde, so viele Verehrer, ich bin ganz sicher –«

»Das denkst du, Schätzchen. Du denkst, jede Menge Männer wollten mit mir schlafen. Das hab ich auch mal gedacht.« Ihre Stimme verändert sich wieder. »Eine saublöde Gans war ich. Männer wollen nicht mit mir schlafen, sie wollen mit mir geschlafen *haben*. Ihren Freunden wollen sie sagen können: ›Ach ja, Lady Rosemary Radley, der Fernsehstar? Ja, die kenne ich. Ich hab sie sogar mal *sehr gut* gekannt‹.« Rosemary hat sich eine dritte Stimme zugelegt: Tenor, plump vertraulich.

»So sind sie alle, die Schweine«, fährt sie schon wieder in anderem Tonfall fort. »Außer Freddy. Freddy wußte, daß ich Schauspielerin bin, und das hat ihn einen Dreck geschert. Von ›Tallyho Castle‹ hatte er noch nicht mal was gehört, bevor er mich kennenlernte. Ich dachte immer, ihr Amerikaner wärt ganz verrückt auf britisches Fernsehen, aber er hatte ja nicht mal ’nen eigenen Apparat, meine Güte. Er hat die Serie nie gesehen und liebte mich trotzdem.« Rosemary schluchzt jetzt, ihr Gesicht ist verzerrt wie nie, wenn sie vor der Kamera weint. »Aber ein Schwein ist er wie die andern auch.«

Das Taxi ist jetzt in der Oxford Street, eingekeilt in einen wirren Pulk anderer Autos. Von beiden Seiten beäugen Fahrer und Mitfahrer mit dem verdeckten, aber lüsternen Interesse der Briten an privatem Unglück die betrunkene, weinende Frau, von der sie nur eine Glasscheibe trennt.

»Er ruft immerzu meinen Auftragsdienst an, aber ich traue mich nicht, mit ihm zu sprechen oder ihn zu sehen. Ich könnte es einfach nicht ertragen, Vinnie, solange ich nicht wüßte, daß er für immer wiederkommt, ich –« Rosemary unterbricht sich, als sie sieht, daß sie Publikum hat.

»Jaaaa!« schreit sie plötzlich, indem sie sich mit häßlichem Gesicht und einer ordinären Geste zum nächsten Zuschauer herumwirft, einem stattlichen, gutgekleideten Herrn im Taxi nebenan. Der Mann zuckt sichtlich zusammen und wendet sich mit nicht sehr überzeugend gespielter Gleichgültigkeit ab.

Rosemary lacht boshaft, fast hysterisch. Dann wirft sie sich in die andere Ecke des Taxis und wiederholt den Auftritt an Vinnies offenem Fenster, was eine junge Frau am Steuer eines Mini sehr erschreckt. »Jaaaa, du neugieriges Weibsstück! Kümmer dich doch um deinen eigenen Dreck!« Dann wirft sie sich wieder in ihre eigene Ecke und grinst. Der seidene Kokon ihres Capes ist ihr bei all der Hektik heruntergerutscht und liegt zerknüllt neben ihr auf dem Sitz; und in dem, was aus ihm geschlüpft ist, kann Vinnie keinen Schmetterling sehen.

Die Ampel wird grün, das Taxi ruckt vor. Rosemary dreht sich zu ihr um und sagt mit süßester Stimme:

»Wenn Sie das nächstemal zufällig Mr. Frederick Turner sehen –«

»Äh – ja?«

»– dann könnten Sie so freundlich sein und ihm etwas von mir bestellen. Würden Sie das tun?« Sie spricht jetzt übertrieben höflich, fast liebevoll.

»Ja, natürlich«, sagt Vinnie verwirrt, ein wenig erschrocken sogar ob dieser schnell wechselnden theatralischen Effekte.

»Dann möchte ich ihm ausrichten lassen – hm – sagen Sie ihm bitte, er soll doch so freundlich sein und mich nicht mehr anrufen oder mir schreiben –«, schon wieder ein neuer Ton – »und sag ihm, er soll verrecken!«

»Aber wirklich, Rosemary. Das ist doch nicht dein –«

»Aber wirklich, Vinnie. Doch, genau das ist mein Ernst«, fällt Rosemary ihr ins Wort, wobei sie Vinnies Tonfall und Akzent nachäfft. »Ich hab die Nase voll von euch Scheiß-Amerikanern«, fährt sie mit jener andern Stimme fort, der mit dem groben Cockney-Akzent, den Vinnie schon irgendwo gehört hat. »Warum bleibt ihr nicht zu Hause, wo ihr hingehört? Keiner will euch hier haben, damit ihr uns das ganze Land versaut.« Sie zeigt auf die Souvenirläden und Hamburger-Buden, die diesen Teil der Oxford Street verunstalten. Ihre ordinären, übertriebenen Gesten und Grimassen sind die einer Klamottenfigur – einer Schmierenputzfrau wie – Mrs. Harris. Ja. Das ist die Stimme, die Vinnie schon gehört hat: ein- oder zweimal am Telefon, wenn sie Rosemary anrufen wollte, und oft auf Partys, wenn Rosemary irgendeine Geschichte zum Besten gab und dabei Mrs. Harris imitierte.

»Ich war das doch nicht!« will sie mit gezwungenem Lachen aufbegehren, versucht Rosemarys Auftritt als

Scherz abzutun – es muß ja einer sein. »Ich wollte ganz bestimmt nie –«

»Natürlich nicht«, unterbricht Rosemary sie liebenswürdig. »Sag mal, Vinnie, wie alt bist du eigentlich?«

»Äh – vierundfünfzig«, antwortet Vinnie, die Wert darauf legt, diese Frage immer präzise zu beantworten.

»Das muß man sich vorstellen!« Rosemary lächelt süß. »Hätte ich nie gedacht.«

»Danke.« Vinnie fühlt sich widerwillig geschmeichelt und ein wenig besänftigt. »Das kommt eigentlich nur daher, daß ich so klein bin.«

»Weißt du, was das Schöne an dir ist, Vinnie?«

»Äh – nein.« Vinnie lächelt erwartungsvoll.

»Dann will ich dir mal sagen, was so schön an dir ist.« Nun spricht wieder Mrs. Harris' Stimme, spricht durch die süßen roten Lippen Rosemary Radleys. »Du bist vierundfünfzig, siehst aus wie sechzig und verstehst einen Dreck vom Leben.«

Das Taxi hat nach vielen Starts und Halts die Einmündung in den Portman Square geschafft und steht jetzt neben einem Beet gelber Tulpen. Vinnie ergreift die Gelegenheit; sie brummelt etwas, daß sie um halb acht zu Hause sein müsse, stößt die Tür auf und flüchtet.

Ohne sich noch einmal umzusehen, erreicht sie auf gefahrvollen Wegen durch den Verkehr die Haltestelle der Linie 74. Sie ist zu schnell gelaufen und bekommt kaum noch Luft, doch sie beglückwünscht sich dazu, daß sie die Nerven hatte, Rosemarys Taxi zu verlassen und sich ihren betrunkenen Beleidigungen zu entziehen. Unser Land versauen. Vierundfünfzig, und siehst aus wie sechzig. Vinnie steht am Straßenrand und zittert vor Wut und Schmerz. Sie hätte nicht dasitzen und das über sich ergehen lassen sollen, sie hätte sagen sollen –

aber Vinnie fällt nichts ein, was sie hätte sagen sollen. Und was hat es schließlich für einen Sinn, sich mit Betrunkenen zu streiten?

Vinnie hat Rosemary natürlich noch nie besonders leiden können, und wahrscheinlich kann Rosemary sie auch nicht leiden. Freundinnen waren sie ja eigentlich nie. Vinnies richtige Freunde können Rosemary auch nicht besonders leiden, außer Edwin, und sogar der gibt zu, daß sie ichbezogen und launisch ist, nur entschuldigt er es damit, daß sie eben eine Künstlerin sei, Schauspielerin – als ob das eine Entschuldigung wäre, denkt Vinnie in einem neuen Wutanfall.

Vinnie war ja schon immer der Meinung, daß die Schauspielerei etwas Anrüchiges hat, und das fällt ihr jetzt ein, als sie die Haltestelle erreicht; es hat doch eigentlich etwas Unnatürliches, wenn Menschen in der Lage sind, sich nach Belieben eine völlig fremde Persönlichkeit und Stimme zuzulegen. Sie hat das schon oft im Theater gedacht, wo sie sich nie ganz behaglich fühlt, mag sie noch so gut unterhalten oder noch so sehr mitgerissen werden. Andere nachzuäffen ist etwas Häßliches; und je besser es gemacht wird, desto schlimmer und unheimlicher ist das Ganze.

Unheimlich, ja, im wahrsten Sinne des Wortes, weil es unsern Glauben an die Einmaligkeit jedes Individuums erschüttert, entscheidet Vinnie, während sie mit einem halben Dutzend anderer Frauen in der Schlange steht, Frauen verschiedenen Alters und verschiedener Lebensumstände, und Rosemary könnte, wenn sie wollte, jede einzelne von ihnen sein, wie sie erst vor ein paar Minuten Vinnie Miner war. Wieder hört Vinnie die Stimme, die als ihre eigene aus Rosemarys Mund kam: »Aber wirklich, Vinnie –« Klingt ihre Stimme immer so, so schnippisch, so näselnd, so lehrerinnenhaft? Natürlich gefällt keinem seine eigene Stimme besonders; sie erinnert sich an betretene Momente vor ihrem Tonbandgerät. Dann fragt sie sich, ob Mrs. Harris wohl schon einmal Rosemarys Mrs.-Harris-Imitation gehört hat. Das bezweifelt sie eigentlich – eine Frau dieses Schlags würde sich das nicht bieten lassen; sie würde in Wut geraten und Rosemary beschimpfen, ihr vielleicht sogar eine schmieren, wie Vinnie es ja auch am liebsten getan hätte.

Ein schauspielerisches Talent wie das von Rosemary birgt noch andere Gefahren, außer der Feindschaft der Imitierten, denkt Vinnie, die inzwischen wieder ruhig atmet.

Es kann sein, daß man eine Rolle einmal zu oft spielt; Schauspieler können auf einen Typ festgelegt werden und müssen dann jahrelang das naive Dummchen oder den starken schweigsamen Detektiv spielen. Manchmal werden sie so mit einer Rolle identifiziert, daß diese nach und nach ihre eigene, seichtere und weniger profilierte Persönlichkeit vereinnahmt – im Privaten wie für die Öffentlichkeit.

Edwin hatte schon recht, denkt sie, als der große rote Bus naht. Er hat, bevor er nach Japan fuhr, vorausgesehen, was passieren würde. Er hat gemeint, Mrs. Harris habe einen schlechten Einfluß auf Rosemary. Und nun ist Rosemary schon darüber hinaus, sie nur zur Belustigung anderer zu imitieren; sie ist soweit, in Augenblicken, da ihr eigenes schwächeres Ich vom Alkohol vernebelt ist, die starke, wenn auch unangenehme Persönlichkeit ihrer Putzfrau anzunehmen und Dinge zu sagen, die Rosemary selbst nie sagen, wahrscheinlich nicht einmal denken würde. Denn sie kann einfach selbst nicht glauben, daß Vinnie persönlich London versaut und einen Dreck vom Leben versteht.

Doch, das ist eine interessante Theorie, und eine reizvolle, tröstliche dazu, sagt sich Vinnie, als der 74er Bus quietschend in Richtung Regent's Park losfährt. Aber ist nicht doch eher anzunehmen, daß Rosemary, wie betrunken auch immer, wirklich meint, was sie gesagt hat? Daß ihre eifersüchtige Wut auf Fred sich auf Vinnie übertragen hat und dabei die eigentliche Wahrheit herauskam? Nur, was sie wirklich über Vinnie denkt – was alle ihre Freunde – vielleicht alle in London – über Vinnie denken, konnte nicht gut von einer so reizenden, charmanten und wohlerzogenen Lady wie Rosemary Radley ausgesprochen werden. Um das zu sagen, mußte sie – und konnte sie als Schauspielerin, die sie ist – zu einer ungehobelten, übellaunigen, rachsüchtigen Person wie Mrs. Harris werden.

In ihrer Wohnung angekommen, möchte Vinnie am liebsten zu Bett gehen und sich verstecken. Aber sie kämpft dagegen an; sie ist nicht wirklich müde oder krank, nur wütend und elend und hat Kopfweh. Ihr ist nicht danach, noch einmal auszugehen, nicht einmal das Stückchen hier die Straße hinauf nach Limonia, um mit ihren Verwandten zu Abend zu essen. Sie mißtraut der Welt: Darin laufen Leute herum, denen sie nie etwas Böses getan hat – oder denen sie (im Falle L. D. Zimmern) überhaupt noch nie begegnet ist –, und wollen ihr Böses. Sie nimmt sich vor, ihre Verwandten anzurufen und sich zu entschuldigen. Aber ehe sie die Nummer des Hotels gefunden hat, klingelt bei ihr das Telefon.

»Hallo, Schatz, hier ist Chuck.«

»Oh, Chuck. Wie läuft's denn so in Wiltshire?«

»Prima. Ich hab dir so 'ne Menge zu erzählen. Erinnerst du dich an das Bild von der Grotte mit dem Eremiten von South Leigh, das Colonel und Lady Jenkins mir in diesem Buch gezeigt haben, als ich das erstemal hier war?«

»Ja, natürlich.«

»Also, ich hab versucht, davon ein Exemplar zu kriegen, und dieser Kerl in Bath hat gerade eins aufgetrieben. Nicht das ganze Buch, nur diesen einen Stich, aber der ist handkoloriert und in prima Zustand.«

»Das ist aber schön.«

»Und gestern haben wir bei der Ausgrabung einen Stein mit richtig interessanten Einkerbungen gefunden; Mike denkt –« Chuck erklärt lang und breit; Vinnie hält mit der einen Hand den Hörer, mit der andern ihr Kopfweh und macht beim Zuhören die angemessenen Geräusche. »Es sieht also aus – He, Vinnie, geht's dir eigentlich gut?«

»O ja, danke«, lügt sie.

»Du klingst 'n bißchen bedrückt.«

»Na ja, ein bißchen vielleicht. Heute nachmittag ist mir was Ärgerliches passiert.« Vinnie hatte es eigentlich nicht vor, aber nun hört sie sich Chuck von ihrem Zusammenprall mit Rosemary Radley erzählen, wobei sie nur die Bemerkung über ihr Aussehen wegläßt.

»Komisch«, lautet Chucks Kommentar. »Wie sich das für mich anhört, hat die 'nen Rappel gekriegt.«

»Na, ich weiß nicht. Könnte auch volle Absicht gewesen sein. Immerhin ist Rosemary Schauspielerin. Wahrscheinlich kann sie einfach keine Amerikaner leiden. Und ich nehme an, daß sie mich nie besonders leiden konnte.« Vinnies Stimme bebt, was gar nicht in ihrem Sinne ist.

»Na, na, Baby. Ist natürlich gemein, wenn man so runtergeputzt wird. Ich wär jetzt gern da und könnte dich 'n bißchen aufmuntern.«

»Ach, mir geht's ja eigentlich wieder ganz gut. Es hat mich nur aufgeregt, wie sie immer die Stimme gewechselt hat.«

»Ja, das kann ich verstehn. So was hat Myrna auch manchmal gemacht. Eben schreit sie noch mit mir oder den Kindern oder dem Hausmädchen rum und scheint überhaupt nicht mehr bei sich zu sein. Dann klingelt das Telefon, und sie geht ran und redet mit irgend 'nem Klienten oder einer ihrer Freundinnen so sanft und süß wie Eiscreme. Einfach so, wie wenn man den Fernseher umschaltet. Mich hat das immer genervt.«

»Das verstehe ich gut. Da fragt man sich, welcher Mensch nun der wirkliche ist.«

»Genau. Das heißt nein. Das hab ich mich nie gefragt.« Chuck lacht bitter. »Paß mal auf, Schatz. Vielleicht solltest du mal für 'ne Weile raus aus London. Ich meine, du mußt doch erst im August wieder nach Hause, oder?«

»Stimmt.«

»Also, da hab ich mir was ausgedacht. Hier in Wiltshire ist doch jede Menge Folklore. Die ganzen Bücher und Manuskripte und all das Zeug bei der historischen Gesellschaft, wovon ich mir neulich so einiges angeguckt habe. Und Schulen gibt's hier natürlich auch, und Kinder. Da müßtest du jede Menge Reime sammeln können. Ich hab mir gedacht, du kommst vielleicht hierher und bleibst den Sommer über bei mir. Platz zum Arbeiten hast du hier genug. Und mir würd's schon gefallen.«

»O Chuck«, sagt Vinnie. »Das ist nett von dir, aber –«

»Du brauchst dich ja nicht gleich zu entscheiden. Denk mal 'n bißchen drüber nach. Okay?«

»Okay«, wiederholt Vinnie.

Natürlich kann sie nicht den ganzen Sommer in Wiltshire verbringen, sagt sie sich, nachdem sie aufgelegt hat; sie mag die London Library und alle ihre Freunde hier nicht verlassen. Aber ein kurzer Besuch – ein paar Besuche sogar –, das ließe sich machen. Und so könnte sie Chuck jeden Tag sehen, und jede Nacht, ohne daß irgend jemand in London etwas davon wüßte. Ja doch, warum nicht?

Während sie nicht darauf achtgab, hat Vinnies Kopfweh sich verflüchtigt. Sie fühlt sich jetzt doch imstande, zum Abendessen auszugehen.

10

> *»Warum wendest du dich von mir ab?*
> *'s ist deine Polly –«*
>
> John Gay, ›Die Bettleroper‹

In Notting Hill Gate packt Fred Turner seine Koffer, um nach Hause zurückzukehren. Es ist Mittsommer, und London steht in voller Blüte. Hohe Kastanienbäume drücken ihre grünen Hände und cremeweißen Blütenkerzen an seine Fenster, und durch sie hindurch dringt ein dunstiges, grünlich-weißes Licht ins Zimmer und verklärt die zerkratzten Holzmöbel, verwandelt die farbverkleisterten Balken und die Stuckblumen an der Decke in Zuckerwerk mit Schlagsahne. Die Luft ist warm und windig, der Himmel hinter den Bäumen von einem tiefen, stillen Blau.

Aber Fred sieht davon wenig. Seine Stimmung ist grau, stumpf, eisig und bitter wie ein brackiger Winterteich. In knapp zwei Tagen wird er London verlassen, ohne seine Recherchen abgeschlossen, Rosemary wiedergesehen oder von Roo gehört zu haben. Über zwei Wochen sind vergangen, seit er auf den Brief seiner Frau mit einem Telegramm geantwortet hat. Doch obwohl seine Nachricht die Worte LIEBE und R-GESPRÄCH enthielt, ist er bisher ohne Antwort. Er hatte einfach zu lange gewartet; oder Roo wollte ihn von vornherein nicht wiederhaben.

Seine Arbeit ist an einem toten Punkt. Er geht nach allen Regeln der Wissenschaft vor, liest Primär- und Sekundärquellen, notiert sich Zitate aus Gays Werk und kritischen Essays des achtzehnten Jahrhunderts, aus zeitgenössischen Aufzeichnungen, kriminologischen Tatsachenberichten, flickt sie zu einer Art Ganzem zusammen, aber es ist alles falsch und gezwungen. Alles, was Fred in seine beiden strapazierten Segeltuchkoffer stopft, erinnert ihn an verpfuschte und vertane Zeit. Stapelweise Notizen – dürftig und ungeordnet im Vergleich zu dem, was sie hätten sein sollen –, halbleere Notizbücher, leere Karteikarten. Unbeantwortete Briefe, darunter einer von seiner Mutter und zwei von Studenten mit der Bitte um Empfehlungsschreiben, die er schon vor Wochen hätte erledigen sollen. Ein Lieblingsfoto von Roo, vierzehn Jahre alt, mit einem zahmen Kaninchen, aufgenommen von ihr selbst mit ihrer ersten Kamera mit Selbstauslöser; die unschuldige Wärme ihres Lächelns, die Offenheit, das Vertrauen zerreißen ihm das Herz: Diese Roo hat noch niemals ihn oder irgendeinen andern Mann geliebt, ist noch nie von ihm verletzt worden – ein dicker Kloß bildet sich in Freds Brust; er legt das Foto mit der Bildseite nach unten weg, beißt auf die Zähne und fährt mit Packen fort.

Papier, Umschläge, Ordner, alles unbenutzt und stumm anklagend. Programme für Theateraufführungen, Opern und Konzerte, die er mit Rosemary besucht hat – warum zum Teufel hebt er die noch auf? Fred stopft sie in den überfüllten Papierkorb. Der lange, handgewebte hellbraune Kaschmirschal, den Rosemary ihm zum Geburtstag geschenkt und mit eigener Hand um den Hals gelegt hat. Ein Taschenspiegel mit dem rötlich-violetten Abdruck ihrer Lippen zur Erinnerung an ihren ersten Kuß. Sie waren gerade im La Girondelle in der Fulham Road mit dem Abendessen fertig, und Rosemary zog ihre Lippen nach. Fred, dem plötzlich klarwurde, daß sie sich gleich voneinander verabschieden würden, beugte sich über den Tisch zu ihr hinüber und sagte etwas ganz Impulsives, Leidenschaftliches. Sie sah auf, verzog langsam den Mund zu einem wunderbaren Lächeln, dann drückte sie ihre geöffneten Lippen aufs Glas, um die seinen nicht vollzuschmieren. Wie bezaubernd, wie rücksichtsvoll, hatte er voll Bewunderung gedacht. Später hatte er die Hand auf ihren Arm gelegt, um sie daran zu hindern, den Spiegel in die Handtasche zurückzutun, und ihn als Andenken reklamiert. Jetzt hat das eine andere Bedeutung: Bevor Rosemary ihn küßte, hat sie sich selbst geküßt.

Denk nicht mehr daran, sagt Fred bei sich. Mein Gott, es ist doch vorbei; übermorgen wird er London verlassen und Rosemary Radley dann wahrscheinlich nie mehr wiedersehen. Außerdem wird er, wie er heute früh beim Ausräumen des Kleiderschranks festgestellt hat, seinen Ragg-Pullover von L. L. Bean nie mehr wiedersehen, sein blaugemustertes Arbeitshemd, sein ›Oxford Book of Eighteenth-Century Verse‹, seine Reservezahnbürste und den zweiten Rasierapparat, denn das hat er alles am Tag vor der Party bei Rosemary gelassen.

Aber er kann nicht aufhören, daran zu denken. So zornig er auf Rosemary ist, vergessen konnte er sie bisher nicht. Etliche Male hat er in den letzten beiden Wochen – wider besseres Wissen und mit der lahmen Ausrede vor sich selbst, er wolle ja nur Pullover, Hemd usw. wiederhaben – ihre Nummer gewählt. Meist klingelte und klingelte es nur, ohne daß jemand abnahm; nur einmal nahm Mrs. Harris ab, knurrte: »Keiner da« und knallte den Hörer wieder auf. Er versuchte es auch beim Auftragsdienst, wo eine gekünstelt vornehme weibliche Stimme ihn jedesmal informierte, daß Lady Rosemary »nicht in der Stadt« sei. Ein Trällern amüsierter Herablassung beim letzten Anruf ließ Fred argwöhnen, daß der weiblichen Stimme alles über ihn bekannt war; sowie er aufgelegt hätte, würde sie zu ihren Kolleginnen sagen: »Ratet mal, wer da wieder Lady R. sprechen wollte. Dieser Trottel schon wieder; wann zieht der endlich Leine?« Obwohl er seinen Namen hinterließ, rief Rosemary nie zurück.

Wenn er nun die Nachricht hinterließe, er gehe gar nicht nach Amerika zurück, ob Rosemary dann anrufen würde? Ja, vielleicht, denkt Fred. Vielleicht wartet sie gerade darauf. Vielleicht aber auch nicht. Er hat schon bei sich gedacht, daß ihre Liebesaffäre eine Art Neuauflage der englisch-amerikanischen Geschichte war: Rosemary mag ihn wohl geliebt haben, aber sie hat eine Kolonialherrenmentalität; sie würde alles für ihn tun außer ihm die Unabhängigkeit geben. Als er die verlangte, gab es Krieg.

Teils um sich selbst daran zu hindern, Rosemary noch einmal anzurufen und eine solch selbstzerstörerische Nachricht zu hinterlassen, hat Fred einfach sein Telefon abgemeldet. Der zweite, rationalere Grund dafür war Sparsamkeit. Er fliegt auch so schon völlig pleite nach Hause und hat Schulden beiderseits des Atlantiks.

Er wühlt einen Packen Briefe von Freunden und Verwandten durch und bestimmt die meisten für den Papierkorb. Darunter ist auch eine Postkarte von Roberto Frank in Buffalo. Die Bildseite zeigt ein Gemälde von Sir Joshua Reynolds aus der Albright-Knox-Galerie: ›Amor als Fackelträger‹, 1744 – ausgewählt wegen Freds Interesse an dieser Periode, hatte er angenommen. Jetzt sieht er sich das Bild genauer an.

Scheinbar ist es das Brustbild eines jener Straßenjungen, die Reisenden für ein kleines Entgelt nachts durch die Londoner Straßen des achtzehnten Jahrhunderts leuchteten. Dieser Amor ist kein pummeliges, lachendes nacktes Baby; er ist drahtig und ärmlich nach der damaligen Mode gekleidet und scheint neun oder zehn Jahre alt zu sein. Er sieht gut aus – eigentlich hat er eine gewisse Ähnlichkeit mit Fred selbst in diesem Alter –, aber ganz offensichtlich ist er ein böser Engel. Er hat kleine schwarze Fledermausflügel und hält sich die lange, schwelende Fackel in phallischer Stellung vor den Leib; von der Fackel steigen ein kümmerliches Flämmchen und grauer Rauch in die rußige Luft. Amor aber blickt von der Fackel weg und mit grübelndem, kummervollem Gesicht über die Schulter nach links unten – vielleicht bereut er, was er so vielen Menschen angetan hat. Hinter ihm sieht man skizzenhaft angedeutet eine Londoner Straße mit einem sich entfernenden ungleichen Paar: der Mann groß und steckendürr, die Frau übermäßig dick, wie Jack das Brett und seine Frau.

Ja, denkt Fred: Das ist der kleine finstere Gott, der ihn versengt hat – er fühlt die Brandblasen, den Schmerz –, zweimal an die Falsche gebracht, zwei schöne, zornige, unmögliche Frauen, die ihm nicht aus dem Kopf gehen. In eine Frau unglücklich verliebt zu sein ist schlimm genug, aber sich nach zweien abwechselnd zu sehnen ist lächerlich. Roberto würde sicher lachen.

Zieh Leine, sagt er sich. Vergiß sie. Sieh zu, daß du mit der Packerei vorankommst. Er reißt die verklemmte obere Schublade des Schreibtischs mit einem Ruck heraus, so daß sie ihm wegkippt und ihren Inhalt auf den Boden leert: Bleistifte, Büroklammern, alte Buslinienpläne, Broschüren von Touristenattraktionen. Inmitten der Schuttlawine fällt etwas mit schwerem, metallischem Klang. Fred bückt sich, um nachzusehen, und erkennt den Schlüssel zu Rosemarys Haus in Chelsea, den er vor Wochen verloren zu haben glaubte.

Das Haus ist jetzt wahrscheinlich leer. Er könnte heute nachmittag hingehen und seine Sachen herausholen, die er nicht gern einbüßen möchte, vor allem das Buch mit seinen Anmerkungen darin und seinen Ragg-Pullover. Rosemary wird nicht einmal erfahren, daß er überhaupt da war, und nichts vermissen. Ihre Bücher sind zahlreich und ungeordnet, und ihr Kleiderschrank ist, da außerhalb von Mrs. Harris' Wirkungsbereich, immer ein einziges Chaos. Also los. Er knallt die Schublade wieder in den Schreibtisch, befördert ihren früheren Inhalt in den Papierkorb und macht sich auf den Weg. Am Notting Hill Gate geht er, zu ungeduldig zum Zufußgehen, hinunter in die U-Bahn-Station.

Aber während die Circle Line ihn schüttelnd in Richtung South Kensington befördert, wird aus dem Jaulen und Dröhnen der Räder ein Chor von Zweifeln. Wenn nun doch jemand in Rosemarys Haus ist? Wenn das Schloß ausgewechselt wurde? Wenn einer der Nachbarn ihn sieht und die Polizei ruft? AMERIKANISCHER PROFESSOR BEI EINBRUCH IN FILMSTAR-VILLA ERTAPPT.

Als er in der U-Bahn-Station South Kensington steht, immer noch zögernd, erinnert ein Wegweiser ZU DEN MUSEEN Fred daran, daß er fünf Monate in London, aber noch nicht einmal im Victoria and Albert Museum war, das alle ihm als ein Refugium für Möbel und Kunstgegenstände des achtzehnten Jahrhunderts so warm empfohlen haben. Er beschließt, zuerst dorthin zu gehen und es sich derweil zu überlegen. Wenn er dann schon nicht zu Rosemarys Haus geht, hat er wenigstens etwas für den Beruf getan.

Fünf Minuten später ist er aus dem warmen, sonnigen Nachmittag in die kühlen, gruftartigen Galerien und Hallen des Victoria and Albert getreten. Es ist fast leer hier, vielleicht eben wegen des Wetters draußen. Tausende von dekorativen Kunstobjekten liegen unbeachtet in schattiger Düsternis, durch die da und dort ein staubiger Sonnenstrahl von den hohen viktorianisch-gotischen Fenstern auf eine geschnitzte mittelalterliche Truhe oder eine georgianische silberne Teekanne fällt. Kein solches Licht fällt in Freds Gemüt; es bleibt einheitlich bewölkt und kühl. Alles, was er hier sieht, ist schön und von vollendeter Gestaltung, das Beste in seiner Art; aber es rührt ihn nicht an. Diese prachtvollen Räume voll nationaler Schätze wollen ihm nicht reich und vielfältig und historisch erscheinen, sondern überladen, überkünstelt – Sammlungen von zu vielen teuren alten Sachen. Er hat, wie Rosemary und ihre Freunde es nennen würden, England den Rücken gekehrt. London bedrückt ihn besonders; es erscheint ihm so überfüllt von Architektur und Mobiliar und Tradition, daß kein Platz mehr ist, sich darin zu bewegen. Die Stadt wird zerdrückt unter der Last ihrer Gespenster, verfolgt von ihrer langen Geschichte, wie er verfolgt wird von seiner kurzen Geschichte: der Geschichte seiner Affäre mit Rosemary, und Rosemarys Vorgeschichte.

In diesen letzten Wochen in London hat Fred sich genauso einsam und vom Leben ausgeschlossen gefühlt wie in seinem ersten Monat hier. Er hat kaum mit irgendwelchen Einheimischen gesprochen, höchstens nach Touristenart; er hat nicht einen von den Leuten gesehen, die er durch Rosemary kennengelernt hat. Oder besser, er hat sie nicht in Fleisch und Blut gesehen. In den Medien sind sie überall: wenn sie im Fernsehen den menschlichen Körper oder internationales Recht erklären; wenn sie in Stücken und Filmen auftreten, im Radio ihre Meinungen zu kulturellen Ereignissen abgeben, von Zeitungen interviewt werden; wenn sie mit Charme und Gelehrsamkeit in Quizsendungen und aktuellen Beiträgen schwierige Fragen beantworten. Sooft Fred eine Illustrierte aufschlägt, erklärt ihm einer von ihnen, was er von Constable zu halten hat, wie man am besten Spargel kocht oder die nukleare Abrüstung unterstützt. Und wenn sie nicht zitiert werden, wird auf sie Bezug genommen – einmal sehr unschön in ›Private Eye‹, das meldete, »Lady Rougemary Radley«, wie es sie gewöhnlich nennt, habe »ihre amerikanischen Interessen gekündigt«, gefolgt von einem Verweis auf eine lange Liste anderer gekündigter Interessen, darunter Männer, denen Fred ein paarmal begegnet ist, ohne sich vorstellen zu können, daß Rosemary je mit einem von ihnen geschlafen habe.

Natürlich hat er sich nicht eingebildet, sie habe keine Vergangenheit, denkt Fred bei sich, während er untröstlich eine lange Galerie von Spätrenaissancemöbeln abschreitet und sich einer hohen Säulenkonstruktion nähert, die auf einem Plakat als THE GREAT BED OF WARE bezeichnet wird und von dem es heißt, es habe bis zu einem Dutzend Schläfer pro Nacht aufgenommen. Aber so schwarz auf weiß als einer von vielen bezeichnet zu werden – Fred beißt die Zähne aufeinander und konzentriert sich wieder auf das Große Bett, bringt es im Geiste in Verbindung mit Rosemary und ihren Liebhabern. Zwischen diesen gedrechselten Säulen wäre Platz für alle, die in ›Private Eye‹ erwähnt oder angedeutet wurden, und für mehr. Und zweifellos waren es mehr. Er ist lediglich der letzte – bisher – und vielleicht nicht einmal das. Gegen seinen Willen sieht er Rosemary, wie sie sich in ihrem seidenen, mit Schmetterlingen bestickten Nachthemd im Großen Bett mit einem Dutzend schemenhafter nackter Männergestalten amüsiert. Die Beine, Arme, Schwänze, Hintern – ihr zerwühltes weißgoldenes Haar – die fleckigen und zerwühlten Laken – das Springen der Federn, der Geruch von Sex …

Um die Halluzination abzuschütteln, geht Fred näher und legt die Hand auf die faltenlose Brokatdecke und bekommt einen Schock: das Große Bett ist hart wie Stein.

Aber wieso überrascht ihn das? Funktionell gesehen ist das kein Bett mehr. Niemand wird je wieder darin schlafen oder bumsen. Niemand wird in diesen eichenen Lehnstühlen sitzen: ihre faserigen Sitzflächen aus rotem, jetzt zu Rosa verblaßtem Samt sind vor zeitgenössischen Hinterteilen durch angelaufene vergoldete Seile geschützt. Die gravierten Pokale in den Vitrinen werden nie mehr Wasser oder Wein enthalten; auf den Zinntellern werden sich nie mehr altenglische Roast Beefs türmen.

Da sind Kunstmuseen schon besser. Bilder und Skulpturen dienen weiter dem Zweck, für den sie geschaffen wurden: betrachtet und bewundert zu werden, die Welt zu spiegeln und zu interpretieren. Sie leben weiter, unsterblich, aber dieses ganze Zeug hier ist funktionell tot; nein, schlimmer noch, erstarrt in einer Art lebendigem Tod, wie seine Leidenschaft für Rosemary Radley. Es ist etwas Sinnloses, Häßliches an diesem immensen Trödelladen voller teurer Haushaltsgegenstände, all diesen Stühlen und Geschirren und Tüchern und Messern und Uhren, so vielen, zu vielen, auf immer konserviert in starrer Nutzlosigkeit, genau wie seine Leidenschaft für Rosemary und seine Liebe für Roo nutzlos konserviert sind.

Widerwille gegen die vielen Tausend untoter Objekte, die ihn allseits umgeben, überkommt Fred, und er geht, rennt zuletzt in Richtung Treppe und Ausgang. Außerhalb des riesigen, kakaofarbenen Mausoleums atmet er erst ein paarmal tief die lebendige Luft, die nach Autoabgasen und gemähtem Gras riecht. Also, was soll er jetzt tun? Kann er gefahrlos seine Sachen aus Rosemarys Haus holen, oder soll er sie einem untoten Museumsdasein anheimgeben?

Wenn Rosemary doch nur in London wäre – wenn er den verdammten Schlüssel gefunden hätte, als sie noch da war –, ja, dann hätte er hingehen können, gebeten oder ungebeten, hätte sich selbst die Tür aufschließen und ihr sagen und zeigen können, daß er sie liebte, ihr schwören können, daß er ihrer nicht überdrüssig sei. Wie hätte er denn, um alles in der Welt, Rosemarys überdrüssig werden können?

Wäre er doch nach ihrem Streit nur früher hingegangen ... Oder vor zwei Wochen in diesem Funkhaus, wäre er doch da nur frecher gewesen und einfach mit einem von diesen andern Leuten durch die Tür zu den Studios gegangen und hätte Rosemary gefunden und sich Gehör verschafft ... Warum ist er so langsam geworden, so vorsichtig, so gehorsam gegenüber Vorschriften und Konventionen und öffentlicher Meinung? Warum ist er so – ja, genau –, so verdammt englisch geworden?

Seht ihn euch doch jetzt an: fast dreißig Jahre alt, fast zwei Meter groß, Professor an einer bedeutenden amerikanischen Universität, und steht hier dumm vor dem Victoria and Albert herum und tritt von einem Fuß auf den andern, zu scheißfeige, um hinzugehen und sich seinen verdammten Pullover zurückzuholen. Mein Gott, hör endlich auf, den englischen Trottel zu spielen, sagt er sich und setzt sich mit großen Schritten in Richtung Chelsea in Bewegung.

Als Fred zwanzig Minuten später am Cheyne Square ankommt, versteht er sein Zögern besser. Das Haus sieht noch genau gleich aus, schmerzhaft gleich; es ist schwer vorstellbar, daß Rosemary – seine wahre Rosemary, nicht die billige Imitation im Funkhaus – ihm nicht gleich die schimmernde fliederfarbene Tür öffnen und das herzförmige Gesichtchen zum Kuß entgegenheben wird. Es widerstrebt ihm zutiefst, die vertrauten Zimmer wieder zu betreten, als Eindringling hindurchzugehen. Wenn nur nicht alles so schiefgelaufen wäre, könnte er jetzt, heute – ein beklemmendes, erstickendes Gefühl erfüllt seine Brust, als hätte er einen nassen Ballon verschluckt.

Er kämpft dieses Gefühl nieder, richtet seine Gedanken auf einen grauen Pullover, geht die Treppe hinauf und läutet; er hört von drinnen die beiden vertrauten melodischen Töne des Gongs, aber sonst nichts.

»Rosemary!« ruft er schließlich. »Rosemary! Bist du da?«

Stille. Nachdem er noch einmal geläutet und noch ein paar Minuten gewartet hat, steckt er den Schlüssel ins Schloß.

Im Haus ist es dunkel und still, wie er erwartet hat. Er macht die Tür hinter sich zu und verhindert das Schrillen der Alarmanlage, indem er unter dem Dielentisch mit den vergoldeten Beinen einen Schalter betätigt, wie er es schon oft auf Rosemarys Verlangen getan hat.

Im langen Salon sind die Jalousien an den Fenstern

zu, doch selbst in diesem Dämmerlicht ist das absolute Chaos nicht zu übersehen. Zeitungen und Kissen liegen auf dem Boden herum, Teller und Gläser stehen auf den Tischen. Offenbar ist auch Mrs. Harris in Urlaub. Er hält Umschau nach seinem Buch, kann es aber nirgends sehen; vielleicht ist es oben.

Als Fred gerade in die Diele gehen will, hört er von unten Geräusche: einen Plumps und schlurfende Schritte. Er bleibt stehen, hält den Atem an und lauscht. Hat Rosemary jemandem das Haus überlassen? Sind trotz der Alarmanlage Einbrecher hier eingedrungen? Sein erster Impuls ist, kehrtzumachen und wegzulaufen, seine Sachen im Stich zu lassen, aber das findet er plötzlich feige und vertrottelt. Statt dessen sieht er sich nach einer Waffe um und schnappt sich einen fest zusammengerollten schwarzen Schirm aus der chinesischen Urne neben dem Dielentisch. Der Feuerhaken wäre wirkungsvoller, aber wenn es keine Einbrecher sind, kann der Schirm als Teil seiner Ausstattung gelten. Daß es ein sonniger Nachmittag ist, spielt dabei keine Rolle; in London haben viele Männer solche Schirme bei jedem Wetter bei sich, wie Gay und seine Zeitgenossen früher ihre Stöcke.

Fred packt den Bambusgriff so fest, daß seine Knöchel weiß werden, und geht die dunkle, gewundene Hintertreppe hinunter. In der Kellerküche sickert ein grünlicher Halbdämmer durch das Netz von Efeu, das die vergitterten Fenster zudeckt. Eine Frau – Mrs. Harris, wie er an dem Kopftuch und dem Mop und Eimer neben dem Spülbecken erkennt – sitzt in einem Schaukelstuhl am anderen Ende des langgestreckten Raums. Vor sich hat sie ein Glas und eine halbleere Flasche stehen, die ganz nach Rosemarys Gin aussieht.

»Ah, Sie sind das«, sagt Mrs. Harris in betrunkenem, feindseligem Cockney, wobei sie kaum den Kopf hebt, um ihn anzusehen. Obwohl Fred sie erst einmal gesehen hat, und auch da nur kurz, fällt ihm auf, daß ihr Äußeres sich sehr zum Nachteil verändert hat. Sie hat die Schuhe aus, und die Haare hängen ihr wirr vor dem Gesicht. »Ich denke, Sie sind weg, in die Staaten.«

»Ich reise übermorgen ab.«

»So so.« Ihre Stimme ist undeutlich und zittrig. »Und was ha'm Sie dann hier verlorn, hä?«

»Ich will nur ein paar Sachen holen, die ich hiergelassen habe«, erklärt Fred, ohne sich seine Verärgerung anmerken zu lassen. »Als ich hier etwas hörte, wollte ich mal nachsehen kommen, was los ist.«

»Ach nee«, feixt Mrs. Harris.

»Jawohl.« Er hat nicht die Absicht, sich von einer betrunkenen Putzfrau einschüchtern zu lassen.

»Sich hinter mei'm Rücken hier ins Haus schleichen, hä? Soll wohl die Polizei rufen, was?« Sie grinst benebelt.

Fred glaubt nicht eine Sekunde, daß Mrs. Harris die Polizei rufen wird, aber er ist sich darüber klar, daß sie mit Sicherheit Rosemary von seinem Besuch berichten wird, zweifellos mit unschönen Ausschmückungen. »Und was machen *Sie* hier?« geht er seinerseits zum Angriff über.

Mrs. Harris starrt ihn durch das Dämmerlicht aus glasigen Augen an. »Könn'se mir doch selber sagen, Professor Allwissend«, meint sie endlich.

Fred zuckt zusammen. »Professor Allwissend« war einer von Rosemarys Spitznamen für ihn, meist halb liebevoll, halb spöttisch benutzt, wenn er mit irgendwelchem Allgemeinwissen aufwartete. Wo hat Mrs. Harris ihn gehört? Entweder hat Rosemary ihn ihr gesagt, oder Mrs. Harris hat sie bei ihren Telefonaten belauscht.

»Lady Rosemary ist doch noch fort, nicht wahr?« fragt Fred. Eine verzweifelte Hoffnung hat sich seiner bemächtigt, daß seine Liebste zurückgekommen sein könnte oder zurückkommen wird, bevor er London verläßt. Vielleicht hat sie Mrs. Harris gebeten, herzukommen und das Haus in Ordnung zu bringen. Schöne Ordnung! Aber er versucht in freundlichem oder wenigstens neutralem Ton zu sprechen. »Kommt sie bald zurück?«

Mrs. Harris läßt sich mit der Antwort Zeit. Schließlich zieht sie die Schultern hoch. »Kann schon sein.« Entweder weiß sie es nicht, oder – wahrscheinlicher – man hat ihr aufgetragen oder sie zieht es vor, nichts weiter zu sagen.

»Ich dachte nur, ob Sie vielleicht heute mit ihr rechnen.« Keine Antwort. »Oder vielleicht morgen?« Keine Antwort. »Na ja, dann gehe ich jetzt wohl meine Sachen holen.«

»Gut. Schaffen Sie Ihr'n Krempel nur raus, und dann weg mit Schaden«, knurrt Mrs. Harris und greift nach der Ginflasche.

Fred geht wieder nach oben und denkt unterwegs, daß Rosemary, wenn sie wirklich zurückkommt, sich auf einen Schock gefaßt machen muß, falls Mrs. Harris sich nicht vorher wieder in den Griff bekommt. Irgend jemand, aber nicht er, sollte sie warnen – ihr sagen, was ihre perfekte Putzfrau in ihrer Abwesenheit getrieben hat.

Er steckt den Selbstverteidigungsschirm wieder in die Urne und geht die elegante weiße Wendeltreppe zu Rosemarys Schlafzimmer hinauf. Hier ist es viel heller: Vor dem Erkerfenster ist ein Laden zurückgeklappt, und ein breiter Streifen goldbestäubtes Licht fällt ins Zimmer, das für ihn immer das schönste in diesem schönen Haus war: hohe Decke, elegante Proportionen, reichlich Spiegel. Die Wände sind zartrosa, die Holz- und Stuckarbeiten und der Kamin weiß, die Möbel in weiß und gold gefaßtem französischen Provinzstil. Im Augenblick aber gleicht das Zimmer einem Schlachtfeld. Schubladen sind herausgerissen, ihr Inhalt quillt heraus; eine Lampe liegt auf dem Boden; die Kissen und Laken des Himmelbetts sind auf den Boden gerissen, und der Toilettentisch ist eine Müllhalde von umgekippten Flaschen und Glasscherben, aus denen ein schaler, klebrig-süßer Geruch aufsteigt.

Verzweiflung, Schuldgefühle und Sehnsucht überkommen Fred beim Anblick dieser stummen Zeugnisse für Rosemarys Gemütsverfassung bei ihrer Abreise aus London; als nächstes Wut auf Mrs. Harris. Es ist einfach widerwärtig von ihr, daß sie hier nicht aufgeräumt hat, um Rosemary – ja, und auch ihm – diesen Anblick zu ersparen. Das löst einen neuen Anfall von Schuldgefühlen aus, denn ihm fällt ein, daß er es ja war, der Rosemary zu Mrs. Harris überredet hat. Damit ist auf eine Art er für den Zustand dieses Hauses und die betrunkene Schlampe verantwortlich, die da im abgedunkelten Keller herumsitzt. Na ja, daran kann man aber jetzt nichts mehr ändern.

Er wirft einen Blick in das pfirsichfarben gekachelte, rundum verspiegelte Bad, aber der Anblick ist derart ekelerregend – zum Beispiel schwimmen in der Toilette lauter Haufen –, daß er auf Rasierapparat und Zahnbürste lieber verzichtet. Hat Mrs. Harris – abscheulicher Gedanke – das Haus als das ihre betrachtet, in Rosemarys Sachen herumgewühlt, ihr Bad benutzt, vielleicht sogar in dem weiß-goldenen Himmelbett ihren Rausch ausgeschlafen?

Das würde die Unordnung erklären und wäre logischer. Als er Rosemary zuletzt sah – oder in diesem Funkhaus ihre Stimme hörte –, war sie keineswegs geistig umnachtet gewesen, sondern überaus beherrscht. Vollkommen glücklich sogar. Er hört wieder ihre helle, melodische Stimme: »Danke, Dennis, und ich finde es einfach herrlich hier bei euch.« Ihr liegt nichts mehr und lag vielleicht nie etwas an ihm.

Innerlich schaudernd geht Fred behutsam über den schuttbeladenen, pastellgeblümten chinesischen Teppich und öffnet den Wandschrank. Ja, da hängt sein Pullover an einem Haken in der Rückwand. Er legt ihn sich über den Arm und sucht nach dem Hemd, aber alles, was er sieht, sind Rosemarys Sachen, die leer an allen Seiten hängen: ihr langes rosa Cape, ihr vergißmeinnichtblaues Steppkostüm, die hauchdünnen Blusen und die aufgereihten Stöckelsandalen, Käfigen für kostbare Vögel gleich. Manche von diesen Sachen wecken in ihm zärtliche Erinnerungen. Da ist das lange hellgraue Abendkleid, bedruckt mit den verschwimmenden Schatten von Blättern; er erinnert sich, wie er einmal in ›Così fan tutte‹ die ganze Oper lang eine der spinnwebzarten Falten heimlich mit den Fingern liebkoste; da ist der apfelgrüne Seidenschleier, den sie auf ihrer Party trug und der, wenn sie sich bewegte, immer so zärtlich flüsterte.

Fred fühlt sich so schwach und erschöpft, als hätte er einen Marathonlauf oder eine Stunde Squash hinter sich. Er lehnt sich an den Rahmen der Schranktür und versucht normal zu atmen. Aber es ist zwecklos; dem Ballon, den er in der Brust hat, seit er an den Cheyne

Square kam, entweicht mit einem nassen, pfeifenden Ton die Luft. Weinend schlägt er den Kopf rhythmisch an den Türrahmen, um einen Gegenschmerz zu erzeugen. Während er das tut, vernimmt er ein anderes, weniger rhythmisches Geräusch von unten: Mrs. Harris kommt taumelnd die Treppe herauf, wobei sie dauernd gegen die Wände stößt. Wie es sich anhört, muß sie so betrunken sein, daß sie kaum noch gehen kann.

Er zieht sich in das dunkle Innere des Schranks zurück und hofft, daß sie nicht hierher kommt oder ihn wenigstens nicht sieht, aber er hat kein Glück. Sie bleibt in der Diele stehen, hörbar keuchend, dann kommt sie ins Schlafzimmer gestolpert und stützt sich auf den Toilettentisch.

»Vermißt wohl dein Schätzchen, wie?« sagt sie. Sogar von hinten muß man mir meinen Jammer so deutlich ansehen, daß eine betrunkene Putzfrau es merkt, denkt Fred. Er wagt nicht, sich umzudrehen und sie anzusehen, geschweige zu antworten, und schiebt statt dessen Rosemarys Kleider auf der Stange hin und her, um sein Arbeitshemd zu suchen, während er hofft, daß Mrs. Harris weggeht.

Aber sie kommt durch das Zimmer auf ihn zu getaumelt, verfängt sich mit dem Fuß im Bettlaken und kann sich nur im letzten Moment mit beiden Händen am Bettpfosten festklammern; dann torkelt sie weiter und tritt hinter Fred in den Wandschrank.

»Laß das jetzt, Süßer«, sagt sie. »Komm, Heu machen.«

Fred erstarrt. »Heu machen« war sein und Rosemarys intimstes Schlüsselwort. An strahlenden Tagen wie dem heutigen schien die sinkende Sonne immer in dieses Zimmer und auf das überdachte Bett. Rosemary legte sich dann gern hinein und ließ sich genüßlich die weiße Haut wärmen und tönen. »Komm, Darling, laß uns Heu machen, solange die Sonne scheint«, hatte sie einmal leise lachend zu ihm gesagt. Ein paar Tage später hatte er ihr einen Druck von Breughels ›Die Heuernte‹ geschenkt, den sie über dem Nachttischchen auf die geblümte Tapete geheftet hatte. Er hängt noch da. Jetzt weiß er ganz gewiß, daß Mrs. Harris ihnen nachspioniert hat, durchs Haus geschlichen ist und an Türen und am Nebenapparat in der Küche gelauscht hat. Ekelhaft. Widerwärtig. Er wendet sich ab, verzichtet auf Buch und Hemd, will nur noch hier raus, so schnell er kann.

»Entschuldigen Sie mich bitte«, sagt er wütend.

Aber Mrs. Harris weicht nicht zur Seite. Sie torkelt statt dessen noch näher. Ihr schmutziges Gesicht, oder was Fred unter dem gebleichten Haar noch davon sehen kann, scheint mit einer Mixtur aus Ruß und Lippenstift vollgeschmiert zu sein; er riecht ihren ungewaschenen Körper und den stinkenden Atem. Sie streckt die Hand aus; der schmutzige geblümte Kittel, den sie trägt, gleitet auseinander, und zum Vorschein kommt unpassend weiße, sinnliche nackte Haut.

»Darling!« flüstert sie mit betrunken keuchender Stimme, die wie Rosemarys Stimme klingt. Sie packt Freds Arm, läßt sich gegen ihn fallen und reibt ihren Körper an seinem.

»Schluß!« schreit Fred. Er versucht Mrs. Harris mit sanfter Gewalt wegzudrücken, aber sie ist unerwartet stark. »Lassen Sie mich los, Sie dreckige alte Kuh!«

Die Hände der Putzfrau erschlaffen. Er stößt sie mit solcher Kraft beiseite, daß sie auf den Schrankboden zwischen Rosemarys Schuhe fällt, wobei sie erschrokken aufschreit, wie ein Tier.

Fred hält sich nicht damit auf, Mrs. Harris wieder auf die Beine zu helfen und nachzusehen, ob sie verletzt ist. Er schnappt sich seinen Pullover und flüchtet, ohne sich noch einmal umzusehen und immer zwei Stufen auf einmal nehmend, die Treppe hinunter und knallt die Tür hinter sich zu.

Draußen geht er gleich weiter, ohne auf die Richtung zu achten. Aber während er mit großen Schritten Häuserblock um Häuserblock zwischen sich und den Cheyne Square legt, klingen Schock und Ekel allmählich ab und lassen nur noch ein Gefühl der Peinlichkeit zurück. Er wendet sich nach Süden, zum Fluß, erreicht die Embankment und überquert die Straße. Dort bleibt er stehen und lehnt sich an die steinerne Brüstung, vor sich das weite, beschauliche Panorama der Themse. Das Wasser hat fast Höchststand, und die etwas weiter flußaufwärts am diesseitigen Ufer vertäuten Hausboote wiegen sich auf den Wellen. Links das Stabilbaukasten-Rokoko der Albert Bridge, dahinter der hochsommergrüne Battersea Park; rechts von ihm das solide romaneske Mauerwerk der Battersea Bridge. Das sanft schimmernde, fließende Wasser, das gleichmäßige Tukkern eines flußabwärts fahrenden Schleppzugs und die oben über den glühenden Himmel hinziehenden Wolkenflocken beruhigen ihn allmählich.

Nie mehr wird er von Rosemarys Schlafzimmer träumen können, denkt Fred; aber Menschenskind, vielleicht ist das auch am besten so. Wer wird schon gern von einem dämlichen Schlafzimmer im Traum verfolgt? Er muß sich eingestehen, daß er nicht nur seiner Sachen wegen noch einmal hingegangen ist, sondern auch in der dummen, vergeblichen Hoffnung, Rosemary wiederzusehen. Trotz allem ist er noch nicht über sie hinweg.

Vielleicht hat er nur bekommen, was er verdiente. Seine Aufgabe ist es jetzt, Rosemary zu vergessen, denn offensichtlich hat sie ihn vergessen und freut sich irgendwo auf einem luxuriösen Landsitz ihres Lebens.

Nachdem sein Seelenfrieden somit wieder einigermaßen hergestellt ist, kehrt Fred der Themse den Rücken und wendet sich nach Hause. Er hat noch einiges zu packen, und in ein paar Stunden ist er zum Abendessen und anschließenden Kinobesuch mit zwei alten Freunden verabredet, die frisch in England eingetroffen sind und den Sommer hier verbringen wollen.

Als Fred sich mit Tom und Paula trifft, ist sein Gleichgewicht fast wiederhergestellt, auch wenn er noch etwas bedrückt ist. Die Wiedersehensfreude und die Wißbegier der beiden über London geben ihm etwas Auftrieb. Er weiß jetzt wieder, daß nicht alle amerikanischen Akademiker so sind wie die Vogelers (die er in letzter Zeit zu oft gesehen hat) oder Vinnie Miner. Ein großes Heimweh überkommt ihn, Sehnsucht nach amerikanischen Szenerien und amerikanischen Stimmen, nach Menschen wie Paula und Tom, die ohne Ironie sagen, was sie denken, und nicht so tun, als ob sie ihn gern hätten, um ihn dann ganz beiläufig und lächelnd fallenzulassen.

Bei Crêpes und Beaujolais im ›Obelix‹, von seiner Wohnung aus gleich um die Ecke, empfiehlt Fred seinen Freunden etliche Londoner Sehenswürdigkeiten, Restaurants und kulturelle Veranstaltungen, ohne sich anmerken zu lassen, wie enttäuscht er von der Stadt ist. (Warum soll er sie entmutigen? Sie sind doch nur für ein paar Wochen hier.) Er erzählt ihnen sogar, allerdings in einer zensierten Version, sein Erlebnis von heute nachmittag mit Mrs. Harris. Er sagt zum Beispiel nichts davon, daß er den Hausschlüssel hatte; und Rosemary wird zu »Bekannte von mir, die gerade aus der Stadt sind.« Ohne diese Aspekte bekommt sein nachmittägliches Erlebnis etwas beinahe schon Komödien- oder Klamottenhaftes – eine Szene von Smollett, oder vielleicht eine Karikatur von Rowlandson. Es wird eine lustige Anekdote daraus, ein Schwank, der bei Tom und Paula bestens ankommt.

»Das ist ja köstlich«, prustet Tom. »So was kann auch nur dir passieren.«

Viel später im Bett erinnert Fred sich an diese Bemerkung, bei der ihn ein gewisses Unbehagen beschlich. Aber Tom, der von Rosemary nie gehört hat, meinte es natürlich nur als Kompliment. Bei deinem Aussehen, sollte das heißen, kannst du nichts anderes erwarten, als daß betrunkene Londoner Putzfrauen dir unsittliche Anträge machen.

Es stimmt, daß Fred im Laufe der Jahre schon andere unwillkommene – wenn auch nicht ganz so abstoßend komische – Anträge dieser Art bekommen hat. Mädchen und Frauen, die er kaum angesehen hat und auch nie angesehen hätte, sind ihm schon an den Hals oder zumindest in die ungefähre Richtung geflogen, das ist nicht zu leugnen, und es hat ihn jedesmal in große Verlegenheit gebracht. Seine männlichen Freunde haben oft alles andere als Mitleid mit ihm. Himmel, sagen sie, ich würde mich nicht beklagen, wenn die Mädchen so auf mich flögen – sie wissen nur nicht, wie das ist, wenn eine Frau mit voller Wucht auf einen fliegt, die man gar nicht haben will, auch wenn manch anderer sie vielleicht haben wollte.

Das mit den körperlichen Reizen ist schon mysteriös, sinniert Fred, während er den Schein der Straßenlaterne durch das Laub vor seinem Fenster auf den Wänden spielen sieht. Es macht gerade ein Muster wie auf dem Kleid, das Rosemary in ›Così fan tutte‹ anhatte – das sich so eng um ihre Apfelblütenbrüste schmiegte, die er nun nie mehr sehen und streicheln und küssen wird.

Wie kommt es, daß etwas eine schöne Frau wie Rosemary noch schöner macht – zum Beispiel große, weiche, weiße Brüste –, eine Schlampe wie Mrs. Harris jedoch nur noch abstoßender? Mrs. Harris' Brüste sind eigentlich gar nicht schwerer als Rosemarys, denkt er, während er die Kleiderschrankszene zum erstenmal wieder an sich vorüberziehen läßt; in Wirklichkeit sind sie ungefähr gleich groß. Sie haben auch etwa gleich große, gleich erdbeerfarbene Knospen, und auf der linken war sogar das gleiche hellbraune Mal, wie eine Straußenfeder –

Nein! Fred überläuft es zwischen den Laken von Kopf bis Fuß. Nein, das muß er sich eingebildet haben.

Aber die Erinnerung ist von fotografischer Deutlichkeit. Mrs. Harris hat Rosemarys Brüste. Sie hat ungefähr Rosemarys Größe, ungefähr dieselbe Haarfarbe. Sie scheint in Rosemarys Haus zu wohnen, Rosemarys Gin zu trinken, in Rosemarys Bett zu schlafen.

Stimme und Tonfall waren natürlich ganz anders. Aber Rosemary ist Schauspielerin und hat Mrs. Harris schon oft imitiert. Ach du große Neune! Fred fährt im dunklen Zimmer aus dem Bett hoch, den Mund aufgerissen, als sähe er ein böses Gespenst.

Aber immer mit der Ruhe. Er ist Mrs. Harris schon einmal begegnet, da hätte er doch gemerkt ... Ja, aber nur für einen kurzen Augenblick, eines Abends, als er zu früh bei Rosemary angekommen war, und Mrs. Harris hatte die Tür nur einen Spaltbreit geöffnet, ihn kaum eines Blickes gewürdigt und nur geknurrt, daß Lady Rosemary noch nicht zu Hause sei. Sie hatte ihn nicht einmal zum Warten ins Haus gelassen; er mußte in ein Pub um die Ecke gehen.

Sie hatte ihn nicht ins Haus gelassen – sie ließ überhaupt niemanden ins Haus, wenn sie beim Putzen war –, aber nicht, wie Rosemary sagte, weil sie keine Leute zwischen den Füßen brauchen konnte, sondern aus Angst, man könnte sie erkennen – weil sie selbst – weil der betrunkene Drache, den er heute nachmittag im Schlafzimmer eine dreckige alte Kuh genannt und zu Boden gestoßen hatte – weil das seine falsche Liebste war, der Star von Bühne und Bildschirm: Lady Rosemary Radley.

Jesus! Heiliger Jesus! Fred hat gar nicht gemerkt, daß er aus dem Bett gestiegen ist, er steht nur plötzlich nackt im Mondlicht und trommelt mit den Fäusten an die Wand. Er hält damit erst inne, als er über sich Schritte hört; sein Getrommel hat einen anderen Mieter aufgeweckt – oder schlimmer, den Hauswirt.

Vielleicht hatte es ja mal eine Mrs. Harris gegeben. Und dann war sie gegangen, aber Rosemary hatte niemandem etwas davon gesagt und weiter mit Mrs. Harris' Stimme Anrufe beantwortet. Oder vielleicht hatte es überhaupt nie eine Mrs. Harris gegeben; vielleicht putzte Rosemary die ganze verdammte Zeit ihr Haus selbst.

Wie hatte er heute nachmittag so dumm und taub und blind sein können? Wieso hatte er es nicht gewußt?

Weil Rosemary sich ihm als schön, elegant, vornehm und aristokratisch-englisch eingeprägt hatte, und wer das nicht war, konnte ruhig in ihrem Haus wohnen, in ihrem Bett schlafen und mit ihrer Stimme sprechen, sie war eben doch nicht Rosemary. Jedesmal, wenn sie ihn also nicht sehen und nicht mit ihm sprechen wollte, brauchte sie nur Mrs. Harris' Kleider anzuziehen und Mrs. Harris' Stimme anzunehmen. Und das hat sie heute getan. Sie hat sich gezielt über ihn lustig gemacht, hat die Geheimsprache ihrer Liebe benutzt; sie hat alles zerstört, was sie je zusammen hatten.

Und vielleicht ist es die ganze gottverdammte Zeit so gewesen, denkt Fred, während er aus dem Fenster in das windige Halbdunkel starrt. Denn wenn Rosemary ihn je wirklich geliebt hätte, würde sie ihm nie einen solchen Streich gespielt haben. Die ganzen Monate hat er also eine Frau geliebt, die nur eine Theaterfigur war, genau wie Lady Emma Tally. Sie hat ihn die ganze Zeit nur auf den Arm genommen, sich als Lady Rosemary ausgegeben, wenn sie ihn haben wollte, und als Mrs. Harris, wenn sie ihn nicht haben wollte – und weiß der Himmel, wer sie wirklich war.

Gut, er hat verstanden. Sie will ihn nicht wiedersehen. Und er will sie auch nicht wiedersehen. Selbst wenn sie ihn jetzt begeistert wieder bei sich aufnehmen würde, wieder die Rosemary wäre, die er geliebt hat, er würde es ihr nicht glauben. Mit Augen und Ohren wäre er ständig auf der Lauer nach Anhaltspunkten dafür, daß sie ihm nur wieder etwas vorspielt.

Fred wirft sich aufs Bett, und lange liegt er da und beobachtet das Spiel der nervösen Schatten auf dem getünchten viktorianischen Stuck an der Decke. Schließlich gibt er die Hoffnung auf, noch einmal einzuschlafen, und steht auf. Er zieht sich ein paar Sachen an, knipst das Licht an und beginnt Kühlschrank und Küchenschränke auszuräumen, wirft die meisten Lebensmittel in den Mülleimer und hebt den Rest für die Vogelers auf, bei denen er heute sein letztes Abendessen einnehmen wird. Eine Flasche, in der sich noch zwei Fingerbreit Scotch befinden, scheint nicht der Mühe wert, sie nach Hampstead zu schleppen, also gießt Fred den Whisky in ein Glas, füllt mit lauwarmem Leitungswasser auf und trinkt zwischendurch davon.

Als er das Schränkchen über der Spüle ausräumt, hat er plötzlich ein Päckchen Käsekräcker in der Hand, und in dem Moment fällt ihm wieder ein, wie Edwin Francis bei Rosemarys Party mit einem solchen Kräcker voll Pastete in der Hand auf der Treppe stand und ihm in seiner nervösen, altjüngferlichen Art anvertraute, daß er sich wegen Mrs. Harris' Einfluß auf Rosemary sorge. Er hört Edwin sagen: »Sie kann ein bißchen hektisch werden... manchmal recht häßliche Zustände bekommen.«

Angenommen, Rosemary hat Mrs. Harris gar nicht zum Spaß gespielt, nicht aus Wut und Haß, als sie Fred, den sie los zu sein glaubte, in ihre Küche kommen sah. Denn sie konnte ihn nicht erwartet haben. Ob er da war oder nicht, sie hätte in Mrs. Harris' Kleidern im Keller gesessen und getrunken.

Angenommen, sie hat also nicht gespielt; angenommen, sie hatte einen »häßlichen Zustand«, was immer das hieß. Wenn Fred nicht der einzige ist, der nicht weiß, wer Rosemary ist? Wenn sie es selbst nicht weiß? Wenn sie verstört ist, wenn ihr ernstlich etwas fehlt?

Vielleicht hat Rosemary schon bei früheren Gelegenheiten zur Flasche gegriffen; vielleicht hat sie solche »Zustände« – eine Art Nervenzusammenbruch – schon früher gehabt, vielleicht öfter als einmal. Hatte Edwin so etwas andeuten wollen? Hatte er Fred davor warnen wollen?

Nein. Eher war anzunehmen, daß Edwin ihn um Hilfe bitten wollte, wie er gesagt hatte, als er so weinerlich meinte, er werde keine Ruhe haben, wenn Fred ihm nicht verspreche, »auf unsere Rosemary achtzugeben«. Fred hat darauf nicht gehört, hat nicht auf ihre Rosemary achtgegeben. Er konnte es gar nicht mehr, denn schon zwei Stunden später warf sie ihn aus dem Haus. Im übrigen hätte er auch nie gedacht, daß sie einen Aufpasser brauchen würde.

Aber vielleicht braucht sie jetzt einen, denkt er, wie er mit der Packung Kräcker in der Küche steht. Wenn sie auf Sauftour ist oder einen Nervenzusammenbruch hat oder beides, müßte jemand sich um sie kümmern. Aber wer?

Als es drei Uhr morgens ist, hat er sich den Scotch, zwei übrige Dosen Bier und fast eine Flasche halbsauren Weißwein einverleibt. Jetzt sitzt er betrunken in Notting Hill Gate, und Rosemary sitzt betrunken in Chelsea. Verdammt noch mal, es ist einfach alles zuviel für ihn. Er will zurück nach Amerika; er will Roo wiedersehen. Nur daß sie ihn jetzt wahrscheinlich nicht mehr wiedersehen will, denkt er, und damit läßt er sich aufs Bett fallen, ohne sich erst auszuziehen, und dämmert benebelt hinüber.

Als Fred mit einem Schädel aufwacht, als hätte er eins mit der Axt darüber bekommen, steht die Sonne schon hoch am Himmel und scheint heiß auf sein zerwühltes Bett. Ihm ist zu schlecht, als daß er an Essen auch nur denken könnte, und so stellt er sich erst einmal lange unter die Dusche, um seinen Kater zu ersäufen, aber es hilft wenig. Er kann nur einen einzigen klaren Gedanken fassen, nämlich daß er vor seiner Abreise jemandem sagen muß, er solle sich um Rosemary kümmern. Er packt seine schmutzige Wäsche mitsamt den schmutzigen Bettlaken und Handtüchern zusammen, schleppt sie durch die Straßen zum Waschsalon. Während sie sich dort in der Trommel wälzen, daß ihm beim Zusehen übel und sein Kopfweh immer schlimmer wird, geht er zum nächsten Telefonhäuschen und versucht Edwin Francis anzurufen, der inzwischen aus Japan zurück sein müßte. Dann versucht er von William Just bei der BBC Posys oder Nadias Nummer zu bekommen. Endlich ruft er, da ihm sonst niemand mehr einfällt, bei Vinnie Miner an. Aber alle diese Leute sind unerreichbar und bleiben es für den Rest des Tages. Er versucht es trotzdem weiter.

11

Mir-egal war's nicht egal,
Mir-egal wird eingelocht,
Mir-egal kommt in den Topf,
Da wird sie gargekocht.

Alter Reim

Im Pädagogischen Institut der London University sitzt Vinnie Miner in einem Symposium über »Literatur und Kind« und langweilt sich zunehmend. Das Thema ist vielversprechend, und die erste Podiumssprecherin, eine Freundin von ihr, ist eine kurzweilige Rednerin; aber die beiden andern ärgern sie immer mehr. Der eine ist ein dicker Erziehungspsychologe namens Dr. O. C. Smithers, die andere eine verkniffene junge Pedantin namens Maria Jones, die ihr Leben dem Studium früher Benimmbücher widmet.

Nach Vinnies Beobachtung fühlen Vortragsredner in England sich meist verpflichtet, ihre Zuhörer zu unterhalten und Fachchinesisch möglichst zu vermeiden, weshalb man ohne Bedenken in jeden öffentlichen Vortrag gehen kann, sofern das Thema einem interessant erscheint. Maria Jones ist aber zu nervös, um an ihr Publikum zu denken, und ihre Schüchternheit macht sie fast unhörbar; und Dr. Smithers ist zu sehr von sich eingenommen. Er hat »eingehend in den Vereinigten Staaten geforscht«, wie er sich ausdrückt, und bringt seine Platitüden mit transatlantischer Großspurigkeit an. Wie so manche amerikanische Pädagogen spricht er von DEM KIND wie von einer abstrakten metaphorischen Gestalt – einer jener Tugenden oder Grazien, die einem auf öffentlichen Podesten in Stein gemeißelt präsentiert werden. Smithers' abstraktes KIND steckt voller BEDÜRFNISSE, die immerzu in Gefahr sind, »unbefriedigt« zu bleiben, sowie voll KREATIVEN POTENTIALS, das »entwickelt« werden muß, damit »er-oder-sie« zu einem »vollwertigen Menschen« werden kann. Ausgerechnet diesen Begriff konnte Vinnie noch nie ausstehen, und heute abend hat er für sie einen ironischen Beigeschmack – kann sie doch nicht umhin, ihn auf Dr. Smithers' Bauch zu beziehen, der von einer in Großbritannien seltenen Vollwertigkeit ist. In Vinnies Heimat hat laut Statistik (bestätigt durch eigene Beobachtungen) jeder dritte Mann über Dreißig Übergewicht. Hierzulande bleiben die meisten schlank; die wenigen Dicken sind – wie nach einem ungeschriebenen Gesetz des Durchschnitts – um so dicker. Nach demselben Gesetz bringen die wenigen britischen Köpfe, die sich bereitwillig mit Fachchinesisch aufblähen lassen, es meist zur Jahrmarktsreife.

Smithers redet sich warm, überschreitet die ihm zugestandenen zwölf Minuten Redezeit und proklamiert, es gelte das »Moralbewußtsein« DES KINDES durch »verantwortungsvolle Literatur« zu wecken. Die Reibungen und Spannungen »unserer Welt von heute« belasteten DAS KIND sehr, weshalb »er-oder-sie« (Smithers hält, zweifellos eingedenk der Tatsache, daß sein Publikum in der Mehrzahl weiblichen Geschlechts ist, dieses Pronominalungeheuer von Anfang bis Ende seiner Rede konsequent durch) in der Literatur Anleitung finden können müsse.

Vinnie gähnt ungehalten. DAS KIND gibt es nicht, möchte sie Smithers zuschreien; es gibt nur Kinder, jedes anders, jedes einmalig wie jeder von uns in diesem

Saal – noch einmaliger wahrscheinlich, denn wir haben immerhin alle denselben Beruf und sind von den Reibungen Ihrer gräßlichen »Welt von heute« mit den Jahren schon glattgeschmirgelt worden.

Wieviel netter, wieviel kurzweiliger könnte das Leben sein, wenn wir alle noch Kinder wären, denkt Vinnie. Und wie so oft bei langweiligen öffentlichen Veranstaltungen lindert sie ihren Unmut, indem sie sich vorstellt, die Last der Jahre wäre plötzlich von allen hier Anwesenden weggenommen. Die Älteren, wie sie, würden zu Kindern von zehn bis zwölf Jahren, die Studenten zu bloßen Babys. Alle haben nach dieser Verwandlung, egal wie alt sie nun sind, ein und denselben Gedanken: Wozu sitze ich hier auf einem Stuhl und höre mir diesen Quatsch an? Die Diskutanten und der Moderator auf dem Podium sehen einander überrascht an. Smithers, jetzt ein dicker, ernster Sechsjähriger, läßt seine Notizen auf den Boden fallen. Vinnies Freundin Margaret – schon mit neun Jahren ein vernünftiges, freundliches und aufmerksames Mädchen – neigt sich tröstend zu Maria Jones hinüber, die jetzt erst drei Jahre alt, aber schon furchtbar schüchtern ist. Margaret tupft Maria die dicken Tränen ab und hilft ihr vom Podium. Im Publikum watscheln die Babystudenten umher, spielen Haus unter umgekippten Stühlen, kritzeln mit Bleistift und Kreide die Wände voll und bauen und zerstören Lehrbuchtürme unter fröhlichem Kreischen.

Es wäre nur gerecht, denkt Vinnie, wenn jetzt irgendein kleiner Untergott mit Sinn für Humor, vielleicht DAS KIND AN SICH, käme und diese Metamorphose vornähme. Die bloße Vorstellung, Kinderliteratur zur wissenschaftlichen Disziplin zu machen, gerade das Phantasievollste und Freieste an »unserm kulturellen Erbe«

(Smithers) in einen Raster ernster Pedanterie, aufgeblasener Platitüde und dubioser Textanalyse – psychologisch, soziologisch, moralisch, linguistisch, strukturalistisch – zu pressen, fordert göttliche Vergeltung geradezu heraus.

Vinnie hat ein schlechtes Gewissen wegen ihres Berufs, obwohl er ihr den Lebensunterhalt und einen guten Ruf einträgt, ganz zu schweigen von diesen glücklichen Monaten in London. Der Erfolg des Forschungsgebiets Kinderliteratur – ihr eigener Erfolg – hat eine unerfreuliche Seite. Manchmal hat sie das Gefühl, an der Einzäunung einer einstmals offenen Heide- oder Wiesenlandschaft mitzuwirken. Zuerst hat sie geholfen, einen Stacheldrahtzaun darum zu ziehen; dann hat sie geholfen, die dort wachsenden Wildblumen auseinanderzurupfen, um sie wissenschaftlich zu untersuchen. Meist tröstet sie sich mit dem Gedanken, sie selbst gehe mit so leichter, respektvoller Hand daran, daß sie möglichst geringen Schaden anrichte, aber wenn sie dasitzen und Leuten wie Maria Jones und Dr. Smithers dabei zusehen muß, wie sie eine wilde Möhre sezieren oder eine Feuernelke mit der Wurzel ausreißen, fühlt sie sich durch Komplizenschaft mitbeschmutzt.

Soeben breitet Smithers, bildlich betrachtet, seine Sammlung toter Blumen aus, gießt abschließend einen zähflüssigen Klischeesirup darüber und nimmt mit selbstzufriedener Miene wieder Platz. Die allgemeine Diskussion beginnt; ernste Leute erheben sich und tragen in verschiedenen Akzenten ihre als Fragen an das Podium getarnten Selbstdarstellungen vor. Vinnie gähnt hinter vorgehaltener Hand; dann schlägt sie unauffällig die neueste ›New York Review of Books‹ auf, die sie sich auf dem Weg hierher bei Dillon's gekauft hat. Sie lächelt über eine Karikatur; dann bekommt sie einen häßlichen Schlag versetzt: Auf der gegenüberliegenden Seite wird an augenfälliger Stelle eine Essaysammlung mit dem Titel ›Unpopuläre Ansichten‹ von L. D. Zimmern vorgestellt, an den sie seit Wochen nicht mehr gedacht hat.

Erschrocken ist sie auch über das dazugehörige Foto, das nicht die mindeste Ähnlichkeit mit ihrer von Eisbären und Pestilenz dahingerafften Phantasiefigur aufweist. Zimmern ist älter, als sie ihn sich vorgestellt hat, eher hager und kantig als dick, und auch nicht kahl – er hat sogar mehr Haare als nötig, wenn man den kurzen, dunklen Spitzbart mitrechnet. Sein Lächeln ist ironisch, an der Grenze zum Verächtlichen und Gequälten.

Aber wie Zimmern in Wirklichkeit aussieht, ist unerheblich. Entscheidend ist, daß er ein Buch herausbringen will oder wahrscheinlich schon herausgebracht hat, das mit größter Sicherheit auch seinen gräßlichen ›Atlantic‹-Artikel enthält. Dieses widerliche Machwerk, gebunden und als Taschenbuch erhältlich, liegt in diesem Augenblick in allen Buchhandlungen Amerikas und lauert auf Käufer. Es wird – oder wurde schon – ausgiebig besprochen; es wird – oder wurde schon – von allen großen Stadt- und Universitätsbibliotheken im Land angeschafft. Demnächst wird es katalogisiert und ins Regal gestellt – und ausgeliehen – und gelesen. Es wird sich mit hämischem Grinsen sogar in die Elledge Library von Corinth schleichen. Später gibt es wahrscheinlich eine englische Ausgabe davon und möglicherweise – vor allem wenn er einer von diesen widerlichen Poststrukturalisten ist – eine französische Ausgabe, eine deutsche Ausgabe … der schaurigen Möglichkeiten ist kein Ende.

Vinnie fühlt einen beißenden, brennenden Schmerz hinter den Rippen, ein Geschenk von L. D. Zimmern. Um sich Erleichterung zu verschaffen, versucht sie ihn sich als Kind hier zwischen den anderen Patentkindern vorzustellen: ein unbeliebtes Kind, von den andern beschimpft und verfolgt. Doch das Bild will sich nicht fügen. Zwar vermag sie L. D. Zimmern mittels Geisteskraft in die London University zu versetzen, aber ihn jung zu machen, schafft sie nicht. Beharrlich bleibt er der bissige Mittfünfziger, der am leeren Podium steht und herablassend auf den Saal voll lärmender Kinder blickt, auch oder vor allem auf Vinnie.

Und selbst wenn sie sich für Zimmern noch einen anderen angemessenen Niedergang ausmalen könnte, denkt Vinnie – was würde es helfen? Diese gewalttätigen Phantasien sind unzuträglich; obendrein unnütz. Vinnie hat keine Möglichkeit, sich wirklich zu rächen; kein Forum, außer ›Children's Literature‹ und ähnlichen Magazinen, die Zimmern und seine Kollegen nie zu Gesicht bekommen. Sie kann sich nicht einmal mehr bei ihren Freunden beschweren, nicht nach so vielen Monaten – man würde sie nur für neurotisch und besessen halten.

Außerdem hat Vinnie schon seit jeher Hemmungen, über ihre Nöte zu sprechen. Über Dinge zu reden, die einem im Leben schiefgegangen sind, hält sie für gefährlich; das könnte ein magnetisches Kraftfeld aufbauen, welches Glück abstößt und Pech anzieht. Wenn sie vom Jammern nicht abläßt, werden alle die Schlingen und Pfeile, Schrauben und Nägel und Nadeln, die ein wütendes Geschick ringsum für sie bereithält, sie sich zum Ziel erwählen. Die meisten ihrer Freunde würden fortgetrieben, abgestoßen von ihrer negativen Ladung.

Aber allein wäre Vinnie nicht. Wie die meisten Leute hat auch sie ein paar Bekannte, die vom Unglück anderer magnetisch angezogen werden. Diese werden, von ihrem Unglück angelockt, sich um sie scharen, sie mit dem stachligen schwarzen Flaum herablassenden Mitleids eindecken wie mit Eisenspänen.

Der einzige Mensch, bei dem Vinnie sich unbesorgt beklagen könnte, ist Chuck Mumpson. Er befindet sich außerhalb des Wirkungskreises der magnetischen Kraftfelder, und nichts, was in irgendeinem Buch gedruckt steht, kann sein Bild von ihr verändern, da es von ihrem beruflichen Ansehen oder den Meinungen anderer nicht abhängig ist. Für Chuck ist L. D. Zimmern ein unbedeutender Nörgler, auf den kein vernünftig denkender Mensch hört. »Wen juckt denn das, was irgend so 'n Schleimer in 'ner Illustrierten von sich gibt?« hat er einmal gemeint. Vinnie findet seine Unbedarftheit in Fragen akademischer Wechselwirkungen, wie so vieles andere an ihm, einerseits herrlich erfrischend, andererseits oft zum Verzweifeln. Gewiß ist es diese Ambivalenz, die sie bisher davon abhält, für ihren Besuch in Wiltshire ein Datum festzulegen.

Chuck ist zum Beispiel von einer intellektuellen Beweglichkeit, die sie ihm nicht zugetraut hätte. So hat er sich inzwischen nicht nur damit ausgesöhnt, daß der Eremit von South Leigh ein lese- und schreibunkundiger Landarbeiter war, er ist sogar so stolz auf ihn, als wäre er ein gebildeter Earl gewesen. Als sie dazu einmal etwas sagte, machte er diesen Sinneswandel großmütig zu ihrem Verdienst. »Deine Liebe zu mir – die bringt einfach alles, was passiert, in Ordnung«, sagte er. Vinnie wollte schon widersprechen, machte den Mund aber wieder zu. ›Ich glaube nicht, daß ich dich liebe‹, hatte sie sagen wollen. Aber da sie nie gesagt hat, *daß* sie ihn liebt, wird Chuck wohl nur die Liebe im Bett gemeint haben.

Das kann sie akzeptieren, bestätigen. Körperlicher Genuß, wie sie ihn mit Chuck erlebt hat, macht wirklich die ganze Welt schöner; er macht sie zu einem summenden Kreisel, auf dem alle dissonanten Farben zu einer Harmonie verschmelzen, die sich von diesem Zentrum aus spiralig ausbreitet. Wenn sie fern von ihm ist, wird der Kreisel langsamer, beginnt zu wanken, taumelt, fällt und zeigt sein häßliches Muster. Wenn sie in diesen kurzen, warmen Spätjuninächten, wenn Dunkelheit die Stadt nur kurz zu streifen scheint und um vier Uhr morgens der Himmel sich wieder aufzuhellen beginnt, allein und nur von einem geblümten Laken zugedeckt im Bett liegt, sehnt sie sich körperlich nach Chuck. Doch dann kommt der Morgen; das Telefon meldet sich mit seinem charakteristischen, aufgeregten Doppelton, höher und schneller als in Amerika. Der Juni ist in London die Hochsaison der Geselligkeit, und Vinnies Kalender füllt sich mit interessanten Partys und läßt ihr keine Zeit für eine Reise nach Wiltshire.

Und *wenn* sie hinfahren sollte – wie wird es sein, mit Chuck in diesem Haus zu wohnen? Es ist Ewigkeiten her, daß Vinnie mit einem Mann – oder überhaupt mit einem Menschen – zusammen gelebt hat. Und daß sie es nicht getan hat, war teilweise schließlich ihre eigene Entscheidung. In den zwanzig Jahren seit dem Ende ihrer Ehe hätte sie, wenn sie gewollt hätte, ziemlich sicher einen Hausgenossen finden können – wenn schon keinen Liebhaber, dann eine gute Freundin.

»Hast du keine Angst, so allein zu leben? Fühlst du dich nie einsam?« fragen Vinnies Freunde – nein, ihre

Bekannten, denn wer so etwas fragt, wird augenblicklich vom Freund zum Bekannten degradiert. »Aber nein«, antwortet Vinnie darauf immer, ohne sich ihren Ärger anmerken zu lassen. Natürlich hat sie Angst, natürlich fühlt sie sich einsam – wie dumm sind die Leute eigentlich? Es liegt doch auf der Hand, daß sie das alles nur auf sich nimmt, weil die Alternative für sie noch schlimmer wäre.

Manchmal lassen die Bekannten trotz ihrer Beteuerungen nicht locker und meinen, es sei doch wirklich für eine kleine, alleinstehende und nicht mehr ganz junge Frau nicht ungefährlich, so allein zu leben, und sie solle sich einen großen scharfen Hund zulegen. Aber Vinnie mag keine Hunde und hat keine Lust, dem Klischee der einsamen alten Jungfer zu entsprechen, weshalb sie dergleichen immer abgelehnt hat. Ihr einziger Gefährte ist Fido geblieben. Manchmal drängt sich ihr der Gedanke auf, daß sie ihn ungefähr genauso behandelt wie die traditionelle alte Jungfer ihren Schoßhund: Bis vor zwei Monaten hat er sie noch überallhin begleitet, abwechselnd geduldet und gescholten.

Die Wahrheit ist, daß Vinnie sich von ihrem Temperament her für ein Zusammenleben nicht eignet. So schön es war, als Chuck das letztemal in London war (sie erinnert sich vor allem an einen Moment, als sie aneinandergeschmiegt auf ihrem Wohnzimmerteppich lagen und durchs Erkerfenster in einen Himmel voller grüner, sich bewegender Blätter hinaufblickten), fühlte sie sich sogar da zeitweise – wie soll sie es nennen? – bedrängt, eingeengt. Chuck ist zu groß, zu laut; er nimmt zuviel Platz in ihrer Wohnung, ihrem Bett, ihrem Leben ein.

Und nicht nur Chuck gibt ihr dieses Gefühl. Immer

wenn sie bei noch so lieben Freunden wohnt, ist ihr unbehaglich. Mit jedem Zusammenwohnen geht so vieles einher, was sie stört: zum Beispiel der stete Zwang zur Höflichkeit, im Positiven wie im Negativen. Das ewige Bitte und Danke und Entschuldige und Stört-es-dichwenn; das tagelange Unterdrücken natürlicher Bedürfnisse – zu gähnen, zu seufzen, sich am Kopf zu kratzen, einen Wind zu lassen oder sich die Schuhe auszuziehen. Dann dieses Gefühl, ständig – wenn auch wohlmeinend – beobachtet zu werden, wodurch es einem unmöglich gemacht wird, einmal etwas Unübliches oder Spontanes zu tun – etwa vor dem Frühstück im Regen spazierenzugehen oder um zwei Uhr morgens aufzustehen und sich eine Tasse Kakao zu machen und Trollope zu lesen – ohne gleich die besorgte Frage auszulösen: »Vinnie? Was machst du denn hier unten? Fehlt dir was?«

Und schließlich der Lärm und die Unordnung, die es mit sich bringt, wenn man dauernd jemanden um sich hat, der von Zimmer zu Zimmer geht, Türen öffnet und schließt, das Radio, den Fernseher, den Plattenspieler, den Herd einschaltet oder die Dusche aufdreht. Mit diesem Jemand immer erst verhandeln zu müssen, bevor man die selbstverständlichsten Dinge tut: sich mit ihm darüber verständigen zu müssen, wann wo was gegessen wird, wann zu Bett gegangen wird, wann wer das Bad benutzt, was für einen Film man sich ansieht, wohin man in Urlaub fährt, wen man zum Abendessen einlädt. Gewissermaßen um Erlaubnis fragen zu müssen, wenn man Freunde besuchen oder ein Bild aufhängen oder eine Zimmerpflanze kaufen will; einfach jedesmal Bescheid sagen zu müssen, wenn einem danach ist, dieses oder jenes zu tun.

So war es mit ihrem Mann fast von Anfang an gewesen. Und sogar mit Chuck, mit dem sich wunderbar leicht auskommen läßt, ist das Zusammenleben in einer Wohnung wie ein immerwährendes Großmutter-darf-ich-Spiel: »Ich denke, ich nehme jetzt ein Bad und gehe zu Bett.« – »Ist gut, Schatz.« – »Ich gehe jetzt mal einkaufen.« – »Ist gut, Schatz.« Und wenn man einmal vergessen hat, um Erlaubnis zu fragen, bevor man etwas tat: »Sag mal, Schatz, wo warst du denn? Du warst einfach verschwunden – ich habe mir direkt Sorgen gemacht.« (Du hast vergessen, »darf ich?« zu fragen: ein Schritt zurück.) Und das Ganze gilt natürlich auch umgekehrt: Immer wenn der, mit dem man zusammenlebt, einkaufen gehen, ein Bad nehmen, ein paar Möbel umstellen oder irgendeins von hunderterlei Dingen tun möchte, muß man sich seine Bitte um Erlaubnis anhören.

Und wenn man dann zu guter Letzt angefangen hat, sich mit diesem Leben abzufinden, weil man den andern lieben gelernt hat – wenn man allmählich sogar Gefallen daran findet, sich darauf verläßt –, dann läßt er einen sitzen. Nein danke, denkt Vinnie.

Das Dumme ist nur, es ist zu spät, »nein danke« zu sagen. Sie wird bald nach Wiltshire fahren, weil sie hinfahren möchte; sie kann es sich gar nicht versagen, denn irgendwie zufällig ist Chuck Mumpson, arbeitsloser Sanitäringenieur aus Tulsa in Oklahoma, auf eine Weise in ihr Leben getreten, daß ihr mehr an ihm liegt und er ihr mehr bedeutet, als sie vor ihren Londoner Freunden zugeben würde, noch weniger gern vor ihren amerikanischen Freunden.

Und wenn sie nach Wiltshire fährt, wird es noch schlimmer sein. Es besteht die schreckliche Gefahr, daß sie sich da völlig verheddert und verfängt. Vinnie stellt sich die englische Landschaft im Juni vor – schon eine Verführung in sich selbst. Sie malt sich aus, wie sie und Chuck zwischen blühenden Hecken dahinspazieren, nebeneinander auf einer blumenübersäten Waldlichtung liegen ... Da wird es vorbei sein mit all ihrer Vorsicht und Zurückhaltung; sie wird verloren sein. Sie wird mehr und immer mehr für ihn empfinden, und je mehr sie für ihn empfindet, desto schlimmer wird es sein, wenn er später zur Besinnung kommt.

Vinnie weiß – weil sie es in über dreißig Jahren aus Verlusten und Enttäuschungen gelernt hat –, daß keinem Mann je wirklich etwas an ihr liegen wird. Sie glaubt fest, ist sogar merkwürdig stolz darauf, daß sie noch nie im ernsten Sinne des Wortes geliebt wurde. Ihr Mann hatte natürlich einmal gesagt, er liebe sie, aber das hatten die Ereignisse bald als Illusion entlarvt. Die wenigen anderen Männer, die so etwas behauptet hatten, waren von Verlangen geblendet, als sie es sagten, hatten es auch nur dann gesagt, und es erwies sich bald genug als Lüge. Chuck, das muß sie zugeben, hat es auch schon bei anderen Gelegenheiten gesagt – aus Höflichkeit, wie sie annahm, oder weil irgendeine antiquierte Wildwest-Moral es erforderte, daß er sie zu lieben glaubte, um ein Tun zu rechtfertigen, das doch immerhin Ehebruch war. Er hat ja sogar ihr Aussehen gepriesen! (»An dir ist alles so nett und klein; die meisten Frauen daheim in Tulsa sind neben dir die reinsten Ackergäule.«)

Vielleicht bildet Chuck sich im Augenblick auch wirklich ein, sie zu lieben, weil sie ihn nett behandelt hat, als er verzweifelt war; weil sie ihn zu sich hereingeholt und ihn gescholten und aufgerichtet hat – genau wie vor Jahren ihren früheren Mann. Aber wenn sein Selbstvertrauen erst wieder voll hergestellt ist, wird Chuck – genau wie ihr früherer Mann – sie genauer anschauen und als das sehen, was sie wirklich ist: eine kleine, egoistische, unansehnliche, alternde Frau. Er wird sich einer jüngeren, hübscheren, netteren zuwenden, und von seiner Liebe zu Vinnie wird nur noch so eine Art müder, schuldbewußter Dankbarkeit übrig sein.

Vinnie weiß das alles – und dennoch weiß sie auch, daß sie es sich nicht versagen kann, nach Wiltshire zu fahren. Sie kann es allenfalls, und auch das nicht sehr lange, hinausschieben. Sie kann in London Einladungen annehmen. Sie kann sich Chucks Fehler vor Augen halten; sie kann ihre eigene Leidenschaft nüchtern betrachten und sich sagen, daß er nicht einmal äußerlich ihr Typ ist: zu grobknochig, fleischig und sommersprossig; sein Haar zu dünn, sein Gesicht zu stumpf. Stimmt alles, stimmt – aber nützt nichts: sie sehnt sich doch nach ihm.

Nach dem Podiumsgespräch und dem anschließenden Empfang, auf dem es reichlich Wein und literarische Gespräche gab, kehrt Vinnie in oberflächlich gebesserter, im Grunde aber doch gedrückter Stimmung in ihre Wohnung zurück, brütend über ›Unpopuläre Ansichten‹ und ihre Hilflosigkeit gegenüber L. D. Zimmerns Verfolgungen. Sie hätte die größte Lust, Chuck da draußen auf dem Land anzurufen, aber es ist schon fast elf, und sicher schläft er schon, denn die Archäologen sind Frühaufsteher. Während sie noch unschlüssig das Telefon anstarrt, klingelt dieses von selbst. Aber es ist nicht Chuck, sondern die junge, kräftige Stimme einer Amerikanerin, zitternd vor Ungeduld.

»Hier ist Ruth March«, sagt die Stimme – als ob der Name ihr etwas sagen müßte, was er nicht tut. »Ich rufe aus New York an. Ich versuche die ganze Zeit, Fred

Turner zu erreichen; seine Londoner Nummer habe ich, aber das Telefon ist abgemeldet. Entschuldigen Sie die späte Störung, aber ich muß ihn erreichen, es ist wirklich wichtig.«

»Aha«, sagt Vinnie nur, verärgert über die Stimme, weil es nicht Chucks Stimme ist. »Sind Sie eine Studentin von ihm?«

»N-nein«, stottert Ruth March und erklärt dann: »Ich bin seine Frau. Ich habe Sie einmal auf einer Party des Englischinstituts in Corinth kennengelernt.«

»Ach so.« Vor Vinnie taucht ein verschwommenes Bild auf, das Bild einer großen, dunkelhaarigen, unverschämt hübschen jungen Frau im schwarzen Jersey. Nicht zum erstenmal findet sie die feministische Übung, den Mädchennamen zu behalten, politisch vielleicht begrüßenswert, ansonsten aber nachteilig. »Hm, ich würde Ihnen ja gern helfen, aber ich glaube, er ist sowieso auf dem Sprung nach New York – morgen, glaube ich.«

»Ja, ich weiß, daß er morgen zurückkommt. Es ist nur so, daß ich dann nicht in Corinth bin, weil ich nach New Mexico fliegen muß, wegen einer Stelle dort. Ich war auch bisher wegen eines Fotoauftrags unterwegs, darum habe ich sein Telegramm nicht bekommen und deshalb konnte ich ihn nicht anrufen, sonst hätte ich es getan.« Freds Getrennte scheint nun richtig außer Atem zu kommen. »Ich will ihn jetzt erreichen, damit wir uns in New York treffen können, denn da bin ich morgen abend.«

»Aha«, sagt Vinnie unbeteiligt.

»Ich dachte, Sie wüßten vielleicht, wo er ist.«

»Hm, ja.« Tatsächlich weiß Vinnie, wo Fred jetzt ist. Als sie ihn vorgestern im British Museum traf, hat er ihr erzählt, er werde an seinem letzten Abend in London bei Joe und Debby Vogeler zu Abend essen und dann mit ihnen zum Parliament Hill gehen, um die Sonnwendfeier der Druiden zu sehen. »Ja, ich glaube, er ist bei Freunden namens Vogeler.«

»Ach ja, dann weiß ich, wen Sie meinen. Haben Sie deren Nummer?«

»Ich glaube, ich habe sie irgendwo. Bleiben Sie einen Moment dran.« Vinnie eilt ins Wohnzimmer und muß es wieder einmal sehr gedankenlos von ihrem Vermieter finden, daß er das Telefon im Schlafzimmer installiert hat. »Hier ... nein, Entschuldigung. Moment.« Peinliche Sekunden vergehen, während sie in einem Packen Notizzettel und Kärtchen von Minicar-Firmen wühlt und Ruth Marchs Überseegespräch verteuert. »Also, ich finde sie auf jeden Fall, wenn ich Zeit zum Suchen habe«, sagt sie endlich. »Wissen Sie was, wenn ich die Nummer habe, rufe ich dort an und gebe Fred Ihre Nachricht durch.«

»Oh, täten Sie das? Wunderbar.« Ruth gibt einen dankbaren Seufzer von sich. »Richten Sie ihm bitte nur aus, er soll mich in New York anrufen, sowie er am Kennedy Airport ist.«

»Ja, gut.«

»Ich werde bei meinem Vater sein. Die Nummer hat er, soviel ich weiß, aber sie steht auch im Telefonbuch. L. D. Zimmern, West Twelfth Street.«

»L. D. Zimmern«, wiederholt Vinnie langsam.

»Mhm. Kennen Sie ihn vielleicht? Er ist auch Professor.«

»Ja, ich glaube, ich habe schon von ihm gehört«, sagt Vinnie.

»Und – Moment – wenn Sie mit Fred sprechen, könnten Sie ihm – falls es Ihnen nichts ausmacht – noch sagen –«

Vinnie schweigt; das eben Gehörte hat ihr die Sprache verschlagen. Ruth March versteht es als Zustimmung.

»Sagen Sie ihm, daß ich ihn liebe, okay?«

»Okay«, wiederholt Vinnie mechanisch.

»Danke. Vielen Dank. Sie sind prima.«

Kaum hat Vinnie aufgelegt, sucht sie weiter nach der Telefonnummer der Vogelers. Zugleich fragt sie sich halb geistesabwesend, warum Freds Frau sich nicht Ruth Zimmern oder Ruth Turner nennt. Vielleicht war sie schon einmal verheiratet. Vor allem aber denkt sie, daß ihr ein Wunsch in Erfüllung gegangen ist. Ihr allgemeiner und besonderer Feind hat sich ihr gewissermaßen in die Hand gegeben; die Sünden des Vaters können auf die Tochter kommen, eine junge, schöne und geliebte Frau. Vinnie kann ohne die kleinste Mühe verhindern, daß Ruth und Fred in New York – denn darauf läuft es ja wohl hinaus – Versöhnung feiern. Und offenbar spielt ihr Unterbewußtsein eifrig mit, denn die Nummer der Vogelers läßt sich einfach nicht blicken. Vinnie hat sie, das weiß sie ganz sicher – irgendwo auf der Rückseite eines Bestellzettels vom Britischen Museum; doch dieser Zettel hat sich, wie mit ihrem schlechteren Ich im Bündnis, gut versteckt. Ihr besseres Ich, das von Sippenhaftung nichts hält – was hätte Ruth March ihr denn je Böses getan? –, sucht jedoch weiter.

Im Grunde ist es natürlich egal, denkt sie, als sie endlich aufgibt. Auch wenn Fred seine Frau nicht morgen in New York trifft, werden sie am Ende doch wieder zusammenkommen. Dann wird sie ihn eben von New York aus anrufen oder von New Mexico oder wo sie sonst gerade ist.

Vielleicht wird sie ihn aber auch nicht anrufen, weil sie glaubt, er habe ihre Nachricht bekommen und bewußt ignoriert. Sie wird gekränkt sein, wütend. Sie wird diese Stelle, von der sie sprach, annehmen und in den entgegengesetzten Winkel der USA ziehen, und das ist dann das Ende ihrer Ehe.

Schade darum – oder vielleicht gar nicht so schade. Da sie L. D. Zimmerns Tochter ist, könnte Ruth ja auch nach ihm geschlagen sein. Vielleicht ist sie gehässig, rücksichtslos, destruktiv – eine Frau, die los zu sein ein Mann wie Fred nur froh sein dürfte – wie ihr eventueller erster Mann froh sein kann, daß er sie los ist. Wahrscheinlich war das Scheitern ihrer Ehe überhaupt nur ihre Schuld. Man kann ja nun nicht behaupten, daß mit Fred schwer auszukommen wäre. Jedenfalls kann Vinnie nichts für sie tun. Sie hat die Telefonnummer der Vogelers nicht und weiß auch niemanden, der sie kennen könnte.

Das Dumme ist nur, daß sie weiß, wo Fred ist oder wo er in Kürze zumindest sein wird: auf dem höchsten Punkt von Hampstead Heath bei den Druiden. Aber da kann sie doch um diese nachtschlafene Zeit nicht hingehen, um ihn zu suchen. Das kann sicher niemand von ihr erwarten. Soll das Schicksal also seinen Lauf nehmen. Vinnie knipst das Wohnzimmerlicht aus und macht sich bereit zum Zubettgehen.

Nein, die meisten Leute, die Vinnie kennt, würden sicher nicht von ihr erwarten, daß sie nach Hampstead Heath läuft. Aber einer wird es erwarten, denkt sie, als sie mit einem Schuh noch an, den anderen schon aus, auf der Bettkante sitzt. Chuck Mumpson würde es für selbstverständlich halten, daß sie hingeht, ohne an die Beschwerlichkeit oder gar Gefährlichkeit einer solchen

Expedition auch nur zu denken. Und wenn er hört, daß sie Ruth Marchs Nachricht nicht überbracht hat, wird er sie ganz überrascht und traurig ansehen, wie einmal, als sie ihm gestand, sie habe noch nie einen Hund kennengelernt, den sie gern hatte. Sie sieht sein Gesicht jetzt vor sich und hört seine Stimme. »Soll das heißen, du hast es nicht mal versucht?« fragt die Stimme. »Aber Vinnie!«

Vinnie geht wieder ins Wohnzimmer und macht Licht. Sie breitet ihre U-Bahn- und Busstreckenpläne aus und nimmt ihren London-Führer zur Hand. Es ist, wie sie erwartet hat, ziemlich beschwerlich, zum Parliament Hill zu kommen. Die Londoner Verkehrsbetriebe machen es ihr leicht, bei Selfridge's einzukaufen, einen Arzt in der Harley Street zu konsultieren oder Freunde in Kensington zu besuchen; aber anscheinend haben sie nicht bedacht, daß Vinnie oder sonst ein wohlgebildeter Anwohner des Regent's Parks je auf die Idee kommen könnte, die Gospel Oak aufzusuchen, folglich wurden für ein solches Vorhaben auch kaum Vorkehrungen getroffen. Sie wird bis zur Camden Town Station zu Fuß laufen müssen, dort einen Bus oder die U-Bahn nach Hampstead nehmen und dann noch einmal zu Fuß anderthalb Kilometer weit quer durch die Hampstead Heath. Und nachdem sie Fred gefunden hat – falls sie ihn überhaupt findet, und das ist unwahrscheinlich –, ist es zu spät, um auf demselben Weg zurückzukommen; für den Heimweg wird sie ein Taxi bezahlen müssen.

Sie faltet ihre Karten zusammen und denkt daran, wie teuer und ermüdend und schwierig, wenn nicht gar gefährlich und unmöglich es sein wird, Fred Turner um Mitternacht auf dem Parliament Hill zu finden; wie leicht und befriedigend es dagegen wäre, zu Hause zu bleiben und einer nahen Anverwandten von L. D. Zimmern langwährenden Schmerz und Kummer zu bereiten. Und Chuck müßte es ja nie erfahren. Zugleich aber zieht sie sich schon ihre Schuhe wieder an und nimmt als Vorsichtsmaßnahme gegen Taschendiebe und Straßenräuber ihren Paß, Kreditkarte und alles Geld bis auf fünf Pfund und ein paar Münzen aus dem Portemonnaie; sie nimmt auch ihren neuen Regenmantel aus dem Kleiderschrank – denn obwohl es eine warme Sommernacht ist, könnte es auf der Hampstead Heath doch kühl und windig sein.

Selbst nach elf Uhr abends ist die Regent's Park Road vertraut und beruhigend; nur ein paar wohlanständig aussehende Leute führen ihre Hunde aus oder sind auf dem wohlanständigen Heimweg. Doch kaum hat Vinnie die Kreuzung hinter sich und geht den Parkway hinunter in Richtung Camden Town Mitte, da atmet sie schon beklommener. Es ist die schlimmste Zeit der Nacht, die Pubs haben gerade geschlossen, und zahllose obdach- und arbeitslose Männer wurden betrunken, verstört und möglicherweise gewalttätig gestimmt auf die Straßen von Camden Town entlassen. Sie beißt die Zähne zusammen und geht schneller, wendet bei jeder schmuddeligen Gestalt oder Gruppe von Gestalten, der sie begegnet, den Kopf zur Seite und ignoriert Bemerkungen, die vielleicht, vielleicht aber auch nicht, an sie gerichtet sind; einmal überquert sie die Straße, um zwei besonders zweifelhaft aussehenden Individuen aus dem Weg zu gehen, die in einem dunklen Torweg herumlungern; und bei jedem Schritt, den ihre kleinen Schuhe auf das Pflaster klopfen, denkt sie, daß er sie wieder ein Stück weiter von Gemütlichkeit und Sicherheit wegführt.

Als Vinnie ziemlich außer Atem im Stadtzentrum ankommt, stehen keine Busse an der Haltestelle, und es warten auch keine Leute hier auf einen Bus. Sie eilt zur U-Bahn-Station, obwohl sie darin kaum eine Zuflucht erblickt. Schon bei Tag ist der Aufenthalt hier nicht angenehm; von unten kommt ständig ein kalter Luftzug, dazu hört man unentwegt das laute, klapprige Todesrasseln des antiquierten hölzernen Aufzugs. Drei ungepflegte junge Männer drängen sich vor Vinnie auf die Rolltreppe und werfen ihr einen unfreundlichen, wenn nicht drohenden Blick zu. Gegen ihre bessere Einsicht tritt sie hinter ihnen auf die Treppe. Doch unten angekommen, verschwinden sie in einem Gang, ohne sich noch einmal umzusehen.

Vinnie nimmt den Gang gegenüber, geht die Treppe hinunter und wartet auf den Zug nach Hampstead. Wie schaurig die beiden Löcher an den Enden des Bahnsteigs sind: man meint, daß jeden Augenblick etwas Großes, Bösartiges aus ihnen hervorgeschossen kommt und einem ans Leder will. Dumm, so etwas zu denken, fast schon verrückt. Sind das vielleicht die Überreste eines angeborenen, vererbten Wissens, eine nachwirkende Jungsche Urangst vor Höhlen und schleimigen Riesenreptilien?

Was schließlich aus der Höhle herauskommt, ist natürlich nur ein Zug, normalerweise keine Gefahr, eher eine Zuflucht. Die Londoner U-Bahn ist gewöhnlich in jeder Beziehung das Gegenteil der New Yorker U-Bahn: gut beleuchtet, warm, relativ sauber und voll harmloser Passagiere. Der Wagen, in den Vinnie steigt, ist allerdings weniger beruhigend. Er ist fast leer, übersät mit alten Zeitungen und infolge eines elektrischen Defekts halb verdunkelt. Nun, sie muß ja nur drei Stationen weit fahren; höchstens fünfzehn Minuten.

Aber wie es bei der Northern Line manchmal geht, wird der Zug hinter Belsize Park langsamer und bleibt rüttelnd und knirschend stehen. Der Motor verstummt; die Lichter flackern und werden noch dunkler. Es sind nur zwei weitere Fahrgäste im Wagen, beides Männer; sie sitzen am anderen Ende des Wagens einander gegenüber. Der eine, jüngere, starrt zornig zu Boden; der andere wirkt halb betrunken oder im Schlaf oder beides.

In der plötzlichen Stille läßt sich von weitem ein anderes Jungsches Ungeheuer vernehmen, das durch ferne Tunnel brüllt. Vinnie starrt unverwandt auf ihr eigenes fleckiges Spiegelbild im gegenüberliegenden Fenster, dann auf die Reklame darüber, die irgendein Gift gegen Küchenschaben empfiehlt. Die Minuten verstreichen, und sie hat das Gefühl, die Zeit sei stehengeblieben; nie wird sie in Hampstead oder sonstwo ankommen; sie wird auf immer und ewig hier sitzen.

Wenn es keinen L. D. Zimmern gäbe, säße sie nicht hier. Wenn es ihn nie gegeben hätte, wäre Fred nicht mit seiner streitsüchtigen, rücksichtslosen Tochter verheiratet. Fred hätte ein viel netteres Mädchen geheiratet, eine, die sich nicht mit ihm zerstritten hätte, die mit ihm nach London gekommen wäre. Dann hätte er kein Verhältnis mit Rosemary Radley angefangen, und Rosemary hätte Vinnie nicht im Taxi beleidigt.

Zimmern und kein anderer müßte jetzt hier sitzen, eingesperrt in der Zeit und einem fast leeren, nur halb beleuchteten Zugwaggon. Vinnie sieht ihn im Geiste auf dem Platz gegenüber sitzen, unter der Küchenschabenreklame, und er sieht selber aus wie eine Küchenschabe. Sie malt sich aus, wie in den Minuten, die sich zu Stunden dehnen, die so naturgetreu abgebildeten Insekten aus der Reklame über Zimmerns Kopf heraus- und an den Fensterrahmen herunter auf ihn zugekrochen kommen, ihm in einer Prozession auf Schultern, Armen, Hals und Kopf herumkrabbeln; wie er versuchen wird, sie mit den Händen von sich zu bürsten, aber es nützt nichts, denn es kommen immer mehr aus dem Bild, immer mehr und immer mehr. Zimmern schreit um Hilfe, aber Vinnie sitzt nur da und sieht ihn unverwandt an, wartet, was mit ihm passiert, will es passieren sehen ...

Die Lichter flackern wieder auf; L. D. Zimmern verblaßt und schwindet. Nach einem trunkenen Schluckauf beginnt der Motor wieder zu summen. Endlich fährt mit einem scharfen Ruck der Zug an.

Als Vinnie in Hampstead ankommt, erscheint es ihr zunächst gar nicht bedrohlich. Straßenlaternen werfen dunstige, einander überlappende Lichtkegel auf die High Street, die von harmlos aussehenden Passanten bevölkert ist, und da und dort ist ein Schaufenster erhellt. Aber die Nebensträßchen sind leer und still. Von Zeit zu Zeit hört sie den Schritt eines späten Spaziergängers auf dem Pflaster hallen, und gelegentlich braust ein Wagen an ihr vorbei. An der East Heath Road bleibt sie stehen und späht in die Gasse gegenüber, die zwischen überhängenden schweren Ästen in endlosen Weiten windiger Dunkelheit verschwindet. Wirklich, um diese Zeit noch weiter in die Heide zu gehen wäre die reine Dummheit, eine Versuchung des Schicksals. Das einzig Vernünftige ist, kehrtmachen und jetzt gleich nach Hause zurückfahren, solange die U-Bahn noch verkehrt.

Von diesem Gedanken beseelt, geht Vinnie den Well Walk zurück. »Ich hab's versucht«, sagt sie im Geiste zu Chuck Mumpson, »aber auf der Heide war's pechfinster, und ich wollte mich nicht so gern überfallen lassen.« – »Aber Vinnie!« antwortet seine Stimme. »Wenn du schon bis hierher bist, kannst du's auch zu Ende führen. Hab mal 'n bißchen Mumm.«

Ja, gut, verdammt noch mal, sagt sie zu ihm und macht wieder kehrt. Doch als sie die Straße überquert und sich in die Heide wendet, beginnt ihr Herz warnend zu pochen. Ein dunstiger, blasser, fast voller Mond geht gerade über den Bäumen auf, und der Himmel ist von einem seltsamen fluoreszierenden Rauchrot. Im unsteten Nachtwind ist jeder gebeugte Busch, jeder überhängende Ast eine sich bewegende Gestalt; und es gibt anderes, Schlimmeres. Stimmen und Gestalten. Vinnie geht wie von Sinnen weiter, mit immer größerer Angst und wütend auf sich selbst, daß sie überhaupt gekommen ist, weicht jedem wehenden Blatt, jedem spazierenden Paar aus und kann nur noch denken, wie verrückt es von ihr ist, hier um Mitternacht in der Hampstead Heath herumzulaufen, zu dieser Gemseneiersuche. Wer weiß, ob sie das Gemsenei Fred Turner überhaupt auf dem Parliament Hill findet, zwischen all den Pennern und Landstreichern und Dieben, die sich hier vielleicht – nein, bestimmt – in der Dunkelheit herumtreiben? Wer weiß, ob sie überhaupt den Parliament Hill findet?

Und ob sie auf dieser verrückten Expedition nun überfallen und ausgeraubt wird oder nicht, Vinnie weiß jedenfalls um eine andere, wenn auch mehr im Intellektuellen angesiedelte Gefahr: daß ihr Bild von London Schaden leiden, sogar zerstört werden könnte. Wie oft hat sie vor ihren amerikanischen Freunden geprahlt, London sei eine gutartige, gewaltfreie Stadt, in der vielleicht Einbrecher ihre Wohnung aufsuchen könnten, wenn sie nicht da sei (was noch nie passiert ist), in der sie selbst aber nie angegriffen oder bedroht werde; eine Stadt, in der sogar eine kleine Frau von Fünfzig ohne Bedenken nachts allein ausgehen könne. Wenn sie das wirklich glaubt, warum geht dann ihr Puls so schnell, ihr Atem so schwer? Wenn es nun nicht stimmt, nie gestimmt hat? Wie lange ist es her, daß sie zuletzt allein um Mitternacht in einem ihr unbekannten Teil Londons war?

Nein, es ist nicht nur L. D. Zimmerns Schuld, daß sie hier ist; auch Chuck Mumpsons. Wenn Chuck nicht wäre, läge sie jetzt zu Hause im sicheren Bett, schliefe wahrscheinlich schon. Und wenn sie heute nacht hier auf der Hampstead Heath überfallen und ermordet wird, weiß er nicht einmal, was sie hier tat; niemand wird es wissen. Vinnie wünscht sich fast, sie hätte Chuck Mumpson nie kennengelernt, nie auch nur von ihm gehört. Doch dafür ist es jetzt zu spät. Also geht sie, so schnell sie kann, weiter über die schattige Heide, unter dem wäßrigen Mond.

Auf dem höchsten Punkt des Parliament Hill, bei einem Dickicht von Büschen und Bäumen, haben sich ein paar Leute in losen Grüppchen eingefunden und warten auf die Druiden. Unter ihnen sind Joe und Debby Vogeler und Fred Turner. Von ihnen fürchtet sich keiner hier um Mitternacht auf der Heide, aber ganz wohl ist allen dreien auch wieder nicht. Die Vogelers sorgen sich ein bißchen um Jakie, den sie in der Obhut eines schläfrigen Teenagers zurückgelassen haben. Fred, der sich alle Mühe gibt, nicht mehr daran zu denken, wird dennoch stumm von Rosemary Radley und Mrs. Harris verfolgt, deren Bilder sich überlappen. Was ist seit gestern nachmittag aus ihr/ihnen geworden? Wo ist/sind sie, und wie geht es ihr/ihnen?

Schreckliche Szenen flimmern ihm durch den Kopf: wie Rosemary/Mrs. Harris in betrunkenem, schizophrenem Zustand im Haus umhertorkelt oder mit gebrochenem Genick am Fuß der eleganten (und rutschigen) Wendeltreppe liegt. Dann sieht er sie wieder fröhlich und wohlauf mit Freunden bei einer Dinnerparty, hört sie lachend erzählen, was für einen Streich sie Fred, dem alten Langweiler, gespielt hat: sich als ihre eigene Putzfrau ausgegeben, sich betrunken gestellt. Er war so leicht hereinzulegen, erzählt sie; er war so dumm wie dieser ungezogene Verkäufer, der ihre Einkäufe nicht auf Rechnung anschreiben wollte und sich dann beschwerte, er könne Lady Emma Tally schließlich nicht in Jeans und Pullover erkennen. Vielleicht wird er nie erfahren, welches Szenarium das richtige oder was ihm gestern wirklich widerfahren ist. Bisher konnte er noch immer weder Rosemary noch einen ihrer Freunde erreichen, und in zwölf Stunden wird er im Flugzeug nach New York sitzen.

Auch sein unvollendetes Buch über John Gay geht Fred nicht aus dem Kopf. Die Direktheit und geniale Eindringlichkeit von Gays Werk, die ihn so fasziniert hatten, erscheinen ihm jetzt wie Fassade. Je länger er die Texte studiert, desto mehr Zweideutigkeit und Düsterkeit offenbaren sie. Stärker denn je drängt sich ihm der Eindruck auf, daß in der ›Bettleroper‹ alle unehrlich sind, sogar Lucy, die Heldin. Der edle Räuber Macheath, benannt nach der Heide, auf der Fred jetzt steht, ist nichts weiter als ein berittener Strolch und betrügt unbekümmert alle seine Frauen. London war zu Gays Zeit schmutzig, gewalttätig, korrupt – und es hat sich nicht allzusehr verändert. Die Straßen sind immer noch schmutzig, die Zeitungen voller Betrug und Verbrechen – meist in den ärmlicheren Gegenden, aber ist es denn anderswo so grundlegend besser? Wer hat in dieser Stadt denn anderes im Sinn als einer den andern zu benutzen und sich Vorteile zu verschaffen?

Fred zieht auch einen – ungünstigen – Vergleich zwischen Captain Macheath und sich selbst. Die Frauen in seinem Leben hassen ihn eher, statt ihn zu lieben; und wenn er demnächst zugrunde geht, dann nicht, wie Macheath, für seine Taten, sondern für seine Unterlassungen; vor allem wegen seines Unvermögens, ein gelehrtes Buch zu schreiben und herauszubringen.

Abgesehen von ihrer Sorge um Jakie sind die Vogelers guter Dinge. In den letzten Wochen – seit das Wetter so richtig warm wurde – haben sie ein anderes Bild von England gewonnen. Von London sind sie noch immer nicht sehr angetan, aber seit sie in East Anglia waren, wo ihre kanadischen Freunde ein Cottage gemietet haben, sind sie ganz begeistert von der englischen Landschaft. »Da fühlt man sich richtig ins vorige Jahrhundert zurückversetzt«, schwärmt Debby. »Alle in dem Dorf sind so freundlich, ganz anders als hier in London, und jeder ist ein regelrechtes *Original.*«

Joe erzählt Fred, daß sie und die Kanadier nächsten Monat ein Boot mieten und auf den Kanälen herumfahren wollen. »Richtig schade, daß du morgen wegmußt, sonst könntest du mitkommen. Das wird herrlich.«

»Hört sich so an«, sagt Fred und denkt bei sich, daß er sich Herrlicheres vorstellen kann, als eine Woche lang mit den Vogelers und ihren Freunden, von Jakie ganz zu schweigen, auf einem Kanalboot eingesperrt zu sein. Während ihre Meinung über das heutige England sich gebessert hat, ist die seine schlechter geworden. Wohin er blickt, sieht jetzt *er*, worüber sie sich immer beklagt haben: die sinnlose Imitation und Konservierung der Vergangenheit, die selbstgefällige Scheinheiligkeit, die kleinlichen Vorschriften, das vornehme und tugendhafte Getue. Vor allem London erscheint ihm abwechselnd falsch und verrückt – wie Rosemary. Er wünscht sich, es wäre schon morgen abend und er wieder dort, wo er hingehört, obwohl ihn da weiß Gott nicht viel erwartet. Roo hat sein Telegramm nie beantwortet; wahrscheinlich ist er sie jetzt endgültig los.

Groß wie er ist, sieht Fred als einer der ersten die Druiden den Weg von Osten heraufkommen: eine Prozession von vielleicht zwei Dutzend Leuten in weißen Kapuzen und Gewändern, viele davon mit Laternen altertümlicher Art. Aus der Ferne wirken die im dunstigen Mondlicht den Hügel heraufkommenden Gestalten geheimnisvoll, sogar rührend: numinose Geistwesen, aus prähistorischer Vergangenheit ins Leben zurückgekehrt.

Joe und Debby ziehen geräuschvoll die Luft ein, und Fred spricht wider Willen so etwas wie ein Gebet an die Druiden und die übernatürlichen Mächte, mit denen sie in Verbindung stehen mögen – etwa so, wie er als Kind seine Wünsche auf ein weißes Pferd und eine Ladung Heu setzte. Mach, daß alles gut wird, denkt er stumm.

Doch als die Druiden näherkommen, gerät die Illusion, wie so viele von Freds Illusionen über England, ins Wanken und zerbröckelt. Aus der Nähe sind diese Figuren unverkennbar modern, mittelklassig und mittelalt oder schlimmer.

Unter den losen Mönchskapuzen erscheinen lange,

glatte, rosig-weiße englische Gesichter, wie Fred sie alle Tage im British Museum gesehen hat; ihre Mienen sind ernst und verlegen, und auf vielen Nasen blinken anachronistische Brillen. Unter den langen Gewändern schauen Leder- und Kunstledersandalen aller Art hervor, die selbst auf der Bühne nur schwer als frühenglisch durchgehen würden.

Die Vogelers scheinen an diesen Ungereimtheiten keinen Anstoß zu nehmen, sie nicht einmal zu bemerken. »Mensch, ist das toll«, sagt Joe, als die Prozession an ihnen vorbeizieht und sich im unregelmäßigen Kreis um die Bäume gruppiert, die den Parliament Hill krönen.

»Ganz schön eindrucksvoll«, pflichtet Debby ihm bei; und in fast ehrerbietigem Flüsterton weist sie darauf hin, daß viele – tatsächlich über die Hälfte – der Zelebranten Frauen sind. Der Druidismus sei eine geschlechtsneutrale Religion, hat sie im ›Guardian‹ gelesen.

Joe ist da nicht so sicher. Vielleicht ist das heute so, flüstert er zurück, aber waren nicht die ursprünglichen Druiden alle Männer?

Egal was stimmt, denkt Fred, während die Vogelers diese Streitfrage *sotto voce* weiter diskutieren, jedenfalls sind diese modernen Londoner Druiden eindeutige Imitationen und Amateure. Die eckigen Bewegungen, mit denen ihr Anführer sein Zeremonienschwert schwingt, wirken gequält und wenig überzeugend, und bei den beiden bebrillten Frauen, die mit belaubten Zweigen in die vier Himmelsrichtungen wedeln, ist es nicht anders. Die Liturgiefragmente, die der Nachtwind an Freds Ohr weht, lassen die religiöse Zeremonie auch eher edwardianisch als altangelsächsisch erscheinen;

und die Art des Vortrags erinnert ihn an die Aufführungen griechischer Dramen im College. Sie haben schon fast etwas Irres an sich, denkt er, als die Druiden halbwegs gleichzeitig ihre Laternen heben und mit dünnen, gebildeten Stimmen eine Hymne an den »Großen Kreis des Seins« oder so etwas Ähnliches anstimmen, wobei auch noch etliche anachronistische Armbanduhren und Hosenbeine zum Vorschein kommen.

Fred wendet sich ab, angewidert von dem Mummenschanz, wie überhaupt von all der Falschheit, die ihn umgibt, soweit sein Auge reicht: von Bloomsbury bis Notting Hill, von den Lichtern Highgates im Norden bis nach Chelsea im Süden und weiter.

Als er in Richtung Hampstead Village blickt, sieht er noch eine Druidin den Weg heraufkommen; sie sieht noch komischer aus und kommt aus der falschen Richtung und offenbar zu spät für die Feier. Oben angekommen, bleibt sie stehen und blickt besorgt in die Zuschauerrunde.

Dann schleppt sie sich weiter, wankt dahin und dorthin, als sei sie sich nicht schlüssig, ob sie sich zu ihren Glaubensbrüdern gesellen solle oder nicht. Fred zweifelt, ob sie dort überhaupt willkommen wäre, denn sie kommt nicht nur zu spät, sondern obendrein auch noch schlecht ausgerüstet. Sie hat ihre Laterne vergessen; und obwohl sie so klein ist, ist ihr Kapuzengewand immer noch viel zu kurz; es endet fast einen Fuß hoch über dem Boden, und darunter kommt ein Paar moderne Stöckelschuhe zum Vorschein.

Ach ja, denkt Fred, während die lächerliche Figur näherkommt, das ist nun aus England mit seiner großen Geschichte und politischen, sozialen, kulturellen Tradition geworden; Britannia, die kraftvolle, edle Gottheit ist geschrumpft zu einer kleinen, ältlichen imitierten Druidin –

Halt. Nein. Das ist keine Druidin, nicht einmal eine Engländerin. Es ist Vinnie Miner.

Acht Stunden später sitzt Fred in Chelsea vor Rosemarys Haustür auf der Treppe, umgeben von all seinem Gepäck. Oder vielleicht nicht allem; als er heute am frühen Morgen seine Sachen in den Rucksack stopfte, war er noch immer ganz benommen von einer zweiten Nacht unterbrochenen Schlafs. Aber wenn er jetzt noch etwas vergessen hat, ist es zu spät; heute mittag geht sein Flugzeug von Heathrow.

Trotz Müdigkeit ist Fred in wesentlich besserer Verfassung als gestern abend. Er weiß jetzt, daß Roo ihn in New York erwartet; und seine Sorgen um Rosemary konnte er zuerst Vinnie Miner und dann mit ihrer Hilfe auch Edwin Francis mitteilen, der aus Japan zurück ist und sich zur Zeit bei seiner Mutter in Sussex aufhält.

»Ach Gott«, sagte Edwin, als Fred ihn heute früh dort anrief und ihm die Geschichte erzählte. »Ich dachte schon, sie sei nicht da; am Telefon hat sie sich nicht gemeldet. So etwas Ähnliches hatte ich ja befürchtet. Nun gut, wir sind gleich fertig mit dem Frühstück; dann nehme ich den ersten Zug nach London und fahre von der Victoria Station direkt zu Rosemary.«

»Gut, ich treffe Sie dort.«

»Darin sehe ich keinen Sinn. Außerdem, haben Sie mir nicht gerade erst gesagt, daß Sie heute vormittag in die Staaten zurückfliegen?«

»Das läßt sich machen. Die Maschine geht erst mittags.«

»Hm –«

»Ich möchte.«

»Wenn Sie unbedingt wollen«, seufzte Edwin. »Aber versprechen Sie mir, daß Sie nicht ins Haus zu gehen versuchen, bevor ich da bin.«

Inzwischen ist Fred ganz unruhig vom Warten. Er steht auf, geht über die Straße zu der Parkanlage in der Mitte des Platzes und mustert die Hausfront, hoffend und zugleich fürchtend, Rosemary könnte herauskommen, bevor Edwin da ist. Das Haus wirkt verlassen; alle Fensterläden sind geschlossen, und vor der Schwelle türmen sich Abfallpapier und Werbeprospekte. Es fällt schwer zu glauben, daß jemand zu Hause ist – schon gar nicht die Frau, die er vorgestern dort gesehen hat. Oder zu sehen geglaubt hat. War das wirklich Rosemary, oder war es doch nur Mrs. Harris? Wenn er sich in der Identifizierung der beiden nun doch getäuscht hat, wenn es eine durch frustrierte Sehnsucht hervorgerufene Geistesverwirrung war?

»Ah, da sind Sie ja«, sagt Edwin Francis, der gerade aus einem Taxi steigt und blaß und besorgt dreinblickt. »Haben Sie schon geläutet? Nein? Gut. Ach du meine Güte, also, dann wollen wir mal sehen. Ich denke, Sie gehen besser ein Stückchen die Straße hinunter; es könnte sie aufregen, Sie so plötzlich zu sehen.«

»Ich – na gut«, gibt Fred nach.

Er zieht sich zurück und beobachtet aus mittlerer Entfernung, wie Edwin klingelt und wartet und ihn dann wieder herbeiwinkt.

»Das finde ich etwas beunruhigend«, sagt er.

»O ja.« Fred stellt fest, daß Edwin, wie so viele Engländer, das Wörtchen »etwas« als Steigerung benutzt.

»Ich sollte wohl mal nach dem Ersatzschlüssel suchen.« Er macht sich über einen Steinkübel neben der

Haustür her und stochert mit einem Stöckchen in der Erde unter dem Efeu und den weißen Geranien. »Ah, da haben wir ihn ja.« Edwin nimmt ein großes Leinentaschentuch, wie Freds Großvater immer eins hatte, und wischt den Schlüssel und seine gepflegten kleinen Hände ab.

»Sie sollten besser hier warten«, sagt er, wobei er die Tür nur einen Spaltbreit offenhält. »Lassen Sie mich zuerst mal nachsehen, wie es steht.«

»Nein, ich möchte –«

»Bin gleich wieder da.« Ehe Fred protestieren kann, ist Edwin in die Diele geschlüpft und hat ihm die Tür vor der Nase zugemacht.

Fred setzt sich wieder zu seinem Gepäck auf die Treppe. Aus dem Haus kommt kein Laut; alles, was Fred hört, sind die normalen Geräusche eines Londoner Sommervormittags: der Wind, der das Laub auf dem Platz zusammenweht, die hohen Stimmen spielender Kinder, das müßige Tschilpen der Vögel und der Verkehr auf der King's Road. Die wohlgepflegten viktorianischen Terrassenhäuser, in glänzenden Eierfarben lakkiert, schimmern im warmen Sonnenschein; man kann sich kaum vorstellen, daß es hinter ihren Fassaden je etwas Unerfreuliches geben könnte.

Die Tür geht auf, und Fred ist sofort auf den Beinen. »Was – wie – ?«

»Also, sie ist da«, sagt Edwin. In den paar Minuten, die er drinnen war, ist etwas mit seinem Gesicht passiert; er sieht jetzt mehr zornig als besorgt aus. »Sie ist wohlauf – das heißt, körperlich. Aber etwas durcheinander. Natürlich ist sie auch noch nicht ganz wach. Und das Haus ist in einem fürchterlichen Zustand. Fürchterlich.« Er schüttelt sich ein wenig.

»Lassen Sie mich –« Fred versucht sich in die Diele zu drängen, aber Edwin hält die Tür fest.

»Ich finde wirklich nicht, daß Sie hereinkommen sollten. Es würde Rosemary nur aufregen.«

»Ich will sie sehen.«

»Wozu?«

»Herrgott! Um zu wissen, daß ihr nichts fehlt – um ihr zu sagen, wie leid mir das von neulich tut –« Fred ist jünger, kräftiger und viel größer als Edwin Francis; wenn ich wollte, könnte ich leicht hinein, denkt er.

»Darin sähe ich gar keinen Sinn. Sie ist nicht in der Verfassung, Besuch zu empfangen, glauben Sie mir.«

»Aber ich möchte etwas tun. Ich muß erst –« Fred schaut auf die Uhr »– in zwanzig Minuten fort.«

»Ich finde, Sie haben bereits genug getan«, sagt Edwin mit gehässigem Nachdruck; dann sieht er Freds Gesicht und fügt hinzu: »Ich denke schon, daß alles wieder in Ordnung kommt. Jetzt werde ich erst mal einen Arzt kommen lassen, nur zur Sicherheit.«

»Ich will sie sehen, Herrgott noch mal!« Fred legt eine Hand auf Edwins Schulter und will ihn wegschieben.

»Wirklich, Sie machen mich ernstlich böse«, sagt Edwin, ohne sich vom Fleck zu rühren. »Aber ich will Ihnen etwas sagen. Wenn Sie bereit sind, in London zu bleiben und Rosemary zu Ihrer Lebensaufgabe zu machen, bitte sehr; ich hindere Sie nicht daran. Ansonsten kann alles, was Sie tun, es nur schwerer für sie machen.«

»Nur ein paar Minuten –« Fred begreift, daß er nur mit Gewalt, vielleicht sogar roher Gewalt, an Edwin vorbeikommt.

»Sie möchten sie also daran erinnern, daß Sie weggehen, damit es ihr noch schlimmer geht, ja?«

»Nein, ich ...« Fred fühlt sich angeklagt; er läßt die

Arme sinken und macht einen Schritt zurück. »Ich möchte sie nur sehen, sonst gar nichts. Ich liebe sie doch.«

»Seien Sie nicht so egoistisch.« Edwin beginnt die Tür wieder zu schließen. »Es kann weder ihr noch Ihnen das allermindeste nützen. Außerdem ist der Mensch, den Sie zu lieben glauben, gar nicht Rosemary.«

Fred zögert, hin- und her gerissen zwischen der Sehnsucht, sie wiederzusehen, und der Angst, Edwin könne recht haben; er könne wirklich nur Schaden anrichten. Er sieht sich wie rat- oder hilfesuchend um, aber die Straße ist leer.

»Fliegen Sie jetzt nach Hause, Freddy«, sagt Edwin. »Und ich halte es wirklich für das Beste, was Sie tun können, Rosemary so schnell wie möglich zu vergessen. Also, gute Reise. Und schreiben Sie ihr bitte nicht«, fügt er noch hinzu, bevor er Fred die Tür vor der Nase zumacht.

Fred glaubt sich für die Fahrt zum Flughafen reichlich Zeit eingeräumt zu haben, aber da hat er nicht bedacht, wie knapp die Taxis in Chelsea sind und was für ein Verkehr hier tagsüber herrscht. In der nächsten Stunde kann er an nichts anderes mehr denken, als daß er sein Flugzeug bekommt; wenn er Rosemary noch gesehen hätte, wäre er garantiert zu spät gekommen, das sieht er jetzt ein. Kaum aber sitzt er wohlbehalten in der Abflughalle von Heathrow, da spülen alle die Verwirrungen und Ängste der letzten Tage wieder über ihn hinweg.

Mit seiner Bordkarte hat Fred auch ein Merkblatt in die Hand gedrückt bekommen, auf dem steht, was die Reisenden alles in die USA einführen dürfen. Er knüllt es zusammen und wirft es weg. Er ist viel zu pleite, um im

Duty-free-Shop noch etwas zu kaufen; außerdem ist er schon mit all den Sachen bepackt, die er sich in den letzten sechs Monaten in England zugelegt hat. Äußerlich ist das nicht viel: ein paar Bücher, der Kaschmirschal, den Rosemary ihm geschenkt hat, und ein Stapel Notizen über John Gay und seine Zeit. Sein seelischer Ballast ist da schon umfangreicher: Er schleppt eine große Müdigkeit und Enttäuschung von London, von Gay, vom Leben und vor allem von sich selbst mit nach Hause.

Früher hat Fred sich immer für einen anständigen, intelligenten Menschen gehalten. Jetzt denkt er, daß er Captain Macheath vielleicht gar nicht so unähnlich ist. Seine Arbeit ist, wie alle Wissenschaft, wenn sie der Willenskraft und Inspiration beraubt ist, in den letzten Monaten auch zu einer gelinden Form von Straßenräuberei verkommen: einem bloßen Zusammenflicken von Gedanken und Fakten, die aus anderer Leute Büchern zusammengestohlen sind.

Um sein Liebesleben steht es auch nicht besser. Wie bei Macheath folgt es den klassischen literarischen Mustern des achtzehnten Jahrhunderts, nach denen ein Mann eine unschuldige Frau kennenlernt und verführt und dann fallenläßt. Mal »spielt er mit ihren Gefühlen«; mal vergewaltigt er sie. Die Geschichte hat viele mögliche Schlüsse. Die Frau kann gesundheitlich verfallen und sterben, ein lebendes oder totes Baby gebären, auf die Straße gehen, Nonne werden und so weiter. Der Mann kann neuen Opfern nachstellen, von einem wohlmeinenden Freund rechtzeitig entlarvt werden, ein gewaltsames und wohlverdientes Ende finden oder bereuen und zurückkehren – entweder zu spät oder gerade noch rechtzeitig, um die frühere Liebste zu heiraten und Vergebung zu finden.

In diesem Sinne könnte man sagen, daß er sowohl Roo als auch Rosemary verführt hat, denkt Fred, um sie gerade dann zu verlassen, als sie ihn am nötigsten brauchten – genau wie Macheath es mit Polly und Lucy tat. Natürlich hat er es nie in diesem Licht gesehen. Da Roo, wie sie es selbst nannte, »eine befreite Frau« und Rosemary reich und berühmt war, hatte er geglaubt, er könne ihnen keinen Schaden zufügen. Nun, wenn er in diesem Jahr eines gelernt hat, dann dies: daß jeder Mensch, und mag er noch so stark und unabhängig scheinen, verwundbar ist.

Roo hatte unbedingt mit ihm nach England kommen wollen, aber er hatte es unmöglich gemacht, indem er mit ihr stritt. Als sie ihm im Mai schrieb, mußte sie gehofft haben, daß er sie bitten würde, sofort zu ihm zu kommen; statt dessen hatte er ihren Brief wochenlang unbeantwortet auf seinem Schreibtisch liegenlassen. Er hatte Rosemary dazu gebracht, ihn bedingungslos zu lieben, während er selbst sie nur so lange zu lieben gedachte, wie es ihm in den Kram paßte ... Aber da ist er selbst hereingefallen. Ein Teil von ihm wird sie immer lieben – auch wenn es, wie Edwin sagte, die Rosemary, die er zu lieben glaubt, gar nicht gibt.

Auf der Anzeigetafel über ihm werden jetzt die Passagiere seiner Maschine aufgerufen, an Bord zu gehen. Er sammelt seine Sachen ein und folgt den andern in den Korridor und auf das Laufband, das sie zum Flugsteig befördern wird. Wie er auf dem Band steht und dieselben bunten britischen Szenenbilder, die er vor sechs Monaten sah – oder wenigstens sehr ähnliche – langsam zurückgleiten sieht, fühlt Fred sich so elend wie noch nie in seinem ganzen Erwachsenenleben.

Aber er ist doch schließlich ein junger, hochgebildeter, gutaussehender Amerikaner, Dozent an einer bedeutenden Universität und auf dem Heimweg zu einer schönen Frau, die ihn liebt. Allmählich findet sein natürlicher Optimismus sich wieder ein. Auch in der ›Bettleroper‹ wird letzten Endes die ausgleichende Gerechtigkeit nicht konsequent geübt, denkt er. Gay greift im dritten Akt seines Stückes persönlich ein, wie ein Gott, der sich in die menschlichen Angelegenheiten mischt, um doch noch alles zum Guten zu wenden. Als Macheath gehängt werden soll, platzt er mittenhinein und vereint ihn wieder mit Polly, wie Fred schon bald wieder mit Roo vereint sein wird.

Hat Gay das wirklich, wie er vorgibt, nur dem Publikum zuliebe getan? Oder befriedigte es seine eigene natürliche Liebe zu seinen Figuren? Wußte er, aus Erfahrung oder genialer Eingebung, daß es doch immer Hoffnung gibt – vielleicht nicht für jeden, jedoch für den, der eine glückliche, tatkräftige Hand hat?

Freds Stimmung steigt. Er steht nicht mehr wie ein Lumpensack auf dem laufenden Gummiband, sondern setzt sich selbst auch in Bewegung. Die bunten Ansichten Großbritanniens bleiben doppelt so schnell zurück, und er hat das Gefühl, mit übernatürlicher Geschwindigkeit und Zuversicht seiner Zukunft entgegenzuschreiten.

12

An Stock und Stein zerbricht mein Gebein,
An Worten aber nicht mein Herz.
Bin ich erst tot: Was du gedroht,
Bereitet dir nur selber Schmerz.

Alter Reim

Es ist ein patschnasser Sommernachmittag in London. Der Regen schüttet wie aus Kannen von einem grauen Himmel und ertränkt vor Vinnies Arbeitszimmerfenster Häuser, Gärten, Bäume und Autos; die Leute hüllen sich in Regenmäntel und setzen sich mit Schirmen zur Wehr – vergebens, denn das oben abgewehrte Wasser spritzt vom Pflaster wieder hoch und peitscht ihnen von der Seite gegen die Beine. Vinnie blickt nervös durch den Guß in Richtung Primrose Hill und den Landeswesten und wundert sich erneut, warum sie seit fast einer Woche nichts mehr von Chuck gehört hat.

Oder eigentlich wundert sie sich nicht; sie denkt sich eher, ist sich fast sicher, daß er absichtlich schweigt. Es ist genau so gekommen, wie sie gefürchtet hat, denn es geht ihr ja immer so. Chucks Gefühle sind erkaltet; er hat, wie schon so viele vor ihm – namentlich ihr früherer Mann – eingesehen, daß er Dankbarkeit als Liebe verkannt hat. Vielleicht hat er auch eine andere kennengelernt, jünger und hübscher … Warum sollte er da noch länger an Vinnie denken, die nicht einmal da ist, die bei ihrem letzten Telefongespräch schon wieder keinen Termin für ihren Besuch bei ihm genannt hat?

Bis zu diesem Augenblick hatten sie unbeschwert und vertraut wie immer miteinander gesprochen. Chuck hatte sich die Geschichte von Roos Anruf und Vinnies mitternächtlichem Ausflug zur Hampstead Heath interessiert angehört. »Du bist eine gute Frau«, sagte er einmal während ihrer Erzählung und dann am Ende noch einmal; und zum erstenmal glaubte Vinnie ihm fast. Sie ist keine gute Frau, aber vielleicht hat sie wenigstens einmal etwas Gutes getan.

Chuck seinerseits schien guten (zu guten) Muts zu sein. Die Ausgrabungen kämen bestens voran, erzählte er, und seine Ahnenforschung auch. »Ich hab jetzt schon 'ne ganze Menge Mumpsons beisammen. Alle irgendwie miteinander verwandt, denke ich, wenn man weit genug zurückgeht. Einer von Mikes Studenten meinte neulich, das ist der Grund, warum ich mich hier unten so wohl fühle. Er sagt, es könnte so was wie genetische Erinnerung sein, hast du von so was schon mal gehört?«

»Die Theorie kenne ich, ja.«

»Irgendwie klingt's natürlich schon verrückt. Aber weißt du, Vinnie, mir gefällt's hier wirklich. Ich könnte hier für immer bleiben, so fühle ich mich manchmal. Hab sogar schon mit dem Gedanken gespielt, mir hier 'n Haus zu kaufen. Nichts Tolles, kein Schloß. Aber hier wären ein paar nette Sachen zu haben. Und fast umsonst, verglichen mit Tulsa.«

Die Leute von der hiesigen Historischen Gesellschaft hätten ihm sehr geholfen, sagte Chuck. Einer habe sogar gemeint, Chucks Familie könne von einem adligen Gefolgsmann Wilhelms des Eroberers abstammen und »Mumpson« eine Verballhornung von »De Mompesson« sein, denn so habe der geheißen. Aber soviel Vinnie mitbekam, waren die meisten von Chucks registrierten Vorfahren wie Old Mumpson: Analphabeten oder fast Analphabeten, Landarbeiter. Eine dieser Familien könne sogar in dem Cottage gewohnt haben, in dem jetzt er wohnt, das habe er neulich erfahren.

»Das hat mich wirklich gepackt«, sagte Chuck. »Gestern abend hab ich mir das Mobiliar in meinem Zimmer angeguckt – es ist echt alt, wie das meiste Zeug hier –, und dann hab ich im Bett gelegen und gedacht, vielleicht hat einer meiner Vorfahren im selben Zimmer geschlafen. Vielleicht sogar im selben Bett. Und heute morgen an der Ausgrabungsstelle, – Mike hatte es eilig, weil Regen im Anzug war, und da hab ich 'n bißchen mit angefaßt –, da ist mir der Gedanke gekommen, daß Old Mumpson oder einer seiner Verwandten vielleicht schon denselben Acker umgegraben hat. Vielleicht dieselbe Schaufel Erde umgedreht. Das macht einen doch nachdenklich.«

»Ja.«

»Weißt du, ich hab vor, mal nach Taunton in Somerset zu fahren und diese De Mompessons aufzuspüren. Aber irgendwie ist es komisch, ich hoffe fast, daß ich sie nicht finde. Ich weiß gar nicht, ob ich irgend 'nen französischen Lord zum Ahnen haben will. Trotzdem werde ich wohl morgen mal hinfahren, wenn es dann noch so regnet wie heute. Die sagen ja, es regnet weiter. Außer wenn du herkommst, heißt das.«

»Nein«, sagte Vinnie. »Ich glaube, dieses Wochenende nicht.«

»Okay.« Chuck seufzte – enttäuscht, wie sie da noch glaubte. Jetzt fragt sie sich, ob es nicht auch ein Seufzer des Unmuts, der Ablehnung war. »Well. Ich ruf dich dann vielleicht übermorgen an und sag dir, was ich gefunden habe.«

Oder vielleicht nicht, hätte er sagen sollen, denkt Vinnie jetzt; denn Chuck hat am Freitag nicht angerufen, nicht am Samstag, Sonntag oder Montag. Er schmollt, denkt sie. Oder er hat eine andere kennengelernt, wie sie es vorausgesehen hat. Diese Vorstellung setzt Vinnie viel mehr zu, als sie erwartet hätte; das ganze Wochenende konnte sie an gar nichts anderes denken. Am Montagmorgen hat sie im Bahnhof Paddington angerufen und Züge nach Wiltshire erfragt; und spätabends hat sie, nach langem Kampf mit ihrem Stolz, Chucks Nummer in Wiltshire gewählt, um ihm zu sagen, daß sie kommen und die Woche bei ihm verbringen wolle. Gegen ihre bessere Einsicht, ja; mit der Erwartung, daß es nur schlecht ausgehen könne, ja; trotzdem konnte sie nicht anders. Aber es hat niemand abgenommen, und im Laufe des nächsten Tages auch nicht.

Vermutlich ist Chuck noch in Somerset, und das würde bedeuten, daß er weitere Verwandte gefunden hat, vielleicht sogar adlige. Aber warum hat er dann nicht angerufen, um es ihr zu erzählen? Weil er wütend auf sie ist, ihrer müde und/oder weil er eine kennengelernt hat, die ihm besser gefällt. Na ja, das hätte sie wissen können. Wie es in einem alten Vers heißt:

Erst will sie nicht, solang es geht.
Wenn sie dann will, ist es zu spät.

Vinnie merkt, wie ihre Verärgerung sich zur Wut auf Chuck und sie selbst steigert. Sie war, bevor sie sich mit ihm abgab, in London völlig zufrieden gewesen, fast glücklich sogar. Solange sie von niemandem etwas wollte, machte es ihr, wie der Müllerin von Dee, nichts aus, daß niemand etwas von ihr wollte. Jetzt geht es ihr eigentlich nur genauso wie vorher, ehe Chuck in ihr Leben trat, aber sie fühlt sich elend, verletzt, abgewiesen, und tut sich selbst sehr leid.

Vinnie sieht im Geiste den großen Salon eines großen teuren Landhauses irgendwo in einer Ortschaft im Südwesten Englands, die sie nie gesehen hat. Dort sitzt in diesem Moment Chuck Mumpson mit seinen soeben entdeckten Verwandten beim Tee. Sie heißen De Mompesson, haben einen Rosengarten und Reitpferde und sind so von seiner amerikanischen Naivität und Unverblümtheit angetan, daß sie ihn mit Kressesandwichs, Walnußkuchen, Himbeeren und dicker Schlagsahne vollstopfen.

Neben dem chintzbezogenen Sessel, in dem Chuck sitzt, gähnt ein unsichtbarer schmutzigweißer Hund und hebt den Kopf. Er wirft Chuck einen resignierten Blick zu, dann erhebt er sich langsam, schüttelt sich einmal und tappt über den pfirsichfarbenen Aubusson-Teppich zur Tür. Fido verläßt Chuck, der ihn nicht mehr braucht, und macht sich auf den Heimweg, zu Vinnie.

Aber diese ganze Grübelei hat keinen Sinn. Wenn um sechs die Gebühren billiger werden, wird sie noch einmal anrufen. Und solange könnte sie sich wieder zu ihrem weniger feudalen Tee hinsetzen und an dem Artikel arbeiten, den sie vor einem Monat der ›Sunday Times‹ versprochen hat.

Vinnie hat die vier Volksmärchensammlungen, die sie besprechen soll, aufgeschlagen um ihre Schreibmaschine herum liegen und ist ganz in ihre Arbeit vertieft, als das Telefon läutet.

»Professor Miner?« Es ist nicht Chucks Stimme, sondern eine weibliche – amerikanisch, nervös, sehr jung. Vinnie ordnet sie der Kategorie Drei-Minus-Studentin zu. Vielleicht eine ihrer eigenen Drei-Minus-Studentinnen?

»Am Apparat.«

»Sie sind Professor Miner?«

»Ja«, sagt Vinnie ungehalten und fragt sich schon, ob dieser Anruf vielleicht wieder Fred Turner gilt, wie der in der vorigen Woche. Aber der traurige, kummervolle Ton läßt weniger ein Liebesdrama als ein Touristendilemma vermuten: Gepäckdiebstahl, Krankheit oder ähnliches.

»Mein Name ist Barbie Mumpson. Ich bin in England, in einem Ort namens Frome.«

»Ja?« Vinnie erkennt hinter dem einen Namen Chucks Tochter, hinter dem anderen eine größere Ortschaft unweit von South Leigh.

»Ich rufe wegen dieses Bildes an – ich meine, wegen meines Vaters – « Barbies Stimme bebt.

»Ja?« versucht Vinnie nachzuhelfen. Ein dummes Gefühl beschleicht sie. »Sie sind bei Ihrem Vater in South Leigh zu Besuch?«

»Ja – nein – ach Gottchen, entschuldigen Sie. Ich denke, vielleicht – ach, ich bin ja so dumm –« Für Vinnie bricht alles auseinander. Barbie Mumpson scheint der englischen Sprache nicht mehr mächtig zu sein, und ihr Zimmer ist ganz düster. »Ich dachte, Professor Gilson hätte es Ihnen schon gesagt. Dad ist, äh – Dad ist letzten Freitag – heimgegangen.«

»O mein Gott.«

»Ja, und deswegen bin ich hier.« Barbie redet weiter, aber zu Vinnie dringt nur dann und wann ein Satz durch. »Und am nächsten Tag ... keinen Platz im Flugzeug ... bis Mama ...«

»Das tut mir sehr leid«, bringt Vinnie endlich heraus.

»Danke. Tut mir leid, daß ich es Ihnen sagen mußte.« Barbies Stimme ist noch wackliger geworden; Vinnie hört am anderen Ende der Leitung ein Räuspern. »Aber warum ich anrufe«, sagt sie endlich. »Da ist dieses antike Bild, das Dad hatte, und Professor Gilson sagt, er wollte, daß Sie es bekommen, wenn ihm etwas zustößt – ich meine, Dad wollte das. Er wollte es Ihnen sowieso geben, weil Sie ihm so viel geholfen haben bei den Recherchen nach seiner Familie, sagt Professor Gilson. Die Sache ist also, ich bin übermorgen in London, auf dem Heimweg. Ich dachte, vielleicht könnte ich Ihnen das Bild dann bringen. Wenn es Ihnen recht ist.«

»Ja, natürlich«, hört Vinnie sich antworten.

»Wann soll ich kommen?«

»Ich weiß nicht.« Sie fühlt sich außerstande, etwas zu planen, fast außerstande zu sprechen. »Wann möchten Sie denn kommen?«

»Weiß nicht. Jederzeit. Ich bin den ganzen Tag frei.«

»Gut.« Mit einer fast körperlichen Anstrengung rafft Vinnie ihre Gedanken zusammen. »Dann kommen Sie doch so gegen vier, zum Tee.« Wie aus der Ferne hört sie ihre eigene, erschreckend normal klingende Stimme Barbie Mumpson ihre Adresse geben und den Weg beschreiben.

Vinnie legt auf, aber sie kann den Hörer nicht loslassen. Sie steht im Schlafzimmer, den Apparat in der Hand, und während sie durch graue Gardinen auf eine verschwommene Straße voller Regen hinausblickt, entsteht vor ihr ein schreckliches Bild: ein zertrümmerter Leihwagen auf lehmverschmierter Landstraße, ein Tod, wie Chuck ihn sich immer ausgemalt, mit dem er geradezu kokettiert hat.

Er hatte gesagt, sie solle irgendein Bild haben, wenn ihm etwas zustoße. Weil er wußte, daß ihm etwas zustoßen würde? Weil er es vorhatte? Oder war es eine düstere Vorahnung? Aber seine Tochter hatte nichts von einem Unfall gesagt. Sie hatte überhaupt nicht gesagt, was passiert war, nur daß er »heimgegangen« sei. Hätte sie das bei einem Unfall gesagt? Denn wenn es ein Unfall war, oder kein echter Unfall – Vinnies Kopf beginnt furchtbar zu schmerzen –, würde das heißen, daß Chuck nicht mehr leben wollte, daß er »heimgehen« wollte. Dumme Schönfärberei, dieses Wort – wie wenn man sich eben mit jemandem auf der Straße unterhalten hätte und der dann weitergegangen –

Vinnie hat das Gefühl, zu ersticken, zu versinken, als wäre der Regen von draußen in ihre Wohnung geströmt und an den Schlafzimmerwänden hochgestiegen. Aber alle diese Schönfärbereien sind dumm. Heimgegangen, verblichen, ins Gras gebissen, hinübergegangen – als hätte Chuck in irgendeinem dämlichen Kinderspiel nur die Seiten gewechselt.

Dabei ist er gestorben; tot. Er ist schon – was hat Barbie gesagt? – seit Freitag tot. Die ganzen Tage, an denen sie ihn anzurufen versucht hat, die ganzen Tage, an denen er sie nicht angerufen hat ...

Darum hat er also nicht angerufen, denkt Vinnie. Nicht weil er ihrer überdrüssig gewesen wäre. Freude und Erleichterung durchzucken sie, und danach sind die Kopfschmerzen noch schlimmer, wie wenn der Strahl eines Leuchtturms zuerst die dunkle Nacht erhellt hätte, um dann die Szene eines furchtbaren Schiffsunglücks zu beleuchten. Chuck war ihrer nicht überdrüssig; er war tot, ist tot. Es ist nichts mehr von ihm da, nur seine schreckliche Familie, und eine dieser Angehörigen kommt übermorgen zu ihr zum Tee. Bevor sie hier ist, wird Vinnie gar nichts wissen.

Als Barbie Mumpson kommt, regnet es wieder, wenn auch nicht mehr so stark. Tropfend steht sie in Vinnies Diele und kämpft mit ihrem nassen Regenmantel, einem geschmacklosen geblümten Schirm und einem nassen, zugeschnürten, flachen Karton.

»Ach Gottchen, danke«, sagt sie, als Vinnie sie von diesen Bürden befreit. »Ich stelle mich so dumm an.«

»Erlauben Sie.« Vinnie klappt den Schirm halb zu und stellt ihn zum Trocknen in eine Ecke.

»Ich hatte noch nie einen Schirm, wirklich. Den hier habe ich mir erst vorige Woche gekauft, und dann kriegte ich ihn tagelang nicht auf. Jetzt kriege ich ihn die meiste Zeit nicht mehr zu. Aber irgendwann lerne ich das hoffentlich auch noch.«

Barbie ist groß und blond und hat eine gesunde Gesichtsfarbe; sie ist sehr braun und trägt ein schlecht sitzendes, faltenwerfendes Polohemd, auf dem ein Krokodil ihr über die linke Brust kriecht. Sie ist auch etwas übergewichtig und älter, als ihre hohe Kinderstimme am Telefon erwarten ließ – etwa Mitte Zwanzig.

»Bitte«, sagt Vinnie. »Kommen Sie herein, nehmen Sie Platz.«

Aus einem Gefühl heraus, sie sei es Chuck schuldig, hat sie alle Zutaten besorgt, um Barbie den Landhaustee vorzusetzen, den sie vorgestern – vor Wochen, wie es ihr jetzt vorkommt – Chuck bei den mythischen De Mompessons einnehmen sah. Seine Tochter ist wie er; ihr Appetit ist gut, ihre Manieren schon weniger. Sie schaufelt die Himbeeren mit Schlagsahne richtig gierig in sich hinein und findet sie »echt klasse«.

»Und was halten Sie von England?« fragt Vinnie, denn sie fände es peinlich und unklug, gleich auf ihr eigentliches Anliegen zu kommen.

»Hm, ich weiß nicht.« Barbie wischt sich die Schlagsahne von ihrem eckigen, leicht gespaltenen Kinn – einer beklemmenden weiblichen Ausgabe von Chucks Kinn.

»Nichts so Besonderes, wie?«

Vinnie verkneift sich eine Reaktion und zuckt nur mit den Schultern.

»'n bißchen mickrig und rückständig, nicht?«

»Das finden manche Leute.« Vinnie sieht, daß Barbie nicht nur Chucks großes, plattes, regelmäßiges Gesicht und eckiges Kinn hat (das bei einem Mann attraktiver wirkt als bei einer jungen Frau), sondern auch seine Angewohnheit, nach einer Frage langsam mit den Augen zu zwinkern.

»Ich meine, hier ist alles so klein und kommt einem irgendwie verschlissen vor.«

»So kann es einem sicher vorkommen, wenn man es mit Tulsa vergleicht.« Vinnie läßt Barbie weiterreden, läßt sie ihre geliebte Wahlheimat nach dümmlicher Touristenmanier heruntermachen. Du hast schon den richtigen Namen, denkt sie und tauft ihren Gast stumm in »Barbarin« um.

»Und so furchtbar naß.«

»Mhm.« Vinnie will sich nicht streiten; sie faßt sich in Geduld und wartet auf einen schicklichen Augenblick für die Frage, die unablässig in ihr umgeht und ihr seit achtundvierzig Stunden den Schlaf raubt.

»Wie ist es passiert?« platzt es endlich aus ihr heraus.

»Wie bitte?« Die Barbarin läßt krümelnd die Faust mit dem Kuchen sinken. »Ach so, mit Dad. Sein Herz.

Er war doch in der Nachbargrafschaft in diesem Rathaus. Da wollte er in irgendwelchen alten Registern etwas suchen.«

»Ja, davon hat er gesprochen.«

»Also, das war so ein richtig heißer Tag, und das Büro war im obersten Stock. Einen Aufzug gab's nicht; um hinzukommen, mußte man drei lange Treppen hinaufsteigen. Und bevor die Archivarin ihm noch das Buch bringen konnte, das er haben wollte, ist er da auf einmal zusammengeklappt, einfach so, wie er dastand und wartete.« Barbie kaut und schluckt hörbar; sie reibt sich mit einer Faust über das linke Auge, dann greift sie nach einem weiteren Kressesandwich. Krokodilstränen, denkt Vinnie. »Ja, und bis der Krankenwagen da war und sie ihn ins Krankenhaus gebracht hatten, war er schon hinüber.«

»Aha.« Vinnie entfährt ein langer Seufzer. »Also Herzinfarkt.«

»Ja. Das hat der Arzt gesagt.«

Also ein sogenannter natürlicher Tod, denkt Vinnie. Nichts Beabsichtigtes oder Halbbeabsichtigtes, nicht seine Schuld – nicht ihre Schuld. Vielleicht. Aber ohne sie wäre Chuck nicht in einem englischen Provinzarchiv gestorben; er wäre da erst gar nicht hingegangen. (»Ohne dich« – hört sie wieder seine Stimme – »wäre ich gar nicht auf die Idee gekommen, nach meinem Vorfahren zu suchen.«)

Aber was spielt das jetzt für eine Rolle, ob er wegen – oder trotz – ihr gestorben ist? In jedem Fall ist er tot. Er wird nie mehr dieses Zimmer betreten, nie mehr dort sitzen, wo jetzt seine dumme Tochter sitzt und sie dumm angrinst.

Mit Mühe besinnt Vinnie sich auf ihre Manieren und

wendet sich wieder Barbie zu. »Schlimm«, sagt sie. »Ein schwerer Schlag für Sie.« Stirnrunzelnd merkt sie, daß sie ebenso in Klischees redet wie die Barbarin.

»Mmm, ja.« Barbie kaut und schluckt. »Ich meine, natürlich, aber irgendwie waren wir ja vorbereitet. Dad war doch schon gewarnt.«

»Gewarnt?«

»Ja, ja. Er hatte schon ein paar solche – Episoden – hinter sich. Der Arzt in Tulsa hat ihm gesagt, er soll sich schonen; er sollte Trinken und Rauchen aufgeben und sich möglichst nicht anstrengen. Ein Risiko bestand aber auch so noch. Ich meine, es konnte jederzeit passieren. Das hat er Ihnen vielleicht nicht erzählt.« Sie zwinkert langsam.

»Nein, das hat er nicht erwähnt«, sagt Vinnie. Im Geiste sieht sie Chuck: rauchend und trinkend, und dann bei körperlicher Anstrengung einer ganz bestimmten Art.

»Er hätte in diesem blöden alten Rathaus nicht die vielen Treppen steigen sollen«, sagt Barbie. »Aber so war Dad. Was er sich in den Kopf gesetzt hatte, das mußte er auch zu Ende bringen.

Wie einmal, als wir noch klein waren«, fährt sie fort. »Ich weiß noch, wie ich da mal gesagt habe, ich hätte gern eine Baumhütte. Und Dad war gleich Feuer und Flamme und hat Pläne gezeichnet, und den ganzen nächsten Samstag hat er dann in unserm großen Trompetenbaum gesessen und gebaut. Gary und ich haben geholfen, und von Consuelo – das war damals unsere Köchin – hat er uns Sandwichs rausbringen lassen, damit wir zum Lunch die Arbeit nicht unterbrechen mußten. Bis wir die Hütte fertig hatten, war's schon fast dunkel, und dann haben wir da oben ein Picknick gemacht, mit ... rosa ... Limonade ... Entschuldigung.« Sie zieht die Tränen durch die Nase hoch.

»Ist schon gut.« Vinnie reicht Barbie eine neue Serviette, denn die ihre scheint ihr abhanden gekommen zu sein.

»Danke ... Es ist ja nur ...« Sie schneuzt laut ihre Nase in das handgesäumte Leinen. »Es geht schon wieder. Ich habe gar nicht viel geweint. Nur zuerst, als Mama das Telegramm bekam, und im Flugzeug. Und dann beim Verstreuen.«

»Verstreuen?« fragt Vinnie verdutzt.

»Ja. Mama hatte doch entschieden, daß Dad hier drüben eingeäschert werden sollte. Viel anderes blieb ja auch gar nicht übrig, meinte sie. Professor Gilson hat alles arrangiert. Er war großartig. Bevor Mama ihn anrief, wußte er noch gar nicht, daß Dad tot war, aber dann hat er sich mit dem Krankenhaus von Taunton in Verbindung gesetzt, und er und seine Studenten haben für alles gesorgt. Mir haben sie eine Unterkunft besorgt und mich am Bahnhof abgeholt; die waren prima, wirklich. Müssen große Stücke auf Dad gehalten haben. Ich bin ja so dumm, ich wußte gar nicht, was alles zu tun war, aber sie haben mir geholfen, alles zu regeln: die Rechnungen zu bezahlen, Dads Sachen zu sortieren und zu entscheiden, was nach Hause geschickt und was weggegeben wird.«

»Das ist gut«, sagt Vinnie und versucht sich das alles möglichst nicht vorzustellen.

»Die haben für alles gesorgt, wirklich. Außer mit der Asche. Das war schon irgendwie 'n bißchen unheimlich und nicht schön. Professor Gilson hatte sie für mich aufgehoben. Ich hatte gedacht, die ist in einer großen, schweren silbernen Urne oder so. War aber ganz anders.« Barbie schnieft und verstummt.

»Also ganz anders«, souffliert Vinnie.

»Ja. Die Asche war in so einem – ich weiß nicht – so einer Art Wachskarton, wie 'ne Familienpackung Eiscreme, etwa in der Größe. Darin war ein Plastikbeutel, und in dem war so ein hellgraues körniges Zeug. Ich konnte gar nicht glauben, daß von Dad weiter nichts übrig war, nur ein paar Pfund von so 'nem Zeug, das aussah wie Soja-Mix.« Barbie schnieft wieder und schluckt.

»Dann wußte ich nicht, was ich damit anfangen sollte«, fährt sie fort. »Ich wußte nicht, ob es erlaubt war, so was im Flugzeug mitzunehmen. Ich meine, stellen Sie sich vor, ich wäre am Zoll kontrolliert worden. Und diesen Karton zu meinen Sachen in den Koffer zu stopfen, konnte ich mir nicht vorstellen, verstehen Sie?« Wieder beginnt sie zu schluchzen. »Entschuldigen Sie, ich bin ja so dumm.«

Barbies ständige Hinweise auf ihre mangelnde Intelligenz regen Vinnie langsam auf. Hören Sie auf, mir zu erzählen, wie dumm Sie sind, möchte sie sagen. Sie haben an der University of Oklahoma studiert, können also nicht ganz so dumm sein.

»Ist schon gut«, sagt sie statt dessen. »Ich finde, Sie haben sich unter den gegebenen Umständen sehr tapfer gehalten.« Fast gegen ihren Willen sieht sie die Barbarin jetzt eher als naiven Trampel – mehr Opfer als Komplizin des mütterlichen Immobiliendrachens, der Barbies geringe Meinung von ihrer eigenen Intelligenz zweifellos zu verantworten hat.

»Na ja, und als ich dann das nächstemal zu Hause anrief, hat Mama jedenfalls gemeint, ich soll mir keine Gedanken machen«, fährt Barbie wenig später fort. »Sie hat gemeint, ich soll die Asche am besten irgendwo verstreuen. Da hat Professor Gilson mich irgendwohin in die Gegend gefahren, da war so eine Stelle, die Dad besonders geliebt hat, sagt er. Es war nichts Besonderes. Nur eine kleine Wiese am Hang, und sie soll mal einem Vorfahren von Dad gehört haben. Kein schlechtes Plätzchen; irgendwie so still. Und Professor Gilson hat gemeint, daß da hoffentlich nie gebaut wird; zu abgelegen, und der Hang ist zu steil.

Und da bin ich dann über den Zaun gestiegen, über so eine Holzleiter, die es da gibt, wie heißen die noch?«

»Ein Viehtritt?« hilft Vinnie aus.

»Ja, richtig. Jedenfalls bin ich da rübergestiegen. Und dann bin ich ein Stück über die Wiese gegangen und hab die Asche sozusagen ins hohe Gras geschüttet, zwischen die Blumen. Ich hätte sie wohl etwas mehr verstreuen sollen, aber ich hab zu sehr geweint, und die Hand in den Beutel zu stecken, das brachte ich nicht fertig. Irgendwie wäre mir das ungehörig vorgekommen, verstehen Sie?«

»Ja, ich verstehe, was Sie meinen.«

»Armer Dad.« Die Tochter seufzt und greift nach dem letzten Kressesandwich. »Mama hatte schon recht. Irgendwie konnte es einem schon leid tun, wie er im ganzen Land nach Ahnen gesucht hat.«

»Das finde ich nicht«, sagt Vinnie ein wenig barsch. »Warum sollte Ihr Vater sich nicht für seine Abstammung interessieren? Das tun doch viele Leute.«

»Klar, weiß ich. Aber die haben dann auch meist Leute im Stammbaum, die sich lohnen. Wie Mama. Deren Familie macht wirklich was her. Sie ist im Club der Töchter der Amerikanischen Revolution und stammt von lauter Richtern und Generälen ab. Hiram Fudd, der Senator, den Sie sicher kennen, war ihr Großonkel.«

»Wahrhaftig«, sagt Vinnie. Im Geiste sieht sie einen Trompetenbaum, auf dem in einer Baumhütte und auf den benachbarten Ästen lauter als Richter und Generäle und Senatoren verkleidete Affen sitzen.

»Dad hat sicher gedacht, wenn er weit genug zurückgeht, findet er vielleicht auch einen Ahnen, auf den er stolz sein kann. Professor Gilson hat mir erzählt, daß er monatelang herumgesucht hat, im ganzen Land; aber gefunden hat er dabei nur jede Menge Landarbeiter und einen Schmied und diesen alten Eremiten ... Zumindest glaube ich, daß er das die ganze Zeit da unten gemacht hat, außer Professor Gilson ab und zu ein bißchen zu helfen. Mama dachte ja schon, er hätte vielleicht etwas mit ... äh, Sie wissen schon, mit 'ner Frau.« Barbie blinzelt Vinnie an, aber mehr fragend als argwöhnisch. Professor Miner ist in ihren Augen eindeutig keine »Frau«, war wohl auch nie eine. »Ich meine, oder glauben Sie, da könnte was dran sein?«

»Ich habe keine Ahnung«, sagt Vinnie eisig und dankt dem Himmel für das britische Telefonnetz, dem es zu verdanken ist, daß keine inkriminierenden und peinlichen Briefe von ihr existieren, die Barbie oder ihre Mutter später in Chucks Sachen finden könnten. Und auch sie hat nichts von Chuck, nicht das kleinste Zettelchen – nur ein paar von seinen Wintersachen.

»Ich glaub's irgendwie nicht. So einer war Dad nicht. Er war nämlich sehr treu.« Barbie zwinkert.

»Mhm.« Vinnie wirft unwillkürlich einen Blick in die Diele, wo sie Chucks lammfellgefütterten Wintermantel in der Garderobe schuldbewußt flimmern zu sehen glaubt. »Noch einen Schluck Tee?« fragt sie und nimmt die Kanne in die Hand, denn Tee ist jetzt das einzige, was sie noch anzubieten hat: Barbie hat trotz oder vielleicht wegen ihrer Trauer sämtliche Kressesandwichs und den ganzen Walnußkuchen aufgegessen.

Chucks Tochter schüttelt den Kopf, daß ihr langes, sonnengebleichtes Haar durch die Gegend fliegt. »Nein, vielen Dank. Ich glaube, ich muß jetzt auch gehen.« Sie erhebt sich linkisch.

»Also, vielen Dank für alles, Professor Miner«, sagt sie, schon auf dem Weg in die Diele. »Es war richtig schön, Sie kennenzulernen. Ach so, ja. Jetzt hätte ich fast vergessen, Ihnen Dads Bild zu geben. Mensch, bin ich dumm. Hier.«

»Danke.« Vinnie legt den Karton auf den Dielentisch und nestelt die verschlissenen schwarzen Schnüre auf.

»Oh!« entfährt es ihr dann, und sie muß richtig nach Luft schnappen, als sie das zerknitterte Seidenpapier abhebt und ein handkolorierter Kupferstich aus dem achtzehnten Jahrhundert darunter zum Vorschein kommt. Es ist eine Waldlandschaft mit Grotte und Wasserfall, und vor der Grotte steht, auf einen Stab gelehnt, eine in Lumpen und Fellstücke gehüllte Gestalt. »Ihr Vater hat mir von diesem Bild erzählt. Das ist sein Ahn, der Eremit von South Leigh; ›Old Mumpson‹, wie sie ihn nannten.«

»Ja, das hat Professor Gilson auch gesagt.«

»Und Sie möchten es nicht selbst behalten«, sagt Vinnie. Es ist mehr Feststellung als Frage, denn sie hofft auf ein Nein.

»Ich weiß nicht.« Barbie sieht jetzt noch größer und hilfloser aus als vorher. »Ich glaube nicht.«

»Oder vielleicht würde es Ihrem Bruder gefallen«, sagt Vinnie, während sie gleichzeitig sieht, daß Old Mumpson, seinem Ehrentitel zum Trotz, nicht älter aussieht als Chuck und große Ähnlichkeit mit ihm hat (wenn Chuck sich einen ungepflegten Bart hätte wachsen lassen); sie findet es schon selbst beängstigend, wie sehr sie sich das Bild wünscht.

»Ach was!« Barbie fährt fast empört zurück. »Greg? Sie machen Witze. Der Kerl da sieht doch richtig aus wie ein Gammler; den würde Greg nicht im Haus haben wollen. Und Dad hat ja sowieso gesagt, wenn ihm was zustößt, soll Professor Gilson das Bild Ihnen geben.« Sie lächelt verlegen. »Sie können es ja sicher wegschmeißen, wenn Sie wollen.«

»Ganz bestimmt nicht«, sagt Vinnie und nimmt die Mappe an sich, als könne man sie ihr womöglich wieder entreißen. »Es gefällt mir sehr.« Sie sieht von dem Bild zu Barbie, die stumm dasteht.

»Sie müssen in den letzten Tagen einiges durchgemacht haben«, sagt Vinnie, als ihr das plötzlich aufgeht. »Schade, daß Ihre Mutter und Ihr Bruder nicht mit Ihnen nach England kommen konnten.« Oder an Ihrer Stelle, fügt sie stumm hinzu. Denn beide hätten sich gewiß besser zu helfen gewußt und nicht alles Professor Gilson überlassen müssen. Aber vielleicht war das ja gerade die Absicht: sie hatten Barbie geschickt, *weil* sie so hilflos war.

»Hm, ja. Mama wäre ja gekommen, aber sie stand gerade vor einem wichtigen Geschäftsabschluß, ein großes Wohnungsbauprojekt, an dem sie Monate herumgebastelt hat. Und Greg hat immer schrecklich viel zu tun. Außerdem erwartet seine Frau nächsten Monat ein Baby.«

»Und da hat man also Sie geschickt.« Vinnie schafft es, sich ihre Mißbilligung nicht allzu deutlich anhören zu lassen.

»Ja klar, jemand mußte ja kommen.« Barbie zwinkert. »Ich hab keine Familie und keinen besonderen Job, war also gewissermaßen abkömmlich.«

»Aha.« Abkömmlich, denkt Vinnie; oder entbehrlich, für Unwichtiges verfügbar wie die Pappteller und Papierservietten und Plastikbestecke im Supermarkt, die man nach einmaligem Gebrauch dann wegwirft. Barbies lebende Verwandte werden ihr so recht von Herzen unsympathisch. »Na ja, jetzt können Sie ja wieder nach Hause.«

»Hm, ja und nein. Ich muß noch ein paar Tage in London bleiben. Mama dachte, wir setzen besser mal zehn Tage an. Das ist dann auch viel billiger mit einem Charterflug. Dadurch habe ich das Hotel und alles frei.«

»Kein sehr gutes Hotel, denke ich mir«, sagt Vinnie.

»Nein, nicht besonders. Es heißt zwar ›Majestic‹, ist aber in Wirklichkeit ziemlich mies. Woher wissen Sie das?«

»Weil das immer so ist. Und was haben Sie sich für die Zeit vorgenommen?«

»Weiß nicht. Hab noch gar nicht richtig darüber nachgedacht. Ich werde mir wohl ein paar Sehenswürdigkeiten anschauen. Ich war nämlich noch nie in England.«

»Aha.« Vinnie denkt im ersten Augenblick, sie sollte sich vielleicht ein wenig um Barbie kümmern; Chuck würde sich das wünschen. Sie versucht sich zu erinnern, was er ihr von seiner Tochter erzählt hat, aber ihr fällt nur ein, daß Barbie Tiere liebt. Da käme natürlich der Zoo in Frage – aber der Gedanke, wieder in den Zoo zu gehen, wo sie vor ein paar Wochen erst so glücklich diesem Eisbären zugeschaut hat, der Chuck so ähnlich sah, bedrückt Vinnie so sehr, daß sie den Vorschlag nicht über die Lippen bringt.

»Also, dann auf Wiedersehen«, sagt Barbie verlegen. »Oh, danke.« Sie nimmt den häßlichen Schirm, den Vinnie für sie zugeklappt hat, weil es nicht mehr regnet. »Danke noch mal für alles, Professor Miner. Und schönen Tag noch.«

Nein, denkt Vinnie, als sie hinter Barbie die Tür zudrückt. Chucks Wunsch geht zu weit. Sie kann für einen Menschen nichts tun, der bei einem solchen Anlaß »schönen Tag noch« sagt. Und hat sie nicht stets in ihrem Leben den größten Ärger und Kummer dann gehabt, wenn sie etwas für andere tat? O ja. Aber sie hat dabei auch ihre größten Überraschungen und letztlich die größten Freuden erlebt. Oder wünscht sie sich jetzt etwa wirklich noch, sie hätte Chuck damals im Flugzeug nicht dieses Buch geliehen?

Mechanisch beginnt sie das Teegeschirr abzuräumen und denkt dabei an Chuck – daß er die ganze Zeit, die sie ihn gekannt hat, krank war und es wußte. Darum hatte er auch zu Professor Gilson gesagt, sie solle das Bild von Old Mumpson bekommen, wenn ihm »etwas zustoße«. Er wußte, daß ihm etwas zustoßen konnte; die ganzen Monate hatte er wie unter einem Todesurteil gelebt, war aber nicht imstande gewesen, etwas zu tun, was dieses Urteil vielleicht gemildert hätte. Er hatte kein großes Zutrauen zu Ärzten; das hatte er ihr öfter als einmal gesagt, dieser dumme, unglückselige ... Vinnie muß den Teller, den sie gerade abwäscht, weglegen und tief Luft holen. Sie wird geschüttelt von Mitleid für Chuck, der die ganze Zeit auf dem Klippenrand lebte und es wußte – und geschüttelt auch von Wut auf ihn, weil er mutwillig so dicht an den Rand getreten war und keine Rücksicht auf sich genommen hatte.

Auf sie aber auch nicht, denkt sie plötzlich. Er hätte doch ohne weiteres hier in ihrer Wohnung sterben können, plötzlich tot auf ihren Teppich stürzen, mit einem Glas Whisky in der einen und einer glimmenden Zigarette in der anderen großen, sommersprossigen Hand.

Oder schlimmer. Vinnie starrt aus dem Fenster und läßt unachtsam das Wasser über den Beckenrand laufen. Er hätte in ihrem Bett sterben können, auf ihr. Sie erinnert sich lebhaft, wie rot sein Gesicht immer wurde – vor Leidenschaft, hatte sie gedacht; wie er auf dem Höhepunkt keuchte – vor Ekstase, hatte sie gedacht. Warum ging er dauernd diese Risiken ein? Wie hatte er ihr das antun können? Hatte er ihr darum nie gesagt, daß er krank war, weil er fürchtete – und vielleicht mit Recht fürchtete –, wenn sie es wüßte, würde sie ihn nicht an sich heran – … diese vielen Male …

Elend vor Wut und auch Angst – dabei ist die Gefahr natürlich längst vorüber – dreht Vinnie, ohne genau zu wissen, was sie eigentlich vorhat, den Hahn ab und geht mit dem soeben abgespülten Sieb in der Hand durch die Wohnung zurück ins Schlafzimmer. Dort steht sie vor dem Doppelbett und starrt die braunweiße geblümte Steppdecke an, jetzt glattgestrichen, aber so oft zerwühlt zu einem wahren Schlachtfeld. Plötzlich fällt ihr ein, daß Chuck das letztemal, als er hier war, kaum geraucht hat. Er versuche es aufzugeben, sagte er. Und getrunken hat er auch so gut wie nichts; nur ein Glas Sprudel mit einem Schuß Weißwein. Er mußte beschlossen haben weiterzuleben; er wollte leben –

Aber wenn Chuck wirklich leben wollte, warum war er dann noch immer so leidenschaftlich mit ihr ins Bett gegangen? War das nicht schlicht und einfach dumm?

Nein, denkt Vinnie. Nicht dumm aus seiner Sicht,

denn das war es doch unter anderem, wofür er weiterleben wollte. Er hat mich geliebt, denkt sie. Es war von Anfang an die Wahrheit. Was für eine böse Ironie des Schicksals, nach vierundfünfzig Jahren von einem wie Chuck geliebt worden zu sein, der neben all seinen anderen Fehlern jetzt auch noch tot ist und irgendwo in Wiltshire an einem Wiesenhang verstreut liegt. Hätte sie es ihm doch geglaubt; hätte sie es gewußt; hätte sie gesagt –

Wirre Erinnerungen und Gefühle wühlen in ihr; und mit dem nassen Sieb in der Hand läßt sie sich aufs Bett fallen und weint.

»Rosemary? Ja, es geht ihr wieder ganz gut, wirklich«, sagt Edwin Francis, während er Krabbensalat auf Vinnies Teller tut. Es ist eine Woche später, ein warmer Nachmittag, und sie sitzen in seinem kleinen, gepflegten Vorgarten in Kensington beim Lunch.

»Wirklich«, wiederholt Vinnie.

»Ich hab sie erst vor zwei Tagen gesehen, kurz bevor sie nach Irland fuhr, und da war sie in bester Verfassung. Aber ich muß schon sagen, es hat wirklich nicht viel gefehlt.«

»Wirklich«, wiederholt sie, jetzt in völlig anderem Ton.

»Aber das muß unter uns bleiben.« Er schenkt beiden noch ein Glas Blanc de Blanc ein und sieht Vinnie durchdringend an. »Ich würde nicht einmal dir etwas davon sagen, aber du sollst die Situation verstehen, damit du weißt, warum äußerste Diskretion hier so wichtig ist.«

»Natürlich«, sagt Vinnie, allmählich etwas ungeduldig.

»Weißt du, es hat in der Vergangenheit nämlich schon andere derartige – hm – Episoden gegeben ... Na ja, nicht ganz so, aber Rosemary wird oft ... hm ja – ein bißchen sonderbar, wenn sie nicht regelmäßig arbeitet.«

»So?«

»Weißt du, es ist wirklich kein reines Vergnügen, immerzu eine Lady sein zu müssen. Oder ein Gentleman. Das kann selbst die Besten – und ich halte Rosemary auf ihre Art für eine der Besten – auf die Dauer sehr belasten.«

»Ja«, bestätigt Vinnie. »Es muß recht schwierig für dich gewesen sein«, souffliert sie, als Edwin stumm bleibt.

»Nun ja. Anfangs. Aber dann ... na ja, dann kam eben dieser ungemein talentierte Arzt – Rosemary war sogar früher schon mal bei ihm. Und der war eine gewaltige Hilfe. Zum Glück ist das meiste aus der schlimmsten Periode vollkommen ihrem Gedächtnis entschwunden.«

»Wirklich.«

»Ja. Bei Alkohol ist das nämlich manchmal so. Sie erinnert sich zum Beispiel überhaupt nicht, daß Fred in ihr Haus gekommen war.«

»Das ist wohl auch besser so.«

»Ja, das finde ich auch. Es ist eine Gnade, meint der Arzt. Aber du darfst davon kein Sterbenswörtchen gegenüber irgend jemandem verlauten lassen. Wirklich. Versprichst du mir das?«

»Natürlich«, sagt Vinnie. Diese britische Geheimniskrämerei um die Psychotherapie ist etwas, was sie bei aller Anglophilie nie ganz verstanden hat. Verschrobenheit, selbst wenn sie so weit geht, daß man sie in Amerika »krank« nennen würde, wird hier drüben hochgeschätzt. Wenn Männer sich als Indianerhäuptlinge verkleiden und Palaver abhalten; wenn Frauen sich fünfzig Siamkatzen in königlicher Pracht halten, wird darüber in den Zeitungen voll Bewunderung berichtet. Aber eine simple Neurose muß geleugnet und verheimlicht werden. Wenn man einen Psychologen aufsucht, darf kein Mensch es erfahren, solange man hingeht, und hinterher wird es so schnell wie möglich vergessen.

Wenn Rosemary eine amerikanische Schauspielerin wäre, denkt Vinnie, sie wäre längst in Therapie und würde bei jeder sich bietenden Gelegenheit ganz selbstverständlich von »meinem Analytiker« sprechen. Sie könnte in Interviews ohne weiteres über ihre Alkoholprobleme reden. Und ihre Persönlichkeitsspaltung – wenn es denn wirklich eine war, und nicht nur Theater – würde in Talkshows besprochen und in ›People‹ groß herausgestellt.

»Und du darfst auch nichts zu Fred sagen. Laß ihn in dem Glauben, es sei alles nur Theater gewesen. Hast du übrigens von Fred noch mal gehört?«

»Ja, ich habe einen Brief bekommen – das heißt, ein Briefchen. Er wollte mir nur mitteilen, daß er und seine Frau ihre Ehe wiederhergestellt haben, wie er es ausdrückt.«

»Wirklich.« Edwin steht auf und beginnt den Gartentisch abzuräumen. »Und ist das gut so?«

»Wer weiß? Fred scheint es zu glauben.« Vinnie seufzt; sie hegt ein tiefes Mißtrauen gegenüber der Ehe, die nach ihrer Beobachtung eine nahezu unwiderstehliche Tendenz hat, aus Freunden und Liebenden Verwandte, wenn nicht Feinde zu machen.

»Jedenfalls ist es gut, daß er Posy nicht erreicht hat«, sagt Edwin etwas später, als er mit einem Tablett Obst und einem andern Tablett mit Makronen aus der Kellerküche kommt. »Sie hätte die Situation natürlich hervorragend gemeistert, aber leider ist sie nicht so diskret, wie man es sich wünschen würde ... Bitte, greif zu. Ich kann dir besonders die Aprikosen empfehlen.«

»Weißt du, diese Mrs. Harris war mir ja schon die ganze Zeit verdächtig«, fährt er fort. »Sie schien mir einfach zu gut, um wahr zu sein.«

»Ja, ich fand auch, daß Rosemary die Geschichte manchmal etwas schönte«, sagt Vinnie. »Oder willst du sagen – meinst du, es hat überhaupt nie eine Mrs. Harris gegeben?«

»Ja, das glaube ich. Auch wenn es noch so schwerfällt, sich vorzustellen, daß Rosemary ihre Hausarbeit selbst macht. Ich nehme an, sie hat einfach weiter diese Teilzeitleute engagiert – höchstens ein paar mehr, damit Fred sich nicht dauernd darüber beschwerte, wie es bei ihr aussah.«

»Aber Fred hat Mrs. Harris mindestens einmal gesehen. Das hat er mir erzählt.«

»Hm, ja ... weißt du, Rosemary hat sich schon immer geärgert, daß sie so auf ein Rollenfach festgelegt war. Sie ist überzeugt, sie könne zum Beispiel auch Frauen aus dem Arbeitermilieu spielen, man lasse sie nur nie.«

»Aber da hat sie in der Diele den Fußboden geschrubbt, sagte Fred. Ich kann nicht glauben –«

»Vergiß nicht Rosemarys Berufsauffassung. Sie kniet sich immer ungeheuer in ihre Rollen hinein. Geht manchmal richtig darin auf. Wenn sie zum Beispiel gerade ›Tallyho Castle‹ dreht, legt sie sich sofort diese fürchterlich erhabene Schloßherrinnenart zu. Ich kann mir ohne weiteres vorstellen, daß sie auch den Fußboden putzt, um sich in eine Rolle einzuleben.«

»Ja-a-a.« Vinnie merkt sehr wohl, daß Edwin mit geschickten rationalen Begründungen ein Verhalten herunterzuspielen versucht, das sonst vielleicht als hochneurotisch oder gar psychotisch angesehen würde. »Aber ich glaube doch, daß es eine Zeitlang wirklich eine Mrs. Harris gegeben hat«, beharrt sie. »Vielleicht hieß sie nicht wirklich so. Jedenfalls habe ich mindestens zweimal am Telefon mit der Frau gesprochen, die ich für Mrs. Harris hielt. Sie müßte schon eine sehr begnadete Schauspielerin sein.«

»Oh, das ist sie«, pflichtet Edwin ihr bei, während er eines seiner viktorianischen Obstmesser mit Elfenbeingriff zur Hand nimmt und bedächtig einen Pfirsich schält. »Sie kann so gut wie jeden imitieren. Du solltest mal hören, wenn sie deinen Cowboy spielt, Chuck oder wie er heißt. Was macht der übrigens?« wechselt er, geschickt wie immer, das Thema. »Buddelt er immer noch in Wiltshire nach Ahnen?«

»Ja – nein«, antwortet Vinnie betreten. Sie ist schon fast zwei Stunden bei Edwin und hat vorher mit ihm telefoniert, aber sie hat sich bisher noch nicht getraut, Chuck zu erwähnen. Sie weiß, daß es ihr kaum möglich sein wird, die Geschichte zu erzählen, ohne die Haltung zu verlieren, wie sie in den letzten zehn Tagen immer wieder die Haltung verloren hat. Aber jetzt wagt sie es und beginnt mit Barbies Anruf.

»Frau und Sohn konnten also nicht nach England kommen«, stellt Edwin etwas später fest.

»Nein. Es ist natürlich nichts als Konvention, daß man Hals über Kopf ans Totenbett eilen muß, wenn einer stirbt. Dem Toten nützt es ja eigentlich nichts.«

»Kaum. Trotzdem bekommt man einen gewissen Eindruck von Chucks Verwandten.«

»O ja.« Vinnie fährt mit ihrer Geschichte fort. Ein paarmal vernimmt sie ein verräterisches Beben in ihrer Stimme, aber Edwin scheint es nicht zu merken.

»Dann gibt es also jetzt ein Stück englische Wiese, das auf ewig Tulsa ist«, meint er endlich lächelnd.

»Ja.« Vinnie erstickt den Aufschrei, der ihr in die Kehle steigen will.

»Armer Chuck. Ziemlich schlimm, so abtreten zu müssen, so unvorbereitet und plötzlich und fern der Heimat.«

»Ich weiß nicht«, sagt Vinnie. Um ihr Gesicht zu verbergen, senkt sie den Kopf und tut so, als müsse sie einen Traubenkern ausspucken. »Manchem wäre das vielleicht sogar lieber. Kein großes Theater und so. Ich selbst hätte es tatsächlich lieber so.« Im Geiste sieht sie sich schon tot, ihre Asche wie die von Chuck verstreut über einen Wiesenhang, den sie noch nie gesehen hat und nie sehen wird. Sehnsucht überkommt sie, diesen Ort zu sehen; die Grotte aufzusuchen, in der Old Mumpson lebte, das Cottage, in dem Chuck und seine Ahnen geschlafen haben; sich mit Professor Gilson und seinen Studenten über Chuck zu unterhalten. Und sie könnte das alles tun ... Nichts hindert sie daran, außer dem Gefühl, wie hoffnungslos und lächerlich ein solches Unterfangen wäre.

»Ich nicht.« Edwin angelt sich die letzte Makrone, von denen er schon mehr als seinen gerechten Anteil hatte. »Wenn ich mal sterbe, möchte ich in meinem eigenen Bett liegen und schmeichelhafte Nachrufe in den Zeitungen und tränenreiche Abschiedsbesuche von meinen Freunden und Verehrern bekommen. Und ich möchte vorbereitet sein, nicht einfach eins über den Kopf bekommen.«

»Na ja, Chuck hätte eigentlich vorbereitet sein müssen«, sagt Vinnie. »Der Arzt hat ihm das Trinken und Rauchen verboten; er hat ihm geraten, vorsichtig zu sein, sagt seine Tochter, aber er hat nicht gehört. An so einem heißen Tag drei Treppen hochzusteigen! Da packt mich richtig die Wut. Und davor hat er wahrscheinlich auch noch eine Zigarette geraucht und in einem Pub ein Bier getrunken. So ein dummer Kerl.« Als Vinnie merkt, daß sie mit mehr Gefühl als angebracht gesprochen hat, läßt sie ein falsches Lachen folgen.

»Armer Chuck«, sagt Edwin wieder. »Er war schon eine Type, nicht? Erinnerst du dich ...«

Ja, denkt Vinnie, während Edwin seine Anekdote anbringt; für ihre Londoner Freunde war Chuck Mumpson eine Type, ein Original – kein wirklicher Mensch. Und sie, die ihn besser kannte und besser hätte kennen sollen, hatte es hinausgeschoben, ihn in Wiltshire zu besuchen, und das nicht nur, weil sie sich fürchtete, sich einem Mann in die Hände zu geben, sondern weil sie in den Augen ihrer Freunde, sogar in den eigenen Augen, nicht mit ihm in Verbindung gebracht werden wollte. Es war, als ob sie in ihrer blinden Anglophilie schon selbst die Eigenschaften angenommen hätte, die gemeinhin als typisch englische Schwächen gelten: Ängstlichkeit und Snobismus – dabei sind beide Eigenschaften für die Engländer, die sie am besten kennt, gar nicht so besonders typisch.

»Immerhin«, schließt Edwin, »ich mochte ihn eigentlich ganz gern, du nicht?«

»Nein«, hört Vinnie sich zu ihrer maßlosen Überraschung sagen. »Ich mochte Chuck nicht ›eigentlich ganz gern‹. Wenn du's genau wissen willst, ich habe ihn geliebt.«

»Sag mal.« Edwin rückt seinen Stuhl ein Stück vom Tisch zurück, wie vor der Wucht dieser Aussage, vielleicht auch vor ihrem Inhalt.

Ja, es ist wahr, denkt Vinnie. Chuck hat sie geliebt, und – sie gesteht es sich mit Staunen und Mühe ein – sie hat ihn geliebt. »Ja.« Sie hält Edwins Blick, seinem kränkenden, spöttischen Lächeln stand.

»Hm, wir haben uns ja alle miteinander etwas gewundert«, sagt er schließlich. »Aber ich hätte nie gedacht, daß du ihn wirklich –« Er besinnt sich auf seine Manieren und bricht ab. »Verstehe«, sagt er in einem andern Ton, tröstend und mitfühlend. »So etwas kommt vor. Ich weiß doch selbst nur allzugut, daß man jemanden lieben kann, den man nicht sehr hochschätzt – sogar leidenschaftlich lieben. Das ist natürlich für beide Seiten nicht schön.« Ein starrer, düsterer Ausdruck legt sich auf sein hübsches kleines Gesicht; er schaut an Vinnie vorbei, über das gepflegte Vorgärtchen mit dem sauberen weißen Kies und den gestutzten Rosen hinaus, auf die Seite seines Lebens, von der Vinnie lieber nie etwas wissen wollte.

»Aber ich *habe* Chuck hochgeschätzt«, sagt sie und erkennt im selben Augenblick, daß es wahr ist.

»Wahrhaftig. Nun, er war auf seine Art auch sicher ein feiner Mensch. Von natürlichem Adel.«

»Ich – «, beginnt Vinnie, aber sie schluckt es hinunter. Die herablassende Formulierung macht sie wütend, aber sie traut sich nicht zu, etwas zu sagen, ohne loszuschreien oder zu weinen. Und welches Recht hat sie schließlich, Edwin für etwas anzuschreien, was sie selbst monatelang gedacht hat?

»Na ja«, sagt er, während er den restlichen Wein in die bauchigen Gläser plätschern läßt. »Man soll nicht jeden Menschen nach den eigenen albernen Maßstäben beurteilen. Das müßten wir eigentlich schon auf dem Mutterschoß lernen.«

»Ja, wahrscheinlich«, sagt Vinnie und denkt, daß sie es damals nicht gelernt hat, und wenn sie es gelernt hätte, wäre ihr Leben vielleicht ganz anders verlaufen. »Wie geht's übrigens deiner Mutter?« fragt sie, in der Hoffnung, Edwin ablenken zu können.

»Oh, danke, sehr gut. Mit ihrer Arthritis ist es viel besser geworden – da hat diese fürchterliche Hitze auch mal eine gute Seite.«

»Das ist schön.« Für Vinnie ist das Wetter nur angenehm warm, aber sie kennt schon die britische Empfindlichkeit gegenüber Temperaturen von mehr als vierundzwanzig Grad.

»Wenn es so bleibt, will ich nächste Woche eine Lunchparty für sie geben; du kannst doch hoffentlich kommen?«

»Das weiß ich noch nicht«, sagt Vinnie. »Möglicherweise fahre ich dieses Wochenende aufs Land, und wenn, dann bin ich vor nächstem Monat nicht zurück.«

»Ach Gott! Wirklich?«

»Leider ja«, sagt Vinnie, über die eigene Absicht ebenso erstaunt wie Edwin.

»Und wann mußt du wieder in die Staaten?«

»Am zwanzigsten, glaube ich.«

»Aber Vinnie, das kannst du doch nicht machen. Das ist gar nicht nett von dir.«

»Ich weiß. Aber ich muß mich schließlich fürs Herbstquartal vorbereiten.«

»Na komm. Bis dahin ist es doch noch eine Ewigkeit.«

»In Amerika nicht.« Vinnie seufzt und denkt an den

Vorlesungsplan ihrer Universität, der neulich revidiert wurde, um Heizöl zu sparen. Die Vorlesungen beginnen jetzt Anfang September, und spätestens ab 24. August werden bekannte und unbekannte Ratsuchende in ihrem Dienstzimmer ein und aus gehen.

»Außerdem bist du gerade erst angekommen.«

»Dummer Kerl.« Sie muß lächeln. »Ich bin schon seit Februar hier.«

»Na ja, gut. Für mich bist du sowieso hier zu Hause. Warum lebst du eigentlich nicht hier?«

»Täte ich ja gern, wenn ich könnte.« Vinnie seufzt wieder, denn sie weiß zu gut, daß sie es sich nicht leisten kann, ihren Beruf an den Nagel zu hängen und nach London zu ziehen.

»Na ja. Dann will ich jetzt noch soviel wie möglich von dir haben. Trinken wir eine Tasse Kaffee. Ich habe eine unverschämt gute Erdbeercreme; hoffentlich hast du noch Platz dafür.«

Eine Stunde später sitzt Vinnie mit leicht übersättigtem Gefühl in einem Taxi nach Hause. Normalerweise wäre sie mit der U-Bahn gefahren, aber plötzlich hatte sie eine Anwandlung von Extravaganz. Wenn sie nach Wiltshire fährt – und sie weiß schon, daß sie es wahrscheinlich tun wird, so lächerlich es sein mag –, wird sie nur noch so kurze Zeit in London sein; warum sollte sie die ihr noch verbleibende Zeit unter der Erde verbringen? Und das an einem Nachmittag wie diesem, wo alles von Licht und Wärme schimmert: die Bäume, die Schaufenster, die Menschen auf der Straße. Warum ist London heute so wunderschön? Und warum hat sie heute zum erstenmal das Gefühl, daß sie es nicht nur sieht, sondern Teil davon ist? Etwas hat sich verändert, denkt sie. Sie ist nicht mehr derselbe Mensch, der sie war: Sie hat geliebt und ist geliebt worden.

Das Taxi biegt in den Park, und Vinnie blickt durchs offene Fenster auf die glatten grünen Rasenflächen, die Kindermädchen mit ihren Wagen, die tollenden Kinder und Hunde, die Spaziergänger, die Jogger, die nebeneinander im Gras sitzenden Paare: alle diese Menschen, die das Glück haben, in London zu leben, die noch hier sein werden, wenn sie wieder in Corinth ist, allein und in der Verbannung. Sogar Chuck wird auf seine Weise für immer hierbleiben. Der kalte, beklemmende Schmerz vergangenen und künftigen Verlusts drückt ihr das Herz ab, und ein Frösteln überläuft sie trotz der Hitze.

Als sie nach Osten in die Bayswater Road einbiegen, lehnt sie sich zurück und fühlt sich schwindlig, müde und niedergeschlagen. Sie muß wieder denken, wie rücksichtslos und ungerecht der Tod war, daß er Chuck gerade in dem Moment holte, als er anfing, weiterleben zu wollen. Dann denkt sie, wie rücksichtslos und unrecht es von ihr war, letztes Wochenende seine Einladung nach Wiltshire nicht angenommen zu haben. Chuck wäre dann nicht nach Taunton gefahren, wäre nicht ins Rathaus gegangen und diese Treppen gestiegen.

Und wenn er später irgendwann nach Taunton gefahren wäre, hätte es nicht so ein heißer Tag sein müssen; oder sie wäre vielleicht bei ihm gewesen und hätte dafür sorgen können, daß er die Treppen langsamer hinaufging (sie hätte ja, um seinen Stolz nicht zu verletzen, so tun können, als ob sie selbst auf jeder Etage eine Atempause brauchte). Dann wäre er jetzt noch am Leben.

Hätte er ihr doch nur gesagt, daß er krank war ... Wäre

sie doch nur zu ihm gefahren und hätte dafür gesorgt, daß er nicht zuviel trank, ihn angehalten, nicht zu rauchen, regelmäßig zum Arzt zu gehen ... Er hätte noch viele Jahre leben können; und sie hätte mit ihm zusammenleben können, hier in England. Sie hätte ihren Beruf aufgeben und ihre ganze Zeit zum Recherchieren und Schreiben verwenden können (»Geld ist kein Problem«). Sie hätte auch die Wohnung beibehalten können, so daß sie abwechselnd in der Stadt und in dem alten Haus da draußen auf dem Land hätten leben können, das Chuck eventuell hatte kaufen wollen, mit Blumengarten, Himbeer- und Johannisbeersträuchern, einem Spargelbeet ...

Warum kommen ihr immer wieder diese dummen Phantasien? Sie wünscht sich das doch gar nicht, und es hätte nie geklappt, selbst wenn Chuck noch lebte. Es ist nicht ihre Natur, nicht ihre Bestimmung, geliebt zu werden, mit jemandem zusammenzuleben; ihre Bestimmung ist es, immer einsam zu sein, ungeliebt, allein –

Das heißt, so ganz allein auch wieder nicht. Aus einer Ecke des Taxis kommt ein Schnüffeln, ein Winseln, für keinen Menschen auf der Welt hörbar, nur für Vinnie Miner. Sie erkennt es sofort: Fido ist aus Wiltshire zurückgekehrt. Langsam wird er jetzt vor ihrem inneren Auge sichtbar: wesentlich kleiner als zuvor, jetzt nur noch etwa so groß wie ein Welschterrier; staubig, reisemüde, seines Willkommens nicht ganz sicher.

›Geh weg‹, sagt Vinnie stumm. ›Mir geht es ausgezeichnet. Ich tue mir kein bißchen leid. Ich bin eine angesehene Wissenschaftlerin; ich habe viele Freunde beiderseits des Atlantiks; ich habe gerade fünf interessante Monate in London verbracht und ein wichtiges Buch über Kinderreime geschrieben.‹ Aber sogar sie merkt, wie schmerzlich unvollständig die Liste ist.

Das Taxi hält vor Vinnies Haus; sie bezahlt den Fahrer und steigt aus, in einigem Abstand gefolgt von einem unsichtbaren kleinen Hund. Als sie sich umdreht und durchs Törchen geht, sieht sie Fido an der Wand stehen, bleich und schattig in der Sommersonne, und voll banger Unterwürfigkeit zu ihr aufblicken und mit dem buschigen weißen Schwanz wedeln.

»Na gut«, sagt sie zu ihm. »Dann komm schon rauf.«

Vinnie Miners Lieblingsbücher im Diogenes Verlag

Charles Dickens

Werkausgabe
in der Übersetzung von
Gustav Meyrink

David Copperfield
Roman. Mit einem Nachwort von
W. Somerset Maugham. detebe 21034

Oliver Twist
Roman. detebe 21035

Nikolas Nickleby
Roman. detebe 20998

Bleakhaus
Roman. detebe 21166

Drei Weihnachtsgeschichten
detebe 21241

Weitere Werke in Vorbereitung

Außerdem liegt vor:

Ein Weihnachtslied in Prosa
Erzählung. Deutsch von Richard Zoozmann
Mit 16 Zeichnungen von Tatjana Hauptmann
Diogenes Evergreens

Humpty Dumpty

Die 77 schönsten englischen Kinderreime,
Nonsensverse und Rätselsprüche aus
der berühmten Sammlung der Mother Goose
Ins Deutsche übertragen von Klaus Hoffer
kinder-detebe 25092

Diane Johnson

Dashiell Hammett
Eine Biographie.
Deutsch von Nikolaus Stingl
Leinen

Edna O'Brien

Das Mädchen mit den grünen Augen
Roman. Deutsch von Margaret Carroux
detebe 20879

Plötzlich im schönsten Frieden
Roman. Deutsch von Margaret Carroux
detebe 21017

Beatrix Potter

Werkausgabe
Deutsch von Claudia Schmölders und
Dorothee Asendorf
Diogenes Kinder Klassiker